本书为国家社会科学基金青年项目
"易卜生戏剧诗学研究"(13CWW023)结题成果

易卜生
戏剧诗学研究

YIBUSHENG XIJU SHIXUE YANJIU

汪余礼 ◎ 著

人民出版社

序

在当今的中外文学和艺术界，运用新的理论和批评方法研究经典作家作品的著述仍不断涌现，但是真正运用得比较准确到位并能提出自己独特见解者则寥若晨星。汪余礼教授的《易卜生戏剧诗学研究》应该属于这样少数确有真知灼见的学术著作之列。我在读完他的这本专著后不禁感到眼前一亮，因为本书选择了一个颇为中国读者和研究者所熟悉的北欧作家——易卜生，并且运用了新的研究方法进一步探讨易卜生在当今时代的意义和价值，在一个新的语境下建构了一个不同于早先人们心目中的易卜生——作为"自审主义者"的戏剧诗人易卜生，而非过去那个作为妇女解放鼓吹者和社会改革家而引进中国的易卜生。也许人们会感到不解，为什么一位早在新文化运动中就被译介到中国的作家和思想家在当今这个全球化的时代仍有众多的读者和观众？这应该从易卜生的中国之旅谈起。

2019 年适逢五四运动百年纪念，易卜生进入中国就是在"五四"前后，因此易卜生的中国之旅也持续了百年之久。众所周知，易卜生在中国的语境下一开始是被当作一位鼓动妇女解放运动的思想家而介绍进来的，但另一方面，作为艺术家的易卜生的戏剧艺术同时也催生了中国现代话剧。在新文化运动的年代，几乎西方的所有文学大师以及他们的重要作品都被译成了中文，深刻地影响了中国现代文学写作以及中国文学和文化理论话语的形成。在那些译介过来的欧洲作家中，易卜生的影响是最大的，或者说是在中国影响最大的西方作家之一。十分有趣的是，那时易卜生并未主要地被当作一位伟大的戏剧艺术家译介到中国，而更多的是被作为一位社会改革家和人文主义思想家介绍到中国的；尽管他的戏剧艺术促成了中国现代话剧的诞生，但这方面的研究性著作却或多或少地被遮蔽了。确实，通过翻译的中介阅读易卜生的作品，让我们懂得，他的作品与当时紧迫的社会问题以及中国社会妇女的命运更为相关。正如我们所知道的，旧中国作为一个封建国家有着袭来已久的男性中心主义思维模式和行为准则，中国妇女所受到的疾苦大大地多于男性。根据儒家的法典，中国的妇女应当遵守所谓的"三纲五常"和"三从四德"。任何人，特别是妇女，如果违反了这种封建道德法则，就会受到严厉的惩罚或伦理道德上的谴责。显然，中国妇女所受到的不平等对待是众所周知的，甚至在当今时代，这种看法也仍得到很多人的认同。因此毫不奇怪，易卜生的《玩偶之家》在中国的上演立即引发中国文坛或剧坛出现了一批"出走戏"或"出走作品"，其主要原因在于，在那些年月里，中国确实需要一位能够以其富有洞见的思想和精湛的艺术来启蒙人民大众的优秀文学艺术大师，这样易卜生就在实际上担当了这一重任。可以说，他在中国文坛和剧坛的出现确实有助于中国妇女摆脱男性中心社会的束缚和实现真正的人道主义的解放。因此，通过中国知识分子和艺术家对他的作品的翻译和改编，再加上改编者本人的创造性建构，易卜生在中国的形象就发生了变异：他的革命精神和人文主义思想得到大大弘扬，甚至一度遮盖了他的戏剧艺术。我曾经和国内的一些易卜生研究者在不同的场合呼吁"返回"作为艺术家的易卜生，也即把易卜生当作一位作家和艺术家来研究。令我感到欣慰的是，汪余礼的这部专著在很大程度上呼应了我的呼吁。

余礼通过反复细读《易卜生全集》以及新近译出的一些文献，再加上仔细观摩易卜生戏剧的演出，得出这样一个基本结论：易卜生在当代中国远远没有过时；不仅没有过时，而且对中国当代戏剧创作和文化建设仍具有重要的启示意义。而只有真正理解、消化了易卜生的戏剧革新、诗性智慧、戏剧理论与文化思想，才可能在"洋为中用，中西合璧，融会贯通"的过程中使其为中国戏剧与文化发展继续作出贡献。因而正是本着这一目的，余礼对易卜生的主要剧作作了全新的阐释。他认为，在精神领域，易卜生依然远远走在前头，我们很少真正走进他的精神世界，更遑论超越。他的研究就是基于这一认识之上的，因此他能在国内外众多易卜生研究者中脱颖而出形成一家之言，就不是偶然的。

本书并没有停留于对人们所熟悉的易卜生的社会问题剧的研究，而是选择了那些难度大、审美文化含量高的剧本加以理论的阐释。《培尔·金特》作为易卜生最优秀的作品之一，在中国虽然多次上演，但是对它的研究却远远不尽如人意。余礼认为，从整体上说，《培尔·金特》并非易卜生"现实主义"戏剧的前奏曲，而是一首"表现主义"的狂想曲；它与剧作家艺术灵魂的关系，远远比它跟挪威社会生活的关系要紧密得多。剧中很多人物与情节，在现实生活中是不可能存在的，而只有将其理解为剧作家艺术灵魂的陌生化呈现才是合理合榫的。这就从某种意义上印证了易卜生曾经宣布的，他的作品是为未来的读者和观众而写作的。这些剧作不仅适用于舞台演出，更适用于阅读，因为这些作品具有浓厚的"诗性"，因而从戏剧诗学的角度来重新考察易卜生的剧作就成了本书的一大特色。

本书在总体上对易卜生的把握也别具一格。作者不无正确地指出，易卜生的早期戏剧虽然确有成功之作，但无论在中国还是在欧洲，易卜生的声誉鹊起主要是跟他中期的五部社会问题剧密切联系在一起的。这无疑是易卜生所赖以起家的奠基性作品，但并不能完全反映他作为一位戏剧艺术家的成就。不可否认，一种社会文化思潮也许会随着时间的推移而过时，但是真正具有艺术价值的作品则具有永恒的价值。为了彰显易剧所具有的永恒的艺术价值，余礼认为易卜生晚期的戏剧作品发生了一些变化，也即越来越带有一种"自审"意识，而他的晚期剧作中的艺术自审，则隐示了艺术创作的某种机制和本质规律，揭示了艺术的限度与艺术家身份的尴尬，但最终并非要否定艺术本身，而是要从根本上澄清艺术与艺术家的悖论性生存处境。在这方面，《野鸭》《建筑师》《复活日》等剧作所带有的"元戏剧"特性，与易卜生后期的"双重自审"是密不可分的。正是这种高度的自我反思性，特别是对艺术活动本身的反思，才使得易卜生晚期的戏剧进入了"元戏剧"层次。应该说，这些精辟的观点的得出是建立在作者对易剧的深入细致的研究之上的，因而作者能够发前人所未发，其中的部分章节即使用英文写成论文在国际刊物上发表也颇有一番新意。

尤其值得一提的是，作者受到巴赫金研究陀思妥耶夫斯基的复调小说之方法的启发，提出了易卜生晚期戏剧的复象诗学，并中肯地指出，较之陀思妥耶夫斯基小说的复调诗学，易卜生的复象诗学自有其独特的现代性内涵，对于现代艺术创作亦颇具启示意义。因为易卜生的主要作品是戏剧，而戏剧主要是供舞台演出的，因而"复象"比"复调"更具有艺术性，或者说在艺术审美上更具有本体意义。作者并没有停留于一般的就事论事的讨论，而是从诗学和美学的高度，认为易卜生晚期戏剧的复象诗学，隐含有艺术学之维，在艺术自律的道路上走向了艺术的自我反思，因而是颇具现代性特征的。总之，易卜生戏剧中的"自审诗学""悖反诗学""回溯诗学""复象诗学""写实、象征与表现融为一体的艺术手法"及其他艺术技巧，在今天都有很强的艺术生命力，对我国当代话剧创作具有深刻的启示意义。确实，在中国当代话剧实现其转型的历史进程中，继承易卜生的自审精神，把易剧诗学的精髓融入当代话剧理论建设和创作实践中去，应该是时代的召唤，也是业内人士的职责所在。

毋庸置疑，上述所有这些新观点的提出，都是基于作者长期以来对易卜生剧作的潜心研究得出的。这自然也与余礼本身的学术背景有关。他早年主修中国语言文学，博士阶段又在中央戏剧学院师从戏剧艺术界的泰斗谭霈生教授，获得博士学位后又转而在哲学院从事博士后研究。这样一种宽广的学科背景和扎实的多学科知识使得本书的写作既在理论上高于一般的艺术研究著作，同时又不带有那种从理论到理论的枯燥的演绎，使人读来趣味盎然，仿佛跟着作者进入了易卜生的艺术世界，同时又与当下的社会情境有着密切的关系。我想一部研究性的学术专著写成这样实属不易。因此，当余礼邀请我为之作序时，我是无法推辞的。

以上拉拉杂杂写了一堆文字，是为序。

王 宁

2019 年年末于上海

（王宁先生系教育部长江学者特聘教授、上海交通大学人文社会科学资深教授、中国比较文学学会会长、欧洲科学院外籍院士、拉丁美洲科学院院士）

目　　录

绪论：易卜生戏剧诗学研究的意义与方法

为什么要做"易卜生戏剧诗学研究"？"易卜生戏剧诗学研究"本身意味着什么？在这种研究的背后，有着怎样的理论关切与现实关怀？或者说，从事这种研究，究竟有什么意义？如果确有意义，该如何做好这项研究？这是本书首先要探讨、阐明的问题。

一、易卜生戏剧诗学研究的三层含义

在阐明为什么要做"易卜生戏剧诗学研究"之前，需要先说清楚何为"易卜生戏剧诗学研究"。在学界，"易卜生戏剧诗学研究""莎士比亚戏剧诗学研究""契诃夫戏剧诗学研究"之类说法比较常见，但不同的学者对它们的理解颇有歧异，即便是笔者本人有时也心存疑惑。比如，"易卜生戏剧诗学研究"是意味着"对易卜生戏剧进行诗学研究（从诗学视角进行研究）"呢，还是意味着"对易卜生戏剧诗学进行研究"？如果是指从诗学视角研究易卜生戏剧，那么所谓的"诗学视角"究竟是什么意思？如果是指"对易卜生戏剧诗学进行研究"，那么所谓的"易卜生戏剧诗学"又是什么意思？显然，这个问题并不简单。如果理解不到位，很可能导致整个研究发生偏差。

经过长期思考，笔者认为对"易卜生戏剧诗学研究"至少可以有两种理解：一是从诗学视角对易卜生戏剧进行研究，二是研究易卜生的戏剧诗学思想。由这两种理解，可生发出"易卜生戏剧诗学研究"的三层含义：一是研究易卜生的戏剧创作学，二是研究易卜生戏剧的诗性品格与诗性智慧，三是研究易卜生的戏剧本质论与戏剧功能论。这三层含义紧密关联，彼此互有渗透，但互相不能替代，且层层深入，最终指向易卜生戏剧艺术的核心奥秘与易卜生最重要的戏剧思想。

首先，"易卜生戏剧诗学研究"确实意味着从诗学视角研究易卜生戏剧。这是最一般的、普泛性的理解，估计也是最容易取得共识的一种理解。但问题是，何谓"诗学"？"从诗学视角进行研究"究竟意味着什么？要厘清这个问题，恐怕需要返回到西方戏剧诗学研究的鼻祖亚里士多德那里，看看他的《诗学》是怎么回事。关于亚氏《诗学》，姚介厚先生说："《诗学》此书原名的意思是'论诗的技艺'。从希腊文的词源意义来说，'诗'有'创制'的含义。创制的技艺本来也包括制作实用物品。而'诗'的创制，则指一切艺术创作。……诗学就是研究艺术即创制知识的学问。……《诗学》着重研究文学创作，特别是处于希腊古典文学峰巅的悲剧。简言之，亚里士多德的《诗学》是研究艺术的美学。"① 这段话看似清晰，实则令人困惑：如果说在希腊文中"诗"有"创制"的含义，那么"诗学"就应该是"创制学"；而所谓"'诗'的创制"，就应该是"创制的创制"，怎可能指"一切艺术创作"呢？或者说，既然前面认为"诗"有"创制"的含义，那么后面"'诗'的创制"这个搭配就是不伦不类的，把一个动词偷换为名词了。为了避免这个问题，台湾学者王士仪主张干脆将亚氏这本书译为《创作学》。他经过一番考证后指出："亚氏《创作学》原本没有命名，经后人狄氏加给它的这个书名看来，也即是后人对本书内容的一种认知，认为本书是：《创作（戏剧行动）技巧指南》，或《戏剧编撰手册》；一部指导创作戏剧的编撰教科书。"② 在他看来，亚氏《诗学》就其原名而言应译为《创作学》，就其实际内容而言可称之为《戏剧编撰手册》。如果说"诗"即"创作"，那么"创作学"这个译名倒是很恰当。但就亚氏《诗学》的实际内容而言，它不只探讨了戏剧的创作技巧，还阐述了一般艺术的本质与功能。这就是为什么很多学者认为亚氏《诗学》是一部具有科学系统性的文艺理论著作或美学著作。从这里可以看出"名"与"实"之间某种微妙的张力：

① 姚介厚：《论亚里士多德的〈诗学〉》，《中国社会科学院研究生院学报》2001 年第 5 期。
② 王士仪：《亚理斯多德〈创作学〉译疏》，台北联经出版事业股份有限公司 2003 年版，第 5 页。

就《诗学》的希腊名称而言，"诗学"即"创作学"；就《诗学》的实际内容而言，"诗学"主要是一部"戏剧创作学"著作，但亦可视为一部"文艺理论"或"文艺美学"著作（其主要内容包括文艺本质论、文艺创作论、文艺功能论三大部分）。"诗学"的这几层含义显然大不相同，后者（尤其是"文艺理论"）似乎是从前者（"创作学"）延展而来①。但这个延展不只是从"诗"延展到"一切艺术"，而实为一种"双重延展"：既从"戏剧诗、史诗"延展到"一切艺术"，也从"创作法研究"延展到"关于（文艺）本质、功能与创作方法的研究"；也就是说，把"关于（戏剧诗、史诗）创作法的研究"延展到"关于文艺本质、功能与创作方法的研究"。这个延展过程的核心部分，可大体看作是从"（戏剧诗、史诗）创作学"延展到"戏剧理论"，再从"戏剧理论"延展到"文艺理论"。简言之，"诗学"之义，从最初的"创作学"，到后来的"文艺理论"，必然经历了一个逐渐延展的过程。后世关于"诗学"意涵的种种界定莫不与此相关。黎志敏先生认为，"西方的 Poetics 有三层意义：最广义的和'理论'相当，次广义的指文学理论（文艺理论），最狭义的指有关诗歌的系统理论"②，其后二义的根据就在于，《诗学》既可被视为一部文艺理论著作，亦可被视为一部主要探讨戏剧诗、史诗之本质、功能与创作技巧的诗论著作。杨乃乔先生认为"诗学就是指涉文艺理论而不是'关于诗的研究'"③，这种试图一锤定音的努力虽然可以理解，也颇有根据（亚氏《诗学》在后世一般被视为一部文艺理论著作），但否认"诗学"是"关于诗的研究"，似乎不妥。毕竟亚氏《诗学》虽然主要探讨戏剧创作法，但戏剧在亚里士多德那个时代被视为一种"诗的艺术"，也就是说，亚氏《诗学》也是"关于诗的研究"。况且，中国传统诗学更多的也是"关于诗的研究"。因此，在笔者看来，充分考虑到亚氏《诗学》的本义与衍生义，兼顾中国文化语境中"诗学"的一般含

---

① 但后者并不能完全涵容前者。因为"创作学"（或"创制学"）的研究对象并不限于艺术创作，还可包括某些非艺术品的制作；"文艺理论"虽然包含"文艺创作论"，但包含不了非艺术品的制作理论。

② 黎志敏：《诗学构建：形式与意象》，人民出版社 2008 年版，第 3 页。

③ 杨乃乔：《论中西学术语境下对"Poetics"与"诗学"产生误读的诸种原因》，《天津社会科学》2006 年第 4 期。

义，从而允许"诗学"具有多种含义，是切合实际也很有必要的。

至此，"诗学"似可理出三层含义：创作学；诗论（含戏剧诗论）；文艺理论。如果说"诗学"即"创作学"，那么"从诗学视角研究易卜生戏剧"就是指从创作学的视角研究易卜生戏剧，即探讨易卜生如何创作出他那一系列戏剧精品，这就必然涉及他的创作过程、创作思维、创作技巧等；如果说"诗学"即"诗论"，那么"从诗学视角研究易卜生戏剧"就意味着研究易卜生戏剧的诗性品格、诗性特质、诗性智慧；如果说"诗学"即"文艺理论"，那么"从诗学视角研究易卜生戏剧"就意味着研究易卜生戏剧中隐含的文艺思想（至少需包括文艺本质论、文艺创作论、文艺功能论）。但这里显然出现了某种龃龉之处："对易卜生戏剧进行文艺理论研究"这个说法是不妥、不通的。也许用后世相对扩大化的含义套在具体的研究对象上是不合适的。如果说在亚氏这里，"诗学"虽可指涉"文艺理论"，但主要是指"戏剧理论"，那么"从诗学视角研究易卜生戏剧"就意味着研究易卜生戏剧中隐含的戏剧思想（含戏剧本质论、戏剧创作论、戏剧功能论）。这样一来，完全说得通，问题也似乎基本可以澄清：所谓"易卜生戏剧诗学研究"，就是"从诗学视角研究易卜生戏剧"；而所谓"从诗学视角研究易卜生戏剧"，大体包含三层意思：一是研究戏剧诗人易卜生的创作过程、创作思维、创作技巧，二是研究易卜生戏剧的诗性品格、诗性特质、诗性智慧，三是研究易卜生的戏剧本质论、戏剧创作论、戏剧功能论[①]。至此，课题名称的含义似乎很清楚了，但仍有两个问题没有解决：第一，"易卜生戏剧诗学研究"的这三层含义有何内在关联？它们将如何统一在一起？第二，研究易卜生的戏剧本质论、戏剧创作论、戏剧功能论，是只能根据易卜生自己的戏剧评论、书信演讲、创作札记等来研究，还是另有他途？显然，这些问题关系到"易卜生戏剧诗学研究"的科学性、严整性，非常有必要加以厘清。

在讨论这两个问题之前，有必要进一步加深对"诗学"的认识。杨义

---

① 由于"诗学"一词的含义是逐渐延展的，后来的义项大体可包含最初的义项，故此处"从诗学视角研究易卜生戏剧"所包含的三层意思，后面的意思亦可包含前面的意思。但本节开头阐明观点时，为避免意思重复，做了一点必要的处理。

先生为了重新认识"诗学"，曾下过很大的功夫。在《认识诗学》一文中，他开篇提出，"诗学是文艺学或者文学理论的精髓和核心，它探讨的是人对世界进行诗意的体验和把握的智慧方式。……诗学是贯通古今中外的一种诗性的智慧，它不光是研究古典的诗评、诗论这些东西的"①，接着他分三个层面论证了这个观点。首先，关于中国传统文化语境中的"诗学"概念，要注意把握两个时段：在唐朝以前，"诗学"指的是"《诗经》之学，是经学的一部分"；在唐朝以后，"诗学"指的是"诗的智慧与作诗的能力"，是一种"士大夫之学"。其次，关于西方文化语境中的"诗学"概念，他认为要注意区分"原生性诗学"与"再生性诗学"。杨义自述，他普查了剑桥大学图书馆所藏的 1995 种西方诗学著作，研究之后发现，西方诗学著作至少可分为三类：第一类是研究古代的诗论、诗评或者古代《诗学》的著作，其中大多数研究的是亚里士多德的《诗学》，有一百多种；第二类是研究非西方系统的诗学的著作，也有一百多种，其中研究梵语诗学、俄罗斯诗学的著作较多，尤其是研究巴赫金《陀思妥耶夫斯基诗学问题》的著作比较多；第三类则五花八门，数量至少在 1500 种以上，可称之为对西方诗学体系的开拓性、建构性研究著作。第三类著作有三个特点：第一，它们不是从现成的概念、理论来推演出一个学理体系，而是从权威的诗人、活生生的文本体验和解读中发现新的诗学原理；第二，它们喜欢制造出一些诗学的论题和话语，用来开辟原创性的学术空间；第三，它们很重视学科交叉，在一些诗学命题的背后有着跨学科的思想背景②。在这三类著作中，前两类主要是研究现成的诗论、诗评或诗学著作，可称之为"再生性诗学"；第三类是由研究者自己从经典作品中体验、抽绎出某种诗学思想，可称之为"原生性诗学"。相比而言，杨义更重视"原生性诗学"，他说："从诗人的诗作原汁原味的审美体验中分析出他的诗学原理和原则，这是西方诗学创造的一种最直接、最基本的智慧方式，我觉得这一点我们必须重视，即从作品本身，从权威作家经典作品本身来体验诗学的基本理论。用我们中国话来说，就是用一

---

① 杨义：《认识诗学》，载《读书的启示：杨义学术演讲录》，生活·读书·新知三联书店 2007年版，第285—286页。

② 杨义：《认识诗学》，载《读书的启示：杨义学术演讲录》，生活·读书·新知三联书店 2007年版，第292—298页。

种悟性来悟出它里面的智慧形式是个什么形式。"① 这话明确指出了诗学研究的一条重要路径（从权威作家经典作品中体验、抽绎出诗学的基本理论），笔者以为这确实是非常值得重视的一种文艺研究路径。遵循这种研究路径，则作家作品研究与文艺理论研究是一体的；或者说，对某某作家作品的诗学研究，完全可以既是作品研究又是理论研究。由此，如果概括一下杨义先生对"诗学"或"诗学研究"的再认识，可以归结为两点：第一，"诗学"主要是研究"诗性智慧"的，或者说诗学研究的核心对象是"诗性智慧"；第二，"诗学"可区分为"原生性诗学"和"再生性诗学"，且前者更重要。这也就意味着，从诗学视角研究权威作家经典作品，主要意味着从研究者对作品的审美体验中感悟作家的诗性智慧，体会出作品内在的诗学原理。

美国普林斯顿大学比较文学系客座教授、曾任国际比较文学学会会长的厄尔·迈纳先生认为："'诗学'可以定义为关于文学的概念、原理或系统。……有关诗人和诗作的含蓄诗学（Implicit Poetics）总是存在的，而且极为重要。四个世纪以来，人们一直在试图理解莎士比亚对他自己的艺术的见解。……存在两种不同的普遍性的诗学体系。其一是在实践上隐含不露的，这种诗学属于所有视文学为一种独特的人类活动、一种独特的知识和社会实践的文化。另一种是明晰的'原创'（Originative）或'基础'（Foundational）诗学，这种诗学只见于某些文化，而在另一些文化中则找不到。……西方诗学是亚里士多德根据戏剧定义文学而建立起来的，如果他当年是以荷马史诗和希腊抒情诗为基础，那么他的诗学可能就完全是另一番模样了。……诗学主要研究的是诗人的创作中迄今仍不明晰的东西。……亚氏在其题名为《诗学》的著作中提到，这些戏剧家暗示着一种把文学区别为独立性活动的努力，这种独立性活动的原则实际上早已在其写作实践中形成了一种含蓄的诗学，亚里士多德只不过进一步使之明晰化了。"② 这意味着，

---

① 杨义：《认识诗学》，载《读书的启示：杨义学术演讲录》，生活·读书·新知三联书店 2007 年版，第 294 页。

② ［美］厄尔·迈纳：《比较诗学》，王宇根、宋伟杰等译，中央编译出版社 2004 年版，第 3—18 页。

在迈纳看来：第一，"诗学"至少可分为两种，一种是明晰的诗学（Explicit Poetics，或译为"显性诗学"）或"原创的诗学"（Originative Poetics），另一种是含蓄的诗学（Implicit Poetics，或译为"隐性诗学"）；第二，通过学者的研究工作，可以将创作实践中隐含不露的诗学转化为明晰的显性诗学；第三，诗学研究总是基于特定的作品或创作实践，若依据的研究对象发生变化则学者的诗学建构自然就不同；第四，诗学研究虽有两种，但"诗学主要研究的是诗人的创作中迄今仍不明晰的东西"，也就是说，研究"隐性诗学"比研究"显性诗学"更为重要。

现在再来看上面那两个问题。关于第一个问题，其内在关联应该是比较清楚的：三者存在由表及里、层层深入的关系——从研究易卜生的创作过程开始，逐步进入他的创作思维、诗性智慧，最后反思、总结出他的戏剧本质论、戏剧创作论、戏剧功能论。在某种程度上，这个过程也是从具体的创作实践上升到抽象的理论结晶的过程；而在这个过程中，贯穿始终、最为核心的乃是对易卜生诗性智慧的探寻与反思。关于第二个问题，在研究易卜生的戏剧理论时，固然要参考易卜生的戏剧评论、书信演讲、创作札记等显性资料，但更为重要的是要像杨义先生所说的那样，从易卜生的经典剧作本身去体验、抽绎出易卜生的戏剧思想。这样抽绎出来的易卜生戏剧思想，也许是易卜生自己都没有意识到的，但只要是实事求是、有理有据的，仍不妨归入"易卜生戏剧诗学"之中。

现在，我们经由对"易卜生戏剧诗学研究"的第一种理解——"从诗学视角研究易卜生戏剧"，自然而然来到了对"易卜生戏剧诗学研究"的第二种理解——"对易卜生戏剧诗学进行研究"。那么，何谓"易卜生戏剧诗学"？"易卜生戏剧诗学"本身包含什么？根据上面对"诗学"这一概念的分析，同样可清理出"易卜生戏剧诗学"的三层含义：易卜生的戏剧创作学；易卜生戏剧中隐含的诗性智慧；易卜生的戏剧理论（或易卜生的戏剧思想）。如果说易卜生在戏剧评论、书信演讲、创作札记中已经明确说出来的戏剧理论可姑且谓之易卜生的显性戏剧诗学，易卜生戏剧中所隐含的戏剧思想可姑且谓之易卜生的隐性戏剧诗学，那么"易卜生戏剧诗学"至少包含易卜生的显性戏剧诗学和隐性戏剧诗学。

关于对"易卜生戏剧诗学研究"的这两种理解基本是一致的，但仍存在微妙的差异。首先，在这两种不同的理解之下，"易卜生戏剧诗学研究"这一课题的研究对象略有差异。根据前一种理解，研究对象就是"易卜生戏剧"；根据后一种理解，研究对象除了"易卜生戏剧"，还有"易卜生的戏剧评论、书信演讲、创作札记"等辅助资料。因为，如果要研究易卜生的显性戏剧诗学，那就必须把这些资料纳入研究范围之中。其次，研究内容的具体侧重点略有差异。根据这两种理解，无论是"对易卜生戏剧进行诗学研究"，还是"对易卜生戏剧诗学进行研究"，最终都要总结出易卜生的戏剧理论；但前者所总结的，偏于易卜生的隐性戏剧思想，后者则兼顾易卜生的隐性戏剧思想和显性戏剧思想。最后，研究的问题意识略有差异。前者突出"诗学视角"，侧重于探寻易卜生的诗性智慧；后者突出"戏剧诗学"（该短语将"戏剧"与"诗"更为密切地结合在一起），侧重于探寻易卜生如何做到戏剧性与诗性的融合统一。当然，无论侧重于探讨什么问题，其结论最终都是构成易卜生的戏剧理论。

综合以上关于"易卜生戏剧诗学研究"的种种分析，可以得出这项研究自然关涉到的主要问题与主要内容：

1. 易卜生是如何创作戏剧的？或戏剧诗人易卜生的创作过程、创作思维、创作技巧是怎样的？进而言之，易卜生在这些方面较之他人有何独特之处？对这些问题的回答构成易卜生的戏剧创作学，同时也构成易卜生戏剧诗学的重要内容。

2. 易卜生戏剧中渗透着怎样的诗性智慧？或者说，他究竟是运用了怎样的艺术智慧才创造出他那一个个独特的艺术世界的？进而言之，易卜生在戏剧艺术上有什么重要的革新？对这些问题的回答无疑构成易卜生戏剧诗学的核心内容。

3. 易卜生在创作戏剧时是如何做到戏剧性与诗性融合统一的？对这个问题的回答无疑也构成易卜生戏剧诗学的核心内容。

4. 易卜生的戏剧本质论、戏剧创作论、戏剧功能论是怎样的？对这个问题的回答构成易卜生戏剧诗学特别重要的内容（或结论性内容）。

显然，这些问题虽然侧重点各不一样，但彼此存在非常密切的关联。或者说，对其中任一问题的回答，都有助于回答其他问题，也都有待于其他问题得到回答。它们处在一个问题环中，彼此勾连，共同进退。这些也就是本书所要探讨的主要问题。

二、易卜生戏剧诗学研究的目的与意义

探讨以上这些问题，究竟有什么目的？或从事易卜生戏剧诗学研究，究竟有什么意义呢？至少在十年前，笔者便希望做这项研究。近十年来，尽管笔者听到了一些杂音，但却愈来愈坚信这项研究是十分必要且颇具重要意义的。

易卜生戏剧诗学研究之所以十分必要，一方面跟中国乃至国际易卜生研究的历史与现状有关，另一方面则跟中国当代戏剧的理论与实践现状有关。

第一，近百年来，易卜生在中国主要是被作为一位"社会改革家"和"问题剧作家"来接受的，其"戏剧诗人"的身份还远远没有得到充分的重视，至于其戏剧诗学思想更是鲜有研究。本来，易卜生在很多场合均自视为"诗人"（无论在早期还是晚年，易卜生都认为自己是一名诗人，而很少说自己是个剧作家）。比如，1898 年 5 月 26 日（当时易卜生已满 70 周岁，已写过很多名剧），易卜生在挪威一个宴会上说："我主要是个诗人。"[①] 但我国学者极少把易卜生当作诗人来看。有些学者甚至不仅不把他当作"诗人"来看，也不把他当作剧作家来看，而是当作"社会改革家"来看。胡适就自述："我们注意的易卜生并不是艺术家的易卜生，乃社会改革家的易卜生。"[②] 胡适当时影响之大，毋庸置疑。不过，即便如此，中国确有一些学者仔细研究过易卜生的戏剧艺术，如余上沅、陈西滢等。但总的来看，鲁迅、胡适、刘大杰、余上沅、陈西滢、潘家洵、焦菊隐、李长之、陈瘦竹等著名学者对易卜生戏剧的研究，固然非常重要，但尚未聚焦于易卜生的诗性智慧，也没有探讨易卜生如何做到戏剧性与诗性融合统一这个核心问题。新时期以来，王忠祥先生的《易卜生》、王宁先生的《作为艺术家的易卜生：

---

① 《易卜生书信演讲集》，汪余礼、戴丹妮译，人民文学出版社 2012 年版，第 385 页。
② 胡适：《答 T. F. C〈论译戏剧〉》，《新青年》1919 年 3 月第 6 卷第 3 号。

易卜生与中国重新思考》《易卜生剧作的多重代码》、何成洲先生的《对话北欧经典》、刘明厚教授的《真实与虚幻的选择——易卜生后期象征主义戏剧》等论著，深入分析了易卜生戏剧的艺术成就与重要影响，虽然无意深入探究易卜生的戏剧诗学思想，但为这方面的研究打下了重要的基础。

第二，在国外，学者们对易卜生戏剧的研究越来越趋向于诗学、美学的探讨[①]，这对国内易卜生研究有重要启示意义。特别值得注意的是，国外不少学者很看重易卜生的戏剧诗人身份。比如，英国当代评论家布莱德鲁克在《诗人易卜生》中指出："易卜生作为诗人的一些魔力逐渐凝聚、集中、完整起来，发展成为一种力量，后来竟采用散文剧作为他表达的工具了"[②]；马丁·艾思林在《易卜生与现代戏剧》中也明确提出："易卜生晚期戏剧充满了戏剧化的诗……易卜生戏剧历久弥深的力量与影响恰好是源于它的诗性品格"[③]。此外，珍妮特·李的《易卜生密码》、约翰·劳森的《易卜生的戏剧手法》、约尔根·哈格恩的《易卜生的方法——易卜生戏剧里的内心发展》、比约恩·海默尔的《易卜生——艺术家之路》、阿斯比昂·阿尔塞斯的《易卜生的当代剧——冷漠戏剧学之研究》、托莉·莫伊的《易卜生与现代主义的诞生》等著作对易卜生的戏剧技巧、艺术思想、美学思想等进行了比较深入的研究。尤其是阿斯比昂·阿尔塞斯教授和莫伊教授，他们对易卜生的戏剧技巧、戏剧理念和美学思想的探讨颇具启发意义。这个研究趋势确实正如国际著名易卜生研究专家王宁先生所说："当今的国际易卜生研究界正经历着一个从意识形态批评到审美阐释的转折，具体地说，就是从思想层面来评价'易卜生主义'到从审美理论层面来阐发'易卜生化'的转折过程。"[④] 然而，在这个转折过程中，对易卜生戏剧的审美阐释尽管已经取得了诸多成果，仍有一些重要问题值得关注，比如，易卜生戏剧中最具独创性和现代性的诗学思想是什么？易卜生戏剧的诗性与戏剧性是如何融合统一

---

① ［英］艾罗尔·杜尔巴赫：《二十世纪的西方易卜生批评》，戴丹妮译，《戏剧（中央戏剧学院学报）》2010 年第 1 期。

② ［英］布莱德鲁克：《诗人易卜生》，茅于美译，载高中甫编选：《易卜生评论集》，外语教学与研究出版社 1982 年版，第 274 页。

③ ［英］马丁·艾思林：《易卜生与现代戏剧》，汪余礼译，《戏剧（中央戏剧学院学报）》2008 年第 1 期。

④ 王宁：《作为艺术家的易卜生：易卜生与中国重新思考》，《外国文学研究》2003 年第 2 期。

的？易卜生的戏剧诗学思想在当代有何启示意义？等等。因此，在易卜生戏剧诗学研究方面，还存在很大的拓展空间。

第三，研究易卜生戏剧诗学，有望真正进入易卜生戏剧的内核，破解易卜生戏剧的核心密码，提炼出易卜生的戏剧诗学思想，进而在易剧理论研究方面有所突破。作为"现代戏剧之父"，易卜生对世界现代戏剧尤其是中国现代戏剧的发展产生了极大的影响。但这位戏剧大师的戏剧诗学思想迄今没有得到国人深刻而系统的阐发与总结，这实在是中国易卜生研究界的一大缺憾。客观地说，像易卜生这样的大师级作家，值得从戏剧学、诗学、美学、哲学、宗教学等多种视角进行深入的理论研究——不只是一般性的作品分析，而是从中作出真正的理论创新。近年来，王宁先生呼吁"在中国的易卜生研究界出现一种美学的转向"，希望"中国的易卜生研究者从中国的文化知识立场和审美视角出发作出自己的理论创新和美学建构"①，这样才有可能在国际易卜生研究界发出自己有力度的声音。在某种意义上，研究易卜生戏剧诗学，正是走自主创新之路并"走向一种美学建构"的尝试②。

第四，研究易卜生戏剧诗学，对于建设中国现当代戏剧理论具有重要意义。中国现代戏剧虽有所谓"诗化现实主义"传统，但人们对"现实主义"研究得很多，对"诗化"则研究得不够；中国当代最杰出的一些戏剧理论家（如谭霈生、董健等），对于"戏剧性"问题讨论得比较多，对于戏剧的"诗性"问题也讨论得比较少。然而，光有戏剧性，是不足以成就一流名剧的。没有诗性的戏剧，即便能引起一时轰动（比如某些社会问题剧），但往往经受不住时间的淘洗。事实上，几乎所有经典名剧，都能做到戏剧性与诗性的完美融合。但怎样才能做到戏剧性与诗性的完美融合呢？这应该作为戏剧理论的一个核心问题提出来。显然，回答这个问题需要借助典范性作品，我们只有在戏剧性与诗性完美融合的经典名剧中才能洞见个中奥秘。易卜生戏剧作为"诗化戏剧"的典范，将戏剧性与诗性完美地融合为一体，其中蕴含着一些颇具启发性的戏剧诗学思想，很值得认真总结。可以说，研究易

①　王宁：《作为艺术家的易卜生：易卜生与中国重新思考》，《外国文学研究》2003年第2期。

②　诗学与美学虽然不同，但存在交集。亚氏《诗学》无疑属于诗学著作，但很多时候它也被看作是一部美学著作。当诗学著作不限于讨论诗歌作法，而扩展为探讨艺术本质、艺术功能、艺术创作等一般性艺术理论问题时，它就带有美学性质了。

卜生戏剧诗学，是建设中国当代戏剧理论的基础工作之一①。

第五，研究易卜生戏剧诗学，对于中国当代戏剧创作实践具有启发意义。作为一项努力把握易卜生戏剧艺术之核心奥秘、竭力阐明其形式创构之诗性智慧的研究，易卜生戏剧诗学研究既着眼于理论建设，也服务于实际创作。笔者最初起念做易卜生戏剧诗学研究，就是希望对戏剧创作有所裨益。经典名剧是学习戏剧创作最好的教材，曹禺当年就从《易卜生全集》中领悟到了很多戏剧创作方面的诀窍。但他领悟了、吸收了、消化了，却没有说出来，我们一般读者、观众还是不太清楚。如果把易剧中蕴含的诗性智慧、创作技巧等阐发出来，想必对于今天的戏剧创作是有启发意义的。今天的剧作家当然不一定要按照易卜生的方法与技巧去写作，但借鉴、化用他的东西，丰富自己的艺术智慧宝库，终归还是有意义的。

也许有人认为，现在都已经是"后戏剧"时代了，"剧本中心制"早已让位于"剧场本位制"，还研究剧作家的创作智慧显得"太落伍"，也没有意义。对此，笔者的看法是：无论国外的"后戏剧剧场"如何繁荣，我们都没有必要盲目跟风；中国有中国的现实国情和文化情境，中国有中国目前亟须解决的种种问题，而那些问题跟西方人所面临的问题是很不一样的，因此我们应该更多地"扎根中国大地"搞研究与创作，"扎根中国大地"推进文化建设。在文化建设方面，我们要走的路还非常远。而且我们需要更多地"踏踏实实地建构"而不是"虚化一切的解构"；在戏剧创作方面，我国的现实主义和现代主义戏剧尚未得到充分发展，大可不必急于发展后现代戏剧和后戏剧剧场艺术。而且，就中国当代社会的实情与戏剧发展的实况而言，易卜生戏剧及其蕴含的精神、思想与艺术智慧远远没有过时，相反，它还非常契合中国当前的需要。

总之，从易卜生戏剧诗学研究所要探讨、解决的问题，以及国内外相关研究的历史与现状来看，目前这项研究是很有价值的。如果要概括一下这项

---

① 建设中国当代戏剧理论，不一定只能基于中国传统戏剧理论和中国戏剧创作实践，国外的戏剧创作实践与理论同样是非常重要的资源。如果是由中国人基于中华民族的文化立场与审美视角对国外的经典名剧进行理论研究，由此得出的戏剧理论成果应可纳入"中国戏剧理论"的范围内，而不宜划入"外国戏剧理论"的范围内。换言之，基于中华民族的文化立场与审美视角对国外的经典名剧进行理论研究，也是中国人进行戏剧理论创造的一条重要路径。

研究最重要的价值，笔者以为在于为我国当代戏剧创作提供艺术智慧方面的支持，为戏剧界多出精品创造条件，从而促进我国戏剧创作事业的发展。习近平总书记《在文艺工作座谈会上的讲话》指出："精品之所以'精'，就在于其思想精深、艺术精湛、制作精良"，"我们社会主义文艺要繁荣发展起来，必须认真学习借鉴世界各国人民创造的优秀文艺。只有坚持洋为中用、开拓创新，做到中西合璧、融会贯通，我国文艺才能更好发展繁荣起来。"① 据此，要做到"思想精深、艺术精湛"，显然需要"学习借鉴世界各国人民创造的优秀文艺"，这中间当然应该包括学习借鉴易卜生创造的经典名剧。易卜生戏剧表达的思想不一定都正确，但借鉴、化用易卜生的诗性智慧、创作技巧，有助于我国戏剧创作做到"艺术精湛"。客观地说，我国当代戏剧创作，素来很重视政治导向的正确性，也追求思想的深刻性，但不少作品在艺术方面有明显的欠缺。有些戏，确实传达了正能量，但往往宣传教化色彩太浓，或形销骨立过于单薄，不能让人获得充分的审美满足。针对这种"艺术营养不良症"，通过戏剧诗学研究来丰富人们的艺术智慧，确有必要性。

三、易卜生戏剧诗学研究的方法与思路

如果说易卜生戏剧诗学研究确具重要价值，那么如何才能做好这项研究呢？以笔者体会，做这项研究固然需要依据丰富的材料，从"实事"中求"是"，但其核心部分有点类似于康德所说的"反思性判断"，需要靠反推和感悟。质言之，就是需要做到实证、思辨与感悟相结合。

康德曾说："天才就是给艺术提供规则的才能（禀赋）。……每一种艺术都预设了一些规则，凭借这些规则作基础，一个想要叫作艺术品的作品才首次被表象为可能的。……这种规则必须从事实中即从作品中抽出来，在这作品上别人可以检验他们自己的才能，不是为了能把它用作仿造的典范，而是为了能用作模仿的典范。"② 可见在他看来，通过反思把天才作品中的艺

---

① 习近平：《在文艺工作座谈会上的讲话》，人民出版社 2015 年版，第 10、26 页。
② ［德］康德：《判断力批判》，邓晓芒译，人民出版社 2002 年版，第 152—153 页。

术规则抽绎出来，既是可能的也是有益的，即可以"用作模仿的典范"。列夫·托尔斯泰说得更明确："称职的艺术批评家应该告诉人们在艺术品中搜寻观念是徒劳的，他们必须引导读者深入艺术本身，穿越无尽关联构成的迷宫，乃至最终触及支撑艺术内部关联的法则。"① 这里所谓"触及艺术内部关联的法则"，其实也就是把艺术品形式创构的内在规则抽绎出来，或凭心灵感悟到并表达出来。而这种表征艺术家独创性的内在规则，也就是艺术家艺术智慧的核心内容；揭示这种内在规则，在很大程度上就是从事诗学研究。简言之，从事易卜生戏剧诗学研究，意味着既要入乎其内又要出乎其外，走一条迂回曲折的道路，这样才能将易剧内在规则与易翁诗性智慧抽绎出来。

这个看上去有点玄，而且也似乎不够客观——谁能保证你抽绎出来的规则是天才作品中真实存在的规则呢？谁能保证那不是你的想象或臆测？这确实是个很关键的问题。对此，笔者的回答是：当亚里士多德从索福克勒斯、欧里庇德斯等人的作品中抽绎出"突转与发现"的重要规则时，当黑格尔从《安提戈涅》中抽绎出"冲突双方在坚持维护各自伦理理想的过程中陷入罪过"的法则时，当巴赫金从陀思妥耶夫斯基的小说中抽绎出"复调思维"时，当萧伯纳从易卜生戏剧里抽绎出"讨论与行动合为一体"的新技巧时，他们也很难确证这些规则、技巧正是作家本人真实运用过的规则、技巧。这些大师的"抽绎""概括"都确有根据，但也并不完全都是客观的。而且，人们甚至可以根据作品实际，论证相关作品中并不存在那些大师所说的"规则""技巧"。比如，《安提戈涅》中真的存在黑格尔所说的那种规则吗？细读该剧，会发现该剧有非常明显的道德倾向性，即谴责国王克瑞翁不敬天神、过于傲慢，而无意肯定他所坚持的伦理理想有很大的合理性。显然，黑格尔所说的"规则"带有一定的想象成分。萧伯纳对易卜生戏剧的误读更是众所周知，毋庸置疑。可更确凿的事实在于，即便他们说的"规则""技巧"带有一定的想象成分，但确实对戏剧创作与批评实践产生了巨大的影响。这一事实意味着，学者们对经典作品中的内在规则、诗性智慧的

① 转引自 [美] 哈罗德·布鲁姆：《影响的剖析：文学作为生活方式》，金雯译，译林出版社2016年版，第12页。

发现、抽绎即便不完全是客观的，即便有学者们主观构造的成分，却仍有可能对创作与批评产生实实在在的影响。进而言之，"就文学创作的实际情形而言，作家们通常是在熟读若干经典作品之后，对于特定文体的审美规范、艺术智慧有了自己独到的理解与领悟之后，才开始创作的。……而作家们对前辈名家名作的理解（尤其是对其诗性智慧、创作技巧的领悟）很可能是包含误读的，但没关系，他们正是在误读中开始他们的创造。……一部文学史，正是贯穿着这种'在误读中创新'的隐性进程。尽管'误读'听上去不美，但却是超越我们的愿望和行动与我们一起发生的事实。据此，我们应该坦然面对'误读'：'误读'并不可怕，关键是要有创造性；对于作家来说，'创造性误读'是其'成为自己'的一条重要路径；对于学者来说，'创造性误读'是其进行理论建构的必要条件"①。仔细一想，事实难道不正是这样的吗？更严格地说，正是一定程度上的想象、臆测、误读使得文艺创新成为可能。没有人能完全准确地理解前辈作家的创作思维，后人的理解总是不可避免地会带上其"前结构"（或"先验认知图式"）与"内经验"综合构造的成分，也就是必然会带上其个人的色彩。但正是这种一再发生、重复叠加的个性化综合构造、视域融合，使得每一位作家的创作既接通历史、植根传统，又带有自己的独特之处。当然，笔者并不提倡"误读"，而只是认为"误读"无法避免；而且，正因为"误读"不可避免，随时都有可能发生，所以更要尽可能去接近大师本来的高度。如果说"仆妾眼中无英雄，侏儒眼中无巨人"，那么"误读"的必然存在并不能为仆妾、侏儒眼界的狭窄辩护，而恰好说明他们自身亟须提高。即便在一千个观众的心目中有一千个哈姆雷特，但这并不意味着这一千个哈姆雷特具有同样的审美价值，也不排除有一个哈姆雷特可能最接近莎士比亚心目中的哈姆雷特。归根结底一句话，研究易卜生戏剧诗学需要充分意识到：反推、感悟有可能包含"误读"，但正因为"误读"难以避免，所以更需要通过充分实证、缜密思辨、用心感通，尽可能走进大师的艺术世界，从而领悟其艺术智慧与创作秘密。

---

① 汪余礼：《试论数字时代文论创新的四条路径》，《中国文艺评论》2017 年第 9 期。

基于此，本书对易卜生戏剧诗学的研究，将主要运用审美感通学批评方法①。所谓"审美感通学批评方法"，在很大程度上就是一种通过尽量精准的审美感通来探求作品及作家的创作思维与诗性智慧，进而建构文本诗学②和从事文化创造的文艺批评方法。这种批评方法虽然并不只限于探求诗性智慧、建构文本诗学，但与建构文本诗学有着天然的亲缘关系。其具体理念与方法，简而言之，至少包括六点：一是以审美的心态看待艺术作品，把艺术作品真正当成艺术作品来欣赏和批评；二是入乎其内、圆照周览，同情地理解作品的各个要素，力求对作品的有机整体和内在生命心领神会；三是换位思考、会通心源，用心领悟作家的艺术思维与艺术灵魂，与之融通；四是纵横勾连、回环通观，了解、体悟作家作品背后的相关文本与文化语境；五是全幅感通、阐发本体，即在对作家作品全幅感通的基础上，寻找合适的视角、切入点与言说方式，将在感通过程中体悟到的由作品生命、作者生命、观者生命三者交流形成的本体结构阐发出来，并在这个过程中阐明作品中所呈现的生命境界和内在智慧；六是触类旁通、建构理论，即在对作品进行审美阐释的基础上建构文本诗学，参与文化创造。在具体的批评过程中，审美感通学批评主张把"面向作品本身，把艺术当艺术"作为第一原则，同时坚持披文入情与沿波讨源相结合、澄怀味象与理性思辨相结合、实证反推与感悟感通相结合、尊体解体与构体创体相结合、审美阐释与理论建构相结

① "审美感通学批评"是笔者自主探索出来的一种文艺批评方法，2014 年 5 月在《"深沉阴郁的诗"与"不可能的存在"——对〈海达·高布乐〉的审美感通学批评》（《武汉大学学报（人文科学版）》2014 年第 3 期）一文中明确提出，2016 年 9 月在专著《双重自审与复象诗学——易卜生晚期戏剧新论》（中国社会科学出版社 2016 年版）做过进一步阐释。审美感通学批评的基本术语有：正向感通，反向感通，复合感通；太极图式，诗性智慧，文本诗学；隐性艺术家，阴阳互动机制，虚实联动机制，分化聚合机制，多元炼金机制；等等。这种批评方法旨趣有二：一是探求诗性智慧、建构文本诗学，二是感通作者生命境界、再植灵根重续慧命。这两种旨趣可以融合为一，即在解析作者诗性智慧的过程中感通其生命境界，在建构文本诗学的过程中再植灵根重续慧命。

② 此处所谓"文本诗学"，是指从作家、艺术家的作品中感悟、抽绎出来的诗学思想；但它不是从所有文艺作品中概括出来的，而只是从特定的、有限的文艺作品中抽绎出来的，更多地指涉特定的作家、艺术家在特定的文本中体现出来的艺术智慧或诗学思想。"文本诗学"是相对于"普遍诗学"而言的，不一定放之四海而皆准；其主体内容包含杨义所说的"原生性诗学"或厄尔·迈纳所说的"隐性诗学"。"文本诗学"这一概念之所以有价值，是因为从具体的经典作家作品中提炼出来的相对具体的诗学思想，比那种抽象的、追求普适性和巨大包容量的普遍诗学，对于文艺创作与评论来说更具有启发意义。比如，巴赫金提出的"复调诗学"作为一种"文本诗学"，就对后世的文艺创作与评论产生了巨大的影响。

合、审美感通与人格重建相结合这六大理念与方法。这里每一个要点展开来说可能都需要上万字，此处不拟赘述。但为着落实"审美感通学批评"这一基本方法，本项研究在理念与思路上还有以下几点考虑：

第一，隐性诗学研究与显性诗学研究相结合。研究易卜生戏剧诗学，虽说重点是着力发掘出易卜生戏剧中隐含的诗性智慧、创作技巧，但绝不能认定作家"已死"，对他说过的话完全置之不理。在笔者看来，易卜生在戏剧评论、书信演讲、创作札记中表达的那些关于戏剧本质、艺术本质、戏剧创作秘密、戏剧艺术功能的话是非常重要的，至少可起到"启发"与"参证"作用。如果说相对于易卜生的艺术智慧这个研究目标而言，易卜生的戏剧作品属于内证材料，易卜生的戏剧评论、书信演讲、创作札记等属于外证材料，那么要接近研究目标就需要做到内证、外证与心证相结合。无论是内证还是外证，其实都需要与心证（感通）相结合，否则触目皆是片断，无法纳入一个思想整体之中。但心证是有限度的，绝不能以个人主观好恶随意裁决客观材料。像萧伯纳，他研究易卜生时主观性太强，又没有看过最能直接体现易卜生创作思想的《易卜生书信演讲集》《易卜生的工作坊》等材料，结果他得出来的一些结论与易卜生自己的观点几乎是相反的。因此，将易卜生的戏剧作品与其戏剧评论、书信演讲、创作札记等结合起来"互证互释"，无疑有助于准确把握易卜生戏剧诗学的精髓。

第二，历史考察与整体透视相结合。这里所谓"历史考察"，包含两层意思：一是结合易卜生所处的历史文化语境去理解他的戏剧创作；二是把易卜生的戏剧创作看成由若干个历史阶段构成的一个连绵起伏的有机整体，然后分阶段去考察其创作思维、艺术智慧。易卜生生于 1828 年，卒于 1906 年，在其 60 年创作生涯中，他的创作思维、艺术思想发生了诸多变化，很难一言以蔽之。这世上并没有统一的创作思维，即便是同一个作家，其不同时期的创作思维也是不同的，因此非常有必要分阶段加以考察。此外，还需注意将其不同阶段的思想连贯起来，予以整体透视，从而把握到更为内在、更为根本的东西，并窥见其不同时期戏剧创作的"内在联系"。若言"一本万殊"意味着纷纭万象背后有一个共同本源，那么易卜生不同时期的戏剧思想背后应该也有一个相对稳定的本源。在同一层面上，那个"一本"无法将"万殊"一言以蔽之；但在不同的层面上，那个"一本"却是"万殊"的本源与根据。

第三，"戏剧性"分析与"诗性"阐释相结合。研究戏剧诗学，不能避开戏剧性与诗性融合统一的问题。这是个硬核问题，很难说清楚，故而很多论者将其轻轻绕过。笔者以为，这个问题至关重要，如果绕过则既不可能实现对易卜生戏剧的"审美阐释"，也不可能对中国当代戏剧理论有实质性的推进。前面说过，中国当代戏剧理论对"戏剧性"问题有比较深入的探讨，但对戏剧的"诗性"问题探讨得不够，对于"戏剧性"与"诗性"如何融合统一的问题则很少探讨。以易卜生戏剧为例，深入探讨这个问题，作出有理有据的分析与建构，有可能为中国当代戏剧理论的建设添砖加瓦。因此，在实证、思辨、感通的时候，需要聚焦于这个问题，力图有真发现、真建树。而且，对这个问题的探讨，不能只是分析易卜生在作品中如何营构出戏剧性效果、如何让作品具有诗意，而应该重点阐明易卜生如何做到"戏剧性与诗性的融合统一"，这在很大程度上也就是要找出易卜生戏剧为何历久弥新、与时俱进的内在根源。

第四，辩证把握与循环诠解相结合①。这首先意味着要尊重生命与艺术本身的辩证性、微妙性（特别是易卜生戏剧自身的矛盾性、微妙性），在张力中明辨通观，尽可能"圆融辩证"地把握易卜生戏剧诗学的精髓。生命基源于 DNA 双螺旋结构，艺术亦生发于矛盾双方的纠结与展开（譬如质与文、意味与形式的矛盾），而且矛盾的某一方又内含有矛盾，延展生发，犹如太极生两仪，两仪生四象，不断分蘖，以至无穷。我国著名哲学家苗力田先生甚至说："人类思维的运转轨迹不是哥白尼式的，而是开普勒式的。它是种具有两个焦点的椭圆形。……属人的事物大都是二。两种能力，两个本原，两种原因。"② 易卜生这个人几乎就是"一束矛盾"，他不同时期的作品多有相违相反之处，即便是同一作品内部亦可能含有深刻的二律悖反。这意味着在探析易卜生的创作思维时，不宜将其定于一尊或确定在某个点上，而

---

① 这里所谓"循环诠解"，不是指循环论证，而是指进入"诠释之循环"，在部分与整体、整体与部分的交互往复、循环诠解中把握易卜生戏剧诗学的精髓。

② 苗力田：《亚里士多德〈形而上学〉笺注》，《哲学研究》1999 年第 7 期。

最好找出某种"一而二，二而一"的结构性要素。因为只有这种自身含有矛盾、具有"两个焦点"或"双螺旋"的东西，才可能是最有生命活力的东西。质言之，对象本身的辩证性要求研究者学会"在张力中思索"①。此外，对象本身的复杂性还需要研究者进入"阐释之循环"。"易卜生戏剧诗学"是一个复杂的整体，里面包含易卜生不同时期的戏剧思想、艺术智慧，要准确、科学地把握它殊非易事。在这个方面，"阐释学循环"思想颇具启发意义。钱锺书先生说："积小以明大，而又举大以贯小；推末以至本，而又探本以穷末；交互往复，庶几乎义解圆足而免于偏枯，所谓'阐释之循环'者是矣。"② 诚如其言，单纯从局部到整体或从整体到局部均难免"各堕边际，方凿圆枘"，必须"交互往复"，最后"通观一体"，才可望"义解圆足而免于偏枯"。易卜生本人也对读者提出过类似的期望："只有把我所有的作品作为一个持续发展的、前后连贯的整体来领会和理解，读者们才能准确地感知我在每一部作品中所力求传达的意象与蕴涵。"③ 这里，易卜生明确希望读者"从整体到部分、从部分到整体"地领会其作品的意象与蕴涵。实际上，不仅对易卜生单个作品的理解需要进入"阐释之循环"，对易卜生戏剧诗学的把握更需要进入"阐释之循环"；不仅要带着总体把握去理解易卜生不同时期的诗学思想，更要在综合通观之后有更根本、更深邃的发现，从而进入"螺旋上升"的学思路径，有效拓展感通深广度。

第五，关于研究立场问题，仍有必要做一番说明。研究易卜生戏剧诗学，是尽量用易卜生的思维来理解易卜生，还是以个体与生俱来的思维与眼光来研究易卜生？学术研究以"求真"为天职，似乎"以易解易"更为合适。但问题是，笔者不是易卜生，永远不可能完全具备易卜生的思维，"以易解易"无异于自欺欺人；即便努力掌握挪威文化与语言，在这方面也几乎必然远远不及挪威本地人。怎么办？国际著名易卜生研究专家王宁先生说："我们中国的易卜生研究者需要从中国的文化知识立场和审美视角作出自己的理论创新和建构，以便迅速地使中国的易卜生研究乃至整个外国文学研究

① 邓晓芒：《在张力中思索》，福建教育出版社 2009 年版，第 4 页。
② 钱锺书：《管锥编》，中华书局 1986 年版，第 281 页。
③ 《易卜生书信演讲集》，第 410 页。

达到和国际学术界平等对话的境界。"① 对此笔者深以为然，因为这毕竟是一种务实的、契合当代人文学术"全球本土化"趋势的选择。当然，尽力求真仍然是非常必要的，"立足中国"的同时需要尽量避免以本民族的文化思想遮蔽异域作家的本来面目。但从哲学解释学的角度来看，人人都带有自己的"前理解"，完全还原、无蔽是不太可能的，解释者终究需要与"视域融合"达成和解。

基于以上理念与方法，本书将按照"总—分—总"的思路，先阐明易卜生戏剧诗学的原点与内核，再具体分析易卜生在不同时期的戏剧诗学思想，接着回到整体视角探析易卜生戏剧诗学的核心奥秘，最后总结易卜生戏剧理论的主要内涵与易剧诗学的当代意义。在这个过程中，作为易剧诗学内核的"自审"将像一条红线一样贯穿始终；而易卜生的隐性戏剧诗学思想与显性戏剧诗学思想也将在最后合流，并在当代文化语境下彰显出其对于我国文艺创作与文化建设的重要意义。

以上是笔者从事易卜生戏剧诗学研究的基本理念、方法与思路。虽说"工欲善其事，必先利其器"，但"善其事"才是我们的目标所在。下面就让我们走进易卜生的戏剧思维与艺术世界，去努力发现和探取其中的珍宝吧！

---

① 王宁：《作为艺术家的易卜生：易卜生与中国重新思考》，《外国文学研究》2003 年第 2 期。

第一章　易卜生戏剧诗学的原点与内核

　　易卜生戏剧诗学的原点是什么？进一步，如果说，"易卜生早期戏剧渗透着对历史、文化、生命的深刻反思，隐含着一种内在的悖反结构；易卜生中期戏剧虽直接关注当时的社会问题，但更有一种宏阔的历史视野和深邃的内省意识；易卜生晚期戏剧将历史回溯、文化反思、灵魂自审、艺术自审等融合在一起，呈现出一种独特的复象景观"①，那么贯穿在易卜生早、中、晚三期戏剧的共通性诗学思想是什么？或者说，易剧诗学的内核是什么？探讨、解答这些问题，无疑既有助于加深对易卜生戏剧的理解，也有助于今人从易卜生那里取经探宝。

　　对此问题，中外学者们虽然很少有明确的阐述，但已经作出了一些相关的探讨，且其中有些观点颇具启发意义。在西方，易卜生的同时代人乔治·勃兰兑斯曾敏锐地指出："就易卜生的情况而言，现实主义和象征主义已经共同繁荣了十几年之久。……他这个诗人和思想家是完全能够经常在他所描绘的现实下面隐藏着一层更深的寓意的。"② 这个判断相当精准，对后世学者颇有影响。萧伯纳说："易卜生在戏剧创作上的创新之处体现在：第一，他引进并大大扩展了辩论，使辩论与行动最终融为一体；第二，他把观众的生活变为舞台上的事件，从而让观众自己成为戏剧里的人物；第三，易卜生自由地使用牧师、演说家、律师、民歌手的演说艺术和抒情艺术的各种形

---

　　① 汪余礼：《易卜生与现代戏剧的兴起》，载傅谨主编：《戏剧鉴赏》，北京大学出版社 2017 年版，第 87 页。

　　② 〔丹〕乔治·勃兰兑斯：《第三次印象》，载《易卜生文集》第 8 卷，多人译，人民文学出版社 1995 年版，第 316 页。

式，以期刺痛观众，进而去追求更好的生活。"① 这在某种程度上是对勃兰
兑斯所谓"现实主义"的一种发挥与拓展。威廉·阿契尔说："易卜生作品
中所特有的那种结构上的深厚与丰富，其秘诀就在于他善于把眼前的戏和过
去的戏紧密地交织在一起。……易卜生戏剧卓越地发展了下面这样一种艺
术，那就是巧妙地展开关于过去的戏，使逐步的表露不仅仅成为关于眼前的
戏的引子或序幕，而是成为它的一个必要的部分。"② 这确实是一种重要的
洞见，对于后来的彼得·斯丛狄亦颇有启发③。在让·贝西埃、伊·库什纳
等主编的《诗学史》一书中，伊夫·谢弗雷尔教授直接将易卜生纳入"自
然主义诗学"的范畴④，这让人重新思考"自然主义"之于易卜生的意义。
美国著名易卜生研究专家布莱恩·约翰斯通在分析易卜生的诗学意图时，指
出易卜生的戏剧创作交织着潜文本、文本与超文本，含有古典主义、现实主
义、象征主义等多重代码⑤。此论显然回荡着勃兰兑斯的声音，不过他认为
易卜生戏剧的超文本主要得力于黑格尔哲学，其中含有一种黑格尔式的辩证
思维，这倒是很有启发性。美国另一学者奥利弗·格兰德从易卜生戏剧中发
现了大量的重复、回忆与悖论，进而提出易卜生戏剧中隐含一种"弗洛伊德
式诗学"（Freudian Poetics）⑥。此论有一定根据，但在一定程度上把易卜生
"弗洛伊德化"了，没有凸显出易卜生诗学思想的独特性。美国著名文学评
论家哈罗德·布鲁姆既不愿把易卜生"黑格尔化"，也不愿把易卜生"弗洛
伊德化"，而是别出心裁地提出："易卜生是位有意与山妖结盟的建筑大
师。……易卜生主义的精髓就是山妖。无论它在挪威民间传说中意味着什

---

① Bernard Shaw, *The Quintessence of Ibsenism*, New York：BRENTANO'S MCMXXVIII, 1913, pp. 233-234.

② ［英］威廉·阿契尔：《剧作法》，吴钧燮、聂文杞译，中国戏剧出版社 2004 年版，第 89 页。

③ 彼得·斯丛狄认为，"分析技巧是打开易卜生晚期作品的钥匙"（［德］彼得·斯丛狄：《现代戏剧理论（1880—1950）》，王建译，北京大学出版社 2006 年版，第 14 页）。他所说的"分析技巧"，指的就是易卜生的回溯法。事实上，易卜生在其早、中、晚期戏剧中都使用过"分析技巧"或"回溯法"。

④ ［法］伊夫·谢弗雷尔：《自然主义诗学》，载［法］让·贝西埃等主编：《诗学史》，史忠义译，河南大学出版社 2010 年版，第 460 页。

⑤ Brain Johnston, *Text and Supertext in Ibsen's Drama*, University Park：the Pennsylvania State University Press, 1989, p. 99.

⑥ Oliver Gerland, *A Freudian Poetics for Ibsen's Theatre*, New York：The Edwin Mellen Press, 1998, p. 9.

么，易卜生笔下的山妖代表了他自己的原创性，代表了其精神的印记。"①
此论新人耳目，似乎特别能揭示出易卜生艺术理念的独特性。但易卜生是否
"有意与山妖结盟"，这个无法得到确证。挪裔美籍学者托莉·莫伊认为单
纯从现实主义美学或自然主义诗学的视角看易卜生是无法理解他的；在她看
来，"易卜生的戏剧提供了一系列无与伦比、持续超卓的元戏剧反思，具有
明显的现代主义特征"②此诚为难得的洞见，可以启发人进一步去思考易
卜生的"元戏剧反思"的美学意义。

在中国，王忠祥先生指出："易卜生无论哪一个阶段的戏剧创作，都离
不开挪威的社会现实，体现出他关于艺术反映生活的美学主张。"③ 王宁先
生则指出："易卜生的剧作，尤其是他的后期作品，准确地把握了 19 世纪末
的世纪末精神之脉搏，达到了现代主义和先锋主义完美结合的境地。"④ 据
此，王宁先生进一步提出了关于易卜生戏剧美学的一种理论建构——"易卜
生化"（Ibsenization），这对后来的学者很有启发。何成洲先生一方面指出，
"易卜生用散文语言进行创作，是基于他的'接近现实'的美学主张"⑤；另
一方面也强调易卜生戏剧的诗性品格和诗化手法，引导人进一步去关注易卜
生的诗性智慧。在继承前人思想的基础上，张冰月认为："易卜生之所以愈
来愈重要，就在于他有一个将生活、诗歌、哲学、宗教四因融一的诗学品
质，有一个将再现、表现统合为一的方法理念，这即是'易卜生化'内涵
的本质所在。"⑥ 显然，以上诸家之言都有道理，在很大程度上启示了进一
步探讨的方向。

由于我们要探讨的是易卜生独特的戏剧诗学思想，因此如果用"现实主
义""象征主义""黑格尔式""弗洛伊德式"等先在的概念框范它，可能很

---

① ［美］哈罗德·布鲁姆：《西方正典》，江宁康译，译林出版社 2005 年版，第 286 页。

② Toril Moi, *Henrik Ibsen and the Birth of Modernism*, New York: Oxford University Press, 2006, p. 2.

③ 王忠祥：《易卜生》，华夏出版社 2002 年版，第 170 页。

④ 王宁：《作为艺术家的易卜生：易卜生与中国重新思考》，《外国文学研究》2003 年第 2 期。

⑤ 何成洲：《对话北欧经典：易卜生、斯特林堡与哈姆生》，北京大学出版社 2009 年版，第 163 页。

⑥ 张冰月：《四因融一的诗学品质和两因兼备的创作方法——论易卜生的戏剧诗学特质及其渊源》，《武汉科技大学学报（社会科学版）》2005 年第 2 期。

正确，但不一定能恰切地凸显其独特之处。而要凸显易剧诗学的独特之处，最好是直接把握到易剧诗学的原点与内核。因为原点好比胚胎，蕴含着"这一个"生命体的诸多独特基因；而内核决定本质，是"这一个"生命体是其所是的内在根据。鉴于此，本章拟先搁置大家耳熟能详的那些诗学术语，而直面《易卜生文集》《易卜生书信演讲集》《易卜生的工作坊》等文献本身，力求发掘出易卜生固有诗学思想的原点与内核，以期比较精确地切中目标。

第一节　从易卜生处女作看其戏剧诗学的原点

尽管易卜生在戏剧评论、书信演讲、创作札记中表达过很多戏剧思想，但如果要准确把握易卜生戏剧诗学的原点，最好还是从他创作的第一部戏剧入手。因为，一位戏剧天才的处女作，即便很不成熟，也必然蕴含着其以后创作的若干基因。而正是那些基因，凝聚在一起构成了其戏剧诗学的原点。

一、《凯蒂琳》与易卜生的自审倾向

易卜生最早从事戏剧创作是在 1848 年。他当时 20 岁，在挪威南部小镇格里姆斯塔的一个药店当学徒，白天打工，准备大学入学考试，晚上挤时间搞创作。当时欧洲社会发生的法国二月革命、匈牙利叛乱和石勒苏益格战争，对易卜生产生了很大影响，促使他对古罗马的"叛徒"凯蒂琳产生极大同情，决定写一个剧本，借壳生蛋，抒发胸臆。由此《凯蒂琳》诞生。25年后，易卜生重读《凯蒂琳》，写下了这样一段话："重新读过一遍之后，我发现，不管怎样，里面有许多东西都是我今天仍能接受的，特别在我感到这是我的第一次尝试的时候。我后来的作品一直引以为中心的能力和愿望之间的矛盾、意志与可能性之间的矛盾，以及在人类和个人身上不时出现的悲剧和喜剧成分的交融等等——似乎都已在这里隐约地有所表露。"由此可见，易卜生对其处女作《凯蒂琳》还是很重视的，且直言该剧隐含有他后来诸多作品的"中心"。在今天看来，《凯蒂琳》这部作品，既是易卜生戏剧创作的起点，也包含了易卜生戏剧诗学思想的原点；既在一定程度上显露出易卜生在戏剧创作方面的天赋，也反映出易卜生在创作思维上的特殊性，非常值得详细探析。

《凯蒂琳》不是一部特别成功的作品，但却是一部带有鲜明易卜生特质的作品。该剧写罗马贵族凯蒂琳在"暴君当政，恶行猖獗"的时代，经过内心的激烈冲突之后决定起兵推翻残暴的统治，最后却由于朋友告密而失败的故事。但这么说只是一个非常外在的概括，实际上其内里几乎不是在叙事，而是"黑暗灵魂的舞蹈"。易卜生明显借鉴了古希腊戏剧（如《俄狄浦斯王》）和莎士比亚戏剧（如《哈姆雷特》《麦克白》《奥赛罗》）的一些表现手法，着力用弗瑞亚、阿瑞丽亚、鬼影等形象来表现凯蒂琳内心的冲突、纠结及其性格的复杂性。这些虽然带有一定的自我剖析色彩，但并非是该剧特别令人惊叹之处。让人惊异并初步感受到易卜生的戏剧天才的是，易卜生在第一幕就让凯瑟琳发誓"要永远与自己为仇"，也就是要永远向自己报仇直到消灭自己。这个时候的凯蒂琳，显然已经不是历史进程中真实的凯蒂琳，而是剧作家的艺术自我。艺术家的生活，很大程度上就是与自心魔鬼搏斗、向自我肉身复仇、对自我进行审判的生活。弗瑞亚作为复仇女神，正是凯蒂琳身上的艺术家。她与凯蒂琳时而合二为一，时而一分为二，他们的种种表演只是为着充分展现易卜生内心急速变幻的一系列精神景观。当凯蒂琳说："我是照亮行将毁灭的罗马的一盏明灯——我要像一颗奇异的星用它恐惧的光亮使罗马人惊醒！……（对弗瑞亚）啊，可爱的复仇女神——你是我的影子——我的心灵的真实化身——这里是我的手，我向你做出万世不变的保证"①，这就明白无误地告诉读者或观众，凯蒂琳与弗瑞亚其实都是易卜生内心里的艺术家。但问题是，凯蒂琳，或者说弗瑞亚，为什么发誓要向自己报仇？剧中提到，凯蒂琳强奸了弗瑞亚的妹妹西尔维娅并导致后者死亡，这激起了弗瑞亚的强烈仇恨，发誓要将强奸者杀死，但这只是表面原因，而且只是原因中的冰山一角。真正的原因在于，人的欲望是无穷无尽的，而且那些欲望是有可能带来破坏性或伤害性的后果

---

① 易卜生：《凯蒂琳》，载《易卜生文集》第 1 卷，多人译，人民文学出版社 1995 年版，第60—61 页。本节正文下引此书仅注页码。

的。人欲无穷无尽，艺术家的复仇便亦无休无止。唯有复仇，才可能用烈火把欲望转化为精神，上升到那纯美的意境。这意味着艺术家的自我复仇、自我审判将是无休无止的。这也就是为什么凯蒂琳明知反叛必败但还是"要硬着头皮干下去"。易卜生在创作之初便将关注的重点置于人性的内在冲突上，将表现的重心放在对自我的复仇与审判上，颇具现代主义色彩，不能不说他的起点非常之高，已初步崭露出天才之一角①。但遗憾的是，易卜生在第二幕、第三幕的处理稍显简单、乏力：弗瑞亚将凯蒂琳推进反叛的旋涡之后，却又指使库瑞亚斯去告密，让一场反叛还没开始就归于失败了。在易卜生这里，引导人上升的艺术家跟审判人罪孽的艺术家是同一个人（弗瑞亚），这本来没有问题，但如果在引导人上升的同时就要算过去的旧账，则人的精神还来不及锻铸成型就得夭折②。也许，代表凯蒂琳内在自我（超越性自我）的弗瑞亚应该一步步引导凯蒂琳发挥内在生命的冲动，向着超越之境逐步逼近，到最后轰然倒地，而不是很快就让他由于告密而溃败。也许，是易卜生本人过于强烈的道德理性使得他的戏还来不及"很精彩"就已经匆匆谢幕。

尽管《凯蒂琳》与天才的伟大之作擦肩而过，但毕竟已显露出易卜生敏于自审的特质。换言之，该剧作为易卜生的处女作，显然已隐含着易卜生戏剧诗学的重要特质——"自审"。从剧本来看，凯蒂琳原本是要反抗罗马当局的暴政与奴役，将千千万万人民解放出来，其反抗带有一定的正义性质。在易卜生笔下，凯蒂琳却由于自己年轻时"无节制的放荡"而变成了一个"要永远与自己为仇"的人，于是一场正义的战斗变成了一个高贵的灵魂向自己肉身复仇的惨烈搏斗。由于易卜生精巧的构思，他让弗瑞亚代表凯蒂琳灵魂中的"复仇女神"，而凯蒂琳又对弗瑞亚心存无限爱慕，对弗瑞

---

① 在中国，鲁迅诞生之前，像这种向自我复仇的作品是极为罕见的。中国自古代至近代的作家，绝大多数倾向于认为自己的内心是一面镜子，可以照出社会的黑暗，可以照出他人的善恶，可以照出宇宙的节律；至于己心，则要么一尘不染，要么与天合一，要么"本来无一物，何处惹尘埃"。很少有作家觉得，首先需要反思、审察的是自己。自心暗昧不明，则永远无法深化自身及民族的自我意识。

② 在歌德那里，情形是很不一样的。比如，在《浮士德》中，魔鬼艺术家梅菲斯特首先是鼓动浮士德犯罪，让其自身原欲和智慧得到充分发挥，最后才予以象征性的审判。这个漫长的过程将人性的种种可能性、纠结与冲突展现出来，人的精神也逐渐结晶而出。如果在一开始，梅菲斯特就捏着浮士德的短处釜底抽薪，这个戏就必然不会很精彩。

亚言听计从，于是他发下誓言，要永远把弗瑞亚的敌人当成自己的敌人，这样就使得凯蒂琳实际上发下了毒誓要永远与自己为敌。这是全剧的核心主脑所在。在后面凯蒂琳无论被弗瑞亚挑起怎样的复仇怒火，最终还是死在自己发起的起义过程中。由此可见，该剧最主要的构架与理念，乃是凯蒂琳向自己复仇，也就是"对自我进行审判"。在《凯蒂琳》中，"能力和愿望之间的矛盾、意志与可能性之间的矛盾"诚然处处存在，但"自审"更为核心，这也是易剧特质所在。

易卜生曾经说过这样一段话："我所创作的一切，即便不全是我亲身经历过的，也与我内在体验到的一切有着最为紧密的联系。我写的每一首诗、每一个剧本，都旨在实现我自己的精神解放与心灵净化——因为没有一个人可以逃脱他所属的社会的责任与罪过。因此，我曾在我的一本书上题写了以下诗句作为我的座右铭：生活就是与心中魔鬼搏斗；写作就是对自我进行审判。"这段话对于理解易卜生的戏剧诗学思想至关重要。跟我们以前的理解不同，在易卜生自己看来，他写戏剧的首要考虑不是"反映社会生活"，而是"对自我进行审判"；其主要目的也不是"揭示社会问题，批判社会现实"，而是"实现我自己的精神解放与心灵净化"。这透露出一种我们不太习惯的思维基点、思维方式：易卜生固然很关注其所属社会的责任与罪过，但其整个思维更多的是基于个体生命体验。换言之，他秉持的是一种个人本体观，而非社会本体观。这种观念对其戏剧创作有深刻的影响。《凯蒂琳》之所以没有被写成一部主要关乎社会冲突（贵族之间矛盾冲突）的戏，而是被写成一部主要关乎个人内心冲突的戏，在很大程度上正是与此有关。尽管写作《凯蒂琳》时易卜生并没有明确的"写作就是对自我进行审判"这样的观念，但此时易卜生确实已经有比较明显的"自审倾向"。

二、《凯蒂琳》与易卜生的复杂思维

《凯蒂琳》最主要的艺术理念虽然是"对自我进行审判"，但易卜生创作此剧的思维还是相当复杂的，不是"自审"二字所能尽述。诚如易卜生所言，他在后来的诸多剧作中流露出的创作思维与主要思想，在此剧中均隐约有所显示。这使得我们可以把《凯蒂琳》视为一个胚胎，从中看看其以后剧作中的诸多基因。

首先，我们在第一幕就已经看到，易卜生在《凯蒂琳》中体现出一种很独特的思维，这种思维从一开始就使得主人公无法真正走出两难困境，而只能在困境中耗尽心血，衰竭而死。在剧中，凯蒂琳有点像浮士德，在他胸中住着两种精神，一个想要沉溺在迷离的爱欲之中，另一个则想要向着灵的境界飞升。在剧中，关于凯蒂琳沉迷于世俗欲望的一面有多处暗示，比如"一串无节制的放荡""代表着色情生活和罪恶行径的结合""无节制的淫乱"等。这种情形跟易卜生早年的放纵行为可能有一定的关联。其所隐喻的，无非是指人乃有欲望、冲动的肉身，只要是人概莫能外；而人要向着灵的境界飞升，则免不了要以高贵的理性向着沉重的肉身复仇。而关于凯蒂琳胸怀高远理想的一面，剧中更是浓墨重彩予以表现："我有勇气，也有足够的力量，去追求远比目前更为高尚百倍的生活"（p. 13），"为了正义和自由，罗马人头脑中曾经有过的一切高尚思想，都如何一直在我的胸中激荡"（p. 26），"在这里，我们对自由的爱也照样能发育壮大；这里也是一片可供我们的思想和行动驰骋的天地，而且也同样广阔无比"（p. 27），"罗马需要彻底清洗——从根本上清洗干净；那些醉生梦死的人，我们一定要把他们唤醒"（p. 69）。从剧中凯蒂琳的这些话，我们可以隐约听到易卜生的心声："我觉得我的终生使命，就是要利用上帝赋予我的天赋，把我的同胞从麻木中唤醒，促使他们看清那些重大问题的发展趋向。"而此前的易卜生，已然感到自己"不得已和我生活于其中的那个社会完全处于交战状态之中"，所以觉得自己跟古罗马的"反叛者"凯蒂琳颇有相通之处，故借史料之外壳，浇自我胸中之块垒。凯蒂琳一心想要追求自由，易卜生自己也是把自由视为生命最高价值。尤其是易卜生关于"自由"的看法，在《凯蒂琳》中亦颇有体现："我认为，为自由而战其实应该是一种永不停息的追求以及对真正自由概念的探求。把自由当成某种确定的东西去占有的人，那么当他获得了自由，也就同时失去了自由的灵魂；因为自由这个概念的精髓就在于它能在人们持之以恒的追求过程中成为他们自身的一部分，并仍然持续稳定地向前发展。任何人在这个斗争中停下来了，说'现在我拥有自由了'，那就表明他已经失去了自由。"正是这种独特的自由观，使得凯蒂琳认为目前这饱受暴政奴役的罗马恰好是一片广阔无比的天地，可以让"我们对自由的爱也照样能发育壮大"；也正是这种独特的自由观，使得凯蒂琳最终放弃了隐居乡间别墅的打算，而决定就在罗马城发动反抗起义。但凯蒂琳"沉重的肉身"所犯下的种种罪孽，使得他的起义无法成功。毋宁说，一个人"伟大的理想"永远都无法摆脱"沉重的肉身"，这使得人生在世左冲右突都难以真正突围。凯蒂琳临死前说："通过死亡我们将能获得光芒四射的不朽的永生！我们的死亡，我们的名声，将被遥远的后代，怀着无比的崇高骄傲加以称颂。"（p. 111）这话让我们想起《布朗德》。布朗德虽然不是由于"无节制的放荡"害死了人，但他走到"另一极"的"冷酷之爱"，同样既害死了儿子也害死了妻子，最后也是只能通过死亡来获得"永生"。这种情形在易剧中大量出现，除了《布朗德》，《罗斯莫庄》《建筑师》《博克曼》《复活日》等剧均有所体现。一个人想要稳健地攀上人生峰巅的路径其实是没有的，这中间必然包含着诸多代价与牺牲；即使是像凯蒂琳那样最终无法攀上人生的峰巅，其努力的过程也仍然难免伤痕累累。向前挺进，同时也就是走向死亡，或自我损耗，这正是人生的吊诡与悖反之处。这一种忧伤、哀痛之曲，在易卜生早、中、晚期戏剧中均反复响起；即便是到了《复活日》，更是在人们心头久久回荡。

其次，我们在第一幕还看到，正义和自由一直在凯蒂琳胸中激荡，他痛恨"在这里（指罗马）强权和自私统治着一切，欺骗和阴谋诡计是攫取权位的法宝"，他的心灵"已被恨火锻炼成钢"，但见到灶神殿的女尼弗瑞亚之后，事情就发生了变化。弗瑞亚诱使凯蒂琳发誓把她的敌人当成自己"不共戴天的仇敌"之后，告诉凯蒂琳，她的敌人就是当年强奸她妹妹西尔维娅并导致其丧生的人。这使凯蒂琳大吃一惊，于是回想起自己曾经做过的浪荡事。在这个地方，实际上发生了"回溯"。在该剧中，"过去的戏"与"现在的戏"是交织在一起发生的，而"过去的戏"尤其推动着"现在的戏"向前发展。凯蒂琳强奸西尔维娅并致其丧生，这是在大幕拉开之前就已经发生的"先行事件"；凯蒂琳一面爱着阿瑞丽亚另一面又爱着弗瑞亚，这也是"先行事件"；库瑞亚斯一面视凯蒂琳为最好的兄长另一面又爱着弗瑞亚，在内心里视凯蒂琳为情敌，这也是"先行事件"；凯蒂琳在罗马元老会上受到西塞罗的百般指责，愤怒离场，思量着要进行报复，这也是"先行事件"；等等。正是有了这诸多"先行事件"，才有了剧中随处可见的种种"回溯"，我们才看到该剧朝着多条线索往前发展。从整体看，《凯蒂琳》中的"回溯"，让一场为了"正义和自由"而发起的伟大战斗变成了一场惨烈的"自我审判"。这一点最是让人想起易卜生晚期名剧《罗斯莫庄》中的"回溯"。在《罗斯莫庄》里，随着克罗尔与摩腾斯果的携密来访，过去的秘密事件被披露出来，罗斯莫、吕贝克发现自己灵魂里有了罪孽，不再想着"在周围培养出数目越来越多的高尚人物"，而是想着"没有人来裁判我们，所以我们必须自己裁判自己"，于是把一场"解放他人的伟大事业"变成了一场惨烈的"自我审判"。在《建筑师》中，索尔尼斯一开始还固执地压制着布罗维克与瑞格纳父子。但随着希尔达的来访，索尔尼斯开始把他这些年来"永远还不清的债务"说给她听，同时把他记忆深处的种种哀伤剖露出来，这使得希尔达觉得索尔尼斯的"压制"很丑陋，建议让瑞格纳去独当一面，而怂恿索尔尼斯攀上高楼塔顶，像个最自豪的建筑师那样与上帝对话。于是索尔尼斯攀上去之后很快从塔顶上摔落下来。在这里，"回溯"既触碰到索尔尼斯深沉的"罪感"，也引发了他的"豪情"，最终把一次艺术人生的回顾活动变成了一场惨烈的"自我审判"。此外，"回溯法"在易卜生中期戏剧中也用得非常普遍，尤其是在《群鬼》中，整个一出戏几乎为"回溯"所覆盖，而易卜生亦由此实现了对欧洲传统基督教文化的深层反思。

最后，我们在剧中还看到，凯蒂琳是"实象""虚象""隐象"与"艺象"的复合有机体，而阿瑞丽亚、弗瑞亚与鬼影则构成凯蒂琳"心象"的不同部分，他们总体上是易卜生运用"分身术"创造出来的艺术形象。这既给《凯蒂琳》带来一定的"复象"特点，也使之带有独特的易式表现主义特色。凯蒂琳在罗马史上是一个真实存在的人物，其因反对罗马执政官西塞罗而闻名，因而这是一个"实象"。但易卜生借助凯蒂琳这个历史人物，并不是要如实描写凯蒂琳当年的反叛行为，而是要借壳生蛋，淡化对凯蒂琳外在行为的描写，而着重抒写凯蒂琳内心的种种活动。在剧中，不少人物实际上是易卜生凭虚构创造出来的，尤其是"鬼影"，纯为"虚象"。"鬼影"在第三幕出现，他"穿着长袍和铠甲，完全是古代战士的打扮，在离他不远的地方，似乎是从树林的地下钻了出来"。他对凯蒂琳说："我的伟大的皇权现在还有点什么留在人间？只不过像我这样的一点暗影；不，连那个也比不上，一切全无踪影。……我曾经梦想——我的名字将万世不朽，像一道照亮午夜黑暗的电光！——结果却全是一场空。你过去站在我身边，我不幸竟丝毫没有猜出在你的心灵中滋长着的秘密思想。……我这个曾读过你的命运之书，尚能自由行动的鬼魂，也只能对你透露一点真情：你将毁灭于你自己所进行的事业，但杀害你的凶手，对你实际是个陌生人。"由此来看，这个"鬼影"与凯蒂琳实际上是形影不离的，在某种意义上是凯蒂琳命运的昭示者，或许只是凯蒂琳脑海中的"一闪念"。那么，阿瑞丽亚和弗瑞亚呢？这两位女性在历史上可能也有原型，但更多的是易卜生创造出来的"虚象"和"隐象"。阿瑞丽亚似实而虚，她主要是用于表现凯蒂琳内心里对于乡间田园生活的一丁点憧憬；而弗瑞亚则似虚而隐，她像黑暗的欲望引诱着凯蒂琳去从事骇人听闻的叛乱活动。在剧中第二幕，凯蒂琳看着阿瑞丽亚的背影说："她是我的更为善良的替身。如果她察觉到我的疑虑，必然会十分忧伤，因此我必须伪装下去。……这里必须是一片黑暗——黑暗才是我的心境！……（对弗瑞亚）你触动了我心灵最深处颤动着的那根琴弦。你所讲的每一个字都正是日日夜夜我的心灵一直在向我低诉的使我难忘的心事。……你的话重新复活了我幼年时的热情生活、我成年后的成熟梦想。是的，我是照亮行将毁灭的罗马的一盏明灯——我要像一颗奇异的星用它恐惧的光亮使罗马人惊醒！"可见，弗瑞亚的话才是真正一下击中了凯蒂琳的心魂，而弗瑞亚才真正是凯蒂琳"心灵的真实化身"。弗瑞亚就像剧中的隐性艺术家一样，诱导着凯蒂琳去从事"摧毁罗马、重整乾坤"的恐怖活动。从一开始到最后的结局，弗瑞亚完全不像真实生活中那位妓女富尔维亚（Fulvia）那样，只是窃取情报告知西塞罗，而是像一个导演那样，怂恿凯蒂琳为"追求永垂不朽的名声而进行战斗"。而凯蒂琳也确实像一个被弗瑞亚捏住了长线的风筝一样，一直战斗到行将灭亡，直至弗瑞亚最终用一柄匕首深深刺进他的心脏。因此，说弗瑞亚是"隐象"（隐性艺术家形象）丝毫不为过。那么凯蒂琳呢？这是一个真正的谜。他在第一幕就已经知道，弗瑞亚正是那个发誓一定要杀死他的仇人，而且她已经让凯蒂琳发誓要把她的敌人当成自己永远"不共戴天的仇敌"，也就是他"要永远与自己为仇"。这是怎样恐怖的命运呢？遇到这种情况，凯蒂琳要么远走他乡，要么将弗瑞亚囚禁在坟墓里；但他鬼使神差地把弗瑞亚当成"可爱的复仇女神"，要向她"作出万世不变的保证"。换言之，凯蒂琳是要把弗瑞亚的话当成心底最深处的"核旨"，发誓要用熊熊的烈火给自己带来死亡！这是一个怎样的形象呢？只有一个解释：凯蒂琳正是从事艺术创造的艺术家自己！他在剧中不是一般的"隐象"，而是一个"艺象"，即一个从事艺术创造的精魂。他所要进行的事业，是那种"完全在黑暗中摸索""用烈火来焚烧欲望"的事业。在生命即将结束的时候，他喊道："我要忏悔一切！忏悔我过去的一生，忏悔我曾经活过。"这样的"艺象"，很容易让我们想起《复活日》中的雕塑家鲁贝克。在该剧第二幕，鲁贝克对爱吕尼说过这样一段话："让我告诉你，我把自己怎么安置在群像里。在前方，在一股泉水旁边——就像在这里一样——坐着一个人，身子被罪孽压住，不能完全离开地皮。我把那人叫作为了生活被断送而忏悔的人。他坐在水声潺潺的溪边，手指头浸在水里——打算把它们洗净——想起了他的事业永无成功之日，心里煎熬得好生难受。即使到了地老天荒的年代，他也休想获得自由和新生活。他只能永远幽禁在自己的地狱里。"正是这个"只能永远幽禁在自己的地狱里"的"艺术家"，这个"事业永无成功之日"的"忏悔者"，才会自由自觉自愿地"永远与自己为仇"。尽管在这个时候的凯蒂琳，还谈不上对自己整个的艺术人生进行忏悔，但他狠命撕裂自我、"向着永恒的黑夜走去"的悲壮身影，却同样与鲁贝克一样让人心生无限感慨。由此，在《凯蒂琳》中，实象、虚象、隐象、艺象实际上是糅合在一起的。只是作者还不便将其充分展开，就匆匆将其送进一片黑暗，但这并不妨碍我们看到其中的"复象思维"。

此外，在《凯蒂琳》中，我们明显可以看到《布朗德》《培尔·金特》《人民公敌》《罗斯莫庄》《建筑师》《博克曼》《复活日》等剧的若干影子。比如，在第一幕，阿瑞丽亚对凯蒂琳说："你要我放弃我一生最大的梦想？

落水的人，虽然被救的希望已渺茫，也仍会不顾一切死死抓住破碎的船板不放；即使那破船已沉入海水深处，得救的最后希望实际永远破灭——他最后也还会作一次完全无用的挣扎，抱着那块孤零零的船板一同沉入海底。"这话很容易让人想起《培尔·金特》中第五幕的情节。培尔正是那个抓住一块船板挣扎到底的人。再比如，在该剧第三幕，库瑞亚斯对凯蒂琳说："一个伪装朋友的人出卖了你！"这话很容易让人想起《博克曼》中的欣克尔。欣克尔作为博克曼最好的兄弟，却在博克曼的事业即将大功告成时，突然揭发了他的罪行，使之只能锒铛入狱，这种情形不能不让人感叹人心叵测，因而"艺术家的事业永无成功之日"。限于篇幅，此不赘述。

综上所述，易卜生在《凯蒂琳》中所体现的艺术理念与创作思维，虽以"自审"为主导，但同时兼有悖反、回溯、复象、分身、聚合等因子，而这些刚好在易卜生早、中、晚期戏剧中次第展开。因而，将《凯蒂琳》视为易卜生戏剧诗学的"原点"是非常合适的，我们从中确实可以看到一个虽不成熟但很完整的"胚胎"。

第二节　从易剧整体看易卜生戏剧诗学的内核

从《凯蒂琳》中固然可以窥一斑而略知全豹，但只有把易卜生所有剧作关联起来才能把握其内核。易卜生在 70 岁时曾说："只有把我所有的作品作为一个持续发展的、前后连贯的整体来领会和理解，读者们才能准确地感知我在每一部作品中所力求传达的意象与蕴涵。"可见易卜生本人是非常希望读者们将其所有作品视为一个整体来理解的。但真正将易剧整体作为一个对象来把握是非常困难的事，我们依然只能由浅入深、螺旋上升，先大致把握易卜生早、中、晚三个时期剧作的主导精神，了解其精神内核，然后再逐步展开比较精细的解剖。

一、易卜生三个时期剧作的主导精神

在《凯蒂琳》之后的几部历史剧里，易卜生的创作重心稍稍偏离了自

审的轨道（也许是由于《凯蒂琳》出版后除了少数几位朋友，几乎无人赏识），但到了写《觊觎王位的人》时，易卜生重新回到自审的道路，且写得酣畅淋漓、精细入微，赢得了观众雷鸣般的掌声和热烈的喝彩声。这让易卜生恢复了自信心，也更清楚自己在什么领域、什么方向上更能够充分发挥自己的才华。到了写《布朗德》《培尔·金特》的时候，易卜生已经自觉地把写戏看成是"自我探索、自我解剖"，并由此去追求真正的"诗意"。在1867年12月9日致比昂斯腾·比昂松的信中，易卜生说："在我生命中那些安静的时刻里，我倾听过来自我灵魂最深处的声音，并有意地去探索和解剖我自己的灵魂；而这种探索与解剖越是深入，我自己也越是感到痛苦。我的这本戏（指《培尔·金特》）是诗。如果它现在不是，那么它将来一定是。挪威将以我的这个戏来确立诗的概念。在人们的观念世界中没有什么东西是确定不移和永恒不变的。本世纪的斯堪迪纳维亚不是古希腊，因而在本世纪我们的诗学观念必然不同于古希腊的诗学观念。"① 这透露出易卜生不仅"有意地去探索和解剖自我的灵魂"，而且认为这种解剖自我灵魂的戏剧体现了一种新的诗学观念。这种新的诗学观念，显然可以概括为"自审诗学"或"自剖诗学"。只是在这个时候，易卜生的诗学观念固然以"自审诗学"为主导，但他在《布朗德》《培尔·金特》等剧中已明显透露出"悖反诗学"的观念。

13年后，易卜生已经写出了《青年同盟》《皇帝与加利利人》《社会支柱》《玩偶之家》等名剧，一时誉满欧洲。德国人路德维格·帕萨奇想翻译易卜生的剧本，于是写信给他，易卜生在回信中对他讲了自己的座右铭（即"生活就是与心中魔鬼搏斗；写作就是对自我进行审判"）。由此座右铭，可见易卜生中期的艺术观仍可概括为"自审诗学"。只是这里需要稍加分疏的是，易卜生早期侧重对"自我的灵魂"进行解剖、审判，到了中期他把"自我"与他"所属的社会"更加紧密地联系起来，其"自我"的包容量大大拓展，包含了社会性自我、历史性自我等，因而其"自审"包含了对一般人性和种种社会性罪恶的批判。由于在这个阶段易卜生侨居国外，他对自己所属社会的描写、批判带有远程透视、纵深洞鉴的意味，因而他这个阶段

---

① Henrik Ibsen, *Letters of Henrik Ibsen*, New York: The Premiez Press, 1908, p. 145.

的"自审"可以说是一种"纵深自审"（拉开距离，远程审视）。易卜生在1874年曾说过："在我远离故土之时，我对祖国以及祖国人民的真实生活反而看得越发清楚透彻，我们之间的距离也越发近了。"① 在这种远距离的纵深自审中，"审"的对象主要是作家所属的民族、社会，尤其是与作家内心相通的民族文化心理；"审"的主体则是拥有了更为开阔的文化视野、更为深邃的文化思想的剧作家；"审"的距离明显大大拉长了，仿佛是剧作家的"超我"翻出九天之外来俯瞰和审视自己及同胞的内心。正如易卜生自己所说："我放入作品的东西，有一些是高耸于日常生活中的'我'之上的事物。我之所以受其激发并把它们放入作品中，是因为我想面对它们，使之成为我自己的一部分。但我也受过与之相反的事物的激发，并将其写入作品中；那些事物对于内心精神视野来说是一个人自我本性中的渣滓和沉淀物。把这些东西放入自己的作品中，我就仿佛从身上刷掉了它们。"② 他讲的这种创作过程，在很大程度上正是一个"自审"的过程——既包括比较切近自身的"灵魂自审"，也包括社会包容量较大的"纵深自审"。易卜生中期创作的《皇帝与加利利人》《社会支柱》《玩偶之家》《群鬼》等剧明显都包含这两种自审。在这些作品中，易卜生的核心观念在于"自审"，但又明显透露出"回溯"之思，且其"回溯"本身又隐蕴着"自审"，因而可以说是以"回溯"为表而以"自审"为里，表里勾连浑融一体。

到了晚年，易卜生在"自审"的道路上越走越远、越走越深——不仅深入探索了自我灵魂的潜意识领域，而且从这一领域进展到对民族集体无意识和人类深层本性的批判；不仅深化了前期的"灵魂自审"和中期的"纵深自审"，而且拓展到了"艺术自审"③。比如，《野鸭》《罗斯莫庄》《海达·高布乐》《建筑师》《约翰·盖勃吕尔·博克曼》（简称《博克曼》）《当我们死人醒来时》（又名《复活日》）等经典之作，在很大程度上都是

---

① 《易卜生书信演讲集》，第368页。

② 《易卜生书信演讲集》，第367页。

③ 在易卜生晚期戏剧中，剧作家除了继续反思、审判自我的灵魂，从而形成灵魂自审之外还将审视的目光转向自我的艺术家身份、艺术活动、艺术作品等等，审思其本质、价值与限度，从而构成"艺术自审"。

易卜生"自审"的结晶，并且兼有"灵魂自审"与"艺术自审"的成分。可以说，正是越来越深入、越复杂的"自审"，使得易卜生晚期戏剧呈现出"复象景观"和"元戏剧"特征，从而达到了现实主义、浪漫主义、现代主义与先锋主义高度融合的审美境界。由于"双重自审"，走向"复象景观"，这是易卜生晚期戏剧为人类创造的一个奇迹；即使其最终免不了让人感到哀伤，但在戏剧领域却是一座座让人难以完善看清的"复合型楼台"。

总之，无论在早期、中期，还是在晚期，易卜生几乎所有的优秀剧作都渗透着自审精神，在很大程度上都是剧作家自审的结晶。可以说，"自审"正是易卜生戏剧诗学的内核，标志着艺术家易卜生一种崭新的戏剧观与艺术观的形成。也许其他现代作家的创作都或多或少带有一定的"自审"因素，但在易卜生这里，"写作就是对自我进行审判"，"自审"是其非常自觉而明确的一种创作观念，而且是他一以贯之、坚持了将近六十年的一种创作观与艺术观。可以说，在创作理念上，易卜生是一位典型的"自审主义者"；其传世名剧中对人性的深刻洞鉴，对艺术创造奥秘的精妙表现，令人叹为观止，但这都跟他的"自审"密切相关。

二、易卜生"自审诗学"的基本内涵

由上可知，"自审"确实是易卜生戏剧诗学的原点与内核。那么，作为贯穿易卜生60年创作生涯对其剧作影响最深刻的一种诗学思想，即"自审诗学"有哪些基本内涵呢？

第一，"对自我进行审判"是易卜生对戏剧创作本质的一种规定，而且，他所谓"对自我进行审判"并不是局限在"对自己进行审判"这个狭窄的范围内，而是既包括对自己的行为、自己的灵魂、自己的作品等进行审视、审判，也包括对自己体验到的一切进行审视、审判。在易卜生这里，戏剧创作本质上既不是摹仿，也不是表现，而是一种特殊的自我审判行为。只是当易卜生谈论"自我"时，其所指往往与通常人们所谓"自我"不一样，而与黑格尔、克尔凯郭尔等哲学家所谓"自我"有相通之处①。对易卜生来说，"我"就是"我们"，甚至是他体验过的一切人、事、物。易卜生一方面说"写作就是对自我进行审判"，另一方面却把在创作中"承担自己所属社会的责任与罪过"看成是"旨在实现我自己的精神解放与心灵净化"，这表明他所说的"自我"至少包含了他所属社会的同胞，以及同胞们所犯下的罪过。综合易卜生的作品与文论来看，他所谓"对自我进行审判"，既包括对个体性、历史性的自我进行审判，也包括对社会化、艺术化的自我进行审判。

第二，"对自我进行审判"以深切的体验为基础，而以准确的感通为后续目标。在1874年9月10日对挪威大学生的讲话中，易卜生说："当一名诗人从本质上意味着去看。不过请注意，要以一种独特的方式去看，以便看到的任何东西都能确切地被他人感知，就像诗人自己所看到的那样。但只有你深切体验过的东西才能以那种方式被看到和感知到。现代文学创作的秘密恰好就在于这种基于个人亲身体验的双重的'看'。最近十年来我在自己作品中传达的一切都是我在精神上体验过的。但任何一个诗人在孤离中是体验不到什么的。他所经历和体验到的一切，是他跟所有同胞在社会共同体中经验到的。如果不是那样的话，又有什么能架设创造者与接受者之间的感通之桥呢？"② 这意味着，首先，他是在将"所有同胞"都纳入"自我"的前提下，体验人心、人性、人情的种种情形或可能性的；其次，这种深切的体验，除了深化人的自我意识，还有一个好处，就是能让人逐渐习惯于从他者的立场与眼光来看人看事（换位思考），使"看到的任何东西都能确切地被他人感知"，进而"架起创造者与接受者之间的感通之桥"。在这整个过程

---

① 在哲学上，"自我"的含义通常比"自己"要深广得多。黑格尔说："精神在它的对立面之充分的自由和独立中，亦即在互相差异、各个独立存在的自我意识中，作为它们的统一而存在：我就是我们，而我们就是我。"（［德］黑格尔：《精神现象学》，商务印书馆1979年版，第122页）其所谓"自我"包含"我们"。克尔凯郭尔认为自我是一种综合，是身体与灵魂、现实与理想、有限与无限、暂时与永恒的一种综合。此外，俄国哲学家别尔嘉耶夫认为："在'我'中，认识行为与认识对象是同一的。……自我认识不是关于他本人的认识，而是关于人的一般的认识。"而他这种见解恰好源于对易卜生的领悟："在我生活的一定时刻，我深刻地领会了易卜生；正是在这个题目（指自我认识）上，他帮助我发现了自我。"（［俄］尼·别尔嘉耶夫：《自我认识：思想自传》，雷永生译，广西师范大学出版社2001年版，第286页）由此，如果说"自己"是一个人"狭义的自我"，那么这种与他人以至全人类共通的"自我"可以说是一个人"广义的自我"。

② Henrik Ibsen, *Speeches and New Letters*, Boston: The Borham Press, 1910, p. 49.

中，"体验"是"自审"的基础，决定着"自审"的深度与广度；"感通"既是"自审"的后续目标（创作层面的目标），又是"自审"的完成方式。质言之，对易卜生来说，戏剧创作就是在自审中感通人心，同时在感通中完成自审。

第三，"自审"虽以个人的切身体验为基础，但它力求达到的是对普遍人性的洞鉴与把握，因此在主观的自审中含有客观性因素。在1865年写出《布朗德》之后，易卜生虽然说过"布朗德就是最好时刻的我自己"①，但他也曾强调指出："《布朗德》所包含的隐蔽的客观性比迄今为止任何人所能想到的还要多得多；作为诗人，我为此感到非常自豪。"② 这里他所谓"隐蔽的客观性"特别值得关注，它体现出易卜生即便是描写自我也仍然是追求客观性的。到了1890年，易卜生自述"我一直把描写人类的性格与命运作为自己的主要职责"③，可见在他这里，"对自我进行审判"与"描写人类的性格与命运"是一致的；或者说，他是自觉地在"自审"过程中追求最大限度的客观性、普遍性的。

第四，在具体的戏剧创作过程中，"自审"的重心是"精神的冲突"或"人性内在的冲突"。与19世纪末欧洲著名戏剧理论家布伦退尔强调"意志的冲突"（不同人物之间意志的冲突）不同，易卜生特别注重的是"精神的冲突"或"人性内在的冲突"。在《关于现代悲剧的笔记》（即《〈玩偶之家〉创作札记》）中，易卜生写道："精神的冲突。由于被男权社会的主导信念所压抑并弄得困惑不已，娜拉对自己的道德权利与抚养孩子的能力丧失了信心。痛苦不已。……偶尔温顺地放弃她自己的想法。突然又感到焦虑、恐惧。"④ 一部《玩偶之家》，最精彩的地方正在于对娜拉内心种种矛盾、纠结、情感与幻想的诗意呈现，而不在于萧伯纳所说的"讨论"。在1887年2月13日致比约恩·克里斯滕森的信中，易卜生将其关注的重心说得更清楚："此剧（指《罗斯莫庄》）处理的是人性内在的冲突——所有严肃认真的人

---

① Henrik Ibsen, *Letters and Speeches*, Clinton: The Colonial Press Inc., 1964, p. 102.

② Henrik Ibsen, *Letters and Speeches*, Clinton: The Colonial Press Inc., 1964, p. 84.

③ Henrik Ibsen, *Letters and Speeches*, Clinton: The Colonial Press Inc., 1964, p. 292.

④ Henrik Ibsen, "Notes for the Modern Tragedy", *The Bedford Introduction to Drama*, New York: ST. MARTIN'S PRESS, 1989, p. 441.

为了能让自己的生活与自己的信念和谐一致，而不得不经历的那种自己跟自己的斗争。"① 可见，易卜生深知"人性内在的冲突"是"所有严肃认真的人"都不得不经历的，它们具有极大的普遍性，因而有意识地将"自审"的重心落实到对人性内在冲突的发掘与处理上②。

第五，"自审"的参照目标或价值标准是易卜生终生坚持的一个理想——"实现我们每个人真正的自由和高贵"。根据什么标准来"对自我进行审判"，这是一个无法回避的问题。对此，易卜生没有明说，但从他的演讲中可以窥见一斑。1885 年 6 月 14 日，易卜生在对特隆赫姆市工人演讲时说："实现我们每个人真正的自由和高贵，就是我所希望、我所期待的未来图景，为此我一直在尽力工作，并将继续付出我整个的一生。"③ 这个理想易卜生在其他场合也多次表达过，可以视为他一生创作的核心宗旨。这种核心宗旨本身表明，易卜生是将"我们每个人真正的自由和高贵"视为最高价值的；在他看来，人生在世一切行为是否有价值，要看它最终是否有助于"实现我们每个人真正的自由和高贵"。显然，易卜生这种思想与马克思所说的"在那里（指共产主义联合体——引者注），每个人的自由发展是一切人的自由发展的条件"④ 的理想是高度一致的，两者都非常重视"每个人的自由发展"，并将之放在第一位。据此，易卜生对一切人、事、物进行评判的价值标准，就是看其是否符合"我们每个人真正的自由和高贵"这一最高价值，或看其是否有利于"实现我们每个人真正的自由和高贵"。这一点，在易卜生几乎所有戏剧中都体现得很明显。比如，在《罗斯莫庄》《建筑师》《博克曼》《复活日》等剧中，主人公由于把自己的成功、幸福建立在损害其他生命的基础上，或以残害他人的自由生命为代价来实现自己的目标，结果都遭到了（来自更高自我的）严酷审判与裁决。即便某些损害个

---

① Henrik Ibsen, *Letters and Speeches*, Clinton：The Colonial Press Inc.，1964，p. 265.

② 对人性内在冲突和深层结构的深刻发掘与完美表现，可以说是易卜生戏剧的精髓之一，也是易卜生戏剧具有现代性与永恒性的主因之一。

③ Henrik Ibsen, *Speeches and New Letters*, Boston：The Borham Press，1910，p. 54 .

④ 《共产党宣言》，人民出版社1997年版，第 50 页。正因为易卜生的理想与此一致，因此毫不奇怪，易卜生在 1890 年 8 月 18 日写给汉斯·赖恩·布莱克斯特德的信中说："我并没有说我从未研究过社会主义的问题。事实是，我对这个问题非常感兴趣，并且尽我最大的努力去了解它的多个方面。"（Henrik Ibsen, *Letters and Speeches*, Clinton：The Colonial Press Inc.，1964，p. 292. ）

人的行为带来了好的结果，在易卜生看来仍然是不值得肯定的，在这方面他与歌德有明显的分歧。另一方面，由于易卜生的理想非常崇高，这使他看待现实时总是发现不足与缺陷，因而其创作意趣确实更倾向于批判，而不是歌颂。

第六，自审的方法或技术手段，主要是"分身术""虚实联动机制""分化聚合机制"。在很多时候，易卜生是通过情境化的"分身"，结合不同情境塑造出（或虚构出）互相对待、互相冲突的种种人物形象，让那些最了解主人公的镜像式人物促发主人公的"内省性转变"，或者通过由前因引起的某种巨大灾难促成主人公的"内省性转变"，从而在其转变过程中实现"自审"。这些方法在易卜生晚期戏剧中经常被用到，几乎达到了"灵境深处无虚实，艺道精时有神通"的境界①。比如，在《罗斯莫庄》中，易卜生把自我分裂为罗斯莫、吕贝克、布伦德尔、克罗尔、摩腾斯果等人物，尤其是把自己矛盾的思想投射到罗斯莫、吕贝克身上，然后借助外力让这二者的灵魂交错演进，最后双方都实行了自由的自我裁决。在《建筑师》中，主人公索尔尼斯靠着榨取他人生命的能量，最后荣登建筑总管的宝座；他顽固而狭隘，为确保自己的"老大"地位残酷压制着其他很有才华的建筑师。怎么让这样的人反省自我、显出一点人性的光辉呢？易卜生想到的办法是，虚构出小姑娘希尔达这个形象，让希尔达成为索尔尼斯的小情人兼知心人——一个仿佛在索尔尼斯的心坎与大脑之间来回跳跃的小精灵。正是这个虚飘的小精灵，逐渐让索尔尼斯看清自己行为的丑陋和灵魂的污点，并努力超越自我来证明、开显出其人性深处的自由与高贵。在剧末索尔尼斯从高塔上摔下来跌死，但那何尝不是他自由自觉的自我裁决？不管怎样，他在人生的最后阶段没有顽固不化，而是在沉痛忏悔后克服了自己的胆怯症，一步一步艰难地攀上了塔楼顶端（象征着上升到人性的一个高级阶段），显出了人性的光辉。这就构成一个很美的意境，怪不得"审美主义者"希尔达看到后无比兴奋地狂呼。再比如，在《复活日》中，雕塑家鲁贝克的"自审"在很大程度上是由一个神秘的白衣人（爱吕尼）来启动的。尽管在浴场见

---

① 汪余礼：《双重自审与复象诗学——易卜生晚期戏剧新论》，中国社会科学出版社 2016 年版，第 11 页。

到爱吕尼之前，鲁贝克内心已对此前的生活产生了厌倦，但如果没有虚象爱吕尼的出现，他的"自审"至少在形式上是不便展开的。《博克曼》亦然，剧中主人公博克曼的自审过程的展开，与旧日恋人艾勒对他"双重谋杀罪"的控诉是密切相关的。但在《小艾友夫》中，主人公阿尔莫斯的自审，是由其儿子小艾友夫的溺亡这一灾难引发的。灾难打破了生活的连续性，在现实中确实容易引发人的自我反思与内在转变。显然，易卜生采用的这些方法各有长处，是易卜生"自审诗学"的有机组成部分，在今天也仍然值得借鉴。

综上所述，易卜生"自审诗学"的基本内涵可简要概括为：在易卜生看来，艺术创作（尤其是戏剧创作）本质上是"对自我进行审判"，即"自审"；"自审"不只是审自己，而是意味着对自我（包括个体性自我、历史性自我、社会化自我、艺术化自我）的灵魂、行为、作品等进行审视、审判；"自审"的基础是"体验"，体验的起点是自己的经历与灵魂，终点是人类的性格与命运；自审的重心是"人性的内在冲突"，这意味着创作者要通过剖析自我的内在灵魂和自身的种种矛盾，洞察人性的深层结构，批判人性潜在的丑恶，审思人类的处境与命运；"自审"的直接目的是"实现自己的精神解放与心灵净化"，终极目标是"实现我们每个人真正的自由和高贵"；"自审"的参照目标或价值标准是"我们每个人真正的自由和高贵"；"自审"的方法是通过"分身术""虚实联动机制""分化聚合机制"塑造出一些相对相冲的人物形象，内外兼攻促成主人公的"内省性转变"，从而在转变中完成自审的过程。易卜生的这种诗学思想，由于一直没有得到理论化的表述，在欧洲艺术思想史或西方戏剧理论史上几乎没有留下任何痕迹，但它实际上解决了西方文论史上"客观性"与"主观性"、"普遍性"与"特殊性"、"个人化"与"非个人化"之间的矛盾，应该占有一个重要的位置。而且，它的实际意义也是巨大的——正是在这种思想的引领下，易卜生在戏剧领域走上了一条不断超越自我、不断上升的道路，创作了一系列现代戏剧精品，开创了人类戏剧史上的一个新纪元，并被后人誉为"现代戏剧之父"。

然而，找到易卜生戏剧诗学的原点与内核，厘清易卜生"自审诗学"

的基本内涵，只是实现了对易剧诗学初步的整体把握。根据我们在前面确定的"从整体到部分，再从部分到整体"的循环诠解思路，接下来我们需要更加深入细致地理解易卜生早、中、晚三个时期的戏剧作品，努力悟入其精髓，从而逐步把握其隐含的戏剧诗学思想。

第二章　易卜生早期戏剧的悖反诗学

易卜生早期戏剧①，通常被定性为"浪漫主义诗剧"或"浪漫主义历史剧"，且常被认为与他的中期戏剧、后期戏剧一起构成了从浪漫主义到现实主义再到象征主义的发展链条。这种粗线条的勾勒有助于人们把握易卜生戏剧创作道路的大体轮廓，但不太准确。事实上，易卜生早期戏剧是非常复杂的，其中既有现实主义、浪漫主义的成分，也有象征主义、表现主义、怪诞派、意识流的元素。可以说，易卜生作为一位艺术家的独创性与现代性在他早期戏剧中已经初步呈示出来。

易卜生的早期戏剧创作，与他的"灵魂自审"密切相关。易卜生很早就把"生活就是与魔鬼搏斗；写作就是对自我进行审判"确立为自己的座右铭。早在1848年写《凯蒂琳》的时候，易卜生就着重关注"能力与目标之间的矛盾，意志与可能性之间的矛盾"（见《凯蒂琳》第二版"前言"），即关注人性的内在冲突，这意味着他已经超出了西方传统的摹仿论戏剧观，跳出了19世纪中期在欧洲流行的佳构剧的窠臼，并展露出他后来剧作中独具特色的"自审主义"的萌芽。到了写《布朗德》《培尔·金特》的时候，易卜生已经自觉地把写戏看成是"自我探索、自我解剖"。易卜生前期的每一部优秀剧作，可以说都深刻烙上了他的精神个性，都投射了他当时整个的艺术灵魂。

易卜生的早期戏剧创作，还与他深受克尔凯郭尔的影响有关。克尔凯郭

---

① 易卜生早期戏剧，通常指易卜生在40岁（1868年）之前创作的《凯蒂琳》《武士冢》《厄斯特罗特的英格夫人》《苏尔豪格的宴会》《奥拉夫·里列克兰斯》《海尔格伦的强盗》《爱的喜剧》《觊觎王位的人》《布朗德》《培尔·金特》10部剧本。这些剧本多半是诗剧。

尔比易卜生大 15 岁，当易卜生开始从事戏剧创作时，克氏已经名冠北欧。尽管易卜生说他很少看克尔凯郭尔的书，但克氏关于反讽的论述①确乎在易卜生的作品里留下了深刻的痕迹。国际著名易卜生研究专家 Knut Brynhildsvoll 曾多次指出克尔凯郭尔的反讽诗学对易卜生的影响。诚然，撇开"反讽"很难真正理解易卜生早期戏剧；但如果止于"反讽"，同样不能把握到易卜生早期戏剧诗学的精髓。在笔者看来，易卜生早期戏剧除了巧妙运用了象征主义、表现主义、怪诞派、意识流等现代艺术手法，还隐含了一种独特的"悖反诗学"。这种"悖反诗学"脱胎于"反讽诗学"，但远远超出了语言修辞的范畴，也不像后者那样"言在此而意在彼"，而是压根儿没有明确的思想指向、没有确定的中心思想；它更多的只是形象地展示出一些关于社会人生、关于人性的悖反性思想，呈现出一种思想的张力，一种由多声对位或对照构成的复调，从而引导读者或观众进一步思考。

易卜生早期成就最大的两部诗剧——《布朗德》与《培尔·金特》，尤其能够体现其早期思想与艺术的独创性、现代性，并几乎包含了他中后期戏剧的一切主题与艺术手法。下面就通过分析这两部诗剧②，来探讨易卜生早期戏剧诗学的精髓。

第一节 《布朗德》中的"复调"与"悖反"

作为易卜生前期最具代表性的诗剧之一，《布朗德》一再受到易卜生学者们的关注与阐释。萧伯纳认为："《布朗德》是一个典型的易卜生戏剧。在这个作品中，女主角是一个不像女人的女人，而男主角——剧中的'恶棍'是一个理想主义者。他之所以是一个'恶棍'，是由于他决心不做任

---

① 详见［丹］索伦·奥碧·克尔凯郭尔：《论反讽概念：以苏格拉底为主线》，汤晨溪译，中国社会科学出版社 2005 年版，第 207—295 页。

② 王忠祥先生指出："《布朗德》和《培尔·金特》人物的活动和深层意识体现了易卜生的人生观、社会观和哲学思想，体现了被易卜生崇拜者、英国戏剧家萧伯纳所称的'易卜生主义的精华'。"（王忠祥：《易卜生》，华夏出版社 2002 年版，第 85 页）

何错事。他追求完美、崇拜神圣这一特性所导致的灾难，比最有才能的罪人以两倍的机会所犯下的罪孽还要严重……正是在《布朗德》中，易卜生明确地反对理想主义。"① 在萧伯纳眼中，易卜生是一个反理想主义者，而《布朗德》尤其突出地体现了反理想主义思想。哈罗德·克勒曼认为："《布朗德》体现了'易卜生的精髓'（The Quintessence of Ibsen），但不是萧伯纳所做的那种解释。在布朗德对基督教纯洁性的固执而高尚的一再维护中，我们认识到了易卜生灵魂的分裂。那种召唤我们的理想令人鼓舞，但也是有问题的。"② 此论较之萧伯纳的单一性阐释更合理，但语焉不详。哈罗德·布鲁姆认为："布朗德极端令人不堪忍受；当他在剧终死于雪崩时，观众或读者们只会觉得如释重负，因为这个醉心于末日审判的牧师再也不能以最高准则来毁掉其他人了。……布朗德并不为任何人传道。与易卜生本人及培尔·金特一样，布朗德也是一个妖性自我。"③ 布鲁姆的看法颇有新意，也引人深思，但布朗德是否只有"妖性"而无人性、神性呢，值得商榷。比约恩·海默尔认为："易卜生在该剧中居然向欧洲文化中强烈的人道主义（Humanism）传统提出了挑战，而这一传统又是我们深受基督教的影响所造成的。……在这部作品中，布朗德（也就是易卜生自己）对于当时的社会支柱，如医生、执法官吏和教区教长等所竭力维护的人道理想展开了猛烈的抨击。"④ 此论确有深刻之处，但把布朗德看成易卜生自己、把该剧主题归结为抨击人道主义，则过于简单。在笔者看来，该剧虽然是易卜生前期在特定情境下为感召国民奋勇抗敌而创作的一部思想剧，但易卜生的诗人本能却使该剧避免了主题的单一化，而呈现出多个"声部"；尤其是剧作家独特的悖反性思维（以及他赋予主人公的悖反性思维），使得该剧成为一部比较罕见的悖反型复调诗剧。

易卜生创作《布朗德》的初衷，意在激励国人全力以赴投入到保卫北

---

① Bernard Shaw, *The Quintessence of Ibsenism*, London: Constable and Company Limited, 1932, p. 44.

② Harold Clurman, *Ibsen*, London: The Macmillan Press Limited, 1978, p. 64.

③ ［美］哈罗德·布鲁姆：《西方正典》，江宁康译，译林出版社 2005 年版，第 276、277 页。

④ ［挪］比约恩·海默尔：《易卜生——艺术家之路》，石琴娥译，商务印书馆 2007 年版，第 98、106 页。

欧抵抗外侮的正义事业中①。他笔下的主人公布朗德，也确乎是一个不惜牺牲一切也要把崇高事业进行到底的人。但布朗德是不是易卜生精心塑造出来的正面形象呢？为什么很多人反而觉得布朗德是个"恶棍"呢？其实，即便是易卜生自己，对布朗德的态度也是颇为矛盾的。1870 年 10 月 28 日，易卜生致信彼得·汉森说：

> 我到达哥本哈根的时候②，丹麦人正好在迪巴尔败北。我在柏林看到威廉皇帝带着各种战利品胜利入城。在那段日子里，《布朗德》开始在我心中像胚胎一样萌芽了。当我到达意大利时，那里的统一事业早已凭借一种无限的自我牺牲精神而得以实现，而在挪威——！……"全有或全无"③ 的原则要求体现在生活的各个领域：爱情，艺术，工作，等等。布朗德就是最好时刻的我自己；而同样真实的是，通过对我自己的剖析，我揭示了培尔·金特和史丹斯戈的很多特点。

> 我在写《布朗德》的时候，桌上放了一个玻璃瓶，里面养了一只蝎子。这个小生命偶尔会生病。那时我就会给它一片绵软的水果，而它就会愤怒地攻击这片水果，把全身的毒液都注射进去——在那以后，它又会重新好起来。类似的事情难道不是也发生在我们诗人身上吗？④

易卜生这两段自述对于理解《布朗德》至关重要。人们往往引用其中那句"布朗德就是最好时刻的我自己"，进而对布朗德形象进行带有美化倾向的分析；或者只引用易卜生关于养蝎子的自述，进而把布朗德和易卜生妖魔化（如布鲁姆）。但如果完整地理解易卜生的自述以及《布朗德》全剧，会发现：易卜生既赞同、欣赏布朗德的思想与个性，又深知其毒性、危害

---

① 1863 年，普奥联军侵占丹麦部分领土，易卜生写诗号召挪威人与丹麦人联合起来抗击侵略者，但应者寥寥；1864 年，普奥联军再次强攻丹麦，挪威当局仍然坐视不救，结果丹麦再次惨败。易卜生痛恨挪威当局背信弃义、贪生怕死，深感斯堪的纳维亚人必须重振不怕牺牲、强悍到底的民族精神。为此他写了一系列诗文，试图"把同胞们从麻木中唤醒，促使他们看清那些重大问题的发展趋向"（见 1866 年 3 月 16 日易卜生致海格尔的信）。

② 1864 年易卜生离开挪威，经过哥本哈根去意大利，从此开始流亡生涯。

③ 此处英文为"all or nothing"，通译为"全有或全无"。根据《布朗德》整个文本，"all or nothing"还含有"要么全力以赴献出一切，要么一事无成虽生犹死"的意思。

④ Henrik Ibsen, *Letters and Speeches*, Clinton：The Colonial Press Inc. , 1964, p. 102.

性，由此形成一种矛盾的、分裂的意识；这种矛盾的意识使得全剧呈现出含混、多义、内蕴悖反的状态，对之任何单一化的阐释都难免圆凿方枘。下面拟从全剧的关键情境与事件入手，逐步分析布朗德的内心世界与该剧的多个"声部"，从而逐步阐明该剧的多层意蕴、内在张力与艺术特质。

一、布朗德的冷酷之爱与悖反之思

布朗德与哈姆雷特颇有相似之处，他们都追求完美，都用天上的标准衡量地面的凡人，都对现实生活中的庸俗人事深恶痛绝；他们的内心都是冰火交织的，他们那种冷酷的情志（情感与意志）最后都毁了自己的母亲与女友（或妻子）。但与哈姆雷特不同的是，布朗德不是在孟浪中（或无意识中）犯下那些骇人的罪过，而是出于自己独特的悖反性思维，在一种半期待、半恐惧、半痛苦、半快慰的状态中实施那些"罪行"。

在第一幕，布朗德的内心冲突并不明显，而主要是与外界的人事处于尖锐的冲突之中。对于不敢踏着薄冰冒死前进的农夫，他斥之为"冥顽不灵的奴隶"；对于在平原上嬉戏玩乐的情侣，他觉得他们有"意志消磨净尽的毛病"；对于持续跟秃鹰战斗、想把他领进冰教堂的少女葛德，他也看不惯，说她"野性难驯，无法无天"。他发誓要"和这结成联盟的三种敌人拼死斗争"[①]。他何以如此不能容人呢？这首先跟他的信仰、心志有关。布朗德自述："我的上帝是风暴，而你们的上帝是和风；我的铁面无情，你们的装聋作哑；我的普爱众生，你们的心如木石。"（p. 18）此外，他还自命为救世主："我诞生到世界上来就是要治好它的病症和缺陷。"（p. 19）他有时甚至以上帝的口吻说话："只要你们胸中激荡着意志力，只是缺少力量，我就愿意减轻你们道路上的艰难。我的背酸得要命，我的双脚在流血，但是我可以轻而易举地、高高兴兴地背你们走。"（p. 11）由此可见，他鄙视其他人的上帝，而信仰自己一个人的上帝——既铁面无情又普爱众生、如冰如火如风暴的上帝，并且在信仰的过程中逐渐把自己神化为上帝。他实际上是按照自

---

① 易卜生：《布朗德》，载《易卜生戏剧集》（1），潘家洵、萧乾、成时译，人民文学出版社2006年版，第24页。本节正文下引此书仅注页码。

己的心性创造出一个上帝，然后渐渐地自欺为上帝。他具有非常强烈的使命感，同时心中有一种绝对的优越感，这样一个人，与他所有的同时代人为敌也是毫不为奇的。

在第二幕，布朗德顶着狂风巨浪冒死拯救了一个罪人的灵魂，这使他在当地成为一个英雄。此事让布朗德信心高涨，"斗胆以改造人类使之完整而洁净为己任"（p. 35）。原与艾伊纳订婚的姑娘阿格奈斯，现在转而爱上了布朗德。而布朗德的母亲听到儿子冒死救灵的事，急忙赶来，要求他"必须保住性命"。对于母亲，布朗德的心里非常矛盾：一方面，他痛恨母亲"用心和良知换取金银财宝"，甚至不承认是这样一个母亲的儿子；另一方面，他又对母亲说："作为你的儿子，我会爱你；作为牧师，我会洗清你的罪孽。"（p. 41）但他爱母亲的方式可谓苛毒之至："对你来说，除了像约伯那样在灰烬中死去，没有别的赎罪办法。"（p. 42）显然，他几乎是以"上帝"（在心理上自居、自封的上帝）的口吻对母亲说话。他的所谓"爱"不是出于人间真情的爱，而是他所理解的上帝对子民的爱。这种爱是严酷的、苛毒的，其本质是要每个人否定肉身的世俗生活而追求灵魂的纯洁完整。怀着这种爱，布朗德的内心疯长着可怕的虚荣心。在把母亲气走之后，布朗德对崇拜他的阿格奈斯说："我想象自己是当代罪恶的讨伐者，威武地逆着喧嚣的潮流阔步前进。蔚为壮观的行列，人们唱着圣诗，燃着香，打着锦旗，举着黄金圣杯，还有凯旋的歌声，欢呼礼赞我一生的事业。我面前的一切无不辉煌诱人。"（p. 43）这表明他毕竟是个凡人——真上帝怎可能有如此虚荣心！以此心态，布朗德又以上帝般的口吻对阿格奈斯说："你要记住，我的要求是严格的——我要求全有或全无。如果你半道上受不住，你就等于把自己的生命扔进大海。"（p. 45）这透露出，布朗德把抽象的要求看得远远高于人的生命，前者是第一位的，后者是第二位的。换言之，在他心里，事业第一，生命第二。他这种冷峻的观念与他那种高度膨胀的自我意象和冷酷的爱结合在一起，必将产生巨大的破坏性。此外，身为凡人而自居为上帝，这种内在的悖谬也必将使布朗德陷入巨大的内困外扰之中。

在第三幕，布朗德的内心冲突逐步升级，其性格的内核也逐步呈现出来。在心理上自居为上帝并胸怀"上帝之爱"，这是布朗德之所以为布朗德的核心秘密。布朗德并非是一个无爱的人，但他对爱的理解却让人不寒而栗。他向阿格奈斯表白过他的爱（"我往日压积在胸中的全部柔情，好像都是为了珍藏起来，化作金色的光轮，罩在你，我的好妻子头上"），并说"如果一个灵魂不能首先爱一个人，他就不可能爱所有的人"（p. 48），这表明他并非冷血动物。但他的爱——正如阿格奈斯所说的，是"冷酷"的——不但不能给人带来温暖和幸福，反而会使人受伤和遭殃。布朗德自述："我只知道上帝的爱。这种爱不是软绵绵的一团和气。它是严酷的，甚至意味着死亡的恐怖。它给人爱抚，却留下创伤。"（p. 49）正是以此"上帝之爱"，布朗德深深地伤透了母亲和妻子的心。母亲临死前派人请他前去给她做洗罪法事，但布朗德因为母亲不肯散尽家财而拒绝，致其最后在恐惧和绝望中死去；妻子为保住幼子的生命想搬到光明温暖的南方去住，但他却不可思议地要留在冰窖般的山上石屋里，使得儿子最终冻病而死，妻子亦悲痛欲绝。布朗德作出这些决定时也曾怀疑自己是不是昏了头、走错了路，他内心的痛苦也许非常人所能想象。但他在骨子里，最看重的仍然是他肩负的使命和自颁的律令。在母亲死前，他就对阿格奈斯说过："首先，要存心死在十字架上，即使在肉体极度疼痛，精神受到极大煎熬之时也不改初衷。这样，只有这样，才能救赎世人。"（p. 51）在母亲死后，他发誓："从此刻起，我要在家乡的土地上，作为上帝选定要背负十字架的人，不屈不挠地战斗，通过我尽人子的责任，使灵魂战胜肉体的堕落。"（p. 62）亲人的相继离去没有使他后悔自己选择的道路，反而使他愈益坚信自己是上帝选定的人，甚至是人子—上帝本身。在他内心深处，似乎有一种自虐—自圣倾向：他自己受的苦难越是深重，他就越是觉得自己接近上帝的境界。这种奇怪的心理倾向使他的思想完全异于常人，或者说与常情常理完全是悖反的。他认定"对这懒散松垮的一代的最大的爱就是恨！恨！恨！"（p. 52）、"最大的胜利就是失败"（p. 59）。他不惜与所有人开战，使自己陷入与所有人对立、对抗的境地之中；他也知道这样做必然失败，但失败恰好是他想要的——他几乎是专心致志、全神贯注地朝着失败的目标走去。

在第四幕，布朗德以神为本、重灵轻肉的思想倾向发展到极致，其个性中最残忍、最具魔性的因子也充分显现出来。幼子渥尔夫死后，阿格奈斯

"在家里强忍着悲伤，竭力想浑浑噩噩过日子，然而做不到……想回忆又不敢，想忘掉又不能"（p.70）；布朗德则是另一番感受："当时我看到上帝就在近旁，我从来没有见到他这样和我亲近过，近到我一伸手似乎就可以碰到他。我恨不得一头扑到他怀里，让他那两条强壮的充满父爱的胳膊紧紧搂着我。"（p.70）他失去了儿子，却得到一种亚伯拉罕杀子献祭般的快感和某种不可名状的归属感。他不仅自己渴望献祭，也要求别人舍弃尘世的一切。他爱谁，就要求谁作出牺牲。他的妻子阿格奈斯，似乎一开始就是他有意选定的"爱—害对象"①。在妻子对他的爱越来越害怕时，布朗德索性挑明了对她说："你以为我把你从寻欢作乐的生活中拉出来是无意的么？我要你遵从自我牺牲的戒律是半真半假的折衷么？我们惨遭不幸，我们付出的代价太高，做的牺牲太大了。你是我的妻子，因此我敢于要求你完完全全地为使命而生活。"（p.87）由此可见，他的思维逻辑是：越是不幸，越是已经作出了巨大牺牲，就越是要把自我牺牲进行到底。正是基于这种奇怪的思想，布朗德一步步把妻子逼上了绝路。在一个圣诞节的夜晚，阿格奈斯想念死去的儿子渥尔夫。她出于一个母亲的本能，打开家里的百叶窗，以便儿子的灵魂可以看到房间里的灯光，从而可以朝着灯光走进暖和的屋子。她以一种情感性的思维想象着与儿子团聚的情形，并从中得到一丝安慰。但布朗德勒令她关上百叶窗。阿格奈斯实在受不了了，她开始抗议：

> 阿格奈斯：别这么狠心，这样做不对。
>
> 布朗德：关上——关上！
>
> 阿格奈斯：（拉下玻璃窗外面的百叶窗）这下全都关上扣死了。不过我敢断定：即使我从梦境短暂的苏息中求一些安慰，上帝也不会见怪的。
>
> 布朗德：当然不会！他是个体贴宽容的法官，哪怕你不时顶礼膜拜一个偶像，他也不会怪罪于你。
>
> 阿格奈斯：（迸出哭声）告诉我，他对我还有多高的要求。我的双

---

① 布朗德的爱，是残酷的、苛毒的爱，是最终要夺去他人生命的爱。在现实层面上，他爱谁，其实就是害谁——让对方忍受世上最难以承受的痛苦，直至香消玉殒，一命呜呼。

脚已经累得不行——我的翅膀扇不动了！

布朗德：我告诉你：每次作出的牺牲如果不是全部，那就等于白扔在海里。

阿格奈斯：我作的牺牲是全部；我现在一无所有！

布朗德：（摇头）你还有，还要作出牺牲。

阿格奈斯：（微笑）说吧，我是个赤贫的人，什么都不怕。

布朗德：你要贡献。

阿格奈斯：我要领受。你什么也找不出来了。

布朗德：你有你的悲伤，你的记忆，你的渴望，你的有罪的叹息——

阿格奈斯：（急了）我有一颗破碎的心！把它挖走，挖走！

布朗德：如果你斤斤计较你的损失，那么你就是把贡献扔进了深渊。

阿格奈斯：（战栗）你的上帝的道路太窄也太陡。

布朗德：这是意志之路，只有这条路可走。（p. 86）

这个时候的布朗德，简直比魔鬼还要讨厌！在他的世界里，只有上帝、神性、人的意志是重要的，至于人的情感、人的现实生活，似乎应该一刀削去，削得越干净越好。对于至亲的人，他的要求是最严酷的——严酷到要把活生生的人逼成机器，逼成死人。当一个吉卜赛女人抱着她衣衫单薄的婴儿到门前乞讨的时候，布朗德逼着阿格奈斯拿出家里所有的幼儿衣服送给她——尽管那女人的孩子快要断气了，根本用不着那么多衣服。对于阿格奈斯来说，儿子渥尔夫生前的衣服是她寄托哀思和忆念的实物，是与她的整个心魂联系在一起的，她想保留一顶帽子珍藏在胸前。但布朗德硬是把那唯一的一顶帽子也送给了吉卜赛女人。这样一来，阿格奈斯被剥夺了一切——她的心被连根剜走了。至此，阿格奈斯仿佛看到"早晨的霞光射向死亡"，对于坟墓再也不感到恐惧了。至此，布朗德庆祝她终于"胜利"了。但"胜利"耗尽了阿格奈斯所有的力量，她已经"倦于看明天的朝阳"。布朗德感到阿格奈斯即将告别人世，这时他不仅不担忧，反而不可思议地期待那一刻的到来：

> 灵魂啊，愿你至死忠贞不渝。胜利之中最大的胜利是失去一切。失
> 去一切便是赢得一切。只有失去的才永远归我所有。（p. 94）

这是布朗德内心最诡异、最违情悖理的思想，也是驱使布朗德作出一系列魔鬼般行动的隐秘原因。不能说他不爱妻子，但他又鬼使神差地期待着妻子的"牺牲"。从布朗德的思维来看，阿格奈斯是他生命中最重要的珍宝，但正因为是珍宝，所以无论怎么痛苦最终也必须献出去。献出阿格奈斯，或者说阿格奈斯之死，也许是他这一生最重要的成就之一。因为只有阿格奈斯，历尽万难和他一起恪守着"all or nothing"的法则，并最终完全彻底地做到了"自我牺牲"。至此，布朗德所谓"all or nothing"的深层意涵也显示出来：首先全力以赴献出一切，使自己失去一切，最后才可能赢得一切①。换言之，只有在现实的层面上失去一切，才能在精神、在灵魂的层面上赢得一切。再说得显豁一点：一个人在灵魂上最大的胜利，便是他在现实层面上失去一切；一个人在肉身、在俗世彻底的失去、失败，才最能说明灵魂的胜利。这是布朗德完全从上帝、从灵魂、从精神事业的角度思考问题所产生的"悖反之思"，与他的"冷酷之爱"是一致的。二者结合在一起，构成布朗德性格的内核，也构成其悲剧人生的内因。

综观全剧，布朗德几乎一直是"逆人道而行之"，其思想因违情悖理而给人留下强烈的印象，但假若离开了他所对抗的那些人物，布朗德是没法存在的。正因为有种种敌人，布朗德才格外鲜活；也正因为有诸多声音的交响、诸多思想的共奏，全剧才有了内在的张力和阐释不尽的空间。

二、《布朗德》的悖反结构与复调特性

易卜生对他创造的布朗德形象既欣赏又质疑，并让多个声音与他展开对话，从而使整个作品带有多个"声部"，呈现出复调的特性。

---

① 布朗德宣扬的法则"all or nothing"有三层意思：（1）要么全力以赴彻底投入，要么一事无成虽生犹死；（2）要么献出一切（包括生命），要么就是什么也没献出；（3）失去一切便是赢得一切，全无才能全有。其核旨在强调做事、奉献一定要全力以赴、完全彻底，直到献出自己的一切（包括生命），才能最终赢得灵魂的完整纯洁，赢得此生的胜利。

　　在该剧中，除了布朗德的声音，乡长、医生、阿格奈斯、葛德的声音也都是颇为耐人寻味的，谁也不能否认其所传思想的合理性。这些声音有的接近布朗德的声音，构成其音调的和弦；有的则完全与之悖反，拥有自己的另一种旋律。大体而言，该剧存在互相依赖而又互相对抗的两种旋律：一种主要传达"人道主义"的信息，另一种则反复诠释着"神本主义"的信条。这两种旋律的交织、对比与抗衡，构成了全剧的"复调"。

　　布朗德最讨厌的乡长，其实正是大众所需要的领导人。他务实、勤恳，热心为民众办事，就连布朗德也不得不承认他"有干劲，正直、热诚、公正、头脑清醒"（p. 60）。布朗德号召大家"通过死亡去求得胜利"，乡长则认为："这年头讲的是人道，要求的不是什么代价高昂的牺牲品。"（p. 74）布朗德要求大家完全彻底地献出一切，乡长则坦承，不愿毫不利己："一个人勤勤恳恳工作，有本事，有见识，自然愿意看到自己的劳作开花结果，而不愿唉声叹气，仅仅为了一种想法操劳受累。即使我有最好的意愿，我也不能不顾自己的利益，为别人白费心思。"（p. 76）他的想法是最正常不过的，几乎可以得到每个正常人的认同。他热衷于做"架桥铺路、抽干沼泽、开垦滩地"等公益事业也是无可厚非的。但在布朗德看来，乡长"是国家的一个祸害。山崩、洪水、飓风、饥荒、霜冻、瘟疫，哪一样灾害所造成的破坏都不及这种人在一年中所造成的破坏的一半"[①]（p. 60）。从布朗德的思维来看，要是人人都像乡长那么务实，出一份力就想要一份收获，那么还有谁愿意为了保卫国家而流血牺牲呢？从乡长的思维来看，现世看得见摸得着的利益才是最重要的，谁能确定通过牺牲一切换来灵魂的纯洁完整不是一个幻梦？以布朗德的固执，谁也不可能说服他；以乡长的稳健，也绝不会听从布朗德的教导。他们的思想只可能在平行中对抗，在对抗中起伏，而永远不会融合为一。

　　与乡长相似的医生，是个在现实生活中笃行仁爱之道的人。布朗德出于

---

　　① 易卜生可能是以比昂松为原型塑造乡长这个形象的。比昂松为人正直、热诚、公正，乐于为公益事业奔走呼号。易卜生有时敬重比昂松，有时则认为比昂松是挪威的一个祸害。1870 年 5 月 5 日，易卜生致信海格尔说"比昂松作为一个公众人物的行为将要给挪威带来很多伤害"；1884 年 9 月 17 日，易卜生致信苏珊娜，说他通过与比昂松反复讨论，"使挪威避免了一次真正的大灾难"（《易卜生书信演讲集》，第 153 页）。

"上帝之爱"不愿去看他的母亲，医生则"跋涉山野，穿雾冒雪"去为她看病，虽然明知她付诊费时吝啬得要死。布朗德讲起上帝之道来滔滔不绝，气贯长虹，医生则指出：

> 你想把一个过去了的时代完整无缺地追回来，你以为上帝和人定下来的契约仍然有效。其实呢，每一代人都走他们自己的路。我们这一代人既不能用火杖也不能用那种讲给娃娃听的灵魂入地狱的故事来威吓。他们的第一条戒律是："行人道！"（p. 61）

显然，这是一个非常清醒的声音。如果说乡长"行人道"主要是出于现实的考虑，为功利而行，那么医生"行人道"则多了一份历史感。正是由于具有历史的视野，他看清了布朗德思想的虚幻性。他们都是"人道主义者"，其声音都不算大，但都能让人与布朗德的思想保持一定的距离，而不至于被其强大的气场所裹挟。

在剧中，阿格奈斯是唯一始终与布朗德相伴相随的人物①。作为布朗德的"粉丝"和妻子，她忠贞不渝地支持丈夫的事业，她的忠诚、坚韧、自我牺牲似乎特别能烘托出布朗德形象的高大。但实际上，阿格奈斯形象的存在，尤其让人对布朗德的思与行产生怀疑。如果说易卜生塑造布朗德这个人物，是要在某种意义上写出"最好时刻的我自己"（或某种意义上的理想自我），那么他倾力塑造阿格奈斯这个人物，则是要对这个"最好时刻的我自己"进行审视、反思。

在跟随布朗德之初，阿格奈斯就感觉到布朗德评断人事的标准过于严苛，但还是幻想他胸中深藏着无比深厚的爱。后来，眼看着布朗德为了自己的使命而作出牺牲儿子的决定，她开始感到恐惧。孩子死去后，布朗德认为"他的躯壳埋在雪下，孩子本人则进了天国"（p. 71），阿格奈斯则无法苟同："你狠心说的'躯壳'，在我则仍然是我的孩子。灵魂和肉体不可分离，我不忍心像你那样把两者区别开。在我看来，两者是一个整体。睡在雪地的渥尔夫就是我那在天国的渥尔夫。"（p. 71）谁能说阿格奈斯不对呢？她的

---

① 即便在第五幕（阿格奈斯在第四幕去世），阿格奈斯的声音仍不时出现，与布朗德的话构成"对白"。

观点虽然朴素，却比布朗德的要健全得多。布朗德在骨子里是个唯灵主义者（或神本主义者），他对人的世俗生活或人的肉身存在几乎是漠不关心的，并认定人在现世的一切情爱、欢乐是毫无意义的，这是他为何总是那么残忍冷酷并强调自我牺牲的重要原因。布朗德是从上帝、从纯灵的视角来看待人类及其生活，只愿意承认人类的意志和神性，而恨不得一个个鲜活的肉身为了灵魂的纯洁而受难牺牲；阿格奈斯则是从活生生的、有情感的人的视角来看待生活和上帝，在她眼中上帝也是有情感、通人性的。视角不同，核心关注不同，使得他们的看法总是存在分歧。阿格奈斯虽然想迎合丈夫，但她的本能和直觉是没法改变的，她内心真实的声音与布朗德的心声是并不合拍的。在易卜生的艺术构思中，阿格奈斯死后的灵魂已成为声讨、反对布朗德思想的一种重要力量，她生前内心的反对之声在死后得到了坚定而明确的表达。

> 幻影（阿格奈斯之魂）：布朗德，你害了一场大病……如果你不想法治好你的病，噩梦还会伺机向你袭来，使你再度神志不清，离开你的妻儿。
>
> 布朗德：那就请赐给我治病的良药吧！
>
> 幻影：你的病只有你自己能治，求别人不行。
>
> 布朗德：你说怎么治！
>
> 幻影：一只老水蛭，一个读了那么多书，见识高深的人，早已找到了你的病根。所有那些和你争斗的幽灵都是一句话招来的。这句话你必须从记忆中一笔勾销，从你的为人之道中剔除、抹掉。这句话像逼得人发狂的风暴，使你害了这场大病。忘了它，如果你想消灾祛病，使你的灵魂重归于洁净！
>
> 布朗德：你说，是哪句话？
>
> 幻影："全有或全无！"（p. 132）

阿格奈斯是布朗德思想（其核心是"全有或全无"）最惨重的受害者，她的灵魂现在反过来最直接地反对布朗德这一思想。在萧伯纳看来，易卜生设置这一情节，正是要最后否定布朗德的核心思想。但易卜生在书信中说得很清楚："'全有或全无'的原则要求体现在生活的各个领域：爱情，艺术，工作，等等。布朗德就是最好时刻的我自己。"① 可见他并不否定布朗德那个反人道的法则。在剧本中，布朗德听了阿格奈斯这番话后，也并不洗心革面重新做人，而是仍然要把"全有或全无"的原则坚持到底。但这是否就表明易卜生完全认同布朗德的思想呢？也不是。易卜生深知布朗德思想的危害性，曾将其比之为"毒液"。正如易卜生自己所说，他在《布朗德》中追求的是"隐蔽的客观性"②：他让笔下的人物各自保持自己的主体性，独立自主地发出自己的声音，彼此间互不融合；他作为剧作家并不倾向于赞同哪一方，也无意于协调对立各方的矛盾。

在第五幕，布朗德被众人抛弃，独自一人向黑山的峰巅攀登。此时的他满身伤痕，一瘸一拐，但咬紧牙关，决意要战胜一切"妥协折衷的精灵"。在他稍有动摇之念时，神出鬼没的葛德又出现了。葛德完全站在阿格奈斯的对立面，每当布朗德心中"人情"萌动时，她就出来激励他继续走那条绝情弃仁的意志之路；她似乎比最冷酷的布朗德还要冷酷，与剧中的"冰教堂"是合二为一的。比约恩·海默尔认为"葛德首先代表着布朗德发自内心的声音"③，实际上，布朗德一开始是把葛德视为敌人的，虽然他后来发现自己与葛德颇有相通之处，但并不完全认同她。布朗德认为"只有意志在斗争中得胜后，爱的时刻才会到来；那时候，它才会像白鸽一样降落，衔来生命的橄榄叶"（p.52），葛德则否定一切仁爱之情；布朗德的心中"冰中有火"，葛德的心中则完全是冰。因其相似之处，他们的声音在剧中构成了一组和弦，但"和"中有异，这是不可不察的。

最后，当布朗德快要登上黑山之巅，迎来阳光的照耀时，他心中的冰块开始一点点融化，正常的情感开始在他心中萌发，他感到"从今往后，我的生命之河将生气勃勃，轻松畅快地奔流，我想哭就哭，想跪下就跪下，想祈祷就祈祷"（p.136）；葛德则认为他的意志向情感妥协了，于是举枪射死了那只秃鹰——"妥协折衷的精灵"。当秃鹰中弹变成白鸽坠落下来，山顶发

① Henrik Ibsen, *Letters and Speeches*, Clinton：The Colonial Press Inc., 1964, p.102.
② Henrik Ibsen, *Letters and Speeches*, Clinton：The Colonial Press Inc., 1964, p.84.
③ 《易卜生——艺术家之路》，第111页。

生雪崩，葛德与布朗德相继葬身于崩雪之中。

> 布朗德：（眼看着奔泻而下的崩雪，全身蜷缩，仰望上天）上帝啊，在这灭顶之灾即将来临的时刻，请告诉我，难道人的意志不能赢得一丁点盼望中的极乐吗？（崩雪埋葬了他，填平了整个山谷）
>
> 一个声音：（穿过雷鸣般的轰隆声传来）他就是仁慈博爱的上帝！①

这个结尾特别耐人寻味，历来也众说纷纭。挪威易卜生研究专家 Knut Brynhildsvoll 教授认为："布朗德由于把自我定义为永恒不变（Semper Idem）而没有点中要义，因而在更高的层面上，受到死亡和毁灭的惩罚。"② 法国学者勒孔特·普罗佐尔认为："这场雪崩填平了整个山谷，掩埋了布朗德，意味着淹没了个人。……易卜生间接受到了谢林思想的影响……结尾那句话的声音是全体人的声音，是单一的、不可分割的大自然的声音，布朗德终于消失在这大自然中。"③ 比约恩·海默尔认为："结尾那句话意味着天庭的谴责，上苍对布朗德、对他的一生、他的性格和他的事业统统横加贬斥。这是一句与全剧情节毫不相干的、没有意义的空话。这句话是否可以理解为用以表明布朗德终于如愿以偿达到了目的，亦即跨进了博爱与仁慈的阶段呢？"④ 这些解释似是而非，不太令人信服。如果我们注意到易卜生独特的悖反性思维和复调艺术构思，那么这个结尾之谜是可以迎刃而解的。

从布朗德的视角与思维来看，他是最看重人的意志和灵魂的，他相信"一个人的意志可以起很大的作用""一个人可以把光明献给很多人"（p. 133）；而且，在他看来，一个人"只有通过死亡才能求得胜利"（p. 122）、"最大的胜利就是失败"（p. 59）。这意味着，他不会把死亡和毁灭看作是一种惩罚，而恰好相反，他正是要通过自我毁灭来求得胜利，来把

---

　　① 此处根据英译本进行了重译。在英译本中，从第一幕直到剧末一直用"He"指代那只秃鹰；中译本（成时译）主要用"它"指代秃鹰，对于剧末"He is deus caritatis"中的"He"则略去不译，无法体现原文涵义。

　　② 王宁、孙建主编：《易卜生与中国：走向一种美学建构》，天津人民出版社 2004 年版，第138 页。

　　③ 高中甫编选：《易卜生评论集》，外语教学与研究出版社 1982 年版，第 251 页。

　　④《易卜生——艺术家之路》，第 118 页。据此译文来看，比约恩·海默尔对该剧结尾的理解是模棱两可甚至是自相矛盾的。他一方面认为最后那句话意味着"天庭的谴责"，另一方面又觉得这句话似乎表明布朗德跨入了"博爱与仁慈的阶段"，这是明显不妥的。

光明献给很多人。换言之，在意志战胜肉身后葬身于高山雪崩，可能正是布朗德内心愿意接受的一种结局；虽然这样死去有遗憾①，但他至少维护了自我灵魂的纯洁与完整。在一定意义上说，布朗德这样死去，正符合他的个性，也实现了他的命运。但是，从他人（比如阿格奈斯）的视角与思维来看，布朗德及其盟友葛德是误入歧途的精神病人，他们以强硬的意志克制、打压个人感情，毕生与"妥协折衷的精灵"作战，事实上等于把自己变成了一个反人道、无情爱、伤害人的人。他们以为上帝铁面无情，那是大错特错！最后那个声音，正是以雷霆万钧、醍醐灌顶之势告诉布朗德："你和葛德矢志要杀死的秃鹰，那只已变成白鸽的秃鹰，其实就是仁慈博爱的上帝！"至于这个声音来自天庭，还是来自大自然，抑或是来自阿格奈斯的灵魂，都并不重要。重要的是，天地间始终有一种声音，认定上帝本质上是仁慈博爱的，而且，他对人类是宽容的，并不把牺牲作为达到仁爱之境的手段或必经阶段。

至此，我们分明听到剧本深处两种几乎同样强劲的声音：一种声音说，人必须遵守"全有或全无"的戒律，以铁的意志完成自我牺牲之路，才能求得灵魂的纯洁与完整，进而达到仁爱和平之境；另一种声音说，人必行人道，以仁慈、博爱、宽容之心待人处事，才真正符合上帝之道。这两种声音完全悖反，但又参差交错在一起，共同构成了该剧的"复调"。前一种声音主要由布朗德发出，他反复宣扬的思想看似违情悖理，但如果从"成事"（成就一番事业）的角度来看，其实具有很大的合理性。人必秉持布朗德似的宗教信念，全力以赴投入某项事业，才可望作出超凡出众的大贡献。综观易卜生一生，他主要是遵循布朗德之道为人处世的。他舍弃、牺牲了很多，也最终取得了万人仰慕的伟大成就。西方许多大思想家、大科学家、大实业家、大政治家、大军事家，其实身上都有布朗德的影子。但是，谁又能否定

---

① 布朗德的遗憾直接由葛德导致。如果全剧顺着布朗德的思维发展，那么他走完了"冰雪封冻的意志之路"后，将会跨入"仁慈、博爱、和平的阶段"。但这样一来，该剧就会成为一个正剧，而不是悲剧了。"无法无天、野性难驯"的葛德一枪打死秃鹰，引发雪崩，致使布朗德无法跨入后面那个阶段而提前告别人世，这留下了莫大的遗憾。葛德是布朗德内心的"冰"，因而布朗德的遗憾从根本上说是由他内心的"冰"导致的。如果易卜生让布朗德顺利进入后面那个阶段，就不能引起人们对其内心之"冰"的反思了。

后一种声音的合理性呢？它几乎是放之四海而皆准的真理，恐怕每一个良心未泯的人都会不知不觉地认同它。它以人为本，以每个人在现世的自由与幸福为目的，而反对把个体生命作为"成事"的工具。这种思想看上去很美好，但落到现实中总会碰到一些无法解决的问题。

人啊，似乎永远无法真正走出二律悖反：当一种声音在他心中响起，另一种相反的声音很快就会响起，它们犹如一曲之二调，太极之两仪，各有其充分的合理性，将永远纠缠、抗衡下去。而易卜生，很可能是凭着诗人的直觉，体察到了人类思维、人类处境中这种难以化解的二律悖反。这种体悟使他摒弃了人们所习惯的思维模式，而以一种悖反性的思维，出人意外地塑造出一个思维反常、行事乖谬的英雄形象，并使他置身于多种声音、多种力量彼此悖反又互相交错的张力场中，亢奋，挣扎，斗争，呼号，哀求，牺牲……在悖谬中谱写出人生多力纠结、意义模糊的交响曲。人们也许很难从中找出确定的主题和明确的意义，却不能不深刻体会到人类生命深处的悖论，并不由自主地参与到对那个悖论的沉思、探解与突围之中。

第二节　《培尔·金特》中的"自剖"与"悖反"

易卜生也许万万想不到，他自以为"狂野草率而轮廓模糊、考虑不周而仓促下笔的急就章"①《培尔·金特》在后世却被很多评论家誉为其"最伟大的作品"，并被认定可以与莎士比亚的《哈姆雷特》和歌德的《浮士德》媲美②。尤其在前现代、现代、后现代文化因素纷然杂存的中国当代社会，这部集写实、幻想、反讽、幽默、怪诞、象征、隐喻、诗情、哲理于一体的

---

① 转引自《易卜生——艺术家之路》，第135页。不过，当克莱门·彼得森贬低这部诗剧时，易卜生曾斩钉截铁地说："我的这本戏是诗。如果它现在不是，那么它将来一定是。挪威将以我的这个戏来确立诗的概念。"（《易卜生书信演讲集》，第35页）

② 美国当代著名文学评论家哈罗德·布鲁姆认为："培尔·金特作为十九世纪文学作品中的人物，其广博可与文艺复兴时期靠想象创造出来的最显赫人物媲美，远非歌德笔下的浮士德可以匹敌……《培尔·金特》是易卜生的《哈姆雷特》和《浮士德》，是易卜生的核心作品，它包含了易卜生的一切。"（［美］哈罗德·布鲁姆：《西方正典》，江宁康译，译林出版社2005年版，第278、286页）奥托·魏宁格尔、王宁等学者也认为《培尔·金特》是易卜生最伟大的剧作。

诗剧，更是受到诸多导演、演员、学者和观众的青睐①。那么，该剧究竟有何魅力，其精髓又是什么呢？

比约恩·海默尔在《〈培尔·金特〉的核心精髓》中提出："该剧所有的情节都集中导向一个基本的中心思想，即个人必须发展自我、张扬个性，人的一生必须由自己来做出决定，在现实生活中应该通过选择和参与来做出这一决定；也就是说，易卜生始终把'人格问题'置于中心位置。"②哈罗德·布鲁姆则直言不讳地说："对我而言，《培尔·金特》的经典性在于其中的妖性。……我更愿意记住的是培尔·金特那些好色的冒险，其中交织着人性与妖性。……易卜生主义的精髓就是山妖。无论它在挪威民间传说中意味着什么，易卜生笔下的山妖代表了他自己的原创性，代表了其精神的印记。"③我国很多学者则往往通过将《培尔·金特》与《布朗德》进行比较，来着重突出前者的批判性。比如，萧乾先生就说："布朗德是个宁为玉碎、不为瓦全的理想主义者，而培尔·金特则是个没有原则、不讲道德、只求个人飞黄腾达、毫无理想的投机者，一个市侩。"④还有一些学者把《培尔·金特》与鲁迅的《阿Q正传》做比较，认为该剧在中国受欢迎与培尔·金特的阿Q式性格密切相关⑤。

综观学者们对《培尔·金特》所作的种种解释，可以看出一个大致相同的倾向，即认为培尔·金特是易卜生着力讽刺、批判的一个人物形象。至

---

① 新时期以来，中国至少上演了五个版本的《培尔·金特》：1983年，徐晓钟导演了话剧《培尔·金特》，在中央戏剧学院上演；2005年，宋捷导演了京剧《培尔·金特》，在上海戏剧学院上演；2007年9月，上海大剧院公演了音乐剧《培尔·金特》，由挪威戏剧家穆夫斯塔导演；2007年11月，上海戏剧学院上演了环境戏剧《培尔·金特》，由上戏教授谷亦安和美国人马克·霍尔·艾米顿联合导演；2010年，王延松改编、导演了话剧《培尔·金特》，该剧先是在国家大剧院上演，随后在全国巡演。以上五个版本虽各有特色，但似乎未能呈现出易卜生这部名剧的精髓。为了澄清误读，并提供一种可靠的阐释，本文不避烦琐，紧扣原剧逐幕逐场予以解读，希望有助于同好者重新认识和搬演这部名剧。

② 《易卜生——艺术家之路》，第135页。

③ ［美］哈罗德·布鲁姆：《西方正典》，江宁康译，译林出版社2005年版，第286页。

④ 参见易卜生：《培尔·金特》，萧乾译，上海外语教育出版社2010年版，第10页。

⑤ 在中国，萧乾最早指出"培尔·金特就是挪威的阿Q"；之后，宋丽丽、何成洲、王宁都撰文分析过二者的相似之处。其中，王宁的观点颇具代表性，他说："我们为什么说《培尔·金特》在中国的戏剧舞台上上演会取得预期的成功呢？这其中的一个重要原因在于，培尔这一令人难忘的人物出现在中国观众眼前时很容易使人联想到鲁迅笔下的阿Q。"（王宁：《探索艺术和生活的多种可能——易卜生〈培尔·金特〉的多重视角解读》，《当代外语研究》2010年第2期）

少在我国，自从萧乾将该剧定性为"一部清算个人主义的诗剧"① 以来，视培尔为反面人物几乎已成为大家的共识。但事实上，易卜生自己并不这么看。1867 年 12 月 9 日，易卜生致信比昂斯腾·比昂松说："就培尔·金特而言，难道他不是一个具有个体人格的全面的人吗？我认为他是。"② 这就至少提醒人们需要重新审视培尔形象。而且，易卜生还对比昂松推心置腹地说过："我可以向您切实地说，在我生命中那些安静的时刻里，我倾听过来自我灵魂最深处的声音，并有意地去探索和解剖我自己的灵魂；而这种探索与解剖越是深入，我自己也越是感到痛苦。我的这本戏是诗。如果它现在不是，那么它将来一定是。"③ 这暗示出，该剧实为易卜生自我探索、自我解剖的产物。1880 年 6 月，德国人路德维格·帕萨奇向易卜生请教《培尔·金特》是如何写出来的，易卜生回信说："我不可能描述《培尔·金特》诞生时的环境。要使得作出的解释易于理解，我将不得不写一整本书，而写这本书的时机还不成熟。我所创作的一切，即便不全是我亲身经历过的，也与我内在体验到的一切有着最为紧密的联系。我写的每一首诗、每一个剧本，都旨在实现我自己的精神解放与心灵净化——因为没有一个人可以逃脱他所属的社会的责任与罪过。因此，我曾在我的一本书上题写了以下诗句作为我的座右铭：生活就是与心底魔鬼搏斗；写作就是对自我进行审判。"这进一步表明，该剧是易卜生的自审之作。了解这一点非常重要，尽管它并非一把解开《培尔·金特》所有谜底的万能钥匙。

在笔者看来，《培尔·金特》全剧以自剖自审为核心主线，着重表现的是人生内在的矛盾、人性内在的冲突，而不是人与环境、个体与大众之间的冲突。在创作手法上，剧作家并不注重设置紧张激烈的外在冲突，而是让一切人物、场景、动作、情节等都服从于自由地、立体地表现培尔的内心世界；换言之，该剧主要遵循内心探掘和艺术表现的逻辑，而基本不理会现实

---

① 1949 年 8 月 15 日，萧乾在其主编的《香港大公报·文艺》上以整版篇幅发表了他的大作《培尔·金特——一部清算个人主义的诗剧》。在此文中，萧乾说，"《培尔·金特》这个寓言讽刺剧所抨击的，自始至终是自我"。1981 年，他在《外国戏剧》上发表此剧的译文，将该剧定性为"一出以人生观、世界观的抉择为主题的戏"，对以前的评论有所修正，但基本上仍将培尔视为一个反面人物。

② 《易卜生书信演讲集》，第 38 页。

③ 《易卜生书信演讲集》，第 38 页。

生活的逻辑，这使它带有浓重的表现主义色彩。同时，由于深邃的自剖自审，该剧再次抵达了人类生命深处的悖论，并隐含着一种难以察觉的分裂意识和矛盾思维。简言之，该剧是一位深谙人类生命悖论的剧作家，在自剖自审中创作出的一部带有表现主义特色的立体诗剧；它在形式上充满了幻想、象征、隐喻和张力，而内核实为诗人的自我探索、灵魂对话。下面试分两个层面加以论述。

一、培尔的山妖之旅与剧作家的自我解剖

培尔·金特是谁？是挪威农村的一个喜欢想入非非、吹牛撒谎、胡搞乱来、投机冒险的小混混，还是一个阿Q式的自欺欺人、可怜可恨的麻木分子？细读此剧，我觉得培尔·金特并不像人们通常以为的那么简单。自根底言之，易卜生塑造这个人物，并不是要刻画一个小丑形象，而是要在布朗德之外探索、剖析当代人的灵魂，以及在当代更为流行的人生理念和生活道路。易卜生深知布朗德"要把一个过去了的时代完整无缺地追回来"在现实中注定是行不通的，他实现自我的方式也是极少有人能够认同的，那么放弃"全有或全无"的原则，灵活处世，随机应变，又当如何？他看出同时代人几乎都是传说中山妖培尔的子子孙孙，于是一部描摹时代灵魂的恢宏诗剧逐渐成形。

第一幕是比较写实的，但这只是进入"正题"的一个引子。在这一幕里，培尔给人的初步印象确实是喜欢幻想、吹牛，但他并不懵懂幼稚，而是喜欢醒着做梦——看透了这个世道的丑恶、冰冷、乏味，于是拿些梦想滋润一下贫乏可怜的现实生活。作为一个破产农妇的儿子，他到处受人嘲笑，除了幻想很少有其他生活乐趣。当他对他那位同样喜欢白日做梦的妈妈说"我要做出真正惊天动地的事业来，我要当国王，当皇帝"时，他至少享受着说大话的快感。幻想、吹牛、骇人听闻，是他对付这个世界的武器。但他越是这样，便越是受到大家的嘲笑。于是，他受伤的自尊心越发渴望"做出惊天动地的事来"。在英格丽德的婚礼上，他一再受到大家嘲笑，几次邀请索尔薇格跳舞都未能如愿，这个时候他的内心几乎要爆炸了。在屈辱和恼怒中，

恶念萌生了——他索性拐走了新娘英格丽德，把她带到山顶上痛痛快快发泄了一通。这下他是真正让大家"刮目相看"了，但也由此犯下了大罪。为了逃避追捕，培尔从此开始流浪，也踏上了曲折漫长的山妖之旅。

在接下来的四幕中，剧作的风格悄悄发生着变化，时而写实，时而浪漫，时而诡异，时而怪诞，仿佛是某个人的狂想曲，亦犹如一个让人眼花缭乱的万花筒。其情节几乎不按戏剧的冲突律展开，而更像是用电影的蒙太奇手法，把诸多看似没有明显关联的画面组接到一起。在那里展开的一切，亦真亦幻，亦虚亦实，混沌不清，扑朔迷离；其意义瞻之在前，忽焉在后，变幻不定，难以确解。究其根由，或许是由于剧作家既要自剖自审，又要与之拉开距离，因而综合运用隐喻、象征、反讽、戏拟、间离等多种表现手法和插曲式、跳跃式的剪辑手法，将一切陌生化、不确定化，留下了很多谜点和空白，也留下了无尽的阐释空间。

在第二幕，培尔撇下英格丽德后，一个人在山岭中逃命，不料遇到三个放荡的牧牛女。面对她们的引诱，培尔不由自主地跳到她们中间："我是个长了三个脑袋的山妖。我今天就是来跟你们睡觉的。"[1] 于是又跟她们鬼混了一场。如此冲动过两次后，培尔开始觉得"脑门子像是紧紧箍着一道烧得通红的圈带"——他的良心开始不安，反省意识也觉醒了。看着在天空中飞翔的金鹰，他的精神振奋起来了："我要参加它们的行列！我要在劲风里洗涤我的罪愆。我要朝高处，更高处飞翔，然后朝下深深扎进那闪闪发光的基督教行洗礼的圣地，洗去通身所有的罪愆，重新出现。我要飞过放牧牛羊的草地，一直到我的灵魂纯洁无垢为止。"（p. 175）但培尔绝对无意于通过实际行动来洗罪，而是在这么慷慨激昂地说过一通之后就感到全身舒泰了，并且觉得"培尔·金特生来就不凡，很快就要出人头地了"（p. 176）。这一段心理历程有点类似浮士德摧折少女格蕾琴之后的心理历程——浮士德虽然为自己的行为自责不已，但"躺在繁花似锦的草地上"，他很快就感到"生命的脉搏清新活泼地跳动"，并遐想着"向最高的生存攀登"[2]。在这里易卜生也许受到了歌德的影响，或者无意中认同了后者的某些观念。

---

① 易卜生：《培尔·金特》，载《易卜生戏剧集》（1），第174页。本节正文下引此书仅注页码。
② ［德］歌德：《浮士德》，绿原译，人民文学出版社1994年版，第182页。

为了出人头地，培尔的脑筋迅速活动起来。见到一个绿衣女人后，培尔立即尾随过去，谎称自己是个王子，并向她求爱。这绿衣女仿佛是培尔的精神姐妹，跟他一拍即合，很快就把培尔带到她的父王——多沃瑞山妖大王的宫殿里。在妖宫里，培尔对山妖大王坦言他除了要娶公主，还要当国王。——这个妖宫，隐喻着人类欲望的深渊，或者说，它其实就是人的自我的一部分。当一个人像易卜生那样静下心来，倾听灵魂深处的声音，并有意去解剖自我灵魂的时候，他也许会发现那个欲望的深渊。正是在这里，剧作家通过痛苦的自我解剖，开始引导人们一步步去认识自我。

在妖宫里，山妖大王仿佛一个导演，循循善诱地引导培尔认识自己。他先答应了培尔的要求，接着问："人妖之间有什么区别？"培尔回答说没有区别，他则明告之：两者虽有不少类似之处，但那区别还是一目了然的：人——要保持自己真正的面目；山妖——为你自己就够了（p. 179）。这里隐含有剧作家的声音：人与山妖有交叉之处，但人除了有妖性，还有人性。接着山妖大王以女儿和王国为诱饵，要求培尔饮用牛的分泌物、装上山妖的尾巴，甚至挖掉双眼，在山洞里生活一辈子，目的是要看他是否真的能泯灭人性。培尔答应了前两项要求，但无论如何不能接受后两项要求。

> 倘若你告诉我再也不能获得自由了，甚至不能像个正派人那么善终；告诉我这辈子就当个山妖了，像书上说的：永远不能回家了——这一点你曾那么不断地强调。对这一点，我恐怕没法苟同。（p. 183）

由此可见，培尔还是惦念着"回家"和"善终"的。为了实现自我，他可以留有退路地先行做个山妖，或者用某位哲学家的话说，"先在非我的世界里漫游一番"[1]。但如果要他彻底堕落，则其受压抑的人性会反弹，会拼命寻求出口。尽管山妖大王讽刺他说："你们人类的嘴不停地在讲灵魂，其实你们对肉体的兴趣大多了。你以为欲望无关紧要，哼，等一会儿你就会看个明白。"（p. 184）但培尔仍然不愿彻底沦为欲望的奴隶。后来虽然被众

---

① 周国平在《人与永恒》（黄山书社2007年版，第27页）中说："一个人为了实现自我，必须先在非我的世界里漫游一番。"其在《各自的朝圣路：周国平散文二集》（东方出版社1999年版，第59页）中又说："你不妨在世界上闯荡，去建功创业，去探险猎奇，去觅情求爱，可是，你一定不要忘记了回家的路。"

多小妖围攻，他还是挣扎着逃出来了。在这幕戏里，培尔的"自我"结构初步显现出来，即那里头虽有浓厚的妖性，但毕竟还有人性，此外还有一丝儿对于圣洁（神性）的向往。

逃出妖宫后，培尔来到一片松林，着手砍些树木造间茅屋。茅屋盖成后，奇迹发生了——他以前惊为天人的少女索尔薇格出现了。

　　索尔薇格：你托人捎话，我就来啦。如今，我是你的了。

　　培尔：索尔薇格！不，不可能吧？嗯，真是你！你不怕到我身边来吗？

　　索尔薇格：你叫海尔嘉捎信给我。还有风和沉默传达给我的信息。有从你妈妈的话里听到的信息，还有从种种梦境里得来的信息。那漫长漫长的夜晚和空虚寂寥的白昼都给我捎来信息，说我非来不可。在那边，我的生命已经没有了乐趣。我既不会流泪，也不会笑。我不晓得你心里有什么想法，我只晓得我应该做什么，必须做什么。

　　培尔：可是你父亲？……

　　索尔薇格：在这茫茫人间，如今我已经没有可以称作爹娘的人了。

　　培尔：索尔薇格，我的宝贝！你做这一切，都是为了我？

　　索尔薇格：对，仅仅为了你。朋友，你必须是我的一切，我的生命。……

　　培尔：倘若你敢在这里和我同住，我这茅屋就是圣洁的了。索尔薇格，让我看看你。不，别站得这么近。让我仔细端详你一下。你多么纯洁，多么美啊！让我把你抱起来，你这么苗条，这么轻盈！索尔薇格，准我抱起你来吗？我永远也不会疲倦。我不会玷污你。我要把你抱得不贴近我的身子。你是这么可爱，这么温暖！谁能料到我会使你爱上了我？日日夜夜，我多么想念你呀！（pp. 194-195）

这一场戏几乎给每个读者/观众都会留下深刻的印象，但它写的是现实的场面还是培尔心中的幻想呢？从现实生活的逻辑来看，这一幕是不可能发生的：哪个教养良好的美少女会千里迢迢去找一个糟蹋他人新娘、受到众人唾骂的亡命之徒为夫呢？何况她只见过他一次，那一次他的粗野已经让她避之唯恐不及。我觉得，这一场景更像是培尔的幻想，一个独居茅屋的流浪汉对纯情美少女的幻想。以培尔现在的处境（孤身一人困在深山老林），他除了会想念妈妈，最有可能朝三暮四地想念他曾经一见钟情的索尔薇格。在他的意念中，索尔薇格仿佛就在眼前，说着他一心想听到的可爱得紧的话——这对于爱幻想的培尔来说几乎是必然的。但在剧中，这一幕是真真切切地发生在观众眼前的，索尔薇格也确乎是一个真实的人物。从艺术创作的角度来看，易卜生很可能是用这个亦真亦幻的人物，来生动形象地表现培尔内心对纯洁、美丽、温暖与真爱的向往——这同样是他内心非常真实的一面。以虚为实、以幻为真，把虚幻的人物、场景当作真实的人物、场景来写，并用那些亦真亦幻、亦虚亦实的人物、场景来"表现"主人公的内心世界，这是易卜生惯用的手法，也是易卜生式表现主义的一大特点。这一特点在该剧的后半部分体现得更充分，在易卜生晚期戏剧中则被发挥得淋漓尽致。

回到剧中来。就在培尔出去为他心爱的宝贝公主找木头烧火的时候，他过去造的孽不可避免地挡住了他现在的路——他以前追求过、占有过的绿衣女带着儿子来找他了。这女人要培尔抚养孩子，且要跟他睡觉。培尔感到"顷刻之间，俊美和快乐永远离开了我，一切都变得那么丑恶"（p. 198）。那么，在此情境下，是回家（隐瞒自身的罪孽与丑恶去占有索尔薇格），还是不回家？这个有点类似"to be, or not to be"的难题，开始在培尔内心纠结起来：

> 绕道而行？从我这儿没有直通到她那里的路。直通？嗯……也许……也许还有一条路。我想《圣经》里写着一些关于悔改的话。可是它说些什么？我没有《圣经》。我忘光了。森林这儿没有一个人指引我。悔改？得要好多好多年才能走通这条路。人生会变得虚空，纯洁的和美丽的将被毁灭。我能把那些碎片再拼起来吗？一只小提琴坏了可以修补，钟表就不能修补。倘若你要保持田野里的青翠，你就不可在上面践踏。……绕道而行吧！不，不，倘若我的胳膊有松树枝杈或杉木枝干那么长，我仍旧把她抱得离我太近，以致不能在放下她时，让她依然像以前那么纯洁。不，不，我得绕道而行，找我自己的路子；不是为了得失，而是想办法从这类肮脏思想中脱身，把它们永远从我心中驱逐干净。（朝茅屋走了几步，又停下来）可是发生了这些事情之后，再进

去？这么肮脏，这么丑恶？屁股后头还跟着一群山妖？我向她开口，可是什么也说不出；我向她忏悔，可还得隐瞒。不，这是个圣洁的日子。照现在这样到她身边，只不过是对她的亵渎。（p. 199）

这一段独白曲折细致地剖露了培尔灵魂内部的冲突，其感人的程度不亚于哈姆雷特那段著名的独白。它是人在孤独的处境中，自己对自己的审问，以及在自审自问中的犹疑、徘徊。这里值得注意的是，培尔所说的"绕道而行"，不是绕过家门而不入（根据剧本的舞台提示，当培尔准备"绕道而行"时，他"朝茅屋走了几步"，这表明培尔所谓"绕道而行"是直接走向茅屋，而不是离家远游），而是指绕开道德行事——隐瞒自己的罪孽与丑恶，装作纯洁无辜的样子与索尔薇格共享"幸福生活"。这种选择背离人最基本的道德良心，是一种不讲原则的"忽悠"和"蒙混"，是有几分可耻的。那么是绕道而行，还是坚持悔改？这是培尔无法回避的难题，也在很大程度上是人类生存发展难以避免的一个悖论。人的自由意志、人的无穷欲望注定了他是极有可能犯罪的[①]，而一旦犯罪就会面临这个难题。绕道而行是可耻的，但悔改会使人生变得空虚，会使纯洁的和美丽的陷入毁灭之境——这几乎是残忍的。若不可为残忍之事，难道竟可绕道而行？人一旦陷入这种两难困境，除了本着原始之力去挣扎，恐怕只能放弃"直通"的奢望，而在另外一种意义上"绕道而行"[②]；而人一旦意识到他所处的两难困境，即表明他的"向善之心"未死，因而还有得救的希望。在本剧中，培尔对于索尔薇格的真心爱慕，强化了他的羞耻之心；这种羞耻之心使他感到，以自己的丑恶之身靠近索尔薇格，实在是对她的亵渎。此时此刻，培尔是真爱索尔薇格的，这份真爱一方面使他暂时不想回家（即在另外一种意义上"绕道而行"；此时他可能打算独自一人承担、洗刷自己的罪恶以保持尊严），另一方面他希望索尔薇格耐心等待他回来。

但是，培尔并不是那种意志坚定的人，他稍微高尚一点的想法往往是一

① 邓晓芒："自由意志首先表现为恶、犯罪（原罪），因为天真状态由于抽调了自由意志而谈不上是善，人的第一个自由意志行动只能是打破天真状态而犯罪。"（邓晓芒：《新批判主义》，北京大学出版社 2008 年版，第 168 页）

② 这里所谓"在另外一种意义上'绕道而行'"，是指绕开便捷之道，走上曲折的自我认识、自我救赎之路。

闪而过的，很快他就会故态复萌。他在内心里也许就没有下定决心切实洗刷自己的罪恶。在易卜生后期的《罗斯莫庄》中，女主角吕贝克也同样感到自己过去犯下的罪孽挡住了现在通往幸福的道路，但她敢于以实际行动去洗刷自己的罪恶，体现出主体性格的坚强与高贵。培尔则无意切实悔改，也似乎并不真正指望自己的灵魂配得上索尔薇格的纯洁与真爱。换言之，尽管他在心理上崇爱索尔薇格这样的纯洁少女，但他知道自己在本性上更愿意跟圣洁之人保持一定的距离。这么说也许对培尔不公平，但他后来的表现充分证明了这一点①。

在外出流浪之前，培尔冒险回了一趟家。培尔回家本来是想摆脱苦恼、轻松一下，没想到他老妈快要咽气了。于是培尔使出他的拿手好戏，用一套美丽的谎言驾着马车把他老妈送上了天堂。他这样做，免除了母亲临终的痛苦和恐惧，至少比布朗德要人道得多。评论家们往往由此称赞培尔的人性美。但对于培尔来说，做这件事更多的是契合了他爱幻想、好瞎吹的性格，而未必是因为多么爱母亲。他妈妈死了，旁人哭了起来，他自己却没有一滴眼泪；他妈临终前嘱咐他置办一口棺材，他也压根儿没想过照办。他不像布朗德那样铁面无情，但也不会像布朗德那样选择最陡峭、最艰难、最需要意志力的道路。培尔不喜欢一切麻烦费力的事，他之所以喜欢幻想、瞎吹，也主要是因为这"事"最容易做，也最能给他带来虚幻的自由感和良好的自我感觉。此外，这场戏看似多余，实则是对但丁《神曲》的某种戏拟，也是对培尔整个虚幻人生的一种"预演"。在《神曲》中，叙述者"我"是在诗人维吉尔的引领下，经过地狱和炼狱的洗礼，才最终到达幸福的天堂的；而在这里，奥丝仅凭培尔一套廉价的谎言，就直接上了天堂。在本剧末尾，劣迹斑斑的培尔仅凭索尔薇格的一番真爱感言，就沐浴着太阳的光辉——来自天父的光辉。易卜生的这种处理似乎是故意消解《神曲》所显示的"真理之路"，但又明显包含着某种反讽——他尽情展示着剧中人的主观幻想与其客观处境的巨大反差，从而暗示出剧中人的得救是虚幻不实的，由此呈现

---

① 正如叶公好龙，培尔对于索尔薇格只是心向往之（或者说只是喜欢把她作为一个意象在心中赏玩），而不会甚至不愿跟她生活在一起。质言之，培尔只是一个最普通不过的俗人，这俗人在本性上更喜欢跟自己臭味相投的人在一起，而对于纯洁的天使则宁愿与之保持一定的距离。弗洛伊德曾分析过"培尔"们的这种心理。

出主旨的不确定性。

从第四幕开始，培尔的山妖之旅进入了高潮阶段，剧作家的自剖自审越来越明显，全剧的精华也逐步呈现出来。此时培尔已年届五十，但依然精力充沛，大话连篇。不过，较之以前，他的形象有两点显著的变化：一是特别善于在不同场合中扮演不同的角色，在不同的面具下自由转换；二是他已经形成了一套自以为是的人生哲学，从过去"快活的小荒唐鬼"变成了"有思想的智者"。

在第四幕开头，流浪到非洲摩洛哥西南海岸的培尔，正对着一帮狐朋狗友高谈阔论。他自曝通过贩卖黑奴和偶像，已经赚了大把大把的黄金，接下来他要靠金钱的力量当上皇帝。这是不是他的幻想或谎言，在此不深究（依据他的性格，这是很有可能的）。值得注意的是，培尔在高谈阔论中阐发出来的人生哲学，倒是把他的"自我"展露无遗。

> 先生们，我是单身汉，这就足以说明一切了。我们的天职是什么？简单地说，一个人应当永远是他自己。要毫无保留地献身自己以及和自己有关的事务上。如果他像只骆驼那样负担着旁人的快乐和悲哀，他还怎么可能做到这一点？……人生的秘诀很简单：把耳朵堵得严严实实的，不给毒蛇以灌进毒液的机会。命运会总是照顾那些为自我谋利造福的人们。……金特式的自我代表一连串的意愿、憧憬和欲望。金特式的自我是种种幻想、向往和灵感的汪洋大海。这些都在我的胸襟中汹涌澎湃着。它们使我像这样地生活着。它们形成了我的"自我"。可是，正如上帝需要有大地，它才能成为大地之主，我，培尔·金特，也需要黄金来使我自己成为皇帝。（pp. 206-212）

在这里，培尔·金特似乎是足够真诚地亮出了底牌。然而，这不像是一个阅历丰富的中年富商在对相知甚浅的朋友们说话，倒像是一个缺乏知音的人对他想象中的酒肉朋友畅谈人生，为的是在想象的宴席中享受众目关注、群宾恭听的快感。也正因为本质上是自言自语①，这些话也更加真实。它们

---

① 第四幕的主体内容是培尔的自述，其他人物几乎只是起到让培尔自我表白的陪衬作用。人物与人物之间也没有什么冲突。它更多的像是一个人的自白，而不是充满动作与反动作的戏。

确乎剖露了培尔的灵魂，也很容易让人联想起易卜生曾经说过的话。1871年9月24日，易卜生致信乔治·勃兰兑斯说："我期望于你的主要是一种彻底的、真正的自我主义，这种自我主义会使你在一段时间内把你自己以及你的工作当成世界上唯一重要的事情，其他所有事情都不复存在。现在，你可千万别把这个建议看作是我本性残忍的证据！你如果要想有益于社会，最好的办法莫过于把你自己这块材料铸造成器。"① 也许易卜生在此确实是进行了一定程度的自我解剖，但他与培尔绝对是有距离、有差别的。易卜生重视以切实、刻苦的工作去实现自我，培尔·金特则基本是在吹牛撒谎中"实现自我"。在培尔看来，所谓"自我"就是一连串的意愿、憧憬和欲望，这就难怪他习惯于在幻想和言说中"保持自我的本来面目"了。

培尔的夸夸其谈，没有赢得朋友们的敬重，倒是勾起了他们抢夺其财产的念头。他们买通船长，趁培尔不备，把他藏有"大量黄金"的游艇开走了。这下培尔可着急了！他抓耳挠腮，掐胳膊抓头发，终于醒来了，原来是一场噩梦！醒后的培尔赶紧用显意识调控梦里的局面："主啊，俯听我的呼唤吧！请你制止那些贼匪，想办法叫他们出点事故。"于是，"游艇冒出一道火焰直冲云霄，随后是一股浓烟"，果如其愿，船毁贼亡。这下培尔又高兴了："想想我得了救，而他们却沉到海底去啦！赞美上帝，尽管我犯了种种错误，他还是庇护我，眷顾我。"（p. 217）接下来培尔继续做梦，或者说是易卜生帮他继续做梦。——当然，这只是笔者的一种读解，在剧中并没有确凿证据表明上述场景以及后面的场景是培尔的梦境。尽管剧中有些微弱的暗示，但易卜生又很快把那些暗示消解掉了②。也许易卜生正是要利用这种亦真亦幻、亦虚亦实的场面——用易卜生自己的话说，是要"利用这种不明确性"③ 来

---

① 《易卜生书信演讲集》，第70页。

② 比如，在第四幕第二场，培尔说："一场噩梦！一片幻景！我得快点醒过来。游艇已经出海了，正在全速挺进。我在做梦，睡觉！我傻了，醉了！（扭着双手）我不会死在这里的，那不可能！（抓头发）是一场梦。我认定这是一场梦。真可怕！唉呀，是真的。我那群狐朋狗友！"这里，前面十个短句均暗示培尔是在做梦，后面两个短句则消解了这种暗示。

③ 在易卜生后期的《海上夫人》中，陌生人也是一个亦真亦幻、亦虚亦实的人物，易卜生用他来表现主人公艾梨达的内心世界。关于这个陌生人，易卜生曾说过："谁也不应该知道他是干什么的，同样也不晓得他是谁和他究竟姓甚名谁。对我来说，有了这种不明确性才有可供使用的选择余地。"（《易卜生——艺术家之路》，第355页）易卜生的这一声明适用于他几乎所有带有表现主义色彩的剧作。

"表现"培尔的内心世界。一方面，易卜生坚信戏剧必须制造真实生活的幻觉才有效果①；另一方面，他又特别重视开掘人物的内心世界：这就使他自然而然选择了这种独特的表现主义手法。

接下来的几场戏，既可以看作是培尔的幻梦，也可以看作是剧作家对其内心潜意识的发掘与表现。在第四幕第四场，培尔为躲避狮子的进攻，爬到一棵棕榈树上，可是在树上偏又遇到一群猿猴的围攻。培尔寡不敌众，累得要死，于是想把自己也变成一个货真价实的猿猴，同时还为自己找到了堂皇的理由："人是什么？还不是风中鹅毛！得随时适应周围的环境。"（p.218）他甚至想在屁股上再次拴个尾巴，并向猿猴巴结讨好："老人家，说起来咱们还是堂兄弟哩。明天我给你点糖吃。"（p.219）可是猿猴不买账，把一坨泥巴砸在他头上。此时的培尔，算得上是个狼狈不堪的山妖。这里众多的猿猴，象征培尔身上过于浓厚的动物性，或者说在一定程度上表现了培尔内心的妖性。

经历了沉沦（沦落到被猿猴欺侮的地步）之后，培尔心想："自甘卑微的人要变得崇高。崇高？对，我的地位就要变得崇高。势必如此。命运会领我走开这个地方，让我再飞黄腾达起来。"（p.211）于是奇迹又出现了：在一块岩石旁边，站着一匹马，躺着一把剑、一套王袍和大量的宝石。培尔喜出望外，穿上王袍，跨上骏马，举起宝剑，又神气起来了！这身行头，为培尔扮演多种角色打开了方便之门。

在第四幕第六场，培尔来到一个阿拉伯国家，被一群姑娘当作先知。培尔感觉很受用，便索性扮演起"先知"的角色来。他的兴趣点很快集中到安妮特拉身上，便令其跳舞。在他眼中，"她的双腿飞快地甩来甩去如鸡腿，这个荡妇真是一块可口的肉。她的腰身略显肥胖，算不上北欧人心目中的美人儿。……说实在的，我认为正因为这样，才合我的胃口"（pp.224-225）。

---

① 1874年1月15日，易卜生致信埃德蒙·葛斯说："我希望我的戏能营造出真实的幻觉。我希望给读者这种印象：他所读到的是真实发生过的事情。"1882年9月14日，易卜生致信拉斯莫斯·B.安德森，再次表达了这种艺术追求："我的戏剧力求制造这样的效果：读者或观众在阅读剧本或欣赏演出的过程中，感到他是在真实地体验一段真实的生命历程。"1883年8月2日，易卜生致信奥古斯特·林德伯格，进一步说明了他这种追求背后的戏剧观念："戏剧效果的产生，在很大程度上取决于让观众感到他好像是实实在在地坐着、听着和看着发生在真实生活中的事情。"（《易卜生书信演讲集》，第142页）

可见，他这个时候不仅完全忘了索尔薇格，而且确实觉得荡妇更合胃口。从这里还可看出，培尔离开索尔薇格，最开始的时候也许有负罪自惩之意，但很快他就从那个高处跌落下来了。他本质上更接近于山妖或某种动物，即便披上先知的外衣也仍然掩盖不了那种本质。出于本性，培尔一心想跟安妮特拉胡搞。为尽快得手，他一会儿"文雅地"对她说："你像磁石般地吸引我，因为我是个男人。正如一位名作家所说的：'永恒之女性，引领我上升！'"一会儿又恬不知耻地说："从一个情人的角度来看，先知同一只公猫之间是没有什么区别的。"（p. 228）这就可谓自报家门、原形毕露了。这个家伙甚至希望安妮特拉折磨他，让他享受"痴恋的心灵被折磨"的"美妙感觉"。安妮特拉给了他一记响鞭，骑上他的马飞驰而去。被抽之后，培尔庆幸"失足的不是我，不是我自己，而是先知"（p. 233）。在这点上，他还真有点像阿 Q。

接下来，培尔异想天开，想要"像跟鹅毛一样沿着时间的长河漂下来，重新体验过去"，并且"要撷取历史的精华"（p. 234）。想到自己即将成为一位伟大的历史学家和人类学家，培尔激动得热泪盈眶，并充满强烈的自豪感：

> 我已经认识了我自己——培尔·金特其人。人类的皇帝！我掌握着以往岁月的钥匙。我要远离现代生活的龌龊道路。现时连一根鞋带也不值。现代人没有信念，没有脊骨。他的灵魂放不出光芒，他的行为没有分量。（p. 235）

这个家伙真是妙不可言！他完全凭想象的画面就真的相信自己已经成功，并且自己为自己加冕！对于他来说，凡事只要一想到就立刻真的做到了！接下来，他就可以为自己的辉煌成就而激动、而欢呼！再接下来，他就可以凭着"老子天下第一"的"既定事实"，去睥睨一切，傲视群氓了！这样的人，难道不是疯子?!

不久，培尔"皇帝"来到埃及，神秘人贝格利芬费尔特（Begriffenfeldt，以下简称"贝格"）指着狮身人面像（Sphinx，司芬克斯）问培尔：他是谁? 培尔答曰：他就是他自己。贝格再问：你是谁? 培尔谦虚地回答：我一直努力成为我自己（言外意：我就是我自己）。于是贝格佯作兴奋地说：
"到开罗去！我找到了《启示录》里的皇帝！（对培尔）你就是《启示录》
里以自我为根据的皇帝！"（p. 240）这一场让很多人感觉莫名其妙的戏，其
实是戏拟俄狄浦斯猜中司芬克斯之谜的故事。这里的贝格，犹如反讽者苏格
拉底，他目光敏锐，一眼就看穿了培尔的本质，但他佯装傻瓜，把培尔捧得
高高的。从他的立场和智慧来看，他在反讽中既道破了培尔的本质，又对他
极尽揶揄嘲讽之能事。但培尔浑然不觉，既兴奋又惶惑，最终被弄得一头雾
水。因此，这个戏拟的场面，与它的原型是有距离的，但在某种程度上亦有
冥合之处。在那个古老的故事中，俄狄浦斯猜出了司芬克斯之谜，被全城人
拥戴为智者和国王。俄狄浦斯也因而信心满满、踌躇满志，并一度极自以为
是、刚愎自用。但是，这个崇信自我的人，真的认识他自己吗？认识了人本
身吗？答案显然是否定的，他最后遭到了命运的致命的反讽。培尔也显然没
有真的解开那个"生命之谜"，他不过是晕晕乎乎地被戴上了一顶讽刺意味
十足的高帽而已。

接着，贝格把培尔带到开罗的疯人院。在这里，贝格告诉培尔："绝对
理性在昨天晚上十一点寿终正寝啦。……理性已经死亡！培尔·金特万岁！"
（p. 242）这里似乎呼应了克尔凯郭尔对黑格尔理性哲学的批判，也似乎预示
了反传统、非理性时代的来临。在这个非理性的时代，一向信持自我主义人
生哲学的培尔被理所当然地推上了"皇帝"的宝座。培尔大惑不解，认为
自己"在各方面都保持了自己的真正面目"，因而绝对不适合当疯人院的皇
帝。但在贝格看来，培尔与这个疯人院的居民们最有"神似"之处。

> 正是在这里，人们最能保持真正面目，纯粹是真正面目。我们的船
> 满张着"自我"的帆，每个人都把自己关在"自我"的木桶里，木桶
> 用"自我"的塞子堵住，又在"自我"的井里炮制。没有人为别人的
> 痛苦掉一滴眼泪，没有人在乎旁人怎么想。无论思想还是声音，我们都
> 只有自己，并且把自己扩展到极限。因此，既然我们需要一位皇帝，你
> 肯定是最合适的人选！（p. 243）

诚如其言，培尔正是这样一位自我主义者，只是他还看不清自己的本

质。后面的胡胡、背着阿皮斯王木乃伊的农民，都是进一步补充、映射培尔的自我形象；渴望被刀子切削的霍显，则折射了培尔内心深处极度非理性的受虐狂倾向。这隐示出，极度崇尚自我与极度否定自我这两极是相通的，完全的自我主义可能最终通向自我的毁灭。进而言之，在理性完全泯灭、自我高于一切的时代，人类的前景将是多么灰暗和恐怖①！在看到这个疯人院的乱象（其实也是培尔内心的乱象）后，培尔惊呼："我该做什么？我是什么？……我内心有什么在爆炸……救救我！"（p. 247）随后晕倒在地。这是培尔潜意识的一种惊呼——在他内心之眼（剧作家赋予他的灵眼）看到他的陌生化、极致化的自我时，他完全惊呆了，完全不敢相信自己（以及自己的前景）竟然是如此恐怖！他仿佛第一次对自己"是什么"感到大惑不解②。但培尔对其潜意识中的困惑与恐慌并未有充分的意识，而是让那种瞬时的感觉悄然滑过去了。在显意识层面，他仍然保持着自我主义的本色。

到了第五幕，培尔已是一个须发斑白的矍铄老人。他在外面冒险、浪荡了一辈子，现在想回家了。他饱经风霜，似乎养成了一双洞彻世态人心的"毒眼"，但他的自我主义本色丝毫未变。在回家的航船上，他激烈地批评船长、水手们见死不救，感叹"人们的信仰早已荡然无存，基督教不过是一纸空文"（p. 252）；但是，当航船触礁、落水者拼命争抢小木船的时候，培尔异常威猛地把跟他抢木船的大师傅打伤，令其滚开，并最终剥夺了后者的生命。他讽刺、批评周围的一切，但他自己绝对无意于做一个虔诚的基督徒。在此，我们可以隐约感觉到易卜生的自我解剖。1871 年 9 月 24 日，易卜生致信乔治·勃兰兑斯说："我对于团结从未有过什么坚定的信念。我只是把它作为一种传统的教条来接受。如果有人敢于把它完全扔到船外，那他就有可能摆脱最能压抑个体人格的重物。——在我看来，在世界历史的整个进程中，的确有一些时刻像是海上航行的船触礁撞沉了，此时唯一重要的事

---

① 在这里，易卜生似乎对克尔凯郭尔的个体存在主义哲学提出了质疑。也许，在易卜生看来，黑格尔的客观理性主义哲学虽有种种弊端，但克尔凯郭尔的个体存在主义哲学甚或有如潘多拉的魔盒，它大行其道的时候也许正是怪象迭出、群魔乱舞的时候。

② 整个第四幕，是培尔·金特的妖性自我最集中、最深刻的剖露。它犹如培尔的一个长梦，最为充分地表露了培尔的潜意识活动。在"记录"这个长梦的过程中，易卜生对自我、对人类灵魂、对人类未来的洞鉴达到了后世许多作家难以企及的深度与高度。

情就是救出自己。"① 培尔此刻的行为，显然完满地体现了易卜生的这种思想。至此，易卜生将内心最真实的一面剖露了出来，他在此剧中的自我解剖也告一段落。

需要特别指出的是，培尔的山妖之旅，忽东忽西，忽山忽海，场景变换极为频繁，似乎找不出任何内在的逻辑，但这些场景在根本上是出于表现培尔的内心世界和剧作家的自我解剖而呈现出来的。换言之，它们是培尔的"幻想"与作家的"自剖"这两股合力交互作用的产物。培尔的"幻想"，或者说他在脑子里经历的种种奇事、怪象，虽有一定的偶然性，但总体上是向着体现人情之真、人性之真切入的，是有一定的"方向感"的。这个"方向感"，由剧作家的"自剖"来把握。也就是说，剧中一切场面，包括那些非理性的、怪诞离奇的场面，在最深层次上可以说是剧作家"自剖"的产物。但是，我们不能过于坐实地理解剧作家的"自剖"。他所描写的一切，固然与他内心体验到的一切有着最为紧密的关系，但是，他的体验，他的心象，不等于他自身。毋宁说，他更多的是以自我为标本，去反省、发掘挪威民族以至全人类的深层心理结构。

二、剧作家的奇特自审与全剧的内在张力

《培尔·金特》的最后十场戏，可以看作是剧作家的一种陌生化的自我审判。这十场戏是颇为怪诞的，出现了好多仿佛从冥界冒出来的、奇奇怪怪的人物。他们的出现，部分是培尔的幻想使然，但更主要的是剧作家的自审使然。扼要言之，他们在很大程度上是由剧作家派来的，派来审判培尔·金特，也审判剧作家内在的自我。

在最后一幕，当培尔站在船上幻想衣锦还乡、把自家茅屋修得像一座宫殿时，"一个陌生人从黑暗处走出来，站在培尔·金特旁边，向他友善地打招呼"（p. 252）。这个陌生人虽然态度和善，但动机非常可怕——他直截了当地问培尔："阁下能把自己的尸首送给我吗?"培尔异常恼火，叫他滚开。

----

① 《易卜生书信演讲集》，第70页。

等到培尔打伤大师傅、抢得小木船、庆幸保住命的时候，这个陌生人又出现了，似乎要引导他如何笑对恐惧与死亡。这个陌生人来自冥界，正如哈姆雷特的父王来自地狱一样，他们都是幽灵，都是来启蒙尘世中人的。被幽灵启蒙过的培尔，较之以前发生了些许变化：他原先喜欢幻想和自我对话的脾性，逐渐融入了一些自嘲的因子。

与《哈姆雷特》中的有关场面相似，培尔回乡时发现，他曾经亵渎过的英格丽德去世了，亲人们正为她服丧，旁人则开着种种戏谑味十足的玩笑。他们还谈论起培尔·金特。培尔不露声色，参与其中，并讲了一段颇为耐人寻味的故事：

> 我曾在旧金山淘过金。那座城里满是些魔法师……有一天，魔鬼来到集市上，也想试试运气。他有学猪叫的本事，人人都热切地想看他的表演。……他设法在长袍里藏起一头猪。表演开始了。魔鬼一拍，猪就吱儿吱儿叫起来，整个表演是关于猪的一生的一支幻想曲，从它吃奶的时候一直演到屠户用刀扎出尖叫声为止。表演完了，演员向观众深深鞠躬退了场。（p. 266）

这个细节看似怪诞，但寓意甚深。在这个故事中，魔鬼是一位看透人生的艺术家，在某种意义上可以说他是剧作家陌生化的、较高层级的自我①；他的表演乃是以一种最为简洁直观的方式呈现出培尔·金特人生的本相。培尔的一生，差不多就是"一只猪的幻想曲"。在易卜生看来，像培尔那样在幻想中度过碌碌无为的一生的人，又何止一个两个，简直多如牛毛。他曾说过，挪威的两百万人口，"不是人，而是猪和狗"。而他让培尔讲出这段故事，则似乎是让培尔在此扮演一个自我揭露、自我嘲讽的角色，尽管培尔对此角色尚未有充分的意识。

接下来是著名的"剥葱头"场面。在此场面中，培尔虽然幻想自己是"罗马大皇帝""亚述大皇帝""万兽的皇帝"，但是，跟以前很不一样的是，

---

① 在一些艺术作品中，艺术家的陌生化自我是分成多个层级、多个侧面的。作品中每个重要人物形象，都是艺术家某个层级、某个侧面的自我的陌生化呈现。易卜生惯于运用分身法来塑造人物形象，他在作品中的"自审"往往是高级自我审视、审判低级自我，或者是理想中的自我审判现实中的自我。

这次他很快自己戳破了自己的幻想：

> 你这个老傻瓜！你不是皇帝，你不过是个大葱头！我要剥你的皮
> 啦，亲爱的培尔！祈祷呀！流泪呀，现在都白搭。（拿起一个葱头，一
> 层层地剥着皮）……唉呀，它没有芯子，一层一层剥到头儿，越剥越
> 小。老天真会跟人开玩笑！（p. 267）

在这里，培尔显然与自己拉开了距离，并且能够把自己作为一个对象来
认识了。无芯的葱头，跟猪的幻想曲一样，都隐喻着培尔此生的虚无与荒
诞。当然，这里渗入了易卜生自己的判断：像培尔·金特这么个人，一生飘
转如浮萍，从未以一个贯穿始终的行动创造出自己的本质，因此他实在不过
是个没有内核、没有芯子的葱头而已。

如果早知道吹牛扯谎、想入非非的人生不过是个零，又将如何？如果说
"未经省察的人生没有意义"（苏格拉底），那么培尔是否早就应该长点脑
子？接下来，在第六场戏中，线团在地上滚着，它们对培尔说："我们是思
想，你早该把我们想。你早该让我们长上小脚，带着我们一道翱翔。"
（p. 269）这些线团的声音，也许是培尔脑子里一闪而过的念头。而"线团"
到这个时候才被培尔隐约意识到，隐喻着培尔的大半生是没有"中心线"
的，没有明确的奋斗目标和清醒的自我意识来引导人生。

在第七场，铸钮扣的人扛着一柄大铸勺出现了。这个人物的出现在前面
没有任何伏笔，是易卜生仅仅从艺术表现的需要出发派进来的一个人物。他
可以看作是上帝的使者，是专门来审判培尔·金特的。随着"审判"的展
开，培尔的内心开始反抗、挣扎起来。

> 铸钮扣的人：朋友，正因为你犯的罪过都那么微不足道，所以就没
> 把你送上刀山火海。你同大部分人一样，以我这把铸勺为归宿。
> 培尔：同旁的东西熔到一起，成为其中的一小部分，让培尔·金特
> 在铸勺里了此一生——我从灵魂深处表示反抗。
> 铸钮扣的人：可是，亲爱的培尔，其实你用不着这么大惊小怪。说
> 实在的，你从来也不曾保持过自己真正的面目（You've not been yourself
> any time at all），如今，你就是永远消失掉，又有什么关系！

> 培尔：我从来也不曾保持过自己真正的面目？我都快笑出来啦。培尔·金特不曾保持过自己真正的面目！咱们走着瞧吧。（p.275）

在这里，铸钮扣的人判定培尔"从来也不曾保持过自己真正的面目"，最多只可作为一块废铁铸成一个"没窟窿眼儿的钮扣"；培尔则认为自己"一辈子曾始终保持着自己真正的面目"，无论如何不应该被当作废铁。显然，他们关于"保持自己真正的面目"的看法是完全不同的。那么，究竟怎样才是"保持过自己真正的面目"？查核原文，此处挪威语原文为"vær dig selv"，英语原文为"have been yourself"（或"to yourself be true"），意为"成为你自己"（或"让自己充分实现出来，成为真实的存在"）①。因此，问题应该转换为：究竟怎样才是成为你自己（或"何谓成己"）？这也许是一个真正的难题。培尔曾经引用《圣经》中耶稣的话说："倘若你把整个世界弄到手，却丢了自我，那就等于把王冠扣在苦笑着的骷髅上。"（p.211）但培尔并未领会耶稣这句话的意思，因为他把"自我"只是理解为"一连串的意愿、憧憬和欲望"。卢梭曾说，上帝把人造出来之后，就把属于他的那个特定的模子打碎了。这意味着，每个人都需要以坚韧的意志和切实的行动来塑造自己、锻铸自己，让自己的潜能充分实现，进而成形、成器；而且，不是成为一般化的、与别人雷同的"器"，而是成为独特的、具有特殊优点、别人无可替代的"器"。以此观之，培尔不但没有成器，更遑论成为独特的器了。但培尔自己对此是缺乏意识的，他还一直认为自己最善于保持自我呢。

在第八场，培尔遇到了山妖大王——他当年的岳父大人。培尔请他证明自己一贯保持了自我。山妖大王则指出，自妖宫别后，你培尔一直是按照"山妖，为自己就够了"这句格言活下来的——你培尔充其量只是个彻头彻

---

① 在萧乾翻译的《培尔·金特》中，"保持自己真正的面目"是一个出现频率很高的译语。笔者以为，把"to yourself be true"译为"保持自己真正的面目"是不够确切的。在易卜生看来，人并无先定的本质，一个人真正的面目、实在的本质是要靠自己遵循某项原则、通过恒久的行动逐步实现出来的。既然人本无"真正的面目"，谈何"保持"呢？在中国传统文化背景下，多数人相信人性本善，所以有"保持真面目"之说；在欧洲文化背景下，人们相信人性是自由的，既可行善又可作恶，这样一来"保持自己真正的面目"便成为一句很费解的话。如果结合全剧来看，"to yourself be true"的确切含义是"让自己充分实现出来，成为真实的存在"，简言之就是"成为你自己"。

尾的山妖而已，根本谈不上给你开人格证明！培尔不能接受这样的鉴定，山妖大王就继续启发他："要当个山妖并不一定长犄角，屁股后头也不一定长尾巴。……我的子子孙孙在这个国家里很有权势。"（p. 279）经过山妖大王的启蒙，培尔原先那种盲目的自信消失了，他开始怀疑自己以前的信念，并开始思索何为"live and die my true self"（始终葆有真正的自我）这一问题。

在第九场，培尔又遇到铸钮扣的人。这次培尔没有顽抗，而是向他请教：

> 培尔：你说"保持自己真正的面目"（Being oneself），这是什么意思？
>
> 铸钮扣的人："保持自己真正的面目"就是把你身上最坏的东西去掉，把最好的东西发挥出来。但是这你准理解不了。所以咱们把它说得简单些，就是充分贯彻上天的意旨①。
>
> 培尔：要是一个人从来也不晓得上天要他做些什么呢？
>
> 铸钮扣的人：他凭直觉应该晓得。（p. 281）

也许，正是在这里，易卜生借助铸钮扣的人之口，传达了他的一个重要思想。易卜生曾说"布朗德就是最好时刻的我自己"，而布朗德是一个自觉"听从一位伟大的主人差遣"，以钢铁般的意志奉天行事，并"通过死亡来求得胜利"的人；他心目中"葆有真正的自我"的人，能敏感到自己肩负的伟大使命，并为完成使命甘愿吃尽千辛万苦，经受千锤百炼，而绝不像风中鹅毛随便摇摆，也决不因祸福利害而避趋之。从易卜生的观点来看，古希腊的苏格拉底可能是最能葆有真我、成为自己的人。苏格拉底依循直觉，听

---

① 此处诺曼·金斯伯里的英译原文为："To be oneself is to kill the worst and so to bring out the best in yourself. But I am certain that would be lost on you, so let's put it more simply：to carry out The Master's intention in every detail."（Act Five, Scene Nine）但布莱恩·约翰斯通的英译本是这样译的："To be oneself is to slay oneself. On you this explanation's probably lost. So let's say：it's to reveal in each part of your life The Master's intention at whatever the cost."（直译：成为自己就是杀死自己。但对于这个解释你肯定会感到迷惑，所以让咱们这么说：成为自己就是在你生活中的每一阶段都不惜任何代价努力贯彻天主的意旨）

从自己内心的声音（"神灵的声音"）①，为完成自己的历史使命虽死无惧（甚至可以说，苏格拉底就是一个通过死亡来实现自我的人），其真我风范震烁千古，克尔凯郭尔心向往之，易卜生亦可能心慕而神追。综观易卜生的一生，他正是一个富有神秘的使命意识②，并为完成使命"焚膏油以继晷，恒兀兀以穷年"的智性作家。他从自心中体察到与培尔心性相通的种种因子，但他要远远高于、大于培尔；从他高级自我的眼光来看，培尔是完全谈不上"成为自己"的——若以严格的标准来审判，培尔实在只配投入铸勺结束一生。

但奇怪的是，剧情并没有沿着这个方向发展下去。易卜生虽然以"写作就是对自我进行审判"来提示过该剧主旨，但在实施审判的关键时刻，他却玩了一个诡秘的花招，笑眯眯地放过了培尔。在最后一场，易卜生把讽刺的矛头忽然转向命运之神——一个披着袈裟的瘦子，嘲弄他到处寻找培尔·金特却不知他就在眼前。如果命运之神像瞎子一样糊里糊涂，那么严格的审判是无从谈起的。瘦子犯迷糊，隐喻宇宙间不一定"天网恢恢，疏而不漏"。培尔逃过瘦子的追捕后，旋即遇到铸钮扣的人。后者请培尔拿出犯过大罪的证明，否则仍然将其投入铸勺。在这最后的关键时刻，培尔听到索尔薇格在茅屋里歌唱，心想请索尔薇格陈述自己的罪孽是最合适不过的了。他走向茅屋，匍匐在门口，请求索尔薇格宣判他的罪孽。此时索尔薇格眼睛已然全瞎，但她手里还拿着祷告书，神情还是那么安详。听到培尔的声音后，索尔薇格异常惊喜，说他不仅没有造孽，而且使她的一生"成为一首优美的歌曲"。索尔薇格的爱情，使得这场"审判"发生了大幅度逆转。

培尔：我自己，那个真正的我，完整的我，真实的我到哪儿去啦？

① 苏格拉底在雅典法庭申辩时说过："正是神派我来附在这个城邦，就好像牛虻附在马身上。……如果不是神把我赠予你们，谁能找到一个像我这样的人，完全不顾个人的利益，单是关心你们？"（《苏格拉底的申辩》，31a8, 33c）

② 1866 年 3 月 16 日，易卜生致信弗雷德里克·海格尔说："我觉得我的终生使命就是要利用上帝赋予我的天赋，把我的同胞从麻木中唤醒，促使他们看清那些重大问题的发展趋向。"1866 年 4 月 15 日，易卜生致信挪威国王查尔斯十五世说："我并不是想生活得无忧无虑，而是在为我毕生的事业而奋斗，我坚信这份事业是上帝召唤我去做的。它就是唤醒我们民族的人们，激励他们去感受伟大的理想。在我看来，这份事业对于挪威是最有必要、最为急需的。"到了晚年，易卜生仍多次提到他的终生使命。

我额上带着上帝打的烙印，到哪儿去了呢？

索尔薇格：你一直在我的信念里，在我的希望里，在我的爱情里。

培尔：你说什么？这是你在说谜语哪。你好像是做母亲的同她的孩子讲话一般。

索尔薇格：正是这样。可谁是这孩子的父亲呢？听了母亲的祈祷就赦免了他的那位，就是他的父亲。

培尔：我的母亲！我的妻子！你这圣洁的女人！啊，保护我，用你的爱情把我保护起来吧！（他紧紧偎依着她，把脸贴在她的膝盖上）

索尔薇格：（温柔地唱）睡吧，我的心肝，我的乖！我来摇你，守在你身边。……睡吧，我的心肝，我的宝贝，睡吧，睡吧。我来摇你，我的孩子，我的乖。睡吧，睡吧。（pp. 290-291）

全剧最后在索尔薇格越来越大的歌声中落幕。这个结尾实在过于出人意外，历来也争议颇大。易卜生的同时代人温尼耶认为这个结局"未免太自欺欺人和令人作呕"；卡米拉·科莱特表示，"我们十分勉强却又不得不唾弃这种令人嗤之以鼻的、自甘忍受煎熬折磨的'忠贞不渝'，她双手合十，怔怔地苦守一天又一天，等待着培尔·金特归来"[1]。美国学者哈罗德·克勒曼认为这个结尾表明易卜生对培尔·金特"貌似厌恶，实际却有钟爱之情"[2]；哈罗德·布鲁姆也表达过类似看法："易卜生愉快地将布朗德埋葬于雪崩之中，却不忍让培尔·金特死去。……妖性的培尔体现着易卜生的生命感，他必须存活。"[3] 挪威学者阿斯比昂·阿尔塞斯认为，这个结尾隐喻着"低层次自我和高层次自我的结合，也就是动物性和神性结合，组成一个完整的人"[4]；比约恩·海默尔则认为易卜生在这个结尾中"做了一个痉挛性的尝试，企图证明理想是可以在现实世界里实现的"[5]。这些看法各有一定

---

① 转引自《易卜生——艺术家之路》。

② ［美］哈罗德·克勒曼：《戏剧大师易卜生》，蒋嘉、蒋虹丁译，湖南人民出版社 1985 年版，第 111 页。

③ ［美］哈罗德·布鲁姆：《西方正典》，江宁康译，译林出版社 2005 年版，第 284 页。

④ ［挪］阿斯比昂·阿尔塞斯：《易卜生的道德剧：阅读〈培尔·金特〉的几点建议》，宋志华译，载王宁、孙建主编：《易卜生与中国：走向一种美学建构》，天津人民出版社 2004 年版，第 121 页。

⑤ 《易卜生——艺术家之路》，第 151 页。

道理，但似乎仍未切入易卜生艺术灵魂的核心。

正如易卜生写《布朗德》的初衷在于写出一个理想的英雄形象，却在写作过程中逐步转向反面一样，《培尔·金特》固然着意在"对自我进行审判"，但剧作家的悖反性艺术思维也使得该剧的意趣发生了逆转。正如哈罗德·克勒曼所说，"易卜生是一位非常复杂、自相矛盾而且又喜欢说反话的艺术家"①，他自己即便有着比较稳定的主导思想，但他似乎总能意识到其他对立思想的合理成分，因而其思想常常呈现出驳杂多维的状态。他作为一个艺术家的本能，以及他对艺术家天职的看法②，都使他倾向于多视角、多侧面、多向度地去观察和思考。与此密切相关，易卜生的艺术思维是相当复杂的，几乎从来不会在一条轨道上朝一个方向运动，而常常是在悖反的两极之间盘旋，或者在多个向度上缠绕。他的名言："恰恰相反！"也能反映其思维的这一特点。具体到本剧而言，易卜生显然是多视角、多方位、立体地看待培尔这一人物的，而那些不同的"看"显然带来了全剧内在意蕴的悖反性和开放性。剧中的阿斯拉克、英格丽德、奥丝、山妖大王、安妮特拉、贝格、铸钮扣的人、索尔薇格等各自代表了看待培尔的一种特定视角。尽管其中多数人的眼光是批判性的，体现了易卜生的"自审"，但索尔薇格的独特眼光使得培尔的命运发生了逆转。易卜生这样处理，不一定是缘于对培尔的"钟爱之情"，也不一定是"企图证明理想可以在现实世界里实现"，而是基于他对宇宙人生之复杂性、悖谬性、多极性和多元化的洞察与认同。从黑格尔式绝对理性的视角来看，培尔的一生无疑是个失败。但谁能保证黑格尔的绝对理性绝对可靠呢？正如萌萌所说："承认理性世界的钢筋骨架其实是建立在流沙上，根本不可能结结实实地支撑起人的真实的生命和整个生活，因而意义的连环完全可能如同多米诺骨牌因一点变动就连锁坍塌。"③毫无疑问，要看清人生的真谛，不能只有理性的视界，还要有情感的、信仰

---

① 《戏剧大师易卜生》，第 101 页。

② 易卜生认为："艺术家的首要任务是看，而不是反映"；"当一名诗人从本质上意味着去看。不过请注意，要以一种独特的方式去看，以便看到的任何东西都能确切地被他人感知到，就像诗人自己看到的那样。但只有你深刻体验过的东西，才能以那种方式被看到和感知到。……而我们当中有谁没有时不时地感觉到和意识到，在他的内心潜伏着一种矛盾，而这种矛盾总的来说就存在于言语与行动、意愿与责任、生活与教导之间呢？"（《易卜生书信演讲集》，第 367 页）

③ 萌萌：《萌萌文集》，张志扬编，上海译文出版社 2007 年版，第 285 页。

的视界。在不同的视界中，培尔的一生绝对是可以有多种解释的。从作品中的一些场面，我们固然可以看到剧作家对培尔的嘲讽与批判，甚至可以把培尔的一生视为毫无意义的零蛋，但是，当我们的视角转换到与索尔薇格的视角一致时，就会发现培尔这类人物的存在也并非毫无意义。正是培尔，使索尔薇格的一生变成了一首优美的歌曲。培尔身上虽有妖性，但也不乏人性和神性（对索尔薇格的崇爱透露出培尔身上还是有一丝神性的），从这个意义上看，培尔也是"一个具有个体人格的全面的人"（易卜生语）。

正是这种视角的流转带来全剧意蕴的逆转，并最终使全剧失去了明确的中心思想，而呈现出一种开放的格局。从全剧的主体内容以及剧中审判者的视角来看，《培尔·金特》是易卜生通过"自剖自审"对挪威人性以至人类本性进行深入解剖的诗剧，它以"成为你自己"为核心主题，带有深厚的存在主义底蕴。在"何谓成己"或"如何成己"这个问题上，不同的人物提出了（或体现了）不同的看法，但最终没有形成一种统一的、令人信服的思想。就培尔自身而言，他奉行"为自己就够了"的自我主义哲学，在幻想、吹牛、损人利己、投机逢迎等"活动"中浪荡一生，严格说来并未"成己"，他却在索尔薇格的爱情和希望中成就了他的"自我"，他似乎由此得救了。但培尔的这种"成就自我"，给人的总体感觉是苍白无力、虚幻不实的，是建立在几乎不可能的奇迹上的。就索尔薇格而言，她是否成为自己了呢？她数十年如一日的坚贞等待，既可以说是以一种独特的方式成为她自己，也可以说是在实行某种慢性自杀。在剧末，索尔薇格的眼睛瞎了，这构成一个微妙的反讽：基督教的坚贞之爱，在现时代已分明沦为一种盲目之爱；它是如此珍稀罕见，又是如此令人悲怜。易卜生似乎要将两种不同甚至悖反的成己方式捉置一处，让它们在形式上统一起来，至于其中内在的矛盾则搁置不管，任其处于一种龃龉不谐的状态中。总而言之，这部作品本质上是开放性的，其中隐含的问题仍然期待着读者或观众去思考、去解答；作品本身并未提供切实可靠的答案或"真理"——也许易卜生压根儿就没有想过把"真理"置入其中。

除了蕴含着对于人生根本问题的哲性探询（尽管最终不但没有得出明确的答案，反而给人留下了更深的困惑），《培尔·金特》还充分剖露着剧作家的艺术灵魂，体现着剧作家的诗学观念。从整体上说，《培尔·金特》并非易卜生"现实主义"戏剧的前奏曲，而是一首"表现主义"的狂想曲；它与剧作家艺术灵魂的关系，远远比它跟挪威社会生活的关系要紧密得多。剧中很多人物与情节，在现实生活中是不可能存在的，而只有将其理解为剧作家艺术灵魂的呈现才是合理合榫的。甚至可以这样说，该剧的核心旨趣并不在于批判挪威人的国民性，而在于做一次诗性之旅，在于探寻诗或艺术深隐的本质。培尔·金特、索尔薇格、山妖大王、铸钮扣的人等人物，他们其实都是易卜生艺术自我的一分子，并构成其艺术灵魂的金字塔式的结构。在这个结构中，培尔处于最底层，更多地受"欲望"主导，代表人性中最具有普遍性的部分。他曾经瞥见过塔尖的金顶，晕眩于那瞬时射来的光辉，但他更喜欢躲进黑暗中，在世俗之海沉浮漂荡。山妖大王、铸钮扣的人等人物代表那个结构中的"理性"，他们目光犀利，善能用语言一层层脱去培尔用幻想和自欺包裹起来的外衣，逼使他直面自己的人生、自己的灵魂。而索尔薇格，位于那个金字塔的顶端，代表着"神性"。她犹如圣母，拥有最仁慈、最宽广的心胸，可以宽恕、包容人世间的一切。她对培尔说："你使我的一生成为一首优美的歌曲"，这分明像是剧作家最高级的艺术自我在言说。易卜生曾经说过："要是没有黑夜的保护，我就将一筹莫展。是的，如果我有什么建树，那要归之于夜的才干。"① 在某种意义上，正是培尔的斑斑劣迹，才映衬出索尔薇格心灵的光辉；也正是人世间的黑暗，才使艺术家有了广阔的用武之地。从艺术审美的角度看，索尔薇格作为该剧深处的光源，作为剧作家艺术灵魂的一极，将永远在艺术的深谷里闪烁着光芒。

易卜生曾经说："挪威将以我的这个戏来确立诗的概念。在人们的观念世界中没有什么东西是确定不移和永恒不变的。本世纪的斯堪迪纳维亚不是古希腊，因而在本世纪我们的诗学观念必然不同于古希腊的诗学观念。"②其深层的所指也许正在于此。在易卜生这里，诗的本质绝不再是摹仿、再现人的行动和社会生活，而是表现人物灵魂深处急剧动荡的风景，甚至是返回来对

---

① 《易卜生文集》第 8 卷，第 13 页。
② 《易卜生书信演讲集》，第 35 页。

艺术家自我的灵魂进行审判。尤其是戏剧诗，其最适合做的事已经不是摹仿、反映现实生活，而是聚焦于灵魂里面的风景，表现人性内在的冲突与转化。

第三节　悖反诗学与易卜生早期戏剧的现代性

基于以上论述，可知易卜生确实是一个敏于自审的人，而正是由于敏于自审，他洞察到了人类生存中的诸多二律悖反，也清醒地意识到人性中诸多相反相对的可能性。越是深入自审，就越是会遭遇"悖反"。这些"悖反"的一再重复累积，几乎构成了易卜生"思维的格"，使得他在戏剧创作时自觉不自觉地进入悖反情境，并使作品形成悖反结构。而在这些具有悖反结构的作品中，隐含着易卜生的悖反诗学。易卜生的悖反诗学，具有三个层面的内涵。

第一，在戏剧情境层面，让人物陷入一种两难困境，即无论怎么做，只要坚持正确的原则，都很难抉择、困难重重。比如布朗德，面对当地居民精神萎靡、惯于妥协的现状，他究竟是应该用雷电般的上帝之爱引领他们上升，还是应该像仁慈的天使一样体贴他们的种种难处呢？照理说，引领人们上升是对的，但那样做最终不但会让自己众叛亲离，而且没有人会因为他的付出、引领而上升；那么充分发扬人道主义精神，处处体贴照顾他人是对的？那样很可能让他人精神更加委顿，人性更加堕落。布朗德选择了前者，但他越是领着众人攀上高山之巅，离他所追求的光明境界越近，他生命中的阴影就越发浓重——他不仅间接害死了自己的儿子和妻子，而且让几乎所有信徒都离弃了他，他自己最后则葬身于雪崩。他要是不这样做呢？不这样做他觉得自己生不如死，活着毫无意义。再比如凯蒂琳，他当时面临的处境跟布朗德也颇相似：如果听从内心的声音，挺身而出，则必死无疑；如果隐忍退缩，蛰居乡下，那么又如行尸走肉。培尔·金特也遭遇过这样的两难处境：培尔曾真心爱上单纯善良的索尔薇格，很想跟她在一起，让她过得幸福。但问题是，培尔觉得自己罪行累累，跟索尔薇格在一起会玷污了她，于是想"如果真爱她就应该离开她"。培尔最终选择了"绕道而行"，但那个两难处境并没有消失。谁在真爱面前没有踌躇犹豫过？谁的人生完美无瑕？

即便"绕道而行"会留下两个人一生的遗憾，可是勇往直前就一定没有遗憾吗？不管怎么选择，人生都会显出吊诡之处。

第二，在戏剧结构层面，让不同情节线上的主要人物形成一种都合理但互相对峙之势，或内蕴一种悖反情形。比如在《布朗德》里，乡长所代表的人道主义，与布朗德所代表的神本主义（或唯灵主义），各有很大的合理性，并形成两条大体平行的情节线（易卜生对布朗德的刻画虽然更多一些，但布朗德身边的阿格奈斯与乡长是相通的，也代表着人道主义情怀）；这两条线上的人物，虽各有很大的合理性，但同时又是正相反对的；他们在各自行动线上的交叉演进，既推动着剧情的发展，营造着该剧的戏剧性效果，又逐步拓展着该剧的张力结构。这个张力结构，本质上是一种悖反性结构——同样合理而互相反对的两股力量扭结在一起所构成的动态平衡结构。其中一方越是接近于成功，其离彻底的失败就越近，反之亦然。如果说《布朗德》体现了前一悖反结构，《培尔·金特》则隐含了后一种悖反结构。在该剧中，培尔·金特眼看就要走向彻底的失败了，却由于其内心对索尔薇格的爱以及索尔薇格对他的爱而获得了拯救。尽管那种拯救显得比较虚幻，却让人对培尔的人生多了一种评价的视角，进而使其整个人生都获得了一种不同的意义。在该剧"力的四边形"中，显露在前台的负面力量与隐藏在后台的正面力量同等强大，绝不是可以简单予以评判的。

第三，在主题内蕴或全剧内核方面，绝不表露出一种明确的、占有主导性的思想，而是让几乎相反的思想在一种张力场中各有其地位，各自显示着自身的正确性、合理性，从而刺激着观者的神经，逼使他（她）进入深层次的思考。看完《布朗德》，我们不知道是应该认同布朗德的选择，还是应该更同情阿格奈斯与乡长的做法。看完《培尔·金特》，也许很多观众会感到一头雾水，困惑不已。大体而言，培尔的一生犹如"猪的一支狂想曲"，似乎没什么意义。用铸钮扣的人的话来说，"他从来不曾保持过自己的真正面目，如今就是永远消失掉，又有什么关系！……他的一生是个失败，必须把他当作废铁，送到铸勺里去"①。确实，剧中有不少场面让人觉得培尔就

---

① ［挪］亨利克·易卜生：《培尔·金特》，萧乾译，上海外语教育出版社 2010 年版，第329 页。

是个小混混，虚度了一生光阴。但在易卜生看来，"难道他不是一个具有个体人格的全面的人吗？我认为他是"①。尤其是剧末索尔薇格对培尔的言行，让我们不得不重新看待培尔的一生。培尔·金特充满幻想浪荡、坑蒙拐骗的一生，荒唐中不乏严肃，油滑中不乏坚守，游戏中不乏真诚，很难盖棺论定。如果我们不熟悉易卜生的悖反思维，就很可能对培尔作出一种片面的评价，进而对易卜生的创作意图作出错误的判断。

易卜生的悖反诗学，是其对自我及现代人生存处境、内在灵魂进行深刻洞察的产物，反映了易卜生在艺术思维上的深刻性与现代性。古典时代的不少学者、作家，对于宇宙人生，对于自我理想，对于是非善恶，有着相对明确的看法，并坚定不移地去追求，或进行褒贬，没有那么多矛盾、复杂与困顿。而现代作家，大多数兼具理想主义与怀疑主义倾向，有的甚至从怀疑主义走向虚无主义，世界图景、人性结构、人生价值在其心目中有了很大变化，其个人思维也变得更加复杂。如前所述，易卜生在创作之初便转向"对自我的复仇""对灵魂的解剖"，其思维几乎天然地带有自我矛盾性、悖反性。这种悖反思维对创作的渗透，使得其早期大部分戏剧具有内在的悖反性与现代性。我们从易卜生早期作品中可以看得很清楚，他在剧中确实已经扬弃了古希腊以来的摹仿论艺术观，与近代以来表现自我的浪漫主义亦只是貌合神离，而与专注于内向反省、自我批判的现代主义文艺则有着高度的契合之处。质言之，易卜生的灵魂自审与悖反思维带来其早期戏剧的现代性，这让他毫无疑问成为现代主义文艺的源头之一。

---

① 《易卜生书信演讲集》，第58页。

第三章 易卜生中期戏剧的
回溯诗学

易卜生的早期戏剧虽然确有成功之作，但无论在中国还是在欧洲，易卜生的声誉鹊起主要是跟他中期的五部社会问题剧①密切联系在一起的。从1868 年开始，易卜生受勃兰兑斯和比昂松影响，开始转向创作直面当代生活的现实主义散文剧。1869 年，《青年同盟》问世，在挪威引发轩然大波。在随后的几年里，《社会支柱》《玩偶之家》《群鬼》《人民公敌》相继出版、演出，每部剧都带来极大的社会反响，引起时人强烈而持久的争论。由于这些作品触及当时欧洲几乎每个公民的神经，或引起强烈共鸣，或激发满腔怒火，强有力地搅动着当时欧洲人的精神生活，因此几乎成为一种罕见的社会文化现象。诚如马丁·艾思林所说："易卜生最初的和最显著的影响是社会性、政治性的影响。易卜生努力把当时主要的社会问题和政治问题通过话剧和剧场暴露于光天化日之下，这种做法大大震惊了当时只是把剧场视为低级娱乐场所的社会民众。当时易卜生的影响逐渐扩大，在英国、德国及其他地方都有一大批易卜生的崇拜者……在戏剧史上，易卜生也许是唯一一位成为政治性团体核心人物的剧作家，这使得他的地位显得很独特。"② 这种热潮的出现，固然提醒我们需高度重视、认真对待，但也期待着某种冷反思。

很多学者认为，易卜生中期五部社会问题剧，代表了其一生创作的最

---

① 易卜生中期除了创作五部社会问题剧，还创作了一部世界历史剧《皇帝与加利利人》。易卜生本人非常看重此剧，有时甚至视之为自己的代表作。

② ［英］马丁·艾思林：《易卜生与现代戏剧》，汪余礼译，《戏剧（中央戏剧学院学报）》2008年第 1 期。

高成就。而这五部社会问题剧最可宝贵之处在于，以大无畏的精神提出、讨论了一系列重大的社会问题，充分发扬了审美人文主义精神，凸显了积极的人道主义理想和强烈的社会批判锋芒①。鲁迅先生当年即深受个中精神鼓舞，称赞易卜生"愤世俗之昏迷，悲真理之匿耀"，"敢于攻击社会，敢于独战多数"，可谓"精神界之战士"。胡适看后亦大为感奋，呼吁年轻人要学"斯铎曼医生，要特立独行，敢说老实话，敢向恶势力作战"。笔者读之，也颇有共鸣，甚或血脉偾张，激动不已，对于鲁迅、胡适的话，也深有同感。但反复细读此五剧，感觉易卜生中期戏剧的精髓，并非仅在于灌注其中的独立批判精神，还有极为值得珍视的回溯诗学。换言之，我们长期以来忽视了易卜生中期戏剧洞鉴欧洲社会文化的那种纵深视角。正是由于那种纵深视角，易卜生中期的批判，绝非止于社会现实，而是深入到欧洲人灵魂的深处；绝非只是向外"独战多数"，而是依然存在内向剖视、自省自审的维度。也正是由于那种纵深视角和内向批判意识，使得易卜生中期戏剧频频使用回溯手法，形成了一种颇具文化底蕴的回溯诗学。

易卜生中期戏剧确实带有强烈的社会批判色彩，但那种"社会批判"是以灵魂洞鉴、自我批判为前提、为根底的。在易卜生看来，个人与所属社会是一体的，社会的问题、家庭的问题、个体人格的问题，都是内在于他的"自我"的问题。如果从易卜生的思维与眼光来看，《社会支柱》《玩偶之家》《群鬼》《人民公敌》《皇帝与加利利人》等剧作可以看作是易卜生对社会化、历史化的自我（大我）进行审视、批判的结晶。在《社会支柱》中，博尼克的种种劣迹是每个社会人都可能沾上的（具有人性上的潜在可能性），而他的反省与忏悔则仿佛是剧作家的"陌生化自我"②

---

① 王忠祥："在易卜生的全部创作中，最重要的是批判现实主义的社会问题剧，即《社会支柱》(1877)、《玩偶之家》(1879)、《群鬼》(1881)、《人民公敌》(1882)等剧作，充分表明易卜生不愧为'伟大的问号'。……这些社会问题剧切实有代表易卜生剧作的功能，充分发扬了审美人文主义（易卜生主义）的精神、影响和艺术魅力。"（王忠祥：《"人学家"与他的问号》，载《易卜生戏剧选》，潘家洵译，人民文学出版社2013年版，第380页）

② 所谓"陌生化自我"，是指艺术家在作品中塑造出来的、既源于自我心性又跟现实自我很不相同的、带有审美性的人物形象。以现实的眼光来看，这种人物绝不能看作是剧作家的自我，但以审美的眼光来看，这种人物正是剧作家自我的一部分，或至少是潜在的一部分。

所实行的"自审"。《玩偶之家》既审视了男人的种种坏毛病及其社会文化根源，也透视了女同胞们纯真的梦想和一定程度的"未成年状态"，并暗示出男人和女人要走向自由幸福都还必须经历一个艰难的蜕变过程。《群鬼》进一步审视了自我（隐性地包含每个欧洲人）走向自由的过程中所因袭的历史重担。阿尔文夫人的悲剧，从根本上说是被传统基督教律条所压抑以致窒息了生命活力的悲剧。《皇帝与加利利人》进一步拓展了《群鬼》中的历史文化视野，对自我精神结构底层的基督教意识进行了深刻的质疑和反思。在该剧中，朱利安对基督教的怀疑、反叛在很大程度上透露了剧作家自己的宗教之思。1873 年 2 月 20 日，易卜生致信埃德蒙·葛斯说："这本书（指《皇帝与加利利人》）含有大量的自我剖析。"后又致信路德维希·达伊说："在朱利安这个角色上，正如我在成熟时期所创造的大部分人物形象一样，我所投注的精神体验比我愿意向公众承认的还要多。"可见，该剧虽然是一部"世界历史剧"，但在根本上也是易卜生的"自审"之作。

因此，易卜生中期戏剧与他早期戏剧仍然是一脉相承的，其早期戏剧的"灵魂自审"仍然是中期戏剧的底色，只是"自审"的内涵大大扩展了，引入了社会、历史、文化的维度，在形式上对"回溯"法产生了更多的依赖。同样，易卜生早期戏剧的悖反因子也没有消匿，而是融入"回溯"之中。如果要提炼出易卜生中期戏剧的隐性诗学，也许可以简述为：它是作家在社会、历史、文化的三维透视中，渗透着自审精神与悖反意识的一种"回溯诗学"。"回溯"几乎成了易卜生中期创构戏剧的基本方法，甚至构成其剧作的形式结构。如果说"自审"是易卜生戏剧诗学的内核与精魂，"悖反"是易卜生自审时如影随形的一种思维形式，那么"回溯"则是易卜生表现其"自审"的最佳形式，同样构成易卜生戏剧诗学的一种重要元素。

在易卜生中期戏剧中，《玩偶之家》与《群鬼》是易卜生运用"回溯法"最为纯熟、艺术成就亦接近登峰造极的两部剧作，且其中都深刻体现了易卜生的"纵深自审"，因此本章拟择此二剧展开重点分析。

第一节　《玩偶之家》中的"回溯"与精神透视

1879 年，因受到朋友劳拉·基勒现实遭遇①的触动，易卜生创作了《玩偶之家》。在易卜生戏剧中，该剧是迄今为止上演次数最多、影响最大的一部。一百多年来，《玩偶之家》跨越时空与种族，在世界各地不断上演，冲击着人们的家庭观念、婚姻观念、人生观与价值观，促进了一代代青年男女的觉醒与解放，改变了很多个体与家庭的命运，真真切切地诠释着"戏剧的力量""经典的力量"。

《玩偶之家》为何具有如此巨大的力量？对此，人们从社会学、性别学、心理学、伦理学、文化学、传播学等视角作出了种种解释。不少学者认为，《玩偶之家》之所以成为世界戏剧史上影响力最大的剧作之一，主要原因在于它"提出了女性解放的问题，揭露了资产阶级婚姻的虚伪，并且歌颂了妇女的解放"。但在笔者看来，若以审美感通学批评的视角与方法来反复品鉴该剧，则会发现：《玩偶之家》的巨大力量，主要不是源于它提出了女性解放问题，而更多的是源于它本身是从作家心灵深处流出来的一首诗，一首极具感性魅力、特能感通人心而又发人深省的诗。在这首特殊的"诗"里，易卜生不仅倾注了真情，而且巧妙设置了一个"第三者"形象和一个隐性艺术家形象，从而展现出对社会、对人性的深刻透视，给作品带来了强烈的感染力、戏剧性与诗性，这无疑有效地增强了该剧的艺术力量。

---

①　劳拉·基勒（1849—1932），本名劳拉·彼得森（Laura Petersen），挪威人，比易卜生小 21 岁。1870 年，21 岁的劳拉出版了一部长篇小说《布朗德的女儿们》，寄给她一直非常崇拜的作家易卜生。易卜生给她回信了，肯定她对人物性格的描写，称赞她具有"很不错的想象的才能"，鼓励她继续创作。两人由此结下友谊。1871 年他们多次见面，易卜生很欣赏她，亲切地叫她"小云雀"。1873 年，劳拉嫁给了丹麦的一位教员维克多·基勒。婚后不久基勒得了肺病，手头拮据的劳拉偷偷借了一笔钱，让丈夫得以去南方疗养。后来丈夫恢复健康了，劳拉却为无钱还债而苦恼。她不敢跟痛恨借钱的丈夫讲出实情，万般无奈之际她伪造签名弄了一张支票。尽管没用出去，但此事还是被发觉了，社会舆论哗然。基勒认为这是奇耻大辱，痛骂劳拉。劳拉受了刺激，得了精神病，被送进精神病院。不料基勒又提出要跟劳拉离婚。劳拉出院后恳求基勒收留她，并一个人默默还清了债务（详见《易卜生书信演讲集》，第 92 页；刘大杰：《易卜生》，商务印书馆 1928 年版，第 157 页）。

一、多视角回溯与娜拉内心世界的开显

《玩偶之家》的剧情看似很简单，但人物内心的波澜很丰富，也非常感人。娜拉的形象几乎可以在每个看过该剧的观众心里生根，也许一辈子都难以忘掉。这是为什么呢？首先是因为易卜生对娜拉倾注了极深的情感，同时也在剧中传达出对女性乃至人类命运的深切关怀。易卜生写戏通常以思想深邃、技巧纯熟见长，但写作此剧时却很不一样，他似乎把对于"小云雀"劳拉的情感转化、投注到娜拉身上了，以至让人感觉到易卜生对娜拉有一种说不出的喜爱之情。从 1870 年认识小姑娘劳拉，到 1879 年写出《玩偶之家》，在这十年间易卜生与劳拉多次通信，对劳拉的了解与情感逐渐加深，劳拉的形象、神态、心思、声音想必都在易卜生脑海里萦绕了许久。1879 年 9 月 15 日，易卜生致信海格尔说："（《玩偶之家》）这本书在创作过程中带给我的快乐与满足，超过我以前的任何一部作品。"① 这话透露出了他内心的隐秘之情。他的快乐与满足，跟他内心情感得到释放与传达是分不开的。这一份真挚而深邃的情感，正是该剧诗意和感人力量的源泉，而这份情感的传达，跟剧作家用到的"回溯"手法又是分不开的。在剧中，易卜生正是通过娜拉、林丹太太、海尔茂、柯洛克斯泰等多个人物的回忆或激发，才将娜拉深邃的内心世界充分开显出来。

剧幕一拉开，娜拉天真、单纯、美丽、活泼而又坚强、善良、自得、自恋的形象便活现在舞台上。马上要过圣诞节了，她像只鸟儿喜滋滋地布置圣诞树。尤其是丈夫海尔茂要升任银行经理了，她觉得"真快活""活在世上过快活日子真有意思"。在家里，她自觉地做丈夫的"小鸟儿""小宝贝"，处处考虑丈夫的感受，特别维护他的面子；对待朋友她也非常真挚、热诚，特别乐于助人。在外人看来，她是感性而明朗的，仿佛一直生活在一个美丽的花园里，无忧无虑；她的微笑与言谈，她的单纯与快乐，特别能感染人，向周围散发着一种独特的魅力，仿佛有她气息的空气也是甜甜的。即便是她喜欢偷吃杏仁甜饼干的小缺点，也越发显出她的可爱。但这只喜欢唱歌的

---

① 《易卜生书信演讲集》，第 182 页。

"小鸟"，内里并没有那么简单。通过设置一个"知心人"角色，剧作家让娜拉得以回溯陈年往事，从而更细致地剖露她的内心。林丹太太的到来，让娜拉的话匣子打开了。她悄悄告诉林丹太太，八年前，为了救丈夫的命，她偷偷借了一大笔钱；治好丈夫的病以后，她仍然一直瞒着丈夫，靠自己东拼西凑、勤俭苦做，一点点还债。这八年里，尽管那么辛苦地挣钱，她却舍不得买一件好衣服，时常心里很难过。但一想到自己在独立还债、想到自己做的事救了丈夫的命，她就感到既得意又高兴。她是把对丈夫的爱，化在每天实实在在的行动之中。从这件事，可见出娜拉内质独立而坚强，并非一个幼稚的玩偶。她只是特别特别善良，她想到"像托伐那么个好胜、要面子的男子汉，要是知道受了我的恩惠，那得多惭愧、多难受啊"，就自觉扮演一个小鸟依人、温柔天真的贤妻角色。用莎乐美的话说，"她内心深处的严肃经常转化为一种快乐的孩子面孔"[1]，能自由地在"妻子""女儿""小鸟"等角色中转换。这是一个真正难能可贵、特别可敬可爱的女子，可惜海尔茂根本就不了解她，更遑论珍之爱之。

从娜拉与林丹太太的回溯式对话中，我们可以感觉到，娜拉一边小心翼翼地对海尔茂隐瞒着借债还债之事，一边在心里幻想着要是丈夫知道了这个秘密将会多么感动多么爱她啊！在这样的想象中，她觉得，"为了我，他会毫不踌躇地牺牲自己的性命"，而且即便是一个不相干的旁人也可能爱上她。也正是在这样的想象中，她觉得特别幸福，日子再苦也是甜的。这就是天真单纯而又坚强善良的娜拉，生活在一个自造的幻梦世界里、以爱为全部生命的娜拉。只可惜，现实中的海尔茂，远远不是她想象的那种人。

用情愈深，撞到现实之墙后就可能愈痛。现实中的海尔茂，与娜拉心里的海尔茂一点点分离开来。他当上银行经理后虚荣心暴涨，再也容忍不了同事柯洛克斯泰随便乱叫他的小名，找个借口就将他解雇了。这激起柯洛克斯泰的愤恨，他遂以娜拉曾经伪造签名的借据为筹码，写了一封要挟信，逼迫海尔茂听命于他。当初娜拉急于向他借钱救命，完全没意识到伪造签名是违法的。了解到事情的严重性之后，娜拉开始感到紧张、恐惧，她心里各种各

---

① ［德］路·莎乐美：《阁楼里的女人：莎乐美论易卜生笔下的女性》，马振骋译，上海人民出版社 2013 年版，第 50 页。

样的想象又活跃起来。她想到自杀，以免海尔茂受她牵连；但偶尔也幻想出现奇迹——海尔茂把所有的罪责都承担下来，为了她愿意牺牲自己的名誉和地位。但这个以爱为灵魂的女子，无论如何也不愿海尔茂为她忍受屈辱，她决心独立行动，为自己过去的行为承担全部后果。她算好了自己还可以活31个小时，便打算在圣诞晚会上跳完她生命中最后一支舞后去跳海。由此可进一步看出，娜拉远非依附于人的玩偶，她其实有相当独立的人格，且外柔内刚，敢于担当。只是这个一向热爱生活的美丽女子，一想到若干小时之后就要去死，不能不感到紧张。在练习跳塔兰特拉土风舞时，她就开始紧张得要命，跳得越来越疯狂。在圣诞晚会上，娜拉跳得最好，赢得大家热烈的掌声。海尔茂都看得"按捺不住"了，拉起娜拉就要回去享受"二人世界"。他何尝知道，那是娜拉的"天鹅之舞"，她要在死前把生命中最强烈的爱恋与不舍释放出来，要把生命中最美最亮丽的乐章跳出来。海尔茂从感性上被她的美所吸引，爱欲勃发，对娜拉说："亲爱的宝贝！我总是觉得把你搂得不够紧。你知道吗，我常盼望有桩危险事情威胁你，好让我拼着命，牺牲一切去救你。"他这是以口头上的甜言蜜语来哄娜拉，而娜拉信以为真，感到那个她一直又盼望又害怕的"奇迹"就要发生了，就让海尔茂去看信，她自己则跑出去准备跳海。谁料还没跑出门，海尔茂就拿着信堵过来，怒气冲冲，痛骂她是"伪君子""撒谎者""下贱女人"。

娜拉所有的梦、她八年来以爱的灵魂所营造的那个美丽世界在那一刻轰然倒塌了。她站在那里，完全蒙了，说不出话，慢慢从梦里醒过来。梦醒后，面对眼前这个陌生人，娜拉反倒越来越冷静了。她没有哭，也没有强调她借钱救了他的命，只说"我死了你就没事了"。不管别人多么恶劣，她还是很认真地打算为自己的行为负责。后来柯洛克斯泰受了林丹太太的感化之后，主动寄来了娜拉伪造签名的借据。海尔茂大喜过望，连呼："我没事了！我没事了！"转而又称娜拉"小鸟儿""小鸽子""小宝贝"。原来他对娜拉的"爱"，是以"我没事"为前提的。那根本不是娜拉所理解的"爱"。眼前这个海尔茂，如此虚伪自私、滑稽可笑，跟她心中的海尔茂完全不是一个人。于是有了娜拉的"转变"。

娜拉的"转变"，并不是从一个天真幼稚的"玩偶"变成了一个独立坚强的女人①，而是她开始了真正的反省，并独自上路探解她心中的种种疑惑，以及重新探索自我生命的价值。娜拉一向是很自信的，此前她天然地把"爱丈夫、爱家庭、爱孩子"视为生命的全部价值，尤其是把爱丈夫视为生命的最高准则，为了丈夫她可以牺牲名誉和生命。她以为男人亦当如是，把"爱妻子、爱家庭、爱孩子"视为生命中最重要之事。但冷冰冰的事实告诉她，男人根本不是这样。回想过去，她跟父亲在一起生活的时候，父亲叫她"泥娃娃"；嫁给海尔茂之后，丈夫依然把她当"泥娃娃"，爱意浓的时候更是把她当"小鸟儿"或"私有的财产"。她愿意以小鸟依人的姿态对待丈夫，那是出于真爱。可没想到，在男人心目中她更多的是"物"。这是娜拉不能接受的，所以她决心离开那个把她看成"物"的陌生家庭。娜拉本是一个鲜活的人，她自以为至少是个善良可爱的人，然而丈夫却把她看成"物"，这无疑是娜拉生命中最令其惊愕和难受的一个"发现"。而对于这一点，在剧中早就有一个人觉察到了，并以自己的方式默默关心着娜拉。

二、第三者形象与作品感通力量的增强

在《玩偶之家》中，有个人物是次要角色，但他与娜拉的情感却非常动人。他一直深爱着娜拉，却直到临死才吐露心声；他几乎能钻进海尔茂和娜拉的灵魂中去，基本上也融入海尔茂的家庭生活中去了，但一直努力保持着朋友之谊。他的命运是如此悲惨，仿佛天生就是为了作为暗色衬托出海尔茂家的明亮与幸福。他就是阮克大夫，一个引起许多人深深共鸣的"第三者"形象。这个形象的塑造，让《玩偶之家》中的回溯与反省具有更为深广的内涵，也极大地增强了作品的艺术感染力。

阮克大夫有钱，但身患重病，他心里一直暗恋娜拉，却并不想真正得到娜拉，只以能够为娜拉服务以至牺牲自己的性命为最大的幸福。对于阮克大夫来说，能看到娜拉的笑容，听到娜拉的声音，便是阳光灿烂的晴天；能到

---

① 娜拉本质上并非玩偶，只是那些男人们把她看成是"玩偶"而已。别人的看法不等于她的真实相。再说，因为一件事，一个人的人格在几个小时之内就发生质变也是不可能的。认为娜拉的"转变"过于突兀的论者，可能没有充分注意到娜拉此前就有相当独立坚强的一面。

娜拉家里跟她聊聊天，感受她身上散发出来的那种气息，便是生命中非常难得的享受；要是能为娜拉排忧解难，便是死了也值。在剧中第二幕，当阮克大夫听闻娜拉需要他的帮助，他心里十分激动；听到娜拉那些暖心的话语时，更是忍不住表白了：

> 阮克：（弯身凑近她）娜拉，你以为世界上只有他一个人肯——
>
> 娜拉：（有点吃惊）肯什么？
>
> 阮克：肯为你牺牲自己的性命。
>
> 娜拉：（伤心）喔！
>
> 阮克：我已经发过誓，在我——在我走之前一定要把话说出来。我再也找不到一个比这更好的机会了。现在我已经说出来了，你也知道你可以放心信任我。
>
> 娜拉：（站起来，慎重安详地说道）让我过去。①

这里，阮克大夫对娜拉的表白是压抑许久喷发而出的，他再不说也许就只能带进棺材了。娜拉知道阮克大夫是爱自己的，只是一旦他表白出来，娜拉反而不愿接受他的帮助了。她愿意把他当最好的朋友，也可以接受一个朋友的帮助，但不能接受一个痴心爱慕者的帮助（因为她不能以爱情来回报他）。对此，陈瘦竹先生评曰："这里充分表现出娜拉纯洁的品性和对丈夫的真挚的爱情。"② 此论信然，不过我觉得这个场面的意义不止于此。这个场面极具感性魅力，不仅写出了人性中真实存在的某种"潜结构"，也以某种侧面烘托的手法传达出娜拉的可爱之态，同时也加强了观者对娜拉的喜爱之情。后者尤为作者用心之处。为什么读者、观众那么喜欢娜拉，特别关注她的命运呢？这跟易卜生用心揣摩阮克对娜拉的爱慕是有关的。通过凸显阮克大夫的心理感受，引发或加强观者对娜拉的喜爱之情，这本质上就是一种感通手法：通过描写一种美好的感情来引发观者同样的感情。从心理学的角度来看，某种真实自然的情感被强化表现出来后会具有一定的"传染性"，

---

① 易卜生：《玩偶之家》，载《易卜生戏剧集》（2），潘家洵、萧乾、成时译，人民文学出版社2006年版，第 54 页。本节正文下引此书仅注页码。

② 《陈瘦竹戏剧论集》，江苏教育出版社 1999 年版，第 932 页。

是很容易引发他者同样的情感的。经典作家深谙此理，往往运用烘托法，极写某甲对某乙之爱，从而也引发接受者对某乙之爱（如《西厢记》）。

易卜生显然是深谙此理的，他很注意在深入体验的基础上去传情，也很善于通过描写某段真情在创造者与接受者之间架设一座"感通之桥"。他曾经说："成为一名诗人意味着什么呢？我过了很久才意识到当一名诗人从本质上意味着去看。不过请注意，要以一种独特的方式去看，以便看到的任何东西都能确切地被他人感知，就像自己看到的那样。但只有你深切体验过的东西才能以那种方式被看到和感知到。现代文学创作的秘密就在于这种基于个人亲身体验的'双重的看'。最近十年来我在自己作品中传达的一切都是我在精神上体验过的。但任何一个诗人在孤离中是体验不到什么的。他所经历和体验到的一切，是他跟所有同胞在社会共同体中体验到的。如果不是那样的话，又有什么能架设创造者与接受者之间的感通之桥呢？"① 对于这段话，我们通常只注意到其中的"体验"二字，但易卜生此话的核心指向，更多地在于"感通"。其实艺术创造的关键，简言之，就是以特定形式感通人心。如何"感通人心"呢？首先要"以一种独特的方式去看"，这意味着要选择一种比较独特的视角去写人写心、传情达意。比如，从阮克大夫的视角去写娜拉，就比较容易把娜拉的可爱之态写到极致，也比较容易把作家体验到的情感准确地传达给读者。其次是要跟同胞在社会共同体中体验，这意味着要充分地体验他者的情感，感受他者之爱与痛，这样写出来的文字才能真正感通人心、引起共鸣。作家心目中的"同胞"，不能只有男女主角，还需包括主角之外的人物，其中即便是最卑微的人物，也要同情地理解、深切地体验。对作品中各色人等都能深入体验，把握其灵魂深处细微的波动，并善于用非常感性的生活细节表现出来，织成一幅幅鲜活灵动、色彩斑斓的生活图景，进而由"感性的丰富性"引致"主旨的多解性"，这是增强作品艺术力量的一个重要方法。舍此，作品不可能成为"诗"。《玩偶之家》之所以极具诗意，跟阮克大夫这位第三者形象的刻画是密切相关的。他对娜拉的挚爱之情，对于观者是有感染力的，在很大程度上增强了该剧感通人心的力量。

---

① 《易卜生书信演讲集》，第367页。

三、"隐性艺术家"与剧中的精神透视

《玩偶之家》巨大的艺术力量，还得益于易卜生精巧的艺术构思。谈到《玩偶之家》的构思，有必要重点分析一个人物——林丹太太。威廉·阿契尔说："无论从哪方面来看，林丹太太仍然还只是一个知心人，是专为便于娜拉回顾她婚后生活的经历而安排的一个借口。"① 但在笔者看来，林丹太太不只是一个知心人，她还是观者进入该剧的玄关秘窍，是剧中的隐性艺术家②，也是易卜生传达诗性力量的隐秘通道。在剧中，林丹太太是以娜拉老同学的身份出现的，表面看只是一个穿针引线的次要人物，其实，她就像导演一样操控着全局，代表全剧几近最高层次的思想与灵光。林丹太太阅历丰富，思想成熟，人格独立，既是娜拉的知心密友、精神导师，也是剧中其他人的引路明灯。当众人指责柯洛克斯泰的坏毛病时，林丹太太说："我想有毛病的人确是需要多照顾。"（p. 26）一句话，显露出艺术家的情怀。当她看到柯洛克斯泰再次误入歧途时，她却能理解他的苦衷，并以真诚的爱与信任唤醒他的良知："我相信你的良心。有了你，我什么都不怕。"（p. 70）这使柯洛克斯泰大为感动，连说："谢谢你，谢谢你！现在我要努力做好人，让人家看我也像你看我一样。"（p. 70）于是他放弃了对娜拉一家的要挟，从而使剧情发生陡转。可以说，正是由于林丹太太的存在，娜拉、海尔茂、柯洛克斯泰的过去、现在与未来才交织于舞台的现场情境中，特别富有悬念与戏剧性；正是由于她的存在，娜拉生活了八年之久的那个"幸福家庭"的温情面纱逐步褪去，而呈现出不堪的本相；正是由于她的存在，剧本深处依稀射出微弱的光芒，让人们生出对于"奇迹"的几许期望；正是由于她的存在，剧本主题呈现出多义性，让人不仅关注当代社会中的婚姻问题，也不能不思考如何对待、帮助失足者的问题，以及人类的本性与命运问题。质言之，林丹太太这一形象，其实正是剧作家的陌生化自我，她携带着易卜生

---

① ［英］威廉·阿契尔：《剧作法》，吴钧燮、聂文杞译，中国戏剧出版社 2004 年版，第 92 页。

② 关于"隐性艺术家"这个概念的内涵，详见汪余礼：《双重自审与复象诗学——易卜生晚期戏剧新论》，中国社会科学出版社 2016 年版，第 23 页。

思想与情感的若干因子，是易卜生出于艺术思维创造出来的、服务于创作意图而投放到剧中的"卧底"。从纯技术的角度讲，她是该剧戏剧性与诗性的近源。

仔细琢磨林丹太太这个形象，会发现她其实可以有很多种可能性，但易卜生选择的是最能"成人之美"（让人成为人并达到美的境界或自由高贵的境界）、最便于其实现创作意图的那种可能性。比如，林丹太太在感化了柯洛克斯泰、后者表示"我一定得把信要回来"之后，本来也可以赞同柯洛克斯泰的决定；她当时这样做的话还能拯救其朋友娜拉和恩人海尔茂一家，这完全合乎她当时的处境与心理需要（报恩）。但她却告诉柯洛克斯泰"千万别把信要回来"。为什么呢？她认为"他们夫妻应该彻底了解"。在此处，林丹太太再次显出一个隐性艺术家的心性：她所期待于人的，不是生活在谎言中，也不是生活在物化过程中，而是活得像一个真人，直面真相之后还能勇敢活着的自由人、高贵人。简言之，她要让朋友"睁了眼看"，醒过来，自由高贵地活着。由于她的精心设计，娜拉终于看清了自家男人和自己家庭的真相，醒了过来。娜拉之醒悟，是全剧主脑，随之全剧最核心的意蕴也逐渐显现出来：

> 娜拉：你说什么是我最神圣的责任？
>
> 海尔茂：那还用我说？你最神圣的责任是对丈夫和儿女的责任。
>
> 娜拉：我还有别的同样神圣的责任。
>
> 海尔茂：没有的事！你说的是什么责任？
>
> 娜拉：我说的是我对自己的责任。
>
> 海尔茂：别的不用说，首先你是一个老婆，一个母亲。
>
> 娜拉：这些话现在我都不信了。现在我只信，首先我是一个人，跟你一样的一个人——至少我要学做一个人。托伐，我知道大多数人赞成你的话，并且书里也是这么说的。可是从今以后我不能一味相信大多数人说的话，也不能一味相信书里说的话。什么事情我都要用自己的脑子想一想，把事情的道理弄明白。（p. 87）

这是《玩偶之家》中最精粹的一段对话，也是戏剧史上特别发人深省、几乎对每个人都具有启发意义的一段对话。丑陋的事实让娜拉清醒过来了，她现在对早年接受的那些生活观念、价值观念产生了怀疑。她觉得自己分明首先是一个人，可是别人为什么要把自己当成玩偶呢，或者用种种外在的东西来束缚自己呢？是自己以前的想法、做法不对，还是他人、社会的观念不对？娜拉心中产生了疑惑，她现在觉得"什么事情都要用自己的脑子想一想"，要弄清楚"究竟是社会正确，还是自己正确"。凭着自己的直觉与良知，她觉得社会上的法律是有问题的，某些道德观念是有问题的，尤其是丈夫的价值观、婚姻观是有问题的。现在，她既不能接受海尔茂脑子里的流俗之见，更不能接受他的情感与性格，就毅然决然离家出走。这就是觉醒、转变了的娜拉，反抗"物化"要努力"成为一个人"的娜拉，像一道强烈的光芒照亮全剧的娜拉。这样的娜拉，是前两幕那个独立、善良、坚强的娜拉的自然发展；好比海浪翻滚到岸边自然要激起浪花并转向涌流一样，她的人生在走到一条死胡同、幡然醒悟的那一刻自然也要转变方向。

1870 年 6 月 11 日，易卜生写信给 21 岁的劳拉说："最重要的是诚实真挚地对待自己，定下心来做好那些由于你是你自己而必须做的事情，而不是决定要去做其他的这事或那事。其他一切只会导致虚伪。"[1] 1871 年 9 月 24 日，易卜生写信给 29 岁的乔治·勃兰兑斯说："我期望于你的主要是一种彻底的、真正的自我主义……你如果要想有益于社会，最好的办法莫过于把你自己这块材料铸造成器。"[2] 这些话，核旨在"成为一个人"，想必是易卜生希望年轻的娜拉痛定思痛之后明白的道理。他是爱娜拉的，正因为爱，他希望娜拉真正活出个性来，活出意义来。而这一点，何止适用于女性！对于所有的人来说，首先都需要"成为一个人"（成为一个独立、自由、自主的人）。

在剧中，海尔茂同样也需要自我反省，真正"成为一个人"。他其实并不算一个很坏的人。为了让妻子能跟他过上好生活，他婚后"拼命地工作，忙得要死。为了要收入多点，各种各样的额外工作他都做，起早熬夜地不休息"；可见他还是很勤奋很有责任感的。此外他也比较正直，严于律己，

---

① 《易卜生书信演讲集》，第 93 页。
② 《易卜生书信演讲集》，第 113 页。

"来历不明的钱他一个都不肯要"。但他是一个被社会上的流俗之见（含道德观、宗教观、荣誉观、法律观、女性观、婚姻观等）所深深同化的庸人，大男子主义，自我中心，从骨子里并不把妻子当成跟自己一样平等的人。他可以为妻子"日夜工作，受穷受苦"，但是不能为她"牺牲自己的名誉"。这样的"海尔茂"其实非常多。事实上，并不是因为海尔茂是个罕见的"垃圾男"才让娜拉受到了伤害。被称为"欧洲的良心"的托尔斯泰，其女性观就跟海尔茂颇有相近之处，甚至更狭隘①。假定给娜拉换上一个品格好些的丈夫，问题并不会消失。对于"海尔茂"（们）来说，重要的是反省自己从小所接受的那些传统的价值观、荣誉观等，真正从人本主义的立场上清算一切流俗之见，逐步学会做一个人。这也是娜拉所期望于海尔茂的。在剧末娜拉虽决心出走，但对海尔茂说："我会时常想到你，想到孩子们，想到这个家。"尽管她并不接受尚未自新的海尔茂，但认为如果两人改变到"在一块儿过日子真正像夫妻"，那她还是愿意回家的。海尔茂听了娜拉一番话之后，反省到自己确有不堪之处，也决心"重新做人"。反观这个过程，导致海尔茂转向反省、自新的，虽然直接原因是娜拉的一番话，但间接的、更重要的原因却是林丹太太的精心布局。假如林丹太太同意柯洛克斯泰要回那封信了，海尔茂与娜拉的生活就不会发生那场重大危机，那么他们的生活必然仍像从前一样，互相骗骗，玩一玩，闹一闹，仅此而已。质言之，林丹太太若不是一个隐性艺术家，那么独立自由、自省自新、精神成长这些美好的东西都将跟娜拉一家无关。

1879年7月12日，易卜生致信比昂松说："我认为我们诗人的使命不是为国家的自由与独立负责，而是唤醒尽可能多的人去实现独立自由的人格。"② 四个月后《玩偶之家》出版并在丹麦首演。可见创作《玩偶之家》之时，易卜生的核心意图不是为了促进女性解放，也不是要着意去"抨击资产阶级腐朽的道德、法律、婚姻等等"，而是要"唤醒尽可能多的人去实现独立自由的人格"。实现独立自由的人格，乃是创造人间奇迹的第一步。这

---

① 托尔斯泰在《论婚姻和妇女的天职》一文中说："一个贤惠、称职的妻子应该不注重自己的外表与打扮，不参加一切的社交活动，全部的心思只在子女和丈夫身上。"（《列夫·托尔斯泰文集》第15卷，人民文学出版社1989年版，第13页）

② 《易卜生书信演讲集》，第181页。

一思想在当时是颇具先锋性的。而要传达出这样的先锋思想，显然不能让林丹太太停留在"知情者、求助者、报恩者"这个层次上，而是要有"成人之美"的智慧，懂得怎样让人逐步醒悟和自新。当然，"成人之美"不单纯是隐性艺术家个人的事，还要有接受方的配合①。在该剧中，柯洛克斯泰、娜拉、海尔茂显然都非常配合林丹太太的工作。

此外，隐性艺术家的设置，把林丹太太与娜拉、海尔茂、柯洛克斯泰、阮克大夫等众多人物勾连起来，让整个剧情在"回溯"中向前发展，人物在"反思"中发生转变，过去、现在、未来的戏在舞台现场情境中交织显现，画面感性鲜活，且颇具戏剧性。此外，由于隐性艺术家的设置，剧中多了一双洞察人心的眼睛，便于将人物的内心活动刻画得深入细致，尤其是便于将娜拉的内心世界精细入微地开显出来，从而使全剧充满诗意。

总的来看，《玩偶之家》中真情的灌注、第三者形象与隐性艺术家的置入，都体现了易卜生的回溯思维，既实现了戏剧性与诗性的融合，让人得到充分的审美满足，又使该剧的核心意蕴恰到好处地显现出来，从而"唤醒尽可能多的人去实现独立自由的人格"。在这个过程中，特别值得注意的是，易卜生的回溯与他的反思是紧密联系在一起的。正是通过回溯，娜拉与海尔茂人格的反差鲜明地凸显出来，从而也就更好地实现对海尔茂的反思与批判。而且，易卜生对海尔茂的反思与批判，在某种意义上也渗透着他对自我乃至全社会根深蒂固的某种文化心理的反思与批判。

第二节 《群鬼》中的"回溯"与历史文化透视

《玩偶之家》作为一首非常动人、非常尖锐的戏剧诗，在当时的北欧社会激起了广泛的争论。本来，在当时，几乎没有哪位妇女敢于走出家庭，即便是娜拉的原型劳拉，在受到丈夫的种种伤害之后仍然只想着回到丈夫身边。娜拉出走的行为，被很多人认为是大逆不道、无法容忍的。但由于易卜

---

① 在某个具体作品中，作家创作意图的实现，或其整体艺术力量的实现，一定是某种结构性要素或综合性机制在发挥作用，而不单纯是某个人物的作用，尽管这个人物的作用可能非常关键。

生对人物、剧情处理得非常巧妙，仍然引发了许多人的同情与共鸣，他们认为娜拉就应该出走，于是形成针锋相对的两个派别。在这场争论中，易卜生既受到高度的褒扬，也受到无情的指责。这让易卜生感到，人们还远远没有充分理解娜拉为什么要出走以及娜拉出走的重要意义。于是他创作了《群鬼》。

《群鬼》在 1881 年 12 月出版，随后"在斯堪迪纳维亚新闻界引起一阵可怕的骚动"①。一些评论家认为易卜生此剧是"用毒药毒化现代戏剧舞台"②，并表达了一些过于超前、匪夷所思的思想。但在易卜生自己看来，"《群鬼》其实是作者最大限度地超然戏外，并在剧中完全虚席的一个作品。……准确地说，它没有宣传任何东西。它仅仅只是暗示，在人们生活的表面下，存在着一种虚无主义的酵素，无论国内国外都是如此。这是无法避免的。一个曼德牧师往往会激起某个阿尔文夫人的怀疑和反叛。"③ 威廉·阿契尔则注意到："在《群鬼》中，易卜生突然一下子达到了他那种追溯法的最高峰。但我不像有些人那样，认为这个剧本是易卜生的杰作。从技巧方面来说，笔者甚至不把它列为他的第一流作品。为什么呢？因为在它里面，过去的戏和目前的戏没有保持合理的平衡。过去的戏几乎就等于一切，而目前的戏简直是所余无几。我们刚一深入探究清楚了阿尔文的婚姻和它的后果，戏就已经完了，除了吕嘉纳开始去追求生活的乐趣，以及欧士华变成了白痴以外，别的就再没有什么了。简直可以毫不夸张地说，这个剧本从头到尾没有戏，而只有补叙。"④ 事实是否真的如其所言呢？究竟如何看到《群鬼》中的回溯（或追溯）？该剧真是易卜生"在剧中完全缺席的一个作品"吗？或者说，《群鬼》中的"回溯"与易卜生在剧中的"缺席"（或未缺

---

① 《易卜生书信演讲集》，第 201 页。

② 详见萧伯纳摘引的《群鬼》评论，载高中甫编选：《易卜生评论集》，外语教学与研究出版社 1982 年版，第 47 页。此外，丹麦哥本哈根皇家剧院甚至张贴出一张审查告示，上面说："该剧（指《群鬼》）以令人厌恶的变态病理现象作为剧情首要主题，暗中破坏了构成我们社会秩序的基础的道德。"（《易卜生——艺术家之路》，第 257 页）

③ 《易卜生书信演讲集》，第 205 页。

④ ［英］威廉·阿契尔：《剧作法》，吴钧燮、聂文杞译，中国戏剧出版社 2004 年版，第 92 页。比约恩·海默尔则认为，《群鬼》不仅是易卜生的杰作，还是一件"至善至美的艺术珍品"："易卜生的任何作品都没有像这一部戏剧那样头绪分明、首尾呼应，并且结构紧凑、淋漓酣畅——所有内在的线索都聚集起来编结成为一张网，形成了回声作用。"（《易卜生——艺术家之路》，第 260 页）

席）有什么内在的关联？探明这个问题，是破解《群鬼》创作之谜的关键。

细读之后可以发现，三幕悲剧《群鬼》每一幕都包含着重要的"回溯"。但在该剧中，"回溯"不只是"把过去的戏与现在的戏交织在一起"，而且伴随着对过去的事件、人物与文化环境的回顾，以深刻的历史文化透视带来一种深邃的诗意；易卜生在此剧中也并非完全缺席，他事实上已经潜入到阿尔文太太的心魂之中，并赋予她强大的反思能力，这使得阿尔文太太成为剧中的隐性艺术家，与曼德牧师一起构成了该剧的"虚实联动机制"。

一、第一幕的"回溯"与阿尔文太太的"反省"

在《群鬼》中，第一幕的回溯，发生在曼德牧师提醒海伦（即阿尔文太太）她以前犯过两次"大错"（第一次错在想离开丈夫，第二次错在抛开儿子）的情况下。面对曼德牧师的指责，海伦开始追溯陈年往事，告诉他事情的真相：二十多年前，当海伦回到丈夫身边，其夫阿尔文上尉不但没有改邪归正，而且一直到死都是那样荒淫无度，甚至把丑事闹到自己家里来（与女佣乔安娜私通）；他们这对夫妻几乎从未"和和气气、规规矩矩地过日子"，二十多年来都是海伦"挑着那副千斤担子，一个人受罪"；海伦之所以把儿子欧士华送到巴黎读书，并不是因为她不想尽一个母亲的责任，而是因为她不愿意儿子沾染上阿尔文的恶劣习气；阿尔文"捐款施舍，做地方上的恩人"也完全是假象，背后是海伦精打细算，赚钱养家，并且硬给阿尔文撑面子；海伦建"孤儿院"，根本不是要给阿尔文造一座纪念碑，而是为了"平平外头的谣言，解解别人的疑心"。这一幕的回溯，可以让人清楚地看到，曼德牧师嘴里的"幸福生活"与现实生活的真相有多大的反差，他所要维护的生活秩序、道德、法律、婚姻等是多么违反人性！

这一幕的回溯不只是揭开事情真相、让曼德牧师感到震惊，它还营造出戏剧性效果，推动了情节的发展，并且为主角的"反省"做好了铺垫。易卜生的高明之处在于，他的"回溯"是为"反省"做铺垫的，"反省"才是他的真正目的。在第一幕的"回溯"结束后，我们看到，阿尔文太太在曼德牧师劝说下忍受了二十多年苦难之后，思想已经觉醒。

阿尔文太太：我听见吕嘉纳和欧士华在饭厅里说话的时候，我眼前好像就有一群鬼。我几乎觉得咱们都是鬼，曼德牧师。不但咱们从祖宗手里承受下来的东西在咱们身上又出现，并且各式各样陈旧腐朽的思想和信仰也在咱们心里作怪。那些老东西早已失去了力量，可还是死缠着咱们不放手。我只要拿起一张报纸，就好像看见字的夹缝儿里有鬼乱爬。世界上一定到处都是鬼，像河里的沙粒儿那么多。咱们都怕看见光明。

曼德：嘿嘿！这都是你看坏书的结果。那些书可把你害苦了！哼，那些讲革命、讲自由、坏心术的书！

阿尔文太太：我的好牧师，你的话说错了。当初使我动脑子思想的人正是你自己。这件事我非常感激你。

曼德：感激我！

阿尔文太太：是的，在你逼着我服从义务遵守本分的时候，在你把我深恶痛绝的事情说成正确、合理的事情的时候，我才动脑子思想。那时候我就开始检查你讲的那些大道理。我本来只想解开一个疙瘩，谁知道一个疙瘩解开了，整块的东西就全都松开了。我这才明白这套东西是机器缝的。①

这里阿尔文太太的反省是相当深刻的，她已经清醒地意识到死鬼和活鬼们——各式各样陈旧腐朽的思想和信仰以及信守这些死东西的人如何死缠着自己，令她几近窒息而无力反抗。具体说来，在剧中，对她毒害最深的"死鬼"是基督教会的那些道德与信念，如"做老婆的不是她丈夫的裁判人"，"人生在世不应该追求幸福，而应自觉忍受苦难以求赎罪"，"女人嫁后应从一而终，绝不应该希求改嫁"，"女人应始终牢记为妻为母的义务，而不应追求个人的快乐"，等等；对她钳制最狠的"活鬼"则先后有阿尔文和曼德牧师，后者在海伦想走出"鬼窟"时不但不理解她合理的愿望，反而用基督教会的那些律条，把她说成是"罪孽深重的人"，并多次要她自觉忍受苦难。这些到处渗透、死缠着活人不放的群鬼，构成了阿尔文太太的生存处

---

① 易卜生：《群鬼》，载《易卜生戏剧集》（2），第133—134 页。本节正文引此书仅注页码。

境，也构成该剧深处那种阴森黑暗的背景。这种在回溯中展开的黑暗背景，与剧末欧士华对"阳光"的呼唤隐隐呼应，构成该剧深处的诗意境界。

作为一个比较胆小的女人，阿尔文太太半信半疑地守着传统的教条、牧师的劝告。为了那残存的一点希望（把儿子培养成人），她包容着最难包容的丑事，忍受着最难忍受的痛苦。她当真是生下来必须要忍受痛苦吗？女人嫁后真的就只有为妻为母的身份与义务，而没有追求个人自由与快乐的权利吗？阿尔文太太在极端的痛苦中开始思考，发现那些律条全是靠不住的。如果自觉遵守那些律条，实际上无异于维护旧传统中不合理的男权中心制，无异于扼杀自己鲜活的生命。这就是为什么娜拉抛开"妻子"和"母亲"的身份，要走出去做一个"人"的原因。而未能成功出走的阿尔文太太，违心地跟一个上等社会的"体面人物"生活在一起，她最终能掌握自己的命运，苦尽甘来吗？这是易卜生在该剧第一幕留下的悬念。

二、第二幕的"回溯"与社会深层真相的呈露

《群鬼》第二幕的回溯，包含三个部分。一是阿尔文太太回顾自己当初结婚时的情形，其实那桩婚姻本质上就是一次不道德的交易行为；二是阿尔文家现任女佣吕嘉纳的"父亲"安格斯川向曼德牧师"坦白"，他当年跟乔安娜结婚，是为了救乔安娜，因为乔安娜跟外国人（实为阿尔文）私通已经怀了孕，再不结婚就要遭人耻笑唾骂了；三是欧士华告诉他母亲，他在巴黎时已经查出患了一种怪病（梅毒），医生说患这种病要么是因为遗传，要么是因为患者本人生活荒唐。这一幕的回溯，可以让人感受到，阿尔文上尉的荒淫无耻在当时不仅具有深厚的社会基础，而且带有一定的蔓延性：在那个虚伪而腐朽的社会中，像阿尔文上尉这样荒淫无度的人，不仅有众多女子喜欢，而且教会也表示支持；阿尔文伤害的不只是海伦，还有"乔安娜"们（她们失身后往往会扯谎骗人，去祸害更多的人）①，这意味着阿尔文就

---

① 不过，乔安娜失身，也许不能完全归咎于阿尔文。在当时的社会风气下，虽然有一些牧师们维护着维多利亚时代的道德规范与社会秩序，但人们寻求享乐和财富的天性就如同洪水冲破堤坝，在某些阴暗处恣意流淌。安格斯川之流甚至可以无耻到让老婆孩子去卖身。只要能赚钱，他几乎是什么事都愿意干，而且他很善于披着"慈善""赎罪"的外衣去干。

像是一个渗透性极强的病毒，为害甚广；安格斯川娶了被阿尔文玩弄过的乔安娜后，竟想着利用妻女去开妓院以赚来更多的钱，可见当时社会的道德水准已经下滑到何等地步；欧士华在饭厅里"非礼"过的吕嘉纳，正是其父与乔安娜所生的女儿（即其同父异母的妹妹），也就是说，欧士华几乎是天然地重现其父恶习，而且有过之而无不及。经过这些回溯，易卜生确实揭开了一条"肮脏的臭水沟"。

要是按照基督教的教义来看，基督教社会应该有着较高的道德水准。可是《群鬼》里的基督教社会为什么如此肮脏龌龊呢？这个问题确实是触目惊心的。阿尔文太太反思过这个问题。谈到自己的婚姻时，她后悔自己当时任由母亲和姑姑做主，迈出了错误的第一步，但曼德牧师告诉她：

> 曼德：有这个下场，谁也不负责任。你的婚姻完全没有违背法律，没有违背秩序，这一点至少没有问题。
>
> 阿尔文太太：喔！老是法律和秩序！我时常想这世界上作怪害人的东西就是法律和秩序。
>
> 曼德：你说这话是罪过。
>
> 阿尔文太太：也许是吧。可是我一定要撇开这一套拘束人欺骗人的坏东西。我再也不能忍受了。我要争取自由。（pp. 130-131）

在这里，阿尔文太太认为主要是当时社会的"法律和秩序"害人。按照当时社会的"法律和秩序"，一个男人无论怎么放荡和荒唐，女人都应该像圣母一样去宽容他、爱护他、帮助他改邪归正；不仅要宽容、帮助丈夫，还要想方设法在儿子心里树立一个高尚的父亲形象，借以把儿子也培养为一个高尚的人。然而，这一套东西真的对吗？觉醒了的阿尔文太太觉得应该把真相告诉儿子，但曼德牧师反对：

> 曼德：难道你做母亲的就忍心破坏你儿子的理想吗？
>
> 阿尔文太太：顾了理想，真理怎么办？
>
> 曼德：顾了真理，理想怎么办？
>
> 阿尔文太太：喔！理想！理想！当初我要是不这么胆怯就好了！
>
> 曼德：别瞧不起理想，阿尔文太太。理想会报仇。就拿欧士华说

吧，可惜他没有很多的理想，可是我觉得在他脑子里他父亲却有理想。

阿尔文太太：谁知道这究竟是不是好事呢？不过，无论如何，我不能让他跟吕嘉纳胡闹。我不能让他害那女孩子一辈子。（pp. 131–132）

由此来看，基督教社会是个偏重于维持"理想"的社会。不管人性的真相如何，它首先要维持住一种完善的秩序和高尚的人格理想。正是这个东西，造成了普遍的虚伪与堕落：嘴里说着"仁慈""奉献""牺牲"，实际上是男盗女娼、沆瀣一气。而且，那些跟"理想"相关的漂亮言辞，仿佛遮羞布一样，为各种丑恶行为的大肆横行提供掩护。远远望去，基督教似乎非常美好，可以极大地提升人的道德，但处身其中的人则深知其危害。至少在中期，易卜生是反对基督教的。1882 年 1 月 3 日，他曾写信对勃兰兑斯说："我缺乏做一个令人满意的良民的才能，也缺乏信奉正教的天资。我宁可置身于这些事务之外。对我来说，自由是生活首要的和最高的条件。"[1] 这里易卜生明确表示他宁可置身于宗教事务之外，而且，就跟他笔下的阿尔文夫人一样，他想要争取的东西首先是"自由"。只有头脑解放了，获得了自由思想的能力，才能看清自己所处的社会文化环境，才能真正从"奴隶"变成"人"。

三、第三幕的"回溯"与全剧的历史文化透视

《群鬼》第三幕的回溯，主要是剧中人对剧中人揭开某些秘密。该剧发展到第三幕，绝大部分秘密已经对观众公开，但剧中人并不全然知晓。欧士华一直以为是由于自己荒唐才导致染上梅毒，为之懊恼痛苦不已。于是阿尔文夫人为了把压在儿子心上的那块石头搬开，告诉了他事情的真相：在欧士华生下来之前，其父阿尔文已经是个废物了[2]。这个真相虽然让欧士华不再

---

① 《易卜生书信演讲集》，第 203 页。
② 这个真相意味着：第一，在欧士华出生之前（即 26 年前。剧幕拉开时欧士华 26 岁），阿尔文已经患了梅毒，且病情比较严重；第二，欧士华是患病的阿尔文与海伦所生的孩子，其在娘胎里就可能已经遗传了其父亲的梅毒。此外，海伦与阿尔文是在 29 年前结婚（结婚前海伦就知道阿尔文荒淫无度，为了钱她接受了；曼德牧师也知道阿尔文放荡过火，但仍然主持了他们的婚礼；海伦与阿尔文居然过了 19 年夫妻生活；10 年前阿尔文去世），婚后不到一年，海伦实在忍受不了阿尔文的荒唐，离家出走，投奔曼德牧师，但被曼德劝回；婚后第三年，海伦生下患有梅毒的欧士华，其人生又一重悲剧已经无法避免。

受自责之苦，但同时也意味着，他患上梅毒已逾 26 年，在当时缺乏有效药物的情况下，基本上快要接近人生的尾声了。欧士华也告诉母亲，他之所以调戏吕嘉纳，一方面是想追求"生活的乐趣"，另一方面是真想娶她，以便在他病重不能自理时身边有人照顾。但吕嘉纳获悉他有病后立即离开他，她才不愿意像阿尔文太太那样守着个废物过日子。对于吕嘉纳的选择，阿尔文太太是理解并予以支持的。她当然知道儿子喜欢吕嘉纳，但同时也希望吕嘉纳不至于像她自己一样落进苦难的深渊。这个深受基督教影响的女人，终究是比较善良的。

但在这一幕回溯的过程中，阿尔文太太的思想仍然继续朝着"自由解放"的方向发展。尤其是与儿子的深度交谈，让她获得了看待自己过往历史的一种新眼光。欧士华是个追求生活乐趣的人，其骨子里更像他爸爸。而且，在他看来，正视生命欲求、追求自由快乐是天经地义的事，而委曲求全、死要面子活受罪则是愚蠢虚伪的事，所有文过饰非或掩饰丑恶的东西都应该烧掉、毁掉。这种思想实际上暗中契合了阿尔文太太内心的意向。如果说对丈夫阿尔文的讨厌使得她二十多年来一直疏离他所代表的人生观，那么对儿子欧士华的喜爱却使得她对那种人生观有了一种新的理解。思想发生新变之后，阿尔文太太看人看事的眼光也变了：

阿尔文太太：刚才你提起生活的乐趣。我听了那句话，我对自己一生的各种事情马上就有了一种新的看法。

欧士华：（摇头）我不明白你的意思。

阿尔文太太：你早就该知道你爸爸当陆军中尉时候是怎么一个人。那时候他浑身都是生活的乐趣！

欧士华：不错，我知道他是那么个人。

阿尔文太太：那时候，人家一看见他就觉得轻松快活。他真是生气勃勃，精力饱满！

欧士华：后来怎么样？

阿尔文太太：后来，那个快活的孩子——那时候你爸爸还像个小孩子——憋在一个不开通的小地方，除了荒唐胡闹，没有别的乐趣。除了衙门里的差事，他没有别的正经事可干。……因此就发生了那桩不可避免的事情。

欧士华：什么不可避免的事情？

阿尔文太太：就是刚才你自己说的要是你在家里待下去也会发生的那件事情。

欧士华：你是不是说爸爸——

阿尔文太太：你爸爸憋着一股生活的乐趣没地方发泄。我在家里也没法子使他快活。

欧士华：连你也没法子？

阿尔文太太：从小家人就教给我一套尽义务、守本分的大道理，我一直死守着那些道理。反正什么事都离不开义务——不是我的义务，就是他的义务，再不就是——喔，后来我把家里的日子搞得你爸爸过不下去了。（pp. 160-161）

令人意外的是，阿尔文夫人在这里竟然承认是她自己"把家里的日子搞得你爸爸过不下去了！"本来，像阿尔文上尉那么个人，连曼德牧师都不能不说他"少年放荡，不守规矩"，也就是说在海伦认识他之前，阿尔文就已经是一个放荡之人。他无论是婚前放荡，还是婚后胡闹，主要原因应该在他自己身上，而不应归咎于海伦。海伦婚后为了他实在已经付出了太多太多：在他活着时，不仅容忍他荒淫无度，还为他经营产业，赚钱捐款，在当地塑造他作为一个"大善人"的形象；阿尔文跟女佣乔安娜生了一个女儿，她也能容忍，并且把她当作是自己的孩子一样收养着；即便在阿尔文死后，她还为这个荒唐鬼丈夫捐建了一座孤儿院，让当地人继续感念阿尔文的恩德。海伦之"贤"，夫复何极！然而她不仅没有往自己身上贴金子，反而省悟到自己也是有错误、有责任的。她错在哪里呢？以她自己的话来看，她的悔悟与自省主要有三：一是她觉得不应该拿自己的人生去做交易；二是她觉得既然选择了与阿尔文结婚，就应该理解他对生活乐趣的追求；三是她自己也应该去追求生活的乐趣，而不是一味委曲求全、文过饰非。经过一番反省，她基本上否定了自己的畸形人生——那个在曼德牧师看来"合乎法律、合乎秩序"的人生。

在真相彻底揭开、主角充分省悟之后，《群鬼》很快就坠落到一个残酷的渊底：在一个黑夜里，欧士华的梅毒病突然发作，他肌肉松弛，眼神呆滞，嘴里不断地重复着"太阳，太阳"，庶几成了白痴。为了儿子苦心孤诣地经营了二十多年的阿尔文太太，此刻却不得不面对一个近乎僵尸的儿子，这真是一个最令人心碎的时刻。

对于此剧，易卜生曾说："我为我写下的一切负责。……我完全按我自己的意志行事，就像一个孤独的神枪手在前沿阵地，独自行动，独自负责。……难道解放人们的大脑不是首要的事吗？具有奴隶的灵魂的人，是不会运用他所拥有的自由的。挪威是一个自由的国家，但居住着不自由的男人与女人。"① 显然，他写作此剧的根本目的，就是为了"解放人们的大脑"，让人们学会运用其所拥有的自由。而他选择上面这个令人心碎的结局，也许是要暗示人们：如果甘做群鬼的奴隶，不能早日解放出来，势必如阿尔文太太一样背负着一个苦难重重的人生；如果娜拉不敢出走，其最终处境很可能与阿尔文太太的结局相似。

在剧中，阿尔文太太的回顾与反省，不只对他个人苦难人生的否定性总结，更是对欧洲基督教文化的透视与反思。在基督教文化的浸润与制约下，有多少像阿尔文太太那样的女人，忍受着无形的精神枷锁，守着一个根本不爱自己的丈夫奴隶般地活着！由此折射出基督教文化本身存在扼制人性、摧毁幸福的消极因素。阿尔文太太的不幸，主要不在于她嫁给了一个荒淫成性的男人，而在于她自己和周围人的头脑都被"群鬼"盘踞，或者说都深受自己所处文化传统的钳制，因而思想远远不够解放。如果她思想解放，敢于像娜拉那样出走，或者适时调整自己的价值观念与生活方式，那么她必将迎来一个截然不同的人生。因此，阿尔文太太最后对自我人生的反省，不只指向对丈夫的控诉，更指向对自己原有思想观念的否弃，这就有了文化反省的意味，并且具有更为普遍的启发意义。

综上所述，《群鬼》中的"回溯"，与易卜生—阿尔文太太对欧洲社会文化的深刻"反思"紧密联系在一起，而最终指向人的"自由"。质言之，在易卜生这里，"回溯"不仅仅是一种展开剧情的技巧，而且是一种特别适合于表达文化反思与人性反思的戏剧形式；它不仅指向过去，也指向未来；它不仅带来戏剧性，也带来诗性。

---

① 《易卜生书信演讲集》，第 206 页。

第三节　回溯诗学与易卜生中期戏剧的现代性

根据前面两节的分析，"回溯"在易卜生中期戏剧里不仅是一种经常运用、非常突出的戏剧技巧，而且是他反思历史文化、传达情感思想的一种戏剧形式；不仅是一种营构戏剧性效果的技巧，而且是一种营造诗意境界的手段。这使得易卜生的"回溯"较之古希腊戏剧中的"回溯"已经有了很大的发展。威廉·阿契尔说："在近代戏剧中重新发现这种方法（指回溯法），是易卜生在编剧技巧上的一大成就。在他最好的作品里，揭示的过程总是在剧中人眼前的现实关系中造成一种明显的发展，或者一系列变化。过去的戏与目前的戏可以说是在一种互相交错的节奏上，或者像我前面已经说过的那样，是在一种丰富而复杂的和谐中进行的。"① 这是有道理的，但易卜生不只是"重新发现了回溯法"，而是大大发展了回溯法。在古希腊戏剧（如《俄狄浦斯王》）里，"回溯"的意义主要是展示往事，凸显命运的不可违抗性。但在易卜生这里，"回溯"的意义主要是对欧洲人的文化心理、文化积淀进行深邃的透视与反思，并造成一种戏剧性的反差，同时指向一个诗意的未来。

易卜生的"回溯"之所以能大大超越前人，跟他的"自审"精神是密切相关的。也许可以这么说，正是易卜生那种敏于自审的天性，使他选择了戏剧这种最便于展开灵魂对话的艺术形式；也正是他的自审精神，使他选择了"回溯"这种最便于他表达"自审"内容的戏剧形式。"回溯"作为形式，不仅是为"自审"服务的，而且简直就跟"自审"结成了一种水乳交融、难解难分的密切关系。只要将"自审"引入比较深邃的境地，就必然要"回溯"，要审查自我（及他人）过去的一切。易卜生说："我写的每一首诗、每一个剧本，都旨在实现我自己的精神解放与心灵净化——因为没有一个人可以逃脱他所属的社会的责任与罪过。"② 这就再次证明，他是把审

---

① ［英］威廉·阿契尔：《剧作法》，吴钧燮、聂文杞译，中国戏剧出版社 2004 年版，第 93 页。
② 《易卜生书信演讲集》，第 190 页。

查整个社会的历史与罪过都看作是一种"自审"的。申言之，他只要深入展开"自审"，就必然要审查个人与社会的历史与罪过，就必然要用到"回溯法"；由于他的审查不局限于对事情本身之是非对错的评判，而往往深入到对过去人事背后之文化因素、人性因素的审视，因此他的"回溯"亦随之带有文化反思、人性反思的意味。而正是由于易卜生的"回溯"渗透着对欧洲传统文化的反思和对人性内部冲突的反思，才使得他的中期戏剧带有深刻的现代性。在这个意义上，易卜生的"回溯诗学"不是对古代回溯法的"重新发现"，而已经是一种"现代戏剧诗学"。

此外，易卜生的回溯法之所以大大超越前人，还跟他善于巧妙设置"隐性艺术家"、灵活运用"虚实联动机制"有关。在戏剧中回溯陈年往事，同时完成塑造人物性格、推动剧情发展的任务，往往是一件非常困难的事情。如果还要透视历史文化、反思现实人性，就更加困难；如果还要在回溯中实现戏剧性与诗性的融合，就更是难上加难。但这个难题在易卜生这里被一一克服了。他的做法是：在剧中设置隐性艺术家，赋予其强大的反思能力和超前的思想意识，同时在现实生活中找到一个典型人物，作为隐性艺术家反思、超越或指点、帮助的对象；然后让他们进入"虚实联动机制"，根据现实生活、人物性格、审美规范这三个方面的逻辑安排他们所处的情境与他们各自的动作。在《玩偶之家》中，林丹太太作为剧中的隐性艺术家，并不是一个现实生活中确实存在的人物，而是一个旨在揭开"玩偶之家"重重假象并促使"玩偶"成为一个人的虚设人物。但这个虚设人物一定要与娜拉、海尔茂、柯洛克斯泰等有生活原型的人物组合在一起，才能进入"虚实联动机制"，才能最大限度地发挥作用。正是由于启动了这个由隐性艺术家林丹太太主导的虚实联动机制，娜拉那个萦绕着重重诗意的内心世界才得以展示出来，其"幸福甜蜜家庭"里的重重危机、累累病象才得以呈露出来，该剧最具现代性的最强音（"首先我是一个人，至少我要学做一个人；什么事情我都要用自己脑子想一想，把事情的道理弄明白"）才得以自然而然地表达出来。在《群鬼》中，阿尔文夫人作为剧中的隐性艺术家，与生活中随处可见的"曼德牧师"组合在一起，再加上一些次要人物，构成了一个严整的"虚实联动机制"。由于易卜生赋予阿尔文夫人以强大的反思能力和超前的思想意识，这使得她的眼睛不仅能洞见生活中无处不在的"群鬼"，还能看到"群鬼"赖以生存的那个文化传统；不仅能看清别人的局限，也能看到自己的不足。这位隐性艺术家对传统文化的反思，以及她自身最后的"自否定"，无疑使得《群鬼》具有鲜明的现代性。

质言之，"回溯"在易卜生这里是一种基源于"自审"的戏剧诗学手法，其表面关涉到对主角某段生命史的追溯，实则折射出作家深刻的文化反思。如果充分意识到易卜生中期戏剧中的"回溯"的重要价值，那么也许可以说，易卜生中期戏剧诗学的精髓并不在于"提出社会问题、批判社会现实"，而在于"在回溯中自疑自审""在回溯中实现对自我及民族传统文化的审视与批判"。这些在易卜生中期戏剧中原本是真实存在的，而且是易卜生艺术构思与表现的重心所在，也是易卜生中期戏剧的现代性所在。但由于受中国传统文化影响，我们多数人习惯于认为自心清白，习惯于接受批判现实主义作品，因而不自觉地忽视了易卜生戏剧中的异质性因素。近年有学者一再鼓吹易卜生中期的"社会问题剧"，大力肯定其"反映社会现实、揭露社会问题"，并提倡在当代多写"社会问题剧"。这种主张是中国传统文艺观的一种"复活"，虽然确有合理之处，但在某种程度上有遗珠之憾。

对此，或许有人会提出异议：易卜生的《人民公敌》难道不是他中期的优秀作品吗？连鲁迅都称赞斯多克芒医生"死守真理，以拒庸愚"，并进而称赞易卜生"敢于攻击社会，敢于独战多数"，其批判现实主义精神难道不是光芒万丈、令人钦敬吗？这确实是个很关键的问题，在此拟分三层予以剖析。第一，关于《人民公敌》一剧，我们素来的解读可能忽略了该剧的"喜剧"特点。易卜生自己认为，该剧"具有喜剧的很多特点"[①]。他还指出，"写作此剧时我感到很快乐，现在完稿了我反而觉得有些失落和孤单。斯多克芒医生和我相处得非常融洽，我们在许多地方都那么契合一致。不过这位医生比我笨拙多啦，而且他还有一些奇特的脾性，这使得他很自然地就说出人们闻所未闻的一些话。那些话要是由我自己来说，肯定达不到那种效果。"[②] 这意味着，斯多克芒与易卜生是有距离的，他在易卜生的心目中是

---

① 《易卜生书信演讲集》，第 212 页。
② 《易卜生书信演讲集》，第 217 页。

个"笨拙"而"奇特"的人物，或者说在某些方面是存在"盲点"的人物。易卜生自己对于斯多克芒是有反思的，而且在剧中以斯多克芒所遭遇的一系列挫败流露出了他的反思。而我们多数观者往往忽视了易卜生在这个形象上所渗入的喜剧性因素和反思性因素。比如，当斯多克芒在剧末说："我甚至敢说，我是全世界最有力量的人中间的一个。……我还发现了一件大事。……我发现的是：世界上最有力量的人正是最孤立的人。"① 这话通常被当作是易卜生思想的流露，但这些话在易卜生看来未必不是很可笑的。也许易卜生很欣赏斯多克芒的独立性，但他不至于笨到以为"世界上最有力量的人正是最孤立的人"。事实上，真正掌握了真理的人绝不会是最孤立的人，而最孤立的人乃是最容易被打败的人。第二，在易卜生的 12 部现代散文剧中，《人民公敌》可能是他耗时最少、意蕴相对较浅的一部剧，并非最具易卜生特质的精品力作（所以笔者没有把它作为个案进行详细分析）。有人也许最欣赏易卜生的《人民公敌》，那多半是因为他（她）跟斯多克芒深有共鸣。对此易卜生早就回应过："在我每写一本书所站过的地方，现已聚集了大批的人群。但我自己早已不在那儿了。"② 易卜生是专就《人民公敌》一剧写下这句话的，可见他自己早已不再认同斯多克芒了。第三，鲁迅对于《人民公敌》、对于"死守真理，以拒庸愚"的态度是有变化的。1908 年，鲁迅著《摩罗诗力说》时，赞易卜生"愤世俗之昏迷，悲真理之匿耀，假《社会之敌》以立言，使医士斯托克曼为全书主者，死守真理，以拒庸愚，终获群敌之谥"③，这个时候鲁迅确实颇为欣赏《社会之敌》（《人民公敌》）；1928 年 8 月，为着纪念易卜生诞辰 100 周年，鲁迅特地在《奔流》编发了一系列关于易卜生的文章："第一篇可略知 Ibsen 的生平和著作；第二篇叙述得更详明；第三篇将他的后期重要著作，当作一大篇剧曲看，而作者自己是主人；第四篇是通叙他的性格……可惜他的后期著作，惟 Brandes 略及数言，没有另外的详论，或者有岛武郎的一篇《卢勃克和伊里纳的后

---

① 易卜生：《人民公敌》，载《易卜生戏剧集》（2），第 274 页。
② 《易卜生书信演讲集》，第 227 页。
③ 鲁迅：《摩罗诗力说》，载《鲁迅全集》第 1 卷，人民文学出版社 2005 年版，第 81 页。

来》，可以稍弥缺憾的罢。"① 其中有岛武郎的这篇由鲁迅亲自翻译，其中有云："独有伊孛生，却凝眸看定着自己的一生，并且以不能回复的悔恨，然而以纠弹一个无缘之人一般的精刻，暴露着他自己的事业的缺陷。"② 由此看来，此时鲁迅特别看重易卜生的后期剧作，并颇为欣赏他的自审精神。当然，在很多情况下，敢于坚持真理、敢于独战多数是很有必要的，这也是鲁迅始终肯定的一点。但能够反省自我、审判自我同样非常重要。较之同时代人，鲁迅的自审意识明显更强一些，这也是他在 20 世纪 30 年代对当时的进步作家联盟（"左联"）保持疏离态度的一个重要原因。

总之，在今天看待易卜生中期戏剧及其内蕴的诗学思想，需要对自己接受易剧的"前理解"有所反思，需要对我们自身所处的文艺传统、文化传统有所反思，从而客观、冷静地看清易剧的"本相"，避免以己蔽人。如果我们固执着"人之初，性本善"的人性观与批判现实主义文艺观，就很有可能从中只看到易卜生"对社会现实的批判"。事实上，在易卜生看来，一个人如果不能看到自己有犯错或作恶的可能性，不能严于自审，那么自己同样有可能成为"作恶者"。所以对他来说，"生活就是与心中魔鬼搏斗；写作就是对自我进行审判"。而对我们多数人来说，社会诚然有诸多乱象，但自己的心还是清白的，重要的是不同流合污，最好是能够"仗义执言，见义勇为"，勇于跟一切恶势力作斗争。普罗大众期待于艺术家的，也往往是希望他们敢于揭露社会问题，勇于批判社会乱象，想人民之所想，急人们之所急。这一切看上去非常美好，几乎接近于崇高，但仍然是远远不够的。在生活上，批判现实固然重要，但最重要的是"自我批判"；在艺术上，针砭时弊自古就有，但自剖自审才更具有现代性。

---

① 鲁迅：《〈奔流〉编校后记》，载《鲁迅全集》第 7 卷，人民文学出版社 2005 年版，第 172—173 页。

② 北京鲁迅博物馆编：《鲁迅译文全集》第 4 卷，福建教育出版社 2008 年版，第 63 页。

第四章 易卜生晚期戏剧的复象诗学

如果说易卜生早期戏剧深受克尔凯郭尔思想的影响，其中期戏剧又打上了勃兰兑斯美学思想的印痕，那么其晚期戏剧①可以说是易卜生独上高楼、独辟蹊径所创造的一批最具独创性和现代性的作品。这些作品，经过一百余年时间的检验，已被公认为代表了易卜生戏剧的最高成就。

易卜生晚期戏剧的独创性与现代性，与艺术家易卜生越来越深邃的内省与自审是分不开的。如果说"自由反思的内省意识是所有西方形象中最精粹的，没有它就没有西方经典"②，那么可以说，易卜生晚期戏剧最集中而深刻地体现的正是西方经典文学中的那种内省性、自审性。而其特殊之处在于，易卜生晚期戏剧中人物的内省与自审，不仅寄寓了剧作家对自我灵魂的深邃审视与反思，也隐含了他对自己前期和中期戏剧、对艺术创作机制与艺术功能的深刻反思。换言之，易卜生晚期戏剧不仅寄寓了他的灵魂自审，也隐含了他的艺术自审③。这种"双重自审"，使易卜生晚期戏剧达到了"元戏剧"的层次。这里所谓"元戏剧"，不仅是指"表现已经戏剧化的生活"

---

① 此处所谓"易卜生晚期戏剧"，指易卜生 55 岁之后创作的《野鸭》《罗斯莫庄》《海上夫人》《海达·高布乐》《建筑师》《小艾友夫》《约翰·盖勃吕尔·博克曼》（在本章正文中简称为《博克曼》）《复活日》等八部剧作。

② ［美］哈罗德·布鲁姆：《西方正典》，江宁康译，译林出版社 2005 年版，第 53 页。

③ 在易卜生晚期戏剧中，不论是"灵魂自审"，还是"艺术自审"，都是易卜生以艺术的方式来进行的，是剧作家通过想象，通过虚构一定的情境、人物、情节等，以艺术的语言、艺术的手法来体现他的创作意图。换言之，易卜生晚期戏剧首先是艺术作品，而不是自传——剧中发生的一切，包括人物的自审，都是剧作家想象、虚构出来的，它们虽然在一定程度上映现出剧作家的心象、情感、思想，但绝非剧作家本人生活的实录。而且，剧中人物的内省与自审，是在审美层面展开的，更多的是映现出一类艺术家的精神活动，具有很大的普遍性，而绝非易卜生局限于一己的自我表现。

的戏剧，而更多的是指具有高度自我反思性的戏剧①。

尤为值得重视的是，易卜生晚期戏剧中的双重自审，既不像有些作家的作品那样表现出特别明显的自传性，也不像有些作家的作品那样表现出过于强烈的教化性，而是具有高度的艺术性，在审美方面达到了非常精微高妙的境界。如果要描述易卜生晚期戏剧所达到的审美境界，或可谓：楼外有楼，象外有象；景深无穷，意味无尽。这里的"楼外有楼，象外有象"不只是说易卜生晚期戏剧中的具体意象具有复合性、多义性，而更主要的是指：易卜生后期的每一部剧作，（从整体上看）不只是创造了一个意象世界，而是在多数读者可以感知的整体性的意象世界背后，还隐含了一个或多个整体性的意象世界。换言之，如果把易卜生创作剧本比作建造楼房的话，那么易卜生后期每写完一部剧作，不只是建造了一栋楼房，而是建造了两栋甚至多栋楼房。对于他这种独特的艺术造诣，很难找出一个恰切的短语来概括，姑且名之曰：复象诗学②。这里的"复象"，不是一般性的意象，甚至也不是整体性的象征，而是特指"两个或多个境界层深的意象世界"。当我们对易卜生后期的某部剧作（比如《野鸭》或《博克曼》）进行细读时，首先会感知到由一系列意象所构成的意象世界，而当我们试着确定其中某些关键性的意象所隐含的意蕴时，可以逐渐领会贯通其他意象的蕴涵，进而照亮（也就是用心灵去感悟、感通）那整个意象世界。但是当我们从另外的视角去观照那些关键性意象，并体味出新的、与前者迥然不同的意蕴时，我们又可以对其他意象作出新的阐释，进而逐渐欣赏到另外一个意象世界。而且令人惊异的是，这两个意象世界所包含的整体意蕴以及给人的整体感受，常常是存在很大差异的。换言之，我们读通易卜生晚期的一个剧本便仿佛读了两三个剧本，领略了其中的一片风景便仿佛欣赏了多处风景。这种"楼外有楼，象外有象；景深无穷，意味无尽"的奇特景观，是易卜生晚期戏剧最迷人的地

---

① 1963 年，莱昂内尔·阿贝尔（Lionel Abel）首次提出"元戏剧"（Metadrama）的概念，并认为元戏剧的一个根本特点是"表现已经戏剧化的生活"。在笔者看来，"自反性"或"自我反思性"是"元戏剧"的本质特征。换言之，"元戏剧"就是在戏剧作品中反思戏剧创作、戏剧功能或艺术创作、艺术功能的戏剧。

② 巴赫金认为陀思妥耶夫斯基创造了一种全新的艺术思维形式——复调思维，并进而以"复调诗学"这一概念来标明陀氏小说的根本性艺术革新及其背后的创作思想。受此启发，本章特以"复象诗学"这一概念来标明易卜生晚期戏剧的根本性艺术革新及其背后的创作思想。

方，也是最值得研究者深入体味、探赜钩深的地方。

第一节　易卜生晚期戏剧中的双重自审

如果说易卜生早期戏剧侧重于"灵魂自审"，中期戏剧拓展到"纵深自审"，其晚期戏剧则发展到了"双重自审"：在"灵魂自审"的同时又包含了"艺术自审"。所谓"灵魂自审"，首先是指易卜生晚期戏剧中的主要人物往往具有一种内向自省、自审灵魂的性格倾向，其次是指剧作家通过塑造自审性的人物，对自我以及本民族的文化心理结构以至人类的本性、人性的深层结构进行探掘、剖析、审视、批判。而所谓"艺术自审"，既可以理解为剧中人物对自己的艺术人生、艺术创作以及艺术的本质与功能进行反省、审思，也可以理解为剧作家通过创作来回顾、反思自己的艺术人生，表达对艺术本质与价值的新思考，还可以理解为"艺术"通过易卜生的创作来自己审自己[①]。这后一种"自审"，也许匪夷所思，但在易卜生晚期戏剧中确实是存在的。下面就结合易卜生后期的优秀剧作来分析其中的"双重自审"。

一、易卜生晚期戏剧中的灵魂自审

易卜生晚期戏剧首先给人的印象，是通过越来越深入的自我探索、自我解剖、自我批判，一方面洞鉴、照亮自我灵魂最深处的风景以及人性的深层结构，另一方面也以审美的方式反映出更为深广、更具普遍性的社会现实生活以及人类的命运。下面以《罗斯莫庄》《海达·高布乐》《建筑师》《博克曼》等剧作为例来说明。

诚如比约恩·海默尔所说，《罗斯莫庄》"是易卜生投入自我最多的作品"，也是"世界戏剧史上最晦涩难解、最错综复杂的作品"之一[②]。在该

---

① 这种理解借鉴了黑格尔式"以客体为主体"的思维方式，把"艺术"视为可以自我认识的主体。

② 《易卜生——艺术家之路》，第5页。哈罗德·克勒曼也认为，《罗斯莫庄》是"易卜生剧作中最令人惊愕、最难以理解的作品"。

剧中，罗斯莫与吕贝克大体构成易卜生艺术灵魂中的两极，集中体现了易卜生内在自我的矛盾冲突与动荡演变。其中，罗斯莫是一个在解放与保守、他救与自救、自欺与自省中游移并最后发生新变的人物形象；吕贝克是一个在超越与回归、压抑与升华、自由与自惩中旋转并最后获得新生的人物形象。他们内在灵魂的层层递进、交错发展折射出易卜生对自我内在生命的深入探索与深邃审视，他们最后的结局则隐示了易卜生关于重铸心魂、重建人格的睿思与理想。具体说来，通过塑造罗斯莫形象，易卜生反省到自我及欧洲人心灵中本能冲动与基督精神的深刻冲突。罗斯莫是一个希望"解放他人""在本地撒播一点光明和欢乐"的牧师，与易卜生一样有一种"布朗德情结"。作为一个素来（自以为）持身严谨、品行高洁、受人敬重的人，他有很高的精神追求，期望道德完美，尤其容忍不了自己的过失。他原本认为"道德"是自己"天性中的本能法则"，殊不料，自己天性中的那个"本能法则"恰好是不那么道德的——爱慕年轻漂亮的吕贝克自然而然地符合他的天性本能，但事实上确凿无疑地加速了妻子碧爱特的死亡①。面对已经造成的无法挽救的过失和内心的悲哀感，罗斯莫似乎看到罗斯莫庄的白马"在黑暗中、在寂静的境界中奔腾"——一种不可知的神秘力量令他恐惧，传统的基督教赎罪观也在无声地诱惑他。而在吕贝克身上，易卜生对自我及人心深处"蛮性的遗留"进行了深入的探掘，同时也对之进行了严厉的审判。在该剧中，吕贝克是一个蔑视传统习俗、崇尚自由解放、意志坚强、思想新锐的女性。她就像"北方山头峭壁上的一只鹰隼"，目光炯炯，行动果敢，比男人更具有攻击性。来到罗斯莫庄后，她很快拿定主意要除掉罗斯莫的妻子碧爱特，并得到罗斯莫的爱情。她一面以她的美貌、性感、热情以及一套套的自由观念、解放思想感染、影响罗斯莫；另一面则设法取得碧爱特的信任，以至几乎可以牵着她的鼻子走。如其所愿，碧爱特后来被她"引上迷惑的道路"，跳进水车沟自杀了。这是一桩无法回避的罪孽。事后吕贝克虽然希望能顶着罪感继续前进，但她在与罗斯莫相处的日子里，逐渐受到后者人

---

① 罗斯莫对于碧爱特的死应负很大责任。罗斯莫曾对吕贝克说："就是碧爱特还在世的时候，我的心思也全在你身上。我只爱慕你一个人。"后来他还让吕贝克做他"生平唯一的老婆"。可见他与碧爱特的夫妻关系有名而无实。可以说，他对碧爱特的淡漠加深了她的绝望。

格的感染，良心上越来越难受。当原先想要的幸福即将来临时，她却不能不悲哀地承认"我的历史把我的路挡住了"。最后，她决定以自惩洗刷自己的罪恶。通观全剧，就吕贝克的生命历程而言，正是她以前"蛮性的发挥"挡住了她后来通往幸福的道路。易卜生以深邃的目光看到了那种"蛮性"暗淡的前途，也隐示了人类精神发展的正确方向。

在《罗斯莫庄》出版后第四年（1890 年），易卜生写出了《海达·高布乐》。正如哈罗德·布鲁姆所说："海达就是易卜生的化身，如同爱玛·包法利是福楼拜的化身一样。……海达的天赋与伊阿古和爱德蒙一样，都是为了否定和破坏。海达和他们一样还是个剧作家，用别人的生命来创作。海达的才智是邪恶可怕的，这不是因为社会环境，而是因为她追逐享乐，因为她意志的施为。如果她确实与某个易卜生熟悉的人相仿，那就是易卜生本人，正如他自己也意识到的。"① 在海达身上，确有易卜生之影。易卜生与海达的相似相通之处，当然不在于外表，而在于心性与人生体验。海达是一个深感人生空虚的人，她本能地觉得生活很无聊、做人很可笑，还"时常想，世界上只有一件事我喜欢做，就是让我自己烦闷得活不下去"。穷极无聊时，她就把随嫁带来的、高布乐将军的两只手枪拿出来消磨时间；体内小生命蠕动时，她很厌恶，甚至感到恐惧。易卜生在《札记》中提到："生命对海达来说是一件荒谬可笑的、甚至不值得一眼看穿的事务。"② 在关于该剧的舞台提示中，易卜生还明确指出："海达的困惑在于此类妄想，即：世间可以找到幸福的可能性多的是，偏偏她睁大了眼睛找却就是见不到，而不断折磨她的正是缺乏人生目标的那种空虚。"③ 海达所感到的那种空虚，也许正是同时代以至现当代很多人都经常感到的，甚至剧作家本人，以及很多敏感的艺术家都无不受人生的空虚感所折磨。

海达的空虚感与她的白日梦想以及魔性冲动是紧密交融在一起的。或许可以说，以空虚感为基调，白日梦想与魔性冲动的交融构成了她心底那首"深沉阴郁的诗"。而这一点，也许正是易卜生深有体会的。易卜生曾说：

① ［美］哈罗德·布鲁姆：《西方正典》，江宁康译，译林出版社 2005 年版，第 279 页。

② Henrik Ibsen, "Notes for Hedda Gabler", Lee A. Jacobus, *The Bedford Introduction to Drama*, New York：ST. MARTIN'S PRESS, 1989, p.449.

③ 转引自《易卜生——艺术家之路》，第 384 页。

"海达身上的魔性因素在于：她想要把她的影响力施加到某个人身上，而一旦这种愿望实现，她就会鄙视他。"① 也许这还只是海达内心魔性因素的一个方面。除了平日里不可遏制地涌出一些恶意冲动之外，她还"对于毁灭有大欢喜"。她蔑视生存，不仅怂恿他人自杀，还用手枪对准自己的太阳穴，"完美地"自杀了。正是海达自己也说不清道不明的魔性冲动，使她害死了别人，也走向了自戕。茨威格说："魔性在一些人身上就像发酵素，这种不断膨胀、令人痛苦、使人紧张的酵素把原本宁静的存在迫向毫无节制、意乱神迷、自暴自弃、自我毁灭的境地。"② 这话用在海达身上，可谓一语中的。而易卜生之所以着力刻画出海达身上的"魔性特质"，正是为了"从身上刷掉它们"，以便实现"灵魂的净化"。

紧接着，在《建筑师》中，易卜生对自我及一般创造者心魂中的"魔性"进行了更为深入的洞鉴与审思。在该剧中，主人公索尔尼斯身上的魔性，一方面使他不由自主地向着心目中的目标驰骛不止，另一方面又不由自主地倾向于控制和压迫他人。作为创造者之魂，索尔尼斯体内的山精与妖魔既有创造性、建设性的一面，又有叛逆性、破坏性的一面。在索尔尼斯的人生履历中，既有显明的恶迹，比如残酷地把老布罗维克踩在脚下，又严厉地控制着他的儿子，使之按照自己的意愿行事；也有隐在的恶意，比如一心盼望艾林家的老房子被大火烧掉，以便他的建筑事业可以起步。最后索尔尼斯在希尔达的鼓动下登上塔楼，终于把持不住掉下来摔死了。这一结局，表面上看是"恶有恶报"，但其实也可以看作是索尔尼斯的自审自裁。他虽然恶迹斑斑，但良心未泯；他为自己过去的行为感到痛苦，但又深知自己体内的魔性是自己控制不了的——只要还活着，就免不了要操控他人。最后，他明知必死而登上塔楼，在某种意义上是他自身的神性对魔性的超越，是有限者向无限者的皈依。

此后第四年（1896 年），易卜生在《博克曼》一剧中再次探索、审判了创造者潜藏有魔性的灵魂。但与索尔尼斯不同的是，银行家博克曼在挪用银

---

① Henrik Ibsen, "Notes for Hedda Gabler", Lee A. Jacobus, *The Bedford Introduction to Drama*, New York：ST. MARTIN'S PRESS, 1989, p. 449.

② ［奥］茨威格：《世界建筑师：三大师·与魔的搏斗·三作家》，高中甫等译，北京燕山出版社 2004 年版，第 130 页。

行巨额存款、杀害女友爱情生命后被捕入狱，在随后漫长的 13 年里他一遍又一遍地审查自己的动机与行为，"自己当原告，也当被告，并且还当审判官"，但得出的结论是："我没有任何罪，只是对不住我自己。"他觉得自己唯一的错误在于出狱后没有"从头做起，重新爬上高峰"，"铲除中途的一切阻碍，爬得比以前更高"——像浮士德那样"自强不息"，把创造和破坏进行到底。这是一个至死忠于自我野心、顽固地以自我为中心的人，他心中的"魔性"较之索尔尼斯有过之而无不及。他曾经叱咤风云，是"天才英纵的一代豪杰"；但他无限制的自我扩张分明给很多人带来了无可挽回的灾难。最后他在雪夜里被一只"冰冷的铁手"击中而死。他的死有点神秘，似乎是冥冥中的力量给了他致命的审判。不管怎样，易卜生在此剧的运思方向（对颇具"浮士德精神"的博克曼进行反思、批判）是引人共鸣的。"浮士德精神"伴随着欧洲近代资本主义的兴起而逐渐深入人心，许多大人物（包括易卜生自己）身上都有它的因子，它也确实催人奋进，并推动了近现代工业文明的发展，但其负面影响是不可忽视的。博克曼的倒地而亡，尽管有点神秘，但至少表明了艺术家对魔性灵魂的严肃审判。

易卜生晚期戏剧中的灵魂自审还远远不止于此。一个人的灵魂，除了有"蛮性的遗留""魔性的冲动""传统的积淀"等之外，还有向善、乐爱、求美、致圣的因素。而这些因素在易卜生看来是尤为可贵的，是人类精神发生变革的希望所在。在《小艾友夫》中，易卜生就把探索的焦点转移到"人性向善转变的可能性"上。剧中男主人公阿尔莫斯在经过一番反省之后，意识到自己以前的过失造成了儿子小艾友夫的残疾，决定不再埋头写作《人的责任》，而"要在自己的生活中间实行'人的责任'"。他下定决心，"要培育孩子天性中一切善良的幼芽——让它们开花，让它们结果"。但妻子吕达贪图欢爱，讨厌儿子，后来感到自己多余的小艾友夫跟随着鼠婆子，落到海里溺死了。孩子死后，吕达的精神变得特别紧张，还经常出现幻觉。为了赎罪，也为了填补爱的对象（阿尔莫斯）失去后留下的空缺，她决定"把海滩上那些苦孩子都带到家里，当作亲生儿女看待"。后来阿尔莫斯受到感染，决定和吕达一起，好好培养那些苦孩子。从总体来看，该剧是易卜生探索"人的精神如何向善转变"或"变化的规律"的一个尝试。作为一个浑身散发着活力的女人，吕达一度把爱欲的满足视为生活的第一要义，多年前"她儿子的残废是由于她浸淫于性事而忽视了照顾他。小艾友夫最终的死，是因为他的妈妈希望他消失"①。但也正是由于强烈的爱欲，她在丈夫离开之时感到需要"想法子找点东西，找点性质有点像'爱'的东西把内心填补起来"，这使她最终走出了恐惧，走向了充实。如果说歌德认为"凡自强不息者终究会得救"，那么易卜生很可能认为"凡爱欲不泯者终究会得救"。

最后，易卜生在其戏剧《复活日》收场白中肯定了爱情对于生命的根本意义，并进而暗示了"死人"走向新生的可能性。该剧在某种意义上属于易卜生的集大成之作，它对自我及人类灵魂的洞鉴与审思呈现出相当丰富的层次。第一个层次，由鲁贝克创作的半身人像（里面隐含了好些"神气十足的马面，顽固倔强的驴嘴，长耳低额的狗头，臃肿痴肥的猪脸"）和"复活日"雕像的底座（"从地面裂缝里，钻出一大群男男女女，带着依稀隐约的畜生嘴脸"）来体现，这些形象凸显了人心中的"蛮性"；第二个层次，由鲁贝克艺术灵感的源泉爱吕尼来体现，她在配合鲁贝克完成雕像"复活日"之后，就毅然出走，"在全世界走过很多地方、颠倒过各种各样的男人、杀死了两个丈夫、弄死了很多孩子"，这隐喻着艺术家或创造者心中的"魔性"；第三个层次，由鲁贝克早年的艺术追求、创作状态来体现，那时他感觉自己肩负神授的使命，把全部生命都投入艺术创作中，而竭力克制自己的欲望，像圣徒一样生活，这隐示出人心中的"神性"；第四个层次，指鲁贝克由精神走向肉体，由圣洁走向世俗，盖别墅，建公馆，娶美人，过起富裕奢华、轻松愉快的生活，但在"快乐逍遥的生活"中，他感到越来越空虚、疲倦、烦躁，这表现出人的"常性"；第五个层次，指鲁贝克和爱吕尼醒悟到自己已经成了活死人后，开始追求新生，追求某种既接近艺术又接近宗教的生活，这是对人的完整而自由的新生命的隐喻。在该剧末尾，鲁贝克和爱吕尼攀上山顶，手挽着手，要走上"乐土的尖峰"，走上"朝阳照耀的塔尖"，并在那儿举行婚礼，但不久，他们就像布朗德一样葬身于雪崩了。这个结局并非表明他们最后的抉择是错误的，而是要反衬出一种新的人生理

① Martin Esslin，"Ibsen and Modern Drama"，Errol Durbach Edit.，*Ibsen and the Theatre*，London：The Macmillan Press Limited.，1980，p. 36.

想。这种理想的实质在于，肯定爱对于人生的根本意义，并在审美与信仰中走向"第三境界"。在 1887 年的一次讲话中，易卜生指出："诗歌、哲学和宗教将融合在一起，构成一个新的范畴，并形成一种新的生命力，对此我们当代人还缺乏明确的概念。……我特别相信，我们时代的理想——尽管已经崩溃瓦解——将朝着我在《皇帝与加利利人》一剧所指明的'第三境界'发展。"① 由此来看，最后鲁贝克与爱吕尼的选择并不是要"逃避现实"，而是要体现出一种否定既有种种理想的倾向；他们借着审美与信仰走上"朝阳照耀的塔尖"，乃是要显现出一种新的理想、新的境界。这种理想境界，基于对整个人生与艺术的哲学美学反思，同时又融入了宗教的因素（易卜生反教会但并不反宗教），将"构成一个新的范畴和新的生命力"，这可能是易卜生在经历了屡次灵魂自审之后所欲传达的一个正面的诗性、哲性与神性高度融合的思想。

综上所述，易卜生晚期戏剧中的灵魂自审，大体是沿着两条路线进行的：一是多方位、多层次地揭示自我及人类灵魂中的阴暗面，其中既包括过去的种种旧思想旧道德对于现代人的纠缠与钳制，也包括人性中潜伏的具有破坏性的"蛮性"与"魔性"；二是努力探索人类精神发生变革、走向新生的可能性，这主要是发掘灵魂中"一切善良的幼芽"和隐隐存在的"神性"，并暗示一条基于"善"和"爱"，通过"审美"与"信仰"走向"第三境界"的新道路。这种"自审"与"审他"是辩证统一的，具有"隐蔽的客观性"和高度的审美普遍性。

二、易卜生晚期戏剧中的艺术自审

正如国际著名易卜生研究专家克努特·布林希尔德斯瓦尔教授所说："从《野鸭》开始，易卜生戏剧的象征世界就充满了对艺术的本质和艺术家作用的反思。这种元层次的东西越来越频繁地渗透到他后期的剧作中，在这些作品里，艺术话语通常可被感知为诗人自己对于作为一个艺术家的身份与

① 《易卜生文集》第 8 卷，第 228 页。

作用的反思。"① 易卜生晚期戏剧中的艺术之思、艺术自审确实是一道非常独特的景观。下面试以易卜生后期的《野鸭》《建筑师》《复活日》等剧作为例来说明。

《野鸭》中的艺术自审主要是通过雅尔马、格瑞格斯、海特维格、瑞凌等形象来实现的。雅尔马是一个在幻想、自欺中过日子的"发明家",其表演性人格还为他赚得了一个"舞台艺术家"的美名:"雅尔马具有舞台艺术家所特有的想象力和天赋,同时对各种舞台技巧与舞台效果了如指掌。他熟谙如何将一个普通的家庭变作舞台,将各种家具变作形形色色的道具与布景,将他自己的身体与声音变作演出的工具。"② 他有点像老艾克达尔,即便在自己的家庭里,也仍然自欺欺人,熟练地表演着喜怒哀乐,以种种背离事实纯属捏造或空有形式没有实质的话来美化自己或影响他人。在观众看来,他的言行就构成了"戏中之戏"。他的"表演"有时接近职业演员,有时酷似生活中的一些自欺欺人者。比如,他自己习惯于生活在幻想中,也让女儿以空为实,通过听菜单上的菜名来一饱口福;他作为摄影师不去照相(这事主要是由他妻子基娜去做),却扮演着"发明家"的角色。当年,老艾克达尔入狱的时候,雅尔马"心里真是凄惨极了","把手枪对准了自己的胸膛",但随后"克制了自己";邻居瑞凌说他有"天才",于是他开始去潜心钻研"伟大的发明"。他自述"每天下午,吃过午饭,我就一个人躲在客厅里潜心思索","我要把它(指照相术)提高到既是科学也是艺术的水平"。想不出什么头绪的时候,就到阁楼里去"打猎"散心。就凭这个,他宣称"我是个发明家,并且一家人都靠着我吃饭。这么一来,就把我从低微的环境中提高了"。而实质上呢,他内在的灵魂就像他家里那个阴暗的阁楼,尤其像阁楼里那只一度受伤而现在已长肥的"野鸭"。而艺术家们多半也离不开幻想,离不开自欺。在很大程度上,艺术就是"有意识的自欺"(康拉德语)。至少有一类艺术家,乐于编织种种幻梦,精于营造种种乌托邦。而

---

① Knut Brynhildsvoll, *The Roots of Modernity: Aspects of Henrik Ibsen's Dramatic Work.* 此为 Knut 教授演讲稿。另可参见 [挪] 克努特:《现代性之根源:易卜生戏剧面面观》,张国琳译,《世界文学评论》2007 年第 1 期。

② [挪] 埃里克·奥斯特鲁德:《易卜生的戏剧面具》,载孟胜德、[挪] 阿斯特里德·萨瑟主编:《易卜生研究论文集》,中国文学出版社 1995 年版,第 148 页。

靠着这些幻梦、这些审美乌托邦，他们的生活确乎多了一份快乐。但生活在这样的幻梦中，只能让人渐渐变成麻木不仁的"野鸭"。

　　除了雅尔马，格瑞格斯是易卜生寄托其自我审思的一个更重要的人物。易卜生塑造这一人物，在很大程度上是要反躬自问：艺术家带着"理想的要求"去干预人们的生活，试图去提高人们的精神境界，这可行吗？易卜生素来有一种情结——希望引领人们走向高处、过一种自由高贵生活的"布朗德情结"；而在《野鸭》中，易卜生对自己心中的这种情结产生了深深的怀疑。在剧中，格瑞格斯坚守着"理想的要求"，以一种理想人性的尺度衡量着现实中人的生活，渴望着在普通人身上看到人性的光芒。他相信他的好友雅尔马是一个才华出众的人，一定能从自欺欺人的可悲处境中解放出来。于是他决定让"雅尔马把眼睛睁开，把自己的处境看个明白"。瞄准一个机会，他把雅尔马约到屋外谈心，把威利当年怎么占有基娜、然后又把基娜转让给他的真相和盘托出。在格瑞格斯内心的预期中，雅尔马知情后一定会宽恕曾经误入歧途的妻子并以真爱待她，而且一道让人趋向理想的光亮将照到他们夫妻身上，并照彻他们未来崭新的生活。但雅尔马一回到家中，看清自己就像那只野鸭一样，就"恨不得拧折它的脖子"！当他通过一步步询问确证了基娜过去的那段事之后，首先是指责基娜这15年来在他周围"织成了一个欺骗的罗网"，继而指责她从前干的坏事断送了他的发明。作为一个长期生活在幻梦中的人，他现在最关心的是"我这做家长的人的梦想该怎么安排"，而远远不是"在真理的基础上重建家庭关系"。一旦事实戳破了梦想的肥皂泡，他就哀叹："什么都完了。完了！"当雅尔马进一步了解到海特维格不是他的亲生女儿时，他决意离家出走。虽经格瑞格斯、海特维格、基娜苦苦相劝，但依然无济于事。雅尔马最后走了，丢下海特维格哀哭不已。最后，海特维格开枪自杀，该剧遂成为最令人痛惜不已的一个悲剧。就这样，格瑞格斯送来的"真理"和"理想要求"把这个家庭弄得一团糟。这是颇具反讽意味的：当"真理"的阳光照进这个"野鸭的世界"时，不仅没给里面的人带来"自由"，反而带来了苦难。从这里可以看出，易卜生把批判的矛头对准了自己的心魂，他仿佛是要否定自己以前的"布朗德情结"。

　　但是像瑞凌那样，一味给人们开麻醉药，让人们在自欺与幻梦的泥潭里越陷越深，是否就对呢？显然，那也是不行的，那样只能让更多的人成为肥胖的野鸭。

面对生存与人性的复杂性，艺术何为？不只是对于唤醒他人，同时也对于艺术自身，易卜生都不再能够像当年那样满怀信心与豪情了。在关于此剧的创作札记中，易卜生写道："使一个人活得有人生价值的东西，对于另外一个人来说可以是毫无价值甚至破坏性的。……我认为我们大家别无他法，只能由我们自己来求得精神和真理上的解放。"① 由此，艺术家只能更多地转向自救，转向自我探索、自我解放，从而逐步感发他人去自我拯救、自我解放。

《建筑师》是易卜生在"艺术自审"方面成就最突出的一个作品。在该剧中，主人公索尔尼斯是一个高度内省性的人物，全剧的实体内容基本上就是他对自己的艺术人生的回顾与反省。透过剧本，我们分明看到一个孤独的老艺术家，坐在自家的客厅里，没有一个人可以说说话，于是只好跟自己心造的小姑娘希尔达聊天。他的内心郁积了太多的思虑、疑问与恐惧，也承载着沉重的罪感，需要进行某种清理。

> 索尔尼斯：叫我寒心的是：为了这些成就，我都得偿付代价，代价不是金钱，而是人的幸福——不仅是我自己的幸福，并且还有别人的。你明白不明白，希尔达？这是我的艺术成就在我自己和别人身上索取的代价。我每天都得还债，我简直毫无办法。还了又还，这笔债永远没有还清的日子！
>
> 希尔达：我现在明白了，你心里想的是——是她。
>
> 索尔尼斯：对，我主要是想艾林。艾林也有自己的事业，正如我有我的事业一样。（声音颤抖）然而，为了让我的事业获得一个——一个大胜利，她的事业就不得不受挫折，被摧残、被破坏。你要知道，艾林也有建筑的才干。不过不是建筑房屋、塔楼这类东西，而是培养孩子的灵魂。把孩子们的灵魂培养得平衡和谐、崇高优美，使它们昂扬上升，得到充分发展。这是艾林的才干。然而她的才干现在并没被人使用，并

---

① 转引自《易卜生——艺术家之路》，第 314 页。

且永远无法使用，像火灾后的一片废墟，对谁都没有用处。①

在这里，索尔尼斯的话表面上看是关于他的家庭内务的反思，其实更多的是关于艺术创作本身的反思。作为一个艺术家，他很清楚如何使自己的事业获得一个大胜利，但令人寒心的是，要取得"胜利"不但要牺牲自己的幸福，而且要摧残自己另一半的事业——把孩子们的灵魂培养得平衡和谐、崇高优美的事业！为什么会这样？这里触及艺术领域一个骇人听闻的秘密，而这样的秘密只有极少数严于自审的艺术家才会说出来。为了明朗起见，我们先看托尔斯泰的忏悔："为了捞取名誉和金钱——我写作就是为了这两样东西——必须昧着良心，听任邪念的支配。我就是这么干的。有多少次我在写作时巧妙地压制自己善良的愿望，这些善良的愿望本来是我生活的内容，我却表示冷淡，甚至对它们嗤之以鼻。结果我得到了赞扬。"② 由此再来看索尔尼斯的忏悔，会发现：他内心里虽然绝对认同艾林所代表的善良、和谐、优美、崇高等精神价值，但为了自己的作品在成人的世界里被欣赏、被承认，他有时候压制了自己善良的愿望，而倾向于纵容体内的山精与妖魔兴风作浪。他也确实"发动过体内的山精"，暗暗盼望大火烧了艾林家的老房子，结果大火夺去了他的两个孩子。易卜生不一定是为了"捞取名誉和金钱"而写作，但从其创作实际来看，他确实也写过一些魔性（或妖性）浓郁的作品，如《培尔·金特》《海达·高布乐》。如果说艺术创作在一定程度上离不开魔性的发挥或与山精的合作③，那么究竟该如何看待艺术创作的意义呢？易卜生对此的态度似乎是双重的：既坚信艺术的积极意义，又有所怀疑、不安。他曾劝劳拉·基勒"一定要相信艺术和诗歌并非在根本上是邪恶的"④，并矢志不移地以艺术创作引发人类精神的革命，但对于观众究竟

---

① 《易卜生文集》第 7 卷，潘家洵译，人民文学出版社 1995 年版，第 57 页。

② ［俄］列夫·托尔斯泰：《托尔斯泰散文选》，刘季星译，百花文艺出版社 2005 年版，第 46 页。

③ 哈罗德·布鲁姆说："易卜生是一位有意与山妖结盟的建筑大师。"（［美］哈罗德·布鲁姆：《西方正典》，江宁康译，译林出版社 2005 年版，第 277 页）茨威格说："没有哪种伟大的艺术没有魔性。"（［奥］茨威格：《世界建筑师：三大师·与魔的搏斗·三作家》，高中甫等译，北京燕山出版社 2004 年版，第 132 页）这些话不一定准确，但值得深思。

④ Henrik Ibsen, *Letters and Speeches*, Clinton：The Colonial Press Inc.，1964，p. 99.

能不能透过作品表层的邪恶现象感悟到作品深层的真善美，则没有把握。如果作家与接受者之间没有深层次的感通，那就完全是一场空。易卜生内心的不安、疑虑可以从《建筑师》中隐约感觉出来。在该剧中，索尔尼斯不仅表露出对于以前"纵魔压善"的忏悔，而且还像托尔斯泰一样否定了自己的艺术成就。在该剧第三幕，索尔尼斯对希尔达说："我想来想去，这是全部事情的结局。我并没有真正盖过什么房子，也没有为盖房子费过心血！完全是一场空！"虽然不能由此推断这是易卜生在否定自己以前创作的所有作品，却可以由此猜想：首先，易卜生可能是要借此为自己、也为一类聪明的艺术家进行反省；其次，他感到应该"真正为盖房子费心血"。这也就是说，艺术创作要真正有助于"把人的灵魂培养得平衡和谐、崇高优美，使它们昂扬上升，得到充分发展"。在后来的《小艾友夫》中，易卜生明显朝着这一目标在努力。

在最后创作的《复活日》中，易卜生以"艺中有艺、立象反照"的形式，把象征主义、表现主义和超现实主义的手法融合起来，再次反思了艺术家的身份、艺术家的活动和艺术品的价值，带有明显的"艺术自审"色彩。该剧主角鲁贝克是一位雕塑艺术家，他对自己的艺术人生的反省在很大程度上渗透着易卜生晚年的艺术反思。从《建筑师》和《博克曼》中，我们已然可以感觉到，易卜生对自己的艺术人生似乎抱有一种很矛盾的态度：既欣慰于在艺术上取得了极大的成功，然而又感到留下了很大的缺憾。那些日积月累的缺憾，促使他塑造了一个个控诉艺术家的人物形象。在《复活日》中，爱吕尼对鲁贝克的控诉深刻体现了易卜生的自审。

爱吕尼：我毫无遮掩地光着全身，让你细看——（压低声音）你却从来没碰我一下。你损害了我内在的本性！

鲁贝克：难道你不知道，看了你的迷人的美丽丰姿，有好几次我几乎发疯？

爱吕尼：然而——如果你碰了我，我想我会当场把你弄死，因为我经常带着一支尖针——藏在头发里——然而终究——终究——你居然——

鲁贝克：（意味深长地瞧着她）我是个艺术家呀，爱吕尼。……那

时候我一心希望完成我的生平杰作。（回忆往事）我那作品应该取名
《复活日》——是一座少女雕像，正在从死一般的睡眠中觉醒过来——

爱吕尼：对了，那是咱们的孩子。

鲁贝克：它应该代表世上最崇高、最纯洁、最理想的女人的觉醒。
后来，我就找着了你。……我渐渐把你当作一件神圣的东西看待，只许
在心里供养，不许触犯。爱吕尼，那时我还年轻。我还抱着一种迷信：
如果我触犯了你的身体，如果我对你发生了感官欲望，我就会亵渎自己
的灵魂，因此就不能完成我的事业。至今我还觉得这种想法颇有道理。

爱吕尼：（带点嘲弄地点点头）第一是艺术作品——其次才是人。①

这里，爱吕尼对鲁贝克的控诉，很容易让人想起艾勒对博克曼的控诉。
她们都特别痛恨艺术家一心扑在创作上，而忘了身边活生生的生命。如果说
爱吕尼扮演的乃是一个"艺术、情人、虚无"三位一体的角色，那么此时
她主要是作为艺术家的情人来控诉艺术家不珍惜生活、不珍重爱人的情感
（用艾勒的话说，是犯了"双重谋杀罪"）。

如果把艺术家的创作历程视为一个整体，进而观照艺术家与艺术的关
系，那么尤为耐人寻味的是：艺术家一生为"复活"而不断创作，可是他
们自己在现实人生中"活"过了吗？或者说，艺术家与他的艺术品之间处
于什么样的关系？也许，在多数情况下，艺术品嘲笑、讽刺艺术家，与之构
成一种反讽关系。在剧中爱吕尼就一再嘲讽、控诉鲁贝克："我最恨你这个
艺术家。我脱光衣服，在你面前站着的时候，我就恨你……你只是艺术家，
不是人！"后来，鲁贝克意识到自己"断送了生活"，忏悔意识日趋浓重，
但他只在作品中忏悔："我把那人叫作为了生活被断送而忏悔的人。他坐在
水声潺潺的溪边，手指头浸在水里——打算把它们洗净——想起了他的事业
永无成功之日，心里煎熬得好生难受。"这样的人生犹如"一个漫长漫长
的受难周"，是没有多少人能够理解的。没有人理解，其作品的意义就很
难实现。这时，艺术家势必落入一个"山卡"，一种两难困境。特别是当
他看到人们对他的种种"误读"时，他难免不感到沮丧。鲁贝克在呕心沥

---

① 《易卜生文集》第7卷，第290页。

血地创作出他的《复活日》之后，获得了世界性的声誉，但他看得很清楚，"大家什么都不知道，什么都不懂！"由此很容易产生一个疑问："为了这些群众——为了'大众'，把自己累死，究竟有什么好处？"他开始觉得"艺术家的任务、艺术家的使命这一套说法都是空空洞洞、毫无意义的"①。这些话也许透露了易卜生晚年回顾自我艺术人生时某种沮丧、伤感的情绪。

但此剧中的艺术自审还远远不止于此。后来，鲁贝克不仅从内心呼唤来了爱吕尼，还清晰地看到了她身边的那个伙伴——一位穿黑衣的教会女护士。她长着一双"锐利的褐色眼睛"，一直不远不近地跟着爱吕尼，就像是爱吕尼的影子一样。这个女护士其实跟爱吕尼是一而二、二而一的，她象征着死亡或虚无。她们这种如影随形的亲密关系，以及鲁贝克与她们的相遇，究竟意味着什么呢？也许意味着：艺术与虚无原本有着难解难分的亲缘关系，艺术家从事艺术活动在终极意义上都是跟虚无打交道——或反抗虚无，或谨慎地与虚无保持距离，或与虚无隐秘地爱恋。艺术家在某种意义上都是"冥河的摆渡者"（见易卜生第一部剧作《凯蒂琳》），他们比常人更容易看清生命的底蕴、人生的真相，因而借着艺术创作对那种底蕴、那个真相不断作出属于自己的探索。也许他们日日夜夜都能感受到那条冥河的流淌，都能感觉到那双眼睛的逼视。没有人能真正避开那两道犀利的目光，与其逃避、反抗，还不如迎面走过去，凝视、体味。由此，艺术成了艺术家直面虚无、体味虚无的一种方式。在剧末，鲁贝克与爱吕尼结成一对，一起向高山之巅爬去，要在那儿举行婚礼，但很快，他们就像布朗德一样葬身于雪崩。这个结局意味着，人生即便如梦，但人终究需要艺术，需要审美，需要以艺术审美来对抗虚无并感知自我生命的意义。

总的来说，易卜生晚期戏剧中的艺术自审，隐示了艺术创作的某种机制与本质规律，揭示了艺术的限度与艺术家身份的尴尬，但最终并非要否定艺术本身，而是要从根本上澄清艺术与艺术家的悖论性生存处境。古往今来，伟大的艺术家可能都深知艺术的限度，但他们仍然把艺术视为一项神圣的事业，穷其毕生精力笔耕不辍。这里头蕴含着某种悖论，也渗透着一种既悲壮

---

① 《易卜生文集》第 7 卷，第 303 页。

又幽默的情怀，一如《野鸭》全剧的格调。作为艺术家，他们注定了要坚守"理想的要求"，注定了无法与现实妥协，但他们又深知艺术的意义非常有限，这也就注定了他们要不断发掘艺术的潜能，拓展艺术的边界，运用更深邃、更有效的形式去实现其艺术理想与人生理想。

第二节　易卜生晚期戏剧的复象世界

戏剧作品中的意象世界，主要是由舞台布景、戏剧情境和人物形象来构成的。一部戏剧展现在眼前，观众首先感知到的往往是物象、人物形象和故事情节，然后把所有这些表象贯通起来感受、思考，会进入一个整体性的意象世界。当我们对一类特殊的作品体会得越来越深时，其表层意象世界背后深隐的意象会逐渐浮现出来，易卜生后期的多数剧作正是这类"特殊的作品"。易卜生后期似乎具有一种异乎寻常、难以想象的天赋，使他能够在单个剧本中营构出一个"境界层深"的意象世界的同时，又隐蕴了另一个"境界层深"的意象世界。而且，这后一个意象世界往往是出人意表、深隐不显的，如果不具备独特的眼光是几乎看不出来的。

1894 年 7 月，斯特林堡说过的一段话对于我们感知这类作品很有启发意义。他说："我的新艺术形式是一切艺术中最主观的，所以，只有画家本人能消受（＝忍受）其作品结晶。他知道作品讲的是什么，有选择的少数人稍许懂得画家的内心世界（＝外在表现）。也就是说，每幅画有着双重意义：一种是人人都能看出的神秘意义，尽管要费点气力；一种则是艺术家本人和有选择的少数人才懂的神秘意义。"① 这里虽然只提到"双重意义"，但"双重意义"与"双重意象"其实是分不开的。从创作学兼审美学的角度来看，易卜生晚期绝大多数戏剧都隐含着至少两重意象世界。下面试结合易卜生后期的优秀戏剧来进行具体分析。

---

① ［瑞典］斯特林堡：《地狱·神秘日记抄》，潘小松译，东方出版社 2003 年版，第 14 页。

一、《建筑师》中的两重意象世界

《建筑师》无疑是易卜生后期最杰出的作品之一。该剧的卓绝之处，不仅在于它在内容上含有双重自审，更在于它在形式上展开了两重甚至多重意象世界。当我们直接去感受剧中的场景、人物与情节，把建筑大师索尔尼斯看作是一个行业领袖，以此领袖为核心，我们对剧中其他人物相应作出切实的读解，那么会逐渐感知到一个触及领袖心魂、建筑行规和宇宙秩序的意象世界；然而，当我们把索尔尼斯看作是一个艺术家，进而对他那些双关性的语言作出全新的理解，那么又会逐渐感知到一个关涉艺术创造的隐秘机制和艺术活动之价值意义的意象世界。这两重意象世界均以索尔尼斯为核心，或者说是由这一核心形象的模糊性、多义性延展开来的。

幕启不久，我们看到，故事在一个带有花园的家庭中展开，主人公是一位年纪较大的建筑师（有的译本说是"建筑总管"）。他目前是建筑界领袖，但受他雇佣的布罗维克父子压抑着愤怒，要求挣脱他的控制；双子多年前死去，妻子艾林老躲着他，他觉得欠了她一笔永远还不完的债；书记员开雅对他无限崇拜，艾林看在眼里很不舒服；他内心里深感孤独，但又时刻处于对下一代人的恐惧之中。后来，希尔达出现，索尔尼斯跟她谈起自己过去的经历和目前的疑虑。索尔尼斯害怕布罗维克之子瑞格纳成为独当一面的建筑师，处处设法阻挠他。希尔达则觉得他做得太丑。最后索尔尼斯为了超越自我，也为了实现对于希尔达的承诺，他爬上新建高楼的尖塔，从塔上摔落而死。这是全剧给予我们的直观感相或表层意象。据此表象，我们也许可以认同挪威学者比约恩·海默尔的看法："《营造商苏尔纳斯》首先是一部描写创造者所生活于其中的日常现实的戏剧，那是一种必须屈从于代沟冲突和怨偶婚姻的日常生活。……苏尔纳斯的幻灭并不是易卜生的幻灭，这是一部描写营造商的戏而并不是一部自传。"[1] 也可以认同挪威作家玛莉·兰定的观点："我们将《建筑总管苏尔纳斯》看成是一部专业存在主义的戏剧。现代派诗人易卜生描写了两门专业之间的对抗，也就是建筑总管和建筑设计师之

———————
[1] 《易卜生——艺术家之路》，第 406、454、456 页。

间的对抗。……这是一部以建筑总管和建筑师之间的对立为基础的你死我活的争斗的戏剧。"① 依此现实主义的思维，我们还可以从故事情节（特别是结尾）中感悟到某种"见解"或"思想"。比如，比约恩·海默尔就认为："收场可以被视作为一个凿凿明证，证实了苏尔纳斯有充分理由担心自己气数将尽，害怕报应的时刻将会来到。他那做贼心虚和晕眩的良心把他引向了最后归宿。他靠了牺牲别人达到一夜暴发，如今却丑行败露，自食恶果了。"② 玛莉·兰定也认为："正是这个老建筑总管逐步地认识到了自己在专业知识上的不足和在艺术上、科学上缺乏洞察力，才逼得他死路一条的。……由于他自身的许多性格缺陷，建筑总管苏尔纳斯不能以一个古典悲剧英雄的风格和美感跌落下去。那句令人震撼的顿悟'什么都没有，完全是一场空'，倒真是十足悲剧性和致命的。"③ 我们甚至还可以走得更远，笔者就曾经从中引申出一条"能量波动规律"：

> 如果把个人的天赋、才能、创造力、成功度或一定团体的综合实力等统称为"能量"的话，那么这种能量的波动（或运动变化）似乎遵循以下"规律"：一定个体或团体的能量在总体上围绕正道上下波动，符合正道的，其能量可能稳步增长，违背正道的，其能量决不可能持续发展。对于这条规律，需做几点说明：（1）所谓"正道"，是指正义、正理、符合最大多数人利益或"善良意志"的正确做法；（2）所谓"上下波动"，是总体性的、相对性的，不一定是短期内能够显现出来的，显现出来也不一定是绝对均衡的。但离开正道，以邪恶手段取得巨大成就的，在上升到一定高峰之后终究会跌落下来，爬得越高，跌得越惨。（3）这一"规律"不易被严格证实，它不是自然科学意义上的规律，而是人文性的规律。作为一种兼有客观性与主观性的真理，它自有积极的意义。在内在精神上，这一"规律"跟"科学发展观"（其核心

---

① ［挪］玛莉·兰定等：《易卜生评论——来自挪威作家》，石琴娥译，金谷出版社 2006 年版，第 94 页。

② 《易卜生——艺术家之路》，第 423 页。

③ ［挪］玛莉·兰定等：《易卜生评论——来自挪威作家》，石琴娥译，金谷出版社 2006 年版，第 100 页。

要点：一是强调以人为本，二是讲求可持续发展）是一致的。①

这些感知与见解，都是依据文本实际得出，尽管也由表入里层层深入，但基本都是在现实主义思维的轨道上运行。如果我们换一种视角，或者对剧中的场景、人物凝视得更长久些，看清剧中深隐的核心意象，那么该剧给予我们的意象世界可能就迥然不同了。

悟入《建筑师》深隐的意象世界，关键在于理解索尔尼斯与希尔达之间的关系，而不是把握索尔尼斯与瑞格纳之间的关系。一旦把注意力转向前者，会发现该剧在很大程度上表现的是索尔尼斯的"心象"②，而希尔达只是索尔尼斯幻想出来跟自己做灵魂对话的虚灵而已③。从整体来看，索尔尼斯、希尔达、瑞格纳、艾林等人物，都是易卜生幻想出来表现其"心象"的人物。索尔尼斯在剧中更多的是一位艺术家，整个剧本主要是呈现他的回顾、反省与自审，其他人物则是为了更好地显明其自审（或呈现其灵魂的风景）而出现的。这样一来，《建筑师》就不只是一部现实主义的戏剧，而更多的是一部曲折呈现艺术家隐秘心魂的表现主义戏剧。它所表现的，主要是剧作家艺术灵魂内部的风景，是一个极为罕见、令人震惊的心象世界。

在这个心象世界中，我们首先看到，索尔尼斯感觉"我前胸有一块皮开肉绽的大伤口，我的助手和仆从不断地把别人身上的皮一块一块撕下来，给我补伤口！然而我的伤口并没有治好——永远不会好！唉，我简直无法告诉你，有时候伤口把我折磨得多么痛苦"④。这是一种什么意象呢？其实质是什么？用索尔尼斯的话说，"凡是我做的、我盖的、我创造的东西——一切

----

① 汪余礼：《〈建筑大师〉：艺术家的灵魂自审与神性探求》，载范明华、彭万荣主编：《美学与艺术研究》第 2 辑，武汉大学出版社 2010 年版，第 348 页。

② 潘家洵先生认为："我们要想了解《大匠》的意义，切不可把它当成一个神秘的象征剧，要把它看作一篇作者心象方面的自传……索尔尼斯的私心，怀疑，胆怯，嫉妒，恐怖，怕着新旗号来敲门的后辈，怕常照顾着他的运气的转变，都是易卜生自己的心史，都是易卜生自己的供状。"（转引自刘大杰：《易卜生》，商务印书馆 1928 年版，第 83 页）这有一定道理，但理解得过于坐实。既然是"心象"，不妨看得虚一点，而不必视为"供状"。

③ 希尔达的出现具有极大的偶然性，仿佛是索尔尼斯内心所召唤出来的，她也似乎特别能理解索尔尼斯，简直就像一个原本就在他的心与脑之间来回跳跃的小精灵一样。在很大程度上，希尔达是为了表现、开显索尔尼斯的内心世界而出现的，可以视为索尔尼斯的"镜像人物"。

④ 易卜生：《建筑师》，载《易卜生文集》第 7 卷，第 63 页。本节正文下引此书仅注页码。

美丽、安全、舒适、愉快的东西——一切庄严伟大的东西——（捏拳）唉，想起来都寒心！……为了这些成就，我都得偿付代价，代价不是金钱，而是人的幸福——不仅是我自己的幸福，并且还有别人的。你明白不明白，希尔达？这是我的艺术成就在我自己和别人身上索取的代价。我每天都得还债，我简直毫无办法。还了又还，这笔债永远没有还清的日子！"（p.57）这意味着，艺术成就的取得，并非只是发挥一下个人的天赋就行的，而是必须付出巨大的代价——其代价不仅是艺术家自己的幸福，还有别人的幸福，即犯下"双重谋杀罪"。

这是为什么呢？易卜生的这个念头，在此只是稍露端倪，到了《博克曼》《复活日》则越来越明确地表达出来了。在《建筑师》中，易卜生极为隐晦而形象地剖白了个中原因，这也使得该剧的意境逐步深化。首先，真正的艺术创造需要人全身心的投入，并且使一切都为之服务，这就往往会牺牲他人的幸福，进而也牺牲自己的幸福。索尔尼斯就感到自己非常对不起妻子艾林。当他在艺术界渐执牛耳时，艾林的生命却渐渐萎缩了。其次，艺术创造的过程离不开妖性、魔性的参与，而妖性、魔性不仅伤己，而且有可能伤害他人。索尔尼斯后来反省道："现在我明白了，希尔达！像我一样，你身上也有山精。是咱们内部的山精——是它在发动咱们身外的力量。这么一来，不由你不服从——不管你愿意不愿意。……希尔达，世界上有数不尽的妖魔，我们却永远看不见他们。……好妖魔和坏妖魔，金黄头发妖魔和黑头发妖魔。只要你有法子知道控制你的是金黄头发还是黑头发妖魔！嘿嘿！如果那样的话，事情就好办了！"（pp.63-64）这里所谓的"山精""妖魔"，其实是艺术家灵魂中的一股重要力量，离开它艺术创作的机制也许就无法启动。美国著名文学理论家哈罗德·布鲁姆曾明确地说："易卜生有一种基本的特质，即一种狡黠的诡异感令人不安地与他的创造力结合在一起，这就是纯粹的妖性。……他是位有意与山妖结盟的建筑大师。"[1] 茨威格在《世界建筑师：三大师·与魔的搏斗·三作家》中则推而广之，更明确地说："没

---

① 〔美〕哈罗德·布鲁姆：《西方正典》，江宁康译，译林出版社2005年版，第275、277页。

有哪种伟大的艺术没有魔性。"① 魔性可以说是艺术创作中难以避免的一个要素。而艺术家一旦被魔性所控制，其危害性是难以估量的。这也正如茨威格所说："魔性在我们身上就像发酵素，这种不断膨胀、令人痛苦、使人紧张的酵素把原本宁静的存在迫向毫无节制，意乱神迷，自暴自弃，自我毁灭的境地。"② 即使理性强硬的艺术家可以控制自心的魔性，但并不能完全避免魔性对人对己的伤害。在该剧中，当索尔尼斯心中魔性涌动时，他害惨了艾林，使两个儿子在火灾后丧生，还迫使布罗维克老人在绝望中死去。而他自己呢，他已犯下累累恶行，已经无法为自己建造一个温暖的家了。他的心日夜为恐惧所袭，几乎一刻也得不到安宁。

那么，艺术家付出如此重大代价取得的艺术成就究竟有多大意义呢？在第三幕，索尔尼斯的一番话特别让人震惊："我想来想去，这是全部事情的结局。我并没有真正盖过什么房子，也没有为盖房子费过心血！完全是一场空！"（p. 91）这也许透露出艺术家心中最悲哀的一角。托尔斯泰晚年也曾对艺术作品的价值产生深深的疑虑。用他自己的话说，写作是"毫无裨益之事""是没有出息之举"，他甚至完全否定了自己以前的所有创作，就像索尔尼斯所说"完全是一场空"！这里无论是托尔斯泰还是索尔尼斯，其反省都是非常沉痛的，因为这意味着自己的一生只是"金玉其外，败絮其中"，并没有原先预想的价值与意义。

当艺术家反省到自我人生的罪孽与空虚之后，接着将会怎么样呢？索尔尼斯的心魂此时出现了一个重要的转折，这就是逐渐由艺术转向宗教。索尔尼斯最后承认了上帝的优越性与全能性，流露出向上帝皈依、听上帝裁判的意向。他说过，"伟大的上帝，你喜欢怎么裁判我，就怎么裁判我。然而，从今以后，别的东西我都不盖了，我只盖世上最可爱的东西"（p. 92）。因此，他最后迎向死亡的结局实质上是一次自觉的自我审判、自我裁决。而这一行为对他来说，主要还不是消极地接受报应，而是要充分领略站在高空与

---

① ［奥］茨威格：《世界建筑师：三大师·与魔的搏斗·三作家》，高中甫等译，北京燕山出版社2004年版，第132页。

② ［奥］茨威格：《世界建筑师：三大师·与魔的搏斗·三作家》，高中甫等译，北京燕山出版社2004年版，第130页。

上帝交流的那一个辉煌时刻。而他所谓"世上最可爱的东西"，是指"具有坚实基础的空中楼阁"。这种空中楼阁不是童话，不是寓言，而是基于对世俗生活和人性人心的深刻洞察、出于"人类的深邃智慧"才能达致的"第三境界"（或"第三王国"）①。正如魔性、兽性与人性难解难分一样，神性、形而上的冲动也永远存在于"索尔尼斯"们的灵魂里。当索尔尼斯从高塔上摔下来之时，他的灵魂则向着高空飞升了，即进入了真正的灵境。从基督教神学的视角来看，此时的索尔尼斯，既是把自身的超越性冲动发挥到极致，也是在充分体认自身的神性，以至要与上帝同在。而"无限者之进入有限者并不是为了将后者'神化'，而是让后者作为独立的人格牺牲，以此达到无限者与有限者的'和解'"②。这是全剧最光辉灿烂的一个意境，由此《建筑师》也抵达了艺境的顶峰。

综上所述，《建筑师》中的两重意象世界，一重是围绕索尔尼斯、艾林、瑞格纳之间的矛盾关系伸展开来，是一个关涉领袖心魂、怨偶隔阂、老少对立、人生沧桑的意象世界；另一重则主要在索尔尼斯与希尔达之间展开，它呈现的是艺术家灵魂内部的风景，是一个关涉艺术创造之秘境、艺术价值之限度、艺术与神性之遇合的意象世界。这两重意象世界，各自都可以构成一个景深无穷的世界，都可以给人无限的品味与遐思。

二、《博克曼》中的两重意象世界

《博克曼》是易卜生晚期一个看似平淡实则奇崛的作品。就初读感受而言，正如约翰·诺特阿姆所说："该剧讲述了一个诈骗犯，一个自我辩护、自我欺骗、自我粉饰的自负狂者最终走向疯狂的故事。"③ 或如比约恩·海默尔所说："该剧充满了一种压抑忧闷而又阴郁沮丧的气氛，显示出以往财

---

① 参见《易卜生书信演讲集》，第 374 页。根据易卜生的说法，这个"第三境界"，乃是"新时代的政治与社会概念发展为一个统一整体"时出现的新事物，"这一整体自身将包含着人类幸福的种种条件"。它在很大程度上意味着，诗歌、哲学与宗教将融合在一起，构成一个新的范畴，形成一种新的生命力。

② 先刚：《永恒与时间——谢林哲学研究》，商务印书馆 2008 年版，第 357 页。

③ 转引自王宁编：《易卜生与现代性：西方与中国》，百花文艺出版社 2001 年版，第 301 页。

势鼎盛的富贵人家没落衰败后，旧日的高贵显赫风光不再，而挨日子过生活的人生本事也早已输得精光。……约翰·加百利尔·博克曼可以被认为是在19世纪后半叶资本主义和工业化的令人瞩目的高潮时期的一个典型产物。"①这些看法无疑是很有根据的。每位看过该剧的读者或观众，从对该剧表象的直接感知中，估计都能认同这些看法。

从现实主义美学的视角来看，《博克曼》确实呈现了19世纪后半叶一位红极一时的金融家博克曼从犯罪入狱到自我审判的过程，同时也反映了人与人之间无法沟通的生存困境。大幕拉开，我们看到，在风华消逝、门可罗雀的瑞替姆府邸，两个过去饱受博克曼伤害、现已心灵滞硬头发染霜的老妇（孪生姐妹），谈着过去的伤心事，同时为了夺取暮年的救命稻草——儿子遏哈特而钩心斗角。贡希尔德作为遏哈特的亲生母亲，想起博克曼的入狱带给她、带给这个家族的耻辱就椎心痛恨，现在一心想把儿子培养成一个大人物，以期遮掉过去的丑事、挽救她的名誉和财产。而艾勒作为博克曼过去最心爱的恋人、后又被他狠心遗弃的女人以及遏哈特的养母，现在重病缠身、时日无多，希望遏哈特能伴她度过眼下荒凉空虚、痛苦寂寞的最后几个月时光。她们本是同根生，想必也曾是形影不离、非常亲热的好姐妹，现在则将对方视为仇敌，其内心之冷甚于冰霜。这种人生况味在《小艾友夫》中也一度弥漫于舞台空间——原本恩爱的夫妻俩因为一次意外事故而渐渐被无形的厚障壁隔开，而剧情则在对过去的回顾、反省和对未来的各自谋划中交错展开。

随着剧情的进展，我们进一步了解到，早在二十多年前，深爱艾勒的博克曼忽然转向，娶了贡希尔德，大概在那时两姐妹心里便埋下了仇恨的根苗。十六年前，博克曼东窗事发锒铛入狱，贡希尔德以之为奇耻大辱，恨得几乎昏了头，艾勒则将其子带去抚养。贡希尔德认为艾勒此举居心叵测，从而两人的心理障壁又加一层。八年前，博克曼出狱，贡希尔德觉得他的事迹"羞死人"，在心理上拒而不纳，博克曼也不愿主动营求和解，结果两人同住一楼八年无语。艾勒醉心于培养遏哈特，也从不来他们家，直到贡希尔德把儿子要了回去。可以说，这二十多年的恩恩怨怨，已在她们姐妹俩及博克

---

① 《易卜生——艺术家之路》，第487、500页。

曼之间形成了一个冷似冰霜、固若黑铁的心狱，他们各自都成了这座心狱的囚徒，在自囚自禁并暗暗折磨对方的过程中消磨着漫长的岁月。

最后，遏哈特既没有顺从生母养母的意愿，也没有听取他父亲"一块儿工作"的建议，而是跟着"肌肤丰腴、美艳动人"的威尔敦太太快活逍遥去了。儿子出走后，博克曼最后的希望破灭了，在一个乌云暗渡、路雪寸厚的夜晚，他走出那所牢狱般的府邸，来到一片林中空地。艾勒陪着他，一起坐在当年恋爱时坐过的椅子上。长椅旁边的一棵枞树已经枯死，这也许象征着博克曼的生命之树行将衰朽。在发抒了一通临终畅想之后，博克曼倒地而亡。他至死也没有忏悔自己的罪过。看罢该剧，其中"陈旧而黯淡的瑞替姆府邸""在楼上走廊来回踱步的病狼""暗夜里微光反射的雪地"等意象久久驻留在脑海里，几乎给人一种凄神寒骨、忧伤不尽的感觉。这些意象与作品深处的"心狱"意象连成一片，以其深厚的人性内涵、哲理意蕴打动我们的心灵，让人想说什么，但又只能沉默。这是《博克曼》呈现出来的第一重意象世界。

如果我们反复细读作品，用心体悟剧中人说话的言外之意、戏剧情境深处的核心意象，那么会逐渐发现，《博克曼》实在是一座以鬼斧神工建成的多层复合型楼台。它表面上是演述一个银行家、诈骗犯的故事，而内质是在展露一类艺术家的灵魂风景。正如哈罗德·克勒曼所说，"（在该剧中）我们看得最清楚的是这位年迈的作家静坐沉思忧郁孤独的身影"[1]，此剧在很大程度上仍然是表现剧作家的"心象"。这个心象世界是由一系列隐喻、象征和双关语构成的意象世界，也是一个关涉艺术创造之本质、机制与局限的艺术世界。

理解《博克曼》深隐的意象世界，关键是准确把握博克曼这一形象。在第二幕中，博克曼说："我是矿工的儿子，我父亲有时候带我下矿井，金属在矿里歌唱。"[2] 这话很容易让人联想起易卜生在1851年写的诗歌《矿工》："一锤一锤地砸吧，直到生命之灯熄灭。即使没有一线希望的预兆，

---

① 《戏剧大师易卜生》，第223页。
② 易卜生：《博克曼》，载《易卜生文集》第7卷，第205页。本节正文下引此书仅注页码。

即使永远是深沉的黑夜！"① 这里，"矿工"象征"艺术家"，而掘矿挖煤喻指"创作"。在某种意义上，创作的过程便是向人类灵魂的黑暗王国不断掘进的过程。艺术家以心中的理想之光照亮人类灵魂中最黑暗、最隐秘的一个个角落，其所开显的对象就好比深埋在地下的一块块矿石②——在剧中博克曼就曾经暗示过："她的心像我从前梦想从岩石里凿出来的金属那么硬。"把那些黑暗的"宝贝"挖出来，使之呈现于光天化日之下，便正是艺术家探索自我、认识自我的过程，也是他们促成精神解放、为人类服务的过程。保罗·约翰逊曾这样描述易卜生的工作性质："他仇恨的探照灯系统地扫过人类社会的所有方面，它似乎是示爱般地不时停落在某些特别激起他憎恶的思想和制度上。"③ 茨威格进一步的描述则更为生动："他们（指艺术家）像米开朗其罗敲打成千上万的石块一样，怒气冲冲，火冒三丈，带着越来越狂热的激情，通过他们人生黑暗的坑道，把自己的身体撞向他们在梦境中触摸过的闪闪发光的岩石。"④ 很多艺术家干的就是这类活儿，莎士比亚便是他们的典范，他挖出来的矿石成色之好、硬度之高至今让世界各地的学者们围着它们赞赏不已。易卜生踵继前贤继续前进，以无畏的勇气向着无边的黑暗年复一年挖掘不止。在1855年写的《羞明者》一诗中，易卜生甚至说："要是没有黑夜保护，我就将一筹莫展。是的，如果我有什么建树，那要归之于夜的才干。"⑤ 但这种长年向着地心挖掘的工作是可能逐渐影响、熏染"矿工"们的心灵的。

作为一位颇具韧劲和创造性的艺术家，博克曼确实是具有"雄才大略"的。他相信，"我本是个可以创造千百万财富的人！所有的矿山本来都可以归我掌管！还有数不尽的新矿脉！还有瀑布！石矿！还有商业路线和密布全世界的轮船航线！我本来都可以把他们都组织起来——凭我一个人的力量！"（p. 212）作为自己"诗国"的首脑，博克曼自以为是出众特选的天才，他

---

① 《易卜生文集》第8卷，第5—7页。

② 易卜生："我灵魂深处的微光，化作一道炫目的闪电，刺穿那死寂的黑夜。"（《戏剧大师易卜生》，第33页）这话很大程度上道出了艺术创造之秘。

③ ［英］保罗·约翰逊：《知识分子》，杨正润等译，江苏人民出版社2003年版，第93页。

④ ［奥］茨威格：《世界建筑师：三大师·与魔的搏斗·三作家》，高中甫等译，北京燕山出版社2004年版，第136页。

⑤ 《易卜生文集》第8卷，第13页。

也经常陶醉在自己那些伟大的宏图中，几乎到了走火入魔的程度："我心里觉得有一个无法抗拒的使命！全国各处，囚禁在地底下的几百万财富在高声叫我！它们高声喊叫，求我把它们放出来！别人都听不见它们喊叫——只有我一个人听得见。"（p. 235）这些其实正是艺术家创造欲非常强旺、急于发掘和表现时的一种心态。对此，比约恩·海默尔评述说："一种要创造的欲念冲动，那是想要占有尚未到手的一切的冲动，那是每一个具有特殊才干的个人都梦寐以求和渴望实现的。这类才干同艺术家、诗人墨客的才华是一脉相通的，因为他们都从事于创造并非现成的东西。"[1] 这种人格内部所寓含的正是一个艺术家的灵魂。这种灵魂既有热烈如火的一面，但同时也有冰冷似铁的一面，是"火与冰"的奇怪融合体。

博克曼想要实现胸中蓝图的欲念越来越炽烈，但他毕竟生活在现实社会中，不得不面临一些限制与困境，也无法超离"能力和愿望之间的矛盾、意志与可能性之间的矛盾"[2]。博克曼首先面临的是财力有限的问题。于是他放弃了自己最心爱的女友艾勒，而娶了拥有大量财产的贡希尔德。后来艾勒问他为什么能做出这种事，他仍然振振有词："因为我胸中怀着大志，所以连这事我都能忍受。我想支配全国的资源。蕴藏在土地里、岩石里、森林里和海洋里的一切财富，我都想掌握在自己手里，都归我支配，为千千万万人谋幸福。"（p. 224）这话听起来真是"又崇高又悲壮"。但也许恰好能反映艺术家的一种心理。1882 年 3 月 8 日，易卜生致信比昂斯腾·比昂松说："为了全力以赴投入到精神解放事业中，一个人必须有相当程度的经济独立。"[3] 这句话可以转换为"一个艺术家要为千千万万人谋幸福，首先得有钱"，因此博克曼的思维逻辑与此颇有相通之处。

坐上银行总经理的位置后，博克曼觉得离自己的目标越来越近了，于是急不可耐地来了一次大跃进：他大着胆子挪用了其他人几百万产业——这可能隐喻着艺术家为了自己事业的成功不可避免地要吸收其他人的能量、牺牲其他人的幸福——试图以此为代价创造出远远超过几百万的福利。尽管他对

---

[1] 《易卜生——艺术家之路》，第 511—512 页。
[2] 《易卜生文集》第 1 卷，第 9 页。
[3] 《易卜生书信演讲集》，第 130 页。

待自己的理想、理念极端热忱，但对待亲人、大众却极端冷酷。随后，正如易卜生曾经说过的，"我在我自己脑海中见到了这一切，因为那里就是我的战场，而在那里我往往在行将获胜之际却马上遭到失败"①，博克曼也就在他眼看就要接近目标时被捕入狱了。剧作家这次没有让博克曼像索尔尼斯那样爬到最高点就摔死了，而是给了他 16 年的时间，让他把自己的动机与经历——创造者的灵魂与命运反复地琢磨，自己当自己的法官对自己一遍又一遍、一年又一年地进行审察、审判。这次正如易卜生的座右铭所说，真正是"对自我进行审判"。

博克曼所要清理、审判的难题究竟是什么呢？如果把博克曼视为一个创造者，这一难题的实质是：有远见的创造者究竟能否以牺牲部分人的利益为代价来谋取伟大理想的实现？而如果把博克曼视为一个艺术家，这一难题还包含另外一层含义：艺术家在人类灵魂的黑暗王国辛勤探掘究竟有何意义？博克曼始终认为，把"困在黑暗世界的那些宝贝"发掘出来，可以"把光明和温暖倾注在千万人的心灵里"，这一事业具有最高的、终极的价值，为完成这一事业付出一切代价都是合理的。但是，这真的合理吗？博克曼一遍又一遍地审问自己，易卜生也一遍又一遍地对此进行质疑、审思。

博克曼确实具有一个艺术家的本性，至死都无法改变。他似乎感叹时日无多，而胸中还有很多计划来不及实现，因而在临终前急促地"井喷"出来："现在夜深人静，我要悄悄告诉你们：我爱你们这些被困在黑暗世界的宝贝！我爱你们这些想见天日、还没出世的宝藏！我爱你们的辉煌的权力和荣华！我爱你们，我爱你们，我爱你们！"（p. 260）正如保罗·约翰逊所说，艺术家对于那些"黑暗世界的宝贝"确实是情有独钟。即便在他身边"有一颗活泼泼、热腾腾的活人的心"为他跳动、为他燃烧，他也仍然无动于衷，他只爱自己那个开发不尽的王国——那个王国可以给他带来"辉煌的权力和荣华"，那正是他真心想要的。在对待他人上，他的心仍然像铁矿石一样冷硬。他也不再自欺欺人地说什么要为"千千万万人谋幸福"。在这

---

① 转引自《易卜生——艺术家之路》，第 411 页。在艺术家的心灵中，野心、魔性越是活跃，道德、理性也越是强硬，因而那个艺术自我在行将获胜之际往往遭到失败。如果一个艺术家敏于反省，那么他也无法将一朵浸透了他人血泪的鲜花视为自己的荣誉，无法把一枚依靠众多士兵牺牲得来的勋章视为成功的标志。

里，也许最赤裸也最真诚地暴露出了一类艺术家的内在灵魂（或灵魂的一部分）。那数不尽的金属矿脉，那个广大无边、开发不尽的王国，正是艺术家所要开掘、表现的对象；而那些被"困在黑暗世界的宝贝"，也正是艺术家对人类灵魂的独到发现，或者说是深化人类的自我认识的一块块标石。

但是在艾勒看来，博克曼犯了"双重谋杀罪"。她义正词严地对博克曼说："你甩掉了你爱的女人！那个女人就是我，我，我！你愿意用你世界上最宝贵的东西去换取利益。你犯的是双重谋杀罪！你残害了自己的灵魂，还残害了我的灵魂！"（p. 224）这话从表层来理解，是指责博克曼为了攀到权力与金钱的高峰，牺牲爱情去换取利益。而从深层来理解，则是艺术家易卜生通过艾勒之口作出了这样一种评断：艺术家为了达到艺术上的光辉成就，撇开爱人，专心一志地钻进那个黑暗王国中去探掘不已，这样做既是残害自己的灵魂，也残害了爱人的灵魂。在后来的《复活日》中，易卜生通过爱吕尼之口，再次表达了类似的思想。

艺术家的灵魂永远不是单极的，其中"诗性正义"的声音即便被压抑了很久也终究会回荡起来。在本剧中，这个声音也终于响起了："约翰·加百利尔·博克曼，你休想享受杀人的酬劳。你休想胜利地走进那冰冷、漆黑的王国！"（p. 260）这是正道审判的凌厉之声，也是易卜生艺术良心的光辉闪现。随后，博克曼感觉一只冰手、一只铁手抓他的心口，大叫一声，倒地而亡。也许，是冥冥中的力量给了他致命的审判。博克曼死后，她们姐妹俩终于握手和解了。

对于这个结局，艾罗尔·德巴奇评论说："这里既没有给人留下明显的希望，也没有留下彻底的绝望，易卜生以一种很有限度的热情为这部几乎是最冰冷的剧作结了尾。最后两姐妹无奈地意识到她俩面对的共同处境，在经历了持续一生的互相仇恨之后尝试着达成和解。"① 哈罗德·克勒曼则认为："不论是被什么意愿所驱遣，也不论是否追求灵魂圣洁、艺术完美，还是什么显赫的地位，反正是心里的冷气伤害了人命。在这个结论和忏悔中，易卜生宣布了他最深刻的服罪之感。"② 这两种评论，前者基于对该剧表层意象

---

① Errol Durbach, *Ibsen the Romantic*, London：The Macmillan Press Limited, 1982, p. 68.
② 《戏剧大师易卜生》，第 236 页。

世界的感知而得出，后者则隐约触及了该剧的深层意象世界。不过，易卜生"最深刻的服罪之感"，未必是由于他反省到了"心里的冷气"，而是由于他心里笼罩着"双重谋杀罪"的阴影。

1884 年 9 月 23 日，易卜生致信卡洛琳·比昂松说："我担心由于长期沉迷于戏剧创作——在此过程中作者必须在一定程度上消隐或扼杀自己的人格——我很可能已经丧失了大部分我最珍视的、作为一个通信者的品质。"① 这也许可以看作是艺术家感到自己灵魂被创作所害的一种自白。1895 年 7 月 31 日，易卜生致信约纳斯·科林说："成为一个国际名人当然会有一定的满足感，但却不能给我任何幸福感。这值吗——真的值吗？我一时也想不清。"② 这也许透露了易卜生一种很悲哀的心境。真正的幸福感必然源于给他人带来幸福的事实。如果不能给他人带来真正的幸福（或残害了爱人的灵魂），那么一个人是不可能感到幸福的。在这个意义上，艾勒所说的"双重谋杀罪"，很可能是易卜生自己深有体会的。在此剧中，他将这种体会最隐晦而又最集中地表达出来了。由此，在《博克曼》的深层意象世界中，弥漫着一种浓重的罪感意识和忏悔意识，而这也恰好折射出剧本深处的光辉。质言之，那个深隐的世界，是一个用天堂之光照见的黑暗世界，一个浸润着纯艺术的氛围与意境的世界。

第三节　双重自审与复象诗学的现代意义

思想内容方面的双重自审与形式创构方面的复象景观，是易卜生晚期戏剧最重要的艺术成就，也是易卜生对世界戏剧的杰出贡献。由此提炼出的"复象诗学"，不仅是对易卜生晚期戏剧思维的一种揭示，也是对某一类现代艺术创作方法的一种阐释。而这样的概念被提炼出来后，又会反过来为我们观照某些艺术作品提供一种新视角。或许可以说，无论是对于现代戏剧创作，还是对于现代文艺评论来说，"双重自审"与"复象诗学"都意味着一

① 《易卜生书信演讲集》，第 308 页。
② 《易卜生书信演讲集》，第 402 页。

种"新思维"，都具有比较重要的现代意义。

一、双重自审与现代"元戏剧"的创造

关于易卜生在戏剧形式上的创造，不少学者都注意到了易卜生使"讨论"与戏剧融合为一，创构了一系列引人深思的社会问题剧或现代"讨论剧"。但其实，易卜生还有一项更伟大的创造，这就是现代"元戏剧"。

自 1963 年莱昂内尔·阿贝尔提出"元戏剧"这一概念以来，人们对它的探讨逐渐增多。阿贝尔认为，元戏剧的根本特点是"表现已经戏剧化了的生活"[1]。后来，理查德·霍恩比为"元戏剧"下了一个简洁的定义："元戏剧就是关于戏剧的戏剧。"[2] 显然，霍恩比的认识已经有所深化。以此为据，莎士比亚的《哈姆雷特》显然是一出典型的元戏剧。但是否关涉戏剧表演、描写了戏剧活动就一定是"元戏剧"呢？而没有直接呈现戏剧活动的戏剧就一定不是"元戏剧"呢？看过易卜生晚期戏剧之后，笔者以为，易卜生的《野鸭》《建筑师》《复活日》等作品也是地道的"元戏剧"。而且，"元戏剧"这一概念在易卜生晚期戏剧这里，走向了深化与拓展，达到了深层自我意识。这也就是说，在易卜生这里，"元戏剧"不只是表现已经戏剧化的生活，也不只是关于戏剧的戏剧[3]，而是反观、反思戏剧活动（含表演活动）或艺术活动的本质与功能的戏剧。这样的戏剧，不只是表现戏剧现象，而是反思戏剧及一般艺术活动的本质，如此才真正达到了"元"的层次。如果说莎士比亚的《哈姆雷特》还只是初级意义上的"元戏剧"（《哈姆雷特》主要是呈现了戏剧演出活动，表达了一种戏剧观），那么易卜生的《野鸭》《建筑师》等作品可以说是高级意义上的"元戏剧"，因为这些作品已经开始对戏剧及艺术活动的本质、价值与限度进行深刻的反思。《野鸭》不

---

① Lionel Abel, *Metatheatre: A New View of Dramatic Form*, New York: Hill and Wang, 1963, p. 60.

② Richard Hornby, *Drama, Metadrama and Perception*, London: Associated University Press, 1986, p. 85.

③ 如果只要表现已经戏剧化的生活，或在作品中关涉戏剧本身，就可以创作出一部元戏剧，那未免太简单了。显然，阿贝尔、霍恩比的定义还未能揭示出"元戏剧"的本质。

仅表现了艾克达尔父子颇为戏剧化的生活，而且通过人子艺术家格瑞格斯形象深入反思了艺术活动的价值与限度；《建筑师》则将艺术家一生的整个创作活动纳入反思的视野，并且进入作家创作的内在机制中去，通过剖开那种隐秘的机制，有力地解构了艺术救世神话。这些作品，在很大程度上是把戏剧创作、表演活动（包括生活中的、宽泛意义上的表演活动）、艺术活动本身作为探索、表现、反思的对象，含有颇为深邃的艺术学内涵。质言之，这些"元戏剧"真正走向了艺术的自律，是颇具先锋性的现代戏剧形式。

显然，《野鸭》《建筑师》《复活日》等剧作的"元戏剧"特性，跟易卜生后期的"双重自审"是密不可分的。正是高度的自我反思性，特别是对艺术活动本身的反思，使易卜生晚期戏剧进入了"元戏剧"层次。作为现代"元戏剧"，这些剧作最为集中地体现了易卜生"写作就是对自我进行审判"的创作理念，体现着易卜生极为可贵的"自审精神"，足可称为易卜生的精粹之作。而且，易卜生的这些"元戏剧"，凝结了剧作家半个世纪的创作经验、人生体悟与艺术智慧，在艺术审美方面达到了极高的境界，可谓整个 19 世纪世界戏剧史上的经典之作。在易卜生之后，20 世纪的一些文学艺术家（如皮兰德娄、乔伊斯、卡夫卡、贝克特等）也创作了一些颇具"元艺术"品格的戏剧、小说，在人类文学艺术的长河里激起了一朵朵新异的浪花。这也说明易卜生后期这些基源于"双重自审"的"元戏剧"确实具有相当的先锋性、生命力和影响力。

二、复象诗学与现代新艺境的开拓

通过以上分析可知，易卜生晚期优秀剧作的意象世界是双重的甚或多重的，而且其中深隐的意象世界往往关涉艺术自身，关涉艺术家及其创作活动本身。这构成易卜生晚期戏剧的复象世界。如果我们进一步"沿波而讨源"，体悟出易卜生创作复象戏剧的诗性智慧、艺术手法，以及他创作这种戏剧背后的艺术理念，则可以总结、提炼出其"复象诗学"的主要内涵。

从作品来看，易卜生主要是通过富有张力的情境、具有多重身份的人物、象征性的场景、双关性的语言、复合型的结构，以及间离、隐喻等手法来创构这些复象戏剧的。尤需指出的是，易卜生晚期的戏剧思维，已经进入了真正的"复象思维"①，而不限于"象征思维"。"复象"可以包容"象征"，但比"象征"更复杂。易卜生并不只是以某种具体事物来象征抽象观念或超验之物，而是在表层具象本身隐寓着同样具体的深层意象（其笔下具象可以转换或变幻出新的形象或意象），其表层意象连成一片可以构成一个意象世界，其深层意象连成一片也能构成一个意象世界，这些意象世界各有其象征意蕴，故而"象外有象，境界层深"。

从学理上看，易卜生晚期戏剧的复象诗学，既跟易卜生独特的戏剧观、艺术观密不可分，也有着深刻的艺术本体论根据。在戏剧艺术观念上，易卜生自述："我的戏剧力求让人在欣赏时真实地体验一段真实的生命历程"②；即便到了晚年，他仍然认为，"戏剧效果的产生，在很大程度上取决于让观众感到他好像是实实在在地坐着、听着和看着发生在真实生活中的事情"③。正是基于这种观念，易卜生很重视给观众"真实感"，而不玩特别玄虚、飘忽、迷离的"花活"。这使易卜生晚期戏剧仍然具有现实主义的表象。但易卜生绝不停留于此，他的眼睛几乎天生地倾向于透过表象看到深一层的隐象。假如一位可爱的小姑娘站在眼前，他会觉得隐藏在对方"外貌里面的一定是一位玄奥神秘的小公主"；要是对方佩戴着珍珠，他又觉得对方"对珍珠的酷爱中，一定隐藏着某种神秘的意义"④。这种思维倾向，使他在创构一个人物形象时往往把另一人物形象置入其中，造成某种复象感、重影感。而对于每一道具、每一场景，他都不会随便设置，而是赋予其隐秘的意义，使之与人物的象外之象一起构成另一意象世界。而且，易卜生深知，"每个读者都基于自己的人格重新创作诗人的作品，按自己的个性去美化和修饰

---

① 易卜生在 1857 年说过，"象征本来应该像矿藏中的银矿脉一样隐蔽地贯穿整个作品"（《易卜生文集》第 8 卷，第 190 页），但在 1890 年易卜生却说："人们硬加给我的什么奥秘和象征一类的东西真是千奇百怪的……难道他们不能好好地去阅读我所写的作品吗？"（《戏剧大师易卜生》，第 187 页）由此可以推知：第一，易卜生的戏剧思维绝非局限于"象征"；第二，易卜生希望人们通过更细致地阅读作品理解其艺术上的革新。

② 《易卜生书信演讲集》，第 218 页。

③ 《易卜生书信演讲集》，第 229 页。

④ 《易卜生书信演讲集》，第 301 页。

它。写作品的人和读作品的人都是诗人，他们是合作者"①。由此，他很注意赋予笔下人物、情节等以某种不确定性，或在某些方面留下空白，给读者以无尽的遐想空间、创作空间。要而言之，易卜生晚期的戏剧思维与艺术智慧，一方面使其作品的深层意象隐蔽地贯穿整个作品，另一方面也使作品言有尽而意无穷，给人捉摸不透、品味不尽的感觉。

此外，更重要的是，易卜生晚年有一种很独特的艺术理念，即认为"写作是对自我进行审判"，这是其"复象戏剧"得以产生的一个重要原因，也是其"复象诗学"的一个重要内涵。1880 年 6 月 16 日，易卜生写信给路德维格·帕萨奇说："我曾在我的一本书上题写了以下诗句作为我的座右铭：生活就是与心中魔鬼搏斗；写作就是对自我进行审判"②。这种理念既跟古希腊以来的摹仿论艺术观判然有别，也跟北欧一度流行的表现论艺术观迥然不同；它兼有内向探索、纵深透视、客观审思三重维度，是一种把个人性与社会性、主观性与客观性、特殊性与普遍性高度结合起来的艺术观。在此艺术观影响下，易卜生的戏剧创作从早期的灵魂自审发展到晚期的"双重自审"——既对自我的灵魂进行审视、审判，也对自我的艺术进行审视、审判。正是"双重自审"，使易卜生晚期不仅令人吃惊地写出了"灵魂的深"，也空前深刻地探索了艺术创作之奥秘、艺术本质与功能、艺术家身份与作用等问题，达到了"元艺术"的境界。

从艺术本体论的角度看，易卜生晚期戏剧的复象世界及其"诗学意图"是有其深刻的根据的。一般而言，艺术作品（尤其是文学作品）是现实生活、作家自我与审美形式三维耦合的结晶。当作家着力于客观地再现"现实生活"时，其作品的形象主要是"实象"（现实存在的人、事、物）；当作家发挥主体的能动性，以自己的情感、思想、体验与想象选择、归顺、同化现实生活的材料，创造出艺术的"第二自然"，那么其作品除了有生活的"实象"，还会有一个比较虚的、无具象依托的艺术家形象（"虚象"）；当作家把艺术观照的视角对准自我的灵魂，并在作品中以陌生化方式（分裂自我，把自我的一部分投注到陌生化的人物形象中）传达其自审体验时，那么

---

① 《易卜生书信演讲集》，第 385 页。
② 《易卜生书信演讲集》，第 190 页。

其作品除了"实象",还存在带有一定具象性的"隐象"(此时"虚象"已转化为"隐象");如果这位作家审视自我的艺术灵魂时,特别注重反思审美形式的创造过程或艺术创造的机制本身,那么其作品中还可能存在"艺象"——艺术创造本身的形象。正是艺术创作本身的多维性、复杂性,使得艺术作品中的"复象"——实象、虚象、隐象、艺象的有机复合成为可能[①]。当然,要把可能性转化为现实性,即真正创造出境界层深的"复象世界"来,除了创作者要有强烈的主体意识、自审意识之外,还要有在艺术创作中探究艺术难题的勇气与技巧。而易卜生恰好是具备这些条件的[②]。

易卜生晚期的复象戏剧及其复象诗学,特别契合现代主义艺术的精神,开拓出了现代艺术的新境界,在欧洲戏剧史上具有重要的革新意义。在欧洲戏剧史上,戏剧家探索、表现的对象,主要包括诸神、英雄、社会生活、人物性格、人类的本性与命运、宇宙秩序、伦理道德与宗教问题等,而极少把艺术家的艺术灵魂、创造活动、存在价值等作为质疑、反思、表现的对象。莎士比亚在这方面隐约有所探索(《哈姆雷特》《暴风雨》等作品隐含了艺术之思),易卜生在这方面显然走得更远,其反思的力度、表现的深度都已远远超过莎翁。而且,易卜生的艺术反思,决不是把艺术问题明确拿出来讨论,而是极为巧妙地将其隐寓在一个精心建构的意象世界之中,并使之随着剧情发展逐渐生长、衍化,生发出另一个意蕴丰厚、境界层深的意象世界。这完全可以看作是对西方古代和近代艺术境界的拓展,可以看作是具有现代性的新艺境。

宗白华先生在《艺境》中说:"艺境不是一个单层的平面的自然的再现,而是一个境界层深的创构。从直观感相的模写,活跃生命的传达,到最高灵境的启示,可以有三个层次"[③]。在宗先生眼里,最高灵境主要是"禅境"。这样一来,他所说的有着三个层次的艺境,仍然是古典性的艺境。而在易卜生晚期戏剧中,艺境的内蕴从社会生活、个体灵魂、宇宙秩序返归到

①　当然,并不是必须有"四象"才能形成"复象",但"实象"与"隐象"的复合是必不可少的。需要指出的是,我们以前深信不疑的生活反映论艺术观、审美意识形态论艺术观,可能会妨碍我们发现"复象"。

②　易卜生强烈的自审精神与先锋意识,以及自审主义艺术观,使其特别有可能创作出复象戏剧。

③　宗白华:《艺境》,北京大学出版社 1999 年版,第 144 页。

艺术自身，返归到艺术灵魂内部的风景，隐示出一个自我返照的艺术世界，体现了浓厚的现代意识。这与古典艺境和近代艺境是很不一样的，在中外艺术史上可以说都是独树一帜的①。

易卜生晚期戏剧的复象诗学，较之陀思妥耶夫斯基小说的复调诗学，自有其独特的现代性内涵，对于现代艺术创作亦颇具启发意义。从理论上讲，"复象"比"复调"更具有艺术性，或者说在艺术审美上更具有本体意义。"复调"关涉多种思想的对话，但思想并不构成艺术的本体②；而"复象"关涉形式，关涉虚的意象世界，这才是艺术的本体。就事实而言，易卜生早期诗剧也有"复调"，但远不如其晚期戏剧的"复象"更耐人寻味，更有艺术魅力。进而言之，易卜生晚期戏剧的复象诗学，隐含了艺术学之维，在艺术自律的道路上走向了艺术的自我反思，这是颇具现代性的。而且，易卜生晚期戏剧潜隐的复象诗学，实实在在地影响了 20 世纪一大批艺术家，如契诃夫、皮兰德娄、乔伊斯、奥尼尔、贝克特等。他们未必用清晰的语言说出了复象诗学的内涵，但他们以自己的艺术创造，无形中承继了复象诗学的谱系，为世人奉献了一部又一部兼具复象景观和"元艺术"品格的精品③。在中国当代，有些作家（如残雪）仍在致力于创作具有复象特质和"元艺术"品格的作品。可以说，易卜生晚期戏剧的复象诗学，不仅对现代艺术创作产生了重要影响，而且对当代艺术创作仍然具有启发意义。

---

① 易卜生晚期戏剧中的"复象"，与中国古代戏曲、诗歌、绘画中的"象外之象"有相似之处，但在内质上差异很大。其主要的差异在于，易卜生晚期戏剧中的"复象"除了隐蕴某种宇宙意识，而且指向艺术本身，指向艺术创造的秘境，因而具有"元艺术"品格；而中国古代戏曲、诗歌、绘画中的"象外之象"很少具有"元艺术"品格。此外，易卜生晚期戏剧中的"复象"，与西班牙画家萨尔瓦多·达利作品中的"双重意象"也有相似之处。但后者的"双重意象"是达利运用"偏执狂批判法"创作的结果，倾向于"把人类经验色情化"，有的甚至流于"肤浅的视觉诡计"，在艺术境界上不及前者高远、深邃（Finkelstein Haim，"Salvador Dalí：Double and Multiple Images"，*American Imago*，1983，4.）。

② 巴赫金的复调理论在国内外都颇受质疑，应该给予理性的审视（详见张晓玥：《复调诗学与中国当代文学》，中国社会科学出版社 2012 年版，第 10—35 页）。我觉得巴赫金的复调理论确有价值，但需要进一步完善。

③ 关于此观点，需另作专论。这里仅谈一点：契诃夫的《海鸥》《万尼亚舅舅》，皮兰德娄的《亨利四世》《六个寻找剧作家的剧中人》，乔伊斯的《尤利西斯》《青年艺术家的肖像》，奥尼尔的《诗人的气质》《长日入夜行》，贝克特的《等待戈多》《终局》，等等，都或多或少可以看到易卜生晚期戏剧及其复象诗学对其影响。

第五章　易卜生戏剧诗学的核心奥秘

通过前面对易卜生戏剧的整体透视与分期考察可知：易卜生戏剧诗学的原点与内核是"自审"，"自审诗学"属于易卜生最具独创性的戏剧诗学思想；由于易卜生"自审精神"的内在渗透性，易卜生早期戏剧隐含着一种"悖反诗学"，易卜生中期戏剧隐含着一种"回溯诗学"，易卜生晚期戏剧隐含着一种"复象诗学"。如果说"自审诗学"是易卜生本人扼要表达过的一种诗学思想，那么悖反诗学、回溯诗学、复象诗学则主要是笔者从易卜生戏剧中体会、抽绎出来的诗学思想。需要指出的是，自审、悖反、回溯、复象并非处于同一层次："自审"处于最深层，其次是"悖反"、"回溯"与"复象"，这四者由内而外，共同构成易卜生戏剧诗学的主要内容①。而且，严格地说，易卜生早、中、晚三个时期的戏剧都存在自审、悖反、回溯、复象的因素，尤其是"自审"，几乎是一以贯之，只是其早期戏剧体现"悖反"特别明显，中期戏剧反复使用"回溯法"，而晚期戏剧则尤为突出地达到了复象境界。现在的问题是，在易卜生的种种戏剧思维中，什么是居于核心层面、具有枢纽作用而且最有活力、最具现代性的？易卜生之所以能成为"现代戏剧之父"，跟什么因素关系最为密切？换言之，易卜生戏剧诗学的核心奥秘是什么？

关于这个核心奥秘，笔者目前可以肯定地说，在于"自审"。"自审"不仅是易卜生戏剧创作的首要秘诀，而且让他成为"现代戏剧之父"；

---

① 但这四者并非易卜生戏剧诗学的完整内容。实际上，易卜生戏剧诗学的内容，至少还包括两大块：一是易卜生营构"戏剧诗境"的具体手法；二是除了"自审诗学"之外的、易卜生明确表达过的一些戏剧理论思想（即其显性戏剧诗学）。在此提及，容后详论。

"自审"不仅赋予易剧独特的艺术风格，而且使之走上了"经典化"旅程——不仅使易剧实现了戏剧性、诗性与现代性的统一，还带来了思、史、诗的统一；不仅使易剧呈现出了魔性、人性与神性的统一，还在一定程度上带来了易剧的永恒性。对此，我们还缺乏充分的认识，下面拟逐层展开探讨①。

第一节 "自审"是易卜生创作现代剧的秘诀

从事文艺创作或对文艺创作感兴趣的人，往往想知道文艺大师们的创作秘诀。文艺创作领域是否真的存在"秘诀"呢？对此不便贸然下结论。但有一个确凿的事实是，易卜生曾经自述过他的"创作秘密"。1874 年 9 月 10 日，易卜生对一群挪威大学生说："当一名诗人意味着什么呢？我过了很久才意识到，当一名诗人从本质上意味着去看。不过请注意，要以一种独特的方式去看，以便看到的任何东西都能确切地被他人感知，就像诗人自己所看到的那样。但只有你深切体验过的东西才能以那种方式被看到和感知到。现代文学创作的秘密恰好就在于这种基于个人亲身体验的双重的'看'。"② 如何看待易卜生在这里所说的创作秘密呢？此外，易卜生还说过："生活就是与心中魔鬼搏斗；写作就是对自我进行审判。"③ 他在这里讲的"对自我进行审判"（即"自审"），是否也可以视为易卜生的创作秘诀呢？"看"与"自审"，哪个更具有实质意义、更适合看作是易卜生的创作秘诀呢？此外，易卜生之所以能成为"现代戏剧之父"，跟他的创作秘诀是否有密切关联呢？探清这些问题，显然有助于我们了解易卜生戏剧诗学的核心奥秘。

---

① 尽管本书第一章对此问题有所论及，但还是有必要在此进行更深入的探讨。正如我们对事物的认识通常需要经历一个螺旋式上升的过程一样，我们对易卜生戏剧诗学内核与精髓的认识也需要逐步深化。进入"总—分—总"的阐释学循环，正好有助于实现这种深化。

② 《易卜生书信演讲集》，第 367 页。

③ 《易卜生书信演讲集》，第 190 页。

一、"自审"是易卜生戏剧创作的首要秘诀

根据易卜生的自述，其创作秘诀似乎在于"基于个人亲身体验的双重的'看'"。易卜生所谓"双重的看"，一是诗人自己作为看的主体去观察内部世界与外部世界，二是诗人作为观众、作为他者去看自己内心显现的东西（可见的形象、场面等）。无论是哪种"看"，其重点是看诗人的内部世界或诗人内心显现的东西。而这样的反观内视，其实就是自我审视，即"自审"（或者说"处在一定阶段的自审"）。这样一来，易卜生所谓"双重的看"，大致是包含在他所谓"自审"之内的。因此，易卜生的创作秘诀，基本可以锁定在"自审"上。

从易卜生的创作实践来看，他的"自审"至少包括自我审视、自我审思、自我分化、自我审判、自我外化等五个阶段。所谓"自我审视"，是指对"自我"（社会化、历史化、艺术化的自我，含社会共同体中的同胞在内）的经历、性格、言行、灵魂、作品等进行审视。这实际上是一个观察同胞百态、反观自我与民族文化心理结构的过程。在这个过程中，作家需要了解较多骇人听闻、带有一定戏剧性的事件，从表层现象到深层真相都需要细致了解，而且最好掌握丰富的细节。对于一个作家来说，在一个社会共同体中的人物与事件，都是自我的一部分，每个人的犯罪与堕落、恐惧与软弱、冲动与反省、内疚与忏悔等都是他的犯罪与堕落、恐惧与软弱、冲动与反省、内疚与忏悔，都需要得到"同情的理解"。此外，一个作家的"自我审视"，还意味着在社会历史的深谷中有所"洞见"，这里"洞见"的对象既要在自己的内心里有些根芽，又得具有一定的普遍性。比如在《人民公敌》中，普通大众对"先觉者""拯救者"的敌视与伤害，"拯救者"内心的愤怒与哀伤，在不同时空、不同群体中都反复出现过，可以说属于"人性"本身，而尤其在作家的"自我"中刻下深深的印痕，因此很容易成为作家"自我审视"的对象。"自我审视"的深广度，以及审视过程中的独到发现，将直接决定作品的"血肉"，并影响到作品的审美普遍性，因此它是易卜生进入创作状态的基本前提。

所谓"自我审思",是指作家对自我看到的一切展开深入细致的反思。艺术作品虽然主要是显现感性现象,但在"显现"之前,其实是离不开"深思"的。大作家、大艺术家往往是伟大的思想家,其对民族历史文化、社会生活真相、宇宙人生底蕴、人性人心人情的洞察与反思往往有着过人之处或独到之处。易卜生在谈到《罗斯莫庄》的创作过程时,曾明确说过:"直到我对我的经历达到了非常清晰的理解并得出了我的结论之后,我才能考虑把我的思想转化为一部虚构的作品。"① 显然,他是先通过自我审思得出结论之后,再考虑把思想转化为一部虚构作品的。只有经历过这个环节,作家才能获得超出常人的"内在视野",才能让作品内容具有相当的深广度。如果经历了某事或看到了某事,情绪上有了波动,就很快挥毫创作,那样也许能写出较好的抒情短诗,但注定不太可能写出一部优秀的长篇作品。

所谓"自我分化",是指作家在反思所见所闻所感的过程中,自觉或不自觉地把自我人格的某些因子投射到不同的人物身上去,或者在不同人物身上发现自我人格的某些因子,或者为了传达其深思后产生的思想而自觉地使用"分身术",总之是把"自我"分化为若干人物形象,让他们在特定情境中产生纠葛,从而化育出一个个戏剧场面。作家笔下的戏剧,首先必定在其脑海中上演过很多次,而只有经历了"自我分化"这个环节,其脑海中才会上演一幕幕精彩的戏。比如在《建筑师》中,易卜生至少把自我分化为索尔尼斯、希尔达、艾林、瑞格纳等人物,让他们相遇在一起,然后产生种种对话,从而构成若干戏剧场面。没有分化,就没有戏。但从"自我"中分化出的一个个人物,又好比一只只风筝,他们如何动作,与其他人物形成怎样的关系,归根结底受制于作家的思维。当然,作家会尽量尊重笔下人物的独立个性,会至少让那些人物看上去拥有独立的、活生生的性格。但归根结底,正如《复活日》中白衣人爱吕尼所说,"我说的话每句都是别人凑在我的耳朵上告诉我的"。质言之,剧中人归根结底是从剧作家这里分化出来的。也正是因为戏剧创作中存在"自我分化"这个环节,所以在某种意义上可以把一部戏剧看作是创作者"自我"的一段生命史,看出他对"自我"

---

① 《易卜生书信演讲集》,第 269 页。

的种种思考与态度。

　　所谓"自我审判"，是指作家在长期深入反思和自我分化的基础上，在创作中让笔下人物展开自我反省、自我控诉、自我审判、自我裁决，或者让一部分自我控诉、审判、裁决另一部分自我。比如在《罗斯莫庄》中，罗斯莫看到吕贝克也能充分意识到自己的罪过之后，就对她说："没有人裁判咱们，所以咱们必须自己裁判自己。"后来他们就一起跳进水车沟自杀了。这是易卜生把自我分化为罗斯莫与吕贝克，再让他们展开自我审判、自我裁决。又比如在《建筑师》中，易卜生通过塑造索尔尼斯这个人物，写出一部独特的"忏悔录"，全剧的主体内容几乎就是索尔尼斯的回顾、反省与忏悔；索尔尼斯最后爬上塔楼顶端再摔下来，可以看作是他自由自觉的自裁活动。再比如在《博克曼》中，易卜生不仅让博克曼花了八年时间自己审判自己，还派了艾勒来控诉博克曼犯下了"双重谋杀罪"。在《复活日》中也是这样，易卜生派出爱吕尼来审判雕塑家鲁贝克所犯下的罪过。这可以看作是易卜生让自我的一部分来审判自我的另一部分。当然，剧作家在创作中具体如何展开"自我审判"，是一个非常精微复杂的问题，涉及诸多方面的因素，这里只是道其仿佛，让人有所感觉而已。

　　所谓"自我外化"，是指剧作家运用一定的媒介，把自我审视、自我审思、自我分化、自我审判过程中所看到和体验到的东西有选择地外化、表现出来。这是戏剧创作中非常关键的一个环节。通常，一般人也可能有难忘的经历和深刻的体验，但他们不一定能把那些体验恰切地外化出来；而诗人、艺术家区别于常人的地方，不唯其体验之深，更在其外化之妙。这个"自我外化"的过程，关涉到易卜生所说的"看"。因为作家"自我外化"出来的东西，正是他"看"到的东西；但那不是一般的"看"，而是能让读者、观众见之如同己见的"看"。严格来说，作家的"外化"不是"我手写我心"，而是站在读者、观众的立场，从他们的视角看，他们怎样看得最清晰、最合适，作者就怎样去外化、去呈现。对于易卜生来说，观者所见者，主要是各种形式的"自审"。因此，从其创作的角度讲，这个"自我外化"的过程，形式上是"看"的过程，而实质上是"自审"的过程。由于剧作家力图让观者看到的东西，正是其自我审思、自我审判的过程（或这种过程的陌生化呈现），因此他是在"看"中"自审"，在"自审"中"看"。因此，"看"与"自审"，就好比一枚硬币的两个面，密不可分，贯穿在易卜生戏剧创作的全过程中。

综上所述，易卜生的戏剧创作，从开始阶段的"自我审视"，到中间阶段的"自我审思""自我分化""自我审判"，到最后阶段的"自我分化"，从根本上说都是在"自审"中展开的。因此，就其实质而言，"自审"是易卜生戏剧创作的核心秘窍或首要秘诀。充分理解易卜生的"自审"，不仅可掌握进入易卜生戏剧世界的钥匙，亦可领会易卜生戏剧的精髓。受过易卜生影响的鲁迅，曾自道其在创作中"无情的解剖自己"；中国当代著名作家残雪也曾说："自我反省是创作的法宝。"[①] 可见，易卜生的秘诀，与鲁迅、残雪的"法宝"是高度一致的。事实上，特别注重自我反省、自我解剖、自我审判的远远不只是易卜生、鲁迅、残雪这几位作家。在现当代文学史上，大多数伟大的作家都具有自我反省、自我批判的精神。在某种意义上可以说，"自审"乃是现代文学创作的秘诀。

二、"自审"让易卜生成为"现代戏剧之父"

"自审"不仅是易卜生戏剧创作的首要秘诀，而且让易卜生走上一条不断自超、愈老愈精的艺术创作之路，使他最终成为"现代戏剧之父"。

易卜生何以成为"现代戏剧之父"？对此，人们往往会提到易卜生率先摒弃诗体语言、采用生活化的口语创作散文剧，从而开创了现代散文剧的先河；或者指出易卜生戏剧包含了多重代码，启发了后世象征主义戏剧、表现主义戏剧、存在主义戏剧、荒诞派戏剧、史诗剧、魔幻剧等众多现代戏剧流派的发生发展。其实，最早用生活化口语写剧作的并不是易卜生，易卜生成为"现代戏剧之父"也并非因为他创作了一系列现代散文剧。至少，在易卜生之前，丹麦剧作家霍尔堡、挪威作家比昂松已经用白话写出了一系列剧作。在一定程度上，易卜生正是因为受到霍尔堡的《喜剧》和比昂松的现

---

① 《残雪文学观》，广西师范大学出版社 2007 年版，第 129 页。

代散文剧《新婚夫妇》的启发才开始创作现代散文剧的①。至于说易卜生戏剧包含了多重代码且影响甚广，这确实是事实，但这只是一种理由，并未揭示深层原因。那么，究竟是什么使得易卜生成为大家公认的"现代戏剧之父"呢？

在笔者看来，易卜生之所以能后来居上成为"现代戏剧之父"，是因为他不是像霍尔堡、比昂松那样喜欢外向发展，而是在创作之初就走上了"自审"之路；换言之，他是带着精于"自审"的丰厚艺术积累进入散文剧创作行列的。易卜生虽然一度也很关注社会问题，但他最重视的还是对人物内心世界的开掘以及主体灵魂的自审与变革。他衷心期望的是引发"一场人类精神的革命"，最终"实现我们每个人真正的自由和高贵"；这样的创作宗旨决定了他真正关注的是人类的精神与命运，而且必然会持续"向内转"，不断反思人类精神领域存在的问题，努力探索人类精神发生转变的种种可能性。这使他始终关注特定社会条件下个人内部的世界，这就必然离不开"自审"。总之，易卜生独特的个人禀赋、创作习惯与内在精神注定了他会在"自审"之路上越走越远。从早期的"灵魂自审"，到中期的"纵深自审"，再到晚期的"双重自审"，易卜生几乎将自审精神发挥到了极致，由此攀上了一个又一个高峰，真正开创了世界戏剧史上"现代戏剧"的新纪元。

首先，正是"自审"，使得易卜生不断反思自我、超越自我，不仅在戏剧形式上告别诗体剧走向现代散文剧，而且在戏剧内容上贴近现代人的灵魂与现代生活的脉搏，创作出一系列现代戏剧精品。对于一个在诗剧创作上已经取得很大成功的诗人来说，要转向散文剧创作其实是不太容易的。且不说当时戏剧界的评论家们多数以诗体剧为尊，而且演员也是以表演诗剧为荣。但随着对社会生活和自我心灵认识的深入，易卜生感到要恰如其分地让观者

---

①　易卜生在1866年3月4日写信给比昂松说："我们在罗马早已收到了你最美好的新年问候，那就是你的新戏《新婚夫妇》（The Newly Married Couple）。诗人安德烈亚斯·蒙克在家里把这部戏读给一群斯堪迪纳维亚人听后，他们全都向你表示了衷心的感谢。是的，这部戏正是现代戏剧必须要给我们展现的形式。"（《易卜生书信演讲集》，第41页）由此可见，易卜生充分肯定比昂松的《新婚夫妇》是一部"现代戏剧"。1868年冬，易卜生写出了他的第一部现代散文剧《青年同盟》。该剧出版前，易卜生写信给挪威洛伦兹·迪特里齐森教授，提及霍尔堡的《喜剧》是他"永远看不厌的书"（《易卜生书信演讲集》，第75页）。由此可见，易卜生创作现代散文剧，很可能受过霍尔堡和比昂松的影响。

看到自己内心体验到的一切，诗体剧的形式已经勉为其难。即便是《培尔·金特》这部给他带来巨大声誉的诗体剧，他仍然觉得它"狂野草率而轮廓模糊"。他迫切需要一种新的戏剧形式来实现其艺术追求。他发现散文剧的形式更自由，更便于刻画出鲜明的人物性格、营造出逼真的舞台幻觉，于是果断采用散文剧形式来写作。《皇帝与加利利人》是用散文体写成的，英国评论家埃德蒙·葛斯看到后对该剧没有以诗体来写深表遗憾。对此易卜生说："这部戏（指《皇帝与加利利人》）是以最现实的形式来构思的。我希望营造的幻觉是真实的。我希望给读者营造这种印象：他所读到的是真实发生过的事情。如果我用了诗体，那就会违背我的创作意图，抵消我的创作目的。如果我让所有人都用同样的韵律来讲话，那么，我刻意放进这部戏里的许多普通的小角色就会变得模糊不清，难以区分。我们已不再生活在莎士比亚的时代了。"① 显然，易卜生希望自己笔下的人物比莎翁笔下的人物更真实，性格更鲜明，能给观众更逼真的感觉。至少就易卜生自己来说，他想超越以前的自己。事实证明，他的主张、追求确实是对的，采用散文剧形式之后他的剧作影响更大了，让他从"北欧知名诗人"升级为在全欧洲如日中天的大作家了。但即便已经名贯全欧，易卜生仍然没有放松对自我的反思与审判。比如，他1884年完成的《野鸭》，实际上是老作家把枪口对准自我的心魂，尤其是对准自我内心深处的"布朗德情结"，进行了深刻细致的审视与审判。此前，易卜生一直希望利用他的写作天赋，唤醒国人，让他们看清时代发展的大趋势，让他们去感受伟大的理想，让他们努力做一个独立自由、勇敢高贵的人，总之，他希望像布朗德一样带领大家向着高处挺进，达到比较高的精神境界。他把这个视为自己终生的使命。但理想是美好的，现实是残酷的。他发现把他人唤醒，或者将他人从糟糕的处境中拯救出来，真正过上"人的生活"，有时候可能引发灾难性后果。因为世事复杂、人心微妙，很多人一辈子只愿意生活在"有毒的泥塘"或"自造的幻梦"里，不愿意醒来——醒来之后多半也是无路可走。一旦面对残酷的真相，他们没法活下去。生存与人性的复杂性，使得易卜生没法像早年那么乐观了。在《野鸭》末尾，海特维格打向自己心脏的那一枪，其实正是易卜生打向自己心魂

---

① 《易卜生书信演讲集》，第147页。

的一枪。海特维格有多可爱，这个美好的生命有多么可贵，易卜生对自我的反思就有多么沉痛。世上有"布朗德情结"的知识分子有很多，但像易卜生这样愿意对这种情结进行深入反思的人很少。而易卜生一旦将这种情结与反思写出来，自然会引起很多知识分子心灵深处的强烈共鸣。不只是知识分子，那些生活在各种各样的困境、需要自欺与幻梦的人，看了该剧也同样会产生强烈的共鸣。这是易卜生把焦点对准人的心魂、敏于自审的自然结果。易卜生其他一系列剧作，也是如此，因为写出了"灵魂的深"从而引起普遍的共鸣，而成其为戏剧精品。在现代社会中，人的生活环境千差万别，但人性的结构、人在特定情境中灵魂运动的规律是具有普遍性的，可以跨越时空引起人们的共鸣。易卜生在"自审"中把表现对象转向人的内在生命运动，确实跟现代文艺的发展方向是高度契合的，这是他能够创造出现代戏剧精品的一个重要原因。

其次，正是"自审"，使得易卜生不仅在创作方法上从浪漫主义转向现实主义再转向现代主义，而且发挥出悖反诗学、复象诗学等具有现代性的诗性智慧，创造出独特的"元戏剧"，开拓了现代戏剧的新境界。能用散文剧形式描写现代生活的剧作家其实有不少，但仅仅做到这一点不足以成就一位戏剧大师。易卜生的超卓之处，在于他以深刻敏锐的"自审"，一方面接通欧洲戏剧文化的发展命脉，使自己成为欧洲戏剧从古典到现代、从浪漫主义现实主义再到现代主义的一个巅峰，另一方面还在巅峰上作出一些旁人难以企及的创造。比如，他通过"双重自审"，在莎士比亚之外创造了一种独特的"元戏剧"，这就是以《建筑师》《博克曼》等剧为代表的"复象戏剧"。莎士比亚的"元戏剧"，如《哈姆雷特》，主要是以"戏中戏"的形式，在大戏演出过程中嵌套一部小戏，让小戏演出成为大戏情节的一部分，并继续推动情节的发展；而易卜生的"元戏剧"，如《建筑师》，则是在戏剧演出过程中，让主角反思戏剧创作乃至一般艺术创作的本质、机制与功能，并由此进一步反思艺术家的身份与作用问题。如果说莎士比亚的"元戏剧"只是表现了一段戏剧化的生活，剧中的戏剧演出主要是剧中情节的一部分，其"元"（在……之后反思其本质、根底）的色彩（或自反性因素）并不浓厚，那么易卜生的"元戏剧"则真正是自反性的戏剧，其对戏剧乃至一般艺术本质、功能的反思达到了令人惊异的深度。只不过，易卜生对那种明目张胆的"戏中戏"不感兴趣，他倾向于通过营造出多重意象世界（其一关涉艺术创作的本质、机制与功能）来完成"元戏剧"①。比如《建筑师》，该剧表面写一个建筑总管跟他的妻子、师傅、徒弟之间的纠葛与冲突，但实际上重点写的是一位"建筑"戏剧的大师对自己创作历程的回顾与反省、忏悔与审判。在剧中，索尔尼斯与希尔达之间的对话，透露出易卜生在戏剧创作上从早期宗教剧到中期社会剧再到晚期象征剧的蜕变过程，隐示了现代戏剧创作的隐秘机制，强调了艺术家为取得巨大成就所付出的惨重代价，传达出辛苦一生到头来发现"一场空"的深沉悲哀。观众如果能看懂该剧在表层怨偶隔膜、师徒冲突背后的艺术之思，必然对艺术创作的本质、机制、功能产生新的认识。如果说托尔斯泰是以散文形式写出一部关于自己创作生涯的"忏悔录"，那么易卜生是以戏剧形式写出一部关于艺术创作本身的"忏悔录"；如果说托翁忏悔的是自己当初的选择（在写作时"压制自己善良的愿望"，"昧着良心，听任邪念的支配"），那么易翁似乎是替"艺术"这个主体忏悔自己难以摆脱的局限性。由此《建筑师》走向了艺术的自律，并具有丰富的艺术学内涵。易卜生基于"灵魂自审"和"艺术自审"所创作的这种"复象戏剧"，不仅让人对创造者带有魔性的那种心魂有了深入的了解，也让人对艺术家独特的创作机制和背负的心灵原罪有了一定的认识。显然，这样的"复象戏剧"在当时的欧洲是具有先锋性的，已经大大超出了一般现实主义戏剧和现代主义戏剧的水准。正是在这个意义上，笔者以为，易卜生晚期创作的那些具有元艺术品格的"复象戏剧"，开拓了现代戏剧的新境界。事实也证明，在易卜生的复象戏剧之后，契诃夫、皮兰德娄、豪普特曼、奥尼尔、乔伊斯等一大批敏锐的艺术家受其启发，也创作出了一系列具有"元艺术"品格的戏剧作品。

第三，正是"自审"，使得易卜生戏剧不仅深深契合了现代主义戏剧的精神，而且在某些方面还抵达了后现代戏剧的大门，对后世现代主义戏剧与后现代戏剧都产生了深刻的影响。如果说浪漫主义戏剧侧重表现自我的情

---

① 如果说易剧中也有"戏中戏"的话，那也只是存在一种很隐蔽的、用肉眼几乎看不出来的"戏中戏"。

感、想象与沉思，古典主义戏剧比较追求形式的整饬与和谐，现实主义戏剧体现出对现实生活的真实摹写与深刻批判，那么现代主义戏剧则痴迷于对人内心世界的立体透视和对现代人灵魂问题的深刻反思。独立自审、在分裂中展开多元反思并寻求特异化表现，可以说是现代主义戏剧绵延不已的基本精神。易卜生戏剧（尤其是晚期戏剧）显然非常充分而集中地体现了现代主义戏剧的精神，其对后世现代主义戏剧的巨大影响更是确凿的事实，论者众多，在此毋庸赘述。值得一提的是，由于易卜生"自我审判"的彻底性，其剧作展现出越来越明显的反现代性和后现代性，从而步入了后现代戏剧的大门。比如，《建筑师》《博克曼》对现代社会的"工具理性"进行了深刻的批判，几乎反映出易卜生反现代性的基本立场。在西方，布莱恩·约翰斯通曾明确指出易卜生晚期戏剧的反现代性："当易卜生开始运用现实主义方法时，他极少忠实地摹仿这个令人鄙薄的现代性，而更多的是反过来改造这个现代性，即走向否定之否定（'现代性'是对古典性的否定，而易卜生要进一步否定现代性），这样易卜生的艺术想象中所渗透的原始神话内容，使其戏剧成了对现代世界之虚伪话语的对抗性话语。"① 在《过去的危险诱惑：易卜生的反现代性话语》一文中，约翰斯通更是着重论述了易剧反现代性的体现与成因。在中国，王宁先生曾指出："易卜生的后期剧作有下列后现代特征：1. 悲剧的因素和喜剧的因素并存且相互抵牾，从而以一种轻松的喜剧形式消解了严肃的悲剧主题。易卜生后期的作品大部分是悲剧，但与古典悲剧相比较，其中并不乏轻松幽默的格调，使人们在对人物的滑稽举止感到可笑的那一瞬间便陷入对隐于其背后的悲剧内涵的深思，严肃的悲剧成分中掺进了调侃和戏谑的因素。与一般的悲喜剧所不同的是，他的悲喜剧中包含一种独特的现代概念，它一方面植根于浪漫主义的土壤，但另一方面却用的是典型的现代或后现代戏剧形式，这尤其体现在他的剧作对荒诞派戏剧的影响和启迪中。2. 具有相互矛盾性和消解性的修辞，因而使得易剧具有了某种淡化历史背景的寓言特征，并且使读者得以将自身的阅读经验参与阅读过程，完成对潜本文意义的建构。3. 戏剧语言的含混性和象征的多重取向，

---

① ［美］布莱恩·约翰斯通：《论易卜生晚期戏剧》，载汪余礼：《双重自审与复象诗学——易卜生晚期戏剧新论》，中国社会科学出版社 2016 年版，"附录"第 221 页。

因而致使他的部分剧作具有解释的多元性和主题的不确定性特征。4. 戏剧台词和人物的对白中所体现的修辞性有一定的反讽和张力。"① 此论信然。如果从思想实质的角度来看，易卜生戏剧的后现代性还在于：它质疑、否定现代社会流传甚广的一些价值观和理想信念，甚至反抗一切有意识的头脑能接受的东西。这么说也许太激进，但易卜生创作时确有此意。在《〈海达·高布乐〉创作札记》中，易卜生就明确说过："该剧要探讨的是'不可能的存在'，也就是说，热望并努力去触及反抗整个传统、反抗一切有意识的头脑能接受的东西——包括海达能接受的东西在内。"② 在剧中，海达年方二十九，新婚燕尔，拥有旁人非常羡慕的美貌和家庭，但她自己睁大了眼睛，却找不到一件有意义的事情可做，并坦承"世界上只有一件事我喜欢做，那就是让我自己烦闷得活不下去"③。无论是亲人善意的关怀，还是朋友宽厚的对待，都令她感到厌烦；不仅厌烦，她还丧心病狂地烧毁了朋友用生命写成的书稿，烧毁之后，她还魔鬼附体般怂恿朋友饮弹自尽。听说朋友没有漂亮地自杀，她就一枪打中自己的太阳穴，漂亮地结束了自己的生命。概言之，魔女海达，美丽不可方物，无聊不可言喻，怪诞难以言说。如果说"海达就是易卜生的化身"④，那么海达—易卜生似乎跟尼采一样，怀疑一切、批判一切：现存社会的价值观念、道德规范，是他们要质疑、批判的；"未来社会伦理"（指剧中男主角乐务博格在《未来社会伦理学》中所构想的新伦理），也是他们要质疑、批判的。《海达·高布乐》之所以成为易卜生"最现代的剧作"（马丁·艾思林语），跟他这种彻底的反抗性、批判性是密切相关的。他这种彻底的反抗性、批判性，显然在后世的现代主义戏剧与后现代戏剧中都得到了充分的延续。

综上所述，易卜生戏剧不仅描写了现代社会生活，更批判、否定了现代社会生活；不仅回顾了他自己的现代戏剧创作历程，更反省、否定了其戏剧创作价值；不仅披露出艺术家—创造者复杂深邃的灵魂世界，更对其作出了无情的批判与否定。质言之，易卜生的戏剧创作，不仅是反自我，而且是反

---

① 王宁：《易卜生研究的后现代视角：〈野鸭〉的个案分析》，《文艺研究》1999 年第 2 期。

② 《易卜生书信演讲集》，第 414 页。

③ 《易卜生文集》第 6 卷，潘家洵译，人民文学出版社 1995 年版，第 381 页。

④ ［美］哈罗德·布鲁姆：《西方正典》，江宁康译，译林出版社 2005 年版，第 279 页。

现代、反艺术、反拯救。他审什么，就反什么。而正是由于他这一系列的反抗、疏离或批判、否定，才带来其作品的现代性乃至后现代性。由此可见，易剧现代性、后现代性的核心密码，就在于他的"自审"。由于"自审"，易卜生与自我乃至其所处时代的一切都拉开了距离，甚至使他与整个现代社会都处在一种对抗的状态中；由于"自审"，他反自我、反现代、反艺术、反拯救①，进而带来其剧作现代性、后现代性的种种表征。因此，易卜生之所以被誉为"现代戏剧之父"，除去时代环境、艺术风尚、媒介传播等外因不论，其根本内因就在于他的"自审"。

当然，仅仅从上述角度来探讨"自审"如何造就了"现代戏剧之父"易卜生是不够的。同样是"自审"，同样像易卜生一样"向内转"或坚持"精神的反叛"，未必能造就一位戏剧大师。毋庸置疑，关于这个问题，还需要进行更深入的探讨。

第二节 "自审"与易卜生戏剧的经典化奥秘

易卜生之所以成为一代戏剧大师，固然跟他"强烈的反叛精神"有关②，但归根结底是其剧作的优异品质使然。如果他创作的那些戏剧没有成为"经典"，那今天也没有几个人会提起他。易卜生戏剧的经典化奥秘是什么呢？这个问题虽然关涉到方方面面，但就内因而言，笔者认为最根本的一点在于"自审"。

在笔者看来，一部剧作之成为经典，除了外部因素的配合，还需要它本身具有潜在的经典性。外因只能帮助它把潜在的经典性实现出来。本身很差的作品，再怎么宣传包装、机缘巧合，也挡不住时间的淘洗。质言之，决定

---

① 这里需要说明的是，易卜生的"自审""自反"，并不是一种为否定而否定的"盲动"，也并不是要滑向彻底虚无的深渊，而是要提醒世人充分考虑到事情的"另一面"，从而寻求更合理的前进道路。据保罗·约翰逊说，易卜生有一句口头禅叫"恰恰相反"；若此为真，则易卜生的思维似乎天然倾向于"反动"，或天然合于"反者道之动"的辩证规律。

② 罗伯特·布鲁斯坦认为，易卜生之所以成为"现代戏剧之父"，主要是由于他"强烈的反叛精神"。See Robert Brustein, *The Theatre of Revolt: An Approach to the Modern Drama*, Chicago: Ivan R. Dee, Inc. Publisher, 1991, p.39.

其能否成为经典的，归根结底在于内因。就内因而言，一部剧作潜在的经典性体现在戏剧性与诗性的完美融合、对人性本质（或人性深层结构）的深邃探索与精妙表现、思史诗的统一等方面。下面就基于这一认识，探析一下"自审"与易剧经典化奥秘的关系，以期进一步理解易卜生戏剧诗学的核心奥秘。

一、在自审中实现戏剧性、诗性与现代性的统一

易卜生戏剧之所以长演不衰、历久弥新，一个非常重要的原因是其实现了戏剧性、诗性与现代性的融合统一。马丁·艾思林曾敏锐地指出："在告别了使用'戏剧中的诗'之后，易卜生越来越多地运用'戏剧性的诗'。……我主张并确信，易卜生戏剧历久弥新的力量与影响恰好是源于它的诗性品格。"[①] 在艾思林看来，易卜生戏剧的力量与影响跟易卜生善于运用"戏剧性的诗"是密切相关的。换言之，易卜生戏剧迄今仍能吸引大批观众的秘密就在于，它们既是具有"戏剧性"的，又是具有"诗性品格"的，即做到了"戏剧性与诗性的融合统一"。此外，正如前面所论，无论是易卜生早期、中期还是其晚期的戏剧，都颇具现代性，他实际上做到了"戏剧性、诗性与现代性的融合统一"。那么，易卜生是如何做到"戏剧性、诗性与现代性的融合统一"的呢？

如果要用两个字来回答这个问题，笔者以为最准确的答案是"自审"。正是通过"自审"，易卜生在剧中营造出强烈的戏剧性和浓郁的诗意；也正是通过"自审"，易卜生使其剧作从一开始便具有鲜明的现代性。关于这一点，前面已经有所论述，只是分而论之，不够集中，下面以《野鸭》为例，进一步探讨这个问题。

谁也不会否认，《野鸭》是一部戏剧性很强、诗意浓郁又颇具现代性的精美剧作。不少学者认为它是易卜生写得最好的一部剧作。但这部名剧首先是一部"自审"之作。在《凯蒂琳》《布朗德》《皇帝与加利利人》《人民

---

① ［英］马丁·艾思林：《易卜生与现代戏剧》，汪余礼译，《戏剧（中央戏剧学院学报）》2008年第1期。

公敌》等剧中，易卜生都表达过"要么全有要么全无"（要么全力以赴要么一事无成）的思想，大力提倡"精神革命"，号召人们力戒惰性、克服软弱，向着"理想的境界"挺进。易卜生自己也是一直以"知识界的先锋战士"自勉，要求自己"不断进步，遥遥领先"。但同时，他又是一个极具怀疑精神和自审精神的人，对于自己究竟能不能引领他人、提高他人疑虑重重。《野鸭》就鲜明地体现了这一点。在该剧中，格瑞格斯看到昔日好友雅尔马"陷在有毒的泥塘里等死"，决心拯救他。在他看来，雅尔马先是被人欺骗，进而习惯了自欺欺人，似乎全丧失了当初的崇高理想。于是他觉得，雅尔马首先需要认清真相，认清自己的处境——直面惨淡的人生。但当他把威利当年怎么占有基娜、再怎么把基娜转嫁出去的真相和盘托出之后，极富戏剧性的一幕出现了：雅尔马非但没有觉得一道阳光照耀在他的头上，反而觉得日子过不下去了；他现在根本不愿像格瑞格斯预想的那样去包容妻儿，而是决定离开家庭，一走了之。显然，想要拯救他人、提高他人的初衷招致了相反的结果。这种结果的出现具有现实的逻辑与人性的根据，根本不是"理想的要求"所能左右的。高度理想主义的格瑞格斯（易卜生的一部分）在这里遇到了严重的挫败。但易卜生的自审远远不止于此。获知真相后，雅尔马仿佛从一张"欺骗的网"挣脱出来，几乎不再相信周围的任何亲人，甚至怀疑女儿海特维格平日里跟他亲热也全是假装出来的。此刻的他，变得极其多疑，"不惮以最坏的恶意揣测人心"。但海特维格一派天真，她还幻想着雅尔马知道真相后会更加疼爱她——野鸭受伤后没人照管，海特维格不是像个妈妈一样更加爱护它吗？她以为"父亲"雅尔马也会像她一样。然而，雅尔马现在像个多疑而冷酷的艺术家一样，完全不是海特维格所预想的那样。当雅尔马说"她（指海特维格）一向无非是花言巧语跟我假亲热，等待适当的机会"，特别具有戏剧性的一幕又出现了：阁楼里传来一声枪响，海特维格开枪打死了自己。这一枪，实质是易卜生在质疑、否定自己。他所要质疑、否定的，不仅是自己强烈的理想主义精神（或"布朗德情结"），还有与之紧密联系在一起的过度怀疑倾向。大多数艺术家，一方面极具理想主义精神，总想在一个颠倒错乱的现实社会中"重整乾坤"；另一方面则像哈姆雷特一样敏感而多疑——对方明明是个单纯的姑娘，他偏要从中看出骨子里的脆弱与虚伪。理想主义与过度怀疑仿佛一对孪生兄弟，居住在艺术家易卜生的心里，也分化在格瑞格斯与雅尔马身上。通过"自审"，人性的这两种倾向得到鲜明的体现与批判。毫无疑问，"自审"带来了该剧的戏剧性。

《野鸭》的诗意，是否跟"自审"紧密相关呢？答案是肯定的。作为易卜生非常具有代表性的一部复象戏剧，《野鸭》在意象铺设、诗境营构、诗意延展方面是做得非常好的，颇具典范性。首先，该剧的核心意象"野鸭"，便是易卜生深度"自审"的产物。在该剧中，"野鸭"绝不只是把雅尔马家与格瑞格斯家勾连在一起的某个外在的联系物，而是对人类的一种象征。我们现实生活中的很多人像什么呢？其实就像野鸭一样，生活在狭笼里，意志萎缩，目光短浅，仿佛半盲一般，在一个浅槽里扑棱觅食。雅尔马一家人都像野鸭，其实大部分人都像野鸭，依靠短视、自欺和幻想活着，而且还活得有滋有味。艺术家有时候清醒一些，但自欺和做梦起来比一般人更甚。易卜生正是出于对自我及他人的深刻反思，脑子里才会锁定"野鸭"意象，以之来讽喻人事。像易卜生这种"需要对自己的经验达到非常清晰的理解后才能把思想转化为作品"的作家，其作品中的意象、形象很有可能来源于"深思"，或至少是跟深刻的反思有关的。其次，剧中带有象征性的意象群与戏剧情境，跟易卜生的"自审"亦密切相关。在剧中，跟"野鸭"密切相关的"水槽""海底""阁楼""猎人""机灵的狗"等意象，表面看似乎构成一个生态群落，实际上是对人类生存处境与社会关系的一种隐喻。只是这种隐喻到底喻指什么，意思并不明确，具有多义性和无限生发性。比如，下面这一段关于"野鸭""阁楼""海洋深处"的对话：

> 海特维格：这只野鸭真古怪，谁都不认识它，也不知道它是从哪儿来的。
>
> 格瑞格斯：它到过海洋深处。
>
> 海特维格：（很快地瞟了她一眼，忍着笑问）你为什么说"海洋深处"？
>
> 格瑞格斯：不说海洋深处说什么？
>
> 海特维格：你可以说"海底"。
>
> 格瑞格斯：我说海洋深处不行么？

海特维格：行倒行，可是人家一说海洋深处，我就觉得怪可笑的。

格瑞格斯：可笑？为什么可笑？

海特维格：我不告诉你。说出来怪无聊的。

格瑞格斯：喔，一定不无聊。快告诉我，刚才你为什么笑？

海特维格：我笑的是，每逢我忽然间——一眨眼的时候——想起来阁楼里那些东西，我就觉得整间屋子和屋里的东西都应该叫"海洋深处"。你说这不是无聊吗？

格瑞格斯：你别说无聊。

海特维格：是无聊，你要知道，其实只是一间阁楼。①

这段对话很有诗意，似简单而极深邃，隐含着易卜生的多层反思。第一层反思关乎人类生存处境：在格瑞格斯看来，野鸭到过"海洋深处"，而"海洋深处"是跟"海藻海带和水里那些脏东西"联系在一起的，这在某种程度上喻指人类往往习惯于生活在肮脏地带。水至清则无鱼，人至察则无徒。人类中有相当一部分其实是生活在藏污纳垢之地，或彼此戏耍之地，有的甚至是生活在"垃圾堆"里。人的生存处境如此可悲，诗人并不能真正改变它，而只能给它起个别致的名字（比如"海洋深处"），这难道不是无聊而又可笑吗？在这里，易卜生寄寓了关于诗人自身的第二层反思：他们在很多时候无非是把"阁楼"叫作"海洋深处"，或者想象出人类生活的另一个世界，却并不能真正带来积极的影响②。在剧中，当格瑞格斯揭开那"海洋深处"的肮脏内幕时，他不仅没有拯救雅尔马，反而间接地害死了海特维格。这是对格瑞格斯的一个反讽。当然，这一切都跟易卜生的"自审"有关，要不是他把批判的枪口对准自己的胸膛，诗人格瑞格斯之心性、言行与效果的真实面相就不会呈现出来。此外，在《野鸭》中，格瑞格斯、雅尔马、瑞凌、艾克达尔、基娜这几个人的对话，很多时候都是隐喻性、象征性的，隐含着易卜生对人类处境、性格与命运的反思，也隐蕴着易卜生对艺术家身份与作用的反思。也就是说，那些富有诗意的对话，本身是易卜生"自

---

① 《易卜生文集》第6卷，第60—61页。

② 这么说也许太悲观。事实有时让人比这更悲观。不过，若悲观能激发出正能量，那么悲观自有其意义。

审"的产物。易卜生本人曾经非常明确地说过，"对于那些你没有在一定程度上或至少有时候在自己身上看出雏形或根芽的东西，你是不可能富有诗意地再现出来的"①。质言之，在他看来，诗意源于自审。

《野鸭》的现代性，是否也跟"自审"密切相关呢？如果格瑞格斯的拯救计划最终成功、结局圆满，那么《野鸭》依然陷在一种传统思维里，谈不上具有真正的现代性，或者仅具有一种表面的启蒙现代性。但易卜生没有那么简单，他把反思、剖视的焦点转向了"拯救者"自身，暗示出"拯救"本身的可疑之处，这使得该剧具有鲜明的"自反性"，而这一点在很大程度上正是审美现代性的要义之一。正如周宪先生所说："审美现代性具有自身的逻辑，这个逻辑就是它内在的反思性。"② 所谓"内在的反思性"，指的不是对于外界事物的反思与批判，而更多的是对于自身的反思与批判。当这种反思与批判既指向自身原有的拯救思想、启蒙情结，也指向艺术自身时，则是现代性的自我深化与拓展，在某种意义上接近于后现代性（或后现代主义）。德国思想家阿尔布莱希特·维尔默说："我以为，最好把后现代主义视为一种自我批判的——怀疑论的、反讽的而非不宽容的——现代主义形式，视为一种超越乌托邦主义、科学主义和基础主义的现代主义，简而言之，一种后形而上学的现代主义。"③ 以此观之，则《野鸭》确实是达到了一种"后形而上学的现代主义"，而这完全可视为"现代性"的一副新面孔④。无论是"自我批判"也好，还是"超越乌托邦主义"也好，在《野鸭》里都体现得非常充分。显然，《野鸭》的现代性跟易卜生的"自审"是密切相关的。

综上所述，《野鸭》的戏剧性、诗性与现代性都跟易卜生的"自审"密切相关。正是由于深刻的"自审"，使得易卜生对于人类性格、处境与命运有一些让人意外的发现，从而进一步构织出戏剧性的场景与情节；正是由于深邃的"自审"，使得易卜生与一些精妙的意象相遇，与天地间难以言说的某种意境相遇，进而依托意象与情境传达出动人的诗意；也正是由于深切的

①《易卜生书信演讲集》，第368页。
② 周宪：《审美现代性批判》，商务印书馆2005年版，第178页。
③ Albrecht Wellmer, *The Persistence of Modernity*, Cambridge：MIT, 1991, p. 7.
④ 在马泰·卡林内斯库看来，"后现代性"或"后现代主义"是"现代性"的一副新面孔。

"自审"，使得易卜生戏剧不仅充分"向内转"，而且体现出较强的"自反性"，从而具有鲜明的"现代性"。易卜生的其他多数戏剧同样具有这一特点。可以说，正是"自审"，让易卜生戏剧兼具戏剧性、诗性与现代性。

二、在自审中实现思、史、诗的统一

熟悉易卜生的人往往会感到，易卜生不是一个激情冲动型的艺术家，而是一个有点像思想家、哲学家的艺术家。尽管他自己曾经声明，"与人们通常以为的不同，我主要是个诗人，而较少是个社会哲学家"[①]，但他毕竟或多或少具有哲学家的身份。他自己甚至说过："谁要想了解我，必须了解挪威。那雄伟而严峻的北方自然环境，那种与世隔绝的孤独生活——农场与农场之间相隔几英里之遥迫使他们只能局限于自己的小天地里。这就是为什么他们变得内向而严肃，忧虑而多疑，并且往往丧失信仰。但人们又都是哲学家！"[②] 可见他自己对于"哲学家"身份是并不否认的。诚如美国著名易卜生研究专家布莱恩·约翰斯通所说："但丁、易卜生和乔伊斯从事着相似的艺术事业。这三位艺术家同样具有远见卓识，同样善于深思，同样善于精心解译平凡的现实生活"[③]，易卜生确实是一位"善于深思"的艺术家。而且，易卜生还是一位很重视研究历史的作家。他曾对一位年轻作家提过这样的建议："你应该精细深入地学习一下文明史、文学史和艺术史，在这些科目上慕尼黑有特别好的教授。对于一个现代作家来说，具备广博的历史知识是非常必要的，因为要是没有的话，他就不能判断他所处的时代、他的同时代人以及他们的动机与行为，即便能判断也只能得出非常片面和肤浅的看法。"[④]而他自己确实具有丰富的历史知识和深广的历史视野。事实上，在易卜生笔下，思、史、诗是融合一体的，或者说，精深的思想、卓越的史识与深远的

① 此处英译本原文为："I have been more the poet and less the social philosopher than people generally seem inclined believe"（Henrik Ibsen, *Letters and Speeches*, Clinton: The Colonial Press Inc. , 1964, p. 337）。
② *Ibsen Research Papers*, *Edited by Astrid Saether*, Beijing: Chinese Literature Press, 1995, p. 375.
③ ［美］布莱恩·约翰斯通：《易卜生创造的挪威》，张晓红译，载王宁编：《易卜生与现代性：西方与中国》，百花文艺出版社2001年版，第12页。
④ 《易卜生书信演讲集》，第184页。

诗境在其剧作中是高度统一的，这也是为什么易卜生戏剧至今仍然有着强劲的生命力，吸引着一代又一代人去反复解读的一个重要原因。

易卜生是如何在创作中做到思、史、诗统一的呢？对于一位作家来说，做到思、史、诗统一可以有很多种路径或方法，比如以诗化手法创作历史剧，比如叙史、抒情与议论相结合，但这些方法都不为易卜生所取。易卜生的方法，简言之，乃是在自审（含回溯）中实现思、史、诗的统一。下面试以《罗斯莫庄》为例，予以详细解析。

《罗斯莫庄》是易卜生对自己的经历、体验达到非常清晰的理解之后创作的一部悲剧。1885 年，易卜生回到挪威，经历了一些事，也听说了一些事①。他曾对勃兰兑斯说："去年夏天我的挪威之行留给我的印象和我的一些观察，困扰了我很长一段时间。直到我对我的经历达到了非常清晰的理解并得出了我的结论之后，我才能考虑把我的思想转化为一部虚构的作品。你对克里斯蒂阿尼亚的访问以及在那儿的经历，也引起我很多的思考，尤其有助于我在剧中塑造进步人士的形象。"② 现在来看这个剧，可以感受到它确实蕴含着很深的思想，其"转化"形式亦非常令人着迷，因为它绝不是平面地反映当时挪威政界左派与右派之争（或者说保守党与自由党之争），而是引入了历史的维度和象征的手法，让人对自我的文化心理积淀不能不产生惊讶与反思。

《罗斯莫庄》表面是演现 19 世纪中后期挪威社会保守党与自由党之间的斗争，但其核心内容是表现罗斯莫与吕贝克这两个人物内在灵魂的相遇碰撞与交叉演进。表面是反映社会现实，是社会剧、问题剧；内里是表现人物灵魂，是心理剧、象征剧。表里勾连，形成一种很精巧的复合结构。但如果我们透过形式看本质，会发现此剧从根本上说是易卜生的"自审"之作。根据易卜生的"自我"概念，其"自我"包含他的同胞，包含他"所属社会

---

① 1885 年，易卜生与瑞典诗人卡尔·斯诺尔斯基经常碰面、交谈。斯诺尔斯基一般被认为是《罗斯莫庄》中罗斯莫牧师的原型。1879 年，38 岁的斯诺尔斯基通过辞去他的外交职务、与妻子离婚、再娶另外一个女人和离开瑞典，跟他原来保守的家庭彻底决裂了。易卜生对于他的经历可能比较同情，但保留他自己的看法。此外，在 1885 年 6 月至 9 月，易卜生还发现"挪威政界左派和右派的关系紧张到了极点。在亲身感受到周围的憎恶与仇恨气氛后，易卜生感到极不舒服并很快放弃了在挪威定居的打算"（《易卜生书信演讲集》，第 370 页）。

② 《易卜生书信演讲集》，第 269 页。

的责任与罪过"。换言之，同胞是其自我的一部分，同胞所犯的罪过会压在他的心里，并迫使他去思考犯罪背后的深层根源。源于此，易卜生在此剧的"转化"形式，在很大程度上是把"自我"分化为罗斯莫、吕贝克、克罗尔、布伦得尔、摩腾斯果等人物，让他们形成彼此相对的两组人物，交叉演进，从而很方便地展开易卜生灵魂内部的对话。如果说克罗尔与摩腾斯果（分别为保守党领袖与自由党领袖）处在这种灵魂对话的表层，那么罗斯莫与吕贝克则大体处于其灵魂对话的深层[1]。为了层层向内心推进，易卜生在描写了罗斯莫与克罗尔的表层冲突之后，很快就把笔触转向表现罗斯莫与吕贝克之间的隐性冲突及其各自的内心冲突了。而这些冲突的每一次深入展开，都跟对过去历史（个体生命史）的回溯与主角的反省有关。罗斯莫一开始是很有自信心的，他对克罗尔说："我不喜欢这两个对立党派的哪一派。我只想把两派的人拉在一起——人数越多越好——叫他们紧密联合起来。我情愿拿出我的全部力量，一生专做这一件事：在咱们国家里创造一个真正的民主政治。"[2] 这确实是一个非常美好的目标，也很可能是易卜生内心曾经有过的一个目标。但随着摩腾斯果的携密来访，罗斯莫妻子碧爱特的死因被揭露出来，罗斯莫开始觉得自己对妻子的死负有责任与罪过，他内心对于自己的信心也开始动摇。越是仔细地回想碧爱特自杀的那桩疑案，他越是觉得自己罪责难逃，并逐步丧失了"快活宁静、清白纯洁的心情"。为了帮罗斯莫从悲哀的心情里解脱出来，吕贝克鼓励他"缔结对于外界的新关系"。罗斯莫于是向吕贝克求婚，但很意外地遭到拒绝。吕贝克一心希望罗斯莫能顶着罪感前进，继续从事那项伟大的事业。但在罗斯莫看来，"起源于罪孽的事业绝不会成功……一桩事业要取得永久的胜利，必须有一个快乐清白的人支持它"（p.193）。基于这种信念，他认为自己已经不可能在挪威"创造一个真正的民主政治"了。为了让罗斯莫恢复"快乐清白的良心"从而继续投入那项伟大事业，吕贝克经过内心斗争之后告诉罗斯莫："你没有罪过。引诱碧爱特，并且终于把她引上迷惑的道路的人是我。"（p.202）随即详细

---

[1]　当然，这只是一个大体的区分。实际上，这几个人物并非在两个层面上平行发展的关系，而是彼此互有勾连、互有渗透，共同构成一个立体的人际关系网络。

[2]　易卜生：《罗斯莫庄》，载《易卜生文集》第6卷，第153页。本节正文下引此书仅注页码。

坦白了当时引诱碧爱特跳水自杀的具体情形。这在很大程度上是一种难能可贵的担当，但罗斯莫听后指责她太狠心，并愤而出走。但半夜里，罗斯莫又回来了，可能是他对自己的冲动行为有所反省，也理解了吕贝克的一番苦心，于是再次向她求婚。但吕贝克告诉他："亲爱的，别再提这事了！这事绝对做不到！罗斯莫，你要知道，我还有——我还有一段历史呢。"① （p. 214）这让两个人重新回到对那段历史的回忆中。罗斯莫毕竟是在精神上已经解放过的人，他并不介意吕贝克的那段历史，但吕贝克自惭形秽，在良心上感到不能接受罗斯莫的爱情。原来在与罗斯莫相处的那些日子里，吕贝克受到罗斯莫高贵性情的感染，对于自己以前的罪过渐生忏悔之意。她越是爱罗斯莫，就越是觉得自己不配做也不能做罗斯莫的妻子。但罗斯莫对于吕贝克的精神变化并无明显的察觉，而是感到"这个世界上没有值得我为它生活的东西"，对于自己提高他人的能力更是没有任何信心。最后为了让罗斯莫相信自己已经被他提高，同时也为了让罗斯莫恢复信心，吕贝克决定跳进水车沟洗刷自己的灵魂。受到她这一决定的鼓舞，本来早就觉得自己有罪的罗斯莫，对吕贝克生出由衷而热烈的爱意，决定跟她"正式做夫妻"，随后他们手挽着手一起跳进水车沟自杀了。

以上是《罗斯莫庄》的主要情节与核心内容。《罗斯莫庄》的情节之所以包含了大量的"回溯"，之所以让主角不断反省自己的过去，其根源在于易卜生要借此展开"自审"。如果无意于"自审"，那么罗斯莫、吕贝克的命运完全有可能是另外一种情形（比如让吕贝克愉快地答应罗斯莫的求婚，从此两人过上幸福的生活）。但那种情形是易卜生不能接受的，或者至少是易卜生认为需要进行深入审察的。那么，在这部一再回溯历史、严格自审的悲剧里，易卜生究竟表达了怎样的"深思"呢？他是不是要以此悲剧"反证旧的人生观、旧法则、旧道德潜藏在人们思想意识的深层结构中，不是短时间也不是单靠外力可以消除干净的"② 呢？应该说这一看法有一定的根据。罗斯莫、吕贝克最终似乎认同了罗斯莫庄的人生观（"我造了孽，我应

---

①　关于吕贝克的这段历史（少年时与其父亲维斯特医生乱伦），易卜生没有让吕贝克亲自交代，而是在此之前已经让克罗尔校长从吕贝克那里追问出来了。在罗斯莫愤而出走的那天晚上，克罗尔校长很可能把吕贝克的这件丑事告诉罗斯莫了。正因为听过，罗斯莫才说"不信那是真事"。

②　王忠祥：《易卜生》，华夏出版社 2002 年版，第 142 页。

该赎罪"），也就是说，古老的道德法则在他们身上隐隐起了作用。但有一点需要注意到，罗斯莫在听到吕贝克决定赎罪之后说："吕贝克，既然如此，我坚持咱们的解放人生观。没有人裁判咱们，所以咱们必须自己裁判自己。"（p. 222）这意味着，罗斯莫并非囿于原来的基督教人生观而决定自裁的，他是在坚持"解放人生观"的基础上决定自裁的。那么这两种人生观有什么区别呢？如果说基督教人生观凸显的是上帝至高无上的权威性与末日审判的严酷性，那么"解放人生观"则是撇掉基督教教义之后的、自由自主自律的人生观。在"解放人生观"看来，人生而具有自由意志，既可自主行动，亦可自主负责；一个自由人不应该让外界的人、事物来评判、主宰自己的人生，而是应该由自己来评判、决定自己的一切（包括以死去证明自己的自由与高贵）。这种人生观大体类似于康德的"自由"人生观——一种高度自律、自己为自己立法的人生观。显然，这是一种新型人生观，一种透着人性之高贵光辉的人生观。也许这才是易卜生所要传达的一种重要思想①。在1885年6月14日对特隆赫姆市工人的讲话中，易卜生说："我的经历表明，在新的政府体制下，最为重要、最不可少的个人权利仍未得到我所希望和期待的那样的保障。大多数执政者不允许个人在他们专横地划定的范围之外享有信仰自由和言论自由。……一种高贵的质素必须进入我们的民族生命中，进入我们的行政管理、代表机构和新闻媒体中。当然，我这里说的'高贵'不是出身上的高贵、财产上的富贵，也不是知识、能力和才华上的高雅，而是性格、意志和精神上的高贵。只有它能让我们感到真正的自由。……实现我们每个人真正的自由和高贵，就是我所希望、我所期待的未来图景。为此我一直在尽力工作，并将继续付出我整个的一生。"②显然，易卜生创作《罗斯莫庄》时的深层关注乃是人的"自由和高贵"：他让罗斯莫与吕贝克最终选择跳水自杀，主要不是为了反证旧法则、旧道德的顽固性，而是"让一种高贵的质素进入我们的民族生命中"，因为，"只有它能让我们感到真

---

① 当然，《罗斯莫庄》所传达的思想，并不限于这一点。在笔者看来，《罗斯莫庄》还传达了一个非常重要的思想：真正能够提高人类灵魂、让人类灵魂达到高尚境界的，不是思想，而是情感，尤其是真爱，或者说，只有真情真爱，才能让伟大的思想渗进人的灵魂深处，提高人的心智，进而造就人间的奇迹。

② 《易卜生书信演讲集》，第370—371页。

正的自由"。这种超卓思想的诞生，几乎只有在严密自审的目光下才有可能：不仅把自我作为对象来审视，同时也把每个他人作为自我来审视，这样才会意识到高贵比自由更重要，或者说高贵（严格自律）乃是实现自由的必要条件。而舍弃了高贵品质的自由主义者，追求的只是一己的解放与幸福，有可能成为自由最坏的敌人①。试想，一个人可以像吕贝克那样为了个人的自由幸福而处心积虑地戕害他人生命吗？一个人可以把自己的幸福建立在他人痛苦或牺牲的基础之上吗？如果罗斯莫、吕贝克最后的自杀表露了易卜生的"悲观情绪"，那么在易卜生看来，罗斯莫、吕贝克间接害人至死不需要承担责任吗？或者说，他们高高兴兴地结合并过上新生活才表现出易卜生的"乐观情绪"吗？事实也许恰好相反：罗斯莫、吕贝克如果快活地生活在一起，会让易卜生感到悲哀和绝望；而罗斯莫、吕贝克携手跳进水车沟，则让易卜生看到了人间奇迹，看到了这个世界上几乎最令人振奋的精神画面。

至此可知，易卜生在《罗斯莫庄》中所传达的思想，跟他的"自审"是密切相关的。如果离开"自审"，则对历史的"回溯"无从展开，其超越常人的"深思"亦难以体现。质言之，正是"自审"，将"史"与"思"融合到一起。

此外，在《罗斯莫庄》中，跟思与史的融合几乎是同时进行的，是诗与史的融合、思与诗的融合。准确地说，思、史、诗的融合在该剧中原本是同步进行、浑然一体的，以上只是为了分析的方便将思与史的融合单独拎出来说。事实上，诗与史、思与诗的融合在该剧中更加动人心魄，同时也更加发人深省。

奔腾的白马与夜半的太阳在该剧中是一组核心意象，也是凝聚着思、史、诗的一组意象。尤其是"白马"，不仅在剧中主角的谈话中经常出现，而且几乎贯穿全剧始终，是一个关涉甚广、喻义丰富的"谜"一般的存在。在第二幕，当罗斯莫了解到碧爱特临死前曾经专门去找过《烽火》报主编摩腾斯果，求他无论什么时候都不要攻击罗斯莫，他心里再也无法感到安宁

---

① 早在 1872 年，易卜生就说过："自由主义者恰恰是自由的最坏的敌人。"（《易卜生书信演讲集》第 120 页）

了。他原以为妻子是死于精神病发作，但看来事情的真相根本没那么简单。罗斯莫开始回想、反思自己的移情别恋会给碧爱特造成什么影响，越想越感到悲哀、难受：

> 罗斯莫：我永远不能摆脱这种悲哀。我心里老是揣着个疑团——存着个问题。那种能使生活非常甜美的精神乐趣我再也尝不到嘴了。
>
> 吕贝克：罗斯莫，你指什么说？
>
> 罗斯莫：我说的是快活宁静、清白纯洁的心情。
>
> 吕贝克：（倒退一步）对了，清白纯洁的心情。
>
> 　　　　半晌无言。
>
> 罗斯莫：她的眼光多么深刻！她把那些材料编排得多么有条有理！第一步，她怀疑我的信仰不是正统思想……第二步，她的怀疑在她脑子里变成了真事。那么一来，其余那一大串事情，在她看起来，当然都是可能的了……那些想象随时都会涌到我脑子里，使我想起死人的事！
>
> 吕贝克：像罗斯莫庄的白马似的。
>
> 罗斯莫：对，它们像白马似的，在黑暗中，在寂静的境界中奔腾。（p. 181）

在这里，"奔腾的白马"作为一种以"黑暗、寂静的境界"为背景的意象，首先是暗示罗斯莫庄过去发生的死亡事件（碧爱特跳水自杀），其次是隐喻积淀在人们心灵深处的传统思想或宇宙间某种难以名状的神秘力量。换言之，这一诗性意象既跟"史"相关，也跟"神秘"相关。易卜生最初将"白马"作为该剧的题目①，可能考虑过这个意象的种种象征意义，并打算充分发挥它的象征功能。但随着思考、自审的深入，易卜生觉得以"白马"为剧名可能会指偏（误导观者偏离该剧的核心指向），也不便引导观者用心欣赏该剧最美的境界，于是他换了一个更加中性化的剧名——"罗斯莫庄"。那么在罗斯莫庄里，最有诗意也最美的一幕是什么呢？在剧末，我们看到：

---

① ［挪］亨利克·易卜生：《易卜生的工作坊——现代剧创作札记、梗概与待定稿》，汪余礼等译，武汉大学出版社 2016 年版，第 156 页。

吕贝克：如果我敢做又怎么样呢？如果我有决心高高兴兴地做了又怎么样呢？

罗斯莫：那我就不能不信任你了。我就会恢复对于自己使命的信心。我就会相信自己有提高人类灵魂的能力。我就会相信人类的灵魂可以达到高尚的境界。

吕贝克：我一定让你恢复自己的信心。

罗斯莫：吕贝克，你有没有决心、有没有胆量干这件事？

吕贝克：明天——或者再迟些——他们捞着我的尸首的时候你就知道了……我造了孽，我应该赎罪。

罗斯莫：这是你的看法吗？

吕贝克：是。

罗斯莫：吕贝克，既然如此，我坚持咱们的解放人生观。没有人裁判咱们，所以咱们必须自己裁判自己。

吕贝克：（误会了他的意思）对，对。我一走，你身上最优秀的东西就可以保全了。

罗斯莫：我身上再没有什么可以保全的东西了。……如果你走，我跟你一块儿走。

吕贝克：好，跟我走——亲眼看着我——

罗斯莫：我是说，我跟你一块儿走。……吕贝克，现在我把手按在你头上，我跟你正式做夫妻。

吕贝克：罗斯莫，谢谢你。现在我要走了，心里高高兴兴的。

罗斯莫：夫妻应该一块儿走。……你走多远，我也走多远。现在我有胆量了。

吕贝克：你确实以为这是一条最好的路吗？

罗斯莫：我确实知道，只有这一条路。

吕贝克：万一这是你自己上当呢？万一这只是一个幻想，只是罗斯莫庄的一匹白马呢？

罗斯莫：也许是。我们罗斯莫庄的人永远躲不开那群白马。

吕贝克：罗斯莫，那么，你别走！

　　罗斯莫：丈夫应该跟老婆走，正如老婆应该跟丈夫走。

　　吕贝克：不错，可是你得先告诉我：究竟是你跟着我走，还是我跟着你走？

　　罗斯莫：这问题咱们永远没法回答。

　　吕贝克：然而我倒想听听。

　　罗斯莫：咱们互相跟着走——我跟着你，你也跟着我。

　　吕贝克：我看这倒几乎是实在的情形。

　　罗斯莫：因为咱们俩现在是一个人。

　　吕贝克：对。咱们是一个人。走！咱们高高兴兴地走。（pp. 221-223）

　　这是全剧最美的一个场面。首先，这个场面在剧中出现，系源于易卜生—罗斯莫—吕贝克的"自审"，如果不是实行"自审"，他们绝不会想到要"自己裁判自己"。其次，这里的"自审"，不是现实生活的再现，而是一种诗意的想象。在现实生活中，当第三者想方设法把原配夫人排挤出去或除掉之后，多半会开开心心地跟追求已久的男主结合，而不太可能拒绝男主的求婚。在易卜生笔下，吕贝克两次拒绝罗斯莫的求婚，却在决定赎罪后与罗斯莫合二为一，高高兴兴地去跳水自杀，则不仅分享了易卜生的"自审"与"深思"，也渗透着易卜生的内心理想与诗意想象。尤其值得注意的是，这里不仅有思与诗的融合，也有思、诗与史的融合。为什么这样说呢？当吕贝克质疑罗斯莫选择的是不是最好的路时，罗斯莫回答说，"我们罗斯莫庄的人永远躲不开那群白马"。这意味着罗斯莫虽然从古老的基督教教义中解放出来，但对于基督教并不是全盘否定的。对于祖宗传下来的东西，他既不完全接受，也不彻底拒绝，而是抱着一种相对客观的理性的态度，既承认传统中有些东西已经如盐入水化入自身的血脉，也意识到传统中确有一些高贵的东西不该全然否弃。这是一个作家面对自己生命中的"文化史"的理性态度。正是由于具备这份"理性"，易卜生—罗斯莫一方面认为"罗斯莫家族世世代代是个黑暗和压迫的中心"，另一方面又觉得"罗斯莫庄的人生观可以提高人的品质"；尽管他认为"罗斯莫庄的人生观可以提高人的品质"，但他仍然认为这种人生观需要被"解放人生观"所取代，而仅仅继承其中有助于塑造高贵品质的一小部分。确实，这有点类似于黑格尔式的辩证扬弃的态度。不管易卜生是否受过黑格尔辩证法的影响，但在其戏剧中隐含的"自我解剖学"里，确可看到辩证法的影子。如果说黑格尔辩证法以一种颠倒的形式部分地反映了事物发展的过程，那么易卜生乃是以一种自审的形式反映了自我精神发展的过程。他的反映，在某种意义上可以说是很美的，而且也确实是"理念的感性显现"。总之，在《罗斯莫庄》中，易卜生通过对社会现实状况的反思、对个人生命史与社会精神文化史的反省、对个体理想人格的诗意憧憬，表达了一种至今仍然显得比较超前的智慧：欲求提高他人，先必严格自审；真正的民主政治，需建立在严格自审的基础之上；以情通人、以情化人，有可能让人走上自审的道路，建立起独立自审型人格；建立起独立自审型人格，既是每个公民自我启蒙、自我解放的关键，也是促使传统文化向现代文化转型的关键。易卜生把这种个体精神人格的重塑叫作"精神革命"。在他看来，"对外革命、政治革命等等都只是些浅薄之事，最重要的其实是来一场人类精神的革命"①。此言铿锵，久久回荡。直至今日，易卜生在《罗斯莫庄》中所传达的关于"独立自审""精神革命"与"民主政治"的思想仍然是一种极为深刻的、切中肯綮的大智慧。

易卜生的其他剧作，如《野鸭》《建筑师》《海上夫人》《博克曼》《复活日》等，也都是在"自审"中实现思、史、诗的融合统一。正是"自审"构成一种便于反思历史、传达"深思"、营构诗境的戏剧形式，使全剧逐步接近"思想精深、艺术精湛"的境界。

综上所述，通过"自审"，易卜生在剧中实现了思、史、诗的融合统一。这种统一，使得易卜生戏剧既具有思想的深度与历史的厚度，也具有诗境的玄远与理想的高度。这种统一，在很大程度上正是易卜生戏剧超越时空，至今仍能激动人心的一个重要原因。而其之所以能激动人心，是因为在艺术作品中思、史、诗的融合统一，最终体现为一种高层次的智慧。正是这种智慧，吸引着一代又一代人，拨动他们的心弦，引发他们的深思与憧憬。

---

① 《易卜生书信演讲集》，第 104 页。

三、在自审中实现人性、魔性与神性的统一

写出人性的本质，或写出人类的性格与命运，对于作品的经典化同样是非常重要的一个方面。易卜生曾自述，"我一直把描写人类的性格与命运作为自己的主要职责"[1]，"我想做的主要是描写人性、人的情感与人的命运"[2]，"我的任务一直是描写人类"[3]，这些话看上去很普通，却是解开易剧经典化奥秘这个谜题的一把非常重要的钥匙。但"描写人性、描写人类"究竟意指什么，并非轻易可以猜度。如果只是把日常生活中熟悉的人物描绘一番，很可能触及人性、人类的一部分现象，而远远没有达到"描写人性、描写人类"的高度。现象不等于本质，仅触及现象离写出本质可能还隔着十万八千里。那么，易卜生所谓"描写人性、描写人类"究竟是什么意思呢？是指塑造出一个个具体的、个别的人物性格，还是指写出人性的深层结构或人类的普遍本质呢？应该说，易卜生戏剧在今天之所以被视为"经典名剧"或"不朽之作"，其中很重要的一个原因在于，易卜生在具体的、个性化的人物塑造中写出了人性的深层结构，写出了人类的普遍本质，几乎可以让所有的人产生深层次的心灵共鸣。

何谓"人性的深层结构"？邓晓芒先生曾指出："文学艺术的本质就是要从现实生活中提升起来，上升到一般人性的觉醒，将阶级关系中所暴露出来的人性的深层结构展示在人们面前，使不同阶级的人也能超越本阶级的局限性而达到相互的沟通。……凡是不朽的艺术作品，都是深刻地表现和反映了人性的这种普遍本质并使各种不同的人类都对之怀抱向往或理解的作品。"[4] 他在这里提出了"人性的深层结构"这一概念，但未做具体阐释，只是似乎将其大体视同于"人性的普遍本质"（在邓先生的概念中，事物的本质似乎既是一个结构性的东西，也是一个带有一定理想性的东西）。我们

---

[1]　《易卜生书信演讲集》，第 308 页。
[2]　《易卜生书信演讲集》，第 314 页。
[3]　《易卜生书信演讲集》，第 385 页。
[4]　邓晓芒：《艺术作品的永恒性——马克思、海德格尔和当代中国文学》，《浙江学刊》2004 年第 3 期。

可以在此基础上进一步加以探讨。通常讨论人性时，人们或将其与"善恶"联系在一起，或将其与"喜怒哀乐怨"联系在一起，或将其与"食色贪嗔痴"联系在一起，或将其与"知情意"联系在一起，等等。这些概括虽然指出了人性的某些方面，但不足以标明"人性的深层结构"。在笔者看来，我们日常使用的"人性"概念实际上有广狭二义：广义的"人性"指"人类所具有的一切属性"，包括人普遍具有的动物性、社会性、精神性等属性①；狭义的"人性"指"把人与其他动物区别开来的、人类所特有的基本属性"，包括有语言、有理性、有道德、有情爱等属性②。此外，在不同的学科语境中，"人性"的意涵亦稍有不同。在伦理学语境中，"人性"是指"人所具有的正常的感情和理性"③；在文艺学语境中，"人性"在很大程度上意味着"人心、人情、人言、人行的各种可能性"，而不会仅限于"人的道德属性"或"人的正常心性"。大部分作家、艺术家对"人性"的理解是相当自由而开放的，为了充分认识人性，他们对人性的探索可谓"上穷碧落下黄泉，升天入地求之遍"，不放过人类物质生活、精神生活的任何一个角落。而且，他们对人性的探索带有一定的"极致性"：或者倾向于把人性的某个方面、某种因子推向极致，或者对于现实中某种趋向极致的人性特别感兴趣、特别愿意浓墨重彩予以描写。事实上，在一个作家的心目中，丰富多彩的人性至少是可以分出五个层次的：如果把人所具有的正常心性叫作"人性"的话，那么在人性的上面可以有"德性"，在人性的下面可以有"兽

①　人性包括社会性、精神性，这属于学界的共识，素无争议。但在人性是否包含动物性这个问题上，却有争议。在笔者看来，人是一种高级动物，人具有动物性（或兽性），这是一个客观存在的、无法否认的事实。几乎所有人都要吃喝，都要满足自身的动物性需求，甚至有可能为了吃喝、配偶而发生冲突（人类历史的一大部分内容就是人类为了满足自身的动物性需求而斗争），这种事就发生在人类身上，是人性的具体表现。我们不能因为"动物性"听上去不美，就否认它是人性的一部分。人作为高级动物，是从低级动物进化而来的，身上还保留着动物的诸多属性。客观地说，动物性是人人都具有的属性，属于较低层次的人性。而那些较高层次的人性（如社会性、精神性），则是从动物性发展而来的。事实上，我们只有充分意识到自身的动物性，建立起一套科学有效的机制发挥动物性的某些好处，而防范、遏止其破坏性，才能确保自身的永续健康发展。

②　狭义的人性指人的特质或特性。此特性主要就区别于其他动物的属性而言，且不一定都指向"善"，比如，其他动物有情绪、有叫声，但只有人才有情爱、有语言；其他动物可能具备"凶残的本能"，但人则可能具备"冷酷的理性"。人由于具备理性与智识，好起来可以非常好，接近于神，但坏起来也可以非常坏，比魔鬼还要坏。魔性、神性其实是只有人才具有的，因而也是狭义人性的一部分。

③　《现代汉语词典》，商务印书馆 2012 年版，第 1093 页。

性"；把"德性"发挥到极致即接近于"神性"，把"兽性"发挥到极致即接近于"魔性"。而魔性、兽性、人性、德性、神性，都是人具有（或至少是可能具有）的属性。如果说"诗人的职责不在于描述已发生的事，而在于描述可能发生的事，即按照可然律或必然律可能发生的事"[①]，那么大多数作家、艺术家所感兴趣的，可能不是随处可见的一般化的人性，而是不太常见的兽性、德性或极为罕见的魔性、神性；而且，越是大作家，越有可能痴迷于描写人心中可能具有的魔性与神性。因为，只有描写这种"可能发生的事"或"可能之人性"，才能真正塑造出大写的人，才能最大限度地拓展人的心胸，同时最大限度地深化人的自我意识。考虑到这种实际情形，笔者以为，在文艺学领域认知"人性"概念，不妨综合上述"人性"的广狭二义，而将其范围界定为"人类所具有的一切属性"，将其核心内涵界定为"人类所特有的基本属性"[②]。而所谓"人性的深层结构"，则是由"一般人性、魔性、神性"所组成的基本结构。在这一结构中，"一般人性"仍由动物性、社会性、精神性构成，并维持在一个大体正常、平衡的状态上。但一般人性的内部各要素是不断变化发展的，动物性在精神性的辅助下有可能发展为魔性，而精神性也有可能从动物性转化而来，并逐步升华为神性。尤为奇特的是，人类魔性的发挥越彻底，貌似离一般人性越远，但有可能离神性越近。这一切是怎么回事？人性内部各要素的运动是否存在什么规律？可以说，人性的深层结构包含着真正的"人之谜"，至今都很难说已经被完全解剖清楚、认识清楚。

如果说易卜生戏剧写出了人性的深层结构，那么易卜生是如何将其呈现出来的？在易卜生笔下，人性结构内部各要素的运动是否存在什么规律？写出这些东西是否能揭示人性的普遍本质，进而使作品具备审美普遍性？下面以易卜生晚期名剧《建筑师》为例，深入探讨这些问题。

《建筑师》是易卜生 1891 年结束在国外的漂泊生活、重返挪威之后创作

---

① ［古希腊］亚里士多德：《诗学》，罗念生译，人民文学出版社 2002 年版，第 24 页。

② 这里，"人类所特有的基本属性"主要指人类超出动物性之外的特性。这些特性有好有坏，不一定都是善的。这意味着，人的特性不包括动物性，但可以包括魔性和神性。

的第一部剧作。该剧很大程度上是易卜生对其艺术人生的反省，是一部"灵魂的戏剧"与"现实的戏剧"交叉进行的"忏悔录"。如何交叉进行？细读该剧可知，易卜生实际上是把"自我"一分为五（索尔尼斯Ⅰ、索尔尼斯Ⅱ、希尔达、艾林、贺达尔大夫），以这五个角色之间的交流互动及其与其他角色的碰撞冲突来实现高难度的"自审"：在剧中实际上有两个"索尔尼斯"，一个发挥自身的魔性冲动，在前台表演，另一个则用上帝的目光审视自己的一切，在后台忏悔；但易卜生又从自身分化出一个精灵般的人物——隐性艺术家希尔达，让她自由地与索尔尼斯交流，在交流过程中让索尔尼斯一个人忏悔的后台很自然地变为聚光灯照射下的前台，从而很方便地展现出一幕幕"灵魂的戏剧"。在舞台呈现上，《建筑师》特别需要一个"自由翻转舞台"（在此舞台上可以很自由地从现实的前台切换到灵魂的后台，又可以很方便地把灵魂的后台变为展示的前台），这样一个舞台作为形式与该剧的内容高度契合，甚至几乎是易卜生独创的一种戏剧手法！通观这个舞台演现的一切，观者从"现实的戏剧"中可以看到索尔尼斯的魔性，从"灵魂的戏剧"中可以看到他的神性，若将两剧合为一体则可感受到"人性的深层结构"。

大幕拉开，舞台呈现出若干现实生活的场景，易卜生由此从侧面写出索尔尼斯的魔性。布罗维克作为索尔尼斯以前的师傅，现在被索尔尼斯完全控制，每天拼命地为索尔尼斯干活，感到非常压抑、疲累和痛苦。一开幕布罗维克就说："不行，我再也受不住了！"这让人感觉到他在索尔尼斯手下已经忍受了多年的压制，他内心的痛苦与愤怒像烧开的水一样几乎再也掩盖不住了。他也是当过头领的人，如何能忍受长期受人辖制？但索尔尼斯不仅像草原的狮子打倒猛虎一样推翻了他，还使用计谋把他的儿子瑞格纳、儿子的女友开雅都困住——他利用少女开雅对他的崇拜，把喜欢开雅的瑞格纳紧紧控制在身边。对于瑞格纳，他明知只要一放手此人就能干出大事，却偏偏不肯对他说半句鼓励的话。外人点名要瑞格纳去建别墅，索尔尼斯偏偏坚决不答应。即便布罗维克在临死前苦苦恳求他答应，索尔尼斯也仍然铁石心肠，丝毫不为所动。这些还只是冰山一角，索尔尼斯的发家史更是伴随着他人（含自己亲人）的累累白骨。可以说，索尔尼斯确实是一个有魔性的人，他不仅是竞技场中能够打倒一系列对手的强者，而且很善于汲取、化用他人的能量，使自己越来越强。

很快，贺达尔大夫和希尔达相继上场，舞台转向呈现"灵魂的戏剧"。贺达尔大夫作为家庭医生，知道索尔尼斯家很多往事，他在剧中的功能除了追溯往事，就是与索尔尼斯谈心，披露出索尔尼斯灵魂的某些侧面，比如非常害怕自己的运气发生转变。但贺达尔大夫还不是索尔尼斯真正的知己。索尔尼斯真正的知己是希尔达。希尔达仿佛一个在索尔尼斯心灵与头脑之间来回跳跃的小精灵，对索尔尼斯几乎了如指掌，他们之间的对话才真正是"灵魂对话"①。希尔达上场后，先是回叙往事，指出在十年前的 9 月 19 日，她曾经听过索尔尼斯唱歌，还接受过索尔尼斯的亲吻与承诺——十年后索尔尼斯将要像个山精似地把她带走，并给她买一个橘子王国，让她做他的公主。现在十年的期限已到，她现在要他兑现承诺。这一切听起来如梦似幻又似真，不知道是索尔尼斯的梦想还是希尔达的梦想，抑或是生活中真有这等奇事发生。但这只是易卜生的"障眼法"，他穿插这样一个故事无非是为了借助一个他者的眼光来更好地"自审"。希尔达获得索尔尼斯的高度信任与喜爱之后，几乎完全是以一个"审美主义者"（易卜生艺术自我的一部分）的眼光来审视索尔尼斯的一切。她毫不客气地指责索尔尼斯压制瑞格纳的丑恶行为：

> 希尔达：（怒气冲冲地瞧着索尔尼斯）这件事你做得很丑。
>
> 索尔尼斯：你也这么想吗？
>
> 希尔达：不但非常丑恶——并且还狠毒、残忍。
>
> 索尔尼斯：哦，你不了解我的处境。
>
> 希尔达：不管你——。总之，我觉得你不应该这样。②

这种指责，其实来自索尔尼斯内心的一种声音——仅当一个人非常安

---

① 在易卜生笔下，贺达尔大夫作为索尔尼斯与艾林共同的亲密朋友，现实色彩浓厚一些，可以看作是剧中比较切实的人物；希尔达则主要是索尔尼斯的心友，显得非常空灵，虽有现实原型但更多出于虚构，可以看作是剧中的隐性艺术家。当然，在该剧中，索尔尼斯本身就是一位艺术家，只是这位艺术家的自审，仍然需要另一位艺术家（希尔达）来合作展开。

② 《易卜生文集》第 7 卷，第 59 页。

静、反省自我的时候，这种声音才会响起。它相当于一个人的内在灵魂对其肉身在现实生活中的表演进行冷静的审视、评判。希尔达的上场，其功能就在于像一个魔术师一样，把该剧中的"自由翻转舞台"从展示现实生活（或现实生活中的肉身表演）转向展示自我灵魂的对话（或灵魂自审）。通过希尔达，观者可以精细入微地洞见索尔尼斯的灵魂世界。很快我们就看到，索尔尼斯对希尔达推心置腹，即便是不愿意对妻子说的话也愿意对希尔达和盘托出。而且，有意思的是，索尔尼斯越是遭到指责，他内心想表达的话就越多。于是，在这个近似于个人灵魂的空间里，索尔尼斯将他多年来内心的疑虑、幻想、痛苦与忏悔说出来了：

> 索尔尼斯：希尔达，我觉得世界上有一种特选人物，他们有天赋的能力才干，可以使自己一心盼望、坚决要求的事情最后必定实现。你信不信有这种人？
>
> 希尔达：（眼睛里露出一副难以形容的神情）如果真有其事的话，不久咱们就可以知道我是不是特选人物之一。
>
> 索尔尼斯：单靠自己一个人，做不成那些大事情。你必须有助手和仆从——他们也必须一齐出力，事情才能做得成。然而那些人自己绝不回来。你必须非常坚决地——心里默默地召唤他们，你明白吗？
>
> 希尔达：这些助手和仆从是什么人？
>
> 索尔尼斯：这问题咱们改天再谈。……希尔达，两个孩子把性命送掉，究竟还是我的过失。再说，艾林始终没有成为一个她应该做、可以做，并且非常想做的女人，难道你能说这不也是我的过失吗？
>
> 希尔达：不错，然而如果那件事全是助手和仆从干出来的——
>
> 索尔尼斯：谁把那批人召唤来的？是我把他们叫来的！他们来了，并且服从我的意志。（越说越激动）这就是人家所谓交好运。可是我一定得告诉你，交这种好运是什么滋味！这滋味好像我前胸有一块皮开肉绽的大伤口，我的助手和仆从不断地把别人身上的皮一块一块撕下来，给我补伤口！然而我的伤口并没有治好——永远不会好！唉，我简直无法告诉你，有时候伤口把我折磨得多么痛苦。
>
> 希尔达：索尔尼斯先生，你有病。病得很厉害，我觉得。

索尔尼斯：干脆说我是疯子，这是你的心里话。……你为什么要撇下你父亲？

希尔达：（半认真，半玩笑）难道你又忘了十年的期限已经满了吗？

索尔尼斯：胡说。是不是你家里出了乱子？唔？

希尔达：（严肃地）我心里有一股冲动力量逼迫我上这儿来——并且还引诱我往前走。

索尔尼斯：（兴奋地）现在我明白了！现在我明白了，希尔达！像我一样，你身上也有山精。是咱们内部的山精——是它在发动咱们身外的力量。这么一来，不由你不服从——不管你愿不愿意。

希尔达：索尔尼斯先生，我几乎相信你的话是对的。

索尔尼斯：希尔达，世界上有数不尽的妖魔，我们却永远看不见他们。

希尔达：哦，还有妖魔？

索尔尼斯：好妖魔和坏妖魔，金黄头发妖魔和黑头发妖魔。只要你有法子知道控制你的是金黄头发还是黑头发妖魔！嘿嘿！如果那样的话，事情就好办了！①

从这里，我们既看到索尔尼斯身上的魔性，也隐约看到他身上的神性。如果他不是以上帝般的目光审视自己大半生的"好运与成就"，他绝不会感到"前胸有一块皮开肉绽的大伤口"。在现实生活中，无论是建筑界的领军人物，还是其他行业的执牛耳者，其获得领袖群伦的地位多半离不开许许多多助手的支持与帮助，有些助手甚至作出巨大的牺牲。但居于行业塔尖之上的那些大佬，有几个会觉得自己"有还不清的债"呢？只有那些灵魂还顽强活着的人，在夜深人静的时候，才看清自己"负债累累"，看清自己为了获得今日的成就而损害了许多人的幸福。不论索尔尼斯在此主要是进行"灵魂自审"，还是"艺术自审"，他持续加深的痛苦恰好证明了他身上是具有神性的。这个世界上不一定存在上帝特选的人物，但确实存在一些生命活力特别旺盛、智商情商都特别高的人，在他们胸中燃烧着种种创造性的欲念和

---

① 《易卜生文集》第7卷，第61—64页。

怀有超越常规的计划，同时又善于汲取他人的能量逐步实现那些计划。这样的人多半是有魔性的，但不一定都具有神性。正如茨威格所说："在层次高一些的人身上，特别是在有创造性的人身上，躁动不安却作为一种对日常工作的不满足而发挥着创造性的作用，它赋予他那个'更高尚的、折磨自己的心灵'，那种充满疑问的、超越了自己、向往着宇宙的思想。一切使我们超越自己的本性，超越个人利益，驱使我们去求索、冒险，使我们陷入危险的疑问之中的想法都应归功于我们自身中魔性的部分。但这个魔性只有当我们降伏它，当它为我们的兴奋和升华服务时，才是一种友好的促进力量；一旦这种有益的兴奋成为过度的紧张，一旦灵魂在这种煽动性的冲动，在魔性的火山爆发式的冲击中败下阵来，危险就会降临。因为魔性只有通过无情毁灭瞬间的、尘世的东西，通过毁灭它寄居的肉身，才能回到它的故乡，它的本质。"① 魔性既是一种强烈的超越性、创造性力量，也是一种强烈的否定性、毁灭性力量。那种偏执一端、不计后果、主要倾向于毁灭现存一切的魔性力量，也许可称之为"黑头发妖魔"或"坏妖魔"；而那种隐蕴有理性、驱使人不断质疑与否定，同时又不断拓新与创造的魔性力量，由于其内在张力保障了其根本方向不是朝向毁灭，因而也许可称之为"金黄头发妖魔"或"好妖魔"。自身潜藏"好妖魔"的人，可能具备神性，并最终有可能成就划时代的、给千千万万人带来福利的伟大事业。只有那些心存敬畏、经常反省自我的人，或其内心中超越性冲动与规范性冲动构成强大张力的人，才会越是发挥魔性就越激发出神性，这种人多半成为"人中龙凤"。就我们一般人的心理节奏而言，冲动之后往往继之以反省；而那些"人中龙凤"，则是魔性发挥之后继之以神性的内敛与自审②。

洞见自我人性的内部结构对于一般人来说也许是困难的，但索尔尼斯—易卜生的内向反省远远不止于此。在人性结构的内部，毫无疑问至少是存在两股力量的。但这两股力量是分离的、此消彼长的，还是紧连的、如影随形

---

① ［奥］茨威格：《世界建筑师：三大师·与魔的搏斗·三作家》，高中甫等译，北京燕山出版社 2004 年版，第 131 页。

② 这属于人性结构方面的"潜规则"或"准规律"，很难实证，所以科学、严谨的心理学著作一般不会告诉我们这些。但文学艺术是在科学沉默之处开始言说的，其言说也主要是通过形象、情节、意象等来隐喻、暗示，依赖于人的感悟、默会。

的呢？在"自由翻转舞台"上，希尔达实质上退居相对次要的位置，索尔尼斯的内心则受到更多的光照与开显。于是我们看到，索尔尼斯的反向内视几乎是在宇宙视野内展开的，既涉及人神之间的对话与较劲，也涉及自我内部几股力量之间的起伏与纠结；既涉及他一生艺术创造的历程与机制，也涉及艺术创造的价值与意义。在创作之初，索尔尼斯像很多艺术家一样，以唤醒同胞、提升人性为自己的使命：

　　索尔尼斯：你知道，开头时我盖的是教堂。

　　希尔达：我知道得很清楚。

　　索尔尼斯：你要知道，我生长在一个笃信宗教的乡下人家里，所以我以为盖教堂是我能做的最崇高的事业。

　　希尔达：不错，不错。

　　索尔尼斯：我还敢说，盖那些小教堂的时候，我抱着这样的虔心诚意——照道理说，他应该喜欢我了。

　　希尔达：他？他是谁？

　　索尔尼斯：当然是指教堂盖好以后在里面受人供奉的那位人物。

　　希尔达：哦，原来如此！然而你确实知道——他不——喜欢你吗？

　　索尔尼斯：（轻蔑地）他会喜欢我！亏你说得出这句话，希尔达！他纵容我身上的山精作威作福！他还吩咐这些家伙日夜伺候我——这些——这些——

　　希尔达：这些妖魔——

　　索尔尼斯：对了，两种妖魔。啊，他使我明明白白地觉得他不喜欢我。（神秘地）你看，这就是他要烧掉那所老房子的真正原因。

　　希尔达：为那原因？

　　索尔尼斯：对了，你不明白吗？他要给我机会，使我成为本行的高手——为的是可以给他盖更壮丽的教堂。最初我不懂得他的用意，后来我才恍然大悟。

　　希尔达：那是什么时候？

　　索尔尼斯：那是我在莱桑格盖教堂塔楼的时候。

　　希尔达：大概是吧？

索尔尼斯：你要知道，希尔达——在莱桑格的新环境里，我时常沉思默想。那时候我才明白为什么他要把我两个孩子抢走。原来为的是不让我有别的牵挂。不许我有爱情和幸福这一类东西。只许我当一个建筑师——别的什么都不是。派定我一生一世给他盖东西。（大笑）老实告诉你，后来，他的心思完全白费了！

希尔达：后来你干了些什么事？

索尔尼斯：首先，我在心里做了一番反省考察，后来我就做了那桩不可能的事——我对他当仁不让。

希尔达：不可能的事？

索尔尼斯：从前我总不能爬上一个广阔自由的高处。然而那天我却上去了。

希尔达：（跳起来）不错，不错，你上去了！

索尔尼斯：我站在高处，俯视一切，一边把花圈挂在风标上，一边对他说：伟大的主宰！听我告诉你。从今以后，我要当一个自由的建筑师——我干我的，你干你的，各有各的范围。我不再给你盖教堂了——我只给世间凡人盖住宅。

希尔达：（睁着两只闪闪有光的大眼睛）这就是那天我在空中听见的歌声！

索尔尼斯：然而后来他还是占了上风。

希尔达：这话什么意思？

索尔尼斯：（意气消沉地瞧着她）给世间凡人盖住宅——简直毫无价值，希尔达。我现在明白了，人们用不着这种住宅——他们不能住在里面过快活日子。如果我有这样一所住宅，我也没有用处。（苦笑）我想来想去，这是全部事情的结局。我并没真正盖过什么房子，也没为盖房子费过心血！完全是一场空！

希尔达：那么，你从此不再盖房子了？

索尔尼斯：不！我反而正要动手呢！……我觉得只有一个地方可以容纳人生的幸福——这就是我现在打算盖的东西。

希尔达：索尔尼斯先生——你说的是咱们的空中楼阁？

索尔尼斯：对了，空中楼阁。

希尔达：我担心，咱们走不到一半，你就会头晕。

索尔尼斯：希尔达，如果我可以跟你手拉手地一同上去，我不会头晕。……如果我上得去的话，我要站在高处，像上次一样跟他说话。

希尔达：（越来越兴奋）你想对他说什么？

索尔尼斯：我要对他说：听我告诉你，伟大的上帝，你喜欢怎么裁判我，就怎么裁判我。然而从今以后，别的东西我都不盖了，我只盖世上最可爱的东西——

希尔达：（狂喜）对！对！对！

索尔尼斯：我要跟我心爱的公主一同去盖那最可爱的东西。

希尔达：对，把这话告诉他！告诉他！

索尔尼斯：对。我还要告诉他：现在我要下去搂着她，跟她亲嘴。①

如果说前引一大段是索尔尼斯对其内心状态的横向解剖，那么上面这一大段则是索尔尼斯对其从艺几十年来心灵历程的纵向剖析。人心、人性同样属于具体时空中的存在，在不同的时段、不同的情境中，其结构状态是不完全一样的。早期，索尔尼斯为心中的崇高目标所吸引，立志为上帝工作，那个时候他盖了很多教堂（易卜生则创作了一系列宗教哲学剧和世界历史剧），其心智似乎更多地趋向于神性；中期，索尔尼斯逐渐回归生活世界，转向给世间凡人盖住宅（易卜生则创作了一系列社会问题剧），其心智似乎亦逐渐回复到正常人性；到了晚期，索尔尼斯回首来时路，感叹自己为了艺术成就牺牲了大量幸福，此时其内心真是五味杂陈：既有疑虑、恐惧、沮丧，也有愤激、不甘和想要重新活一回的冲动。作为一名老建筑师，索尔尼斯看透了自己以前建造的东西并没有预想的那么有价值，甚至连他自己也不敢爬上其所建楼房的塔顶。如果连自己也提高不了，如何提高他人？而他却为了那些虚幻的成就而付出了巨大的代价！这样的人生值得过吗？如果可以重新来一次，我应该如何选择？索尔尼斯的回答是：从此只盖世上最可爱的东西——具有坚实基础的空中楼阁。那么何谓"具有坚实基础的空中楼

①《易卜生文集》第 7 卷，第 89—92 页。

阁"？笔者曾经以为："这种空中楼阁不是童话，不是寓言，而是基于对世俗生活和人性人心的深刻洞察、出于人类的深邃智慧才能建造出来的'上帝之国'。……它确实是空中楼阁，甚至只属于彼岸世界。但它确实也有坚实基础，这个基础就是人性，它植根于人性的深层需要。"① 现在看来，这个观点是不太准确的。联系易卜生当时的创作情境和他对"第三境界"的一贯追求，他所考虑的"空中楼阁"可能比"上帝之国"要复杂得多。

易卜生是在1891—1892年创作《建筑师》的，在此前一两年，易卜生有过一段刻骨铭心的情感经历。1889年夏天，61岁的易卜生在蒂罗尔认识了18岁的爱米丽·巴达奇和24岁的海伦娜·拉芙，而尤其对爱米丽产生了强烈的感情。易卜生后来给爱米丽写了14封信，明确表达过爱恋之情②。从那些信件中可以感受到，易卜生有时候真的是想跟他的小公主一起畅享爱情之乐。比如，1889年11月19日，他致信爱米丽说："创作是美的，但生活在现实中有时候更美"③；1890年2月6日，他致信爱米丽说："我明显感到，不能充分投入到那种爱恋的心境中对我来说是一件很痛苦的事。这是我的本性使然，没法改变的。……当我们摆脱了这种妨碍人的、不彻底的通信联系方式，你就更是我心里的宝贝。"④ 但最后由于种种原因，他们没有走到一起，甚至都没有亲吻过（据爱米丽自述）。但这次情感经历与体验（想象中的甜蜜体验与现实中的缺失体验）对易卜生的创作是有影响的。易卜生于1890年创作的《海达·高布乐》和随后创作的《建筑师》，都明显带有这次情感经历留下的烙印。在《建筑师》中，希尔达在一定程度上带有爱米丽·巴达奇的影子。对于一个将生命中绝大部分时间花在艺术创作上的老人，面对一个心心相印、青春靓丽的活泼少女，其内心沉睡的某种激情被唤醒是不足为奇的。索尔尼斯似被激发出二度青春，易卜生本人也一度想要"老夫聊发少年狂"。但易卜生此处所谓"空中楼阁"，是不是指稍带尘世烟

①　汪余礼：《双重自审与复象诗学——易卜生晚期戏剧新论》，中国社会科学出版社2016年版，第119页。

②　根据《易卜生书信演讲集》，易卜生于1889年9月20日给爱米丽·巴达奇写了第一封短信，于1898年3月13日给爱米丽写了最后一封信（这是根据目前所见材料得出的判断，不排除有些信件尚未公开）。

③　《易卜生书信演讲集》，第300页。

④　《易卜生书信演讲集》，第306页。

火气息、供一对爱侣卿卿我我的世外桃源呢？抑或是寄托尘世梦想的一种乌托邦幻境呢？似乎是，但又不尽然。如果它只是一个让人释放内心爱欲的世外桃源，那么他们两个人一起私奔到某个风景秀丽之处就可以了，无须攀登那高耸入云的塔楼。如果那只是寄托尘世梦想的一种乌托邦幻境，那么索尔尼斯闭上眼睛做个梦就行了，更没必要冒着极大风险去攀登塔楼。可以说，那个"具有坚实基础的空中楼阁"，并不是靠幻想就能接近的，而是需要人花费极大力气，攀到人力所及的顶端才能接近的一种精神境界。若世俗中人拼尽心力，一次又一次去攀登和眺望，那么它有可能在人的期待视野中显现出来。但攀登者如果稍微一松懈或分神，它就很可能立马消失。在某种意义上，它是需要人的爱欲、魔性和神性共同发力才能接近的一种境界。

易卜生在 1887 年 9 月的一次讲话中曾提到："我相信，自然科学中的进化论也同样适合于生命的精神方面。我想，当前时代的政治和社会概念要不了多久会终止存在，而新时代的政治与社会概念将发展为一个统一的整体，这一整体自身将包含人类幸福的种种条件。我相信，诗歌、哲学和宗教将融合在一起，构成一个新范畴，形成一种新的生命力，对此我们当代人还缺乏明确的概念。……明确而具体地说，我相信我们时代的理想——尽管已经崩溃瓦解——将朝着我在《皇帝与加利利人》一剧所指明的'第三境界'发展。"[①] 这意味着，在易卜生看来，能够"包含人类幸福的种种条件的"，是一种将"诗歌、哲学和宗教融合在一起"的"新范畴、新生命力"，是一种有别于希腊多神教和希伯来基督教的"第三境界"。这种境界究竟是什么，谁也不便妄言。也许唯一可以确定的是，它存在于灵魂最活跃、最敏感的一批艺术家的"神思"里。当代著名作家残雪说过："灵魂的文学的写作者以义无反顾的'向内转'的笔触，将那个神秘王国的层次一层又一层地揭示，牵引着人的感觉进入那玲珑剔透的结构，那古老混沌的内核，永不停息地向深不可测的人性的本质突进。凡认识过了的，均呈现出精致对称的结构，但这只是为了再一次向混沌发起冲击。……在人类的精神领域，在底层的冥府之处，真的存在着一条历史的长河。由于其隐藏之深，很难为人所察觉。它

---

① 《易卜生书信演讲集》，第 374 页。

之所以成为真正的历史，是因为无数先辈的努力曾一次又一次激活它的河水，使它在多少年以后仍然静静地流淌着。这听起来有点像神话，也许灵魂的文学就是这样一个神话。……当一群人都不约而同地感到了某种纯粹意境的存在时，交流的范围就扩大了，玄虚的东西在人们的心中也就成为了真实的存在，而这个存在，正是艺术的长期努力所要凸现之物。"① 在残雪的感觉里，艺术、哲学和宗教同样是可以融合为一体的，那个融合体也许就是精神的最高层次，是"灵魂的文学"所要着力凸显或建造的"空中楼阁"。

至此，尽管我们无法从客观事实中"必然地得出"某个结论，但可以作出一种猜测：不同于前期的宗教哲学剧、世界历史剧和中期的社会问题剧，索尔尼斯—易卜生在晚期所要建造的"空中楼阁"，乃是一种追求精神进化的、诗歌哲学与宗教融合为一体的新戏剧。此时索尔尼斯—易卜生对人性的探索远远超出前期与中期的深度，在向着深不可测的人性本质突进，其所要换来的，乃是人类生命力的最大限度的飞跃。这就是为什么索尔尼斯明知攀上塔楼顶端就极有可能摔死，但他仍然要挑战自我、超越自我，仍然要拼命享受与神对话的那种豪迈与快感。

综上所述，在《建筑师》中，易卜生通过将"自我"分化为一系列人物形象，尤其是在其中置入隐性艺术家希尔达，同时借助"自由翻转舞台"，从横向和纵向两个方面展开了精细入微的"自审"。在"自审"过程中，人性的深层结构逐渐显现出来，一般人性与魔性、神性边融合边冲突的景观亦展现出来。尽管人性结构内部各要素的矛盾运动几乎永无休止，人类精神追求的层层境界也难以尽述，但"自审"的过程本身就像一个不断扩大的圆圈一样，足以引发越来越多人内心的共鸣。这就是该剧的审美普遍性所在，也是它为什么能进入经典化旅程的根本原因。

总的来说，易卜生大部分戏剧之所以能经受时间的淘洗而成为经典名剧，固然跟易卜生的悖反思维、回溯技巧、复象手法有关，但主要原因在于它们实现了三种融合统一：戏剧性、诗性与现代性的融合统一，思、史、诗的融合统一，人性、魔性与神性的融合统一。而且，它们之所以实现了上述

---

① 残雪：《残雪文学观·精神的层次》，广西师范大学出版社 2007 年版，第 108—109 页。

三种统一，归根结底乃基源于易卜生的自审精神。至此，可以说，鉴于易剧中的悖反、回溯、复象基源于"自审"，易剧的内省性、反叛性、先锋性基源于"自审"，上述三种统一亦基源于"自审"，因此"自审"实可谓易卜生戏剧诗学的核心奥秘。

第六章　易卜生营构戏剧诗境的 主要手法

一部优秀的、经得住时间检验的戏剧作品，往往既具有强烈的戏剧性，又具有浓郁的诗意。换言之，戏剧性与诗性的高度融合，乃是优秀戏剧作品的一个突出特征。而易卜生作为世界公认的现代戏剧大师，其大多数作品都具有这个特征。易剧的戏剧性是显而易见的，但其诗性品格被关注得不够，其如何做到戏剧性与诗性的高度融合更是很少被阐发出来。了解"自审"这个核心奥秘虽有助于我们明白易卜生如何做到"戏剧性与诗性的高度融合"，但还远远不够。因为易卜生的艺术智慧好比一棵大树，"自审"是其基干，"悖反""回溯""复象"等是其较大的枝杈；而只有弄清与之相应的更具体的一些艺术技巧、表现手法，这棵智慧之树才会真正"枝繁叶茂"起来。

正如朱光潜先生所说："一切艺术到精妙处都必有诗的境界。"[①] 精妙的戏剧亦必有诗的境界，或者说必有"戏剧诗境"。今天，如果我们要借鉴易卜生的戏剧技巧与艺术智慧，有必要聚焦于易卜生所营构的"戏剧诗境"，探讨他如何既营造出非常强烈的戏剧性效果，又营构出耐人寻味的诗意境界，而且还能把两者恰到好处地结合起来。做到这一点其实是非常不容易的，因为在戏剧创作实践中，作者往往只能顾及一端，有了强烈的戏剧性往往无甚诗意，有了浓郁的诗意又往往没什么戏剧性，这也是绝大多数戏剧作品很难成为经典的一个重要原因。因此本章的探讨，主要是服务于当下戏剧创作，希望能从易剧中汲取一些可以为今人所用的活东西。

在展开探讨之前，需要对"戏剧性""诗性""戏剧诗境"三个关键概

---

① 朱光潜：《诗论》，北京出版社 2005 年版，第 134 页。

念作一界定。在笔者看来，所谓"戏剧性"，是指在主客相遇时所构成的审美场中缘构发生的一种既扣人心弦又出人意外的性质或关系性存在。这里所谓"扣人心弦的"，是指引人关注、让人好奇或逗人兴趣、令人期待；所谓"出人意外的"，是指出乎人的猜测、预料、期待、估计或常态意识的，其程度可以有深浅强弱之分，有些只是稍微超出预期，有些则是令人感到震惊。当然，"既扣人心弦又出人意外的"，是就典范意义的"戏剧性"而言的，现实中的"戏剧性"，则林林总总、千差万别：有的主要是"扣人心弦"而略带"出人意外"，有的则先"出人意外"而后"扣人心弦"，有的是前期"扣人心弦"而后期"出人意外"，有的是在"扣人心弦"的过程中不断地"出人意外"，等等。总之，在不同的情境中，"扣人心弦"与"出人意外"的成分、强度可以有所不同，有时侧重于前者，有时则侧重于后者，有时两者都很明显；而不论是"扣人心弦"，还是"出人意外"，都往往给人一种"紧张感"，或带来一种欲罢不能的"吸引力"[1]。质言之，"戏剧性"是与"紧张感""吸引力"紧密联系在一起的。所谓"诗性"，是指一种诉诸主体体验的、感性的超越性，它与感性、想象、意象、韵味或不确定性、无限性密切相关，往往在感性的意象、情境中隐寓着无穷的意味[2]。所谓"戏剧诗境"，在此特指兼具戏剧性与诗性的情境，或戏剧性情境与诗境复合而成的有机整体，它们往往既扣人心弦、出人意外，又耐人寻味、引人入胜，能让人进入一种有别于现实生活的、更高远更深邃的境界之中。申言之，"戏剧诗境"就好比一道强烈的光，将现实生活中我们不容易看到的人心深处的图景、一切存在者中特别深邃的东西开显出来，将我们从有限的

---

① 详见拙文《关于"戏剧性"本质的现象学思考》，《戏剧（中央戏剧学院学报）》2019 年第 4 期。

② "诗性"是一个非常不易界定的概念。徐中玉先生说："诗性是一种高尚的，雅致的，智慧的，灵动的，极容易深入人的灵魂深处，内心深处的感悟状态，精光四射，魅力无穷的感觉。"［见徐中玉为马大康《诗性语言研究》（中国社会科学出版社 2005 年版，第 1 页）所写的"序"］刁克利先生说："所谓诗性，就是文学作品附丽于同时又超越了语言层面的华美品质。……诗性就是文学的特性，诗性彰显文学独特的美与魅。"（刁克利：《诗性的寻找》，中国人民大学出版社 2013 年版，第 2 页）朱栋霖先生说："诗意来源于生活中优美的、纯洁的、光明因素的升华。诗是超现实、超功利的纯粹审美活动与境界。"（朱栋霖：《论戏剧的诗本体》，《学术月刊》1991 年第 10 期）这些观点可供参考。在笔者看来，"诗性"本质上是一种感性的超越性：它离不开感性的意象、情境，但本质上又指向某种超越性的存在。

生活画面引向无限的存在之思。而且，如果说诗的精妙处在于"以追光蹑影之笔，写通天尽人之怀"①，那么"戏剧诗境"也往往会关涉到自然的神秘、人性的极致与天人之道这些难以言说的存在。正因为"戏剧诗境"蕴含着不易觉察、难以言传的存在之真，所以它一方面出乎常人意识之外，另一方面又颇具吸引力。而易卜生戏剧，大多数与此相关。在一定意义上可以说，正是"戏剧诗境"的存在，让易卜生大多数剧作成为与时俱进、历久弥新的经典之作。

要说清楚易卜生如何营构"戏剧诗境"，是一件非常困难的事。也许在这个问题上，笔者应该保持沉默。但这个问题又确实具有很强的吸引力，因此打算"知其不可言而言之"。由于易卜生营构戏剧诗境的手法灵活多样，在不同的剧作中有不同的体现，而本章又不可能对易卜生 25 部剧作逐一展开探讨，因此这里只能挑选其中较有代表性的剧作，从中概括出若干主要手法，再扼要加以阐述。

第一节　易剧开端营构戏剧性情境的主要手法

一部剧作是否具有戏剧性，在很大程度上取决于作者在开端部分是否营构了具有强烈张力的戏剧情境。开端部分富有张力的戏剧情境，好比一部剧作的"发动机"具有足够的马力，既可以推动情节持续向前发展，又可以迅速吸住观众。而这里所谓"富有张力的"，在作品方面就是"内蕴差异、矛盾和悬念的"，在观者方面也就是"扣人心弦"的，因而至少是具有潜在戏剧性的。尽管一部剧作的情境远远大于开端部分的情境，但由于开端部分的情境"伏脉千里"，直接影响后面的戏剧性呈现，因而它是特别值得探讨和展开分析的。

在剧作开端部分，易卜生营构戏剧性情境的手法至少有四：一是切近拐点，布下阴云；二是阴阳交叉，强化张力；三是龙套开场，双管齐下；四是欲擒故纵，左右盘旋。下面结合具体作品详细论述。

---

① 王夫之：《古诗评选》，上海古籍出版社 2011 年版，第 161 页。

一、切近拐点，布下阴云

诚如威廉·阿契尔所说，"戏剧是一种激变的艺术"①，而戏剧的开端部分应显示出"激变"将要发生或开始发生，"一小块乌云开始在地平线上出现"②。这意味着，一位深谙戏剧本质的成熟剧作家，在其剧作的开端或第一幕，一般不会从剧情的根芽讲起，而会选择从事变前夕所出现的某些征兆、阴云讲起。而重大的事变或所谓"激变"，往往是一个人命运的转折点——或从顺境转向逆境，或从人生巅峰转向人生困境，那种前后的对比，往往不仅能带来戏剧性，还便于显示人物性格的内蕴与特质。因此，从拐点（转折点）处入手展开布局，是一个比较好的选择。易卜生可谓熟练运用这种技巧的大师，他的《玩偶之家》《建筑师》等作品为这种技巧的运用树立了典范。

《玩偶之家》开幕时，娜拉买了很多圣诞节礼物回来，很大方地给脚夫付小费，而且乐不自禁地唱起歌来。她想起丈夫海尔茂很快就要当上银行经理，自己很快就可以还清债务，心情大好，像只快活的小鸟。无论是对于娜拉还是对于海尔茂来说，他们正处于人生的上升期甚至巅峰期，或者说其人生似乎已经"达到了高潮"。观众所看到的，也是这个家庭在节日前夕的欢乐与畅快。但随着林丹太太与柯洛克斯泰的来访，这个家庭很快就布满了阴云。林丹太太作为娜拉的同学、好友，她来拜访本是为了请娜拉帮忙找工作，但客观上为娜拉回叙往事提供了条件。而正是娜拉的回叙，让观众了解到娜拉在八年前瞒着丈夫跟柯洛克斯泰借了一大笔钱，至今尚未还清，且至今不能告诉海尔茂，这就无意中暴露了这个家庭存在的问题。这对夫妻为什么不能开诚布公地沟通呢？娜拉八年前瞒着丈夫做的那件事将对这个家庭产生怎样的影响？这些疑云逐渐在观众心里产生。或者说，此时观众所看到的，已不只是这个家庭阳光欢快的一面，还有隐隐约约比较晦暗的一面。随

---

① ［英］威廉·阿契尔：《剧作法》，吴钧燮、聂文杞译，中国戏剧出版社 2004 年版，第 34 页。

② ［英］威廉·阿契尔：《剧作法》，吴钧燮、聂文杞译，中国戏剧出版社 2004 年版，第 129 页。

着剧情的发展，阴影面积逐渐扩大。正当娜拉兴奋地跟孩子们玩捉迷藏时，柯洛克斯泰来了。他要挟娜拉，说如果娜拉不能帮他保住他在银行的职位（此前海尔茂已经决定辞退柯洛克斯泰），他就要把娜拉八年前伪造签名借钱的事捅出去，让法院来惩办娜拉。娜拉万万没有想到，她当年为救丈夫性命所做的事，竟然触犯了法律。此时娜拉心里的乌云开始翻涌起来，她开始感到害怕、紧张。她想跟海尔茂求情，保住柯洛克斯泰的职位，但海尔茂说柯的品行已经堕落到不可救药的地步，对其儿女都产生了坏影响，坚决不同意再用他。至此娜拉几乎无法摆脱困境，心里更加焦虑、紧张而恐惧了。看到这里，观众也不免为娜拉担忧：她后面有可能说服海尔茂吗？她会受到法律的制裁吗？她用心经营的这个"幸福家庭"最终会怎么样？显然，易卜生所设计的这个开端，以幸福快活的娜拉忽然陷入困境为主要事件，戏剧性很强，很快就可以紧紧抓住观众的注意力。而之所以能产生这个效果，主要原因就在于易卜生是从娜拉命运的拐点入手展开描写的，让娜拉从幸福的云端很快跌落到焦虑、恐惧的深渊，但其命运的达摩克利斯之剑只是悬于头顶而没有砍下来，这自然能引发观众的紧张与同情，使之不由自主地关切娜拉的命运[①]。

在《建筑师》中，易卜生一开始就写索尔尼斯工作室的老员工布罗维克对老板长期压制的怨恨："不行，我再也受不住了！……今晚我一定要跟他算算账。"这透露出什么信息呢？事业正处于巅峰、几乎垄断一方的建筑总管索尔尼斯，其实面临着下属反抗、宝座易人的危机。表面上，他是当地首屈一指的建筑总管，控制着当地几乎所有的建筑业务。但实际上，年轻的建筑师在苗壮成长，其新颖的设计对当地居民很有吸引力，索尔尼斯已经不能不担心自己的位置有可能被推翻。用他自己的话说，他现在日夜担心"下一代人来敲门"。而目前，布罗维克的儿子瑞格纳一心希望摆脱索尔尼斯的控制，自立门户独当一面，这很可能意味着索尔尼斯将逐渐丧失他的领袖地位。索尔尼斯心里非常犹豫，是想方设法控制着瑞格纳，贬低他、打压他，

---

① 当然，易卜生对娜拉的性格描写（活泼，善良，单纯，坚强，喜欢幻想，不谙世事）也是让观众对娜拉深切同情的重要原因。结构技巧的运用必须与性格描写结合起来，才能产生很好的艺术效果。

还是肯定他、鼓励他，让他出去独立承担业务呢？就其本性而言，索尔尼斯是倾向于牢牢地控制住瑞格纳的，但他内心有个声音告诉他，这样做很丑。很快，代表他内心那个声音的小姑娘希尔达出现了。希尔达让索尔尼斯回忆起他当年在高楼塔顶挂花环的辉煌时刻，引发他的信心与豪情，并建议他慷慨地"给下一代人开门"。索尔尼斯虽然心存忧虑，但又觉得希尔达的话有道理，而且感觉有很多话要跟她说，于是告之"你正是我最需要的人"。第一幕至此结束。从后面来看，索尔尼斯的命运在开幕第二天就发生了激变（从高楼塔顶上摔下来），因此毫无疑问，该剧是从拐点处展开的。看完这个拐点，观众会不由自主地想：索尔尼斯能继续维持他在建筑界的领袖地位吗？他将如何面对瑞格纳的挑战？他会选择做一个高尚、大气的人，还是一个狭隘、怯懦的人？这是第一幕结束时留下的悬念。显然，这样的开端非常扣人心弦，能让观众产生紧张感与期待感，本身构成了一个很有戏剧性的情境。

易卜生其他剧作如《人民公敌》《海达·高布乐》《小艾友夫》《博克曼》等都是在切近拐点处开场的。"切近拐点，布下阴云"可以说既是特别能产生戏剧性效果的一种经典手法，也是易卜生最常使用的一种开端手法。他之所以经常使用这种手法，归根结底，是因为这种手法非常契合戏剧艺术的本质，便于在非常有限的时空内展现出人生中特别扣人心弦、震人心魂的某些场面，从而既取得良好的剧场效果，又能引发观众深长的思索。

二、阴阳交叉，强化张力

除了极个别的独角戏，戏剧艺术往往需要处理多种二元对立关系，并且在那些对立、冲突中取得戏剧性效果。因此在剧作的第一幕，以太极图式为原型，构建一个阴阳交叉、彼此纠结、内蕴矛盾的情境，乃是推动剧情进一步发展的基础。在这方面，易卜生的《野鸭》《复活日》提供了可资借鉴的一些经验。

《野鸭》的整个剧情是在两个家庭之间展开的，其开端部分虽然将主要场景设置在威利家，但实际展示的是威利家与艾克达尔家之间的复杂纠葛。

易卜生以其惯有的绘画思维，先是呈现威利家的宴席场面，然后由面到点，逐渐聚焦于威利之子格瑞格斯与艾克达尔之子雅尔马之间的对话。从他们的对话中，观众可以了解到，格瑞格斯与雅尔马原来是老同学、好朋友，但后来由于威利与艾克达尔合伙做生意失败、艾克达尔被关进了牢房，这对老同学再也不往来，有十六七年没见过面了。在这段时间里，威利帮雅尔马开了照相馆，把自己的女管家基娜许配给雅尔马为妻，并且给雅尔马的父亲老艾克达尔安排了一份薪水不错的工作。威利简直像上帝似地照顾着艾克达尔一家，而后者对于威利则奉若恩人。但在敏感的格瑞格斯看来，威利帮助雅尔马一家是另有原因的。格瑞格斯早年从其母亲那儿得知，威利玩弄过基娜，具体时间在雅尔马结婚之前。根据这一事实推断，威利把基娜许配给雅尔马，很有可能是为了掩饰他自己做过的肮脏勾当。而雅尔马被蒙在鼓里，根本不知道女儿海特维格其实是威利的女儿。格瑞格斯拿这事批评他的父亲："现在雅尔马钻在你的圈套里了，他那么天真老实，一点疑心都没有，跟那么个娘们儿一块儿过日子，做梦也没想到他的所谓家庭是建立在撒谎的基础上的！我一想起你从前干过的事情，眼前就好像看见了一片战场，四面八方都是遍体鳞伤的尸首。"① 威利没有反驳，只感到他跟儿子之间的隔膜太深了。格瑞格斯决定离开威利，到外面去完成他"做人的使命"。第一幕至此结束。从整体上看，这一幕实际上涉及三组阴阳对立关系：一是在富裕显赫的威利家与贫穷黯淡的艾克达尔家之间形成的家庭对比关系（前者偏于阳，后者偏于阴）；二是在格瑞格斯与雅尔马之间形成的性格对比关系（一个敏感而正直，一个老实而怯弱，前者偏于阳而后者偏于阴）；三是在威利与格瑞格斯之间形成的父子对立关系。这三组关系，聚合了《野鸭》中主要的人物关系，构成了《野鸭》开端部分戏剧情境的主要内容。尤其是第三组关系，让此剧的开端情境明显带有紧张感。此外，在此情境中，还存在诸多疑问：艾克达尔落魄的深层原因是什么？威利对于艾克达尔一家来说究竟是"上帝"还是"魔鬼"？雅尔马为什么假装不认识他的父亲？格瑞格斯为什么那么仇视他的父亲？他所谓"做人的使命"究竟是什么？这些疑问，构成《野鸭》开端情境中的悬念，对于观众来说无疑具有吸引力。

① 易卜生：《野鸭》，载《易卜生戏剧集》(2)，第299页。

　　《复活日》的剧情虽然不是在两个家庭之间展开的，但由于其骨架建立在两组人物关系及其交叉演变之上，因此其戏剧情境总体上也具有"阴阳交叉"的特点。在该剧第一幕，易卜生描写的仿佛是一个阴阳交叉处的怪异世界：中年雕塑家鲁贝克带着他年轻貌美的妻子梅遏在一个海滨浴场度假，鲁贝克深感生命之空虚无聊，跟妻子隔膜甚深；他对眼前这种舒适生活感到一种说不出的厌倦与烦躁，而在内心深处怀念年轻时灵感喷涌专注于艺术创作的日子；于是境随心变，鲁贝克当年的创作泉源——一位白衣女士和一位黑衣护士出现了。那位白衣女士叫爱吕尼，她自述"已经是隔世的人"；那位黑衣护士胸前挂着十字架，一直紧跟着白衣女士。鲁贝克看见爱吕尼如逢故友，心里有说不完的话，其早年的灵魂活动与创作激情逐渐重现。但相对于鲁贝克夫妇这两位阳世活人而言，爱吕尼及其随身黑衣护士似乎是阴间鬼魂，她们只在鲁贝克眼前出现，对于梅遏来说则似乎不存在。梅遏是个很世俗的女人，她走不进鲁贝克的精神世界，但对一个粗鲁的猎人乌尔费姆很感兴趣，打算跟着他上山去打猎。于是，情境发生变化：鲁贝克打算跟着爱吕尼攀到高山之巅相会，梅遏则决定跟着乌尔费姆去山上打猎。精神与肉体各寻所需，在分化中寻求进一步发展。如果说鲁贝克、爱吕尼这一对男女偏重于精神方面的追求，那么乌尔费姆、梅遏这一对男女则大体偏重于肉体方面的追求。显然，《复活日》第一幕所营构的戏剧情境，是一个阴阳交叉互渗而又隐隐对立的情境。这一情境是在阴阳两界之间展开的，张力很强；其所展开的人物关系大体也是阴阳交叉的，构成一个可重组的菱形结构。这里虽然没什么冲突（即便梅遏要跟一个粗鲁的猎人走，鲁贝克仍然很爽快地答应了，跟妻子没有半句争吵），但有一种摄人心魂的吸引力：鲁贝克内心里所渴求、呼唤的爱吕尼究竟是个啥？她是鲁贝克早年创作《复活日》时所参照的女模特？还是鲁贝克心里所秘密爱恋的缪斯女神？抑或是鲁贝克本人年轻时自由活泼的艺术灵魂？她现在究竟是死的还是活的？她身边的那位黑衣护士是死神吗？她跟爱吕尼究竟是什么关系？鲁贝克跟爱吕尼爬到山顶会发生什么？这些疑问无疑会吸引观众继续往下看。

　　总之，以太极图式为原型，在开端部分营构阴阳交叉（阴阳互渗而又对立）、内蕴张力的戏剧情境，是非常契合戏剧本质、能稳步推动剧情发展、迅速引发观众兴趣的一种上等开端手法。易卜生不一定对"太极图式"有明确的概念，但他对戏剧本质的深刻洞察，使他在不知不觉中将太极图式运用得出神入化。

三、龙套开场，双管齐下

正如绘画有散点透视、焦点透视、移轴透视等技法一样，编剧在开端营构戏剧性情境时所用的手法也是灵活多样的。从易卜生的创作实践来看，他固然经常采用"切近拐点，布下阴云"和"阴阳交叉，强化张力"这两种手法，但他很多剧本的开端方法并不限于这两种手法。他用得较多的另一种手法也许可以称之为"龙套开场，双管齐下"，即先让比较次要的龙套人物开场，谈论跟剧情发展有重要关系的过往事件（或先行事件），埋伏下两三条情节线；再让阴阳相对的主要角色先后登场，在交流、交锋中逐渐走向其命运中的激变时刻。易卜生的《群鬼》《罗斯莫庄》可以说都是运用这一手法的典范之作。

《群鬼》开幕时，首先上场的是阿尔文太太的女佣吕嘉纳及其名义上的父亲安格斯川。穷木匠安格斯川要从花园门进来，吕嘉纳则拦着不让他进来；安格斯川要吕嘉纳回到他的水手公寓伺候顾客，吕嘉纳不愿意，她心里惦记着小主欧士华。在他们争吵的过程中，透露出两件事：一是欧士华已从国外回来，二是吕嘉纳并非安格斯川的亲生女儿，她的亲生父亲其实是一个有钱人。从后面看，这两件事涉及全剧的一个重要秘密：吕嘉纳其实是阿尔文上尉跟他家女佣乔安娜所生的女儿，也就是欧士华同父异母的妹妹。但此时吕嘉纳并不知道这个秘密，她只是几乎本能地喜欢欧士华，而非常讨厌安格斯川对她的安排。接着曼德牧师来了，他是为着孤儿院的事情来找阿尔文太太的。随后阿尔文太太——本剧的一号人物出场。她出场之后，与曼德牧师讨论要不要给孤儿院保火险、吕嘉纳将来从事什么工作等问题。出于对吕嘉纳的特别关注，欧士华（本剧二号人物）出场了。欧士华这次回家是准备长期待下去的，而且他已经喜欢上吕嘉纳，对于吕嘉纳将来的工作问题，他有自己的考虑：既不是去水手公寓伺候人，也不是去孤儿院照顾孩子，而是陪在他身边照顾他的生活。当然他现在还不能把这个想法说出来，于是跟他母亲和曼德牧师大谈外头那种"伟大、自由、光辉的生活"（男女不举办结婚仪式而同居、生养小孩等）。曼德牧师认为这样的生活很不道德，阿尔文太太则觉得儿子的话句句正确。由此两人的观点出现明显的分歧。为了说服阿尔文太太，曼德牧师开始历数她犯过的种种错误：27年前，阿尔文太太结婚还不到一年的时候，她就想"抛弃做老婆的义务"，计划离家出走；20年前，她又把儿子送到国外，"抛弃了做母亲的义务"。总之，在曼德牧师看来，阿尔文太太罪孽深重，现在尤其得赶紧回头，不能再让错误的思想影响自己。对此，阿尔文太太则指出曼德牧师的这一番批评是建立在虚假传说的基础上，缺乏确凿的事实依据。随后她说明了事情的真相：阿尔文上尉从婚前到婚后一直是个荒淫无度的人，根本不存在曼德牧师所说的"改邪归正"这回事；他不仅在外面胡搞乱来，而且对家里的女佣下手，吕嘉纳就是他的私生女；阿尔文太太之所以在欧士华不到七岁时将其送到国外，是为了避免让儿子呼吸到家里的肮脏空气；她之所以建孤儿院，是为了"平平外头的谣言，解解别人的疑心"，而并非为了纪念阿尔文。由此，曼德牧师才知道这么多年来阿尔文太太过的日子"其实是一片别人不知道的苦海"。正当他们的争论趋向缓和时，却传来饭厅里吕嘉纳的声音："欧士华！别闹！你疯了？快撒手！"原来"暖房里的两个鬼又出现了"。至此第一幕结束。从整体来看，《群鬼》的开端方法显然先是让龙套人物吕嘉纳、安格斯川出场，引出先行事件，再让主要角色曼德牧师、阿尔文太太和欧士华上场，接着就是阴阳交叉、今昔交织，让"过去的戏"与"现在的戏"交替演进。如果说曼德牧师思想保守落后，在某种意义上是"死鬼"的一种代表，因而属于阴性人物的话，那么阿尔文太太则思想相对开放进步，在某种意义上是"觉醒者"的一种代表，大体属于阳性人物，他们的谈话、争论，属于典型的"阴阳交叉"。当然，无论是曼德牧师还是阿尔文太太，其思想状况都是比较驳杂的，可谓阴中有阳，阳中有阴，互相交织，难以彻分。而易卜生在让他们回溯过去的时候，不忘推进另一条线索上的戏，即欧士华与吕嘉纳的暧昧关系。这两个年轻人在暗场（暖房）胡闹，几乎是19年前阿尔文上尉与乔安娜在暖房胡搞的重演。这意味着，如果将开端部分阿尔文太太与曼德牧师之间的交谈视为主线、阳线的话，那么欧士华与吕嘉纳之间的交往则可视为副线、阴线，这两条线索的交织亦可谓"阴阳交叉"。两个大人之间的谈话侧重于"揭示过去"，两个年轻人之间的交往则主要是"暗示未来"。接下来，这对兄妹的关系将如何发展？或者说阿尔文太太该如何处理这个棘手的问题？这是该剧第一幕落下时生成的最大悬念，无疑会紧紧抓住观众的注意力。显然，易卜生在《群鬼》第一幕所营构的情境是很具有戏剧性的："龙套开场"扣人心弦，引人入胜；"阴阳交叉"跌宕起伏，真相令人意外；"今昔交织"快速推进，实情令人震惊。

《罗斯莫庄》作为易卜生最杰出的剧作之一，其开端营构戏剧性情境的方法也是特别值得琢磨、借鉴的。在该剧大幕拉开时，舞台上呈现的是夏日傍晚时分的情景：罗斯莫庄的女佣吕贝克和管家海尔赛特太太在等主人罗斯莫牧师回家吃晚饭；吕贝克从窗户看到罗斯莫正往家里走，于是很关切地看他敢不敢走家门前的那座便桥，但罗斯莫还是像往常一样绕开了便桥。海太太提起那座便桥出过人命案件，最近还出现了"白马"，暗示死人像是撇不下活人。吕贝克问"白马"究竟是什么东西，海太太则转移话题，提到克罗尔校长正从便桥走过来了。这短短几句对话，不仅扼要交代了对全剧有重要作用的先行事件（罗斯莫庄以前出过人命案件），营造了一种神秘、恐怖的氛围，还引出了性格、心理迥异的两个人物（一个不敢走便桥，一个敢走便桥），而他们与吕贝克的关系正是全剧情节向前发展的一条重要线索。此外，这个开头还留下了强烈的悬念：罗斯莫为什么不敢走那座便桥？吕贝克为什么特别关心他敢不敢走便桥？罗斯莫庄此前到底发生了什么事？白马的出现意味着罗斯莫庄又有人要去世吗？

接着克罗尔上场，吕贝克跟他聊起来。克罗尔是罗斯莫亡妻碧爱特的哥哥，他跟罗斯莫的关系素来很好，但自从碧爱特去世后，克罗尔就似乎消失了一般。于是吕贝克问克罗尔，为什么整个暑假都不到罗斯莫庄来？克罗尔说他不愿意招人讨厌，这话让人心生疑窦：克罗尔为什么说出这么生分的话？他心里对碧爱特之死究竟持什么看法？也许是为了解除克罗尔的怀疑，吕贝克强调说，在碧爱特生病期间，她和罗斯莫都是尽心竭力地予以体贴和照顾，没有半点懈怠。克罗尔并不真信她的话，却突兀地问起吕贝克的年龄，还说吕贝克与罗斯莫"岁数挺合适"，不反对他俩结婚。这明显透露出克罗尔心里的一种猜测：他觉得妹妹碧爱特的早逝，跟吕贝克想成为罗斯莫夫人有关。可以想象，在那个暑假里，克罗尔把罗斯莫与吕贝克的潜在关系想了无数遍。要不是他现在有事要请罗斯莫帮忙，他多半是不愿意踏进罗斯莫庄半步的。

随后，罗斯莫到家了。他对克罗尔的来访表示热烈欢迎，同时也跟吕贝克一样强调说："碧爱特害病的时候我们在她身上用尽了心血。我们心里没有可以惭愧的事。所以我想起了碧爱特，心里只有一片平静的柔情。"① 克罗尔同样并不真信罗斯莫的话，但由于他现在需要利用罗斯莫，就说："你们真是好人！从今以后，我一定天天来看你们！"罗斯莫听了很高兴，打算开诚布公地跟克罗尔深谈一次。克罗尔则趁机把话题转向当前国内激进派与保守派的"激烈内战"上来，并邀请罗斯莫跟他并肩战斗，担任保守派喉舌《州报》的编辑工作。至此，克罗尔来访的动机明确显露出来。在这段戏中，克罗尔与吕贝克、罗斯莫的谈话表面很客气、很和谐，但实际上各怀心思，其话语表里不一，反差较大，具有潜在的戏剧性。

对于克罗尔的邀请，罗斯莫表示不能从命。克罗尔则给他戴上一堆高帽子（比如，"大家都敬重你做人仁厚正直"，"敬重你心思细致，敬重你品行端正"，"你有历代相传的家世名望"，等等），极力劝他加盟。吕贝克在一旁插话说："亲爱的校长，你不知道我觉得你这番话多么可笑。"② 这让克罗尔听了很不悦。至此，罗斯莫、吕贝克与克罗尔的分歧已显现出来。接下来他们很可能发生争执或冲突，但易卜生宕开一笔，突然写布伦得尔来访，将罗、克矛盾暂时按下不表。布伦得尔是罗斯莫小时候的启蒙老师，他曾经"像填鸭子似的把一大堆革命思想塞在罗斯莫脑子里"，后来被罗斯莫父亲用鞭子撵走了。此时布伦得尔来访，表示"要把自己微薄的力量贡献给解放事业"，但他穷得叮当响，连一套像样的衣服都没有，于是跟罗斯莫借。对于布伦得尔，克罗尔非常鄙夷不屑，罗斯莫则给予同情的理解与帮助。观众可以明显感到，在对待落魄者的态度方面，罗斯莫与克罗尔有云泥之别。易卜

---

① 易卜生：《罗斯莫庄》，载《易卜生戏剧集》(2)，第406页。
② 易卜生：《罗斯莫庄》，载《易卜生戏剧集》(2)，第411页。

生这种"宕开一笔，节外生枝"的写法，看似插进了一个多余的人物，其实是大师笔法：不但拓展了作品感性生活的容量，而且使作品的内在节奏张弛有度；不仅有助于塑造出立体的人物形象（多侧面多维度地显现人物性格，尤其是让观众了解到罗斯莫从小时候起就已经受到启蒙思想的影响，这是他不喜欢碧爱特而愿意接受吕贝克的重要原因），而且有助于让主要矛盾在被按压下来之后获得更具冲击力的爆发，从而取得更强的戏剧性效果。

布伦得尔走后，罗斯莫与克罗尔在沙发上坐下来开始细谈。罗斯莫坦承在他的灵魂里"出现了一个新的青春"，他现在跟希尔达——克罗尔的女儿兼克罗尔的反对者站在一起，而且，他从骨子里就不喜欢党派斗争："我并不喜欢这股正在抬头的潮流，我也不喜欢两个对立党派的哪一派。我只想把两派的人拉在一起——人数越多越好——叫他们紧紧联合起来。我情愿拿出我的全部力量，一生专做这一件事：在咱们国家创造一个真正的民主政治。"① 对此克罗尔感到非常失望，质问他难道已放弃祖宗的信仰，罗斯莫则继续坦承自己已"甩掉祖宗的信仰"。克罗尔没想到罗斯莫居然连祖宗信仰都可以丢掉，就骂他是"叛徒"，开始展开人身攻击；罗斯莫则直言对克罗尔在党派斗争中的言行感到痛心："克罗尔，想不到你会堕落到这步田地！——我一发现你干得出那些事情，我马上觉得应该把责任担当起来。在这场斗争中间，人的品质越变越坏了。和平、快乐、互相容忍的美德必须在咱们灵魂里重建起来。"② 对此克罗尔根本听不进，说他一定会把罗斯莫拉回来不可，并搬出碧爱特的话，含糊地讥讽罗斯莫与吕贝克的行为"下流得很"。罗斯莫问他这话是什么意思，克罗尔不作解释就走了。至此第一幕结束。结束时克罗尔与罗斯莫的冲突已经比较激烈，而且留下了很强的悬念：克罗尔说罗斯莫与吕贝克的行为"下流得很"，是有什么事实依据吗？他是不是掌握了罗斯莫的什么把柄，所以自信能强行把罗斯莫拉回来？吕贝克与罗斯莫究竟是什么关系？他们对于碧爱特之死是否负有责任？罗斯莫与克罗尔之间的冲突、激进派与保守派之间的论战将会如何发展？显然，这些悬念会紧紧抓住观众，使之欲罢不能。

---

① 易卜生：《罗斯莫庄》，载《易卜生戏剧集》（2），第420页。
② 易卜生：《罗斯莫庄》，载《易卜生戏剧集》（2），第422页。

综观《罗斯莫庄》的第一幕，可以发现易卜生所营构的情境、所运用的手法比较复杂：表面看，该剧的开场思路，是先让海太太与吕贝克谈论过往事件，交代情境要素，再逐渐把表现重心转向罗、克之隐性对立与显性冲突。实际上，易卜生在这一幕设置了三条情节线：一是罗斯莫与吕贝克之间的复杂关系；二是保守派与激进派之间的矛盾斗争；三是克罗尔与罗斯莫、吕贝克的隐性斗争，并让它们十分贴切自然地扭合嵌套在一起。仅就第一幕而言，罗吕关系为次要线索，两派斗争为主要线索，观众也很期待看到那两派人士将如何斗下去；但从全剧来看，罗吕关系实为主要线索，两派斗争则是推动罗、吕关系发生演变的外部刺激因素。这里比较微妙的是吕贝克这个角色，在第一幕，作为罗斯莫庄的女佣，其地位远不及罗斯莫牧师和克罗尔校长重要，易卜生在她身上花费的笔墨也相对少些，因此她只能算是一个龙套人物。但随着剧情的发展，易卜生将两派斗争推到幕后，而将罗、吕灵魂的交叉演进推到台前予以重点展现，于是吕贝克逐渐成了主要人物，并跟罗斯莫一起很快迎来命运的激变。因此可以说，《罗斯莫庄》第一幕营构戏剧性情境的方法，是将"龙套开场阴阳交叉、切近拐点引发争端、内外反差表里嵌套"等手法高度融合起来，体现出易卜生超迈群伦的艺术智慧。

四、欲擒故纵，左右盘旋

戏剧创作的核心任务是塑造人物形象，一部优秀剧作一般至少要能够塑造出一个性格独特而复杂、能显示人性深度的人物形象来。这样的人物，在剧中通常是主角或一号人物。如果剧作家对"龙套开场"的手法进行变异化发展，整个第一幕都不让一号人物出场，而只让相对次要的人物在舞台上说些陈芝麻烂谷子的破事，那么他有可能是在玩"欲擒故纵"的险招。所谓"欲擒故纵"，在此是说剧作家本来是要集中笔墨塑造主角形象，但他却总在外围徘徊，东拉西扯，左右盘旋，耗时良多，迟迟不肯直入虎穴，直接对准主角进行性格刻画。这种写法特别考验剧作家的功力和观众的耐心，用得好可以产生双重的戏剧性效果，激发观众特别强烈的兴趣，用得不好则未入正题观众已走，故为"险招"。易卜生的《约翰·盖勃吕尔·博克曼》用此"险招"非常成功，其艺术经验值得借鉴。

在该剧中，易卜生本来是要塑造博克曼这个人物，但他在整个第一幕却不让博克曼出场，而主要写博克曼太太、博克曼恋人、威尔敦太太这三个女人如何争夺博克曼的儿子遏哈特。剧幕拉开时，易卜生先是写博克曼太太贡希尔德与博克曼从前的恋人艾勒（她们是亲姐妹）在久别相见后寒暄，谈起八年前发生的那件事——博克曼金融犯罪锒铛入狱，她们感慨良多。贡希尔德依然愤激不已，痛恨博克曼毁了她的名声与财产；艾勒则提醒她对博克曼不要太过冷硬。贡希尔德现在一心指望儿子遏哈特来洗刷污点、重振家业，艾勒则因对遏哈特有多年养育之恩，现在希望获得他的真情回报（陪伴她度过体弱多病的老年时光）。正在她们两个人都满以为有把握赢得遏哈特的时候，"肌肤丰盈，美艳动人"的威尔敦太太一杠子横插进来，俘获了遏哈特年轻好动的心。贡希尔德非常痛恨欣克尔（当年正是由于此人告密，她丈夫才被捕入狱），可遏哈特偏要跟着威尔敦太太去欣克尔家寻欢作乐；艾勒作为曾经付出多年时间养育遏哈特的干娘，也不能使遏哈特留下来多陪她一会儿。就这样，博克曼太太和艾勒都只能眼睁睁地看着遏哈特离去。至此第一幕结束。这一幕的写法相当奇崛：照易卜生的习惯写法，他在写了两个女人（贡希尔德与艾勒）对过去的回忆与现在对儿子的争夺之后，很可能接着写博克曼出场，讲他关于儿子未来道路的想法。但易卜生没有这样写，偏偏让一个几乎毫不相干的女人（威尔敦太太）横插进来。威尔敦太太上场，施行"魔法"诱走了遏哈特，几乎让这个戏变得跟博克曼无关。易卜生为什么要这样处理呢？他为什么要让一个关于银行家的戏暂时变成一幕"三妇争一少男"的戏呢？这里确实有很多让人意外的东西，但也留下了几个巨大的悬念：遏哈特最后会不会彻底离开他的妈妈与姨妈？他有没有可能为他父母挽回名誉？遏哈特追随威尔敦太太而去究竟意味着什么呢？还有，易卜生写这幕"三妇争一少男"的戏，对于刻画博克曼形象究竟有什么意义呢？这些问题无疑会吸引观者继续看下去。

三妇争一少男，本身很有戏剧性，易卜生又让他们在争执过程中，不仅显现出各自的性格，而且扯出很多与博克曼相关的往事，让观众"不见其人，先知其事"，对这个人物产生强烈的好奇心。在这一幕，第一主角虽不出场，但易卜生已经把"过去的戏"与"现在的戏"紧密结合了起来，营构了极具戏剧性的情境。这种写法在某种意义上具有双重的戏剧性效果：一是舞台上直接呈现的争执场面扣人心弦；二是舞台上一再被提起但未出现的反常人物引人好奇。此外，易卜生在"欲擒故纵"的过程中插进的那些"无关场面"，其实从整体来看是高度契合全剧主旨的。其契合之处在于，博克曼想要为千千万万人谋取的"光明与温暖"其实是非常虚幻的（此题旨之一），即便是他的亲生儿子对那种"光明与温暖"也丝毫不感兴趣，他想要的只是非常实在的"生活的乐趣"。换言之，易卜生着力写遏哈特对世俗生活乐趣的追求，就是要凸显博克曼整个人生的空虚性，并对其人生理想构成一种尖锐的反讽。遏哈特选择的道路跟其父母的愿望越是背道而驰，该剧的内在张力就越大，博克曼内在生命的悲剧性就越明显。显然，第一幕横插进来的"无关场面"，作为一种"预先铺垫"，对于表现题旨是非常必要的。由此可见，这是一种非常值得借鉴的艺术手法，但在如何"游而不离，偏而不散"方面需要把握好艺术的分寸。

当然，易卜生在剧作开端部分营构戏剧性情境的方法远远不只以上四种。但不管用什么方法，他通常会让主角陷入困境，或者让其头顶上的达摩克利斯之剑或隐约或鲜明地显现出来，以此造成紧张感，迅速抓住观众的注意力，或引发观众强烈的好奇与兴趣。

第二节　易剧主体拓展戏剧性情境的主要手法

在剧作第一幕营构出具有戏剧性的情境，固然非常重要，但只是成功迈出了一小步。接下来如何强化情境的戏剧性、扩大观众的兴趣，则是剧作家必须要解决的问题。如果一个剧作家有比较高远的艺术追求，那么他在剧作中部和尾部拓展戏剧性情境的同时，还需要考虑如何使之内蕴有诗性，从而具有比较持久的艺术魅力。如果只是单纯强化情境的戏剧性，那么通过营造强烈的戏剧冲突就基本能够达到目标，不过这样通常只能写出二三流的剧作。易卜生的艺术追求是比较高远的，他在拓展戏剧性情境的同时就考虑了如何使之具有诗性，而其作为一个诗人的天才使他几乎总能实现目标，因此他所拓展的戏剧性情境往往具有浓郁的诗意，或者说他所习惯于营构的乃是一种颇具诗性魅力的戏剧性情境。深入探析、借鉴易卜生在这方面的艺术智慧，或许有助于今天的剧作者超越自我，朝着世界一流剧作的方向前进几步。

易卜生拓展戏剧性情境的主要手法，概括说来主要有以下四种：第一，左冲右突屡受挫，逐步增强紧张感；第二，山重水复疑无路，绝处逢生运帷幄；第三，利用误会与对比，凸显双方心理差；第四，通过深谈与交心，促发灵魂生新变。当然，易卜生在每部剧作中所运用的戏剧性手法不只一种，也不限于以上四种，这里只能择其精要加以阐述。

一、左冲右突屡受挫，逐步增强紧张感

如果在剧作第一幕主角已陷入困境，但又并不是毫无解救或突围之可能，那么接下来主角自然会想方设法摆脱困境，或竭力谋求解决问题。剧作中后部作为主角的"突围之旅"，承担着既要塑造人物性格、传达作品意义，又要继续维持紧张感、扩大观众兴趣的重要任务，因此必须具备一定的曲折性，不能很快就成功实现目标。如果很快就突围，则几乎无戏可演。在这个过程中，剧作家往往会让主角左冲右突屡屡受挫，或者让其突围之旅总是节外生枝反复受阻，从而一方面让剧情越来越紧张，另一方面也让主角在越来越危险繁难的情境中一层层显示出其性格、心理的内质。沧海横流，方显英雄本色；反复受挫，乃见主角心性。这是拓展戏剧性情境特别有效的一种方法[①]，也是易卜生经常运用的一种戏剧化手法。但在易卜生这里，其运用出神入化，几乎很难置入特定的公式之中。

在《玩偶之家》的第二幕，娜拉陷入困境（受柯洛克斯泰要挟，不帮其留住职位就要让她和海尔茂身败名裂，海尔茂又偏偏不肯听她求情）之后，焦虑恐惧，心烦意乱，一会儿想着自杀或许可以保全海尔茂的名誉，一会儿想再去跟海尔茂求情，一会儿又琢磨着怎么借到一大笔钱从而还清债

---

① 无困不成戏，苦多则戏足，这几乎是一条戏剧规律，但不是所有的剧作直接以"困苦"作戏剧发动机，其"变式""异形"是多种多样的。

务，把借据拿到手。海尔茂近在身边，又毕竟是她丈夫，所以娜拉首先还是继续跟海尔茂求情。为了照顾丈夫的面子，同时也因为她心里隐隐期待着"奇迹"发生，所以娜拉始终没有说出八年前她借钱救夫命的事，而是低声下气、好话说尽、耐心求海尔茂："要是你的小松鼠儿求你点事……为了我，你一定得把柯洛克斯泰留在银行里。"但海尔茂以柯洛克斯泰品行不好又喜欢叫他小名为由，拒不答应。娜拉没想到丈夫这么小心眼，就说了他一句，谁料海尔茂恼羞成怒，要立即贯彻实行"小心眼"之事——让人马上把辞退函送到柯洛克斯泰手中。娜拉越劝阻，他辞退柯的态度反而越坚决，这让娜拉实在是无可奈何。在海尔茂这里受挫之后，娜拉转而打算找阮克大夫借钱还债。按照娜拉的性格，她在求人帮忙之前，倾向于先做好情感铺垫（比如，做些俏皮逗趣的小动作，对他说些好听的话）。可等她铺垫好了正准备说借钱之事，阮克大夫却停留在刚才那如沐春风、非常享受的情感状态中，并以为等到了一个最佳的表白时机，迅速把平日里对娜拉蓄积已久的爱意说出来了。他一说出来，娜拉反而不好意思跟他借钱了，于是再次受挫。正当娜拉一筹莫展之际，偏偏柯洛克斯泰又来了。柯这次来，不是催娜拉还钱，而是明确告诉她："不论你给我多少钱，我也不肯把你的借据交还你。……你丈夫必须给我特别添个新位置——那时候合资股份银行真正的经理是尼尔·柯洛克斯泰，不是托伐·海尔茂。"他这是要用娜拉伪造签名的借据，来控制海尔茂，使之听命于他，做他的傀儡。对娜拉来说，她万万想不到，她当年做的那件事对丈夫有如此可怕的影响，于是她决定自杀，让柯无法拿她来要挟海尔茂。但柯说你娜拉就是自杀了也没用，大家会说你是受海尔茂指使才伪造签名的，"到那时候你丈夫还是在我手心里"。说完他就把要挟信扔进了海尔茂的信箱。至此，娜拉种种解救的努力都无效，即便是去死也无法解决问题。可以说，作为编剧的易卜生对娜拉真够狠的，把她逼到了绝境，戏剧的紧张感在这个过程中也逐步得到增强。

在《群鬼》中，阿尔文太太也是"左冲右突屡受挫"。她几乎想尽了一切可能的办法来挽救丈夫和儿子，来挽救她的家庭，但最终都归于失败。整个剧情的进展，几乎就是在展示阿尔文太太"不敢出走"之后越来越绝望的人生：丈夫荒淫无度，把丑事做到家里来，让她忍无可忍；儿子年纪轻轻就染上了梅毒，她想尽办法救他亦无济于事；就连为了给丈夫遮丑盖的孤儿院，也莫名其妙遭了火灾。可以说，阿尔文太太在"不出走"的范围内所做的任何努力，所遭遇的都是彻底的失败。她的心几乎要被绞碎了，而观众的心亦随之起起伏伏，似乎是被吸铁石吸住了一般。

在《人民公敌》中，主角斯多克芒在发现浴场有毒并决定将真相告诉公众之后，他虽然获得一些人短暂的支持，但很快遇到了麻烦——遭到他的市长哥哥彼得的强烈反对。斯多克芒以为他有"结实的多数派"在背后支持，但让他感到非常意外的是，那些原先声明支持他的人很快就反水了，站到了跟他对立的那一面。他不但没有地方可以发表他的研究报告，连在会场讲话的权利也几乎被剥夺了。不仅如此，他还饱受侮辱，被大家斥为"人民公敌"。最后，斯多克芒家的窗户被人砸烂了，他女儿佩特拉被单位解聘了，他自己作为浴场医官的工作也没了，甚至连帮他的霍斯特船长也被老板炒了鱿鱼。重重的打击接二连三，让斯多克芒几乎难以招架。有同情感的观众可以感受到，他内心的火山几乎要烈烈地爆发出来。而正是在这种"左冲右突屡受挫"的过程中，该剧气氛越来越紧张，似乎有一股无形的力量在紧紧吸住观众的眼睛。

无须再举例，可知"左冲右突屡受挫，逐步增强紧张感"绝对是拓展戏剧性情境非常有效的一种办法。运用这种办法，好比按压弹簧，越是用力往下按（让主角屡屡受挫），那么他（她）后面反弹的力量就越大；亦好比烧开水，虽知水沸，但轻易不揭盖子，只等蓄足了冲力，到一个合适的时间点一冲而起，直接迎来一个震撼人心的时刻。显然，运用这种手法，特别需要把握好"度"，并在整个作品的结构布局中体现其"意义"。

二、山重水复疑无路，绝处逢生运帷幄

主角在屡屡受挫进入绝境之后，如果选择赴死，那么可能成就一部悲剧；如果绝处逢生，那么可能成就一部正剧或悲喜剧。"绝处逢生"，通常会给人意外之感，是有戏剧性的，但它同时具有现实生活的根据，甚至符合自然生命发生发展的某种规律，即可以具有真实性。很多时候，不到绝处，

生机不显。只是对"绝处逢生"的描写，需尽量做到自然、真实，而最好不要依靠神仙鬼怪、特异功能之类灵异现象来实现转机。易卜生可谓是这方面的大师，其艺术经验很值得琢磨。

当娜拉被告知即便自杀也无济于事时，她确实陷入了绝境。但娜拉在绝望之后反而变得很冷静。她既没有放下尊严哭求柯洛克斯泰改变主意，也没有打算去恳请海尔茂原谅她犯下的过错。她想到的是：自己犯下的过错自己负责，以死谢罪；同时提请林丹太太作证："要是将来有人要把全部责任、全部罪名拉到自己身上去——那时候你要给我做证人，证明……那件事是我一个人做的，别人完全不知道。"她这样做是要以自己的牺牲保全海尔茂。这是多么独立的人格，又是多么无私的爱情！不少人觉得娜拉是个没长大的孩子，是依附海尔茂生活的一个玩偶。其实娜拉比海尔茂更独立，她的独立性表现在她敢于负责、勇于行动上。像海尔茂那样说一大堆漂亮话却不敢承担责任，就跟一个幼稚自私的孩子总把自己的责任推给别人一样，是人格很不独立的表现。而娜拉无论是借钱救夫，还是勤俭持家独自还债，都表现得非常独立和勇敢。她的这种独立人格好比火炬，对周围人是有照亮、启发意义的。首先受到感染的是林丹太太。她感到娜拉确有可能去自杀，于是决定马上去找柯洛克斯泰谈谈。林丹太太去找了柯之后是否就能出现转机呢？易卜生并没有这样写。他写柯洛克斯泰出城了，林丹太太扑了个空。关键时刻找不到人，实在是令人着急！越是危急时刻，却偏偏事不凑巧，办法想尽还是无法突围，这就越发让观众感到紧张和焦虑，从而产生更强的戏剧性。

林丹太太救援无果后，绝望中的娜拉算好了自己还可以活31个钟头。此刻她想到了冰冷的海水，同时还有一丝隐隐的期待——她在心里想象了八年的那个奇迹（即海尔茂为感谢她当年的救命之恩站出来为她承担罪责），究竟会不会发生呢？当然，这也是易卜生留给观众的一个悬念。这个奇迹若发生，则娜拉会心甘情愿、非常满足地去死；这个奇迹如果不会发生，则娜拉赴死毫无意义。对于娜拉来说，接下来的问题不是突破柯洛克斯泰给她造成的困境，而是能不能死得其所。

由于娜拉的行为非常令人钦佩，而且在某种意义上，正是娜拉热心为林丹太太谋取工作一事间接造成了娜拉自己的困境，所以林丹太太决定想一切办法解救娜拉。娜拉绝处逢生之生机，或者说转机，是从林丹太太这儿开始萌发的。从全剧来看，林丹太太是易卜生置入剧中的隐性艺术家，她富有爱心且运思长远，所以她的解救带有较高的智慧含量，仿佛一位统帅运筹于帷幄之中。在她看来，娜拉的困境直接缘于柯洛克斯泰的要挟；如果让柯洛克斯泰改变主意，取消要挟，则困境自然消解。但如果只是把娜拉从困境中解救出来，她觉得还远远不够，必须让娜拉与海尔茂在充分互相了解的基础上重新缔结关系，那样才比较好（从不太正常的婚姻转向比较理想的婚姻）。带着这些比较长远的考虑，她开始运作。当然，在某种意义上，林丹太太分享了易卜生的智慧，她是跟易卜生一起去展开运作的。

　　林丹太太去找柯洛克斯泰，虽然没找到，但给他留下了字条。柯回来后看到字条，主动来找林丹太太。我们不知道林丹太太的字条写了什么，但我们知道，林丹太太曾经是柯的恋人，她的话对柯还是有影响力的。柯来之后，林丹太太先是解释了她当初为什么离开他，取得他的谅解，然后建议，"咱们两个翻了船的人凑在一块儿，你看怎么样"，并说明真实动机："我想弄个孩子来照顾，恰好你的孩子需要人照顾。你缺少一个我，我也缺少一个你。尼尔，我相信你的良心。有了你，我什么都不怕。"这番话让柯大为感动，他抓紧她的两只手说："谢谢你，谢谢你！现在我要努力做好人，让人家看我也像你看我一样。"接着柯自己恨不得马上把威胁海尔茂的那封信取回来。但林丹太太建议他千万不要把信要回来。在她看来："海尔茂应该知道这件事。这件害人的秘密事应该全部揭出来。他们夫妻应该彻底了解，不能再那样闪闪躲躲，鬼鬼祟祟。"对此柯也赞同，接着他决定做一件好事：回去把借据寄给娜拉。至此娜拉的困境基本解除。总的来说，这个"绝处逢生"的过程充满了意外，具有较强的戏剧性，而且，人物内心深处的真善美逐渐显露出来，有些地方特别感人，因而作品深处的诗意也显现出来。在很大程度上，这是《玩偶之家》中戏剧性与诗性结合得比较好的一部分。只是较之前面的"屡屡受挫"，"绝处逢生"这部分的戏剧氛围相对轻松明朗一些，因而戏剧的紧张感稍微弱一些。但这部分给人的意外感很强，因而总体来说戏剧性较强。

　　在《人民公敌》中，斯多克芒显然也遭遇了"山重水复疑无路"的困境。但与娜拉不同的是，他并没有迎来"柳暗花明又一村"的转机①。像斯多克芒这种人物，因其内蕴的伟大性，很可能被周围种种"畜生"所"围攻"，从而比较容易成为一位悲剧人物。但易卜生偏偏不这样写，而是赋予他某些独特的个性特征和一种无与伦比的乐观天性，因而让他仅凭内在的心性就突破了困境。该剧临近末尾时，斯多克芒遭遇了一系列沉重的打击，他周围的人以为他受此重挫后会心灰意冷、改弦易辙，但他出人意外地宣布了他的第三个重大发现："世界上最有力量的人正是最孤立的人！"他依然乐观，而且坚持真理的信念比以前更坚定了。易卜生前面写他遭遇那么多的挫折与围攻，在某种意义上似乎就是为了反衬出他此刻的坚强与乐观。斯多克芒没有成为悲剧人物，但成了一个颇具喜感的英雄人物。由此也不难理解，易卜生为什么对该剧"怀有一种特别的偏爱"②。

在《海上夫人》中，房格尔医生想了种种办法，希望让妻子艾梨达挣脱那种危险的、几乎要命的心魔，但丝毫不奏效；妻子的心不但没有靠近他，反而离他越来越远，以至于强烈地反抗他。房格尔最后只好破釜沉舟，走出了对他个人来说最危险的一步棋：宣布解除跟艾梨达的婚姻关系，让她完全恢复自由身，完全可以独立自主地进行选择。于是事情发生了戏剧性的变化：原先拼命要离开房格尔的艾梨达，此时似乎感受到房格尔才是深深爱她的那个人，而那个陌生人除了空洞的言辞之外没有任何实际的真爱行动，于是她果断选择了房格尔。在这个过程中，房格尔"宣布艾梨达完全自由"是否出于机心（或在其"运筹帷幄"之中），是一个谜。不过有一点是可以确定的，在宣布艾梨达完全自由之后，房格尔是热切地期望艾梨达选择他自己的。这意味着，房格尔的做法虽然冒险，但至少有一半是为了赢得艾梨达的芳心。不管怎样，对于房格尔与艾梨达的婚姻来说，经此一事后可谓"绝处逢生"，他们彼此经历了惊心动魄的重新选择后，必将迎来新的生活。

---

①　有意思的是，娜拉虽然最后从困境中解脱出来了，但易卜生将《玩偶之家》视为一部"现代悲剧"；而斯多克芒虽然到了最后还是深陷重重困境，但易卜生将《人民公敌》视为一部"介于喜剧与正剧之间"的戏剧。易卜生的看法实在有些奇怪。此处不拟展开详细探讨，仅仅把问题提出来供大家思考。

②　《易卜生书信演讲集》，第229页。

总之，如果有意写一部正剧，那么在主角"山重水复疑无路"之后，可以考虑给他（她）安排一个"柳暗花明又一村"的结局。只是这个"柳暗花明"怎么到来，必定要大费周章。这是一个特别考验剧作者艺术功力乃至智商、情商的活儿。易卜生的做法，可以说是在人物性格、戏剧情境、审美规范这三者的交集中反复斟酌，选择既真实可信又有艺术效果，还能传达意趣的那一种可能性，让其巧妙地实现。易卜生尤其重视的是塑造独立自由的人物性格。在他这里，只要真正把握了人物性格，则情境、形式都可以围绕性格来展开。换言之，在易卜生这里，当性格绽放出光辉之时，不仅情境相形见绌（或为性格所决定），而且戏剧性、诗意皆可随之而来。

三、利用误会与对比，凸显双方心理差

戏剧文学既是动作的艺术，也是语言的艺术。选择合适的修辞手法与表现手法，无疑是增强戏剧性效果的重要手段。在众多的艺术手法中，误会与对比特别有助于凸显双方心理差，拉大情境的张力，从而增强戏剧性效果。

易卜生很喜欢运用误会手法，且多数时候运用得恰到好处。比如，在《玩偶之家》中，娜拉曾反复劝海尔茂不要因为小事而开除柯洛克斯泰，但娜拉越劝阻，海尔茂就越要开除他。为了掩饰自己的狭隘，海尔茂反而进一步指责娜拉："你这么着急……这是侮辱我。我为什么要怕一个造谣言的坏蛋报复我？……什么事都不用怕，到时候我自有胆子和力量。你瞧着吧，我的两个阔肩膀足够挑起那副重担子。"① 在这里，海尔茂是在说一些虚夸自己、无实质意义的大话，他所谓"挑起那副重担子"无非是指粉碎柯洛克斯泰的一切谣言，把柯彻底打压下去而已。但在一直深爱丈夫的娜拉听来，她以为海尔茂是打算替自己承担罪责（接受刑罚），所以她先是吓愣了，后是定下心来说："不用你挑那副重担子！"其实颇具独立人格的娜拉早就想好了要自己独立承担一切。这里，易卜生运用的是误会手法（或歧义双关法），利用特殊情境下同一句话在不同人物心中的不同含义，自然而然凸显

①　易卜生：《玩偶之家》，载《易卜生戏剧集》（2），第49页。

出两人心理与性格的差异。再比如，在第二幕，娜拉想跟阮克大夫借钱，但话还没说出口，阮克大夫说他"能享受多久就一定要享受多久"，娜拉听了一头雾水，就问他：

> 娜拉：是不是要出什么事？
>
> 阮克：这事我心里早就有准备，不过没想到来得这么快。
>
> 娜拉：（一把抓住他胳膊）你又发现了什么？阮克大夫，你得告诉我。
>
> 阮克：（在火炉旁边坐下）我完了，没法子救了。
>
> 娜拉：（松了口气）是你的事？
>
> 阮克：不是我的事是谁的事？为什么要自己骗自己？①

本来，阮克大夫所说的"这事"是指他身体"内部总崩溃"这件事，但在当时的娜拉听来，她以为"这事"跟她自己伪造签名有关，因为那个时候娜拉最担心的事就是她自己和海尔茂由于那张借据而被告发。当阮克大夫说"我完了，没法子救了"，娜拉才松了一口气，原来祸事跟自己无关。娜拉从未将自己借钱的事告诉阮克大夫，本来不至于对阮克大夫的话产生误解的。一切只因娜拉当时太过紧张，所以阮克大夫的话在她耳朵里自然而然就有了别的意义。显然，对同一句话的不同理解，非常有助于凸显不同人物的心理状态及其差异。而这种心理差异，可以扩大情境张力，引发观众更强烈的兴趣，从而带来更强的戏剧性。

如果说"误会"是通过凸显特定情境下人物对某句话原意的错误理解来强化情境张力的话，那么"对比"则主要是通过同一人物的内外差异与前后差异、不同人物的性格心理差异来强化情境张力的。在《玩偶之家》中，易卜生既细致呈现了娜拉与海尔茂之间巨大的性格心理差异，又精心刻画了海尔茂在危机解除前后的不同嘴脸，以鲜明的对比活现出海尔茂卑微可笑的灵魂，从而引发后面娜拉令人震惊的出走行动。在剧中海尔茂露出真面目之前，观众可以明显地感受到，娜拉确实真心实意爱着海尔茂，为了他完全可以牺牲自己的生命。为了救海尔茂的性命，她在情势危急之下伪造签名

---

① 易卜生：《玩偶之家》，载《易卜生戏剧集》（2），第50页。

借了一大笔钱，治好了海尔茂的病，这是很不容易做到的；海尔茂恢复健康之后，娜拉仍然没有把借钱之事告诉他，而是自己省吃俭用独立还债，这是更不容易做到的；当娜拉意识到伪造签名的危险之后，她决定独自承担一切责任，不让海尔茂受到任何牵连，这是多么难得的真爱与自我牺牲精神！在娜拉心里，她一直以为，海尔茂爱她正如她自己爱海尔茂一样。她经常幻想海尔茂为了爱她可以不顾一切。可事实上，海尔茂对娜拉的爱只停留在一些虚浮的言辞上。在跳完舞回家之后，海尔茂对娜拉说："亲爱的宝贝！我总是觉得把你搂得不够紧。娜拉，你知不知道，我常常盼望有桩危险事情威胁你，好让我拼着命，牺牲一切去救你。"① 这话信誓旦旦，简直让人感动不已。可是一转眼，还没过几分钟，当海尔茂看到了柯洛克斯泰那封威胁信之后，却似乎完全忘了他刚才说过的话，对着娜拉说出了一大篇冷酷刻薄的话："这八年工夫——我最得意、最喜欢的女人——没想到是个伪君子，是个撒谎的人——比这还坏——是个犯罪的人。真是可恶极了！……我这场大祸都是一个下贱女人惹出来的！"当危险真正迫近的时候，海尔茂丝毫想不起来要去救娜拉，恰好相反，他把娜拉臭骂了一顿。奇怪的是，他为什么丝毫意识不到娜拉犯错是为了救他的命？他的命既然保住了，那他自然就应该承担娜拉救命行为带来的后果（在这方面，林丹太太就做得很好：娜拉帮她找到了工作，她想方设法帮娜拉排忧解难）。他为什么丝毫想不起自己应该承担责任呢？为什么还要那样去指责一个对自己有救命大恩的人呢？可见海尔茂不仅自私怯懦，而且忘恩负义。更可笑的事还在后面。当柯洛克斯泰在林丹太太感发下寄来了借据之后，海尔茂大喜过望，连呼："我没事了！我没事了！"继而对娜拉说："娜拉，我赌咒，我已经饶恕你了。我知道你干那件事都是因为爱我。……你放心，一切事情都有我。我的翅膀宽，可以保护你。你在这儿很安全，我可以保护你，像保护一只从鹰爪子底下救出来的小鸽子一样。……娜拉，你不懂得男子汉的好心肠。要是男人饶恕了他老婆——真正饶恕了她，从心坎里饶恕了她——他心里会有一股没法子形容的好滋味。从此以后他老婆就越发是他私有的财产。"② 这些话真是让人恶心！

---

① 易卜生：《玩偶之家》，载《易卜生戏剧集》（2），第79页。
② 易卜生：《玩偶之家》，载《易卜生戏剧集》（2），第83页。

海尔茂什么时候"保护"过娜拉，他有什么资格说"原谅"呢？他怎么丝毫意识不到，正是他自己恶语伤人需要被原谅呢？如果观众对娜拉理解较深，就会感到海尔茂的一系列言行实在是太让人意外了，他们夫妻二人的心理、人格实在是相距甚远。正是透过海尔茂在危机前后"变色龙"式的表演，娜拉看出了这个人的卑微可笑，并果断决定与之离婚。总之，正是此二人性格、心理的巨大差异，带来全剧巨大的张力和强烈的戏剧性效果。在某种程度上，《玩偶之家》的戏剧性，并不是建立在娜拉与柯洛克斯泰之间的矛盾上，而主要是建立在娜拉与海尔茂性格、心理的差异、对比这个基础之上①。

　　在《人民公敌》中，易卜生同样将"误会"与"对比"手法运用得淋漓尽致，且取得了很好的喜剧效果。在该剧第三幕，斯多克芒以为站在他对面的阿斯拉克森、霍夫斯达、毕凌等人，都是坚定不移地支持他、愿意给他提供帮助的人，而事实上这些人早已被市长策反了。斯多克芒不知内情，还以为他有"结实的多数派支持"，以至于得意忘形地戴了市长的帽子、拿了市长的手杖，并宣布要把市长的重要职务全部撤销。这种误会，几乎让人啼笑皆非。但《人民公敌》的戏剧性，远远不只建立在误会上。人物表里的对比、前后态度的对比，同样是易卜生营构戏剧性情境的重要技巧。在该剧第二幕，霍夫斯达、毕凌、阿斯拉克森等人都表示坚决支持斯多克芒揭开浴场的真相，他们的话说得一个比一个好听。但到了第三幕，市长稍微来报馆活动了一下，这些人的态度就全变了。他们不但表里不一，而且前后几乎判若两人。其转变的幅度之大，让人感到他们的内心与斯多克芒的内心几乎横亘着千山万水。倒是斯多克芒的妻子凯德林，最初是反对斯多克芒写文章揭开浴场真相的，后来看到那么多人欺负她的丈夫，反而坚决支持丈夫"走街串巷把真理说出来"。这让彼得市长看得目瞪口呆，怀疑她是不是被斯多克芒"带疯"了。显然，人物的这些转变是出人意料的，由此形成的前后对比也强化了作品的戏剧性效果。

---

　　① 细心的读者可以发现，《玩偶之家》里面的冲突并不强烈，即便在海尔茂发怒辱骂娜拉的时候，娜拉仍然表现得非常冷静，并没有跟他发生冲突。娜拉后面跟海尔茂心平气和的谈话，也谈不上是冲突。质言之，《玩偶之家》的戏剧性，主要来自人物性格、心理的差异与易卜生的巧妙安排，而非来自"意志冲突"。

在《野鸭》中，格瑞格斯对于雅尔马有深刻的误会，海特维格对于格瑞格斯的话有致命的误会，雅尔马对于海特维格也有致命的误会；而雅尔马在威利家宴会上极为怯懦的表现与在自家自欺欺人的表演构成鲜明的对比，雅尔马的庸俗多疑与海特维格的纯真善良构成鲜明的对比，格瑞格斯的"固执求真""过度自以为是"与瑞凌的"培植幻想""过度瞒人骗人"也构成了鲜明的对比。而这些误会与对比，不仅给人意外感、紧张感，甚至还给人震惊感。《野鸭》作为一出悲喜剧，其内蕴的悲剧性、喜剧性都跟剧作家反复使用的误会、对比手法有关。而透过剧作家的误会、对比手法，我们对于格瑞格斯、雅尔马、瑞凌、海特维格等人的个性心理有了更深切的洞察，对于他们彼此之间的心理差距亦了然于心。总之，该剧的戏剧性很大程度上是建立在误会与对比之上。

误会与对比虽然属于非常普通的技巧，但只要运用得好，仍可以产生惊人的艺术效果。莎士比亚反复地运用这两种技巧，而其剧作并不随风飘逝，相反却有历久弥新之势；易卜生亦不嫌其普通，将它们运用得出神入化，同样感动、震惊着千千万万的观众。

四、通过深谈与交心，促发灵魂生新变

戏剧之道，在某种意义上乃是变易之道（易道）。戏剧创作的核心任务在于巧妙地呈现出人物心性的差异与转变，进而塑造出鲜活立体的人物形象。如果人物的思想、性格、观念、态度从头到尾没有变化，那么人物形象有可能失之于板滞，作品有可能失之于平淡，也不太符合人性之真与生活之真。尽管一个人的性格不容易发生变化，但一个人的心性、思想、观念、态度是有可能随着情境变化而发生变化的；而且，一个人的性格往往具有多个侧面，在不同的情境下显现出不同的侧面，也会给人变化之感。而这种种变化，只要适当加以组织，就比较容易产生戏剧性效果。因此，认真严密地写出人物心性的变化，既有利于开掘出深层的人性之真与生活之真，也有利于营造戏剧性效果。易卜生在这方面用力甚深，他每一部优秀剧作都包含人物心性的转变或观念、心态的变化。他用来促成"转变"的方法有很多，其

中他常用的一种是：通过深谈与交心，来促发人物灵魂发生新变。

在《玩偶之家》第三幕伊始，柯洛克斯泰听了林丹太太推心置腹的一番话之后，表示愿意从今以后做一个好人。在此之前，他拿借据威胁娜拉一家，忍心迫害娜拉这么一个单纯善良的女子，确实显得比较坏；在受到林丹太太爱心的感化之后，他主动把借据寄给了娜拉，放弃了对她和海尔茂的威胁。显然，柯洛克斯泰的心性发生了很大的变化。这个变化不仅具有戏剧性，也是推动剧情继续向前发展的重要因素。由于他寄还了借据，危机解除，海尔茂又换上笑脸重新表演。娜拉在看出海尔茂的怯懦可笑之后，并没有立刻就走，而是非常冷静地坐下来跟海尔茂长谈。接下来的一番长谈，受到萧伯纳的高度赞赏，认为易卜生把动作与讨论合二为一，既充分揭示了问题，又大大深化了主题，是一种非常新颖的、值得借鉴的技巧。其言诚然不虚，在此可以补充的是，易卜生在剧中安排的"长谈"或"讨论"，其意义绝不只是思想层面的，而更是艺术层面的——不仅能拓展戏剧性情境，更有助于塑造深邃立体的人物形象。就《玩偶之家》中的"讨论"而言，其艺术价值首先在于，在讨论中娜拉与海尔茂的性格心理与思想观念得到更加充分的展现，其间的巨大差异原来还只是潜在的，现在则非常鲜明地呈现在观众心目中（比如，海尔茂认为男人无论如何"不能为他所爱的女人牺牲自己的名誉"，娜拉则认为真爱比名誉更重要，"千千万万的女人都为男人牺牲过名誉"），而差异带来的张力可以强化戏剧性效果；其次在于讨论本身可促使双方的心态、观念发生变化，从而使人物形象变得更加深邃立体。比如，在听了娜拉的一番长谈之后，海尔茂不仅意识到了自己的不堪之处，还下定决心要重新做人。当然，这种转变也许只是体现出易卜生对人性的某种企望或某种良好的愿望，但也不是完全不可能。海尔茂虽然有很多毛病，但也有勤奋、节俭、吃苦耐劳、严于律己等优点①，他并不是一个坏人，而只是一个被当时社会的流俗之见所深深同化的庸人。他以前身上有很多毛病，是因为他自己并不觉得那是毛病。现在他看清了自己的缺点，下定决心去

---

① 海尔茂自以为是一个"没有缺点"的人。他的确不算很坏。为了让妻子能跟他过上好生活，他婚后"拼命地工作，忙得要死。为了增加收入，各种各样的额外工作他都做，起早熬夜地不休息"，可见他还是很勤奋很能吃苦的。正因为拼命工作，他才得了重病。在工作期间，他严于律己，"来历不明的钱他一个都不肯要"。

改，那么这个素来严于律己的人确实是有可能变好的。很多人看完《玩偶之家》都特别关注娜拉最后"砰的一响关上大门"的细节，但海尔茂表示要"重新做人""改变到跟娜拉在一起过日子真正像夫妻"这个动作同样值得关注。它表明海尔茂的灵魂发生了某些新变，是该剧中的一丝微光。这种新变不仅具有戏剧性，还具有诗意，特别耐人品味。

在《罗斯莫庄》中，罗斯莫、吕贝克最后灵魂的新变也跟他们之间的促膝长谈密切相关。在该剧第四幕，半夜时分，吕贝克正准备离开罗斯莫庄，罗斯莫却回来了。回来之后，罗斯莫没了以前的怒气，而是跟吕贝克心平气和地进行深谈。此前，吕贝克以为，她说出自己诱导碧爱特自杀的秘密之后，罗斯莫在良心上会感觉好受一些，进而可以继续投身于精神解放事业。但她没想到，罗斯莫知道此事之后视其为杀人犯，跟克罗尔一块儿走了。罗斯莫一走，吕贝克感觉推进精神解放事业已经没有希望，准备一走了之。此时，面对罗斯莫，她心里有悔恨，有遗憾，也有不舍，于是在走之前把心里的话都说出来了。首先，她讲了自己对罗斯莫曾发生了"一股控制不住的狂暴热情"，正是那股热情把碧爱特卷进了水车沟。后来，她心里对罗斯莫又发生了真正的爱情。

> 吕贝克：自从我跟你在一块儿过着那种安宁静穆的日子以后——你对我推心置腹，无话不谈，你对我的柔情蜜意也不隐瞒——于是我心里就发生了大变化。你要知道，变化是一点儿一点儿发生的。起初几乎觉察不出来，可是到了最后，它用排山倒海的力量冲进了我的灵魂深处。
>
> 罗斯莫：吕贝克，这是实话吗？
>
> 吕贝克：其他一切——沉醉于官能的欲望——都从我心里消失了。旋转激动的情欲一齐都安定下来，变得寂然无声了。一片宁静笼罩着我的灵魂——那股宁静滋味仿佛是在夜半太阳之下，在我们北方鹰隼盘踞的峭壁上头的境界一样。
>
> 罗斯莫：再多讲一点。把你能讲的都讲出来。
>
> 吕贝克：亲爱的，没有多少可讲的了。只有这一句话了：我心里发生了爱情，伟大忘我的爱情，满足于咱们那种共同生活的爱情。

罗斯莫：啊，可惜我一点儿都不觉得。①

易卜生相信，两个人平时的亲密相处，尤其是推心置腹的交谈，会对人的灵魂产生影响。在剧中，本来拥有无拘无束的意志、敢想敢做的吕贝克，却因为跟罗斯莫在一起生活的日子，心里发生了爱情而变得自惭形秽，再也没法"勇往直前"了。用她自己的话说，"罗斯莫庄的人生观，或者可以说是你的人生观，感染了我的意志……跟你在一块儿过的日子，提高了我的心智，但毁灭了我的幸福"。对此罗斯莫不大相信，他既不相信他提高了吕贝克的心智，也不认为他毁灭了吕贝克的幸福。于是他继续向她求婚，试探一下"幸福"是否真的已经被毁。吕贝克再次拒绝了罗斯莫的求婚，原因是她还有一段不光彩的历史，她现在已经找不到"清白的良心"，因而没有办法去享受幸福。罗斯莫听了有所触动，但还是没法相信他已经提高了吕贝克的心智，于是要求她提供证据。吕贝克思量再三，决定以死洗刷自己的灵魂，进而证明她是真爱罗斯莫、她的精神已经被罗斯莫提高了。罗斯莫听了深受感动，决定跟吕贝克结为夫妻，然后一起跳入水车沟自杀。这是一个在深谈交心中互相感染的过程，在此过程中彼此的思想、情感、心态都发生了很大的变化。在某种程度上，双方都已经不再是过去的自己，而是融合了某些新质的"新人"。正是基于此，最后才迎来全剧最为惊人的那一幕。

以上就易卜生推进、拓展戏剧性情境的手法做了简要论述。毫无疑问，易卜生拓展戏剧性情境的手法并不只是以上四种，这里限于篇幅只是略述一二而已。如果细加寻绎，还可发现一些很有价值的技巧。比如，"三线交织迂回进，跌宕起伏揪人心"就是易卜生推进戏剧性情境的常用手法，只是这种手法涉及易卜生的戏剧结构艺术，其他章节有所涉及，此不赘述。再比如，"四象推演缤纷出，彼此勾连惊人魂"也是易卜生拓展戏剧性情境的一种常用手法。这种手法涉及易卜生非常高超的情境分化技巧——在同一情境中分化出实象、虚象、隐象、艺象，并让他们彼此勾连，在一种齿轮联动机制中推动剧情向前发展，其本身是跟易卜生的天才密切联系在一起的，在某种意义上属于很不易学、弄不好反成拙的一种技巧，因此在这里也不打算详细展开论述。

---

① 易卜生：《罗斯莫庄》，载《易卜生戏剧集》（2），第476页。

第三节　易剧整体融合戏情与诗境的主要技巧

正如威廉·阿契尔所说，易卜生非常善于"在自己的现代剧里放一点诗意进去"①。对于易卜生来说，增添剧作诗意、融合戏情与诗境（营构戏剧诗境）可能是一件自然而然的事，或者说，在易卜生那里，从写出开头第一句话到设计出最后一个动作，可能既考虑了戏剧性效果，也考虑了诗意呈现问题，他几乎是本能地找到二者的交集地带，然后在那个地带深耕细作。但对于研究者来说，则既需要弄清楚他如何取得戏剧性效果，也需要弄清楚他如何增强作品的诗意。虽然做这个事非常困难，但不妨"知其不可为而为之"。由于前面已经分析了易卜生如何营造戏剧性效果，故本节的分析主要是为了揭示易卜生增强戏剧诗意的若干技巧。由于易卜生是在戏剧性情境里营构诗境，故本节仍需结合戏剧性分析来进行，因为易卜生不是撇开戏剧性来追求诗性，而是力求实现戏剧性与诗性的完美融合。

大体而言，易剧诗性品格的显现、戏剧诗境的形成跟以下四种艺术技巧的运用有关：（1）淡化外部冲突聚焦灵魂运动；（2）打破虚实界限营造灵奇之境；（3）核心事件与舞台意象相融合；（4）复合感通与故意留白相结合。这些技巧对易剧实现戏剧性与诗性的高度融合起到了非常重要的作用。尽管易卜生用到的技巧远远不只这些，但如果能掌握这四种技巧，对于我们提高戏剧创作的质量无疑是有帮助的。

一、淡化外部冲突聚焦灵魂运动

在很多人的印象中，易卜生是一位社会问题剧作家，似乎他特别善于用戏剧形式来揭示社会生活中的矛盾冲突与尖锐问题。这种印象是不准确的。

---

① ［英］威廉·阿契尔：《剧作法》，吴钧燮、聂文杞译，中国戏剧出版社 2004 年版，第 38 页。阿契尔这样表达不一定很精确，因为对易卜生来说，"诗意"并非"调料"，不一定是"放进去"的，而更多的是与作品一起"生成"的。

其实，如果细读易剧会发现，易卜生很少把剧作重心放在展现人物之间明显的冲突上，而更多的是放在人与人之间的交谈上。换言之，在易剧中，冲突较少，而交谈较多。这并不是说易剧中的人物"脾气温和好说话"，而是说易卜生调整了他的写作策略。在易卜生笔下，人物与人物之间也有这样那样的分歧与矛盾，并不是心心相印、和谐一体的，但几乎每每到了要爆发冲突的时候，那些人物或者冷静了下来，或者其中一个走开了，或者被一个闯入者分散了注意力，总之很少出现正面冲突。简言之，在特别能产生激烈的外部冲突的地方，往往被易卜生轻轻放过了。比如在《罗斯莫庄》中，从第一幕可知激进派与保守派的斗争在当时是很激烈的，易卜生也让我们看到了这两个阵营中直接对立的代表性人物。但从第二幕开始，易卜生把笔锋一转，不去写那两派的斗争，却着重写那两派人物对罗斯莫、吕贝克心魂的影响，把描写重心整个转到罗斯莫、吕贝克内在灵魂的交错演进上。这确实是一种让人不能不赞叹的写法：既写出了人性的内在张力与深层结构（生命欲望与反省意识、魔性与神性如 DNA 双螺旋结构一样紧紧扭结在一起），也写出了让人永远憧憬不已的至美境界。简言之，这种写法特别有助于营构戏剧诗境，增强作品的审美价值。如果强化外部冲突，着重写两派斗争，那么《罗斯莫庄》可能只是一个短命的社会问题剧，而易卜生淡化外部冲突、聚焦人物内在的灵魂运动，却写出了一部颇具诗性品格、可以超越时空的经典名剧。

《建筑师》也是一部淡化外部冲突、聚焦灵魂运动的典范之作。看完第一幕，有些人可能以为易卜生会着重写索尔尼斯与布罗维克父子之间的冲突，但这只是"冲突论"思维带来的错误预期或误导。事实上，易卜生只是把那种斗争作为一种背景，任由观者去想象，而他在该剧主体部分实际呈现的只是索尔尼斯的内在灵魂运动。在第二幕和第三幕，易卜生用大量的篇幅写索尔尼斯与希尔达之间的对话，而实际上希尔达是索尔尼斯内心所呼唤出来的一个对话者而已，可以看作是他的"心象"或其灵魂的一部分。易卜生让希尔达随索（索尔尼斯）所欲地出现，无非是为了便于表现索尔尼斯内心的两种声音、索尔尼斯内在生命的矛盾运动而已。在现实生活中，索尔尼斯跟很多人都没法沟通，手下人既敬畏他又恨他，他妻子因为那场大火内心积蓄着巨大的遗憾与哀怨，都没法敞开心扉与之交谈。他渐入老境，深感孤独，只能幻想出一个活泼直率的小姑娘跟自己对话。他的内心积蓄了几十年的辛酸、梦想与忧伤、悲哀，他需要宣泄，需要有一个人真懂他。于是他跟希尔达谈起，别看他作为当地建筑总管好像很风光，其实他心里一点也不快乐，总觉得有一笔千斤重债压得他透不过气来；他取得的每一份成就，都必须以牺牲自己和亲人的幸福为代价；他每天都得还债，而且永远还不清。希尔达追问原因，于是索尔尼斯说起多年前妻子艾林家失火的事情：那场大火烧毁了艾林家的一大片房子，烧毁了艾林的九个布娃娃，也间接导致了他两个儿子的去世。虽然大火客观上与索尔尼斯无关，但索尔尼斯觉得，火灾的发生跟他内心默默的期盼有关（他曾期望那片房子被烧毁，因为那样的话他的建筑事业就可以起步了）。正由于他"心想"，所以"事成"。由此他觉得自己属于"特选人物"——由上帝特选的人，有天赋的才干，可以使自己一心盼望的情形最后必定实现。正是带着这种隐秘的信念，他一面用上帝的眼光审查自己的过失，一面又有一种不能遏制的超越性冲动。基于前者，他最后放弃了对布罗维克父子的压制，充分肯定了瑞格纳的能力，让他自立门户；出于后者，他决定再做一次不可能的事情——登上高楼的塔顶，把花环挂在风标上，与伟大的上帝对话。他做到了，但同时也就在人生的"最高潮"摔下来了。这整个过程，与其说是一个可能在现实生活中发生的"故事"，不如说是易卜生内在灵魂的一次分化与冲动。

淡化外部冲突聚焦灵魂运动，便于从显明转向隐秀，从有限开显出无限。外部冲突一般是在肉眼可见的人物之间发生的事件，对之观众可尽收眼底，一般不会觉得有什么诗意。但如果创作者把重心转向表现人物的内在灵魂运动①，且表现得比较好的话，则观众可能感受到人物（角色或作者）内

---

① 要让观众充分感受到人物的内在灵魂运动，必须将其内心活动外化为可视形象。于是"象征"和"表现"应运而生。就《罗斯莫庄》而言，易卜生以"奔腾的白马"象征人的潜意识深处某种古老的观念（或人对宇宙隐秘秩序的某种朦胧感受）。但凡他写到"奔腾的白马"，并不是说罗斯莫庄真的出现了什么怪物，而是指人的内心深处有些古老的东西在萌动。而他写罗斯莫与吕贝克内在灵魂的交错演进，其实是在展现易卜生艺术灵魂的分化与融合，表现的是某一个人的内在灵魂运动而已。就《建筑师》而言，该剧其实是借助希尔达形象，精细入微地开显出索尔尼斯独特而复杂的精神世界而已；玩偶、塔顶、风标，这些都是对人的心灵景观的某种象征。如果舍去易卜生最喜欢用的象征化表现主义技法，则该剧也许可改成一部"独白剧"，整个舞台空间都是索尔尼斯的回忆、自辩与自审。质言之，二剧都是以"多"表现"一"。而无论是"象征"还是"表现"，都可能带来诗意。

心深处的真善美，或活力与意趣，或对于神性的眺望，或充满无限的憧憬，或表现形式本身的恰切与巧妙，总之，观众有可能从中感受到人性的光辉与形式的和谐，会感受到或浓或淡的诗意。

二、打破虚实界限营造灵奇之境

戏者，以虚表实、以实显虚者也；诗者，于天地之外别构一种灵奇之境者也；戏剧诗，打破虚实界限营造灵奇之境者也。当然，这只是对于某一类戏剧诗的概括，而并非对戏剧诗本质的一种界定。然而，打破虚实界限营造灵奇之境，虽然并非营构戏剧诗境的充要条件，也不一定能实现戏剧诗的本质，但通常非常有助于增添作品的诗意。易卜生的创作实践表明，这样做确实有助于营构戏剧诗境。

在《小艾友夫》中，正当沃尔茂夫妇为小艾友夫残疾之事感到痛苦不堪、难以面对之时，鼠婆子出现了。鼠婆子在沃尔茂家大讲她怎么把成群的老鼠引诱到海里淹死（她只需要吹起她的笛子，那些老鼠就从阁楼里、窟窿里钻出来了），这引起了小艾友夫的浓厚兴趣。鼠婆子离开之后，小艾友夫拄着拐架偷偷跟着她出去了。后来，人们看见"拐架还在水上漂"。这一切究竟是怎么发生的？世上真有老鼠跟着笛声跑这种事吗？小艾友夫为什么也像那些老鼠一样跑出来钻到海底去呢？这种不可思议的灵奇之事，令人感到意外和震惊，在舞台上演出来肯定很有戏剧性效果，同时也特别耐人寻味。沃尔茂夫妇由于贪欢而忘了照顾孩子，致使小艾友夫从桌上摔下来，终身残疾。这件事本应该足以让沃尔茂夫妇好好反省痛改前非，但事实上，正如萧伯纳所说："小艾友夫和他的拐架从此对他们构成一种刺心的遣责。他们恨他们自己，恨对方，并且讨厌小艾友夫。"[1] 正是由于父母的躲避、讨厌，小艾友夫才会鬼使神差地跟着鼠婆子走，才会进入海底那个"又清静，又安稳，可以睡得长、睡得香，再也没有人会讨厌、欺负"的地方。从人心、人性的角度看，这一切是完全有可能发生的。但从现实生活的角度

---

[1]　Bernard Shaw, *The Quintessence of Ibsenism*, Constable and Company Limited, Standard Edition, 1932, p. 99.

看，剧中发生的事情亦真亦幻，我们既不能确定它一定是假的，也不能确定它一定是真的，总之真假之间的界限相当模糊。威廉·阿契尔对该剧的核心场面曾有一段很中肯的评论："易卜生使这场戏脱离平凡的领域而把它提高到戏剧诗的最高境界所用的一个独具匠心的方法，就在于使父母疑惑不解岸边的骚动和他们所听到的那些慌乱的喊叫究竟是为了什么，直到有一声喊叫声传到他们耳朵里，清晰得可怕：'挂架还漂着哩！'很难举出文学作品中有哪一句简单的话，比在这六个字里——在原文中只有两个字——集中了更多的戏剧效果。"① 简言之，阿契尔认为易卜生的处理方法既能带来很强的戏剧性效果，又能把作品提高到"戏剧诗的最高境界"。不过，阿契尔的阐述只是点到为止，他并没有层层深入地展开分析。易卜生的艺术处理确实兼具戏剧性与诗性，在他这种处理的背后可以看到，易卜生并不严格遵守欧洲现实主义的创作原则，而似乎比较倾向于"写意"：一心生出千般景，吞云吐雾如蛟龙。灵境深处无虚实，艺道精时有神通。他不是"以境定人""情随境变"，而是"以情立人""境随心生"；在他笔下，观者所看到的戏剧情境似实而虚，且多半服务于表现人物的内在生命运动。

在《复活日》中，易卜生这种打破虚实界限营造灵奇之境的写意手法，体现得更为明显。该剧开幕时，鲁贝克教授在功成名就、生活优渥的情况下，对现有生活产生了深深的厌倦，而怀念起他未成名时专心致志从事雕塑的那些日子。当此之时，他当年雕《复活日》时所请的模特爱吕尼应心而出了。爱吕尼一身白衣，说自己"已经是隔世的人了"，可是她能跟鲁贝克对话，而且说的话神秘难懂：

> 爱吕尼：我真是把他们弄死了——他们一出世，我就狠着心把他们杀了。噢，这是很久以前的事了。一个跟着一个，我把他们都杀了。
>
> 鲁贝克：（凄惨而恳切）你的话里每句都暗藏着意思。
>
> 爱吕尼：叫我自己怎么做得了主呢？我说的话每句都是别人凑在我耳朵上告诉我的。

---

① ［英］威廉·阿契尔：《剧作法》，吴钧燮、聂文杞译，中国戏剧出版社 2004 年版，第 42 页。

　　鲁贝克：我想，只有我一个人猜得透你的意思。

　　爱吕尼：当然应该只有你一个人。①

　　在剧场里，观众可分明看到一男一女在舞台上对话。可实际上，爱吕尼真是一个活生生的人吗？从这里的对话可知，爱吕尼是鲁贝克心灵的一部分——或许可称作是鲁贝克的艺术灵魂（或内在精灵）；她听命于鲁贝克，然后又统率着鲁贝克艺术作品中的人物。质言之，她并不是一个实际存在的活人。如果说鲁贝克是易卜生想象出来的人物，那么爱吕尼则是鲁贝克心里所悬想默念的精灵，跟现实中人"隔了两层"。但易卜生又把她塑造得像真人一样，看上去亦真亦幻，神神秘秘，让人充满好奇。易卜生把这个现实生活中并不存在的"精灵"描写得像真人一样有什么意义呢？其意义一方面在于营构一种引人好奇、扣人心弦的戏剧性情境，另一方面在于开显出鲁贝克复杂的内在灵魂运动。如果让他一个人在舞台上独白，则多半只能让他把灵魂里的东西叙述出来，这违背戏剧艺术的本性，所以还是要有对话，要有动作，要让人物在动作中展现自身内在的一切。正是在跟爱吕尼的对话中，鲁贝克艺术人生的三个阶段清晰地展现出来：第一阶段，他遵奉"艺术第一，生活第二"的信念，一心只想着创造出伟大的作品，尽量压抑着自身内在的欲望，不回应他人对幸福的渴求；第二阶段，他功成名就，很多人以高价购买他的作品，他开始搞大规模制作，赚了很多很多钱，住上豪宅，娶了美女，但内心愈益感到空虚、焦虑，仿佛自己真正的生命快要枯竭了似的；第三阶段，他想告别空虚无聊的生活，想重新找回当初的创作激情，朝着生命的高处攀登，即便葬身雪崩也在所不惜。易卜生让爱吕尼应心而出，正是要着重表现鲁贝克第三阶段的灵魂状态。此时的他，既经历过生命中最勤奋最纯洁的爬坡期，也经历过最荣耀最兴奋的辉煌期，还经历过特别空虚烦躁的抑郁期，正适合打开心扉，回顾人生，自审灵魂。唯有经过一番严格的自审，才能从空虚无聊如死人般的状态中清醒过来，再次去攀登人生的高峰。

　　显然，易卜生打破虚实界限，创造出一些亦真亦幻、怪诞灵奇的情境与人物，既扣人心弦、出人意外，又蕴涵丰厚、耐人寻味，可谓营构出具有典

---

　　① 《易卜生文集》第 7 卷，第 288 页。

范性的戏剧诗境。在这些戏剧诗境里，虚、实融成一片，真、幻合为一体，几乎看不出现实与幻象的区别；它们呈现在舞台上的主要意义，绝不在于再现生活的真实面目，而在于表现人类肉眼看不见的内在灵魂运动。在易卜生笔下，奇境服务于表现奇情，奇情服务于重铸灵性。而正是奇境中人类灵魂之深邃复杂，人心对于神性、对于美善、对于无限的不懈追求，使作品笼上了一层诗意的光辉。

三、核心事件与舞台意象相融合

一般而言，曲折动人的事件可带来戏剧性，而某些独特的意象可带来诗意。在易卜生戏剧中，经常可看到核心事件与舞台意象的融合，这种融合造就了诸多令人印象深刻、浮想联翩的戏剧诗境。如果说核心事件如长线，舞台意象如珍珠，那么以线串珠，随机流动，确可产生夺人耳目、启人深思的艺术效果。

在《野鸭》中，核心事件是"拯救"。用格瑞格斯的话来说，就是把雅尔马从"有毒的泥塘"里拯救出来，同时也医治他自己"有病的良心"。写这么一件事，可以跟"野鸭"毫无关系，直接写拯救者与被拯救者之间的复杂纠葛即可，但那样写很可能写成一部比较扣人心弦的情节剧，有戏剧性，但不一定有诗意。易卜生经过反复思量，最后决定把"野鸭"作为贯串全剧的核心意象，并为它营造水槽、阁楼等生存环境，使之能够象征某一类人及其生存处境。这样一来，全剧的立意深刻多了，具体写法亦随之有所调整。在剧中每一幕，易卜生几乎都紧扣"拯救"与"野鸭"来展开。在第一幕，格瑞格斯了解到父亲掩饰罪恶的种种行径之后，确立了自己"做人的使命"，即通过救人来自救；而他的父亲则告诉他："世界上有一等人，只要身上挨了两颗小子弹，就会一个猛子扎到水底里，从此以后再也冒不出来了。"这话实际上说的是，有些人就像"野鸭"，挨了枪伤后就沉入水底，并不希望别人将其救起来。在第二幕，易卜生着重写了一个"野鸭之家"：雅尔马在家里做着种种自欺欺人的表演活动，根本承担不起作为一家之主的责任；他父亲老艾克达尔在家里后方布置了一间又大又深的阁楼，阁楼里养着鸡鸭、鸽子和兔子，他老人家居然在阁楼里打猎，体验他作为一名中尉早已失去的"风光"；他女儿海特维格眼睛快要瞎了，然而她无忧无虑，"冲着一个永不天亮的黑夜扑过去"。格瑞格斯看到老同学的生活如此凄惨，暗自神伤，决定"做一条十分机灵的狗，野鸭扎到水底啃住海藻海带的时候，我就钻下去从淤泥里把它们叼上来"。这样一来，就把"拯救"与"野鸭"紧密结合在一起了，在一定程度上烘托出该剧"拯救野鸭"的主题。在第三幕，格瑞格斯入住雅尔马家，更深入地了解"野鸭"们的生活世界：他们靠着一个根本不可能实现的梦想维系可怜可悲的生活，害怕见到阳光，宁愿一直蜷缩在阴暗的角落里；在他们周围，则有人（比如瑞凌）把他们吹捧为"天才""发明家"，使之能够心安理得地生活在幻梦中。对这一切，格瑞格斯看在眼里，痛在心里，他对雅尔马说："你身上也有几分野鸭气息。……你染上了危险的病症，陷落在阴暗的地方等死。……我会想办法把你救出来。"他打算把威利占有基娜、然后把基娜嫁给雅尔马这一真相和盘托出，让雅尔马"把自己的处境看个明白"。雅尔马虽然对格瑞格斯自命为"拯救者"的做法很反感，但乐于听到格瑞格斯的"知心话"。于是"拯救野鸭"开始进入实质性阶段。在第四幕，雅尔马听了格瑞格斯的"知心话"之后，受到了些许触动，表示"从今以后什么事我都要自己做"，但他更大的兴趣在于求证真相（关于妻子基娜是否被威利占有过的真相，以及女儿海特维格是谁亲生的真相）。当他了解了那些真相之后，他感到这些年来他的周围是一张欺骗的罗网，而他的梦想已全部落空，一切全完了。海特维格的存在，尤其刺痛着他的自尊心，仿佛她的"那两只眼睛"在见证着他的耻辱一般。于是雅尔马决定离家出走，海特维格则感到"活不下去了"。简言之，这一幕写"拯救大野鸭失败"，"小野鸭"感到更痛苦。在第五幕，格瑞格斯不甘心他的"拯救"以失败收场，于是怂恿海特维格牺牲她最心爱的东西以挽回雅尔马的信心。在雅尔马对海特维格的爱表示不信任的时候，隔壁的海特维格用枪声作出了最为悲愤而痛心的回答：她以自杀来给他一个爱的证明。至此，格瑞格斯的"拯救"活动不仅彻底失败，还带来了巨大的灾难。小野鸭已死，大野鸭们会活得更好吗？易卜生否定了这种可能性，留下了一个非常悲观但又不放弃反抗的结局。通观全剧，易卜生将"拯救"

这一核心事件与"野鸭"这一核心意象结合得非常紧密，几乎水乳交融、相生相成："拯救"的曲折与诸多意外的发生，带来该剧强烈的戏剧性；而"野鸭"的处境与命运，其与拯救者的复杂关系，其所折射出来的丰富的象征意味，则带来该剧浓郁的诗意；两相结合，产生了一加一远远大于二的丰富意蕴，构成了一个不断深化、不断拓展的戏剧诗境。

在《罗斯莫庄》中，"重铸心魂"这一核心事件与"白马"这一舞台意象也结合得非常紧密。在该剧中，人们的品质在派系斗争中堕落了，这一现实情况使得罗斯莫决定担负起"重铸心魂"的重担："和平、快乐、互相容忍的美德必须在咱们灵魂里重新建立起来。所以我现在要挺身站出来。"但正是这位思想进步的牧师，却不敢走家门口的那座便桥，以至于吕贝克感到罗斯莫的思想里有"白马"的影子。后来随着克罗尔、摩腾斯果的携密来访，罗斯莫感到自己的灵魂里有罪孽，觉得"白马似乎在寂静的境界里奔腾"。"白马"奔腾时，他就感到"重铸心魂"的事业已经完不成了。在他看来，"起源于罪孽的事业绝不会成功"。这种思想在吕贝克看来，只能说明"死人化成了一群奔腾的白马回到了罗斯莫庄"。但罗斯莫无法摆脱这种思想，深爱罗斯莫的吕贝克于是决定把所有罪孽揽到自己身上来。对罗斯莫的爱，使她不知不觉认同了罗斯莫的人生观，并感到有必要洗刷自己灵魂的污点。她决定以死谢罪，罗斯莫深受感动，与之结婚后一起自杀。这个"奇迹"的发生，证明了"真爱""有提高人类灵魂的能力"，可以"重铸心魂"。由此，《罗斯莫庄》达到了全剧最美的境界：既颇具戏剧性，又闪现着诗意的光辉。特别值得玩味的是，在剧中，"白马"与"重铸心魂"既相斥又相吸，构成了非常微妙的关系：传说中忽隐忽现的"白马"，象征着旧思想、旧道德、旧秩序，它们禁锢着人们的思想，让罗斯莫感到有必要"重铸心魂"；但激进的自由思想有时候残害人的生命，这让罗斯莫感到并不能彻底告别"白马"，吕贝克亦不知不觉接受了"白马"的存在；于是在结尾处，他们在一个新的基础（"解放人生观"）上与"白马"和解，并实现了灵魂的重铸。这意味着，该剧的核心意象"白马"与核心事件"重铸心魂"有着非常紧密的内在联系，而且正是这种联系的流变既拓展了该剧的戏剧诗境，也悄悄生成了作品的主题意蕴。

在《海达·高布乐》中，核心意象是"手枪"，核心事件是"突围"。29 岁的海达·高布乐嫁给了 35 岁的泰斯曼，嫁妆是一对手枪。泰斯曼举全家之力好不容易买到一栋别墅作为新婚之家，海达住进去却感到莫名其妙的厌烦。她在家里百无聊赖，经常玩弄那对手枪，内心则幻想着突破这牢笼式的别墅，过一种波希米亚式的浪漫生活。勃拉克推事来访，她拿着枪瞄准他，把人家吓了一跳，她则乐在其中。由于他的前男友乐务博格将出的新书可能使丈夫泰斯曼的教授职位泡汤，她就设法将乐务博格的书稿弄到手，一把火烧了。等乐务博格来找的时候，海达给他一把手枪，嘱他"事情还是要做得漂亮"。后来乐务博格死了，海达以为他是用枪打中太阳穴而死。待问清乐务博格是死于非命时，海达感到很沮丧，用另外一支枪打中了自己的太阳穴。由此可见，海达行事乖张，她内心既有一种巨大的空虚感，又有一种遏制不住的魔性冲动。她睁大了眼睛，却无法为自己的生存找到任何意义。她的"突围"是一种纯粹消极的突围，它让人去追寻"不可能的存在"，去重新寻求生命的意义。在舞台上，核心意象"手枪"与核心事件"突围"的反复交织，既让观众感到意外和震惊，很有戏剧性，同时也让人逐步进入海达内心那首"深沉阴郁的诗"，并最后回归"沉思的海"。显然，"手枪"与"突围"的反复交织，营构了一个不断流变的戏剧诗境，隐蕴着该剧极为强烈的张力与复杂的韵味。

在易卜生其他剧作中，有不少也体现出核心事件与舞台意象的融合。比如，在《布朗德》中，"攀越高山"这一事件与"冰教堂"意象的交织，既带来该剧的紧张曲折、扣人心弦，也带来该剧非常深厚的意蕴。在布朗德这里，"攀越高山"象征着一种引领民众向人性、道德的高处不断攀升的行动，体现着易卜生"想要提高人的心智，在周围培养出大量高尚人物"这样一种情结，但高处等待他们的不是温暖舒适的圣殿，而是一个凄凉寒骨的"冰教堂"。越往高处走，则越是"高处不胜寒"。这里头的人生况味耐人寻思。当布朗德来到高山之巅，内心渴望着"光明和抚慰"时，雪崩埋葬了他。没有温暖，没有抚慰；攀至顶处，便是亡时。这也可以说是一出富有诗意的残酷戏剧。又比如在《人民公敌》中，"揭开污染真相"这一事件与"有毒的浴场"这一意象结合得非常紧密，形成了该剧的戏剧诗境，也蕴含着该剧的丰富思想。

总之，将核心事件与舞台意象高度融合起来，是易卜生营构戏剧诗境的一种重要技巧。这种技巧在今天显然是有借鉴意义的。写戏，绝不只是"叙事"，而要全身心仿若浸在剧场里，用心灵之眼细看舞台上的一切，并让舞台承载精神之花的绽放或呈现内在生命的光辉；而精心选择一种鲜明而独特的舞台意象，让它在剧情进展过程中反复出现，一再加深观众的印象，则有助于引发观众多层面的思考，使作品超越单纯的情节剧，带有更多的精神蕴含，从而具备一定的诗意。今天有些导演比较注重在舞台上设置"诗化意象"，给精神的运动一种美的显现，显然是值得肯定的。

四、复合感通与故意留白相结合

从创作的角度来说，审美感通大致有正向感通、反向感通和复合感通三种类型。所谓"正向感通"，是指着力塑造坚强而高尚的正面人物，传达美好的情感，主要以正能量感通人心；所谓"反向感通"，是指着力塑造顽固而邪恶的反面人物，以其种种令人发指的言行刺痛人心，激发出观者的正义感和对真善美的向往，从而从反面把观者的心凝聚在一起，并进入一种向往真善美的精神共通体；所谓"复合感通"，是指兼用正向感通和反向感通这两种方式，既以高尚的德行激励人心，又以卑劣的恶行刺痛人心，或所写人物好中有坏，坏中有好，让人爱恨交加，从而使观者的心灵既得到刺激与宣泄，又得到洗礼与升华。易卜生在剧作中运用得较多的方式是"复合感通"，这使得其作品既具有较强的内在张力，又具有很强的感染力乃至震撼力。

在某种意义上，诗意离不开既真切又朦胧的意象（或意境），离不开"言有尽而意无穷"的形式，离不开广阔的阐释空间。说得直白一点，要创作出有诗意的剧作，既要让人看得懂，能感通人心，但又不能让人像看一碗清水那样一览无余，而必须要善于留白，能激发出几乎无限的想象空间。易卜生正是这样，他在创作中既注重"架设创造者与接受者之间的感通之桥"[1]，

---

① 《易卜生书信演讲集》，第367页。

又善于留白——有时对于人物的深层动机不做任何说明，有时故意给人物披上"隐身衣"，有些地方则让观者如堕雾中，从而让人想不透、说不尽，产生了极佳的艺术效果。

复合感通与故意留白相结合，使易剧既有很强的吸引力与感染力，又言有尽而意无穷，具有品味不尽的意蕴和浓郁的诗意。这无疑是易卜生戏剧中的"活东西"，值得今人阐扬、继承和发展。

在《罗斯莫庄》中，易卜生笔下的主角罗斯莫与吕贝克可谓好中有坏，坏中有好，其高贵的品质与邪恶的行动难解难分地交织在一起。比如，罗斯莫虽然品行高尚，是当地人普遍比较敬重的"好人"，但他也自欺欺人，不知不觉犯下了移情别恋、致妻自杀的罪过。而当吕贝克自述其如何害死碧爱特的时候，观众可能跟罗斯莫、克罗尔一样，感到这个女人实在是太可怕了，而且她犯下此等恶行居然无一句后悔的话，几乎令人发指。她敢于承担责任，为了洗刷自己灵魂的污点敢于自裁，却不能不令人敬佩。关于这两个人物，最有魅力、最耐人琢磨的地方却在其他处。比如，当罗斯莫向吕贝克求婚的时候，一直希望成为罗斯莫夫人的吕贝克严辞拒绝了。她为什么要拒绝呢？这个太莫名其妙。尽管罗斯莫一再追问个中原因，吕贝克还是不肯说出来，观众也是一头雾水。那么吕贝克是不是故意矫情呢？后来罗斯莫第二次向她求婚，她还是不答应，而且说什么"这事绝对做不到"。为什么"绝对做不到"呢？原来吕贝克除了诱杀过碧爱特，还有一段不光彩的历史。什么历史呢？罗斯莫表示他"一个字也不想听"，于是观众也没机会听到，只能去猜测。这些地方就是易卜生故意留下来的空白。本来，编创剧本特别重要的一个原则是，根据人物的性格及其所处的情境，想清楚人物每一个行动背后的动机，然后将那个动机恰如其分地表现出来，让观众能看得懂。但易卜生似乎有点反其道而行之，既使人物行动"违反"人物性格（本心极爱，她却拒绝他的求婚），又不交代"违反"背后的原因，让很多观众百思不得其解。这是不是艺术上的败笔呢？恰好相反，易卜生这样处理，在某种程度上给作品披上了一层迷雾，引发了无尽的阐释，从而让这个作品的生命力变得更强了。那么易卜生是不是为了艺术效果而故弄玄虚呢？也不是。易卜生虽然故意留白，但对于人物的动机或行动背后的深层心理原因，还是隐隐有所暗示的。他不会借人物之口明确说出来，但会让细心的读者或观众根据剧中出现的某些蛛丝马迹猜测出来①。这在某种程度上也可以说是"留白"的分寸感掌握得很好。如果人物动机一览无余，则谈不上"留白"；如果人物动机无从寻索，则接近于故弄玄虚。只有处理得恰到好处，才有诗意，才是艺术珍品。

易卜生的另一名剧《建筑师》，亦将"复合感通与故意留白相结合"的手法运用得恰到好处。在该剧中，索尔尼斯既是一个魔性很重、让一些人痛恨不已的人物，又是一个天赋奇才、心蕴神性的人物。他的精神知己希尔达也是这样，既邪恶又可爱，处在常人很难理解的某种边界地带（好比太极图中间黑白交接的那个地带）。由于其心性怪异，故其行动有时候颇为令人费解。比如，在第三幕，索尔尼斯明知自己爬上高楼塔顶必然摔死，可他为什么还是要爬上去呢？索尔尼斯患有恐高症，一爬到高处就会头晕目眩，一头晕目眩就可能从高处摔下来。在此情况下，他为什么偏要跟自己过不去呢？其深层动机究竟何在？易卜生写出了索尔尼斯的预感——"然而以后他永远不能再盖东西了，可怜的建筑师"，暗示索尔尼斯知道自己爬上去之后必死无疑。但他没有剖明索尔尼斯决定爬上去的深层动机，只提到他打算从今以后跟希尔达一起盖房子。这只是一个非常表面的说法，深层动机还是隐而未彰。希尔达明知索尔尼斯很害怕爬楼，但还是怂恿他爬上去，其动机亦颇令人费解。最后索尔尼斯爬到塔顶上，真的摔死了。这个结果更让人对他的动机感到奇怪。他这么大年纪了，爬上高楼塔顶难道是要取悦一个小姑娘？抑或是他要超越自我、克服自己的恐高症？或者是他想与神对话？再或者，他心里早就想着自裁？如此等等，几乎每个人都可以有自己的看法。由于易卜生并没有给出"定解"，因此对于它的解释自然也就五花八门。越是思虑深远、精神高洁的人，便越是能感受到索尔尼斯此举的形上意味与努斯冲动，从中所感受到的诗意也几乎绵延不尽。

在《海达·高布乐》中，邪而美的海达与正而丑的泰斯曼几乎构成了鲜明的对比，海达的空虚人生与泰婀的充实人生也让人有所启悟。但该剧的

---

① 详见汪余礼：《双重自审与复象诗学——易卜生晚期戏剧新论》，中国社会科学出版社 2016 年版，第 58 页。

艺术魅力，很大程度上来源于剧中的"空白"。比如，海达曾经有一个怎样的母亲？她父母双亲的关系怎样？她为什么迟迟未婚？她跟乐务博格的关系究竟发展到了哪一步？泰斯曼的父母又是怎样的人？这一切几乎都是一片空白。海达为什么害怕怀孕？她在29岁嫁给泰斯曼之前究竟经历过什么？她喜欢乐务博格为什么却嫁给了泰斯曼？乐务博格跟黛爱娜姑娘究竟是什么关系？乐务博格究竟是死于自己的手枪偶然走火还是死于他杀？这一切也都是空白，至少是不确定的。海达最后在弹完一支狂舞曲之后，扣动扳机自杀的场面，尤其让人目瞪口呆、震惊不已。她究竟为什么要这样做呢？易卜生没有做任何说明。如果把这些空白填充起来，有可能写成另外一部剧。但正是充满空白的《海达·高布乐》，反而成了一部久演不衰的经典名剧。如果说"瞻彼阙者，虚室生白"，那么正是空白处让诗意流淌，气韵生动。

再比如《海上夫人》，该剧几乎像一幅空灵飘逸的水墨画，颇具留白之美。在浩瀚的大海上，少妇艾梨达飘然而来，飘然而去，形单影只，日复一日。人们不知道她心里在想什么或者在期待什么，更不知道她为何不待在家里跟孩子们玩。随着剧情的展开，观众才知道她心里在想念十年前认识的一个陌生人。这个陌生人姓甚名谁，目前在哪，做什么工作，艾梨达不知道，观众也不知道。大家唯一知道的是，十年前，那陌生人在夜里杀死了一位船长，逃命时与艾梨达巧遇，以"两只戒指套在一起扔到海里"的方式"一齐跟大海结婚"。此后他亡命天涯，十年来再未与艾梨达见过面。就是这样一个人，却勾起艾梨达日复一日的想念。艾梨达为什么会想念这个人？此人身上究竟有什么特殊的魔力？易卜生没有交代，留下空白任人遐想。1889年《海上夫人》在德国公演时，易卜生曾谈到如何看待这个陌生人："谁也不应该知道他是干什么的，同样也不要晓得他是谁和他究竟姓甚名谁。对我来说有了这种不明确性才有可供使用的选择余地。"[1] 原来易卜生是故意制造这种"不明确性"，让观众自己去自由想象。如果说"空故纳万境"，那么正是这种没有具体信息填充进去的"空"，反而敞开了无限的可能性，可以任由观众去展开林林总总、千变万化的想象。

虚室生白，虚空中自有灵气往来；空纳万境，空白中反生万千气象。易

---

[1]　转引自《易卜生——艺术家之路》，第355页。

卜生的留白艺术，跟他的感通技巧结合起来，造就了一个又一个意蕴深厚的戏剧诗境。需要指出的是，易卜生如此写戏，并不是因为他受过中国空灵美学的影响，而只因为他确实是一位天才的戏剧诗人，他的才华与戏剧诗的本质要求是高度契合的。戏剧作为一门高度集中的艺术，通常在舞台上只能展现"冰山的八分之一"，有大量的内容是不会显示出来而只能诉诸观众想象的。但显示什么、隐藏什么或在何处留白，却大有讲究。处理得好，可以生成妙境、活境；处理得不好，则造成涩境、仄境。易卜生的处理，总体上是基于他对人性人心的精深体悟和对戏剧规律的独到把握，既能感通人心，又能给观众留下广阔的想象空间，可以说恰到好处，值得反复体味。

综上所述，易卜生营构戏剧诗境的手法是多种多样的。其中，淡化外部冲突聚焦灵魂运动、打破虚实界限营造灵奇之境、核心事件与舞台意象相融合、复合感通与故意留白相结合是他用得比较多的四种手法，对今天的戏剧创作颇具启发意义。但技法仅为"术"，关键还是要有对生命、对人性、对社会人生和宇宙万物的独到感悟；只有"感"通，方能"术"到，才能真正达到"灵境深处无虚实，艺道精时有神通"的境界。

此外，易卜生的自审思维、悖反思维、回溯思维、复象思维也都特别有助于营构戏剧诗境。"自审思维"是在本我与超我（或小我与大我）之间拉开距离，形成张力，对自我的一切展开深度发掘与审视，进而塑造出立体复杂的人物形象，在此过程中比较容易生成戏剧性与诗意；"悖反思维"主要是聚焦社会人生中的两难困境，从生命深处的根本矛盾生成张力与戏剧性效果，并在超越那些矛盾的过程中生出诗意；"回溯思维"则往往是把生命看作一段历史，以"现在之我"回忆、反思、重塑"过去之我"，这里不仅会存在"现在"与"过去"的张力，还会存在从生命深处涌现出来的诗意；"复象思维"是在现实本象（实象）中隐蕴着另外一重意象世界（艺象），不仅易于造成象外有象的审美效果，而且在实象与艺象之间往往存在较大的张力，可产生戏剧性效果。简言之，易卜生惯用的自审思维、悖反思维、回溯思维、复象思维，都不仅特别有助于营造出强烈的戏剧性效果，而且特别有助于增添作品诗意，都几乎天然地适合于营构戏剧诗境①。

① 关于易卜生的这四种思维，前面四章有所论述，故这里只是提及，不再展开详论。

第七章 易卜生戏剧理论的主要内涵

根据本书"绪论"中的分疏，"易卜生戏剧诗学"既包括易卜生戏剧作品中隐含的戏剧思想，也包括易卜生在戏剧评论、书信演讲、创作札记中明确表达过的戏剧思想。如果说前面第二、三、四、五、六章主要是从易卜生戏剧作品中发掘其隐性戏剧思想，那么接下来则需要从易卜生的戏剧评论、书信演讲、创作札记中总结其显性戏剧思想（即戏剧理论）。由于显、隐两者密切相关，前面发掘其隐性戏剧思想离不开参照易卜生的显性论述，现在总结其戏剧理论同样也离不开其具体作品的支撑印证。此外，由于易卜生主要是一位创作家，无意于建构系统的戏剧理论，我们现在根据其只言片语亦实难重构出一套系统的戏剧理论。因此，我们现在能够做的，是根据其相关言论如实阐发其戏剧思想，不求系统，但求准确。

关于易卜生的戏剧理论，国内学者探讨较少，但已有成果可构成本章进一步反思的对象或继续探讨的起点。王忠祥先生指出："易卜生认为他所创作的一切，即使不是他所亲身体验过的一切的再现，也是与他所听闻过的一切极其紧密地联系在一起的。剧作家不应该置身于社会之外，而应置身于社会之中。他反映现实的手法多种多样，干预生活的原则却是一贯的。"[①] 在王先生看来，易卜生创作戏剧的一贯原则是"干预生活"。陈立华教授在《易卜生与曹禺的戏剧观》一文中说："易卜生认为戏剧应成为提出社会问题、揭露社会矛盾的工具，应该揭示人生世相的本来面目。……易卜生认为戏剧环境越普通、越为观众所熟悉，剧本才越有意义。这种理论不仅革新了

---

① 王忠祥：《易卜生》，华夏出版社 2002 年版，第 170—171 页。

戏剧艺术，而且也表明了易卜生坚持现实主义创作方法的坚定立场。"① 简言之，陈教授认为易卜生坚持的是一种工具主义兼现实主义戏剧观。王雪在《真实·幻觉·性格——易卜生戏剧理论解读》一文中说："易卜生认为提倡现实主义并不是纯粹的写实，而是要从混乱的现实中抽取出我们需要的诗意来。……易卜生的舞台艺术理论放弃了旧式戏剧矫揉造作的故技，强调演员表演的真实性、个性化和生活化，注重人物对白的自然效果，要求舞台演出尽可能营造真实的幻觉，尽可能诗意地再现现实生活。……易卜生还有一个重要的贡献，就是他对人物性格的高度重视。"② 显然，这些概括都是有根据的，但是否准确、是否揭示了易卜生戏剧理论中特别有价值的东西，则需进一步探讨。笔者也曾经探讨过易卜生的戏剧观，比如，在 2012 年发表的一篇文章中提到："在戏剧观上，易卜生并不认为戏剧是'揭示社会问题，批判社会现实'的工具，而认为戏剧本质上是诗，写戏剧诗主要是通过'对自我进行审判'，反省、发掘出人性的深层结构，进而写出'人类的性格与命运'。"③ 此话虽然不错，但远远没有将易卜生戏剧理论的丰富内涵揭示出来。

第一节　易卜生的戏剧本质论

关于"戏剧本质"，易卜生谈得较少。然而就这个问题的实质而言，易卜生不仅有较多的直接论述，还有大量的间接论述。对于易卜生来说，"戏剧的本质"与"戏剧的概念"几乎是同义的；而"戏剧的概念"在易卜生心目中又跟戏剧的构成、戏剧的性质有关，在他这里谈戏剧构成、戏剧性质也就是间接地谈论戏剧本质。因此，本节对"易卜生的戏剧本质论"的探讨与总结，将分两部分展开：先看易卜生是怎么直接谈论戏剧本质、戏剧概

---

① 陈立华：《易卜生与曹禺的戏剧观》，载王宁、孙建主编：《易卜生与中国：走向一种美学建构》，天津人民出版社 2004 年版，第 207、209 页。

② 王雪：《真实·幻觉·性格——易卜生戏剧理论解读》，《曲靖师范学院学报》2009 年第 5 期。

③ 汪余礼：《从〈易卜生书信演讲集〉看易卜生的人生观与戏剧观》，《世界文学评论》2012 年第 1 期。

念的，再看易卜生是如何间接回答这个问题的。

一、易卜生关于戏剧本质、戏剧概念的论述

易卜生关于"戏剧本质"或"戏剧概念"的直接论述，据笔者目前所见，比较重要的有以下几条：

> 戏剧就其本质而言，是跟诗歌、绘画、音乐、雕塑等融为一体的。而且，所有其他国家的经验都足以证明这一事实，那就是，戏剧艺术作为教育人民的一个重要组成部分，比其他任何艺术都更易于为全体人民所理解与接受——这一事实已通过这门艺术与现实更为紧密和直接的关系而得到清晰的阐释。①

> 戏剧艺术是既在时间又在空间得到体现的，正因如此，它最贴近现实，最直观。②

> "戏剧"这个词，在我们这里自然是根据它的基本含义来理解的，即通常所说的剧本。但在现代法国戏剧与德国戏剧之间存在着非常重要的差别。法国戏剧应当借助于作为中介体的演员的作用与生活联系在一起，——只有那时它才开始存在。戏剧自法国作家笔下诞生时还不能算完成，只有当它搬上舞台与现实联系在一起时，它才开始与自己的概念相符合。在法国人看来，现代戏剧作为文学读物是无权存在的。……德国剧作家正好与此相反，他写剧本时绝没有考虑搬到舞台上的情景。如果他的剧本能以他写成的形式上演，这很好；如果不能，那可以阅读它，并且他认为在这种情况下他同样达到了向剧本提出的要求。因为在德国，戏剧是用来阅读的一种文学体裁，就其宗旨而言，是与用于上演的戏剧等同的。③

根据易卜生这些论述，可以推知，在易卜生看来：（1）戏剧本质上是一

---

① Henrik Ibsen, *Letters and Speeches*, Clinton：The Colonial Press Inc.，1964, p. 28.
② 《易卜生文集》第 8 卷，第 182 页。
③ 《易卜生文集》第 8 卷，第 171—172 页。

种与诗歌、绘画、音乐、雕塑等融为一体的，既在时间又在空间中展开的综合性艺术；（2）戏剧是一种最贴近现实、最直观、最易于为全体人民所理解与接受的艺术；（3）戏剧既可以作为文学读物而存在，也可以作为舞台表演艺术而存在（更准确地说，在法国，"戏剧"这个概念意味着一种以剧本为基础，借助于演员的表演在舞台上呈现的活态艺术；在德国，"戏剧"既可以是用来阅读的一种文学读物，也可以是一种舞台艺术作品）。作为一名剧作家，易卜生脑子里的"戏剧"概念似乎更多的是指"剧本"。但作为一个有着十多年舞台艺术指导经验的艺术总监（易卜生曾先后担任卑尔根剧院和挪威剧院的舞台监督、艺术总监等职务，时间至少有十年），易卜生对舞台艺术是非常熟悉的，所以他非常理解戏剧"只有当它搬上舞台与现实联系在一起时，它才开始与自己的概念相符合"。

此外，易卜生关于"戏剧与叙事"的论述，也明显体现出他心目中的戏剧概念。在这个问题上，易卜生的观点是非常鲜明的，他认为戏剧是一种在特定时空中以动作直接展示人物生命活动的艺术，而不是以语言叙述故事的艺术。换言之，在他看来，戏剧的直观性是排斥叙事性的。易卜生曾经说过：

> 田园诗属于叙事性诗歌，因而也就不可能以戏剧的形式出现，正如从艺术方面来说根本不可能有叙事性戏剧之类的作品一样。①
>
> 在我看来，托尔斯泰对于戏剧的技巧缺乏充分的了解。在他这个剧本中（指《黑暗的势力》——引者注），谈话多，场面少，而且在很多地方，人物对话更多是叙述性的，而不是戏剧性的。总的来说，这个作品更像是一个用对话形式写的故事，而不太像一部戏剧。②

从这里可以看出，易卜生的"戏剧"概念与亚里士多德的"戏剧"概念有高度的亲缘性，而与布莱希特所谓的"非亚里士多德式戏剧"是格格不入的。在易卜生看来，根本不可能有"叙事性戏剧"。在很多人的观念里，戏剧就是"用对话形式写的故事"，但易卜生认为这并不是戏剧。难道

---

① 《易卜生文集》第 8 卷，第 165 页。
② 《易卜生书信演讲集》，第 288 页。

"戏剧"不是一种以对话演述故事的艺术？一些学者看到这里也许会大惑不解。由于在这里我们要探讨的是易卜生的"戏剧"概念，因此最好回到易卜生时代的文化语境中来看待这个问题。易卜生主要生活在 19 世纪中后期，当时欧洲文艺以自然主义、现实主义为主流，而兼有新浪漫主义、唯美主义、象征主义、表现主义等艺术流派共同发展。其时，易卜生的"戏剧"概念确实是跟现实主义联系在一起的，他一再强调演员在舞台上要"营造真实的幻觉"，要让观众"感到他好像是实实在在地坐着、听着和看着发生在真实生活中的事情"。在很大程度上可以说，易卜生就是"第四堵墙"戏剧的典型代表。为着让观众透过第四堵墙，真切地看到"发生在真实生活中的事情"，易卜生特别强调戏剧的直观性（或直接呈现性），而排斥带有间接呈现性的叙事性。因为叙事是用语言讲故事，故事本身是看不见的，只能在人的听觉中间接呈现。且不说语言本身具有简化性、遮蔽性甚至扭曲性，叙述更是犹如迷雾一般，让那些正在发生种种动作的场面直接消匿不见了。所以不难理解，易卜生为什么觉得戏剧与叙事几乎水火不容。当然，易卜生戏剧中也有叙事成分，但易卜生在绝大多数情况下都把对往事的回溯（或回叙）变成了可以直观的戏剧动作。他用高度的技巧让观众看到，舞台上的演员并不是在讲故事，而是在发出动作——人物每一句对往事的回溯，都是当前动作的一部分，都直接展现人物现在的性格与心理。演员在舞台上讲述过去的事情，如果主要是为了让观众了解事情的来龙去脉，那么这种讲述主要是"叙事"；如果主要是为了要挟对手，或对舞台上的其他角色产生重要影响，那么这种讲述主要是"戏剧化的动作"。易卜生的主张很明确：要动作，不要叙事。而且，在易卜生看来，戏剧舞台表现的重心并不是一个完整曲折的故事，而是人物性格。换言之，在舞台上讲述一个完整曲折的故事并不是戏剧，而以丰富多样的动作直接展示（或隐示出）人物性格才是戏剧。易卜生对托尔斯泰的批评即在于此：托尔斯泰把重心放在以对话形式叙述故事、以故事来传达主题思想，而忽略了以直观的、戏剧性的动作来塑造人物性格。①

① 威廉·阿契尔认为易卜生是"用戏剧叙述故事"的典范作家，彼得·斯丛狄认为"易卜生的出发点是叙事性的"（［德］彼得·斯丛狄：《现代戏剧理论（1880—1950）》，王建译，北京大学出版社 2006 年版，第 22 页）。这都是对易卜生的误解。易卜生的出发点是以人物自身的动作来塑造人物性格（"立人"），而非叙述故事（"叙事"）。

这些见解似乎"卑之无甚高论",但至少揭开了易卜生"戏剧本质论"的帷幕。除此之外,易卜生还为"戏剧"概念注入了非常丰富的内涵,或者说从其他角度进一步论述了戏剧的本质。

二、戏剧是以现实形式呈现幻想内容的艺术

尽管易卜生认为戏剧"最贴近现实",但他始终没说过戏剧应该摹仿现实生活。相反,他认为戏剧艺术的天地"是为幻想设置的"。在谈到德法戏剧之差异时,易卜生曾经说过下面这段很有名的话:

> 当今德国剧本与法国剧本之间的关系如同活生生的图画与图画之间的关系一样。在德国剧本中,形式自然,完美,带有其天然的色彩;在法国剧本中正相反,我们只觉得所有这一切就是那样。但这正是唯一正确的,因为在艺术王国里没有真实现实的活动天地,相反,它的天地是为幻想设置的。然而,我绝不是想以此说明法国戏剧与德国戏剧相比占有某些优势,——整个问题只在于,后者在多大程度上实现了它为自己提出的要求。原封不动的现实无权进入艺术领域,但是不包含现实内容的虚构作品同样无权进入艺术领域,而这恰恰就是法国戏剧的弱点。①

据此可知,易卜生虽然一方面认为戏剧是一种"最贴近现实"的艺术,但另一方面又认为在戏剧艺术王国里没有真实现实的活动天地;不仅"没有真实现实",而且戏剧的天地是为幻想设置的。这就给人一种印象:在易卜生看来,戏剧既是"最贴近现实"的艺术,又是"最具幻想性"的艺术。这是不是矛盾呢?先来看看易卜生的原意究竟是什么。易卜生所谓"戏剧最贴近现实",至少有三层意思:一是说戏剧的形式如日常对话,与诗歌、绘画、音乐、雕塑等艺术形式相比最贴近现实生活;二是说戏剧的内容最贴近人的内外生活,最能给人真实生活的幻觉;三是说戏剧只是最"贴近"现实,并非"再现"现实生活。为了戏剧形式上的"现实性",易卜生放弃了诗体语言而采用散文体对话,并一再说:"我希望营造的幻觉是真实的。我

---

① 《易卜生文集》第8卷,第172—173页。

希望给读者这种印象：他所读到的是真实发生过的事情"，"我的戏剧力求制造这样的效果：读者或观众在阅读剧本或欣赏演出的过程中，感到他是在真实地体验一段真实的生命历程"①，"戏剧效果的产生，在很大程度上取决于让观众感到他好像是实实在在地坐着、听着和看着发生在真实生活中的事情"②。这种真实性，很大程度上是由戏剧形式带来的：一群演员犹如现实中人一样在舞台上说话，做出种种动作。但戏剧的内容是不是从现实生活中复制或照搬过来的呢？易卜生认为完全不是这样，他坚决反对照相式地再现真实生活，认为那样做只能让戏剧沦为非艺术、伪艺术。作为艺术品的戏剧，其内容是剧作家幻想出来的（当然那"幻想"本身与现实生活有着千丝万缕的联系），其形式是非常现实的。简言之，在易卜生看来，戏剧是一种"以最现实的形式呈现幻想内容"的艺术③。

　　在"现实性"与"幻想性"之间，易卜生更重视哪一个呢？表面看，似乎是"幻想性"，因为易卜生强调"艺术的天地是为幻想设置的"。但是，当他说《布朗德》是"诗"时，他希望读者更多地理解该剧"隐蔽的客观性"而不是"显在的幻想性"；在他声明《培尔·金特》是"诗"时，他想要强调的也不是该剧的幻想性，而是它的内省性与内在之真："在我生命中那些安静的时刻里，我倾听过来自我灵魂最深处的声音，并有意地去探索和解剖我自己的灵魂。而这种探索与解剖越是深入，我自己也越是感到痛苦。"④ 由此可见，易卜生认为"探索和解剖我自己的灵魂"完全有可能构成"诗"，而"探索和解剖我自己的灵魂"，一方面可通向"内在的现实性"，另一方面可带来"隐蔽的客观性"。至少在艺术家自己看来，"内在现实"比"外在现实"要真实得多——它不像外在现实那样具有偶然性、个别性，而是"人同此心，心同此理"，具有主观的普遍性和隐蔽的客观性。

---

　　① 此为易卜生 1882 年 9 月 14 日致拉斯莫斯·B. 安德森信中的话，载《易卜生书信演讲集》，第 218 页。

　　② 此为易卜生 1883 年 8 月 2 日致奥古斯特·林德伯格信中的话，载《易卜生书信演讲集》，第 229 页。

　　③ 易卜生的这种思想，在他给埃德蒙·葛斯的一封信中表达得更为清楚："我这部戏（《皇帝与加利利人》——引者注）是以最现实的形式来构思的。我希望营造的幻觉是真实的。我希望给读者这种印象：他所读到的是真实发生过的事情。"（《易卜生书信演讲集》，第 147 页）

　　④ 《易卜生书信演讲集》，第 57 页。

如果只是摹写表层的外在现实，那不过是捕风捉影、虚飘无聊之事；而转向描写深层的内在现实，则可通向几乎每一个人的内心，兼具"主观的普遍性"和"隐蔽的客观性"，这才是诗！因此，当易卜生强调他的戏剧是"诗"的时候，他其实想说的是：戏剧是一种以最贴近现实的形式来呈现兼具主观普遍性与隐蔽客观性的幻想性内容的诗。

三、兼具诗意、戏剧性与剧场性才是真戏剧

综观易卜生的戏剧评论，对于一出新戏，他特别关注的是诗性、戏剧性与剧场性这三个方面。在易卜生看来，只有兼具诗意、戏剧性与剧场性的作品，才真正符合"戏剧"的概念。

如果易卜生对某个剧本作出肯定的评价，往往会说它"很有戏剧性""富含诗意"；如果易卜生对某剧作出否定的评价，往往会说它"没有戏剧性""毫无诗意"。比如，他曾说自己的剧作《布朗德》"很有戏剧性"[1]，说德国作家卡尔·古茨科夫的五幕剧《鞭子和剑》大部分场面"没有丝毫戏剧性"[2]，说安徒生的剧本《乡村故事》"富有诗意般的情调"[3]，说斯克里布的剧作是"空洞的、没有诗意的东西"[4]，说比昂松的剧本《西格尔德恶王》"富含诗意"[5]。而且，易卜生认为，"一般来说，抽象的、富有诗意的因素总是被置于戏剧性因素之上"[6]，这意味着，在易卜生看来，"诗意"比"戏剧性"对于一部剧本来说更重要。那么，易卜生所说的"诗意"究竟指的是什么呢？关于"诗""诗意"，易卜生说过下面这些话：

> 在我生命中那些安静的时刻里，我倾听过来自我灵魂最深处的声音，并有意地去探索和解剖我自己的灵魂；而这种探索与解剖越是深入，我自己也越是感到痛苦。我的这本戏（指《培尔·金特》——引

[1] 《易卜生书信演讲集》，第 32 页。
[2] 《易卜生文集》第 8 卷，第 174 页。
[3] 《易卜生文集》第 8 卷，第 184 页。
[4] 《易卜生文集》第 8 卷，第 202 页。
[5] 《易卜生文集》第 8 卷，第 210 页。
[6] 《易卜生文集》第 8 卷，第 203 页。

者注）是诗。如果它现在不是，那么它将来一定是。挪威将以我的这个戏来确立诗的概念。在人们的观念世界中没有什么东西是确定不移和永恒不变的。本世纪的斯堪迪纳维亚不是古希腊，因而在本世纪我们的诗学观念必然不同于古希腊的诗学观念。①

我之所以没有写信，是因为我的答案在我脑海里已经形成了一整篇有关美学的文章。当我发现我要一开始就回答"什么是诗"这个问题时，你也得承认，这封信很有可能会变得极其冗长……《布朗德》所包含的隐蔽的客观性比迄今为止任何人所能想到的还要多得多。作为诗人，我为此而感到非常自豪。②

对于那些你没有在一定程度上或至少有时候在自己身上看出雏形或根芽的东西，你是不可能富有诗意地再现出来的。③

充满诗意的作品所描绘的世界对观众来说是陌生的。④

所有真正的艺术表现都必然是诗意的，但演员维赫身上的诗意具有高度的北欧民族性格。⑤

由此可见，易卜生心目中的"诗""诗意"，与"自我解剖""灵魂探索"密切相关，而与摹仿现实关系甚微；它离不开想象、幻想，带有一定的"陌生性"，但骨子里追求"隐蔽的客观性"。而且，"诗意"不是抽象的，它完全可以跟具体的民族性格结合在一起。它虽然更多地关乎"艺术表现"，但实质上是通过自我解剖探寻存在之真。这是戏剧艺术真正的生命所在。如果像斯克里布那样以"精心巧构"追求情节的曲折性，那样可能带来比较强烈的戏剧性，但作品只要缺乏诗意，就会像一个缺乏灵魂的生命一样，很快就会随风飘逝。因此做到戏剧性与诗性的融合，才能赋予一部戏剧以鲜活的生命。

对于一部完整的戏剧来说，除了戏剧性与诗性之外，剧场演出效果是否

① 《易卜生书信演讲集》，第57页。
② 《易卜生书信演讲集》，第77页。
③ 《易卜生书信演讲集》，第368页。
④ 《易卜生文集》第8卷，第189页。
⑤ Henrik Ibsen, *Ibsen on Theatre*, Edited by Frode Helland and Julie Holledge, London: Nick Hern Books. p. 192.

也很重要呢？1877 年 10 月 5 日，易卜生致信爱德华·法力森说："对一部新戏永远都不可能单从文学的角度来看待和评判。这种评价总是会包括剧本和演出两个方面。这两件截然不同的事往往被混为一谈。而一般说来，老百姓对表演和演员总是比对剧本更感兴趣。"① 可见易卜生对于舞台演出也很重视。他还曾对丹麦演员安东·威廉·维赫的表演作出了非常高的评价，认为他促进了挪威民族戏剧的发展："他给戏剧界和观众的头脑中注入了某种新的东西，在他的表演中有那么多强劲的、热烈的青春诗意，他的舞台演出显示出那样的精神上的纯洁，表明他深刻地意识到艺术的神圣而崇高的使命，证实他热情洋溢地追求着的不是对现实的拙劣的模仿，而是真理，是生活的最高的、象征性的再现，那是艺术世界中唯一值得为之奋斗的东西，而目前还只被少数人所承认。"② 可见，易卜生认为在舞台表演领域有着"艺术世界中唯一值得为之奋斗的东西"，演员只要演得好，不仅可以再现生活之真，而且能以强劲的、热烈的青春诗意鼓舞人心，或者给现场观众的头脑注入某种新的东西。这种现场产生的独到艺术效果是剧本无法企及的。此外，易卜生"相信观众有能力正确地理解富有诗意的作品"，"每个观众都会通过自己的个人创作去理解结局"③，这表明易卜生也意识到了观众对于戏剧之最终完成的重要意义。如果说演员的表演、观众的创作以及二者之间的交流属于"剧场性"的重要内涵，那么"剧场性"也显然构成易卜生的"戏剧"概念的题中应有之义。

总之，易卜生的戏剧本质观既跟古希腊以来的戏剧本质观有相通之处，又跟亚里士多德、莎士比亚的戏剧本质观有差异。如果说亚里士多德脑子里的"戏剧"偏重于"以动作来模仿人的行动"，那么易卜生脑子里的"戏剧"则偏重于"以日常对话来呈现一个幻想的天地（或直接展示人的内在生命活动）"；如果说莎士比亚脑子里的"戏剧"侧重于"以诗体语言来反映内外现实"，那么易卜生脑子里的"戏剧"则是"以散文体对话来审判自我"。如果说"时空限制性""场面直观性""高度现实性""观演交流性"

---

① 《易卜生书信演讲集》，第 171 页。
② 《易卜生文集》第 8 卷，第 186 页。
③ 《易卜生文集》第 8 卷，第 190 页。

"以动作直接展示人物性格"等是易卜生对戏剧形式的主要规定，那么"诗"则是易卜生对戏剧实质的核心规定。无论采用什么样的形式，戏剧必须达到"诗"的高度（或"富含诗意"）才是艺术。当然，一部好的戏剧，不仅要有"诗意"，还要有戏剧性与剧场性，三者高度融合，才真正符合"戏剧"的概念。这就是易卜生的戏剧本质观①。

第二节　易卜生的戏剧功能论

由于"体用不二"，故戏剧功能论与戏剧本质论往往缠搅在一起，有的学者干脆把它们都纳入"戏剧本体论"的范畴。但严格来说，戏剧功能与戏剧本质还是有区别的。尤其是在易卜生这里，他对戏剧功能的论述，有的跟戏剧本质比较切近，有的若即若离，有的则比较邈远。下面大致按照由近到远的顺序，总结一下易卜生的戏剧功能论。

一、戏剧艺术具有激励、唤醒、启发等功能

易卜生最初从事戏剧创作时，坚信戏剧具有激励、唤醒、启发等教育功能。1860 年 8 月 6 日，易卜生致信挪威政府说，"戏剧艺术作为教育人民的一个重要组成部分，比其他任何艺术都更易于为全体人民所理解与接受"②，这说明易卜生认为戏剧具有教育功能。1866 年 3 月 16 日，易卜生致信弗雷德里克·海格尔说："我觉得我的终生使命就是要利用上帝赋予我的天赋，把我的同胞从麻木中唤醒，促使他们看清那些重大问题的发展趋向"③，这说明易卜生认为戏剧具有唤醒、启蒙、认识功能。1866 年 4 月 15 日，易卜生致信挪威国王查尔斯十五世说："我毕生的事业就是唤醒我们民族的人们，

---

① 易卜生的戏剧本质观很可能受过黑格尔美学的影响。在他看来，符合了"戏剧"的概念，才体现了戏剧的本质。故易卜生关于戏剧本质的论述，主要侧重于阐明什么（或怎样才）符合"戏剧"的概念。

② Henrik Ibsen, *Letters and Speeches*, Clinton: The Colonial Press Inc., 1964, p. 28.

③ 《易卜生书信演讲集》，第 42 页。

激励他们去感受伟大的理想。我坚信这份事业是上帝召唤我去做的。在我看来，这份事业对于挪威是最有必要、最为急需的"①，这说明易卜生认为戏剧具有唤醒、激励功能。1874 年 9 月 10 日，易卜生对挪威大学生说："大学生和诗人的任务基本上是一样的：那就是，为自己并且通过自己为别人弄清楚，他所属的时代和社会中那些让人感到激动的暂时的和永恒的问题"，这说明易卜生认为戏剧具有揭示、启蒙、认知功能。1879 年 7 月 12 日，易卜生致信比昂松说："我认为我们诗人的使命不是为国家的自由与独立负责，而是唤醒尽可能多的人去实现自由独立的人格"②，这说明易卜生认为戏剧具有唤醒、启蒙功能。

直到今天，我们仍然无法否认戏剧的激励、唤醒、启发功能，甚至必须承认这是戏剧最重要的功能之一。真正有理想、有激情、有艺术追求的戏剧创作者（含剧作者、导演、演员等），他们投入巨大心力去创作一部戏剧，往往就是为了激励观众去感受伟大的理想，或唤醒他们认清自身的使命、看清当前社会的发展趋势或在某个问题上获得更深的认识。在某种意义上，他们是擎灯者，或点火者，要么把光亮照进人心深处，要么点燃人们心中的激情。

易卜生如此看重戏剧的启蒙、教育功能，那么他又是如何看待戏剧的娱乐、审美功能呢？以笔者目力所见，没有看到他关于戏剧娱乐功能的肯定性评论。易卜生同样很少直接谈戏剧的审美功能。1865 年 9 月 12 日，易卜生致信比昂松说："如果此时问我待在国外的主要结果是什么，我会说结果就是我已经从脑子里清除了以前对我有很大影响的唯美主义艺术观——它要求艺术从生活中隔离出来，独立地存在。现在，这种唯美主义对我来说，就像神学之于宗教一样，是对诗歌的一个大诅咒。"③ 这话表明唯美主义——这种艺术观只看重艺术的审美功能——曾经对易卜生有很大的影响，但易卜生又自觉地从脑子里清除了唯美主义艺术观。作为一名特别关注社会问题的剧作家（易卜生曾说"我一生从未投身政治，而只关注社会问题"④），易卜

---

① 《易卜生书信演讲集》，第 45 页。
② 《易卜生书信演讲集》，第 181 页。
③ 《易卜生书信演讲集》，第 29 页。
④ 《易卜生书信演讲集》，第 280 页。

生可能觉得艺术创作承担着若干重要的使命，而唯美主义过于虚飘无力。但他所谓"从脑子里清除了唯美主义艺术观"，未必是要彻底告别唯美主义，只是不再倾向于把艺术从生活中隔离出来而已。1869 年 7 月 15 日，易卜生致信勃兰兑斯说："我不同意你关于《培尔·金特》的论述。我当然会遵从美的规律，但我不会注重它的那些条条框框。你提到了米开朗基罗。在我看来，没有人比他对美的既定规则的挑战更大的了。然而，他所创造的每一样东西又都是美的，因为它们都是充满性格的。"① 这表明易卜生在戏剧创作上也是求美的。既然求美，那就间接地表明他认为戏剧艺术具有审美功能。

二、戏剧艺术可以让人更清洁更健康更充实

在易卜生看来，戏剧艺术还可以让人获得某种"充实感""解脱感""净化感"，可以让人"更清洁，更健康"。当然，这种功能首先发生在剧作家身上，其次才发生在读者或观众身上。1874 年 9 月 10 日，易卜生对挪威大学生说："我放入自己作品中的东西，有一些是在我处于最好状态时偶尔感受到的以其生动、耀眼而美丽的光辉照亮我的心灵的事物。这么说吧，那是一些高耸于日常生活中的'我'之上的事物。我之所以受其激发，并把它们放入作品中，是因为我想面对它们，使之成为我自己的一部分。但我也受过与此相反的事物的激发，并将其写入作品中；那些事物对于精神视野来说是一个人自我本性中的渣滓和沉淀物。把这些东西放入自己的作品中，我就仿佛从身上刷掉了它们，仿佛沉浸到新生和解脱的圣水盆中，让我感到更清洁、更健康、更自由。"② 易卜生这段话虽然是自述其创作体会，但戏剧艺术的功能正体现在创作过程之中。读者、观众的欣赏过程也是一个创作的过程，其欣赏越充分，则创作越活跃。根据他这段话，戏剧创作至少具有两方面的功能：一是让那些具有美丽光辉的、高耸于日常生活中的"我"之上的事物，成为自我的一部分，让自己变得"充实而有光辉"；二是洗刷掉自我本性中的渣滓和沉淀物，让自己得到解脱与净化，从而感到"更清洁，

---

① 《易卜生书信演讲集》，第 79 页。
② 《易卜生书信演讲集》，第 367—368 页。

更健康"。这两个方面合起来，其实就是"成人之美"（让人成为人并达到美的境界；人包括自己与他人）。读者、观众如果能充分理解作家的作品（与之相遇、感通），亦必能体验这个"成人之美"的过程并获得这份恩享。其实这是一切优秀艺术作品最直接也最基本的功能。比如，当易卜生创作《罗斯莫庄》的时候，他一方面可以洗刷掉自我内心深处的某些渣滓和沉淀物（比如由传统基督教教义积淀而成的东西），另一方面可以让自己内心吸收一些具有美丽光辉的事物（比如"新型解放人生观"），从而让自我得到解脱与新生。而当读者、观众欣赏该剧的时候，在某种程度上乃是重新领略易卜生的创作过程，并重新体验这个创作过程所带来的一切，只是程度不一样，观者带入的东西有差异而已。为了让自己的作品发挥应有的作用，易卜生曾吁请读者朋友们"按照我写作它们的先后次序，真正把自我投入进去，深切地去体验，这样才能理解、消化它们"①。简言之，只有通过人的"深切体验"，戏剧作品才能润物无声地改变人，让人变得更清洁更健康更充实。

　　虽然易卜生很清楚戏剧这一最重要的功能只能通过人的"深切体验"才能发挥出来，但他没法阻止他人作出种种误解。面对他人的误解，易卜生做过一些解释。透过他的解释，我们可以更好地理解他的戏剧功能论。1866年，易卜生的《布朗德》出版，引起很大反响；1869年，挪威特隆赫姆郡郡长的女儿劳拉创作了小说《布朗德的女儿们》，并寄给易卜生看，信中估计谈到了对易剧《布朗德》的一些看法。1870年6月11日，易卜生致信劳拉说："我觉得《布朗德》就是一部虚构的艺术作品，纯粹而又简单，如此而已。至于它可能打破或建立起来的东西跟我毫无关系。它的出现源于我体验过的一些事，而不仅仅是我观察到的事。对我来说，让自己从我的内心忍受和处理过的东西中解脱出来——通过赋予它诗的形式——是一种迫切的需要；而当我通过这种方式摆脱了它时，我的诗就再也不会引起我的任何兴趣了。……我不清楚您是怎么看待这种现世的工作的。我相信，在世俗的领域内写作，您还是具有天赋资质的；不过我必须提醒您，把两件毫无关联的事结合起来是不可能的。也许您还没有清楚地理解艺术和诗歌到底是什么；如

---

① 《易卜生书信演讲集》，第410页。

果真是这样，请您现在一定要相信艺术和诗歌并非在根本上是邪恶的。"①
从这段话可以看出，易卜生认为《布朗德》就是一首诗、一部虚构的艺术
作品，他写它主要是为了"解脱"，而不是要打破或建立什么。1898 年 5 月
26 日，挪威妇女权益保护协会宴请易卜生，感谢其创作《玩偶之家》促进
了女权运动。易卜生答谢说："我在作品中无论写什么，都不会有意识地做
某种宣传。与人们通常以为的不同，我主要是个诗人，而并非（主要是）
社会哲学家。谢谢你们的敬酒，但我不能接受自觉促进女权运动的荣誉。说
实话，我甚至不清楚女权运动究竟是怎么回事。在我看来，妇女的权利问题
在总体上是一个全人类的问题。如果你们认真读过我的书，就会理解这一
点。当然，在解决其他问题时顺便解决妇女问题，这是很值得期待的，但那
不是我的总的目标。……我的任务一直是描写人类。"② 易卜生这番话传达
出一个明确的信息，《玩偶之家》是一首诗，其目的、功能根本不在于宣
传，不在于促进女权运动。那么，易卜生是否完全否认戏剧艺术的社会功能
呢？也不完全是。实际上，他的戏剧功能观完全是"以人为本"的，他最
为关注的是个人的自由与解放，至于社会的进步与发展是另外一回事，是第
二位的（有可能是个人解放之后的必然结果），但不应成为诗人、艺术家首
要关注之事。

三、戏剧有助于让人实现真正的自由与高贵

1885 年 6 月 14 日，易卜生对特隆赫姆市工人说："实现我们每个人真正
的自由和高贵，就是我所希望、我所期待的未来图景。为此我一直在尽力工
作，并将继续付出我整个的一生"③。这说明易卜生认为戏剧具有重铸人格、
提升人性的功能，或者说至少是希望戏剧具有这样的功能。综观易卜生的相
关话语，可以看到，易卜生确实把唤醒国人去实现独立自由高贵的人格看作
是一个国家最有必要、最为急需之事，这实际上也就是把戏剧创作提到了一

---

① 《易卜生书信演讲集》，第 92—93 页。
② 《易卜生书信演讲集》，第 385 页。
③ 《易卜生书信演讲集》，第 371 页。

个极其重要的位置。正是因为易卜生如此看重戏剧的立人功能，所以他几乎带着一个基督徒般的使命感，将自己整个的一生投入到戏剧创作事业中。

戏剧艺术是否真的有助于"实现我们每个人真正的自由与高贵"呢？易卜生对此也曾经有过怀疑。在《野鸭》《罗斯莫庄》《建筑师》等剧中，易卜生都曾流露出对自己所投入的艺术事业究竟有何意义的怀疑（比如，在《建筑师》中让索尔尼斯说"完全是一场空"），但怀疑归怀疑，易卜生并没有放弃戏剧创作，也没有对戏剧艺术的功能完全失去信心。怀疑之后，他继续投入到新剧的创作之中。易卜生曾经说过这样一句话："当我尽最大的能力对爱情和婚姻进行鞭打和批判时，只是期望大多数人能为爱情和婚姻进行有力的辩护。"① 根据他这种"反向促进"的思维，易卜生对戏剧功能的怀疑其实也隐含着更深的期待：如何才能更好地发挥戏剧艺术的功能？或为戏剧艺术的功能辩护？他对自己也对他人提出这个问题。他自己回答的方式就是创作可能更有意义的戏剧。事实上，戏剧艺术具有什么功能，关键在于人的赋予与作为。一个剧作家，如果像斯克里布那样认为戏剧只具有娱乐功能，那么也就大写特写空洞无聊的情节剧，博取观众一时之乐；如果像易卜生那样认为戏剧具有立人功能，那么自然有可能去用心创作唤醒人们去实现独立自由人格的严肃剧。信念引导行动，行动反过来一点点证实信念的正确性。近一百年来，易卜生戏剧在世界各地的巨大影响，特别是易卜生戏剧在启人心智、促人醒悟、引人解放方面的系列事实，足以证明易卜生的戏剧功能论有着巨大的合理性与真理性。

综上所述，易卜生的戏剧功能观相对来说是比较明确的，即他认为戏剧艺术具有解脱、充实、净化、审美、教育、认识、立人等功能。尽管他的戏剧功能观在"唯美主义"与"立人主义"之间存在一定的张力，但总的来说易卜生是倾向于"立人主义"的。但他坚决反对用戏剧来宣传思想，而主张通过塑造人物性格来求美，以美的作品来启发人、唤醒人，进而去自觉地实现独立自由高贵的人格。如果从易卜生的创作实践来看，他确实不愧为"审美时代剧作家的典范"，其大部分剧作可谓"典范的审美戏剧"。正因其剧作具有极高的审美价值，所以才产生了巨大的社会影响力。比如《玩偶之

---

① 《易卜生书信演讲集》，第408页。

家》，该剧确实是一首非常精美动人的诗，剧中各个人物的性格都非常生动鲜明，人物内心的波澜与褶皱更是感人。就是这么一首"诗"，却实实在在促进了世界上诸多国家的女性解放运动，促发了很多地区"人的觉醒"，可以说对人类解放事业作出了重要的贡献。但如果易卜生一开始就着眼于"教育人民"，倾向于用戏剧来宣传女性解放思想或某种伦理道德思想，则易卜生必然沦为二流剧作家，其作品也未必能产生那么大的影响。这就是艺术的吊诡之处。也许应该这么说，幸好易卜生曾经受过"唯美主义艺术观"的很大影响，这使他入门较正，为他以后在艺术创作上的"螺旋上升"奠定了很好的基础。即便他后来自己否定了"唯美主义艺术观"，但这种艺术观的某些因子仍然是深植于他的脑海的，并在他的艺术创作中有着持续的影响。但"唯美主义艺术观"有可能把人引向颓废，所以幸好易卜生后来用"为人生的立人主义"艺术观代替（或覆盖）了他以前的"唯美主义艺术观"，这使其艺术创作的方向总体上是正确的。

第三节　易卜生的戏剧创作论

易卜生的戏剧创作论跟他的戏剧本质论、戏剧功能论有着紧密的联系，但前者并非决定于后者。事实上，易卜生的戏剧创作论主要来源于他个人的创作实践，既具有非常鲜明的实践品格，也具有非常浓郁的个人色彩。但正是因其独具个性，反而在当代越发彰显出不可忽视的重要意义。

由于本书前面几章所论易卜生的自审诗学、悖反诗学、回溯诗学、复象诗学在很大程度上亦属于易卜生戏剧创作论的范畴，故本节探析易卜生的戏剧创作论，主要是在上述思想之外，根据易卜生本人的论述来阐释、总结。而据笔者目前所知，在易卜生的戏剧创作论中，除了最为重要的"自审论"，比较重要的思想还有"感通论""立人致美论""内在冲突论""由思转象论""隐蔽象征论""跨越边界论""梦想生戏论""反向促进论"等。如果说"写什么"和"如何写"是一名剧作家无法回避的两大问题，那么"自审论""感通论""立人致美论"是易卜生对这两大问题的根本性回答；

"内在冲突论""跨越边界论""梦想生戏论"主要是易卜生对"写什么"这一问题的回答,"由思转象论""隐蔽象征论""反向促进论"则主要是易卜生对"如何写"这一问题的回答。下面逐一进行扼要的评析。

一、总纲领:自审论、感通论与立人致美论

关于"自审论",本书第二章、第五章已经详论,这里只提及,不再赘述。之所以提及,是因为"自审论"作为易卜生最重要的创作思想,在此不应缺席。而易卜生的"感通论",在某种程度上是服务于"自审"的,或至少跟其"自审论"是融合在一起的。从表面看,易卜生并没有非常明确地提出"感通论",但他确实非常明确地表达过有关"感通"的思想。1874年9月10日,易卜生在对挪威大学生的一个讲话中指出:

> 当一名诗人意味着什么呢?我过了很久才意识到,当一名诗人从本质上意味着去看。不过请注意,要以一种独特的方式去看,以便看到的任何东西都能确切地被他人感知,就像诗人自己所看到的那样。但只有你深切体验过的东西才能以那种方式被看到和感知到。现代文学创作的秘密恰好就在于这种基于个人亲身体验的双重的"看"。最近十年来我在自己作品中所传达的一切都是我在精神上体验过的。但任何一个诗人在孤离中是体验不到什么的。他所经历和体验到的一切,是他跟所有同胞在社会共同体中体验到的。如果不是那样的话,又有什么能架设创造者与接受者之间的感通之桥呢?①

易卜生的"感通思想"初步体现于"当一名诗人从本质上意味着去看。不过请注意,要以一种独特的方式去看,以便看到的任何东西都能确切地被他人感知,就像诗人自己所看到的那样"这句话。但这句话是不太好理解的。易卜生所说的"看",比我们通常所理解的"看"要复杂得多:既包括诗人自己的"看",也包括诗人在内心里作为他者(同胞或受众)对自心所

---

① Henrik Ibsen, *Letters and Speeches*, Clinton: The Colonial Press, 1964, p.150. 此译参考挪威语原文,有所改动。中译文可参考《易卜生书信演讲集》,第367页。

显现者的"看"。而要让自己和他者都看得很真切，则那显现者必须是诗人深切体验过的东西。因此，易卜生所说的"看"，主要不是指"外向观察"，而是指"基于个人深切体验的内向省察"，而且，其完整的含义既包括诗人自己的"看"，也包括诗人内心的他人（同胞或受众）的"看"。也就是说，易卜生所说的"看"，是一种复数的"看"、双重的"看"。"看"什么呢？"看"诗人内心深切体验到的东西，或"看"诗人内心所显现出来的东西。这里有一个问题：易卜生为什么要把"他人的看"也放在"诗人的看"里面呢？为什么强调诗人要"以一种独特的方式去看，以便看到的任何东西都能确切地被他人感知，就像诗人自己所看到的那样"呢？正是在这里蕴含着易卜生戏剧创作的秘密。原来关窍在于：戏剧作品终究是要给人欣赏的，或者说只有在他人的欣赏中才能实现其价值，因此戏剧创作的过程本身始终需要伴随着他者的眼光，需要考虑他者是否能准确理解作品中的意象与情思；为确保他者能准确地理解自己的作品，易卜生认为在创作的时候就要"以一种独特的方式去看，以便看到的任何东西都能确切地被他人感知"，要让他人看到的东西跟自己所看到的一样。怎么才能在自己创作时做到"让他人看到的东西跟自己所看到的一样"呢？这个显然很有难度。一般来说，一个人能够看见的主要是视觉感官可以辨别的形象、意象，而抽象的思想、情感是看不见的；要让他人看见自己心里的东西，就需要把自己心里的情思转化为形象或意象。只有形象、意象等可见之物，才能让他人见之如同己见。因此诗人"看"的本领，实质就是把情思转化为意象并让他人见之如同己见的本领。这种基于亲身体验的双重的"看"，正是现代文学创作的秘密所在。但问题是，易卜生为什么只提到"看"与"体验"，而没有提及立意、寻象、传达等非常关键的创作环节呢？

对于易卜生来说，几十年创作经验的积累已经使他习惯于把体验、立意、寻象、传达等创作环节都浓缩到"看"的过程中去。对他来说，诗人在心里作为陌生的他者看自己内心的意象看得真切时便是可以下笔的时候，简言之，关键在于"看"。但是对于我们一般读者来说，只看这个"看"字，简直是一头雾水。这里也许有必要引入胡塞尔现象学的思想做一番分析。胡塞尔认为："在体验中意向是与其意向客体一同被给与的，后者作为意向客体是不可分地属于意向的，因此它本身真实地存于意向之内。"① 由此类推，易卜生在心里"看"的对象（意象、形象等）亦真实地寓居于"看"这一意向性行为本身之中。因此，在某种程度上可以说，易卜生所谓"看"，是把看的对象包含在自身之内的，类似于朱光潜所谓"形象的直觉"。这种"形象的直觉"以"不隔"为前提，即觉知心目中的形象真切鲜明、栩栩如生，无论自己还是他人看了都能留下同样清晰的印象。而此形象之所以真切鲜明，则是情思、情趣与物象（或意象、人物）刚好契合的结果。用朱光潜先生的话说，就是"心中所感的情趣与眼中所见的意象卒然相遇，默然相契，这种契合就是直觉、表现或创造。……情趣与意象相契合混化，便是未传达以前的艺术，契合混化的恰当便是美"②。而所谓"恰当"，在易卜生这里，就是"自己看到的任何东西都能确切地被他人感知"。这个时候，其实正是诗人刚好能够感通人心的时刻。这种境界，其实也就是美的境界。如果说"美在感通"③，那么易卜生这段自述创作秘密的话，其实也道出了"美"的秘密。

笔者以上关于易卜生之"看"的分析是否存在过度诠释之嫌呢？如果易卜生的"看"只是诗人自己的"看"，那么易卜生就没有必要强调他的所谓"看"是一种独特的"看"，一种能够"让自己所看到的任何东西都能确切地被他人感知"的"看"。自己看见，同时也让他人确切地感知，这不就是让人有同感吗？"让人有同感"不就是"感通人心"吗？这个过程难道没有包含"情思与意象的契合"？难道不是一种直觉性的表现或隐性的传达？没有隐性传达，如何让人有同感？显然，在易卜生的"看"中已然包含情思与意象的契合，或包含隐性的传达④。因为，如果不是这样的话，又有什

① ［德］胡塞尔：《纯粹现象学通论》，李幼蒸译，商务印书馆 1996 年版，第 228 页。关于这句话，倪梁康的翻译亦可参考："在体验中被给予的是意向连同意向的客体，意向客体本身不可分割地属于意向性，因而也就实项地寓居于意向本身之中。"［倪梁康：《胡塞尔现象学概念通释》（增补版），商务印书馆 2016 年版，第 153 页］

② 朱光潜：《谈美　文艺心理学》，中华书局 2012 年版，第 254—255 页。

③ 汪余礼：《朱光潜的"文艺感通论"及其当代意义》，《艺术学界》2018 年第 1 期。

④ 所谓"隐性的传达"，是指心中已经有了传达情思的意象，或已经出现情思与意象的契合，但还没有借助物质媒介将其实现出来。这种存于心目中的与情思契合混化的意象，可谓"胸中之竹"，是"未传达以前的艺术"。诗人胸中必须孕育出这种意象，且站在他人的立场能看得真切，写出来才能让他人确切地感知。

么能架设创造者与接受者之间的感通之桥呢？能够架设这二者之间的感通之桥的，其实就是作品，至少是未传达之前的艺术。易卜生特别强调"任何一个诗人在孤离中是体验不到什么的；他所经历和体验到的一切，是他跟所有同胞在社会共同体中体验到的"，也就是说，他是和心中的他者一起去体验的。他者所见如己所见时，便是诗人真正有所体验时，亦是其可以下笔书写时；此时下笔，他人才可能像自己一样确切地感知自己所看到的东西。这种让他人确切地感知自己所见所感的过程，显然就是"感通人心"的过程，也就是戏剧创作的过程。

所以，易卜生这段话所阐述的核心要旨，归结起来就是一句话：戏剧创作的本质与秘诀，就是（精确地）感通人心。至于使用什么方法、手段来感通人心，那是另外一回事。首先至关重要的是要感通人心。这意味着，戏剧创作者心里一定要有观众，要从观众的眼光去看舞台上发生的一切，而绝不能是一种不顾观众如何理解的"自我表现"。有人认为"最上乘的文章是自言自语""真正的艺术家都是自言自语者"，朱光潜早年即持此论[①]。但朱先生后来反省了自己这种看法，认为确有不妥之处。1946 年，他专门写了《作者与读者》一文，提到："艺术创造的心灵活动不能不顾到感动和说服的力量，感动和说服的力量强大也是构成艺术完美的重要成分。……艺术的价值之伟大，分别地说，在使各个人于某一时会心中有可欣赏的完美境界。综合地说，在使个人心中的可欣赏的完美境界浸润到无数同群者的心里去，使人类彼此中间超过时空的限制而有心心相印之乐。……你传达你的情感思想，是要在许多同此心的人们中取得同此理的印证。这印证有如回响震荡，产生了读者的喜悦，也增加了作者的喜悦。这种心灵感通之中不容有骄矜，也不容有虚伪的谦逊，彼此须平面相视，赤心相对，不装腔作势，也不吞吐含混，这样人与人可以结成真挚的友谊，作者与读者也可以成立最理想的默契。"[②] 可见，此时朱先生认为艺术创造就是要"顾到感动和说服的力量"，要"使个人心中的可欣赏的完美境界浸润到无数同群者的心里去"，也就是要设法感通人心。文学创作是如此，最依赖于观众反应的戏剧创作更是如

---

① 朱光潜：《我与文学及其他　谈文学》，中华书局 2012 年版，第 252 页。
② 朱光潜：《我与文学及其他　谈文学》，中华书局 2012 年版，第 253—257 页。

此。1884 年 12 月 22 日，易卜生致信瑞典导演奥古斯特·林德伯格说："就像我所有其他剧本一样，《野鸭》是从观众而非演员的视角来安排的。我按照我写作时在想象中看到的一切安排了剧中的一切。"① 由此可进一步证实，易卜生在写作时确实是从他人（观众）的视角去看自己心目中呈现（想象出来）的一切的，他要力求做到观众所见如己所见一样，这样才能把自己想要传达的东西准确地传达给观众。显然，易卜生的这种思想对于今天的戏剧创作仍然极具启发意义②。

易卜生的"感通论"还有一个重要的内涵，就是用艺术的感性形式通达诗歌、哲学、宗教融合而成的新境界。他希望观众像他一样看见的，不只是舞台上那一个个感性的场面，还有感性场面背后的精神境界。易卜生的戏剧创作，跟他的"精神进化论"一直是密切联系在一起的。1887 年 9 月 24 日，易卜生在斯德哥尔摩一个宴会上说："我相信，自然科学中的进化论也同样适合于生命的精神方面。我想，当前时代的政治与社会概念要不了多久会终止存在，而新时代的政治与社会概念将发展为一个统一的整体，这一整体自身将包含着人类幸福的种种条件。我相信，诗歌、哲学和宗教将融合在一起，构成一个新的范畴，形成一种新的生命力，对此我们当代人还缺乏明确的概念。"③ 也许是受过黑格尔的影响，易卜生认为人的精神也是逐步演进的，而诗歌、哲学、宗教融合而成的新范畴、新生命，很可能是他认为人类精神所能达到的相对最高的境界。他晚期的诸多剧作，明显都在努力趋向这种精神境界。比如《建筑师》，艺术家索尔尼斯最后登上塔楼的顶部，要跟伟大的上帝对话，告诉上帝他从此只盖世上最可爱的空中楼阁，在这个核心场面中明显融合了易卜生的艺术之思、哲学之思与宗教之思。再比如《复活日》，"鲁贝克与爱吕尼最后的选择并不是要逃避现实，而是体现出一种否定既有种种理想的倾向。他们借着审美与信仰走上'朝阳照耀的塔尖'，

---

① 《易卜生书信演讲集》，第 254 页。

② 在此需要指出的是，易卜生的"感通论"跟他的"自审论"是密切相关的。因为易卜生的"感通论"源于他独特的"看论"，而他独特的"看"，不是向外观察，而是"基于亲身体验的'双重的看'"，即既作为自己去看自己的内心，同时也作为他者、站在他人立场上审视自我内心的景象，这种"双重的看"包含着"交互主体性"和一种"感通结构"，本身构成易卜生"自审论"的重要内容，因此易卜生的"感通论"跟他的"自审论"是密切交融在一起的。

③ 《易卜生书信演讲集》，第 374 页。

乃是要显现出一种新的理想、新的境界。这种理想境界，基于对整个人生与艺术的哲学美学反思，同时又融入了宗教的因素，将构成一个新的范畴和新的生命力"①。除此之外，《罗斯莫庄》《小艾友夫》《海达·高布乐》《博克曼》等剧都体现出易卜生将艺术、哲学、宗教融合到一起的努力，他想借此激励人们去"感受伟大的理想"。事实上，在人类历史上那些最为璀璨的智慧花朵里，在体现出人类精神最高境界的经典作品里，几乎都能看到艺术、哲学与宗教的融合。最高的精神无法栖居于纯理性思辨的哲学著作，也必然要突破蒙昧阶段的宗教著作与单纯抒情的艺术作品，而寻求以诗的形式表达出最高的智慧。但凡真正的爱智慧者，几乎必然会与这类作品相遇，因为几乎只有这类作品能让他们感到深层的共鸣，或借以安妥他们的灵魂。但与黑格尔的有关说法不完全一致，尽管有不少艺术作品远远没有达到哲学与宗教的境界，但世上确有一些艺术作品所处的精神层次与哲学、宗教同级。原因很简单，最高的哲学智慧、宗教智慧在寻求自我表现、自我生长时，几乎只能栖居于艺术作品中。或者至少可以这么说，艺术由于自身善能感通人心的特质，相对便于引导人进入诗歌、哲学与宗教融合的境界。艺术家作为"通灵者"或"感通学家"，应该是最能够引导人的精神逐步进化，达到人类智慧的峰巅之处的。易卜生虽然没有明确说过这些话，但从其作品和书信演讲中可以感觉到，他是确乎具有这些想法的②。

　　与"感通论"密切相关，易卜生在戏剧创作时一贯坚持"立人致美论"。所谓"立人致美论"，是指戏剧创作以"塑造人物性格""让真实丰满、鲜活生动的人物形象在舞台上立起来"为第一要务，并以此来达到艺术上的美。我们都知道艺术创作应该求美，但怎样求美呢？是在艺术形式上精雕细琢，还是在人物塑造上精心刻画呢？这两者虽然不矛盾，但在易卜生看来，人物塑造是首要的，只有写出鲜活的人物性格，作品才可能是美的。1869 年 7 月 15 日，易卜生致信勃兰兑斯说："我不同意你关于《培尔·金

---

① 参见汪余礼：《双重自审与复象诗学——易卜生晚期戏剧新论》，中国社会科学出版社 2016 年版，第 167 页。

② 这段话其实涉及易卜生"感通思想"的三个层次：一是"感通"作为一种文艺创作的秘密，二是"感通"作为一种高级的精神境界（诗歌、哲学、宗教相融合的境界），三是"感通"作为人类精神进化、达到高级境界的一种路径。

特》的论述。我当然会遵从美的规律，但我不会注重它的那些条条框框。你提到了米开朗基罗。在我看来，没有人比他对美的既定规则的挑战更大的了。然而，他所创造的每一样东西又都是美的，因为它们都是充满性格的。拉斐尔的艺术从未真正感动过我。他笔下的人物属于人类堕落之前的时期。而且，拉丁的美学原则也跟我们的大相径庭：他想要的是绝对的形式之美。可对我们而言，传统的丑陋可能因其内在之真而显得是美的。"① 据此，在易卜生看来，"充满性格的"就是"美的"，或至少是具备了"美"的基本条件，而塑造人物性格，关键是要写出"内在之真"。只要人物性格本身具备内在之真，则不管这个人物性格是善良还是丑恶的、是崇高还是卑微的，都有可能是美的。通过写出人物性格来求美，这确实是易卜生在戏剧创作上的一个基本思想。他还曾经说过："我总得把人物性格在心里琢磨透了，才能动笔。我一定得渗透到他灵魂的最后一条皱纹。我总是从人物的个性着手：舞台背景、戏剧效果等一切不邀自来，不用我发愁，只要我掌握了人物性格的各个方面。但是，对于人物的外部形象，包括他最后一颗扣子，我都得做到心里有数，他怎么站，怎么走路，怎么行动，声音又是怎么样，我都得有数。"② 从易卜生的创作实践来看，他几乎每一部剧作，都塑造出了真实鲜活或复杂丰满的人物性格。比如《培尔·金特》，这部剧的主人公培尔·金特说起来是个极其普通的小人物，但性格非常鲜明：他既有喜欢吹牛撒谎、顽劣异常的一面，也有纯真坦诚、极具活力的一面，还有满脑幻想、滑稽可笑的一面，等等。凡是看过这个剧的人，也许多少年后都不会忘记培尔·金特这个人物性格。易卜生塑造的其他人物，如布朗德、娜拉、格瑞格斯、海特维格、罗斯莫、吕贝克、索尔尼斯、希尔达、海达·高布乐、吕达、博克曼、鲁贝克等，都具有丰满而独特的性格，甚至具有自我生长的生命，在人们的精神世界里永远熠熠生辉。

为什么"充满性格的"就是"美的"呢？"性格"与"美"难道能够画等号吗？估计很多人心里有此疑问。笔者心里也有疑问，这里只能试解一

---

① 《易卜生书信演讲集》，第 79 页。

② 易卜生：《性格的首要性》，载中国社会科学院外国文学研究所等编：《外国现代剧作家论剧作》，中国社会科学出版社 1982 年版，第 175 页。

下。"性格"与"美"应该是不能画等号的，但真实丰满、鲜活生动的人物性格确实可以给人美感。人物性格是否能给人美感，关键不在于这个人物是否长得漂亮，而在于这个人物性格是否具有"内在之真"。具有"内在之真"的人物性格，能引人共鸣或引发同感，而美感本质上就是一种"共鸣感"（或"同情感""共通感"）①；而缺乏"内在之真"的人物性格，观之无味或无感或反感，自然也就谈不上有什么美感。这里所谓"内在之真"，不一定是客观实存或真实情况意义上的"真实"，也不一定是指人品之真，而是人性、人情、人心之真。现实生活中劳拉救助丈夫反被丈夫痛骂之后仍然要回到丈夫身边，但易卜生笔下的娜拉看清丈夫的真面目之后毅然出走。娜拉的转变属于"内在之真"，而不是"客观之真"。换言之，娜拉内心发生的转变，不一定是现实生活中真实发生过的，而是依据情理确有可能发生的，属于人心中一种非常真实的可能性。同样，吕贝克面对渴望已久的、罗斯莫的求婚，却坚决拒绝了，这也不属于现实生活之真，而属于"内在之真"。这种"内在之真"在很大程度上赋予人物以生命、诗意与光辉，是艺术人物性格中最宝贵的东西。在文艺史上，绝大多数文学艺术家视"真实"为艺术的生命，他们所追求的"真实"也就是这种"内在之真"。正是这种"内在之真"，特别能够引起读者或观众的共鸣，或者让后者从中看到自己，这个过程能够让人发生快感或惊奇感、愉悦感、自由感，故而是一种能带来美感的要素。如果作家着意于写出"外在之真"，比如精确地描绘出某个时代某个地区某个民族的生活实况，或者精细地刻画出某个人物的外貌，那最多只能让人了解一些事实而已，不一定能让人产生内心的共鸣，因而也就不一定能带来美感。

二、写什么：内在冲突、跨越边界与梦想生戏

区别于"外在之真""客观之真"的"内在之真"，很多时候是跟"人性内在的冲突"联系在一起的。人心、人性最大的真实，就在于人心、人性

---

①　参见邓晓芒：《现代艺术中的美》，《名作欣赏》2017 年第 10 期。在邓先生看来，"美是对象化了的情感，艺术是情感的对象化，美感本质上是从对象化了的情感中感到的共鸣"。此说颇有合理之处。

本身并不是一面镜子，而是一系列矛盾，或一连串永无止息的矛盾运动。这些矛盾，既有积淀在人心深处的某种文化基因与人自身理智的冲突，也有人自身的欲望与理性之间的冲突，还有人的肉体与灵魂、情感与理智之间的冲突，等等。易卜生很早就察觉到"人的能力与目标之间的冲突、意志与可能性之间的冲突，以及在人类和个人身上不时出现的悲剧与喜剧成分的交融"①，并意识到这些冲突是具有普遍性的。在写作《玩偶之家》的时候，易卜生明确地把"精神的冲突"作为该剧表现的重心，娜拉最后作出离家出走的决定其实也是经历了激烈的内心冲突的；在写作《罗斯莫庄》的时候，易卜生更是明确地意识到，"此剧处理的是人性内在的冲突——所有严肃认真的人为了能让自己的生活与自己的信念和谐一致，而不得不经历的那种自己跟自己的斗争。不同的精神功能，在任何一个人身上都不是均衡地、齐头并进地发展。人的欲望，特别是贪欲，总是不断延伸，永无满足之日。而另一方面，人的道德意识——就是我们所谓的良心往往是非常保守的。它的根通常深植于传统和过去之中。因此就有了个人内部的矛盾冲突"②。通观此剧，易卜生确实是把主要的笔墨用在表现"人性内在的冲突"上。当然，易卜生也并不是完全不写"人与环境的冲突、人与他人的冲突、人与社会制度的冲突"等外在冲突，但"人性内在的冲突"确实是其探索与表现的重心。易卜生很清楚，写这种冲突，既便于营造戏剧性效果和诗意境界，也便于写出灵魂的真与深，最终还有助于写出"人类的性格与命运"。

与注重描写"人性内在的冲突"密切有关，易卜生在创作时还有意识地"跨越边界"。一个人的心思如果一直在所处社会制度、道德规范的范围内活动，在行为上亦习惯于循规蹈矩，那么其人其心也许不觉得有什么"内在的冲突"。冲突往往起于欲望强烈，要突破世俗的规范，或起于"出位之思"，梦想"跨越边界"。如果只想符合社会的道德规范，只想尽量去满足他人对自己的要求，娜拉的内心就不会有暴风雨般的冲突（在剧中通过疯狂的塔兰特拉土风舞表现出来），更不会离家出走了。就当时的社会文化语境而言，娜拉的行为本质上属于"越界"行为。而娜拉的"越界"，当然是由

① 《易卜生书信演讲集》，第 399 页。
② 《易卜生书信演讲集》，第 277 页。

易卜生创造出来的。易卜生曾说："每一份创造性的写作都应该致力于跨越前人留下的边界。"[①] 他还形容自己说："我就像一个孤独的神枪手站在前沿阵地，独自行动独自负责……突破边界的重任还是由我这样的老作家来承担比较合适。"[②] 可见易卜生是非常自觉地从事"越界"写作的。"越界"涉及艺术表现的内容，它意味着作家着重探讨与表现的对象不在现存正常的社会规范、道德规范等限域之内，而在边界处，或边界之外。比如《群鬼》，探讨的是一位妇女面对荒淫成性的丈夫该不该离家出走的问题，以及传统文化、社会道德规范在一个人内心形成的深层桎梏问题。阿尔文夫人要是盲从社会大流、严守社会规范，她内心就不会有那么多挣扎。但作为一个既觉醒又软弱、处在边界处的人，她的内心有很多冲突，在她身上发生的故事也比较多。易卜生聚焦于这样的个体，集中展示她的内在生命运动，就特别能够发人深省。再比如《海达·高布乐》，这也是一部"越界"之作。海达嫁给了泰斯曼博士，她内心关于爱情的浪漫想象却系在乐务博格身上，而她世俗的身体却经常跟勃拉克打情骂俏。这样一种复杂的四角关系是为社会道德规范所不容许的。但人心、人情、人性之复杂，却让人相信这种四角关系有其真实性。如果说"海达就是易卜生的化身"（哈罗德·布鲁姆语），那么易卜生很可能是体验过那种"越界"冲动的。搁置道德评判，"越界"本身是非常引人深思的。人类文明的发展，在某种意义上就是一部不断跨越边界的历史，而文学艺术家往往导其先声。当然，"越界"必有限度，不可挑战人类文明的底线。事实上，人类的每一次"越界"，都会遭遇"压制"或"反弹"。这个过程往往颇具戏剧性，因而特别受戏剧家青睐。此外，艺术家特立独行、绝不与世俗同流合污的个性，也使得他更倾向于与现实拉开距离，在某种程度上站在社会现实的对立面，而倾心于塑造一些具有反抗性的人物形象。易卜生正是这样的艺术家，他不仅反抗现实，而且反对种种理想，不仅反传统，而且反现代，所以他确实是一个站在前沿阵地的"孤独的神枪手"，一个名副其实的"越界主义"者。

　　"越界"源于现实，而起于梦想。只有胸怀梦想的人才可能去"越界"。

---

① 《易卜生书信演讲集》，第 221 页。

② 《易卜生书信演讲集》，第 206、208 页。

易卜生就是一个既经常做梦又不断"越界"的人。在他看来，戏剧创作起于梦想，而且梦想的过程在很大程度上就是创作的过程，创作的过程在某种程度上也是"越界"的过程[①]。1889 年 10 月 29 日，易卜生致信爱米丽·巴达奇说："你不要因为我暂时不能静下心来创作而难过。实际上，我是一直都创作着，或者说我在做着一种幻梦，等到幻梦开出花来的时候，自然会显现为一部戏剧作品。"[②] 这里，易卜生的"梦想生戏论"跟汤显祖的"因梦成戏论"颇为相似，都涉及梦想与戏剧的关系。易卜生这么说并不是对爱米丽的一种安慰，事实上他的创作状态颇有点接近于梦想状态。我们无论看他早期的《布朗德》与《培尔·金特》、中期的《玩偶之家》与《群鬼》，还是看他晚期的《海达·高布乐》与《建筑师》，都能感觉到整个作品其实都是易卜生的幻梦。诚如易卜生自己所说："戏剧的天地是为幻想设置的。"只是他的幻想经过他的艺术加工之后显得那么逼真，不是明显地以幻梦表现出来而已。不过，对于易卜生来说，做梦、自审、感通、越界，几乎是连为一体的，有时候甚至是一回事。易卜生做的梦，很多跟"越界"有关，比如，在《建筑师》中索尔尼斯要跟希尔达一起去建"世界上最可爱的空中楼阁"，在《小艾友夫》中吕达跟沃尔茂最后"朝着山顶走，朝着星球走，朝着伟大肃静的地方走"，在某种意义上都是一种"越界"；也有很多跟"自审"有关，比如布朗德葬身于雪崩、罗斯莫与吕贝克跳下水车沟、索尔尼斯从塔楼顶端摔下来，等等，这些梦想其实体现了易卜生的"自审"。而他把梦做得那么逼真，每一幅画面都刻画得那么真切动人，则跟他善于感通人心、让他人见之如同己见有关。

三、如何写：由思转象、隐蔽象征与反向促进

在生活中，几乎每个人都做过梦，很多人会有越界之思，也有不少人敏于自审，但不一定能成为艺术家。如果说是艺术品让人成为艺术家，那么懂

---

① 当然创作的过程不只是"越界"的过程。对易卜生来说，创作的过程更是"自审"的过程。但"自审"如果意味着从他者或上帝的目光来审视、审判自己，那么这种"自审"也存在某种意义上的"越界"。

② 《易卜生书信演讲集》，第 299 页。

得"如何写"则是创造艺术品的关键。如何自审、如何感通人心呢？在这方面，易卜生除了在创作中隐性地提出"回溯""反讽""复象""以他人表现自我"等手法，还在书信、剧评中明确提出了"由思转象论""隐蔽象征论""反向促进论"等见解。所谓"由思转象论"，具体来说，就是把对生活、自我的反思与意象的孕育高度结合起来，对生活、自我的反思越深刻，就越是依托丰满、复杂、有一定层次感的人物形象来表现；所谓"隐蔽象征论"，是指剧作家在使用象征手法时，无论是用人物来象征，还是用动物或其他什么东西来象征，最好做到隐蔽而连贯，而不要过于浅显而散乱；所谓"反向促进论"，是指在创作中极力批判、否定某人某事某物，或着力写出某一对象的黑暗面、邪恶面、消极面，从而促使人的心灵去感受本来应该有的样子或"理想的状态"。

通常，人们会以为作家创作"下笔如有神"是因为"灵感袭来"，各种意象和美妙的语言涌向笔端，作家只需"一气呵成"即可。但易卜生说："直到我对我的经历达到了非常清晰的理解并得出了我的结论之后，我才能考虑把我的思想转化为一部虚构的作品。"① 这话让人颇为意外——原来像易卜生这样的戏剧大师也是先有思想、结论再把它转化为虚构的作品！其实这也没什么奇怪的，艺术创作既无模式亦无定法，情感喷涌可以出作品，由思转象也可以出作品，后者反而更有可能属于创作的常态。作家跟常人一样，也是生活于天地之间，有了所见所闻所思所感之后才有表达的欲望。而作家异于常人者，一是更敏感，对于感官所接触的一切体会更深切；二是更有远见，对于自己的经历、体验能从更高更远的视角进行反思，从而形成自己独特而深刻的思想；三是想象力更丰富，更善于运用合适的意象、形式来表达。有了基于亲身体验的"洞见"（或思想）之后，寻求合适的人物形象或戏剧意象将其表现或暗示出来，或与脑海中纷纭产生的形象、意象契合混化，对剧作家来说就成了一件很正常的事。简言之，"由思转象"完全可以成为戏剧创作的一种重要方法或路径。但易卜生的"由思转象"转得很不可思议。他的"思"跟他转化出来的"象"，有时似乎相去甚远，乍看之下很难见"象"而明"思"。比如，他心里头感叹诗人完成"唤醒同胞"的使

① 《易卜生书信演讲集》，第269页。

命实在是太难，却写出一部题为《野鸭》的戏，集中展示两个家庭之间错综复杂的矛盾纠葛；他在现实生活中对党派斗争非常不满，对实现诗人的使命既悲观又乐观，却写出一部题为《白马》（后改为《罗斯莫庄》）的戏，集中刻画一名牧师及其女佣的心路历程。再比如，他心里回顾往事时感叹诗人为了艺术创作牺牲了太多人的幸福，却呈现出一名建筑师（索尔尼斯）跟一个小女孩反复对话的情景，以及一个银行家（博克曼）在"监狱"里自驳自审 16 年的怪诞意象。这些"意象"，初看与剧作家的"心思"关系不大，但细细寻绎都是有可能让人恍然大悟的。易卜生的戏之所以特别耐人品味，跟他习惯于使用"隐蔽象征法"是有关的。他瞧不起过于浅显的艺术构思，认为诗人应该"相信观众有能力正确地理解富有诗意的作品"，因此他主张"象征应像矿藏中的银矿脉一样隐蔽地贯穿整个作品"[1]。他自己确实就是这么做的，他大部分剧作都使用了象征手法，而且越到后期象征的使用越隐蔽。

艺术上的"象征"手法本质上是以"象"征"体"：以具体的形象、意象喻指或表现某种抽象的、本体性的或普遍性的事物（或思想情感）。以具象暗示抽象、以特殊喻指普遍、以个别表现一般、以此在隐示彼在，这是很多艺术家惯用的手法。从某种意义上说，一切艺术都是象征。在艺术作品中，零散的象征如野花点缀山坡，不为能事；整体的象征如矿脉贯穿山体，方为杰构。在易卜生看来，灵活地运用"隐蔽象征法"，不仅能使作品富含诗意，而且能使作品达到审美普遍性与人类性高度；不仅能提升作品的审美价值，而且有助于造就伟大的表演艺术家。他曾批评当时欧洲剧坛上一些"构思浅显、荒唐无聊"的戏："从巴黎剧作家的工作室里每年都创作出一些情节剧，它们以最可悲的方式，靠牺牲艺术的实质来促进技艺的发展。这些只靠精雕细琢的对白来产生效果的精加工作品，不能不把艺术降低到低级水平，导致舞台上的装腔作势。这样一来，如今演员中真正的艺术家那么少也就不奇怪了！以前的演员是靠什么成为伟大的艺术家呢？靠的是那个时代舞台上主要是具有普遍性的事物，而非个别的事物，是具有全人类意义的东西，而非一时的风尚或反常的社会风气的产物。……奥伦施莱厄的大部分悲

---

[1] 《易卜生文集》第 8 卷，第 190 页。

剧都使人产生鲜明的清晰印象，某种完美的印象，因为它们的构思那么浅显，读者立刻就能断定应该怎样在自己想象中的舞台上扮演这些角色。但正是这种完美成为戏剧作品中的缺陷，因为它使演员不可能把他自己的艺术中的什么东西带入表演中，而既然他做不到这一点，那么舞台上的戏剧就必然成为荒唐的把戏。"① 由此可见，易卜生通常用两年时间写成一部戏，运用重重象征，把戏写得那么深刻精湛、神秘难懂，不仅是为了提升观众的趣味（使之趋向高贵），也是为了造就伟大的表演艺术家。诚如马丁·艾思林所说，"除非已扮演过莎士比亚、契诃夫、易卜生这三位大师作品中的一些主要角色，没有哪个演员能够跻身于世界一流演员的行列。在这三位大师中，易卜生占据核心的位置，其作品标示着传统戏剧向现代戏剧的转型"②。易卜生的戏确实有助于造就"世界一流演员"，而之所以如此，跟易卜生隐蔽的象征手法、精深的艺术构思与自觉为演员写作是有关的③。

如果说易卜生的"由思转象论""隐蔽象征论"是相对比较好理解的，那么他的"反向促进论"则实在不容易理解。在《爱的喜剧·前言》中，易卜生说："当我尽最大的努力对爱情和婚姻进行鞭打和批判时，只是期望大多数人能为爱情和婚姻进行有力的辩护。我们的大多数读者和评论家从未获得看透错觉的训练与洞察力。不过，我也没打算去给他们补上这一课。"④这话很容易让人想起易卜生在哥本哈根一个宴会上的讲话："1864 年 5 月 9日，我穿越了阿尔卑斯山。在高高的山上，乌云像巨大的黑色幕帘悬在空中，使得白天犹如暗夜。我们经历重重险阻越过去了，再穿过一条地下隧道，便忽然发现自己到了米兰梅尔。在那里，一束特别明亮的光芒像白色大理石的反光一样照射下来，突然照亮了我，并在我以后的所有作品中留下了

---

① 《易卜生文集》第 8 卷，第 187、213 页。

② ［英］马丁·艾思林：《易卜生与现代戏剧》，汪余礼译，《戏剧（中央戏剧学院学报）》2008年第 1 期。

③ 由此亦可见出，一流的剧作家，既为自己而写作，也为观众和演员而写作。易卜生的戏不仅舞台意象鲜明而丰富，而且能给演员提供一些有助于其把握人物性格的核心意象（心象）；不仅人物性格饱满，而且存在大量的隐而未彰的地方，或者说人物内心有一些不确定的东西，这给演员留下了较大的发挥空间。演员拿到剧本可以进一步发挥、进一步创造，才有可能成为表演艺术家，否则只是匠人。

④ 《易卜生书信演讲集》，第 408 页。

印记——即便里面描写的一切并不都是美丽的。这种从黑暗中逃入光明之境的感觉，以及穿过浓雾和隧道进入阳光地带的感觉，在我注视着长长的海峡时也再次体验过。"① 在欢迎宴席上易卜生说这些话，其实无非是希望听众能够正确地理解他的作品②。如果在他的作品中，"乌云像巨大的黑色幕帘悬在空中，使得白天犹如暗夜"，那么这无非是为了让读者或观众更为强烈、更受震撼地感受光明——去感受"伟大的理想"。他的创作，在某种意义上就是带领受众"从黑暗中逃入光明之境"，或者"穿过浓雾和隧道进入阳光地带"。如果一个人看完易剧后没有感受到那种光明之境，那么说明他（她）很可能没有看懂，或者是没有把自己内心的潜能激发出来。不少读者或观众习惯于从艺术家直接呈现的内容来理解其思想情感，殊不知，艺术家真正想要传达的东西可能恰好在其直接呈现者的反面。从创作者的角度来说，如果不写出浓浓的暗夜，如何能让人真切而强烈地感受到太阳的光辉？如果不写出阴惨的乌云，如何能让人欣喜而爱悦地感受到月亮的明媚？如果不深深刺痛你的良心，又如何能够充分激活你的良知？如果不玷污你的灵魂，又如何能够让你抬起高贵的头颅?! 故文艺创作之事，确有"反向促进"的情形③。尤其是对于以"恰恰相反"为口头禅的易卜生来说，更是习惯于借助"黑夜的保护"来施展他的才华④。比如《海达·高布乐》，此剧一方面被认为是易卜生"最现代的剧作"（马丁·艾思林语），另一方面也可看作是易卜生"最黑暗的作品之一"。易卜生为什么要塑造出海达·高布乐这个诡异邪恶、空虚无聊、妖性十足的女性形象来？易卜生自己说："该剧要探讨的是'不可能的存在'，也就是说，热望并努力去触及反抗整个传统、反抗一切有意识的头脑能接受的东西——包括海达能接受的东西在内。"⑤ 显然，易卜生并不是要去肯定海达身上表现出来的一切，恰好相反，

---

① 《易卜生书信演讲集》，第 380 页。

② 易卜生这番话是针对彼得·汉森教授对他的误解而说的，正如前引那句话是易卜生针对人们对《爱的喜剧》的误解而言的。

③ 至少就戏剧创作而言，存在顺向感通、反向感通、复合感通三种创作思维与表达手法。

④ 1855 年，易卜生写下《羞明者》一诗："现在竟然在我身上，黑夜和世界合而为一；我的勇气消失之时，正是黎明来临之际。……但要是没有黑夜保护，我就将一筹莫展。是的，如果我有什么建树，那得归之于夜的才干。"（《易卜生文集》第 8 卷，第 12—13 页）

⑤ 《易卜生书信演讲集》，第 414 页。

他要反抗、否定海达能接受的东西，甚至要反抗整个传统、反抗一切有意识的头脑能接受的东西，进而去探索"不可能的存在"。不管人们对"不可能的存在"作出怎样的阐释，至少有一点是肯定的，易卜生创作此剧不是要让读者或观众去认同海达，而是要从反面促使观者去探寻新的东西，探寻在海达能接受的东西之外的新生活与新意义。

　　综上所述，易卜生的戏剧创作论以"自审论""感通论""立人致美论"为主心骨，以"内在冲突论""跨越边界论""梦想生戏论"和"由思转象论""隐蔽象征论""反向促进论"为两翼（分别解决"写什么"和"如何写"的两大问题），构成了一个相对完整的系统。当然，易卜生戏剧创作论的内涵并不仅限于此，上面只是举其要者加以阐析。但仅就上述理论而言，其对我国当代戏剧创作乃至文化建设无疑是颇具启发意义的。

第八章　易卜生戏剧诗学的当代意义

作为"现代戏剧之父"，易卜生不仅深刻影响了欧美现代戏剧的发展进程，也深刻影响了中国现代戏剧的精神风貌，甚至间接参与了中国现代思想文化的建构与发展①。但是到了今天，易卜生是否已经过时？如果没有过时，他对当今中国还有什么意义？或者说，我们还可以从他那里学习到什么？

谭霈生先生在《新时期戏剧艺术论导论》《消除误读，走进易卜生》等文章中指出，中国新剧作家从易卜生那里学到的"写实主义"并不是真正的"现实主义"，与"易卜生开创的现代戏剧的精神相距甚远"，并主张："在今天，纪念这位'现代戏剧之父'的最好的方式就是继承他的艺术精神。"② 王宁先生在《作为艺术家的易卜生：易卜生与中国重新思考》一文中指出："易卜生早期在中国的被接受虽起到了推进中国的文化现代性的作用，但对作为艺术家的易卜生形象的确立却作了误构"，因而今天的剧作家们应该学习艺术家易卜生，像他那样"把现代主义与先锋主义完美结合起来"③。孙柏在《百年中国文化语境（1907—2016）中的易卜生》一文中提出："对现实的关注与批判意识，正是易卜生给我们留下来的最重要的遗产。"④ 这些看法都有道理，都看到了易卜生对当代中国的重要意义，但惜乎不够具体。换言之，我们如何从易卜生那里借鉴、化用一些确实适合我们自身需要的东西，具体地运用到当前的话剧创作乃至文化建设中去，还是一个需要继续深入研究的问题。

---

① 易卜生主要是通过鲁迅、胡适、郭沫若、袁振英、茅盾、熊佛西、曹禺、田汉等人参与中国现代思想文化的建构与发展的。

② 谭霈生：《清除误读，走进易卜生》，《剧院》2007 年第 3 期。

③ 王宁：《作为艺术家的易卜生：易卜生与中国重新思考》，《外国文学研究》2003 年第 2 期。

④ 孙柏：《百年中国文化语境（1907—2006）中的易卜生》，《博览群书》2007 年第 2 期。

　　在笔者看来，易卜生的人生哲学、艺术美学、戏剧诗学对当代中国均具有重要意义；就其戏剧诗学而言，对中国当代话剧创作与文化建设尤其具有重要的启示意义。而之所以如此，一方面与易剧诗学的内容有关，另一方面与中国当代话剧与文化的发展要求有关。

　　就易卜生戏剧诗学的内容而言，前面已经做过比较充分的分析，这里可扼要概括如下：第一，易卜生戏剧诗学中最核心、最重要、最具持久生命力的"活的灵魂"是"自审"。在创作理念上，易卜生认为"写作就是对自我进行审判"；在创作实践上，易卜生在长达半个世纪的创作生涯中坚持不懈地进行自我探索、自我解剖、自我审判，并以自我为标本对挪威民族的文化心理乃至人类的本性与命运进行深入探掘，甚至反过来对艺术创作本身进行审视、剖析，其最优秀的作品都深深渗透着自审意识。也正是"自审"，使易卜生不断超越自我，在戏剧形式和表现对象上不断创新，攀上了一个又一个艺术高峰，开创了人类戏剧史上的一个新纪元，并最后成为"现代戏剧之父"。第二，易卜生的诗性智慧（包括"自审诗学""悖反诗学""回溯诗学""复象诗学"等内容），是易卜生戏剧思想中颇具独创性、现代性和生命力的要素，可称之为易卜生戏剧诗学的精髓。其中特别是易卜生晚期戏剧中的"复象诗学"，较之陀思妥耶夫斯基小说中的"复调诗学"亦毫不逊色，对于文艺创作尤其具有极大的启示意义（对文学艺术来说，"复象"比"复调"更重要，更具本体意义）。第三，易卜生的戏剧理论（包括"自审论""感通论""越界论""立人致美论""内在冲突论""梦想生戏论""由思转象论""隐蔽象征论""反向促进论"等内容），是易卜生对于现代戏剧理论的重要贡献，对于我们理解现代戏剧的本质、功能、创作秘密均具有重要的启发意义，因此同属易卜生戏剧诗学的精髓。而易卜生探索出来的一些具体的戏剧形式、戏剧技巧，比如，在戏剧作品中反思艺术本身的"元戏剧"形式，"写实、象征与表现相融通，回溯、对比与映衬相融合"的技巧，以及如何实现戏剧性与诗性高度融合的一些具体技巧，也是非常值得当代作家学习和借鉴的。

　　至于中国当代话剧与文化的发展要求，从根本上来说是充分实现"现代化转型"，并在这个过程中彰显民族特色，提高自身软实力。自 20 世纪初，中国传统文化和戏剧艺术都开始了现代化转型，经过百年来艰难、曲折的发展，两者都已发生巨大的变化，但在骨子里、在其最深层的内核上，几乎没有多少实质性的革新。在当代中国，文化艺术的现代化、人的现代化，仍然"任重而道远"。虽然全盘西化、唯西方马首是瞻，很可能是中国"现代化的陷阱"，但基于中国现实社会的"问题意识"，合理、稳妥地汲取西方文化艺术的精髓，融西入中，中西合璧，仍然是中国文化艺术实现"现代化"、中国人实现"现代化"的必由之路。当然，在这个现代化过程中，作为一个泱泱大国，中国应该具有自己独特的文化话语与文化身份，在全球文化交流与融合过程中彰显出强大的软实力。

综合这两个方面的实情，可以说，易卜生戏剧诗学的精髓，不仅非常值得中国当代剧作家去借鉴、化用，从而促进中国当代话剧完成其现代化转型的历史使命，而且值得当代中国人去咀嚼、深思，在重建自身人格的同时努力促成传统文化的现代转型，并推动中国当代文化的更新升级。在此过程中，易卜生的自审诗学对于中国当代文化艺术来说好比是一股清流，特别有助于改善中国原有的文化艺术生态；而易卜生的"感通思想"，可嫁接于中国传统感通思想，经过融合之后焕发新意，变为具有中国本土文化根基的一套文论话语。简言之，戏剧领域的易卜生，犹如哲学领域的康德—黑格尔—马克思，其思其作对于深化中国话剧与文化的现代化转型、重铸中国人的人格结构、建构中国当代文论话语，都具有不可忽视的重要意义。

第一节　易剧诗学对于当代话剧创作的启示意义

话剧被引入中国已逾百年，已经取得了伟大的成就①。站在 21 世纪的起跑线上，光是回首欣赏过往的成就肯定是不行的，而今当务之急，是要反思过去的缺失，看清当代戏剧的现状与发展趋势，并清理出通往未来的正确道

① 参见田本相：《中国话剧百年的伟大成就》，《戏剧文学》2007 年第 1 期。在此文中，田本相先生列出中国百年话剧的五大成就：1. 充分表现了中国人的诗性智慧和文化开放精神；2. 在中国社会生活中发挥了巨大作用，为中国的现代化作出了伟大贡献；3. 在长期探索中形成了诗化现实主义传统；4. 在演剧形态上形成了中国气派的演剧学派；5. 为中国戏剧影视培养了大量的创作人才。

路。谭霈生先生曾指出："进入新世纪以后，中国戏剧已彰显出转型的趋势，或者说，转型已经成为时代对中国戏剧的一种潜在的要求。我说'转型'，有两个方面的意思：一方面是戏剧在中国的生存状态开始转型，由国家全包、政府包办向市场文化、文化市场转型；另一方面是戏剧本体定位的转型，就是把戏剧从作为宣传教育工具向戏剧艺术的本体转型。……恐怕大家都应该意识到这一点，并集中所有研究力量推动戏剧的转型，使这个转型比较顺利地实现。"① 诚如其言，中国当代话剧的生存状态是比较复杂的，"市场化"是不可避免的发展趋势。但这并不意味着中国话剧应该降维发展或者践行解构、颠覆之道，而是首先要完成戏剧本体定位的转型，即从宣传教育工具真正转向戏剧艺术的本体。

如何实现这一转型呢？易剧诗学恰好可以在这方面给予我们深刻的启示。

一、精神衍变：从迎合政教转向独立自审

从戏剧艺术精神的角度看，中国传统戏剧以"教化剧"为主流，中国现代戏剧以"问题剧"为主流；它们都是在戏剧之外寻求戏剧艺术存在的价值，骨子里带有迎合政教或配合现实社会种种需要的倾向。这种倾向在中国当代戏剧中依然存在。正如著名学者董健先生所说，我国当代戏剧存在一定的迎合性、依附性，很多作品"少了些不应少的东西，多了些不应有的东西"②。而真正有独立人格、有抱负有眼光的艺术家，要么只求艺术上的精益求精，要么深入反思、批判自身所处的社会与文化，是绝不愿意为了迎合某种实际需要而创作的。可目前缺乏独立精神的剧作确实比较多。"90年代以来，当代戏剧不可回避的总体特征是：虚假的繁荣掩盖着真实的衰微，表面的热闹粉饰着实质性的贫乏，其根本原因是戏剧精神萎缩，或曰戏剧失魂。"③"精神萎缩"也是中国当代戏剧必须直面的。

---

① 谭霈生：《中国戏剧转型与学科建设思考》，《四川戏剧》2009年第5期。
② 董健：《戏剧与时代》，人民文学出版社2004年版，第199页。
③ 董健：《中国当代戏剧精神的萎缩》，《中国戏剧》2005年第4期。

精神萎缩、自降为仆、迎合他者的作品，本质上不具有现代性。事实上，中国戏剧的现代化转型，仍然未完成，作为一个比较漫长的过程，它至少包括三个阶段：一是戏剧的内容从表现古人的情感、思想、生活转变为表现、反思现代人的情感、思想、生活；二是戏剧的形式从古典形式转变为现代形式；三是戏剧的艺术精神从古典精神转变为现代精神（即从和谐、寓教于乐转向分裂、自我批判，从同化于政教走向真正的独立、自律）。第三个层次的转变是最为艰难的，但是只有实现这个层次的转变，中国戏剧的现代化转型才算大功告成。回顾中国百年话剧的发展历程，前两个层次的转变已基本完成，但第三个层次的转变仍是个目标。换言之，中国戏剧在近现代的发展，主要是完成了从内容到形式的现代化转型；而中国戏剧在当代的发展，其历史使命主要是完成戏剧艺术精神的现代转化。

20世纪初叶，中国学人（如胡适、欧阳予倩、郭沫若、洪深、田汉等）汲取他们所理解的"易卜生主义的精髓"，创作了一系列新戏剧，开启了中国戏剧现代化的历程。但中国学者、戏剧家对易卜生的学习，比较注重他敢于写实、敢于提问、敢于批判的那一面，而忽视其更为重要的独立自审精神。其实即便是批判社会现实，易卜生也是以人格独立为前提、以自我净化为目标的，这与我国剧作家的社会批判是有差异的。易卜生认为："独立不倚的人才是最强大的人。"[1] "诗人的使命不是为国家的自由与独立负责，而是唤醒尽可能多的人去实现独立自由的人格。"[2] 其对于个体精神独立是非常看重的。为了坚持独立写作、坚持批判立场，他不惜与整个挪威社会对抗，即便流亡国外也不改初衷。他宁可成为"人民公敌"，宁可与整个社会现实处于紧张的对抗状态，也绝不愿意自己的创作成为达致某个具体目标的手段。其作品中的不少人物也颇具独立批判精神，如布朗德、斯多克芒、罗斯莫等，正如恩格斯所说，在易卜生戏剧的世界里，"人们有自己的性格以及首创的和独立的精神，即使在外国人看来往往有些奇怪"[3]。而这些独立之人，往往是全剧给人印象极深之人，感染力量也几乎是最强的。鲁迅就特

---

① 《易卜生书信演讲集》，第122页。

② 《易卜生书信演讲集》，第182页。

③ 转引自恩格斯写给保尔·恩斯特的信，载高中甫选编：《易卜生评论集》，外语教学与研究出版社1982年版，第8页。

别欣赏易卜生的独立批判精神，不仅赞其本人"敢于攻击社会，敢于独战多数"，也称其笔下人物"宝守真理，不阿世媚俗"①。而尤为难能可贵的是，易卜生的独立批判不只是指向社会现实，也指向自我的一切。1880 年，易卜生致信路德维格·帕萨奇说："我写的每一首诗、每一个剧本，都旨在实现我自己的精神解放与心灵净化——因为没有一个人可以逃脱他所属的社会的责任与罪过。因此，我曾在我的一本书上题写了以下诗句作为我的座右铭：生活就是与心中魔鬼搏斗；写作就是对自我进行审判。"② 他从早期到晚期的剧作充分体现了这种"对自我进行审判"的自审精神。无论是早期的"灵魂自审"，还是中期的"纵深自审"，抑或是晚期的"双重自审"（灵魂自审与艺术自审），易卜生都确乎是站在一个非常高的峰顶上，以非常深远的目光来审视自我的内在生命，进而对人类的本性进行审察与批判。独立批判、内向自审可以说是贯穿易卜生创作始终的精神内核，也是他最终成为"现代戏剧之父"的根本原因。

由此反观 20 世纪中国话剧，其间的精神差异特别引人深思。中国现代剧作家，尽管多数具有批判、战斗精神（其中不少批判、战斗是应时而生、配合现实需要的），但极少敏于内向自审、勇于自我批判。即便是深受易卜生影响的曹禺，他对易卜生的了解、学习也还有不够深入之处。曹禺 68 岁时曾自述，"在中学时代，我就读遍了易卜生的剧作。我为他的剧作谨严的结构，朴素而精炼的语言，以及对资本主义社会现实所发出的锐利的疑问所吸引"③。这说明曹禺对易卜生戏剧精神的感知，虽然很敏锐，但主要停留在"社会批判"和艺术技巧层面。到了后期，曹禺力求符合当时社会的政治需要，批判精神大大减弱，这样他即便殚精竭虑、反复修改，还是没有写出传世之作来。对此，曹禺研究专家丁涛认为："曹禺对人及人性的视野，始终拘囿于人与外在世界的关系之中，不论这个世界是地狱或者是天堂，而始终没有进入到人与人自身这一关系中来审视人及人性。毋庸置疑，倘若不能从人与人自身这一关系来表现人及人性，那么，曹禺的创作意识及创作实

---

① 鲁迅：《文化偏至论》，载吴中杰编：《魏晋风度及其他》，上海古籍出版社 2000 年版，第 7 页。

② 《易卜生书信演讲集》，第 190 页。

③ 曹禺：《悲剧的精神》，京华出版社 2005 年，第 106 页。

践就不具备现代性。"① 此论虽然说得过于绝对，但确实道出了曹禺（至少是后期曹禺）戏剧的主要缺点。现在来看，曹禺当年没有突破的创作困境，在当代戏剧创作界有所延续。其实，如果中国当代剧作家沿着曹禺前期戏剧之路往前追溯，真正汲取易卜生的独立自审精神，在这个基础上展开深层次的自我批判与文化批判，那么还是很有可能开出新路，并有效推进中国戏剧艺术精神之现代化的。

二、本体翻转：从社会问题转向个人生命

从迎合政教转向独立自审，接着有可能带来戏剧领域的一场深刻变革，这就是实现戏剧创作上的"本体翻转"②：把创作的基点从"外在的社会现实"转向"内在的生命运动"，把戏剧艺术的本体坐实在个人的内在生命上。

在这方面，易卜生的创作实践同样是极富启示意义的。易卜生中期的四大社会问题剧尽管在欧洲乃至世界范围内都产生了很大影响，也为他赢得了巨大声名，但这些在易卜生深邃的目光中只是一个必要的环节而已。他的野心远远不止于此。作为一名戏剧诗人，易卜生很清楚，在创作中"为自己并且通过自己为别人弄清那些使我们的时代和我们作为其中一员的社会感到激动的、暂时的和永恒的问题"③ 是必要的，但还有更重要的事情等他去做。这就是把目光从社会问题转向个人的内在生命，以个体心理结构为标本反思欧洲文化传统与人类本性，创作出具有永恒性的作品。易卜生心里很清楚，很多社会问题，虽然表面上体现为利益之争、观念之争或党派之争、制度之争，但其深层的根源在于人自身，在于人的本性以及人深层次的文化心理结构。易卜生很早就认识到，"对外革命、政治革命等等，这些只不过是浅薄

---

① 丁涛：《戏剧三人行：重读曹禺、田汉、郭沫若》，厦门大学出版社 2009 年版，第 318 页。
② 这里所谓"本体翻转"，是指戏剧艺术从以社会现实为本体转向以个人生命为本体。这种翻转是"精神衍变"的逻辑后果，两者在层次上是完全不同的。养成独立自审精神是相对于剧作家、导演而言的，是前提；有了这个前提之后，戏剧作品才可能在实体内容、表现对象上有根本性的变化。
③ 《易卜生书信演讲集》，第 368 页。

之事，最重要的是来一场人类精神的革命"①。因此，他很早就开始朝人物的内心开掘，以自身为标本反思民族乃至人类的心理与性格，并取得了卓著的成果。他中期受勃兰兑斯影响，一度特别重视揭示社会问题；但到了晚期，他立定心志，在内向探索的道路上越走越远。在今天看来，易卜生最杰出、最具现代性、最有艺术魅力的作品正是他早期的两部诗剧（《布朗德》和《培尔·金特》）和晚期的八部戏剧。这十部剧作的主体内容都不是讨论社会问题，而是在内向自审中展开个人的内在生命运动，表现个体自我的灵魂风景，探索人性的深层结构和人类的终极命运，同时也反思艺术创作的本质与功能。这些作品意味着，易卜生的创作重心不在社会问题，而在个人的内在生命，或者说他把戏剧艺术的本体牢牢坐实在个人的内在生命上。为什么这样一来其作品可以获得真正的现代性和持久的生命力呢？或者说这种转向的必要性和意义究竟何在呢？

首先，转向个人的内在生命，才真正找到了现代戏剧的表现对象。这不仅是因为，在现代社会"现代思想关于人的规定注重人的个体存在的特色"②，而且是因为，个人在特定情境下内在生命运动的状态、形式、节奏、规律等（或者说个体灵魂内部的奥秘）才是现代观众真正感兴趣的，呈现出这些才能满足现代观众的审美期待。一个人想看的，往往是他（或她）平时看不到、不了解的存在，而人们最不了解的往往是自己的灵魂，是自己以及他人内在生命运动的状态、形式、节奏与规律。这是一个无限深广的领域，也是大批现代艺术家需不断探索的领域。易卜生曾经说过："最近十年来我在自己作品中传达的一切都是我在内心里体验过的。"③ 卡西尔则把易卜生的这种思想说得更显豁："现代戏剧使我们看到的是人的灵魂最深沉和最多样化的运动。但是这些运动的形式、韵律、节奏是不能与任何单一情感状态同日而语的。我们在艺术中所感受到的不是哪种单纯的或单一的情感性质，而是生命本身的动态过程，是在相反的两极——欢乐与悲伤、希望与恐

---

① 《易卜生书信演讲集》，第104页。
② 彭富春：《哲学与美学问题》，武汉大学出版社2005年版，第119页。
③ 《易卜生书信演讲集》，第367页。

惧、狂喜与绝望——之间的持续摆动过程。"① 这就说明，聚焦于"人的灵魂最深沉和最多样化的运动"（或"人的内在生命运动"），在反复体验中看清这种内在生命运动的形式与规律，并以明亮而强烈的光将其照亮，才是戏剧艺术家应该用心、用力、用技之处。而且，戏剧艺术的剧场性，一方面最便于直观地呈现（或表现）人物的灵魂运动，另一方面也便于演员与观众在现场进行心灵的对话、灵魂的交流。如果丢掉这种优势去讨论社会问题，那么戏剧人如何比得上社会学家、新闻记者及其他公共知识分子呢？如果戏剧不关注人的内在生命运动而力求逼真地反映社会现实，那么戏剧又如何比得上电影呢？因此，转向个人的内在生命运动，是现代戏剧必然的选择，也只有这样才能找到合适的表现对象。这是易卜生注重探索人的内在生命运动的一个重要原因，也是他那些精于"灵魂自审""双重自审"的剧作给予我们的一个重要启示。

第二，转向个人的内在生命，现代戏剧才方便投入精神解放与文化创造事业，才能实现自身独特的价值，真正尽到自己的艺术职责。人生天地间，外在的问题（比如政府决策、学校教育等）通常可以通过外在的办法或手段来解决，但内在的问题（比如情感状态、人格结构、人性冲突等方面的问题）则往往只能靠引起人自身的觉醒和反思来解决。一个人只有自己真正愿意认识自己、解放自己，然后别人才可能解放他（或她），才可能逐步走上解放之路、幸福之路。易卜生在书信中曾经写道："我们每个人唯一能做和做得最好的事情是在精神和真理上实现自我。"② 这也许正是易卜生为什么非常关注社会问题却把创作重心转向探索人的精神世界的一个重要原因。这个领域的问题不发现、不解决，人的自由幸福就只能是空中楼阁。拿易卜生晚期的《野鸭》来说，该剧的重心不在于讨论要不要"说出真相"的问题，而在于揭示剧中人物灵魂的痼疾、显示"野鸭"们在不断变化的情境中的内在生命运动。只有揭出人物"灵魂的深"，以强烈的光照亮它，精神的解放才有可能。再比如《罗斯莫庄》，其表层内容写的是党派之争，在一般剧作家手里很容易写成一个意志冲突非常强烈的社会问题剧，但易卜生描写的

---

① ［德］恩斯特·卡西尔：《人论》，甘阳译，上海译文出版社 1985 年版，第 189 页。
② 《易卜生书信演讲集》，第 240 页。

重心显然不在于保守派与自由派的激烈争锋，而在于人物灵魂在复杂情境下的"最深沉和最多样化的运动"。他一层一层地剖露人物的潜意识，揭示出传统文化对人灵魂的无形桎梏，以及"传统思想的根子"与"人性自身的弱点"交互作用对于人走上自由幸福之路的深层影响。正是在这种对人内在灵魂的极为深邃的反思与观照中，传统人生观的局限显示出来，新型人生观、价值观浮出水面，由此该剧参与了文化创造，也体现出真正的现代性。而唯有如此专注于个人的内在生命（特别是情感生命、潜意识），现代剧作家才能找到自己的存身立命之地，才能实现自己独特的生命价值。当然，做到这一点非常不易，它需要剧作家对自己以及同胞们有非常深入细腻的研究，把人物性格在心里琢磨透了，看清他们灵魂深处的隐患，洞见他们走向自由幸福、走向新生的可能性，并精确而巧妙地表现出来，如此才能引人深思、发人深省，才能尽到自己作为一个艺术家的职责。这也是易卜生及其优秀戏剧给予我们的重要启示。

第三，转向个人的内在生命，充分发挥内向自审精神（或自我批判精神），才能真正接通现代文学艺术的精神命脉。"向内转"通常被认为是现代文艺的一个重要特征，但这还不是现代文艺的灵魂。仅仅侧重于描写人物的内心世界是远远不够的。现代艺术家还必须有非常深远的文化眼光，对于人类的前途与命运有着非常深厚的人文关怀。他必定还是伟大的思想家，对于人类社会的发展趋势、对于所处时代的重大问题有着自己独特的思考。正因为有思想，他才能够对自己以及同胞们的内在生命进行审视、审判。易卜生、斯特林堡、契诃夫、皮兰德娄、奥尼尔等一大批现代戏剧大师之所以成其伟大，主要不是因为他们忠实地记录了所处时代的社会生活，而是因为他们对人类的内在生命展开了各具深度与新意的探索，在人类灵魂的冥河里掀起了令人震惊的激流、旋涡与浪花，以感性的形式谱写了一部又一部"精神现象学"。外在的生活随时而变，内在的灵魂古今相通。转向内向自审，才能真正接通人类精神的大本大源，也才可能促进人类精神的进化。我国著名作家残雪说："伟大的作品都是内省的、自我批判的。在我的名家列表中，有这样一些作家：莎士比亚、歌德、卡夫卡、博尔赫斯、卡尔维诺、托尔斯泰、陀思妥耶夫斯基等等。……他们都是在自救、自我批判的同时，影响读者，改造国民性。"① 其实也正是由于这些作家的"内省""自我批判"，其作品才得以进入一条又一条人类灵魂王国的秘密通道，进而触及现代文艺的精神本源。我国作家如果能真正转向个人的内在生命，在此领域充分发挥独立自审精神，那么自然会开辟出我们自己的新道路。

综上所述，独立批判、内向自审，把创作基点从社会、政治转到个人的内在生命，是易卜生戏剧诗学给予我们的最重要的艺术启示。

三、形式革新：活用多种手法创造现代诗化戏剧

对于中国当代话剧创作来说，确立独立自审意识、转向个人的内在生命是非常关键的两步。然而，走出这两步之后，又该如何具体地去写呢？"如何写"往往比"写什么"更难。萧伯纳着重借鉴易卜生戏剧的"讨论"技巧，创作了一批将讨论与动作高度融合的社会问题剧，最终获得诺贝尔奖②；阿瑟·密勒着重借鉴易卜生戏剧的"回溯"技巧，创作了一批将过去与现在融为一体的心理现实主义戏剧，最终亦自成大家③。在当今时代，我们还可以从易剧中获得什么灵感，进而寻求戏剧形式的革新呢？

首先，易卜生戏剧中的"悖反诗学""回溯诗学""复象诗学"，作为易卜生颇具独创性的艺术贡献，非常值得当代剧作家领会、化用。著名学者赵毅衡曾就当代文学发展趋势提出一个重要问题："反讽之后，下一步是什么？

---

① 残雪：《黑暗灵魂的舞蹈》，文汇出版社 2009 年版，第 216、218 页。其实，易卜生也完全可以列入这个名单。易卜生的"自我批判"比歌德、托尔斯泰的"自我批判"更深刻，其艺术性也更强。

② 萧伯纳于 1891 年出版《易卜生主义的精髓》，对易卜生戏剧进行了比较全面深入的分析。他尤其欣赏易卜生的"讨论"技巧，赞其善于将戏剧与讨论合而为一。1892 年，萧伯纳发表他的第一个剧本《鳏夫的房产》，此后陆续发表了一系列剧作。萧伯纳是易卜生在英国的忠实维护者，其剧作深受易卜生影响。

③ 阿瑟·密勒是深受易卜生影响的又一位伟大剧作家。据他自述，他的成名作《全是我的儿子》（1947 年首演）是其"受易卜生影响最深的一部作品"（阿瑟·密勒：《易卜生与当今戏剧》）。1949 年，阿瑟·密勒的《推销员之死》首演并获普利策奖，该剧借鉴了易卜生的回溯手法（阿瑟·密勒明确承认该剧受过易卜生影响）。1950 年，他改编了易卜生的《人民公敌》，并自述"我之所以决定要改编《人民公敌》，是因为我暗中希望证明，易卜生在今天实在还很有用，他并没有过时"（《阿瑟·密勒论戏剧》，郭继德等译，文化艺术出版社 1988 年版，第 11 页）。详见阿瑟·密勒：《易卜生与当今戏剧》，刘娅译，（法国）《对流》2015 年第 10 期。

西方论者虽多，没有一人好好回答了这个至关重要的问题。……笔者的看法是，一旦某种表意方式走到头，这种表意方式就只能终结，重新开头的将是另一种表意方式。"① 我觉得，易卜生以他的创作实践已初步回答了这个问题。易卜生早期戏剧以"反讽"（或"悖反"）为根本特征；在"反讽"之后，易卜生中期走向了"回溯诗学"②；到了晚期，则进一步走向"复象诗学"。易卜生晚期戏剧中的"复象诗学"，虽然也含有"反讽"和"回溯"的因子，但毕竟有重大的创新，毕竟把人类的艺术表意形式往前推进了一步。这种推进，内驱力源于易卜生的"双重自审"，而最后达到的层次是进入了"元艺术"境界——一种反身自审、艺中有艺、楼外有楼、境界层深的艺术境界。比如，易卜生晚期的《建筑师》，表面上是一个"以建筑总管索尔尼斯和年轻建筑师瑞格纳之间的对立为基础的、描写你死我活的斗争的戏剧"③，实际上则是一部描写艺术家回顾他一生的艺术创作道路并反思艺术创作之本质与功能的戏剧。该剧中的建筑师，实际上就是艺术家，因为艺术家就是"用精神在人内心建造空中楼阁的人"（易卜生语）。在该剧开幕不久，建筑大师索尔尼斯痛感他的"艺术成就"以毁灭自己和他人的幸福为沉重代价，然后逐渐反思，他在创作中是如何与"妖魔"结盟，在早期如何替上帝效劳，中期如何背离上帝，晚期又深感上帝的威力难以违抗，最后向往神性真在，登上塔楼想要与上帝交流，等等。这部剧作让人窥见艺术创作的隐秘机制，让人感悟到艺术的本质与限度，以及人类精神从艺术转向宗教的可能性，在艺术学层面颇具启发性，确实是"境界层深"。再如《野鸭》《复活日》，也都是具有元艺术品格的复象戏剧。这些戏剧是自我反思、自我批判的，不为其他任何目的而作，可以说是高度自律的戏剧，从中也可见出"现代艺术的灵魂"。在一定程度上还可以说，戏剧艺术在易卜生晚期戏剧中达到了自我意识，易卜生也因而成为"作为艺术家的艺术家"。在易卜生之后，20 世纪的极少数文学艺术家（如皮兰德娄、契诃夫、豪普特曼、乔伊斯、卡夫卡、奥尼尔、贝克特、阿尔比、斯托帕德等）也创作了一些颇

① 赵毅衡：《反讽：表意形式的演化与新生》，《文艺研究》2011 年第 1 期。
② 易卜生中期戏剧的"回溯"仍然跟"反讽"紧密联系在一起，是包含"反讽"于自身的。
③ ［挪威］玛莉·兰定：《〈建筑总管苏尔纳斯〉读后》，载《易卜生评论：来自挪威作家》，石琴娥译，金谷出版社 2006 年版，第 94 页。

具"元艺术"品格的作品，在人类文学艺术的长河里激起了一朵朵新异的浪花。这对中国当代剧作家真正走向"艺术的自律"，进入"现代艺术的灵魂"，亦当有所启发。简言之，"复象诗学"之于当代戏剧的意义，在于默默启示着一种高度自律的元戏剧形式，一种指向新艺境的现代诗化戏剧。

第二，易卜生把写实、象征、表现①融为一体的艺术手法，特别是易卜生那种独特的表现主义手法，非常值得当代剧作家借鉴，进而写出现代诗化戏剧。易卜生戏剧表面是写实的，即便后期戏剧都给人写实的印象，这使得他的戏剧具有可进入性（或者说能吸引人看下去），但他作品中的情境、人物、意象、场面、情节等几乎都具有象征性、多义性，而且往往指向与戏剧表象很不相同的另一个世界，让人看不太清而又想去反复凝视、思索。打个不恰当的比喻，易卜生的优秀剧作就像是一种比较容易入口，但逐渐会觉得其味醇厚而富有多层味感、让人品味不尽且后劲十足的陈年老窖。这种效果的产生，跟易卜生那种非常灵活的表现手法有关。一方面，他善于让"象征像矿藏中的银矿脉那样隐蔽地贯穿整个作品"；另一方面，他善于用种种意象、场面、人物去表现主角的灵魂世界②。易卜生式的表现主义，不是用面具、鼓点、梦境之类去表现人物内心（斯特林堡、奥尼尔常常如此），而是常常直接用一个人物去表现另一个人物。比如，在《海上夫人》中，用陌生人表现艾梨达的内心世界；在《建筑师》中，用希尔达开显索尔尼斯的精神世界；在《小艾友夫》中，用鼠婆子暗示吕达和阿尔莫斯的心理隐疾；在《复活日》中，用一个白衣女士和一个黑衣护士透示鲁贝克的灵魂之舞。这些镜像人物亦虚亦实、亦真亦幻，在剧中往往适应情境运动的需要而悄悄"步入画面"或"淡出画面"，有时让人感觉神秘莫测，很难用现实的逻辑去解释。但究其来源，乃是易卜生派来显其神通者也。他们虽是"使者"，

①　这里所谓"表现"，不是一般性的表现情感，也不是克罗齐所说的"表现"，而是对"体验过的世界，一个从内部看到的、不可复制的世界审慎而坚决的剖白"（杜夫海纳语）。"表现"的对象通常是传统写实性的语言所难以再现的，是创作主体的直觉、潜意识所感知到的世界。

②　由于深入的"自审"，易卜生看到了极为丰富多变的灵魂风景；而素来追求真实幻觉的审美理想，则使易卜生更倾向于用现实的人物、场面、情境来表现人物的内心世界。易卜生写人的内心但不露痕迹，不少剧作者则把写心的工具（如面具、锣鼓、转台等）露在外面，其水平高下，判然有别也。

但各有性格，亦仿佛现实中人，颇能给人真实的幻觉——以至于直到现在，多数学者视其为普通的剧中人，而仅有极少数研究者窥破其身份为主司表现功能的镜像人物。易卜生这种独特的表现主义手法，比斯特林堡、奥尼尔的表现主义手法更为高妙隽永。因为这种手法与全剧表面的写实风格吻合一致，如羚羊挂角、无迹可求，而不像后者给人生硬、雕饰之感。总之，可以说，易卜生这种把写实、象征、表现融为一体的艺术手法，体现了他善能融会贯通、独出机杼的艺术天才，使其作品具有与时俱进的诗性品格，特别值得今人琢磨、借鉴。显然，我国当代剧作家也可考虑借鉴这些手法，进而创作出中国人自己的现代诗化戏剧。

第三，借用易卜生营构"戏剧诗境"的种种手法，融化出新，在戏剧创作中营构出具有民族特色的戏剧诗境。是否善于营构戏剧诗境，在某种意义上是区分优秀剧作者与一般剧作者的一把标尺。回顾我国近百年戏剧史，虽有极少数剧作家善于营构"戏剧诗境"，但多数剧作者拙于此道，有的甚至完全没有这方面的意识。写戏，固然需要营构情境、制造冲突、紧紧抓住观众的心，但若止步于此肯定是不行的；写戏，也可以揭露社会矛盾、讨论社会问题、引发大众关注，但若以此为目标则行而不远。优秀的戏剧，一定是兼具戏剧性与诗性的，或者存在令人百看不厌、思索不已、阐说不尽的"戏剧诗境"。"戏剧诗境"不是单纯的诗境，而是戏剧性情境与诗境复合而成的有机整体；它既是高度戏剧化、富有戏剧性的，又是颇具诗意、言有尽而意无穷的。如果当代剧作者希望创造出"思想精深，艺术精湛"的剧作，则必须善于营构戏剧诗境。在这方面，易卜生给我们提供了若干宝贵的经验。除了自审思维、悖反思维、回溯思维、复象思维这四种思维的综合运用，易卜生还运用了一系列相对具体的技巧来达到这一点。比如，在剧作开端部分，易卜生经常运用"切近拐点，布下阴云；阴阳交叉，强化张力；龙套开场，双管齐下；欲擒故纵，左右盘旋"等技巧来营构戏剧性情境；在剧作中部和尾部，易卜生经常运用"左冲右突屡受挫，逐步增强紧张感；山重水复疑无路，绝处逢生运帷幄；利用误会与对比，凸显双方心理差；通过深谈与交心，促发灵魂生新变"等手法来拓展戏剧性情境，并增添作品诗意；在整体的构思布局方面，易卜生经常运用"淡化外部冲突聚焦灵魂运动，打破虚实界限营造灵奇之境，核心事件与舞台意象相融合，复合感通与故意留白相结合"等手法来融合戏情与诗境，进而从整体上营造戏剧诗境。这些手法，对于我国剧作者营构戏剧诗境是有借鉴意义的。

总之，易卜生戏剧中的"自审诗学""悖反诗学""回溯诗学""复象诗学""写实、象征与表现融为一体的艺术手法"及其他艺术技巧，在今天都有很强的艺术生命力，对我国当代话剧创作深具启示意义。在中国当代话剧实现其转型的历史进程中，继承易卜生的自审精神，把易剧诗学的精髓融入当代话剧理论建设和创作实践中去，是时代的召唤，也是业内人士的职责所在。从一种开阔的历史视野来看，在中国当代戏剧转型期，也确实需要一批志存高远、善于学习的剧作家，汲取种种化为己用，创作出无愧于时代的精品力作。

第二节　易剧诗学对于当代文化建设的启示意义

易卜生不仅是一位伟大的艺术家，也是一位伟大的思想家。作为"世界文化名人"，易卜生的思想曾深刻影响了中国现代思想文化的发展。在 20 世纪头 30 年，鲁迅、胡适、陈独秀、袁振英、周作人、傅斯年、胡愈之、郭沫若、茅盾、洪深、熊佛西、宋春舫、刘大杰、张嘉铸、焦菊隐等都曾论述过易卜生的思想及其对中国社会的意义[①]。尤其是在 20 世纪 20 年代，易卜生在中国名重一时，其情形诚如茅盾所说："那时候，易卜生这个名儿，萦绕于青年的胸中，传述于青年的口头，不亚于今日之下的马克思和列宁。"[②]时至今日，易卜生思想的前瞻性与巨大能量并没有被充分发掘出来，其对当代中国也仍然具有重要的启示意义。这种意义不仅体现在对中国当代文论建设的启示上，也体现在对国人精神生命建构的启示上。

---

① 参见陈惇、刘洪涛编：《现实主义批判——易卜生在中国》，江西高校出版社 2009 年版，第 1—192 页。

② 参见茅盾：《谭谭〈傀儡之家〉》，《文学周报》1925 年 6 月 7 日。

一、基于自审与感通，建构有本国特色文论话语

建构有中国特色的文论话语体系，是当前中国文论界的头号问题，也是我国当前文化建设中的一项重要议题。对此，不同的学者有不同的视角与方法。在笔者看来，基于国学依经立义固然是一种非常重要的方法，但化用西学借石攻玉亦未尝不可。习近平总书记指出："要坚持古为今用、洋为中用，融通各种资源，不断推进知识创新、理论创新、方法创新。"[1] 这就意味着，即便是建构本国文论话语，也是可以且需要吸收外来文化、洋为中用的。

作为一名世界性的艺术家，易卜生在当代中国已不再是因其"社会改革家"身份而被需要，而是因其某些思想本身的真理性而被需要。易卜生的社会改革思想未必有多大的科学性、真理性，但其文艺思想确实含有若干真理的颗粒，因而是完全可以作为优质资源化为中用的。具体来说，易卜生的自审诗学与感通思想揭示了现代文艺发生发展的某些客观规律，同时也契合了中国当代文化发展的客观需要，可以嫁接于中国传统美学思想，进而建构有根的中国当代文论话语。

首先，易卜生的"自审诗学"对于建设中国现代主义文艺理论（尤其是戏剧理论）具有重要的借鉴意义。目前国内盛行的文艺本质论，大体而言主要有三：一为"现实生活反映论"，二为"审美意识形态论"，三为"主体情思表现论"。这三种理论对文艺本质的揭示，或偏于客观方面，或偏于主观方面，大体比较契合现实主义文艺和浪漫主义文艺的实际。在西方，与之类似的有柏拉图、亚里士多德的"摹仿论"，黑格尔的"理念显现论"，托尔斯泰的"情感交流论"，科林伍德的"情感表现论"，等等。这些理论各领一时风潮，影响相当深远。但到了现当代，出现了一些质疑、反叛的声音。比如，针对以前的"表现论"，艾略特提出："诗不是放纵感情，而是逃避感情，不是表现个性，而是逃避个性"[2]；韦勒克也认为："那种认为艺

---

① 习近平：《在哲学社会科学工作座谈会上的讲话》，人民出版社 2016 年版，第 16 页。
② ［英］托·斯·艾略特：《传统与个人才能：艾略特文集·论文》，卞之琳、李赋宁等译，上海译文出版社 2012 年版，第 11 页。

术纯粹是自我表现，是个人情感和经验的再现的观点，显然是错误的。"①
这就在"自我表现"与"逃避个性"之间划出一道鸿沟，几乎显出针锋相
对的两个阵营。那么艺术创作究竟是要表现自我还是要逃避个性呢？易卜生
所谓"自审"似乎偏于表现自我，那是否"显然是错误的"呢？在笔者看
来，易卜生的"自审诗学"跟古希腊以来的"摹仿论"艺术观判然有别，
跟近代以来的"表现论"艺术观亦迥然不同。它兼有内向探索、纵深透视、
超然审思三重维度，是一种把个人性与社会性、主观性与客观性、特殊性与
普遍性高度结合起来的艺术观。这是因为，易卜生的"自审"绝非"个人
情感和经验的再现"，而是对剧作家在社会共同体中体验到的一切进行审视
和审判。换言之，他在写作中"对自我进行审判"，并不是只审他自己的行
为与灵魂，而是通过自我的生命体验向人性的深渊开掘，从而追求一种"隐
蔽的客观性"。易卜生曾说，"《群鬼》是作者最大限度地超然戏外并在剧中
完全缺席的一个作品"②。又曾说："戏剧创作要求作者必须在一定程度上消
隐或扼杀他自己的人格，或至少要隐匿自己。"③ 可见他的所谓"自审"，表
面上体现出"自我中心"倾向，但其实是要在一定程度上"隐匿自己"或
"扼杀自己"的。这个意思跟艾略特所谓"逃避个性""非个人化"似乎是
一致的。但易卜生是不是真的要在创作中"隐匿自己"或"扼杀自己"呢？
易卜生不仅说过，"现代文学创作的秘密恰好就在于基于个人亲身体验的双
重的'看'"，还说过，"我在自己作品中传达的一切都是我在精神上体验过
的"，"我作为诗人所创作的每一个作品都能在我的心境和处境里找到根
源"④。这又似乎体现出"个人化"倾向，仿佛有点前后矛盾。其实不然，
这种表面上的矛盾正是易卜生艺术观的辩证性、深刻性所在。在他看来，艺
术创作既不是摹仿、再现外在的现实，也不是表现自己个人的情感、情绪，
而是在内向体验、纵深透视、超然审思中进行深层次的"自审"，发掘人性
的深层结构与生命的可能境域，进而实现"精神解放与心灵净化"。由于易

---

① ［美］勒内·韦勒克、奥斯汀·沃伦：《文学理论》（修订版），刘象愚等译，江苏教育出版社
2005 年版，第 79 页。
② 《易卜生书信演讲集》，第 205 页。
③ 《易卜生书信演讲集》，第 248 页。
④ 《易卜生书信演讲集》，第 96 页。

卜生的内向体验实际上是对所有同胞的深切体察与认知，因此这个过程在一定程度上保障了其写作内容的客观性与普遍性。正如托尔斯泰所说："向内开掘得越深，大家会觉得越有共同点，越熟悉，越亲切。"① 当这种内向开掘呈现出人性的深层结构或灵魂的立体结构时，则人人都可以从中认出自己。而再现某时某地的客观现实，或表现某人自己的情感，反而不一定具有真正的客观性，更不一定具有普遍性。因此，可以说易卜生的"自审诗学"实现了主观性与客观性、特殊性与普遍性、个人性与社会性的高度统一，解决了文论史上的一个难题，并预示着西方现代文艺的发展方向（向内转）。此外，由于"自审"意味着聚焦于人的内在生命运动，意味着在本我、自我、超我之间拉开距离，而这三者往往构成复杂的动态张力关系，落实在作品中容易产生现代性、戏剧性和诗性，所以"自审"是特别适用于现代戏剧创作的。在某种意义上，可以把现代戏剧的本质归结为一种"自审的形式"。较之莎士比亚的"镜鉴诗学"②，易卜生的"自审诗学"更贴近现代戏剧的本质，对我们建设现代戏剧理论乃至现代主义文艺理论也更具启发意义。

第二，易卜生的"自审诗学"可以开启一条不断深化人类自我意识、增进人类共通感、增强自身耐磨性③的现代文艺创作道路，进而为繁荣发展我国当代文化开辟新路。毋庸置疑，"自审"特别有助于深化人的自我意识，与文学艺术"认识你自己"的永恒主题是高度契合的。而且，"自审"的作品作为内向探索、自我批判的产物，属于现代艺术的范畴；如果创作者把自审的目光转向艺术创作的本质、过程、功能本身，则其作品可能会具有"元艺术"品格。但这些还不是最重要的。重要的是，"自审"的艺术特别

---

① 《托尔斯泰散文选》，刘季星译，百花文艺出版社 2005 年版，第 122 页。

② 有些学者根据《哈姆雷特》中哈姆雷特的一段话（"戏剧的目的，自古至今始终是举镜子反映自然，显现美德，讥讽丑行，表现时代的形态与足迹"），认为莎士比亚的戏剧观或艺术观可概括为"镜子说"（参见肖锦龙：《莎士比亚文艺美学思想的底蕴——"举镜子反映自然"说辨伪》，《外国文学评论》1995 年第 2 期；刘艺：《中外文论中的镜喻》，《外国文学评论》2002 年第 1 期；等等）。这里所谓"镜子说"，在笔者看来可改称为"镜鉴诗学"，其要点在于认为戏剧乃至文艺的本质在于真切地反映自然（人、事物的本性或本然状态）。"鉴"有观照、反映、审察之意。需要指出的是，莎翁文艺、美学思想并不限于"镜鉴诗学"，但"镜鉴诗学"是其中一个重要组成部分。

③ 这里所谓"耐磨性"，指的是艺术作品经得起时间的淘洗。耐磨性越强，就越经得起时间的淘洗，就越接近经典性。中国当代文化建设的一个重要课题便是增强作品的耐磨性，创造出若干经得起时间淘洗的经典。在某种意义上可以说，"耐磨性"比较接近于"经典性"或"永恒性"。

有助于增进人类共通感。这是因为，人的外在方面、人类各种各样的现实生活是千差万别的，但人的内在方面、人性的深层结构、人类精神发展的规律却是相通的。越是向内转，越是在"反观内视、自我探掘、自我审判"上下功夫，那么其作品越是有可能引起广泛的共鸣。在易卜生看来，"对于那些你没有在一定程度上或至少是有时候在自己身上看出雏形或根芽的东西，你是不可能富有诗意地再现出来的"①，也是不可能感通读者或观众的；反之，如果写自己深切的生命体验，写生命体验中具有一定普遍性、客观性的东西，则是很可能感通人心的。在一定程度上，越是自审的、切入人性本质的作品，越是有可能引起普遍的共鸣，即增进人类共通感。而这样的作品，有可能是具有耐磨性或永恒性的。易卜生说："诗人的任务就是为自己并且通过自己为别人弄清楚，他所属的时代和社会中那些让人感到激动的暂时的和永恒的问题。"② 这表明易卜生的创作带有自觉的永恒性追求。然而文艺作品的永恒性如何可能呢？易卜生这句话有两个要点：一是要为自己并且通过自己来追求永恒性，结合其座右铭可知这一点实际上是说要通过自我审判来追求永恒性；二是要探讨或触及那些永恒的问题。哪些问题是永恒的问题呢？人性的本质、人类的命运自然属于永恒的问题。邓晓芒先生认为："凡是不朽（即具有永恒性——引者注）的艺术作品，都是深刻地表现和反映了人性的普遍本质并使各种不同的人类都对之怀抱向往或理解的作品。"③这话可看作是对易卜生思想的一种延伸，其意在于：要让文艺作品具有永恒性，关键在于在创作中开显出人性的普遍本质④，让人人都怀抱向往或理解（产生共鸣）。显然，"自审"最有助于做到这一点。残雪说："自我反省是创作的法宝。……在文学上，深与广是成正比的。你切入了人性的深层本

---

① 《易卜生书信演讲集》，第 368 页。
② 《易卜生书信演讲集》，第 368 页。
③ 邓晓芒：《艺术作品的永恒性——马克思、海德格尔和当代中国文学》，《浙江学刊》2004 年第 3 期。
④ "本质"这个概念带有一定的理想色彩，其本身有时指的就是一种理想，比如马克思说，"人的本质不是单个人所固有的抽象物，在其现实性上，它是一切社会关系的总和"，在这里"本质"不是某种"共相"，而是带有一定理想性的存在。没有哪个现实中人是"一切社会关系的总和"，只有马克思所理想的"全面自由发展的人"才是"一切社会关系的总和"。正因为人的本质带有理想色彩，所以才会让人人怀抱向往。而"本性"这个概念不带有理想色彩。

质，你就获得了最大的普遍性。"① 这与易卜生通过自审来感通人心、接近永恒的意思是基本一致的。总之，易卜生的自审诗学有着深刻的合理性，有助于文艺创作朝着深化人类自我意识、增进人类共通感、增强自身耐磨性（越是具有耐磨性，就越有可能成为经典）的方向发展。

第三，易卜生的"感通思想"对于中国当代文论建设也具有特殊重要的启示意义。尽管易卜生并没有非常明确地提出"感通论"，但其笔下的"感通思想"呼之欲出。正如前面已经分析过的，易卜生的感通思想包括三个层面的内涵与意义：一是"感通"作为文艺创作的核心秘密，有助于建构一种新的文艺创作论②；二是"感通"作为诗歌、哲学、宗教融合而成的一种精神境界，有助于建构一种新的文艺境界论；三是"感通"作为引导人类精神进化、达到高级境界的一种路径，有助于建构一种新的文艺功能论。合而言之，借助"感通"这个概念，可以较好地揭示文艺创作的本质、规律与功能，有可能建构起一套"感通论"文论话语。当然，易卜生并没有系统阐述其感通思想，但这恰好为我们留下了思想创造的空间。中国古代有着丰富的感通思想，从《易传》的"寂然不动，感而遂通天下之故"（据传为孔子所述），到子思的"尽人之性则可以与天地参"，到公孙尼子的"乐通伦理、乐同民心、乐和天地"说，到刘勰的"神思说"与"取类感通，心物感应"说，到苏轼的"静空通天"说，到张载的"大心体物"说，到程颐、朱熹讲的"感通之理"，到王阳明的"精灵感通论"，再到王船山的"惟人所感，皆可类通"说和"以追光蹑影之笔，写通天尽人之怀"说，可谓博大而精深。中国近现代乃至当代的一些著名学者，如陈寅恪、朱光潜、宗白华、钱锺书、唐君毅、牟宗三等，也对中国古代感通思想做了诸多阐发。而且，中国感通思想与康德、黑格尔、马克思、胡塞尔、海德格尔、英伽登的相关思想亦有相通之处。可以说，"感通"这个词可以构成联结古今中外一些重要思想的一个关节点，在当代完全有可能焕发出新的活力。如果援引马克思实践哲学的一些要素融入现有的"感通思想"，那么完全有可能生成一种具有本土血脉的学说——实践感通论；而基于实践感通论，有可

---

① 残雪：《残雪文学观》，广西师范大学出版社 2007 年版，第 129 页。
② 参见汪余礼：《审美感通学批评：内涵、特质与旨趣》，《中国文艺评论》2019 年第 7 期。

能建构出一种有特色的文论话语。当然，这涉及历史考察、学理思辨的诸多环节，需要以专书详论，在此仅点到为止。总之，"感通思想"是当今时代弥足珍贵的一种思想资源，值得认真对待。如果按照"立足中国、借鉴国外，挖掘历史、把握当代，关怀人类、面向未来的思路"①，坚持"古为今用、洋为中用，中西合璧、融会贯通"的原则，对现有的"感通思想"进行创新性发展与创造性转化，完全有可能为中国当代文化建设（含论文建设）作出有益的贡献。

无论是"自审"，还是"感通"，在中国古代都有相应的文化基因，显然可嫁接于中国传统的内省性、感悟性美学。现在问题是，"自审"与"感通"本身是否契合文艺创作、鉴赏与批评的原理，是否相融互补，且刚好可以支撑起一个生生不已的文论话语体系呢？至少，易卜生的文艺实践已经表明，"自审"与"感通"不仅非常契合现代文艺创作、鉴赏与批评的原理，而且二者是相融互补的，刚好可以组合成表达现代文艺原理的太极图式。现代文艺创作的过程，本质上既是"自审"的过程，也是"感通"（人心）的过程；"自审"与"感通"对于现代文艺创作来说，相生相成，缺一不可。易卜生半个多世纪的文艺创作，在很大程度上就是在"自审"中"感通"，在"感通"中"自审"；对于他来说，"自审"与"感通"就像一枚硬币的两面，彼此交融，难以分开。"自审"为什么对于现代文艺创作来说非常重要呢？因为，几乎只有"自审"才能写出"灵魂的深"，写出"人性之真"，写出"诗意"来。著名作家残雪说："伟大的作品都是内省的、自我批判的。……向内的文学实际上比大部分表面层次的向外的文学要宽广、宏大得多，因为我们各自开掘的黑暗地下通道所通往的，是无边无际的人类精神的共同居所。"② 这意味着，"自审"不仅是创作"伟大作品"的秘诀所在，而且直接通向文艺的本源。为什么"感通"对于现代文艺创作如此重要呢？因为，艺术家是通过"感通"（具体的"感通之基""感通之方""感通之象"等）来让读者、观众清楚地看到"灵魂的深""人性之真""艺术之美"等等；否则，艺术家的"自审"无论有多么深刻、多么动人，都只能

① 习近平：《在哲学社会科学工作座谈会上的讲话》，人民出版社 2016 年版，第 15 页。
② 残雪：《残雪文学观》，广西师范大学出版社 2007 年版，第 123、129 页。

局限在艺术家的头脑里面，而无法对他者发挥作用。可见，"自审"与"感通"对于现代文艺创作来说具有"基元"性质，它们的纠缠构成现代文艺创作的"双螺旋结构"。这两者都关涉到现代文艺的有机整体，只是各有侧重：如果说"自审"侧重于主张"写什么"，那么"感通"则侧重于揭示"怎样写"①。前者确保文艺之真，后者确保文艺之善与美，这两者的具体展开与充分结合，确有可能支撑起一套有特色的文论话语。

综上所述，易卜生的"自审诗学""感通思想"作为一种把个人性与社会性、主观性与客观性、特殊性与普遍性高度结合起来的艺术观，一种主张聚焦于人的内在生命运动、以自我为标本对民族文化心理进行深层透视与批判的现代创作学，一种特别注重发挥文艺感通人心、培根铸魂功能的文论话语，对于中国当代文论建设具有重要的启示意义。值得一提的是，"自审"与"感通"，不是关乎某个具体的艺术技巧，而是直接关涉到现代艺术创作的原理与规律；它们虽来自易卜生文论，但更遥通中华古学②，而且与现当代西学某些重要思想相通。因此，基于"自审"与"感通"，完全有可能探索出一种"内之弗失固有之血脉，外之不后于世界之思潮"的文论话语。

二、倡导自审型文艺，促进我国传统文化之转型

基于自审与感通建构文论话语，在很大程度上是为了倡导自审型文艺。文艺作为一种最关注人心人情、最体现文化风尚的精神活动，在移易风尚、引领文化发展方面可以发挥巨大的作用。正如石琴娥先生所说："民族文字的形成和文学的普及深入，对北欧各国的现代化起了有力的推动促进作用，

---

①　当然，世界上的文艺形态万千、风格各异，任何一种理论都无权规定艺术家一定要写什么或怎样写，也没有必要从复杂的文艺现象中抽出一种共相来让大家遵守。文艺领域的绝大多数理论，本质上都是基于一定假设的"主张""见解""理想"或"思想体系"，即便假以"原理""规律"之名，但其归根结底仍摆脱不了主观性。

②　笔者以"自审""感通"来翻译易卜生的相关语词，一方面固然是为了准确传达易卜生的相关思想，另一方面也是对中国传统文化中某些思想的重新激活（翻译本身是对译语文化的一种重新激活）。中国古代关于"内省""自审""感通"的话语非常多，只是还需要进行"现代阐释"。以中国古语译外文，在某种意义上是重新激活它并赋予它现代含义的一种路径。

其功虽不是急火猛药，其利却深广莫测而且是无远弗届，也可以说民族文字文学对于凝聚北欧各民族本身，使北欧从野蛮走向开化，建立起精神文明，并且逐渐融入欧洲的主流社会，由封闭转为开放迎合现代化发展的潮流，直至步入发达的最前列，都起到了虽非立竿见影却又无处不在的潜移默化作用。这种润物无声的嬗变过程大致上是通过三次'精神革命'和'文化蜕化'来进行的。"① 文艺领域所发动的"精神革命"，确有可能促进整个社会文化的进步。

了解易剧的人都知道，易卜生塑造了许多内省性、自审性的人物，其中不少人物在自我反省、自我审视的过程中实现了精神的转变、灵魂的新生。他为什么执着于塑造独立自审型人物呢？因为，要促使人们对自己头脑里固有的思想产生怀疑、引发一场伟大的精神革命，这几乎是最好的办法。易卜生对本民族文化的深入反省以及对国民性的批判性提升，在挪威居功至伟②，在欧洲亦可谓惠泽深远③。反观其整个创作，可从中得出一个重要启示：发展自审型文艺（或自我批判的文艺），对于促进国人与民族传统文化的现代性转型是很有意义的。下面试结合易卜生的优秀剧作和中国文化现实，对此稍作论述。

易卜生前期戏剧通过"灵魂自审"反省过挪威人的性格心理，其后期戏剧则通过"双重自审"深入到挪威人乃至欧洲人的集体潜意识中，对积淀于其中的基督教文化和浮士德精神进行了极为深刻的反思与批判。比如，在《群鬼》中，易卜生把从灵魂深处钳制现代人走向解放和自由的基督教道德比喻为"群鬼"，对其进行了淋漓尽致的批判。在《罗斯莫庄》中，易卜生既批判了基督教道德，又反思了"浮士德精神"。该剧主角罗斯莫与吕

---

① 石琴娥：《北欧文学论——从北欧中世纪文学瑰宝到"当代的易卜生"》，上海社会科学院出版社 2015 年版，第 277 页。

② 挪威从一个落后的农业国，迅速发展成为一个在文化、经济、政治等方面都相当先进的现代化国家，离不开易卜生、比昂逊等优秀作家的努力。尤其值得注意的是，挪威是先出现文学文化的大发展，然后再出现政治的民主化和经济的市场化的。由此可见，精神层面的变革最重要，对于人与社会的现代化转型具有根本性意义（详见石琴娥：《北欧文学论——从北欧中世纪文学瑰宝到"当代的易卜生"》，上海社会科学院出版社 2015 年版，第 276—302 页）。

③ 在过去的一个世纪里，易卜生毫无疑问参与了欧洲现代文明的建构。在当代，他被美国著名学者哈罗德·布鲁姆誉为"拯救西方文明的救生筏"。

贝克大体构成易卜生内在灵魂的两极①（吕贝克像"北方山顶的鹰隼"，欲望强烈，具有自由进取、自强不息的"浮士德精神"，但带有一定的破坏性；罗斯莫则像"夜半平静的太阳"，比较理性，善能自制与反省，同时带有隐蔽的自欺性），他们从下意识地合谋犯罪到自我反省、自我挣扎、自我惩罚的心路历程，既折射出基督教道德、"浮士德精神"对人灵魂的深刻影响，也隐示出易卜生关于重铸心魂、重建人格的哲思。在该剧中，吕贝克为了当上罗斯莫庄的女主人，把罗斯莫的妻子碧爱特一步步"引上迷惑的道路"，间接地使之跳进水车沟自杀了。这桩罪孽是吕贝克灵魂中无法抹去的一个污点，对此她自己希望像浮士德那样顶着罪感继续前进，通过协助罗斯莫取得事业的辉煌胜利来弥补自己的过失。但罗斯莫认为"起源于罪孽的事业是注定不会成功的"。他尽管也想与吕贝克结婚，但在知道了吕贝克犯罪的动机与真相后，特别是反省到自己对妻子也犯有罪过之后（他的移情别恋使妻子日益悲观、绝望，间接导致了她的自杀），决定自我裁决。他对吕贝克说："我坚持咱们的解放人生观。没有人裁判咱们，所以我们必须自己裁判自己。"② 而吕贝克为了证明自己"真爱"罗斯莫并且心智已被他提高，也决定以自裁"把自己洗刷干净"。就这样，他们经过内心的反省与斗争，逐渐趋于纯净高尚的人生境界，最后手牵手，作为一对真心相爱的夫妻跳进了水车沟。这一结局既告别了传统的基督教人生观，又彰显了一种自由自决的新型解放人生观。这种人生观既肯定人的自由与高贵，又是真正以人为本的，它决不认同以他人的痛苦和牺牲为代价来谋取事业的成功与自我的幸福。从这部作品中，我们似乎可以看到康德的影子（或康德自由观的影响），可以看到一种新型人格的诞生——它让我们看到了每个人"潜在的自我""理想的自我""为自己立法、自由自决的自我"。又如，在《博克曼》中，易卜生再次解剖、审视了自己体验过的一类创造者的灵魂，并着重批判了"浮士德精神"对欧洲人心理的影响。在该剧中，银行家博克曼最初就

---

① 比约恩·海默尔认为《罗斯莫庄》"是易卜生投入自我最多的作品"（《易卜生——艺术家之路》，第5页）；哈罗德·克勒曼也曾指出："罗斯莫与吕贝克两个加在一起就是易卜生一个人，是易卜生一个人摇摆不定的两种意识。"（《戏剧大师易卜生》，第185页）此论未必恰当，但有一定道理。

② 《易卜生文集》第6卷，第222页。

像浮士德一样，为自身内在的冲动所驱使，不断犯罪不断前进：为了能够开采全国的矿山、掌握全国的财富，他不惜扼杀女友的爱情生命，甚至非法挪用他人的巨额存款，还自以为这样做是"为千千万万人谋幸福"。正在他即将实现心中美梦的时候，他的罪行被揭发，随之锒铛入狱。在监狱的八年以及出狱后的八年里，他一遍又一遍地审查自己的动机与行为，"自己当原告，也当被告，并且还当审判官"，但得出的结论是："我没有任何罪，只是对不住我自己。"他觉得自己唯一的错误在于出狱后没有"铲除中途的一切阻碍，爬得比以前更高"——像浮士德那样"自强不息"，把创造和破坏进行到底。在歌德的《浮士德》中，浮士德的扩张行为（"把小我扩大成全人类的大我"）不仅导致少女格蕾琴及其母亲、哥哥的死亡，还间接导致了海边两个老人的死亡，但最后歌德还是让浮士德的灵魂上了天堂。易卜生对此似乎感到难以认同。在他笔下，博克曼颇具浮士德的思维、精神与行迹，但他的女友艾勒·瑞替姆并不像格蕾琴那样受了伤害还像天使一样为之赎罪，而是严辞正告他："你休想享受杀人的酬劳，你休想胜利走进你那冰冷的王国！"结果恰如其言，博克曼在一个雪夜里走出阁楼后，被一只"冰冷的铁手"击中而死。他的死有点神秘，似乎是冥冥中的力量给了他致命的审判。但不管怎样，易卜生在此剧的运思方向（对颇具"浮士德精神"的博克曼进行反思、批判）是引人共鸣的。"浮士德精神"伴随着欧洲近代资本主义的兴起而逐渐深入人心，许多大人物（包括易卜生自己）身上都有它的因子，但是，这种精神亦犹如双刃剑，必须经受理性的批判。就其本质而言，"浮士德精神"是"以事业为本"，而非"以人为本"的，因而带有损害个体生命权益的潜在危险性；就事实而言，它虽然推动了欧洲近代工业文明的发展，但这一过程伴随着资本家对普通劳工的残酷压榨、对弱小国族的大肆侵略和对人类生态环境的严重破坏，如今其负面影响已越来越大。易卜生对此是深有感触的，并预先代表欧洲人作出了极为深刻的反思。在今天看来，易卜生对欧洲中世纪基督教道德和近代"浮士德精神"的反思都具有很大的合理性（至少比尼采激进的反思要合理得多），对于今人反省传统文化因子、重塑人格理想也是很有启示意义的。

反观中国社会文化的现实情况，我们需要反思和批判的文化因子、精神隐患也是很多的。且不说在广大农村的一些地方，封建迷信思想仍然像空气一样弥漫在家家户户，就是在城市里，传统文化中的落后思想也是如影随形，像"群鬼"一样见空就钻。正如赵林先生所说："近年来，中国出现了一股引人注目的文化热潮……各种旧风俗、新事物纷纷打着'国学'旗号以壮声威，祭孔庙、拜帝陵之类的活动搞得声势浩大，风水、占卜、星相之术也大行其道。"① 这些还只是表象，似乎也不失为一道文化景观，而真正可怕的是，传统文化中的"专制主义"思想依然渗透在这个社会的机体里。从西方拿来的民主观念、科学思想，很快就被"本土化"、被扭曲变形了。对此情形，该怎么办？赵林认为："国学的自我批判和时代更新，是当代中国文化重建的关键所在，唯有这样才能使中国避免复古主义和狭隘民族主义的歧途，走上一条既有民族文化特点，又适应时代精神潮流的现代化道路。"② 对此笔者很赞同，但是觉得，知识精英的文化批判固然重要，但像易卜生那样通过自我审思、自我批判来引发国人的自审意识、培养国人的自审人格也是非常重要的③。归根结底，国学或传统文化的自我批判，不只是知识精英的事，也是每一个中国人的事——只有每个中国人真正反省到自己内心的传统积淀，学会自我启蒙、自我批判、自我建构，中国传统文化的现代转型才可望成功。因为，"自我意识的嬗变，是文化转型的根本标志。只有立足于自我意识和整个意识领域的嬗变，人们所期待的对传统和外来文化的批判、继承、吸收、扬弃，从而辩证地综合，才成为可能，真正有意义的文化转型才成为可能"④。所以，只有立足于个体，立足于每个人的自觉反省和自我更新，最后绝大多数人形成了新的文化自我意识，一个民族的文化转型才可能走上正轨。

易卜生以自我批判推进民魂自新、文化转型的思路在中国也是有知音

① 赵林：《"国学热"的文化反思》，《中国社会科学》2009 年第 3 期。
② 赵林：《"国学热"的文化反思》，《中国社会科学》2009 年第 3 期。
③ 准确地说，易卜生是以一种"艺术地进行自我审思、自我批判"的方式来引发国人的自审意识，来培养国人的自审人格。他的方式，也可以说是"通过审美感通来参与人格重建"。学术精英的文化反省、文化批判，可以做得非常深刻、系统并具有理性的说服力，但往往停留在学术圈内，对普通大众的影响很有限；而艺术家的自我反省、文化批判，因其独具的艺术感染力反而有可能浸润到普通大众的心里。当然，这两种批判各有优长，都是不可或缺的。
④ 李鹏程：《论文化转型与人的自我意识》，《哲学研究》1994 年第 6 期。

的。鲁迅早年就非常欣赏易卜生的自我怀疑、自我批判、自我忏悔精神。邓晓芒先生近年来提倡"新批判主义"，也正是要"对自己从来未加怀疑、天经地义的深层心理，包括良心、善愿和赤子之心重新加以审视"，而且这种自审"在针对个人内心潜意识和集体无意识进行反省的同时，具有代表全民族作自我反省的超越个人的意义"①。这种"新批判"，犹如易卜生的"自审"，可以说是当代中国最为必需、最为重要的事情。如果说"深入到个体灵魂最深层次的集体无意识层面，代表全民族和全人类而进行反省，这是需要当代中国知识分子共同来从事的一项艰巨的精神事业"②，那么自觉培养独立自审的人格，以自审促进现代人格的建构，正是参与这一精神事业、促进传统文化转型的根本途径。

三、不断自审与自超，推进自我革命与精神进化

作为一种内在精神的"独立自审"，不只是关乎文论建设与文艺创作，而应该渗透到生活的方方面面，尤其应该进入个体人格建构（或精神生命建构）的层面。无论是从事创作，还是发表演讲，易卜生最为关注的是引发一场"人类精神的革命"，因为只有个体精神真正发生了蜕变，达到了"自由与高贵"的境界，整个社会才可能有实质性的进步。而我国当代社会正处在现代化转型的过程中，新文学的发展也经历了百年之久，但国人精神的转变与进化仍然是未竟事业，还需要在自审自超中不断推进。用今天的话来说，我们还需要进一步做好培根铸魂的工作，还需要切实推进自我革命，需要逐步实现从个体到群体的精神进化。

从培根铸魂的角度看，易卜生的"自审诗学"主张作家以"实现我们每个人真正的自由和高贵"为创作宗旨，以自我解剖、自我审判、自我忏悔为作品主导倾向，在照亮人类灵魂深渊的同时促进观者心灵的净化，这确实有助于培养高贵的人格。一个人的"自审"，在很大程度上意味着以较高的道德标准对自我过去的言行进行审视、审判，因此"自审"几乎天然带着

① 邓晓芒：《新批判主义》，北京大学出版社 2008 年版，第 13—14 页。
② 邓晓芒：《新批判主义》，北京大学出版社 2008 年版，第 18—19 页。

一定的道德色彩。易卜生反对为艺术而艺术，他曾自述其作品《爱的喜剧》"是以绝对的道德基础为根基的"①；而且，易卜生为自己确定的创作宗旨——"实现我们每个人真正的自由和高贵"，与伦理学家的努力目标是高度一致的。易卜生年轻时就有很强的社会责任感，他坚信"我的终生使命就是利用上帝赋予我的天赋，把我的同胞从麻木中唤醒，促使他们看清那些重大问题的发展趋向"②。终其一生，他一直为此而努力，生活上非常自律，基本上每隔两年就奉献出一部精品力作，且几乎每部作品的深处都闪耀着道德的光辉，以至于有的学者称其为道德家。在易卜生笔下，生动曲折、夺人眼球的故事情节极少成为兴趣中心，大量的篇幅展现的是主人公的回忆、反省、自审、忏悔等等，与此相适应，易卜生最喜欢采用的戏剧结构是回溯式结构。易卜生非常有名的那些剧作，如《玩偶之家》《群鬼》《罗斯莫庄》《建筑师》《海达·高布乐》《博克曼》《复活日》等，采用的都是回溯式结构。之所以如此，其根本原因在于采用回溯式结构最便于表现主人公的"灵魂自审"或"双重自审"。在这些自审之作里，确有一些"高耸于日常生活中的'我'之上的事物"或"以其生动耀眼而美丽的光辉照亮人心的事物"③，那便是崇高的德性；正是作品深处的德性之光，在照亮人类灵魂深渊的同时潜移默化地熏陶人，缓缓促进观者心灵的净化，也引发一代又一代读者的心灵共鸣。可以说，正是易卜生的"自审"，带来易剧强烈的德性之光和厚重的伦理价值，由此也带来了易剧的经典性。易剧之成为经典，再一次启发我们，在今天从事文艺创作不妨化用易卜生的"自审诗学"，在"自审"中感通他者，为净化人心、培根铸魂服务。

易卜生的"自审诗学"，较之于莎士比亚的"镜鉴诗学"，更有助于人们深化自我意识，并促进个体精神的进化。在很多时候，"自审"意味着在自我否定、自我超越中确证人的自由本质，而"镜鉴"只是忠实地（或逼真地）反映人、事物的自然本性或本然状态。忠实于自身自然本性（或天然属性）的人，未必是自由的人，而只是被其自然本性所限定的人；只有敢

① 《易卜生书信演讲集》，第 132 页。
② 《易卜生书信演讲集》，第 42 页。
③ 《易卜生书信演讲集》，第 367 页。

于否定或超越自身的自然本性或天生局限、能够严格自律的人，才是真正自由的人。同理，"反映自然"的艺术，在某种程度上也是被自然所局限的艺术；而敏于自审、严于自审的艺术，则是向人的丰富可能性（尤其是人的理想）敞开的艺术，是敢于以理想否定现实、在自否中证成人之自由本质的艺术。比如，在《麦克白》中，麦克白只知一味发挥自己的邪恶本性，将犯罪进行到底。在《罗斯莫庄》中，吕贝克虽然一度像麦克白夫人那么邪恶，但易卜生却让她逐渐否定了自己灵魂的污点，转变为一个敢于自惩自裁的高尚人物。尽管按照吕贝克的自然本性，她在除掉碧爱特之后多半会愉快地跟罗斯莫结合（易卜生在初稿《白马》中正是这样设计的），而不太可能那么固执地拒绝罗斯莫的求婚。但在定稿中，易卜生强调了真情对吕贝克的影响，并努力发掘吕贝克内心的善良因子，让她在自审中逐渐发生了转变，在自否中显出了人性的自由与高贵。简言之，依初稿写法，所得《白马》只是"自然的艺术"，而现在大家看到的定稿则是"自由的艺术"。再比如《建筑师》，如果索尔尼斯一直忠于自己的本性，残酷压制着手下的建筑师们，以致最后被年轻人推翻，这样写便是"自然的艺术"。但易卜生没有这样写，而是让他在自审中逐渐克服自身的弱点，挑战自我、超越自我，这样他最后虽然摔死了，其内心那股可贵的自由冲动和超越精神却是特别鼓舞人心、光照日月的，这便是"自由的艺术"。如果说"自然的艺术"更多的是反映自然、社会、人性本身，"显示善恶的本来面目，给它的时代看一看它自己演变发展的模型"①，那么"自由的艺术"则是描写人如何尽力克服、超越自身的局限，否定自我，超越自我，一步步去努力实现人的自由本质。显然，"自由的艺术"比"自然的艺术"更能激励人心、提升人性。易卜生曾说："自由这个概念的精髓就在于它能在人们持之以恒的追求过程中成为他们自身的一部分，并仍然持续稳定地向前发展。"② 在他看来，"自由"跟人"持之以恒的追求、持续稳定的发展"有关，跟人的变化、人的理想、人的精神转变有关，如果固守或停留在某种状态上，那就绝不是"自由"。从哲学上看，固守自己的某种自然本性，在某种意义上是画地为牢、作茧自

---

① ［英］莎士比亚:《哈姆雷特》，朱生豪译，人民文学出版社 2008 年版，第 58 页。
② 《易卜生书信演讲集》，第 106 页。

缚；而敏于自审、严于自审，敢于自我否定、自我超越，则反而会使自己的精神体现为一个不断发展的过程，进而让自己成为一个自由人、一个先锋者。对此深有体会的易卜生曾说过："就我自己来说，我明显感到了这种不断的进步。在我写每一本书所站过的地方，现已聚集了大批的人群，但我自己早已不在那儿了。我在别的地方，遥遥领先。至少我希望是如此。"① 在数十年的自审式写作中，他明显体会到自己精神的进步，也同时在引导着读者、观众的精神逐渐进步。也许正是基于这种亲身经历，易卜生曾非常肯定地说："我相信，自然科学中的进化论也同样适合于生命的精神方面。我想，当前时代的政治和社会概念要不了多久会终止存在，而新时代的政治和社会概念将发展为一个统一的整体，这一整体自身将包含着人类幸福的种种条件。我相信，诗歌、哲学、宗教将融合在一起，构成一个新的范畴，形成一种新的生命力，对此我们当代人还缺乏明确的概念。"② 这段话凝聚了易卜生晚期思想的精粹，也是其自审式写作促进其自身精神进化的一个有力的证明。不习惯于自我反省的人，其精神往往停留在某一个层次，缺乏进一步发展的内在需要，更感觉不到"诗歌、哲学、宗教"需要融合为一个新的范畴、一种新的生命力。同样从事自审式写作的中国作家残雪，也感受到艺术、哲学、宗教需要融合在一起，进而构成其精神生命的一个新阶段③。这说明，自审式写作作为"自由的艺术"，确实有助于促进人的精神进化。这种写作不满足于"反映自然"，而致力于"实现我们每一个人的自由与高贵"。如果读者能鉴赏这种作品，能感通作者的艺术灵魂，能深切体会作品中主要人物灵魂蜕变的过程，想必也是有助于促进其自身的精神进化的。

如果把自审自超、自我革新变成一种精神习惯和生活方式，那么它不仅有助于培养新型人格，还可能带来文化建设领域多方面的创新。在现实生活中，人们往往习惯于自我肯定，有时候为了维护面子一错再错，以致给自己

① 《易卜生书信演讲集》，第 227 页。

② 《易卜生书信演讲集》，第 374 页。

③ 残雪说："今年以来，我感到一个哲学和艺术合一的新图型在我的脑海中渐渐显出了模糊的轮廓"（残雪、邓晓芒：《旋转与升腾：新经典主义文学的哲学视野对话》，上海文艺出版社 2017 年版，第 21 页）。而在其他地方，她早就讲过艺术境界与宗教境界的相通性（残雪：《地狱中的独行者》，生活·读书·新知三联书店 2003 年版，第 34 页）。

和集体造成巨大损失。但事实上，"人因自否定而开始在，并且人因在每一瞬间中开始在而持续在，所以，人就是自否定，历史就是自否定。自否定是人在每一瞬间历史地自我创造、自我发展的方式，它永远是一个经验的综合过程，永远是一个有待完成的开放系统"①。质言之，人归根结底是因自否定而存在并发展的。一个不能自我反思、自我否定的人，既不能"在起来"，也没有未来。基于历史反思，习近平总书记曾明确提出"自我革命"理论，从国家发展、民族复兴的高度强调了"自我革命""自我净化""自我革新"的重要性："做到不忘初心、牢记使命，并不是一件容易的事情，必须有强烈的自我革命精神。……关键是要有正视问题的自觉和刀刃向内的勇气。……要在自我净化上下功夫……要在自我革新上求突破，深刻把握时代发展大势，坚决破除一切不合时宜的思想观念和体制机制弊端，勇于推进理论创新、实践创新、制度创新、文化创新以及各方面创新，通过革故鼎新不断开辟未来。"② 显然，自审自否、自我革命，有助于实现各方面创新，不断开辟未来。习近平总书记讲的"自我革命"，其实质内涵是"自我净化，自我革新，自我提高，自我完善"，在某种意义上体现为人的"精神进化"。如果说长期的"自审"可以促进人精神的进化，那么它同样也可以推进人的"自我革命"。在当代中国，虽然在很多方面已经取得了巨大的进步，但在不少领域尚未建立起完善的"自审"机制或"自我净化、自我革新、自我完善"的机制，"性格、意志和精神上的高贵质素"也还没有完全进入我们民族的精神生命中，因此"革命尚未成功，同志仍需努力"。如果说"自我革命"确实是当前我国人民需要下大力气推进的一项精神事业，那么"自审"至少是有助于推进这项事业的。一个人、一个集体若养成自审的习惯，久久为功，则在精神进化的量变过程中必然走向"自我革命"；而只有能够不断自我净化、自我革新、自我提高、自我完善的人或集体，才能站在时代潮头，保持一定的先进性或先锋性。在任何一个时代，任何一个

---

① 邓晓芒：《"自否定"哲学原理》，《江海学刊》1997 年第 4 期。

② 习近平：《牢记初心使命，推进自我革命》，《求是》2019 年第 15 期。张福贵先生说："习近平提出的'自我革命'理论，是当前文学研究话语体系中'社会个人话语'建构的思想基石。"（张福贵：《当代文学研究话语体系的建构》，《中国社会科学》2019 年第 10 期）事实上，习近平总书记的"自我革命"理论对于当前的文艺创作和文化建设也有很强的指导意义。

国族，这样的人、这样的集体显然都是多多益善的。

综上所述，易剧诗学（尤其是其中的自审诗学、复象诗学、感通思想等）不仅对我国当代戏剧创作颇具启示意义，而且对我国当代文化建设也具有多重意义。如果说当代中国文化正处在一个需要转型也正在逐渐转型的关键时期，那么易剧诗学刚好契合这一时期的客观需要。在这一时期，我们每一位作家、艺术家、知识分子，都无法逃避我们所属的这个社会的责任、罪过与苦难；在这一时期，"自审"至少是能够推动个体人格与民族文化发生转型的一股重要力量；在这一时期，自我审判、自我忏悔、自我净化、自我革新、自我完善，的确是需要当代中国知识分子共同来从事的一项精神事业。

结　语

　　行文至此，感慨系焉。不辞孤陋，敢下一语：易卜生在当代中国远远没有过时；不仅没有过时，而且对中国当代戏剧创作和文化建设具有重要的启示意义。在精神领域，易卜生依然远远走在前头，我们很少真正走进他的精神世界，更遑论超越。而只有真正理解、消化了易卜生的戏剧革新、诗性智慧与戏剧理论，才可能在"洋为中用，中西合璧，融会贯通"的过程中使其为中国戏剧与文化发展继续作贡献。

　　易卜生在戏剧艺术上的革新，远远不只是把剧场从"娱乐场所"变为"思想论坛""启蒙园地"那么简单。他扬弃了当时欧洲剧坛流行的佳构剧模式，而寻求用新戏剧去激励人们"感受伟大的理想"，让戏剧真正成了以人为本的、为"实现我们每个人真正的自由与高贵"而创生的伟大艺术。更为难能可贵的是，他作为当时欧洲社会的"先锋者"，并不以精英自居自傲，而是一再将批判的矛头指向自己的心魂与艺术，展开了旷日持久、经年累月的自剖自审，并在这个过程中奉献了诸多具有元艺术品格的戏剧精品。

　　易卜生之所以被誉为"现代戏剧之父"，不仅是因为他中期的一系列社会剧改变了欧洲戏剧创作的道路，更是因为他终生创作的"自审"式戏剧把戏剧表现的重心从外在社会生活转向了个体内在生命运动与文化心理结构，转向了人性内在的冲突，且在形式上包蕴了象征主义、表现主义、存在主义、荒诞派、意识流、超现实主义等多种现代派艺术因子；不仅是因为易卜生戏剧摒弃诗体而换以散文体对话，具有强烈的干预现实、批判现实的倾向，更是因为易卜生戏剧具有现代艺术的灵魂，凝聚了自审诗学、悖反诗学、回溯诗学、复象诗学等具有现代性的诗性智慧，真正走向了艺术的自律；不仅是因为易卜生戏剧极大地影响了 20 世纪世界现实主义戏剧的发展，更是因为易卜生戏剧深刻地影响了 20 世纪世界现代主义戏剧甚至后现代戏剧的发展。

易卜生之所以能够成为"现代戏剧之父"，跟他的"自审精神"是密切相关的。在创作理念上，易卜生认为"写作就是对自我进行审判"；在创作实践上，易卜生大部分剧作都以自我探索、自我解剖、自我审判为主体内容，并以自我为标本对挪威民族的文化心理乃至人类的性格与命运进行深入探掘，甚至反过来对艺术创作本身进行审视、剖析，其优秀的作品可以说都深深渗透着"自审意识"。正是"自审"，使易卜生不断超越自我，在戏剧形式和表现对象上不断创新，攀上了一个又一个艺术高峰，最终开创了人类戏剧史上的一个新纪元。"自审"可以说是易卜生戏剧诗学的原点与内核，也可以说是易卜生戏剧诗学中最值得今人借鉴的精髓。

作为易卜生戏剧诗学的精髓，易卜生的"自审诗学"在今天应受到高度重视。其基本内涵可以概括为：在易卜生看来，艺术创作（尤其是戏剧创作）本质上是"对自我进行审判"，即"自审"；"自审"不只是审自己，而是意味着对自我（包括个体性自我、历史性自我、社会化自我、艺术化自我）的灵魂、行为、作品等进行审视、审判；"自审"的基础是"体验"，体验的起点是自己的经历与灵魂，终点是人类的性格与命运；自审的重心是"人性的内在冲突"，这意味着创作者要通过剖析自我的内在灵魂和自身的种种矛盾，洞察人性的深层结构，批判人性潜在的丑恶，审思人类的处境与命运；"自审"的直接目的是"实现自己的精神解放与心灵净化"，终极目标是"实现我们每个人真正的自由和高贵"；"自审"的方法是通过"分身术"和"虚实联动机制""分化聚合机制""多元炼金机制"等塑造出一些相对相冲的人物形象，内外兼攻促成主人公的"内省性转变"，从而在转变中完成自审的过程。易卜生的自审诗学思想，由于一直没有得到理论化的表述，在欧洲艺术思想史或西方戏剧理论史上几乎没有留下明显的痕迹，但它实际上解决了西方文论史上"客观性"与"主观性"、"普遍性"与"特殊性"、"个人化"与"非个人化"之间的矛盾，应该占有一个重要的位置。

基源于"自审"，易卜生戏剧隐含着悖反诗学、回溯诗学、复象诗学等重要诗学思想。与很多剧作家不同，易卜生在创作第一部戏剧时便转向"对自我的复仇""对灵魂的解剖"，其思维几乎天然地带有自我矛盾性、悖反性。易卜生的悖反诗学，具有三个层面的内涵。第一是在戏剧情境层面，让剧中人物陷入一种两难困境，即无论怎么做，只要坚持正确的原则，都很难抉择、困难重重；第二是在戏剧结构层面，让不同情节线上的主要人物形成一种既合理又互相对峙之势，或内蕴一种悖反情形；第三是在主题内蕴或全剧内核方面，绝不表露出一种明确的、占有主导性的思想，而是让几乎相反的思想在一种张力场中各有其地位，各自显示着自身的正确性，从而刺激观者的神经，逼使他（她）进入深层次的思考。易卜生的悖反诗学，是其对自我及现代人生存处境、内在灵魂进行深刻洞察的产物，反映了易卜生在艺术思维上的深刻性与现代性。

　　如果说"自审"是易卜生戏剧诗学的内核与精魂，"悖反"是易卜生自审时如影随形的一种思维形式，那么"回溯"则是易卜生表现其"自审"的一种重要戏剧形式，同样是构成易卜生戏剧诗学的重要元素。"回溯"在易卜生中期戏剧里不仅是一种营构戏剧性效果的技巧，而且是一种营造诗意境界的手段；不仅是易卜生身在异国他乡远程透视祖国文化的一种方便法门，更是他将思、史、诗融合在一起的高超艺术手法。这使得易卜生戏剧的"回溯"较之古希腊戏剧中的"回溯"有了很大的发展。在古希腊戏剧（如《俄狄浦斯王》）里，"回溯"的意义主要是展示过去的事件，凸显命运的不可违抗性；但在易卜生这里，"回溯"的意义主要是对欧洲人的文化心理、文化积淀进行深邃的透视与反思，并造成一种戏剧性的反差，同时指向一个诗意的未来。质言之，"回溯"在易卜生这里是一种基源于"自审"的戏剧诗学手法，其表面关涉对主角某段生命史的追溯，实则折射出作家深刻的文化反思。如果充分意识到易卜生中期戏剧之"回溯"的重要价值，那么也许可以说，易卜生中期戏剧诗学的精髓并不在于"提出社会问题、批判社会现实"，而在于"在回溯中实现对自我及民族传统文化的审视与批判"，"在回溯中实现思、史、诗的融合"。

　　到了晚期，易卜生的"自审"从早期的"灵魂自审"、中期的"纵深自审"发展到了"双重自审"（灵魂自审与艺术自审）。也就是说，易卜生晚期戏剧中人物的内省与自审，不仅寄寓了剧作家对自我灵魂的深邃审视与反思（即灵魂自审），也隐含了他对自己早期和中期戏剧、对艺术创作与艺术功能的深刻反思（即艺术自审）。这种"双重自审"，使易卜生晚期戏剧达到了"元戏剧"的层次，也使易卜生晚期戏剧隐蕴着复象诗学思想。所谓"复象诗学"，指的是易卜生晚期一种独特的艺术思维与表现手法：在单个剧本中营造出一个"境界层深"的意象世界的同时，又隐蕴着另一个"境界层深"的意象世界，使作品达到"楼外有楼，象外有象；景深无穷，意味无尽"的审美境界。从创作学兼审美学的视角看，易卜生主要是通过富有张力的情境、具有多重身份的人物、象征性的场景、双关性的语言、复合型的结构，以及间离、隐喻等手法来创构复象戏剧的。尤需指出的是，"复象"可以包容"象征"，但比"象征"更复杂。易卜生并不只是以某种具体事物来象征抽象观念或超验之物，而是在表层意象世界本身隐寓着另一重意象世界：其笔下具象可以转换或变幻出新的形象或意象，其表层意象连成一片可以构成一个意象世界，其深层意象连成一片也可以构成一个意象世界，这些意象世界各有其象征意蕴，故而"象外有象，境界层深"。易卜生晚期的复象戏剧，特别契合现代主义艺术的精神，开拓了现代艺术的新境界，在欧洲戏剧史上具有重要的革新意义；易卜生晚期戏剧的复象诗学，较之陀思妥耶夫斯基小说的复调诗学，自有其独特的现代性内涵，对于现代艺术创作亦颇具启发意义。

易卜生究竟如何营构戏剧诗境，让自己的剧作实现戏剧性与诗性的完美融合？除了前面所述自审思维、悖反思维、回溯思维、复象思维这四种思维的综合运用，易卜生还运用了一系列相对具体的技巧来达到这一点。比如，在剧作开端部分，易卜生经常运用"切近拐点，布下阴云；阴阳交叉，强化张力；龙套开场，双管齐下；欲擒故纵，左右盘旋"等技巧来营构戏剧性情境。在剧作中部和尾部，易卜生经常运用"左冲右突屡受挫，逐步增强紧张感；山重水复疑无路，绝处逢生运帷幄；利用误会与对比，凸显双方心理差；通过深谈与交心，促发灵魂生新变"等手法来拓展戏剧性情境，并增添作品诗意；在整体的构思布局方面，易卜生经常运用"淡化外部冲突聚焦灵魂运动；打破虚实界限营造灵奇之境；核心事件与舞台意象相融合；复合感通与故意留白相结合"等手法来融合戏情与诗境，进而从整体上营造戏剧诗境。

如果要追问易卜生戏剧诗学的核心奥秘究竟是什么，那么他的回答可能很简单：To see or summon yourself to court and play the judge's part（去看，或者自审）。他所说的"看"，是一种指向自我内心的双重性的审视——既作为自己也作为他者对自我内心的一切进行审视，要做到让他人见之如同己见一样真切而深邃。所谓"真切"，是要让自己想象中呈现的一切，每一个场面每一个细节都被观众确切地感知到；所谓"深邃"，是指在一系列戏剧场面背后隐蕴着"精神的进化"，让观众充分感受到那种超越性的精神境界（尤其是诗歌、哲学、宗教融为一体的那种境界）。而他所说的"自审"，关涉"分身术"（至少从自我内部分裂出本我和作为法官的我），意味着要将自我的多种因子分化、融入多个人物形象中，然后启动自由翻转舞台、虚实联动机制、多元炼金机制等，让人物的灵魂在不断流变的情境中交错演进，在"现在的戏"与"过去的戏"交叉进行中发生转变，最后在严格的自审自裁中达到最美的境界。而正是在"自审"的过程中，戏剧性、诗性、现代性融合在一起，思、史、诗达到了统一，人性、魔性与神性的扭结与搏斗也充分展现出来。可以说，只要真正学会了"看"和"自审"，则人物性格、情节结构、重点场面等戏剧元素自然逐步产生，悖反、回溯、复象等艺术智慧也会纷至沓来。

易卜生不仅在创作过程中积累了丰富的诗学思想，还明确提出了一些重要的戏剧理论。在戏剧本质观上，易卜生认为，戏剧是一种以最贴近现实的形式来呈现兼具主观普遍性与隐蔽客观性的幻想性内容的诗："最贴近现实""时空限制性""场面直观性""观演交流性""以动作直接展示人物性格"构成他对戏剧形式的规定，"诗"则是他对戏剧实质的规定。在易卜生看来，只有兼具戏剧性、诗性与剧场性的作品，才真正符合"戏剧"的概念。在戏剧功能观上，易卜生认为戏剧艺术具有解脱、充实、净化、审美、教育、认识、立人等功能。尽管他的戏剧功能观在"唯美主义"与"立人主义"之间存在一定的张力，但总的来说易卜生是倾向于"立人主义"的。但他坚决反对用戏剧来宣传思想，而主张通过塑造人物性格来求美，以美的作品来启发人、唤醒人，进而自觉地去实现独立自由高贵的人格。在戏剧创作观上，易卜生的戏剧创作论以"自审论""感通论""立人致美论"为主心骨，以"内在冲突论""跨越边界论""梦想生戏论""由思转象论"和"隐蔽象征论""反向促进论"为两翼（分别解决"写什么"和"如何写"的问题），构成了一个相对完整的系统。

　　易卜生戏剧诗学（含上述隐性诗学和显性诗学）对于当代中国的启示意义是多方面的。具体说来，易剧诗学对我国当代话剧创作的启示意义至少有三：一是在表现对象上，从社会问题转向个人的内在生命，进而逐步实现戏剧本体的翻转；二是在创作手法上，活用多种手法创造现代诗化戏剧；三是在戏剧精神上，坚持独立自审，并灵活化用自审诗学、悖反诗学、回溯诗学、复象诗学等艺术智慧，创造面向中国现实的自审戏剧或复象戏剧。易剧诗学对我国当代文化建设的启示意义，也至少有三：一是借鉴易卜生的自审诗学，建构针对中国现实的现代戏剧理论与文艺理论；二是借鉴易卜生的感通思想，结合中国传统感通思想（尤其是《周易》中的感通思想）与马克思的实践感通论，建构具有中国特色的当代文化话语；三是建构独立自审型人格，增进人类共通感，促进个体精神的进化，进而推动传统文化的现代化转型与创新性发展。显然，无论是在中国舞台多多演出易卜生颇具自审性的戏剧作品，还是汲取、化用易剧诗学的精髓创作出中国人的自审戏剧或复象戏剧，抑或是化用"二易"（易卜生与《易传》）建构具有中国特色的文论话语，都将大大有助于中国话剧转型和文化建设。因此，毫无疑问，21世纪的中国仍然需要易卜生。

　　作为"现代戏剧之父"和"拯救西方文明的救生筏"，易卜生是说不尽的，其所蕴含的巨大文化能量还有待于进一步去发掘。笔者深深感到，中国易卜生研究还有很大的发展空间，但首先最重要的一点，是要打破将易卜生视为一位"批判现实主义作家"的成见，不要一提起易卜生就只想到他中期的社会问题剧。易卜生绝对是一位颇具先锋意识的现代艺术家，他的许多作品不仅具有现代性，而且具有恒久性。易卜生对现代人的精深洞鉴与诊断，他对人类本性与命运的深入探索，引人共鸣，发人深省，还值得进一步去探讨。其次，迄今为止，我们还很少真正把易卜生作为一位"剧场诗人"来研究，对其作品的剧场性及其中隐含的"剧场诗学"，还鲜有探讨；对易卜生如何从观众的视角安排剧中的一切，并让剧场中的观众感受到精神的进化，也还需要进一步去研究；如何将易卜生的"剧本诗学"与"剧场诗学"完全打通，进而建构一种贯通二者的戏剧诗学话语体系，更是需要下大力气去探索。最后，如果从文化哲学的视野去看待易卜生戏剧及其诗学思想，把易卜生与自古希腊以来的西方哲学、宗教与文学艺术思潮紧密联系起来，探寻易卜生戏剧的文化根脉，想必会有更多的发现与创获。总之，易卜生是欧洲戏剧史上一位承前启后、继往开来的伟大戏剧家，要真正理解易卜生，需要进入"解释学的循环"，在整个欧洲戏剧史、文化史的宏观坐标系中厘定他的位置、他的独特贡献与重要意义。路漫漫其修远兮！

附　录

基于《易卜生全集》探索一种新的批评方法

在易卜生研究领域，从《易卜生全集》（含 25 部剧作、大量诗歌、书信、演讲、创作札记、文论剧论等）中抽绎、提炼、总结出若干文艺美学思想，这是一种很正常的研究思路。那么，有没有可能从中探索出一种新的文艺批评方法呢？这样提问可能有点"异想天开"。我们一般习惯于运用某种现成的批评方法去解读作品，而一般不会从作家文本中去探索、建构某种批评方法。这种事尽管很少有人去做，但是不是一定不能去做呢？

经过十余年的文本研读与多方探索，笔者以为，基于《易卜生全集》是有可能探索出一种文艺批评方法的。这是因为，一定的文艺批评方法不仅需要基于一定的文艺思想甚至哲学美学思想，而且需要基于对具体作家作品的批评实践。而一套经典作家的全集，既可提供前者，亦可引发后者。在西方，基于《莎士比亚全集》已经形成了一些文艺批评方法；在中国，基于对经典作家作品的个案研究也形成了颇具特色的文学批评方法。只是不同的研究者因文化立场、学术积累不同，探索出来的成果也各不相同，这个很正常。

经过文本研读、作品分析、理论建构与实践操作的几轮循环，笔者觉得基于《易卜生全集》可以探索出"审美感通学批评"。这一批评方法目前还很不成熟，但我觉得它已具有一定的新颖性和可操作性。下面试详论之。

一、从《易卜生全集》看易卜生的文艺思想

在《易卜生全集》中，可以看到易卜生非常丰富的文艺思想，其中既有关涉文艺本质、文艺功能、文艺创作方法的，也有关涉文艺批评方法的，

内容广博且发人深思。由于在这里我们要重点谈的是《易卜生全集》中与"审美感通学批评"有关的文艺思想，因此下面拟择其要者展开论述，其他暂且搁置不论。

易卜生的文艺批评思想与他的"自审论""感通论"文艺观密切相关，其中"感通论"可以说是"审美感通学批评"的思想基点。从表面看，易卜生似乎没有明确地提出"感通论"，但他确实非常明确地表达过关于"感通"的思想。1874年9月10日，易卜生在对挪威大学生的一个讲话中指出：

> 当一名诗人意味着什么呢？我过了很久才意识到，当一名诗人从本质上意味着去看。不过请注意，要以一种独特的方式去看，以便看到的任何东西都能确切地被他人感知，就像诗人自己所看到的那样。但只有你深切体验过的东西才能以那种方式被看到和感知到。现代文学创作的秘密恰好就在于这种基于个人亲身体验的双重的"看"。最近十年来我在自己作品中所传达的一切都是我在精神上体验过的。但任何一个诗人在孤离中是体验不到什么的。他所经历和体验到的一切，是他跟所有同胞在社会共同体中经验到的。如果不是那样的话，又有什么能架设创作者与接受者之间的感通之桥呢？①

首先，易卜生的"感通思想"体现于"当一名诗人从本质上意味着去看。不过请注意，要以一种独特的方式去看，以便看到的任何东西都能确切地被他人感知，就像诗人自己所看到的那样"这句话。这句话本身意味着"文艺创作的过程是一个让他人与创作者感觉、感受相通乃至相同的过程（即感通人心、引人同感的过程）"，但这个意思是不太好理解的。易卜生所说的"看"，比我们通常所理解的"看"要复杂得多：它既包括诗人自己的"看"，也包括诗人在内心里作为他者（同胞或受众）对自心所显现者的"看"；而要让自己和他者都看得很真切，则那显现者必须是诗人深切体验过的、内在视觉性的东西。因此，易卜生所说的"看"，主要不是指"外向观察"，而是指"基于个人深切体验的内向省察"，而且其完整的含义既包括诗人自己的"看"，也包括诗人内心的他人（同胞或受众）的"看"。也

---

① Henrik Ibsen, *Letters and Speeches*, Clinton: The Colonial Press, 1964, p.150.

就是说，易卜生所说的"看"，是一种复数的"看"、双重的"看"。"看"什么呢？"看"诗人内心深切体验到的东西，尤其是那种意象性或形象性的东西。这里有一个问题：易卜生为什么要把"他人的看"也放在"诗人的看"里面呢？为什么强调诗人要"以一种独特的方式去看，以便看到的任何东西都能确切地被他人感知，就像诗人自己所看到的那样"呢？正是在这里蕴涵着易卜生关于戏剧创作秘密的精辟思想。原来关窍在于：戏剧作品终究是要给人欣赏的，或者说只有在他人的欣赏中才能实现其价值，因此戏剧创作的过程本身始终需要伴随着他者的眼光，需要考虑他者是否能准确理解作品中的意象与情思；为确保他者能准确地理解自己的作品，易卜生认为在创作的时候就要"以一种独特的方式去看，以便看到的任何东西都能确切地被他人感知"。要让他人看到的东西跟自己所看到的一样，也就是要能够充分感通人心。怎么才能在自己创作时做到"让他人看到的东西跟自己所看到的一样"呢，或者说怎样才能充分感通人心呢？一般来说，简单的外在事物，描绘出来大家都知道是什么，但这不是文艺要着重描写的对象。文艺关乎灵魂，而戏尤其在于内心，一个作家想让他人看到的东西，多为"心灵的秘密"或"灵魂的风景"，没点本领是不容易让他人看到的。通常，一个人能够看见的主要是视觉感官可以辨别的形象、意象，而抽象的思想是看不见的。因此要让他人看见自己心里的东西，就需要把自己心里的情思转化为可见的形象或意象。只有形象、意象等可见之物，才能让他人见之如同己见。因此诗人"看"的本领，实质就是把情思转化为鲜明的意象并让他人见之如同己见的本领。这种基于亲身体验的双重的"看"，正是现代文学创作的秘密所在。而让他人看见自己心里呈现的一切意象，其实也就是"感通人心"。把情思转化为意象并让他人见之如同己见，进而感通人心，此即文艺创作之核心关窍。如何把情思转化为意象并让人见之如同己见，这涉及具体的诗性智慧或艺术经验；这需要创作者长期积累才能达到较高的层次，没有捷径可走。但艺术创作的关键是要调动一切艺术经验去"感通人心"，这一点是没有疑问的。这是易卜生"感通论"的首要之义。

其次，易卜生的"感通论"，还赋予感性意象、真挚感情、感性形式以特别重要的地位与价值。易卜生似乎有一种隐秘的信念，即认为理性的言辞、抽象的思想通常缺乏入心入髓的力量，并不能真正提高人、改变人；而饱含真情的感性语言或通过感性形式传达出来的真情本身，则有可能深深地打动人，进而影响人、提高人。简言之，他相信对于普通大众来说，可感而通之，而未必能以理通之。而文艺作品，在很大程度上就是以感性形式来感通人心，而不像科学、哲学著作那样以理性的、高度逻辑化的语言来说服人。抽象的思想对人是有可能产生影响的，但那种影响往往停留在大脑层面，一般不容易入心入髓；但深挚的情感是直击人心的，会直接影响到人的感觉与心理，并逐渐影响到人的人格构成，甚至有可能对人的行动乃至命运产生影响。以情感人、以情立人，或者说以饱含真情的感性形式培根铸魂，这是文学艺术在这个世上存在的根据与价值所在。换言之，感通人心、以情立人，乃是文学艺术家在这个世上存身立命的重要根据与无可代替的重要价值。哲学家、科学家、政治家、经济学家、社会学家做不到的事，诗人、文学艺术家有可能做到。对此易卜生有相当自觉的意识。他认为自己主要是"一个诗人"，而非主要是"社会哲学家"，就是因为他坚信自己作为诗人所创作的作品，具有社会哲学家无法企及的独到价值。他一再强调文艺创作要基于深切的体验，要能感通观者之心，目的就在于首先充分发挥出文艺感性形式感动人心的力量。如果不能感动人，不能感而通之，就无法发挥出文艺的力量。易卜生的《罗斯莫庄》间接地表达了这一思想。在该剧中，维斯特大夫把一套自由主义学说灌输给吕贝克，对她的思想确实产生了影响，但她骨子里的那些东西并没有发生什么改变；而罗斯莫牧师以真情感化她，让她从内心里感觉到一股特别的力量浸润着她、提升着她，最终她从一个杀人犯转变为具有能够自审自裁的高贵人格。易卜生把这个称为"人间一桩最光荣的事情"。在《野鸭》中，格瑞格斯也想改变人、提高人，但他不善于感通人心，只以理性的思维去对待周围的人，结果把事情搞得一团糟。但在《罗斯莫庄》中，罗斯莫、吕贝克用真情创造了奇迹，做成了"人间一桩最光荣的事情"。理性难通之处，感性有可能发挥出独特的作用。从这个角度来看易卜生的"感通论"，可以说它深刻地揭示了文学艺术的独到价值。

再次，易卜生的"感通论"还有一个重要的内涵，就是用艺术的感性形式通达诗歌、哲学、宗教融合而成的新境界。换言之，就是让观者看见作者心中的那些感性意象之后，还要有所"通"，通到一个比较高的精神境界。他希望观众像他一样看见并感受到的，不只是舞台上那一个个感性的场面，还有感性场面背后的精神境界。质言之，"感"是基础，是前提，但关键是要有所"通"，且"通"到比较高的精神境界。易卜生在创作中虽然主要是塑造形象，或者说主要是呈现一个又一个"意象世界"，但其目的是为了让人们去"感受伟大的理想"，是为了"唤醒尽可能多的人去实现独立自由的人格"，是为了引发一场"人类精神的革命"。正由于此，易卜生的戏剧创作跟他的"精神进化论"一直是密切联系在一起的。1887 年 9 月 24 日，易卜生在斯德哥尔摩一个宴会上说："我相信，自然科学中的进化论也同样适合于生命的精神方面。我想，当前时代的政治与社会概念要不了多久会终止存在，而新时代的政治与社会概念将发展为一个统一的整体，这一整体自身将包含着人类幸福的种种条件。我相信，诗歌、哲学和宗教将融合在一起，构成一个新的范畴，形成一种新的生命力，对此我们当代人还缺乏明确的概念。"① 也许是受过黑格尔的影响，易卜生认为人的精神也是逐步进化的，而诗歌、哲学、宗教融合而成的新范畴、新生命，很可能是他认为人类精神所能达到的最高的境界。他晚期的诸多剧作，明显都在努力趋向这种精神境界。比如《建筑师》，艺术家索尔尼斯最后登上塔楼的顶部，要跟伟大的上帝对话，告诉上帝他从此只盖世上最可爱的空中楼阁，在这个核心场面中明显融会了易卜生的艺术之思、哲学之思与宗教之思。再比如《复活日》，"鲁贝克与爱吕尼最后的选择并不是要逃避现实，而是体现出一种否定既有种种理想的倾向；他们借着审美与信仰走上'朝阳照耀的塔尖'，乃是要显现出一种新的理想、新的境界。这种理想境界，基于对整个人生与艺术的哲学美学反思，同时又融入了宗教的因素，将构成一个新的范畴和新的生命力"②。除此之外，《罗斯莫庄》《小艾友夫》《海达·高布乐》《博克曼》等剧都体现出易卜生将艺术、哲学、宗教融合到一起的努力，他想借此激励人们去"感受伟大的理想"。事实上，在人类历史上那些最为璀璨的智

---

① 《易卜生书信演讲集》，第 374 页。

② 汪余礼：《双重自审与复象诗学——易卜生晚期戏剧新论》，中国社会科学出版社 2016 年版，第 167 页。

慧花朵里，在体现出人类精神最高境界的经典作品里，几乎都能看到艺术、哲学与宗教的融合。最高的精神无法栖居于纯理性思辨的哲学著作，必然要突破蒙昧阶段的宗教著作与单纯抒情的艺术作品，而寻求以诗的形式表达出最高的智慧。但凡真正的爱智慧者，几乎必然会与这类作品相遇，因为几乎只有这类作品能让他们感到深层的共鸣，或借以安妥他们的灵魂。艺术由于自身善能感通人心的特质，也相对便于引导人进入诗歌、哲学与宗教融合的境界。艺术家作为"通灵者"或"感通学家"，应该是最能够引导人的精神逐步进化，达到人类智慧的峰巅之处的。易卜生虽然没有明确说过这些话，但从其作品和书信演讲中可以感觉到，他是确乎具有这些想法的。比如，当易卜生吁请读者把自我投入进去"深切地去体验"其作品时，他是希望读者从作品表层意象逐步进入一个更高的精神境界的；正是由于他坚信优秀作品可感通人心——以感性形式让人心通到更高的精神境界，所以他才会一辈子坚持创作精品以"实现我们每个人真正的自由和高贵"。

最后，易卜生的"感通论"还涉及文艺接受与文艺批评，其基本主张可概括为：在通观整体、感通人心的基础上，着力揭示出作家的艺术智慧与生命境界，从而在创作者与接受者之间架起一座感通之桥。如果说文艺创作的关键是感通人心，并最好让观者由感性形式通到一个比较高的精神境界，那么文艺接受、文艺批评的本质与要诀是什么呢？易卜生曾说："每个读者都基于自己的人格重新创作诗人的作品，按自己的个性去美化和修饰它。写作品的人和读作品的人都是诗人。他们是合作者。与诗人自身相比，读者有时候更理想化、更富有诗意。"① 由此看来，易卜生认为文艺接受的本质是一种"重新创作"。他非常尊重读者、观众的主体性，认为他们跟诗人构成一种平等的"合作"关系。这在当时是一种比较新颖的观点。但读者、观众的"重新创作"是否可以天马行空、自由发挥呢？对此，易卜生并不认同，他说："读者们对我后期作品经常产生的隔膜与误读，在很大程度上是由于他们对我作品之间的内在联系缺乏意识。只有把我所有的作品作为一个持续发展的、前后连贯的整体来领会和理解，读者们才能准确地感知我在每一部作品中力求传达的意象与蕴涵。因此我吁请读者朋友们，不要把其中任

---

① 《易卜生书信演讲集》，第385页。

何一个剧本抛在一边，不要忽略剧中的任何一个部分，而按照我写作它们的先后次序，真正把自我投入进去，深切地去体验，这样才能理解、消化它们。"① 由此可见，在易卜生看来，读者、观众只有把自我投入进去，深切地去体验，并且把他"所有的作品作为一个持续发展的、前后连贯的整体来领会和理解"，在某种意义上像作家一样进入作品情境的深处，展开想象与重新创作，这样才能准确地感知他在每一部作品中所力求传达的意象与蕴涵。简言之，他还是希望读者能够准确地理解他，但读者只有像个诗人一样，敏于体验，善于重新创作，能够整体通观，这样才能看见并感受到他在作品中所传达的一切。他对于接受者的期待，简言之就是深入体验、整体通观、感通人心。只是对于接受者来说，"感通人心"主要是指感通作品中人物之心和作家之心，尤其是感通作家之心，做作家真正的"知音"，这是文艺接受的关键。如果经过反复细读对于作家之心有所感通，那么接下来该如何展开文艺批评呢？或者说在文艺评论中该重点探讨什么呢？1884 年 9 月，易卜生给弗雷德里克·海格尔写信说："在几个方面，这部新剧（指《野鸭》——引者注）在我的戏剧作品中占有一个重要的位置；它的构思与方法有多处与我以前的剧作不同。对此我目前不想解释太多。我希望批评家能够发现那些隐示的要点；不过不管怎样，他们都会找到一些话题来争论、来解释。此外，我想《野鸭》很可能把我们中间一些年轻剧作家引上一条新的创作道路。"② 这说明，首先易卜生特别希望批评家们能够通过剧中那些"隐示的要点"，发现《野鸭》在"构思与方法"上的新颖之处，并进而阐明《野鸭》开辟了一条怎样的新道路。换言之，易卜生希望批评家们能揭示出自己在《野鸭》中渗入的独特的艺术智慧，进而在戏剧史的脉络中阐明其独创之处。这是一个作家再正常不过的一种期待，事实上也指明了文艺批评的一个正确方向。其次，易卜生也希望批评家能阐明作品所呈现的生命境界（或精神境界）。这跟他的创作宗旨有关。根据易卜生的自述，其创作是为了"实现我们每个人真正的自由和高贵"，其作品最深处往往会呈现出一种自由高贵的生命境界，并在创作过程中力求使观者能进入情境体验到

---

① 《易卜生书信演讲集》，第 410 页。
② 《易卜生书信演讲集》，第 245 页。

一段真实的精神发展历程。如果连批评家都不能揭示出那种"生命境界"或"精神发展历程",则易卜生的辛苦创作难免沦为一场空。易卜生曾将《皇帝与加利利人》视为他的代表作,并说:"我相信我们时代的理想将朝着我在《皇帝与加利利人》一剧所指明的'第三境界'发展。"[1] 显然,他希望批评家能够阐明该剧所指明的"第三境界"究竟是什么。如果批评家只是把易卜生创作该剧所依据的事实概述一遍,而丝毫不涉及该剧所显示的"第三境界",则好比是捡了芝麻丢了西瓜,漏掉了最重要、最应该阐明的要素。总之,对于批评家来说,"感通作家之心"意味着,既要感通、揭示出作品所隐含的艺术智慧,也要感通、阐明作品所呈现的生命境界。如果只是做了一些考据工作或复述工作,那么只是一种"遗忘了生命"的伪批评。不以心灵感通为基础的批评,作家望之生厌,普通读者亦见之无益。如果说作家要设法通过作品在创作者与接受者之间架起一座感通之桥,那么批评家也需要通过他的"知音之言"在创作者与普通读者之间架起一座感通之桥。

综观易卜生的"感通论",归结起来就是一句话:文艺创作、文艺接受、文艺批评的核心关键与文学艺术的独到价值,均在于"感通人心"。对于文艺创作来说,至关重要的是感通人心;对于文艺接受与批评来说,至关重要的仍然是感通人心。尤其是对于文艺批评来说,在感通作家之心的基础上,努力阐明作家独到的艺术智慧与作品呈现的生命境界,应该成为文艺批评的重心。文学艺术本身正是通过作家、批评家、读者的合作感通活动,来实现其独到价值与意义的。总之,易卜生的文艺思想(尤其是他的"感通论")确有其深刻之处,对于今天的文艺创作与批评也仍然是有启发意义的。基于"感通论",完全有可能探索出一种比较系统的文艺批评理论。

二、立足国学接续"易思" 探索审美感通学批评

易卜生的文艺思想,尤其是他的"感通论",几乎内在地要求产生一种审美感通式批评。这样的批评究竟是一种怎样的批评,它有没有可能获得系统的理论表述,上升为一种批评理论呢?换言之,我们有没有可能把易卜生

---

① 《易卜生书信演讲集》,第 374 页。

文艺思想所内孕着的"审美感通式批评"改造为一种比较系统的批评理论呢？

　　尝试建构任何一种批评理论，都无法回避立场与方法问题。在当代中国建构一种文论话语，毫无疑问应该立足国学，即便是接着域外的大师说，但根底应该是中国的。此外，无论是"接着说"，还是"对着说"，都需要放宽视野，尽量汲取人类文明的优秀成果，不忘本来、吸收外来、面向未来，为该话语奠定比较宽厚的哲学美学基础。就"审美感通式批评"而言，其理念除了源于《易卜生全集》，其他相关思想资源也是非常丰富的。比如，《周易》"感通说"及后来相关注解、王阳明的"精灵感通论"、王船山的"通天尽人"说、陈寅恪的"神游冥想"说、朱光潜的"文艺感通论"、宗白华的"象征感通"论、钱锺书的"远隔感通"论、唐君毅的感通哲学、牟宗三的生命感通论、程千帆的由感通理说、刘纲纪的交感论、李泽厚的情本论、康德的共通感思想、马克思的实践感通论、胡塞尔与海德格尔的现象学思想等等，都与易卜生"感通论"存在一定的相通之处或可对话之处，都为我们进一步深化、发展易卜生的"感通论"提供了思想资源，也使得基于易卜生"感通论"探索一种批评理论成为可能。因为，这些思想不仅让人更深刻地意识到易卜生"感通论"的巨大价值，而且可以为易卜生的"感通论"提供哲学美学基础，由此建构起"审美感通学批评"理论。探索一种批评理论，需要一个基点或一个根据地，但不能完全局限于这个基点。因此，在易卜生"感通论"的背后，需要有众多思想来催化、丰富与支撑。限于篇幅，本文不可能对这些思想一一展开论述（阐明"审美感通学批评"的哲学美学基础并非本文的任务），而笔者之所以提到这些思想，只想表明，从易卜生的"感通论"确实是有可能走向"审美感通学批评"理论的。

　　在立足国学接续"易思"的过程中，笔者曾初步构想出"审美感通学批评"方法，并运用于对易卜生、莎士比亚、曹禺戏剧的批评与解读①。在

---

　　① 参见汪余礼：《双重自审与复象诗学——易卜生晚期戏剧新论》、《〈哈姆雷特〉与莎士比亚的炼金诗学》（DramArt，2016）、《试论易卜生现代剧创作的"秘密"》（《戏剧》2017 年第 5 期）、《论莎士比亚四大悲剧中的隐性艺术家形象——兼论"隐性艺术家"与"隐含作者"的差异》（《戏剧艺术》2018 年第 2 期）、《曹禺〈雷雨〉与易卜生〈野鸭〉的深层关联》（《戏剧》2018 年第 3 期）等。

实践基础上，笔者对审美感通学批评的基本理论也做过一些初步的总结①。但探索一种批评理论必然要经历一个曲折往复、螺旋上升的过程，因此以前讲过的都只是进一步反思的对象。下面就审美感通学批评的理念与方法，谈一点最近的思考。

首先说明为什么名之曰"审美感通学批评"。所谓"审美感通学批评"，是一种以"面向作品本身"为第一原则，以适度实证与审美感通为基础，以"多元感通"为主要方法，以探讨作品"创造之秘与本体结构"、作者"内在智慧与生命境界"为基本意向，以建构文本诗学和重建精神信仰为核心旨趣的新型审美批评。这个看起来有点复杂，但其核心与特质就在"感通"二字。既然如此，为什么不直接叫"感通批评"呢？在这个问题上，笔者经历过长期的犹豫与纠结。如果直接叫"感通批评"，那么这个短语会给人一种"动宾结构"的印象，这就背离了笔者的原意。即便经过详细说明，将"感通批评"理解为偏正结构的短语（一种以感通为基础的批评），那么它至少也要遗失掉一大半原本打算赋予它的含义。在笔者的考虑中，"审美感通学批评"是一个路标，在它的背后，是一种既可沟通中西又极具中国特色的"感通学"思想，这种思想可以为"审美感通学批评"提供哲学基础②；如果叫"感通批评"，则仅仅局限于文艺批评领域，而且它与"感悟式批评"距离太近，显不出自身的学科背景与独有特质。而且，与哲学感通学、宗教感通学、历史感通学、教育感通学等并列的审美感通学，可以作为美学发展的一个重要方向，可以为"审美感通学批评"提供美学基础③。进而言之，在人文学术领域，几乎要研究透任何一个问题，都需要进入"阐释学循环"，需要经历一个"积小以明大，而又举大以贯小；推末以

① 参见汪余礼：《审美感通学批评的文艺学基础》（《长江学术》2017 年第 2 期）、《试论数字时代文论创新的四条路径》（《中国文艺评论》2017 年第 9 期）、《审美感通学批评：内涵、特质与旨趣》（2019 年第 7 期）等。

② 唐君毅、牟宗三在这方面做了大量的工作，他们的系列著作可以说初步建立了有中国特色的感通哲学。此外，蒙培元、尤西林等学者早已明确提出过"感通学"这一名称。"感通学"类似于现象学，有一定的辐射性，但它更多地担负着重建现代人精神信仰的使命，因而与现象学有很大的区别。

③ 孔子、荀子、刘勰、王阳明、金圣叹、王船山、朱光潜、宗白华、唐君毅、牟宗三等人的美学思想，实际上贯穿着一条"审美感通论"发展线索，可为现代审美感通学基本理论的建构打下基础。

至本，而又探本以穷末"的交互往复、螺旋上升过程，我们不能因为其太复杂而裹足不前。"审美感通学批评"虽从"批评"切入，但不妨碍它"积小以明大""推末以至本"，为建立"审美感通学"乃至"感通学"作出自己的一份努力。因此考虑再三，姑且仍用"审美感通学批评"这一名称。

相对于中国当前的文艺批评理论、文艺批评现状而言，"审美感通学批评"有哪些据以确立自身的理念与方法呢？

第一，"审美感通学批评"特别重视"感通"，而"感通"不仅意味着"感字当头"，即对作品本身有真切深刻的感受，而且意味着"由感通理"，即由作品的感性形式通到背后的理念、思想乃至某种文艺理论；不仅意味着"披文入情，沿波讨源"，即从作品内蕴的情感、肌理悟入作者的艺术灵魂，而且意味着"重新创作"所感对象，即站在作者立场重新创作该作品，深入体悟作者的创作思维与情感活动；不仅意味着对某一作品有深刻通透的感受与理解，而且意味着进入阐释学循环，对该作家的其他作品乃至文艺史上的相关作品（与之构成互文关系的作品）都有比较真切的了解；不仅意味着能够通解"作品"，而且意味着从"作品"通到作者所处的"世界"（生活世界、精神世界）；不仅意味着感通作者之心，而且意味着感通读者之心（这不仅是因为读者的审美趣味在很大程度上会影响到作家的创作，而且是因为批评家的文字同样需要感通读者之心才能发挥作用）；不仅意味着由此通彼、由显通隐、由残缺通圆满、由黑暗通光明，而且意味着从有限通到无限、由人情通到天理、由形下通到形上，从某个确定的作家作品通到背后的历史文化命脉或民族精神星空。简言之，审美感通学批评所讲的"感通"，意味着以作品为基点，把作品、作者、读者、世界、历史、文化都打通，从根本上追求一种"圆通之境"。这些，可以说是"审美感通学批评"最核心的一些理念。诚然，完全做到这些非常困难，但人生来就是一种迎难而上（或愿意努力去克服困难）的动物，人也就是通过克服困难来逐渐拓展自己的世界的。正因为"感通无止境"，所以审美感通学批评会有一定的深广度，会逐渐拓展边界，会从艺术领域逐渐进入历史、哲学、宗教等领域，进而在人类智慧的奥林波斯山上会合，进入易卜生所谓"艺术、哲学与宗教相融合"的新生命、新境界之中；正因为"感通无止境"，所以审美感通学批评会不断地融合一些新质，促进主体心智的拓展与精神的进化；也正因为"感通无止境"，所以努力感通者有可能"遍历诸峰"，在长期跋涉过程中逐渐形成自己的精神信仰。具体到文艺批评来说，"将感通进行到底"事实上要求：由感通理与重新创作相结合，直觉感悟与实证思辨相结合，整体洞察与微观透视相结合，内部研究与外部研究相结合，审美阐释与理论建构相结合，审美感通与人格重建相结合。这可以说是"审美感通学批评"的一些基本原则。基于这样一些理念与原则，从事审美感通学批评就不只是对文艺作品进行某种阐释，而更多的是在审美感通的过程中"真实地体验一段生命历程"（易卜生语），感受精神的成长、灵性的觉醒、人性的结构、宇宙的消息、生命的境界等，让人的精神逐渐升进到较高的境界。因此，从根本上说，审美感通学批评不只是一种文艺批评，还是一项精神事业：既是一项培根铸魂、成人之美（让人成为人并达到美的境界）的事业，也是一项重续慧命、重建信仰的事业。当然，它首先是一种文艺批评，一种内生性的、力求准确切入文艺本体的新型审美批评。作为这种批评的根本理念与方法，"感通"是整个审美感通学批评的基础；"感通"越深入、越贴切、越广博，接下来作出的批评才越有效，越有新意，越有力量。

第二，"审美感通学批评"主张在适度实证①与审美感通的基础上，找到合适的切入点，对文艺作品的创造之秘、本体结构与作者的内在智慧、生命境界进行深度阐释与评析，并尝试建构有生命温度的文本诗学或有历史根脉的文化思想。在具体的批评过程中，任何批评者都必然遇到一个问题：面对一个完整的作品，重点评什么？如果说社会历史批评倾向于评析作品反映的社会生活内容与作家所处的社会历史语境，意识形态批评倾向于评析作品所内蕴的政治意识形态或文化意识形态，精神分析批评着重分析人物的内在心理结构或某种情结，伦理批评着重评析作品所渗透的伦理意识、道德观念，生态批评着重分析作品隐蕴的生态意识、生态景观，那么审美感通学批评跟它们都不一样，其主张很明确：着重评析文艺作品的创造之秘、本体结构与作者的内在智慧、生命境界。任何文艺作品，都是以一定的感性形式

① 这里提出"适度实证"，意思是说在文艺批评过程中要把握好实证的"度"，可以实证的部分尽量严格实证，不可实证、只可感通的地方则不要以考据之名穿凿附会、削足适履。

（或审美形式）来感通人心，所以其如何感通人心的艺术智慧需要得到领会；与此相关，作品的本体结构（含形象层、图式层、意蕴层、光源层等）最好得到准确的阐发。但做完这些还不能充分体现出审美感通学批评的特色。审美感通学批评真正特别重视的，乃是在适度实证和审美感通的基础上对作品及作者的"内在智慧与生命境界"进行深度阐释。这里的"内在智慧"，包括艺术智慧、生态智慧、人生智慧等，其中"艺术智慧"是重中之重。在很大程度上，审美感通学批评就是要在努力发掘作品中隐含的艺术智慧（或诗性智慧）、在"重新创作"具体作品的过程中生成某种文本诗学（文艺作品本身隐含的诗学思想），并完成一次生命的突围、灵魂的冒险或心灵的净化（或升华）。正如巴赫金通过对陀思妥耶夫斯基小说的深度阐释提出"复调诗学"、海德格尔通过对荷尔德林诗歌的阐释提出一种新诗论一样，研究者确实是可以基于对具体作品的深度阐释提出某种文本诗学（隐性诗学）的①。不同作家作品中所隐含的艺术智慧各有特质，其个性化色彩决定了对其不便通过归纳法或演绎法来把握，而几乎只能通过感通法或感悟法来接近。但问题是，通过感通法来把握作家作品的艺术智慧，会不会存在过于主观或误读的情形呢？对此，笔者只能说：误读在所难免，然误读亦有价值。跟文艺作品本身一部分可以实证另一部分只可感通一样，文艺批评除了可以实证的那一部分可以做到比较客观以外，只可感通的那一部分事实上是没法予以客观表述的。对于只可感通的那一部分，读者（或论者）往往"基于自己的人格重新创作"，或"基于自己的实践经验来直接感通"，因此必然带有各自的主观性，也难免各行其是，难免存在争议。其实这也是文艺作品的魅力所在。既然文艺批评的主观性无法避免，随之而来的误读误解也就无法避免。但纵观文艺批评史和文艺发展史，误读几乎是贯穿始终的：正是通过创造性误读，文艺批评家才确立自己的主体性，并产生一定的影响力；也正是（部分地）通过对前辈作家的创造性误读，后辈作家才既扎根传统又别立新峰，才能推动文艺继续向前发展。总之，创造性误读无论对于

---

① 在胡塞尔、海德格尔、英伽登等现象学家看来，通过一种"现象学的看"，可由"现象"直观本质，或者由个别直接把握一般。显然，这是区别于演绎法和归纳法的第三种方法，可称之为"直观法"或"感通法"。

文艺批评还是文艺创作来说，都有不可忽视的积极意义，理应得到充分肯定①。因此，审美感通学批评把通过实证与感通来发掘作品隐含的艺术智慧、建构某种文本诗学作为评论重心之一，即便其中可能含有误读亦泰然任之。此外，如果通过对优秀作品的深度阐释，能勾连内外、联通古今，在一定程度上接通历史文化命脉，或在古今对话中实现对传统文化的某种转换与创新，生成某种有历史根脉的文化思想，那自然殊为难得，因此这个可以作为审美感通学批评的另一致思向度。

第三，在具体方法（或具体操作程序）上，审美感通学批评有三种并行不悖的思路：一是着眼于文艺作品感通人心的自然顺序来展开审美阐释；二是着眼于文艺作品感通人心的路向与机制来展开审美阐释；三是找到作品中特别能体现作者艺术匠心与创作核旨的地方，然后将其作为切入口来展开深度阐释。这三种思路，可运用于对同一作品的评论，也可根据作品实际择其一而用之；可用来写单篇的文艺评论文章，也可以用来撰写大部头的文艺评论著作。

第一种思路，是根据文艺作品感通人心的时间顺序（或头、身、尾的自然顺序），从"感通之基""感通之方""感通之境""感通之旨"四个层面对作品进行"重新创作"与"深度阐释"（好比建房，先得奠定根基，再确立墙柱，再盖上屋顶，如此循序渐进），着重揭示出作品感通人心的方法与技巧，以及作品最后所达到的境界。这一思路可运用于对大多数小说、戏剧、诗歌、音乐、舞蹈、电影及其他众多叙事艺术、表演艺术的评论。"感通之基"在很大程度上就是"情境"。无论中外，艺术作品要感通人心，都必须依托具体的情境。在中国，汤显祖论艺，强调要"缘境起情，因情作境"；金圣叹论艺，强调作者要善寻"五色石"（即能够显示人性人心多个层面的精妙情境）；李渔论艺，强调"填词义理无穷，而总其大纲，则不出情、景二字"（实即情、境二字）。在西方，亚里士多德、狄德罗、黑格尔、萨特、迪伦马特、苏珊·朗格、马丁·艾思林等都非常重视艺术情境的营构。尤其是黑格尔，他说："艺术的最重要的一个方面从来就是寻找引人入

---

① 详见拙文《试论数字时代文论创新的四条路径》，《中国文艺评论》2017 年第 9 期。

胜的情境，就是寻找可以显现心灵方面的深刻而重要的旨趣和真正的意蕴的那种情境。"① 诚如其言，"引人入胜的情境"确实是感通人心的基础，是几乎所有艺术家都会精心去营构的。因此，审美感通学批评的第一步，就是要分析创作者在开端部分如何营构"引人入胜的情境"。对于戏剧评论来说，这一步尤为重要。而所谓"引人入胜的情境"，对于不同的艺术样式来说具有不同的要素，对于戏剧来说则大体具有六要素：时间、地点、人物（含人物关系）、事件（含先行事件和现行事件）、氛围、悬念。尤其是人物、事件、悬念这三要素，往往是最扣人心弦亦最能感发人情的，感受愈真则分析愈动人。说清楚这六要素，则开端部分的戏剧情境可朗现于眼前。接着是探讨、阐明"感通之方"——作者用以感通人心的方式方法、手段技巧。这一部分实际上也就是探讨作者的艺术智慧，是最能体现评论者感通能力、艺术素养与创新能力的地方。对于作者的艺术智慧，既要能够有所领悟有所感通，又要能够用恰切的语言将其表达出来，这是不太容易的。正因为有难度，所以具有一定的挑战性，可以为感通能力与创造能力俱佳者提供用武之地。毫无疑问，对作品及其作者"感通之方（艺术智慧）"的探析与阐释，可以构成一篇文艺评论的主体部分，甚至可以构成一本书的内容。再接着是讲"感通之境"与"感通之旨"。所谓"感通之境"，是指作品在感通人心的过程中引领读者、观众逐渐进入的生命境界。这个境界可以是静态的，也可以是动态的，甚至可以是一个过程。考虑到文艺评论通常都有一定的篇幅限制，因此分析"感通之境"，主要是阐明作品中最美、最动人或最深邃、最独特的那个境界。阐明感通之境，往往也就可以进一步说清楚作家的"感通之旨"（作家以此作品感通人心的核心旨趣）。有时候作家创作并无明确的"感通之旨"，则这一点可以略去不讲。总的来说，沿着"感通之基""感通之方""感通之境""感通之旨"的顺序进行审美阐释，评论者大体可触及作品的创生过程与创造之秘，可逐步了解作品的骨架、脉络与精髓、神韵，可以深入地"体验一段真实的生命历程"。

第二种思路，是着眼于文艺作品感通人心的路向与机制，从"正向感通""反向感通""复合感通""惊奇感通"等具体感通路向与机制，揭示

① 黑格尔：《美学》第1卷，朱光潜译，商务印书馆1997年版，第254页。

出文艺作品隐含的艺术智慧与真实意蕴，进而从中提炼出某种隐性诗学思想。专门研究文艺作品如何感通人心的审美感通学，实在是一门大学问。它与传统创作学、修辞学、叙事学存在一定的交叉，跟心理学也有非常紧密的联系。因为选择怎样的感性形式才能感通人心，确实既跟"感性形式"本身有关，也跟人性、人心相关，弄清个中规律与奥秘事实上需要依赖于多年审美经验的积累。以笔者目前之浅见，感通人心至少有四条路径：一是正向感通，二是反向感通，三是惊奇感通，四是复合感通。所谓"正向感通"，是指通过塑造坚强的、高尚的、闪烁着人性光辉的正面人物形象来感通人心，传达美好的情感，显现伟大的精神或思想，直接把观者的心灵带向一个比较高的精神境界，如易卜生的《建筑师》、田汉的《关汉卿》、李树建主演的《程婴救孤》大体属于此类，我国目前很多主旋律作品亦大多属于此类。所谓"反向感通"，是指通过着力塑造出顽固而邪恶的反面人物，以其种种令人发指的言行刺痛人心，激发出观者的正义感和对真善美的向往之情，从而从反面把观者的心凝聚在一起，并进入一种向往真善美的精神共通体，如莎士比亚的《麦克白》、易卜生的《海达·高布乐》即属于此类。"反向感通"往往是一种更为深沉的感通，能照亮人性深处的皱褶，深化人的自我意识。所谓"惊奇感通"，是指通过设置出人意外、令人震惊的戏剧性情境，或通过令人惊奇的陌生化语言，让人在惊异、惊奇、震惊的过程中打开感官与生命体验，从而充分理解对象与自我。大量的经典戏剧都带有"惊奇感通"的成分，如《哈姆雷特》《小艾友夫》《雷雨》等。所谓"复合感通"，是指兼用正向感通、反向感通、惊奇感通等多种方式，用一种隐含太极图式的结构把它们综合运用在一部作品里，既以高尚的德行激励人心，又以卑劣的恶行刺痛人心，或所写人物好中有坏，坏中有好，让人爱恨交加，从而使观者的心灵既得到刺激与宣泄，又得到洗礼与升华，比如《玩偶之家》《罗斯莫庄》即属于此类。自古至今，大量作品采用复合感通的手法，产生了很强的艺术力量。而且，"复合感通"还有两种情形：一种是通过内外两种结构的复合来实现多层次的感通人心（把讲究故事性的外在情节结构与体现人性深度的内在心理结构嵌套在一起），如《罗斯莫庄》；另一种是把两重或多重差异很大的意象世界巧妙地连结在一起，或将实象、虚象

（含心象）、隐象、艺象叠合在一起，构成一个有机整体，从而以"象外有象、境界层深"的复杂整体来感通人心，如《野鸭》《博克曼》《海鸥》。对于文艺创作和文艺评论来说，"复合感通"都是一个很难绕过去的问题，但很具有实践意义，因而是特别值得深入研究的一个艺术学课题。笔者《易卜生晚期戏剧的复象诗学》一文即是这方面的一个初步探索①。

第三种思路，是借鉴"小切口、深发掘"的写作经验，从具体作品中找到特别能体现作者艺术匠心与创作核旨的地方（比如隐性艺术家、特殊意象、太极图式、关键性空白等），将其作为切入口来展开分析，一步步接近作者的内在智慧与生命境界。这种思路最能体现审美感通学批评的特色。采用这种思路，关键是对上述四种切入口有深入而准确的把握。所谓"隐性艺术家"，是指在戏剧影视或小说作品中，由作者派入作品人物世界、暗中协助作者实现创作意图的"特殊使者"。他们看上去可能跟作品中其他人物一样是现实人物（也可能是看不见的幕后主角），但他们通常比其他人更具有能动性和创造性，在很大程度上分有作者本人的生命体验与艺术智慧，或按艺术思维行事，或把周围人纳入到自己的创作活动中，暗暗引导着作品实现其艺术本质或作者的创作意图。隐性艺术家既可能是正面人物，也可能是反面人物，还可能是非常复杂的立体人物，甚至可能是某个意象或"组合体"。文艺作品中的隐性艺术家，往往是作家虚构出来用以感通人心、实现创作意图的关键性人物。若能发现作品中的隐性艺术家，给予逐层深入的分析，则往往如庖丁解牛，很快可以切入肯綮②。以"隐性艺术家"为切入口展开分析，属于审美感通学批评独有的方法，如果用得好自然很有新意。但并不是所有文艺作品中含有隐性艺术家形象。因此有时候还需要去寻找别的切入口。"特殊意象"（含超自然现象、神秘闯入者、反复出现的核心意象等）也是比较好的切入口。文艺作品中的这类特殊意象，往往是作家为了艺术表达的需要虚构出来的，通常很能够折射出作家的艺术匠心。在易卜生戏剧中，野鸭、白马、塔尖、日出、神秘闯入者等都是经常出现的一些特殊意

---

① 详见拙文《易卜生晚期戏剧的复象诗学》，《外国文学研究》2013 年第 3 期。
② 拙文《论莎士比亚四大悲剧中的隐性艺术家形象——兼论"隐性艺术家"与"隐含作者"的差异》（《戏剧艺术》2018 年第 2 期）可为一例。

象，以它们为切入口深入探掘下去，往往有意外的发现①。谢克纳曾写过一篇题为《易卜生晚期戏剧中的闯入者》的论文，很精彩，可为这方面的一个典范。第三，文艺作品中的"太极图式"虽然不太容易发现，但一旦看清亦可作为切入口。对于一部分作品（尤其是剧作）来说，太极图式相当于是它们的"内形式"，肉眼虽看不见，但心灵之眼可以看见。而且，对于"太极图式"不宜作静态的理解，而最好能看到这一图式自身阴阳交感、螺旋上升的辩证运动过程。分析文艺作品中的太极图式，实际上也就是分析作品中基源于种种矛盾的内在生命运动过程②。第四，文艺作品中的某些空白，虽然很容易被忽略，但其实也可以成为很好的切入口。但凡优秀作品，必有留白之处。这是因为：虚室生白，虚空中自有灵气往来；空纳万境，空无中反生万千气象。空白之处，好比是"冰山下的八分之七"，最是有待于灵心妙悟、诗心感通，而一旦阐发出来则往往能见人所未见、发人所未发，特别能够启人心魂、新人耳目。比如，陆炜教授的《论文清的出门与自杀》（《戏剧与影视评论》2019 年第 2 期）一文，便是从空白处入手展开分析的，写得很精彩。除了以上这四种切入点，其实还可以有别的切入点，比如，作品中的某一个关键词、某一句话，或者人物的某一个动作，都可以成为切入点，关键是切进去之后可以直通作品本体，能够发掘出很有价值的东西。此外，直接聚焦于作品中隐含的诗性智慧（或所呈现的生命境界）来展开探讨，也不失为一种方法。直接瞄准所要探讨的核心对象，可跳出单个切入点的局限，便于从不同维度、不同侧面、不同视角发掘作品所隐含的诗性智慧（或生命境界），进而建构文本诗学（或精神生命）。

综上所述，基于《易卜生全集》是有可能探索出一种文艺批评方法的。当然，笔者目前所提出的构想还需要经受更多的质疑与批评，也还需要在实践中进一步深化、细化与拓展。

---

① 拙文《"奔腾的白马"与"夜半的太阳"——兼析〈罗斯莫庄〉对戏剧本质与潜能的探掘》（《艺术百家》2008 年第 3 期）可为一例。

② 拙文《曹禺〈雷雨〉与易卜生〈野鸭〉的深层关联》（《戏剧》2018 年第 3 期）可为一例。

审美感通学批评：内涵、特质与旨趣

审美感通学批评是在当代社会出现生态危机、异化危机、信仰危机、文论危机和审美论回归的复杂背景①下提出的一种文艺批评理论构想。其具体内涵是什么？在当今众多的文艺批评理论中，它有什么独特之处？能够解决什么问题？本文拟对这些问题做些初步探讨，以就教于大方之家。

一、审美感通学批评的基本内涵

所谓"审美感通学批评"，指的是一种立足于中国本土感通思想，借鉴西方审美学、现象学、解释学、心理学与生态学的一些重要成果，以审美感通为始基，以"多元感通"为主要方法，以探讨作品"感通之秘与本体结构"、作者"内在智慧与生命境界"为基本意向，以建构文本诗学和重建精神信仰为核心旨趣的新型审美批评②。

---

① 关于这里所说的"复杂背景"，可参见叶舒宪：《现代性危机与文化寻根》（山东教育出版社2009年版）；［美］杜赞奇：《全球现代性的危机——亚洲传统和可持续的未来》（黄彦杰译，商务印书馆2017年版）；周国平：《中国人缺少什么？——西方哲学接受史上两个案例之研究》（上海人民出版社2017年版）；孙绍振：《文论危机与文学文本的有效解读》（《中国社会科学》2012年第5期）；周宪：《审美论回归之路》（《文艺研究》2016年第1期）；等等。

② 笔者最初在《"深沉阴郁的诗"与"不可能的存在"——对〈海达·高布乐〉的审美感通学批评》（《武汉大学学报（人文社科版）》2014年第3期）中提出"审美感通学批评"的概念，后来在专著《双重自审与复象诗学——易卜生晚期戏剧新论》（中国社会科学出版社2016年版）中比较详细地论述过审美感通学批评的理念与方法。"感通"一词，源于《周易》（《易传·系辞》："易无思无为，寂然不动，感而遂通天下之故"），在本文语境中有三个义项：一是作为动名词，指一种全然理解、豁然贯通的状态（或一种与他人高度同感共鸣的状态），例如，张三研究《野草》多年，终于跟鲁迅有了深层次的心灵感通；二是作为动词，指深切感受、全然理解（他者），从感性层面到理智层面再回到感性层面，透彻入微地感受和理解，例如，张三很希望能感通鲁迅的艺术灵魂；三是作为使动词，指使他者能够确切地感知到主体的情意，使他者内心感动或全然理解，进而产生同情感、共通感，例如，张三打算写一首诗来感通他的朋友。

要阐明"审美感通学批评"的基本内涵，首先需要对"审美感通"这个关键词做一番解释。在中国古代，"感通"思想源远流长①，但并无"审美感通"一词；在中国现当代，牟宗三、唐君毅等大儒虽也反复讲"感通"，亦未曾用过"审美感通"一词。笔者造此词组，源于初心而体验日深，兹略疏之。该词组由"审美"与"感通"二词合成。所谓"审美"，在笔者看来是一种自由的、借助于（或聚焦于）感性形式而与他者交流情感意趣的活动②。而所谓"感通"，对于主体（或创作者）而言，是指以感情或感性形式使他者内心感动、畅通或豁然贯通，进而产生强烈的共鸣；对于接受者（或欣赏者）而言，是指在心灵上（或在内在感受上）充分理解、豁然贯通，真切地感受到另一生命的情感意趣、生存境界（让另一生命鲜活、完满、无碍地生活于自心之中），产生强烈的共通感（或与主体处于同一心境）。在具体的文艺活动中，审美是方式、路径，感通则是关键和初步目标。只有借助审美形式才便于感通人心，也只有以审美心态看作品才能真正感通作者之心，故"审美""感通"连用是将方式、路径与目标结合在一起，以一种强化的方式凸显一种深层次的审美过程、审美境界。简言之，"审美感通"意味着一种从感性到理性、从具象到抽象、从情感到道德、从有限到无限的审美过程，其高潮状态则是达到一种情理交融、主客无碍、气韵畅通、自由放达的审美境界。

"审美感悟"与"审美感通"意思相近，但有差异，通过辨析二者之异可凸显"审美感通"之内涵。"审美感悟"主要是在接受、鉴赏艺术作品的过程中发生的一种心理活动，"审美感通"则兼涉艺术创作、艺术鉴赏、艺术批评等诸多环节，是艺术活动中隐而未显但非常关键的一套内在流程。艺

---

① 中国古代的感通思想，源于《周易》，发于《论语》《孟子》《礼记》，在魏晋南北朝美学中大大深化，在宋明理学、明清心学和现当代新儒学中得到进一步拓展。可以说，"感通论"潜伏在"言志说""缘情说""载道说""意境论"等传统学说底下，是中国古代美学中极具活力且源远流长的一种思想。

② 具体到文艺活动来说，"审美"具有多个层面的含义：对于创作者而言，审美是一种借助于感性形式传达自我体验过的情感意趣的活动（入乎其内、形之于外）；对于欣赏者而言，审美是一种聚焦于对象形象（或形式）并感受个中情感意趣、体验作者心灵世界的活动（披文入情，沿波讨源）。在其现实性上，完满或成功的审美活动会给人带来极大的愉悦感，同时，这种愉悦感还可能与共通感、自由感密切交融在一起。愉悦感、共通感、自由感，正是美感的三个层次。

术审美关键是要"通",创作者要设法将内心情感意趣准确地传达、流通到读者、观众心里,读者、观众也要设法感受、会通作者之心,这样才可能有完满的审美实现。可以说,"审美感通"贯穿于文艺创作、文艺鉴赏、文艺批评的全过程,它在很大程度上都既是艺术创造、艺术传达的关键,也是艺术欣赏、艺术批评的关键。此外,笔者之所以一定要拈出"审美感通"一词,还有以下原因:一是真正的艺术作品是一个活的生命体,需要以审美之心去体验、感悟,才能真正理解、会通;二是"审美感通"最有利于培养人的"感通能力",进而最大限度地发挥艺术的正能量;三是"审美感通"对于探讨大师艺术智慧、沟通古今文化精魂、参与当代文化创造具有重要作用;四是审美感通对于培养现代生态人格、克服现代性危机具有重要意义;五是"审美感通"源于中华古学,凝聚着华夏人文智慧,体现着中国美学精神①。

由于"审美感通"的极端重要性,它完全可以成为当代人文学的一种研究对象,对其历史与理论的探讨应可形成"审美感通学"。作为"感通学"②的一个分支,"审美感通学"主要研究审美感通的基础、过程、机理、类型、规律、技巧、功能、历史等,其核心问题即如何传达、体验、拓展"审美共通感"。从创作者的角度来说,审美感通学主要研究主体如何以审美的(感性的)方式感通人心、重建人格、创造文化,其核心研究对象是

①　限于篇幅,此处不拟展开具体论证,仅说明一下何为"感通能力"。在笔者看来,艺术最重要的功能就是培养人的感通能力。而所谓感通能力,就艺术审美来说是指一种披文入情、沿波讨源、深切感受作者生命体验与艺术智慧的能力,一种由感性上升到理性、由具象上升到抽象、由有限上升到无限,进而达致情理交融、圆通放达之境的能力;就为人处世来说是指一种移情共感、设身处境了解他人(尤其是感受他者之痛)、把他者作为自我放在内心体验、与之和谐共在的能力。申言之,感通能力不仅是一种"同情地理解"他者的共感能力,更是一种由感性通达理性、由显通隐、由此通彼的贯通能力;不仅是一种接通历史文化命脉的心智能力,更是一种容纳、化解对立诸方之冲突从而促进自己向着更高精神境界升进的实践能力。一个人的感通能力越强,其心胸就越开阔,格局就越宏大,智慧就越丰沛。感通能力不只是一种感性能力,而是感觉、情感、体验、想象、理智、信仰等多种要素共同运作所形成的一种综合能力。对艺术的了解愈深,就愈能发现艺术不只是培养人的感性能力,而更多的是培养人的感通能力。

②　著名学者蒙培元曾提出"感通之学"这个概念(蒙培元:《心灵超越与境界》,人民出版社1998年版,第4页),著名学者尤西林曾明确提出"感通学"这个概念(尤其林:《心体与时间——二十世纪中国美学与现代性》,人民出版社2009年版,第64页)。在笔者看来,"感通学"作为一门研究感通现象和感通原理的学问,涉及心理学、生理学、艺术学、美学、哲学、宗教学、历史学、教育学等诸学科,是一门具有高度综合性的交叉学科。

艺术智慧或诗性智慧①，与创作学、叙事学、修辞学有交叉之处；从欣赏者、批评者的角度来说，审美感通学主要研究如何真正切入艺术本体、汲取艺术智慧、拓展共通感并从事创造性批评，与现象学、阐释学、接受美学有交叉之处。在此意义上，审美感通学研究其实古已有之②，只是还没有进入高度自觉的状态，还缺乏系统的理论建构。

基于以上认识，"审美感通学批评"至少包括以下六个层面的要点与内涵：一是以审美的心态看待艺术作品，把艺术作品真正当成艺术作品来欣赏和批评；二是入乎其内、圆照周览，同情地理解作品的各个要素，真正对作品的有机整体和内在生命心领神会；三是换位思考、会通心源，用心领悟作家的艺术思维与艺术灵魂，与之融通；四是纵横勾连、回环通观，了解、体悟作家作品背后的相关文本与文化语境；五是全幅感通、阐发本体，即在对作家作品及其所处语境有所感通的基础上，寻找合适的视角、切入点与言说方式，将在感通过程中体悟到的由作品生命、作者生命、观者生命三者交流形成的本体结构阐发出来，并在这个过程中阐明作品中所呈现的生命境界和内在智慧；六是触类旁通、建构理论，即在对作品进行审美阐释的基础上建构文本诗学，参与文化创造。在具体的批评过程中，审美感通学批评主张把"面向作品本身，把艺术当艺术"作为第一原则，同时坚持披文入情与沿波讨源相结合、澄怀味象与理性思辨相结合、整体洞察与微观剖析相结合、内部研究与外部研究相结合、审美阐释与理论建构相结合、审美感通与人格重建相结合这六大理念与方法③。

以上是对"审美感通学批评"基本内涵的一个简要说明。这个说明大

---

① 朱光潜晚年很重视研究诗性智慧，隐隐启示了一条审美感通学研究之路。他早年受克罗齐影响，认为艺术即直觉，直觉即表现；后来认识到"传达"之于艺术的重要性，并渐趋于"感通论"文艺观（详见汪余礼：《朱光潜的"文艺感通论"及其当代意义》，《艺术学界》2018年第1期）。

② 中国古代研究诗性智慧、创作思维的学问与审美感通学研究有交叉之处。比如，金圣叹的文艺批评就特别注重感通作者之心并揭示其创作技法，在某种意义上带有审美感通学研究的色彩。由于审美感通学的原理需要在审美感通学批评实践中才能发现和建立起来，故欲立审美感通学必先立审美感通学批评。

③ 详见汪余礼：《双重自审与复象诗学——易卜生晚期戏剧新论》，中国社会科学出版社2016年版，第15—20页。

概可以让人对审美感通学批评有一个初步认知。但只有进一步了解其特质和旨趣，才能有较深的了解。

二、审美感通学批评的特质与旨趣

在当今众多的文艺批评理论中，审美感通学批评究竟有哪些独特之处呢？其核心旨趣又是什么呢？

首先，审美感通学批评建基于中国本土感通哲学，从根基上就不同于其他文艺批评理论。如前所述，中国古代有着丰富的感通思想，并在当代有了新发展，尤其在唐君毅、牟宗三的哲学思想中，"感通"几乎是一个主导词。唐君毅的《中国文化之精神价值》《生命存在与心灵境界》等书，创立了系统的感通哲学。其思以"感通"为基点，内接周易、孔孟、程朱、阳明与船山，外引康德、黑格尔、柏格森、怀特海与海德格尔，批判了古典精神衰落之后颠倒是非、神魔混杂之乱象，而以"感通"融摄直觉体悟、知识思辨、道德实践与形上境界，开显出一种颇具理想主义色彩的世界观与人生观。在《中国文化之精神价值》中，唐君毅从感通与生命存在、感通与心灵境界、感通与文化创造、感通与宇宙时空诸方面论述了"感通"之精义："中国自然宇宙观，视物皆有虚以涵实，以形成生化历程，故无纯物质性之实体观念，万物无永远矛盾冲突之理，而有相感通以归中和之理。……由《易经》之教，每一物皆与其他物互相感通涵摄，以使新事物生生不息。……所谓万物间之空间非他，即万物赖以相与感通之场所。一物于其位所见之空间非他，即一物所以摄受他物之观景，或安排来感物之坐标也。事物间之时间非他，即万物之相承感通之际会。"① 据此，在唐君毅看来，宇宙为万物相与感通之生化历程，空间为万物相与感通之场所，时间为万物相承感通之际会。基于此，则宇宙中之一切人和事物，皆可从"感通"来解释。事物之生成变化，源于感通；人生之创造充实，亦源于感通。对于后者，唐君毅尤其不遗余力地加以诠解："个体之德量，由其与他物感通，新有所创造的生起而显；亦由时时能自觉的求多所感通，求善于感通，并脱离

---

① 唐君毅：《中国文化之精神价值》，广西师范大学出版社 2005 年版，第 67、71、74 页。

其过去之习惯之机械支配，及外界之物之力之机械支配，而日趋宏大。……故在感通之际，此心之虚灵明觉，必特殊化而具体化，复因有所感通而充实化。由是而见心之性虽虚灵，而又能充实，亦即心有求充实之性。"① 可见在他看来，创新、创造离不开感通，个人内在生命之充实、日趋宏大更离不开感通。换言之，个人精神生命成长、延展的过程，在很大程度就是感通的过程。在《生命存在与心灵境界》中，唐君毅自述："今著此书，为欲明种种世间、出世间之境界，皆吾人生命存在与心灵之诸方向活动之所感通，与此感通之种种方式相应；更求如实观之，如实知之，以起真实行，以使吾人之生命存在，成真实之存在，以立人极之哲学。……吾人之论之目标，在成就吾人生命之真实存在，使唯一之吾，由通于一永恒、悠久、普遍而无不在，而无限，生命以亦成为无限生命，而立人极。故吾人论诸心灵活动与其所感通之境之关系，皆所以逐步导向于此目标之证成。"② 为此，他以"仁心感通"为原点，逐步开显出生命三向与心灵九境：万物散殊境、依类成化境、功能序运境、感觉互摄境、观照凌虚境、道德实践境、归向一神境、我法二空境、天德流行境。在此九境中，前三境为客观境界，中三境为主观境界，后三境为超主客境界；自他面言之，此九境又涵括自然境界、功利境界、审美境界、道德境界与宗教境界，而尤以带有宗教性的天德流行境为最高境界。在唐君毅看来，只有感通了，才有真实知、真实行，但只有到了天德流行境，人之全幅感通才可能实现。而"所谓天德流行境，乃于人德之成就中，同时见天德之流行……使人德成天德之流行，要在顺吾人生命存在之次序进行，与当前之世界之次第展现于前，依由先至后，由始至终，由本至末之顺观，以通贯天人上下之隔，以通贯物我内外之隔，以和融主观客观之对立，而达于超主观客观之境"③。以人德之成就同时见天德之流行，则天人合一，人之有限性被破除，而进入无限、真实、悠久之生命。质言之，他是要通过"全幅感通"来实现个体生命之真实无限、悠久无疆。与唐君毅相知甚深的牟宗三先生，也同样特别重视中国古代的感通思想并着力加以阐

① 唐君毅：《中国文化之精神价值》，广西师范大学出版社 2005 年版，第 71、72、75 页。
② 唐君毅：《生命存在与心灵境界》，河北教育出版社 1996 年版，第 7、21 页。
③ 唐君毅：《生命存在与心灵境界》，河北教育出版社 1996 年版，第 662、663 页。

扬。只是他的问题意识与唐先生的略有不同。牟宗三是由于"深感吾人之生命已到断潢绝港之时，乃发愤从事文化生命之疏通，以开民族生命之途径，扭转清以来之歪曲，畅通晚明诸儒之心志，以开生命之学问"①。在他看来，《周易》、孔孟、《中庸》所开创的是感通天人的生命之学，宋明儒能接续往圣之慧命，至清已断，亟待接通。他曾说："感通的思想在中国哲学家中是很流行的，几乎无人不承认，也几乎都能体贴到这种境界。"② 而所谓"感通的思想"，与孔子仁学密切相关。孔子最为重视的"仁"，在他看来必须用"感通"来阐明。他反复讲，"仁以感通为性，以润物为用"，"仁之义便是感通无碍"③，而且"儒者所讲的本心或良知，都是根据孔子所指点以明之的'仁'而说的。仁心底感通，原则上是不能有封限的，因此，其极必与天地万物为一体"④。这就是说，"仁"以层层向外感通为自身的特性，其极致便是与天地万物为一体；仁心感通一切，妙润一切，是一切存在之源，是大化流行生生不已的内在根据。经过他的阐发可知，中国古代的仁学、天人之学，其实就是古典形态的感通哲学⑤。由这种感通哲学，可自然而然申发出生态整体世界观和审美主义人生观。而另一方面，感通哲学与文学艺术以个别、特殊、感性形式反映（或暗示）一般本质、深层理念、宇宙消息的特点是高度契合的，可以为文学艺术实现其独特价值提供哲学根据。因此，感通哲学特别适合作为审美感通学批评的哲学基础。

第二，审美感通学批评以"文艺感通论"为自身的文艺学基础，其所秉持的文艺观与其他文艺批评理论有差异。笔者以为，文艺批评理论不能只

---

① 牟宗三：《生命的学问》，广西师范大学出版社 2005 年版，第 34—35 页。
② 牟宗三：《牟宗三先生全集》第 25 册，台湾联经事业出版公司 2003 年版，第 511 页。
③ 牟宗三：《心体与性体》第 2 册，台湾中正书局 1981 年版，第 220 页。
④ 牟宗三：《智的直觉与中国哲学》，台湾商务印书馆 1980 年版，第 191 页。
⑤ 王怀聿先生亦持此观点（详见王怀聿：Ren and Gantong: Openness of Heart and the Root of Confucianism, *Philosophy East and West*, Volume 62, Number 4, October 2012）。另外，唐君毅、牟宗三两位先生所讲的"感通哲学"，在中国当代感通思想中虽然很有代表性，但他们的思想还可进一步发展。比如，就"仁心如何感通一切"这个问题而言，可以援引马克思、胡塞尔的思想进行更深入的阐述。马克思认为"感觉在自己的实践中直接成为理论家"，胡塞尔提出"本质直观"来解决个别与普遍、现象与本质互相割裂的问题，对于建构当代感通学颇具启发意义。在笔者心目中，"审美感通学批评"真正的哲学基础，乃是融会了中国传统感通思想、新儒家感通哲学、马克思哲学与当代现象学的"实践感通学"。限于篇幅，此不赘述。

是提供一种批评视角、批评方法，还应该有坚实的文艺本体论、文艺创作论、文艺功能论基础。申言之，文艺批评之具体展开，最好不是由外在的因素决定，而应该由文艺本体、文艺功能、文艺创作规律来决定，由文艺自身的内在生命生发出来，这样的批评文字才可能切近文艺本体、体现文艺功能、揭示创作规律。正是基于这样的考虑，笔者进行了持续十余年的探索，初步形成了"感通论"文艺观。其内涵可分四个层面简述如下：（1）在文艺本体论层面，文艺作品可视为艺术家感通宇宙自然、社会人心、诗性智慧的产物，但它不只是"现实生活的反映"，而是现实生活、作者自我、审美形式三维耦合的结晶，是作者生命体验的陌生化、合律化显现形式；其本体并不囿于"形式"，也不在"生活"，而存在于作者生命、作品生命、观者生命三者融会互动所形成的动态结构中。（2）在文艺功能论层面，主张文艺的功能不限于认识、娱乐和教诲，而主要在于感动人心、疏通人情、感兴生命、增进人的共通感、提高人的感通能力和成人之美（让人成为人并达到美的境界）。（3）在文艺创作论层面，认为文艺作品源于"交感"而成于"感通"①，文艺创作本质上是一个用特定的感性形式感通人心、让人进入"第二世界"的过程，也是一个在一定程度上以诗性智慧"说不可说"的过程；创作的关窍不在于"反映生活"，而在于调动作者的诗性智慧，以陌生化、合律化的感性形式传达生命体验，引起他者共鸣。（4）在文艺鉴赏论层面，可以说鉴赏的关键是感通，但对作品生命、作者生命的感通决不只是了解作品所反映的生活内容、作者所传达的思想情感，而更多地意味着对作者"生命境界与内在智慧"（含诗性智慧）的领会与共感。简言之，"感通"贯穿于文艺创作、文艺鉴赏的全过程，亦跟文艺本质、文艺功能、文艺创作规律密切相关。这个神奇的概念，既能点明文艺本质、文艺功能，也能很好地引导人进行文艺鉴赏、探索创作规律。而更为重要的是，它能内在地引导文艺批评进入正确的轨道，并找到合适而独到的批评方向与批评重心。

　　基于以上"感通论"文艺观，文艺作品既然是作家、艺术家以一定的

---

　　① 所谓"成于感通"，是说艺术家用一定的感性形式传情达意、感通人心，让读者或观众产生了同情感、共通感，这才完成了一部艺术作品。或谓艺术本质在于"传达"，笔者以为言"传达"不如言"感通"。发一则通知、公告也是一种传达，但可能跟"艺术"毫无关系。言"感通"，能突出艺术作品以感性形式感动人心、疏通人情、激发共鸣的特质。

感性形式感通人心的产物，是现实生活、作者自我、审美形式三维（在诗性智慧作用下）耦合的结晶，那么对文艺作品的批评，就不能只是分析作品所反映的现实生活，不能只是分析作品的审美形式，也不能只是阐释作者所传达的思想情感，而应该重点探析作家、艺术家感通人心的诗性智慧，那种将生活、自我、形式融合到一起的艺术智慧。而这正是以往的文艺批评比较忽略或不太关注的领域①。另外，文艺作品的功能既然主要在于感动人心、疏通人情、感兴生命、增进共通感和成人之美，那么对于文艺作品的批评，就应该有一定的方向感，应着重去阐释作品所呈现的生命境界，并探讨作品"成人之美"的方式与智慧。而对于作品、作者"生命境界与内在智慧"的探讨越深入、越丰富，就必然引导人走向新理论的建构，由此将拓展审美感通学批评无限广阔的空间。所以，很显然，审美感通学批评不是一种外在的批评视角，而仿佛是由文艺本体、文艺功能、文艺创作规律所内在规定的，是文艺本身所期待、所呼唤的一种批评理论。它与文艺本体论、文艺功能论、文艺创作论是高度一致的，彼此融通，构成一个有机整体，这是它比较鲜明的一个独特之处。

　　第三，审美感通学批评是一种注重"把艺术当艺术"但又特别追求"圆通之境"的批评方法，这种追求既给它带来特殊的难度，也带来特殊的深广度。面向作品本身，把艺术当艺术，说起来平淡无奇，但目前大量的批评理论与实践却不是这样做的。也许是由于对艺术本体的理解有偏差，也许是因为不太了解艺术思维，也许是因为强制阐释的冲动远远大于本体阐释的兴趣，国内外有大量的文艺评论总喜欢把艺术作品当成别的东西（如历史文本、法律文本、道德文本、政治文本、生活实录等）来分析。比如，意识形态批评把文艺作品看成是意识形态的反映，精神分析批评把文艺作品看成是欲望与潜意识的曲折表现，形式主义批评把文艺作品看成是符号的组合，都

---

　　① 以往不少文艺批评，或重在揭示现实生活的本质（或分析作品所反映的现实生活，如社会历史批评），或重在分析作品的审美形式（如形式主义批评），或重在揭示作家的深层心理（如精神分析批评）。然而，生活、自我、形式这三者只有在诗性智慧的作用下才会发生耦合效应，才能生成艺术作品。我们以前对于"诗性智慧"的关注太少，这几乎成了文艺批评中的一个盲区或暗区。事实上，只有对"诗性智慧"有着非常深入的了解，才能真正领悟并揭示艺术创造之核心关窍，进而对艺术创造有所启发。

在某种程度上偏离了（或遮蔽了）艺术本体。一直以来很受推崇的实证批评，是否真"把艺术当艺术"呢？这个尤其需要辨析。当前文艺评论界不少学者强调"实证"，强调文艺批评要有"客观性""科学性"，这对于随意胡来的评论当然有纠偏之功，但能否切入艺术本体，仍然是个问题。文艺作品作为艺术家生命体验的陌生化、合律化显现形式，其所呈现的是不同于现实生活世界的"另一个世界"，即便有部分内容可以实证，但真正重要的、比较核心的部分是艺术家出于诗心想象出来的，是很难实证的。换言之，艺术作品首先是诉诸感觉、情感、想象的，只要把艺术当艺术，就必然首先需要敞开心灵去感受、感悟。由于感受、感悟包含联想、想象、顿悟的成分，带有一定的主观性，因此文艺鉴赏与批评必然带有一定的主观性。既然文艺作品本来就不是现实生活的实录，也不是逻辑推理、科学论证的结晶，那就不能总是用现实的眼光、科学的眼光去看，也不宜一味通过实证去求真，那样必然圆凿方枘，没法真正切入艺术本体。比如，《中国社会科学》2005年第2期发表的《窦娥的悲剧——传统司法中的证据问题》一文，就没有把《窦娥冤》当成艺术品来感受和分析，其整个论述与作品本体有很大的偏差。作者首先假定"戏剧与现实的差距不会太大"①，然后以一种很现实的眼光去看待剧中描写的一切。结果他发现，窦娥遭难是由于当时科学技术不发达所致，"《窦娥冤》讲的是这样一个人类的悲剧：在一个没有强有力自然科学技术、实证科学研究传统和职业传统支撑的司法制度中，哪怕司法者很有良心和道德，也将注定不可能运送正义，而更可能运送灾难和悲剧。也许这应当是《窦娥冤》对于我们的永远的警示！"② 这个结论显然是错的③。该文作者似乎忘了，《窦娥冤》是关汉卿虚构的一部悲剧作品，其创作此剧主要是为了控诉那个"覆盆不照太阳晖"的黑暗社会，并热烈歌颂贫苦人民的顽强反抗精神，而不是要引人反思科技对于司法有多么重要。窦娥被斩前发下的三桩誓愿（热血飞练、六月飞雪、三年亢旱）一一应验，以及窦

---

① 苏力：《法律与文学：以中国传统戏剧为材料》，生活·读书·新知三联书店2006年版，第214页。

② 苏力：《窦娥的悲剧——传统司法中的证据问题》，《中国社会科学》2005年第2期。

③ 康保成教授对其错误进行了深入细致的分析，详见其论文《如何面对窦娥的悲剧——与苏力先生商榷》，《中国社会科学》2006年第3期。

娥鬼魂在窦天章面前反复设法申冤，这些是关汉卿的诗性智慧使然，是为了达到令人震惊的艺术效果，而不是为了反证科学技术的重要性。该文认定艺术是现实生活的反映，进而以现实眼光看艺术，而不是以艺术眼光看艺术，显然是很不合适的。

把艺术当艺术看，需要对艺术家的思维、智慧、情趣、信念等有相当的了解，需要明白艺术思维与现实思维的差异，需要有丰富的审美经验，需要用心去感悟，至少要能够以审美的眼光看艺术作品。如果总是以现实思维或现实眼光去看艺术，必然有偏差或隔膜，甚或谬以千里。作为艺术家"中得心源，外师造化"的结果，艺术作品的诞生有一定的神秘性，其内核部分只可心解、神遇、感通，而不便实证。可能正是考虑到这一点，现在也有学者（如於可训先生）强调文学批评要建立在用心感悟的基础上，进而提倡"有感悟的批评"。这种观点很有启发意义。不过在笔者看来，就文艺批评而言，感悟固然非常重要，但强调"感通"更有其必要性、重要性和合理性。

文艺批评，起于感兴、感悟，但贵在能通：通观作品整体，通晓文心文意，通达作者灵魂，会通文气文脉。在笔者看来，不仅文艺创作的本质在于"感通"（用一定的感性形式感动人心、通达灵境），文艺批评的关键亦在于"感通"：一方面感通作品、作者的内在生命，另一方面运用合适的、贴近本体的语言感通读者之心、抵达圆通之境。钱锺书先生的文学批评，便特别讲究一个"通"字：通观圆览，贯通古今，辩证通脱，多元互通；通天达人，融通中外，精辟通透，成熟圆通。钱先生认为"人共此心，心均此理"，"东海西海，心理攸同"。基于这种假定，他自然而然追求一种会通境界："观其同而通之，则理有常经，事每共势，古今犹旦暮，楚越或肝胆，变不离宗，奇而有法"①。当然，他并非一味求同致通，而是强调"辨察而不拘泥，会通而不混淆"②。他曾自述："弟之方法并非'比较文学'，以此词通常意义说，而是求'打通'。以打通拈出新意。"③根据赵一凡先生的研究，钱先生所谓"打通"，主要是"打通古今，打通中西，打通人文各学

---

① 钱锺书：《管锥编》，中华书局 1986 年版，第 1088 页。
② 钱锺书：《谈艺录》（补订本），中华书局 1984 年版，第 335 页。
③ 转引自郑朝宗：《〈管锥编〉作者的自白》，《人民日报》1987 年 3 月 16 日。

科"①。那么，靠什么打通呢？在人文学科领域，文学、艺术学、哲学自根底言之实为心学，欲达通境固然需要良好的理性能力和实证功夫，但在最深、最高层次上却离不开直觉、灵感、顿悟等悟性能力。文艺精品皆蕴含"真正的谜"，或有"形而上质"，或有"灵韵"，或有"意境"，若纯以理智衡之，难免窒碍不通；若以灵心妙悟，可望感而遂通。事实上，若要真正把艺术当艺术，就必然要诉诸"感通"；既然要诉诸"感通"，那就最好能达到"圆通之境"②。刘勰在《文心雕龙》中多次讲"义贵圆通""辞贯圆通"，几乎以"圆通"为文艺批评最高境界，这是很耐人寻味的。达到他说的"圆通"之境固然非常困难，但不能因为困难就不去追求。恰好相反，难度的存在反而可以为文艺批评注入不竭的动力与活力，也可以在一定程度上保障文艺批评的深度与广度。既然"圆通之境"仍可视为文艺批评的重要目标，那么强调"审美感通"也就是自然而然的事，因为"审美感通"正是达致"圆通之境"的天然路径。

第四，在操作技术层面，审美感通学批评的一个重要特色是，注重从整体上把握作品的内在生命，把握这一生命的内在矛盾与发展方向，整体感通之后找到作品的玄关秘窍（指特别能体现作家艺术匠心与创作核旨的地方，如隐性艺术家、超自然现象、神秘闯入者、关键性空白、核心意象等）作为切入口展开分析。尤其注意把握作品中的"隐性艺术家"形象，通过分析"隐性艺术家"来把握作品的核旨与境界，并在阐释作品艺术特色、多重意蕴的同时，揭示出作家的艺术思维与诗性智慧。由于艺术作品是"现实生活、作者自我（含诗性智慧）、审美形式三维耦合的结晶"，所以只要真正面向作品本身，就必然发现作品中存在艺术家想象、虚构或自我投射的成分，就必然发现作品中存在着与现实生活迥异的元素。可以说，艺术创作的真实情形，决定了艺术作品并不是完全客观的，也决定了"隐性艺术家"是完全有可能存在的。所谓"隐性艺术家"，是指在戏剧影视或小说作品

①　赵一凡：《钱钟书的通学方法》，《艺术百家》2008年第5期。
②　所谓"圆通之境"，含有二义：一是对作品的阐释圆融无碍、贴切不隔，能最大限度地、准确地阐发出作品的意蕴与美质，并能将作品与其所处的文化圈子一气贯通，积小明大而又举大贯小，推末至本而又探本穷末，义解圆足而免于偏枯；二是批评者自身的各种感觉与悟性相融通，无所隔碍，周遍圆融。

中，由作者派入作品人物世界、暗中协助作者实现创作意图的"特殊使者"：他们看上去可能跟作品中其他人物一样来源于现实，但他们通常比其他人物更具有能动性和创造性，或智慧超群，或按艺术思维行事，或把周围人纳入到自己的创作活动中，暗暗引导着作品实现其艺术本质或作者的创作意图。隐性艺术家分享作者本人的生命体验与内在智慧，在作品中有可能是正面人物，也有可能是反面人物，还可能是非常复杂的立体人物，甚至有可能是某个意象或人物组合体。找到作品中的隐性艺术家，就仿佛找到了作品的秘密入口，有助于进一步找到作品的内在筋脉与气韵流向，解读起来有可能如庖丁解牛，游刃有余。

与美国文学批评家韦恩·布斯提出的"隐含作者"概念不同，"隐性艺术家"不是作家的"理想的化身"，也不是作家"所选择的东西的总和"①，而只是作品中与作家艺术灵魂、诗性智慧紧密相关的一个重要组成部分，其主要功能是实现作家的创作意图，或者充分体现艺术的本质与价值（让人成为人并达到美的境界）。事实上，在作品中置入隐性艺术家形象，是很多作家实现其创作意图的一个重要技巧。但这样做绝非把笔下人物变成作者的传声筒。隐性艺术家是作者根据可然律或必然律置入作品的，他们作为"隐秘使者"恰好是要尽量避免直接代替作者发声，其扮演最好出神入化，如羚羊挂角，无迹可求。对作品中"隐性艺术家"的发现，特别需要"整体洞察与微观透视相结合"。若能从整体上感知到作品内在意脉的流动，感受到作品生命中起主导作用的那股力量，敏感到作者实现其创作意图的某些细节，就有可能发现作品中的"隐性艺术家"。

比如，在莎翁名剧《哈姆雷特》中，哈姆雷特其实就是一位自由的、最贴近莎翁艺术灵魂的隐性艺术家；在《奥瑟罗》中，伊阿古就是一位深谙人性奥秘、几乎主导着全剧发展路向的魔鬼艺术家②。在易卜生的经典名剧《玩偶之家》中，林丹太太是一位智慧超群、感通能力极强的隐性艺术家③；在《野鸭》中，格瑞格斯是一位从反面贯彻作家创作意图的隐性艺术

---

① ［美］韦恩·布斯：《小说修辞学》，付礼军译，广西人民出版社1987年版，第81页。
② 详见汪余礼：《论莎士比亚四大悲剧中的隐性艺术家形象——兼论"隐性艺术家"与"隐含作者"的差异》，《戏剧艺术》2018年第2期。
③ 详见汪余礼：《对〈玩偶之家〉的审美感通学批评》，（法国）《对流》2016年第1期。

家。在中国古典戏曲中也存在"隐性艺术家"形象，比如，《西厢记》中的老夫人、红娘，《赵氏孤儿》中的程婴，都是隐性艺术家，限于篇幅，兹不详析。

除了"隐性艺术家"这个新概念，"审美感通学批评"还有正向感通、反向感通、复合感通、太极图式、诗性智慧、文气意脉、光源灵韵、虚实联动机制、阴阳互动机制、多元炼金机制等重要术语，而每一个术语往往意味着一种批评意向或评论的重心。简言之，审美感通学批评所着重关注的要点，与中国传统艺术批评的兴趣点有相通之处，但与当今盛行的新历史主义批评、后殖民主义批评、意识形态批评、精神分析批评、女性主义批评、空间批评等迥然有别。

第五，在核心旨趣方面，审美感通学批评既注重接通历史文化命脉、再植灵根重续慧命，亦致力于阐发作品诗性智慧、建构文本诗学、参与当代文化创造。前面说过，审美感通学批评是在当代社会出现生态危机、异化危机、信仰危机、文论危机和审美论回归的复杂背景下提出的一种文艺批评理论构想。这种时代背景对其发展方向、核心旨趣是有影响的。申言之，当代文艺批评，应该回应时代的重大关切，并在融入时代发展潮流、解决人类现实问题方面发挥应有的作用。笔者以为，当今世界最大的危机是生态危机，最宏伟的目标是建构人类命运共同体，而建构人类命运共同体的根本保障是全世界合力建设生态文明，建设生态文明最根本的途径是通过人文教育确立生态整体世界观①。审美感通学批评建基于感通哲学，感通哲学本身即主张一种生态整体世界观（它们都反对个人中心主义和工具理性，主张感通他者、万物平等、天人一体、和合共生，都倾向于认同宇宙人生的整体关联性），故而二者相融相生。此外，审美感通学批评与植根于感通哲学的审美

---

① 以往物质至上的自我中心主义和工具主义世界观是导致全球生态危机的深层根源。只有去掉病根，建立一种适应人类永续发展需要的生态整体世界观，才能确保生态文明建设具有坚实的基础。而所谓"生态整体世界观"，指的是一种认同天地人神四重整体共生共在的世界观。这四重整体彼此关联，其内在联系构成宇宙隐秘秩序，人类的知性、理性对此难以完全把握，故要保持敬畏之心（详见［美］托马斯·贝里：《伟大的事业：人类未来之路》，曹静译，生活·读书·新知三联书店2005年版；［法］塞尔日·莫斯科维奇：《还自然之魅：对生态运动的思考》，庄晨燕等译，生活·读书·新知三联书店2005年版；唐君毅：《生命存在与心灵境界》，河北教育出版社1996年版，唐先生出于"对人类世界毁灭之可能之认识"而著此书，极言"宗教信仰之价值"）。

主义人生观也是高度契合的。在笔者看来，审美主义人生观有三个要义：一是将整个人格投入到将人生艺术化的实践中去，将自我的人生变成一个美的艺术品，并在审美中形成对于精神生命的信仰；二是以一种超脱而又同情的眼光看待一切人、事物，深深领略人心的微妙、艺术的精妙与宇宙的奥妙；三是以一种"成人之美"的情怀，努力让同胞和随处的社会环境变得更美好。这样的审美主义人生观，与生态整体世界观融洽一致，可共同为生态文明建设奠定思想基础。基于此，植根于感通哲学、生态整体世界观和审美主义人生观的审美感通学批评，并不只是着意于阐释作品特色，而是有着更为深远的考虑。那些考虑引导着批评者的行文思路与探索重心，显示出审美感通学批评的独特旨趣，这就必然将它与其他文艺批评区别开来。

审美感通学批评的第一个核心旨趣，就是探析文艺作品中隐蕴的生命境界和人生智慧（含生态智慧），并纵横勾连、交互阐发，接通历史文化命脉，拓展个体精神生命的存在境域。在审美感通学批评提出之初，其立意就不只是寻求一种对于文艺作品的新解释，而是要在感通中体验"存在的境域""人性的结构""精神的成长""生命的境界""人类的智慧""文明的递进""宇宙的信息"等，指向人的内在生命的重塑与新型人格的重建。文艺是立心、养心的，文艺批评归根结底也是要立心、立人的。一流的艺术家是善于预流、敏于反思、以人为本、成人之美的，相应地，批评家也需要善于反思和成人之美，并投入到重铸心魂、重建人格的事业中去。在当今社会出现种种危机、世人精神信仰趋弱或缺失的时代背景下，审美感通学批评在一定程度上担负着沟通文化精魂、重塑高贵人格、参建生态文明的历史使命。在人类的文学艺术史上，那些真正伟大的精魂其实从未消逝，只要今人用心感通，仍可激活其慧命，让其在当世发出光芒。如果对其思想、智慧进行现代性转化和创新性发展，与当代社会的具体问题密切结合起来，则完全可以照亮今人前行的路。质言之，审美感通学批评属于一项参与时代文化创造的精神事业，它要求批评者（或评论者）在审美感悟、生命体验方面有真实的感动与洞见，在精神上真正有所拓展、有所成长，在智慧上真正有所开悟、有所会通，才能发抒为文。如果说作家、艺术家是以全人格照亮"存在与本体", 那么评论者同样必须以自己独特的方式照亮"此在与慧境", 让自己也让读者转向对"新人"与"慧境"的向往、追求。

审美感通学批评的第二个核心旨趣, 就是探讨文艺作品中隐含的诗性智慧（感通人心的智慧, 或创构艺术作品的原理、法则与技巧等）, 建构文本诗学, 丰富本土文论话语。原创性的文艺理论向来是从优秀的文艺作品中提炼出来的。而优秀的文艺作品作为现实生活、作者自我、审美形式三维耦合的结晶, 必然凝聚着作家、艺术家的诗性智慧或艺术智慧。审美感通学批评既然以切入作品本体、感通作家灵魂为要务（其所要感通的对象不只是作家的生命体验、思想情感, 更有作家的创作思维、诗性智慧）, 那么它自然要设法提炼或揭示出作品中隐含的诗性智慧。如果说从具体作品中提炼出来的诗性智慧可称之为"文本诗学", 那么审美感通学批评天然就有建构文本诗学的倾向。由于文艺实践、文艺作品是无限丰富的, 其中蕴含的诗性智慧是丰富多彩的, 因而只要善于感通、敏于思辨, 是完全有可能建构出新理论的[①]。此外, 感悟、感通的过程, 在很大程度上含有直观本质、洞见规律或顿悟关窍的成分, 它原本就孕育着理论的种子。因此, 在感通的基础上建构理论, 可以说是一个水到渠成、自然而然的过程[②]。换言之, 审美感通学批评与诗学建构、文论话语产生有着不解之缘, 它不只是一种阐释文艺作品的方法, 而且是一种生产文论话语的理论。审美感通学批评的这个特点, 也足以说明文艺批评并非依附于文艺作品, 而是有着自身的独立性。如果能在审美感通、审美阐释的过程中提炼、创构出有根的诗学理论, 那么这无疑有助于丰富本土文论话语, 参与当代文化创造。

尽管审美感通学批评与时代密切相关, 但其基本方向与核心旨趣仍然是由文艺作品本身所开显出来的。批评者只要面向作品本身, 就会自然而然朝着上述方向（作品、作者的生命境界与内在智慧）感受与思考。无论是在

---

① "理论"不一定要非常高大全。其实, 文艺理论可以有多种层级、形态, 不必拘于一端。适用于阐释古今中外各类文艺作品的哲性诗学、普遍诗学是理论, 适用于阐释某一类文艺作品的文本诗学、具体诗学也是理论。而且, 真正对文艺创作有启发意义的, 往往是那些具体的文本诗学。

② 在这方面, 国内外一些学者已经作出了一些成果, 如杨义的《李杜诗学》《楚辞诗学》, 翁文娴的《变形诗学》。笔者也作了一点尝试, 详见拙著《双重自审与复象诗学——易卜生晚期戏剧新论》（中国社会科学出版社 2016 年版）, 拙文《〈哈姆雷特〉与莎士比亚的炼金诗学》（*DramArt*, 2016）。

感通作者生命境界的基础上进行文化创造，还是在发掘作品诗性智慧的基础上进行理论建构，都是自然而然的事，都仿佛是作品本身的一种自然的吁请。正是这两种方向与路径，把批评者引到"再植灵根、重续慧命"① 的精神事业中去。而这项精神事业，在其终极意义上，指向人类精神信仰的重建和人类命运共同体的建构。

综上所述，审美感通学批评不仅是一种阐释文艺作品的方法，也是一条生产文论话语的路径；不仅是一种寻求走出"失语症"的理论探索，更是一项致力于"再植灵根、重续慧命"的精神事业。

---

① 所谓"再植灵根、重续慧命"，是相对于文艺创作而言的。如果说文艺创作的过程隐蕴着植入灵根、接通慧命的成分（伟大作品往往深深植根于传统又区别于传统），那么文艺批评作为一种"再创造"，首先应该感通作品的生命境界与内在智慧，继而一方面阐发出作品与传统相通的成分，另一方面揭示出作品的独创性，将其新质再次植入传统之中，这个过程相当于"再植灵根、重续慧命"。这种感通与阐释的一再展开，既有助于接通历史文化命脉，也有助于人们建立对于精神生命绵延不止、悠久无疆的信仰。

参考文献

一、易卜生作品及西方易卜生研究论著（含原著与译著）

1. 《易卜生文集》第1—8卷，多人译，人民文学出版社1995年版。

2. 《易卜生戏剧选》，潘家洵译，人民文学出版社2013年版。

3. 《易卜生戏剧全集》，吕健忠，台北左岸文化公司2004年版。

4. 《易卜生戏剧集》（1—3），潘家洵等译，人民文学出版社2006年版。

5. 《易卜生书信演讲集》，汪余礼、戴丹妮译，人民文学出版社2012年版。

6. 高中甫编选：《易卜生评论集》，外语教学与研究出版社1982年版。

7. 孟胜德、〔挪〕阿斯特里德·萨瑟编辑：《易卜生研究论文集》，中国文学出版社1995年版。

8. 〔挪〕亨利克·易卜生：《易卜生的工作坊——现代剧创作札记、梗概与待定稿》，汪余礼、朱姝等译，武汉大学出版社2016年版。

9. 〔挪〕玛莉·兰定等：《易卜生评论——来自挪威作家》，石琴娥译，金谷出版社2006年版。

10. 〔挪〕比约恩·海默尔：《易卜生——艺术家之路》，石琴娥译，商务印书馆2007年版。

11. 〔丹〕勃兰兑斯：《易卜生评传及其情书》，林语堂译，大东书局1940年版。

12. 〔美〕哈罗德·克勒曼：《戏剧大师易卜生》，蒋嘉、蒋虹丁译，湖南人民出版社1985年版。

13. 〔德〕路·莎乐美：《阁楼里的女人：莎乐美论易卜生笔下的女性》，马振骋译，上海人民出版社2013年版。

14. Henrik Ibsen, *Letters of Henrik Ibsen*, Translated by John Nilsen Laurvik and Mary Morison, New York：The Premier Press, 1908.

15. Henrik Ibsen, *Speeches and New Letters of Henrik Ibsen*, Translated by Arne Kildal, Boston: The Borham Press, 1910.

16. Henrik Ibsen, *The Collected Works of Henrik Ibsen* (Ⅰ－Ⅻ), Translated by William Archer and A. G. Chater, New York: Charles Scribner's Sons, 1911.

17. Henrik Ibsen, *Letters and Speeches*, Edited by Evert Sprinchorn, Clinton: The Colonial Press Inc. , 1964.

18. Henrik Ibsen, *Ibsen's Selected Plays*, Edited by Brain Johnston, New York: W. W. NORTON & COMPANY, 2004.

19. Henrik Ibsen, *Ibsen on Theatre*, Edited by Frode Helland and Julie Holledge, London: Nick Hern Books, 2018.

20. Bernard Shaw, *The Quintessence of Ibsenism.* , London: Constable and Company Limited, Standard Edition, 1932.

21. Brain Johnston, *The Ibsen Cycle*, Boston: G. K. Hall & CO. , 1975.

22. Brain Johnston, *To the Third Empire: Ibsen's Early Drama*, Minneapolis: University of Minnesota, 1980.

23. Brain Johnston, *Text and Supertext in Ibsen's Drama*, London: The Pennsylvania State University Press, 1989.

24. Bjorn Hemmer, *Contemporary Approaches to Ibsen*, Oslo: Scandinavian University Press, 1994.

25. Burton Blistein, *The Country of the Blind: A New Interpretation of the Plays of Henrik Ibsen*, New York: Peter Lang, 2018.

26. Constantine Theoharis, *Ibsen's Drama: Right Action and Tragic Joy*, New York: NSt. Martin's Press, 1996.

27. Einar Haugen, *Ibsen's Drama: Author to Audience*, Minneapolis: University of Minnesota Press, 1979.

28. Elisabeth Eide, *China's Ibsen: From Ibsen to Ibsenism*, London: Curzon Press, 1987.

29. Errol Durbach, *Ibsen and the Theatre*, London: The Macmillan Press Limited, 1980.

30. Errol Durbach, *Ibsen The Romantic*, London: The Macmillan Press Limited, 1982.

31. Frederick Lumley, *New Trends in 20th Century Drama: A Survey since Ibsen and Shaw*, New York: Oxford University Press, 1972.

32. Frederick J. Marker, *Ibsen's Lively Art: A Performance Study of the Major Plays*, Cambridge: Cambridge University Press, 2005.

33. Frode Helland, *Ibsen in Practice: Relational Readings of Performance, Cultural Encounters, and Power*, London: Bloomsbury, 2015.

34. Frode Helland, *A Global Doll's House: Ibsen and Distant Visions*, Palgrave Macmillan, 2016.

35. Harold Clurman, *Ibsen*, London: The Macmillan Press Limited, 1978.

36. Holtan Orley I., *Mythic Patterns in Ibsen's Last Plays*, Minneapolis: The University of Minnesta Press, 1970.

37. James McFarlane, *Cambridge Companion to Ibsen*, Cambridge: Cambridge UP, 1994.

38. Jane Ellert Tammany, Henrik Ibsen's Theatre Aesthetic & Dramatic Art, New York: Philosophical Library, 1980.

39. John Templeton, *Ibsen's Women*, Cambridge: Cambridge University Press, 1997.

40. Kenneth Muir, *Last Periods of Shakespeare and Ibsen*, Detroit: Wayne State University Press, 1961.

41. Kristen Shepherd – Barr, *Ibsen and Early Modernist Theatre: 1890 – 1900*, London: Greenwood Press, 1997.

42. Kristen Shepherd – Barr, *Theatre and Evolution: From Ibsen to Beckett.* New York: Columbia University Press, 2015.

43. Kristin Gjesdal, *Ibsen's Hedda Gabler: Philosophical Perspectives*, New York: Oxford University Press, 2018.

44. Michael Meyer, *Henrik Ibsen: En biograft*, Oslo: Gyldendal, 1971.

45. Mark B. Sandberg, *Ibsen's Houses: Architectural Metaphor and the Modern Uncanny*, Cambridge: Cambridge University Press, 2015.

46. Narve Fulsas, Tore Rem, *Ibsen, Scandinavia and the Making of A World Drama*, Cambridge: Cambridge University Press, 2018.

47. Richard Gilman, *The Making of Modern Drama*, New Haven: Yale UP, 1999.

48. Robert Brustein, *The Theatre of Revolt: Studies in Modern Drama from Ibsen to Genet*, Chicago: Ivan R. Dee Publisher, 1991.

49. Trausti ólafsson, *Ibsen's Theatre of Ritualistic Visions: An Interdisciplinary Study of Ten Plays*, New York: Peter Lang, 2008.

50. Toril Mol, *Henrik Ibsen and the Birth of Modernism: Art, Theater, Philosophy*, London: Oxford University Press, 2006.

二、中国易卜生研究论著

1. 陈惇、刘洪涛编：《现实主义批判：易卜生在中国》，江西高校出版社 2009 年版。

2. 陈瘦竹：《易卜生〈玩偶之家〉研究》，新文艺出版社 1958 年版。

3. 何成洲：《对话北欧经典：易卜生、斯特林堡与哈姆生》，北京大学出版社 2009 年版。

4. 李长之：《北欧文学》，商务印书馆 1946 年版。

5. 李兵：《现代戏剧之父——易卜生心理现实主义剧作研究》，四川大学出版社 2009 年版。

6. 刘大杰：《易卜生研究》，商务印书馆 1928 年版。

7. 刘明厚：《真实与虚幻的选择——易卜生后期象征主义戏剧》，同济大学出版社 1994 年版。

8. 刘明厚主编：《不朽的易卜生：百年易卜生中国国际研讨会论文集》，中国戏剧出版社 2008 年版。

9. 刘效鹏：《海达盖伯乐之研究》，台北秀威科技资讯有限公司 2006 年版。

10. 《鲁迅全集》第 7 卷，人民文学出版社 2005 年版。

11. 茅盾（方璧）：《西洋文学通论》，世界书局 1930 年版。

12. 茅于美：《易卜生和他的戏剧》，北京出版社 1981 年版。

13. 萌萌：《萌萌文集》，张志扬编，上海译文出版社 2007 年版。

14. 聂珍钊、陈智平主编：《易卜生戏剧的自由观念——中国第三届易卜生国际学术研讨会论文集》，外语教学与研究出版社 2007 年版。

15. 聂珍钊、周昕主编：《易卜生创作的生态价值研究：绿色易卜生国际学术研讨会论文集》，华中师范大学出版社 2011 年版。

16. 石琴娥：《北欧文学史》，译林出版社 2005 年版。

17. 石琴娥：《北欧文学论——从北欧中世纪文学瑰宝到"当代的易卜生"》，上海社会科学院出版社 2015 年版。

18. 孙建主编：《跨文化背景下的北欧文学研究》，复旦大学出版社 2017 年版。

19. 孙建、[挪] 弗洛德·赫兰德主编：《跨文化的易卜生》，复旦大学出版社 2012 年版。

20. 田禽：《中国戏剧运动》，商务印书馆 1946 年版。

21. 汪余礼：《双重自审与复象诗学——易卜生晚期戏剧新论》，中国社会科学出版社 2016 年版。

22. 王宁编：《易卜生与现代性：西方与中国》，百花文艺出版社 2001 年版。

23. 王宁、孙建主编：《易卜生与中国：走向一种美学建构》，天津人民出版社 2004

年版。

24. 王忠祥：《建构文学史新范式与外国文学名作重读——王忠祥自选集》，华中师范大学出版社 2009 年版。

25. 王忠祥：《易卜生》，华夏出版社 2002 年版。

26. 向培良：《中国戏剧概评》，上海泰东图书局 1928 年版。

27. 袁振英编译：《易卜生社会哲学》，上海泰东图书局 1928 年版。

28. He Chengzhou, *Henrik Ibsen and Modern Chinese Drama*, Oslo：Oslo Academic Press, 2004.

29. He Chengzhou, *Henrik Ibsen and Modern China*, Turin：University of Turin, 2007.

30. Tam Kwok-kan, *Ibsen in China 1908-1997：A Critical-Annotated Bibliography of Criticism, Translation and Performance*, HK：The Chinese University of HK, 2001.

三、戏剧理论与戏剧史著作

1. 陈白尘、董健主编：《中国现代戏剧史稿（1899—1949）》，中国戏剧出版社 2008 年版。

2. 陈吉德：《中国当代先锋戏剧（1979—2000）》，中国戏剧出版社 2004 年版。

3. 陈军：《戏剧文学与剧院剧场——以"郭、老、曹"与北京人艺为例》，社会科学文献出版社 2011 年版。

4. 陈世雄：《现代欧美戏剧史》，文化艺术出版社 2010 年版。

5. 陈世雄：《戏剧思维》，厦门大学出版社 2012 年版。

6. 陈世雄、周宁：《20 世纪西方戏剧思潮》，中国戏剧出版社 2000 年版。

7. 崔国良、崔红编：《张彭春论教育与戏剧艺术》，董秀桦英文编译，南开大学出版社 2003 年版。

8. 董健、胡星亮主编：《中国当代戏剧史稿（1949—2000）》，中国戏剧出版社 2008 年版。

9. 杜清源编：《戏剧观争鸣集》（1），中国戏剧出版社 1986 年版。

10. 方李珍：《戏曲诗学》，中国社会科学出版社 2017 年版。

11. 傅谨：《二十世纪中国戏剧导论》，中国社会科学出版社 2004 年版。

12. 傅谨：《20 世纪中国戏剧史》，中国社会科学出版社 2016 年版。

13. 顾春芳：《戏剧学导论》，北京大学出版社 2014 年版。

14. 胡星亮：《二十世纪中国戏剧思潮》，江苏文艺出版社 1995 年版。

15. 胡星亮：《当代中外比较戏剧史论（1949—2000）》，人民出版社 2009 年版。

16. 胡星亮：《现代戏剧与现代性》，人民文学出版社 2007 年版。

17. 焦尚志：《中国现代戏剧美学思想发展史》，东方出版社 1995 年版。

18. 黄美序：《戏剧的味道》，山东画报出版社 2009 年版。

19. 黄爱华：《20 世纪中外戏剧比较论稿》，浙江大学出版社 2006 年版。

20. 黄佐临：《我与写意戏剧观》，中国戏剧出版社 1990 年版。

21. 蓝凡：《中西戏剧比较论》，学林出版社 2008 年版。

22. 李强：《中外剧诗比较通论》（上、下），中国社会科学出版社 2006 年版。

23. 李伟：《怀疑与自由：文化转型期的戏剧批评》，上海书店出版社 2011 年版。

24. 李亦男：《当代西方剧场艺术》，广西师范大学出版社 2017 年版。

25. 梁燕丽：《20 世纪西方探索剧场理论研究》，上海三联书店 2009 年版。

26. 廖可兑：《西欧戏剧史》，中国戏剧出版社 2002 年版。

27. 廖奔：《东西方戏剧的对峙与解构》，上海辞书出版社 2007 年版。

28. 蔺海波：《90 年代中国戏剧研究》，北京广播学院出版社 2002 年版。

29. 林克欢：《戏剧表现的观念与技法》，北京联合出版公司 2018 年版。

30. 刘彦君、廖奔：《中外戏剧史》，广西师范大学出版社 2005 年版。

31. 罗晓风选编：《编剧艺术》，文化艺术出版社 1986 年版。

32. 吕效平编著：《戏剧学研究导引》，南京大学出版社 2006 年版。

33. 荣广润、姜萌萌、潘薇：《地球村中的戏剧互动：中西戏剧影响比较研究》，上海三联书店 2007 年版。

34. 施旭升：《戏剧艺术原理》，中国传媒大学出版社 2006 年版。

35. 宋宝珍：《残缺的戏剧翅膀：中国现代戏剧理论批评史稿》，北京广播学院出版社 2002 年版。

36. 孙惠柱：《第四堵墙——戏剧的结构与解构》，上海书店出版社 2006 年版。

37. 《谭霈生文集》第 1—6 卷，中国戏剧出版社 2005 年版。

38. 田民：《莎士比亚与现代戏剧：从亨利克·易卜生到海纳·米勒》，中国社会科学出版社 2006 年版。

39. 田本相：《现当代戏剧论》，江西高校出版社 2006 年版。

40. 田本相主编：《中国戏剧论辩》（上、下），百花洲文艺出版社 2007 年版。

41. 田本相主编：《中国近现代戏剧史》，江苏教育出版社 2008 年版。

42. 王士仪：《论亚里士多德〈创作学〉》，台湾联经出版有限公司 2003 年版。

43. 中国社会科学院外国文学研究所等编：《外国现代剧作家论剧作》，中国社会科学出版社 1982 年版。

44. 徐晓钟、谭霈生主编：《新时期戏剧艺术研究》，中国戏剧出版社 2009 年版。

45. 余秋雨：《戏剧理论史稿》，上海文艺出版社 1983 年版。

46. 张兰阁：《戏剧范型：20 世纪戏剧诗学》，北京大学出版社 2009 年版。

47. 张殷编著：《中国话剧艺术舞台演出史纲》，武汉大学出版社 2008 年版。

48. 郑传寅、黄蓓编著：《欧洲戏剧史》，北京大学出版社 2008 年版。

49. 周安华：《20 世纪中国问题剧研究》，中国戏剧出版社 2000 年版。

50. 周靖波主编：《中国现代戏剧论：建设民族戏剧之路》上卷，北京广播学院出版社 2003 年版。

51. 周宁主编：《西方戏剧理论史》，厦门大学出版社 2008 年版。

52. 周宁主编：《20 世纪中国戏剧理论批评史》，山东教育出版社 2013 年版。

53. 邹元江：《戏剧"怎是"讲演录》，湖南教育出版社 2007 年版。

54. 邹元江：《中西戏剧审美陌生化思维研究》，人民出版社 2009 年版。

55. ［波兰］耶日·格洛托夫斯基：《迈向质朴戏剧》，魏时译，中国戏剧出版社 1984 年版。

56. ［德］曼弗雷德·普菲斯特：《戏剧理论与戏剧分析》，周靖波、李安定译，北京广播学院出版社 2004 年版。

57. ［德］彼得·斯丛狄：《现代戏剧理论（1880—1950）》，王建译，北京大学出版社 2006 年版。

58. ［德］汉斯·帝斯·雷曼：《后戏剧剧场》，李亦男译，北京大学出版社 2010 年版。

59. ［古希腊］亚里士多德：《诗学》，罗念生译，人民文学出版社 1982 年版。

60. ［加］雷内特·本森：《德国表现主义戏剧——托勒尔与凯泽》，汪义群译，中国戏剧出版社 1992 年版。

61. ［英］马丁·艾思林：《戏剧剖析》，罗婉华译，中国戏剧出版社 1981 年版。

62. ［英］马丁·艾斯林：《荒诞派戏剧》，华明译，河北教育出版社 2003 年版。

63. ［美］L. 埃格里：《编剧艺术》，朱角译，中国戏剧出版社 1987 年版。

64. ［美］约翰·霍华德·劳逊：《戏剧与电影的剧作理论与技巧》，邵牧君、齐宙译，中国电影出版社 1989 年版。

65. ［美］凯瑟琳·乔治：《戏剧节奏》，张全全译，中国戏剧出版社 2006 年版。

66. ［美］乔治·贝克：《戏剧技巧》，余上沅译，中国戏剧出版社 2004 年版。

67. ［英］彼得·布鲁克：《空的空间》，刑历等译，中国戏剧出版社 1988 年版。

68. ［英］阿·尼柯尔：《西欧戏剧理论》，徐士瑚译，中国戏剧出版社 1985 年版。

69. ［英］J. L. 斯泰恩：《现代戏剧理论与实践》，刘国彬等译，中国戏剧出版社 2002

年版。

70. ［英］威廉·阿契尔：《剧作法》，吴钧燮、聂文杞译，中国戏剧出版社 2004 年版。

71. ［英］雷蒙·威廉斯：《现代悲剧》，丁尔苏译，译林出版社 2007 年。

四、文艺学、美学与哲学著作

1. 残雪：《残雪文学观》，广西师范大学出版社 2007 年版。

2. 残雪：《黑暗灵魂的舞蹈：残雪美文自选集》，文汇出版社 2009 年版。

3. 残雪：《为了报仇写小说——残雪访谈录》，湖南文艺出版社 2003 年版。

4. 残雪、邓晓芒：《旋转与升腾：新经典主义文学的哲学视野对话》，上海文艺出版社 2017 年版。

5. 陈望衡：《当代美学原理》，人民出版社 2003 年版。

6. 陈望衡：《艺术创作美学》，武汉大学出版社 2007 年版。

7. 董志强：《消解与重构——艺术作品的本质》，人民出版社 2002 年版。

8. 邓晓芒：《文学与文化三论》，湖北人民出版社 2005 年版。

9. 邓晓芒：《康德哲学诸问题》，生活·读书·新知三联书店 2006 年版。

10. 邓晓芒：《批判与启蒙》，崇文书局 2019 年版。

11. 李凤亮：《诗·思·史：冲突与融合——米兰·昆德拉小说诗学引论》，商务印书馆 2006 年版。

12. 刘小枫主编：《现代性中的审美精神——经典美学文选》，学林出版社 1997 年版。

13. 钱锺书：《管锥编》第 1—4 册，中华书局 1986 年版。

14. 钱锺书：《谈艺录》（补订本），中华书局 1984 年版。

15. 佘碧平：《现代性的意义与局限》，上海三联书店 2000 年版。

16. 苏宏斌：《现象学美学导论》，商务印书馆 2005 年版。

17. 滕守尧：《艺术与创生——生态式艺术教育概论》，陕西师范大学出版社 2002 年版。

18. 王岳川：《现象学与解释学文论》，山东教育出版社 1999 年版。

19. 王宁：《"后理论时代"的文学与文化研究》，北京大学出版社 2009 年版。

20. 王宁：《当代中国外国文学批评史》，中国社会科学出版社 2019 年版。

21. 杨匡汉：《中国新诗学》，人民出版社 2005 年版。

22. 叶朗：《美学原理》，北京大学出版社 2009 年版。

23. 叶朗：《美在意象：〈美学原理〉彩色插图本》，北京大学出版社 2010 年版。

24. 叶秀山：《思·史·诗——现象学和存在哲学研究》，人民出版社 2010 年版。

25. 中国人民大学基督教文化研究所主编：《神性与诗性——基督教文化学刊》（第 13 辑·2005 春），中国人民大学出版社 2006 年版。

26. 中国人民大学基督教文化研究所主编：《诗学与神学——基督教文化学刊》（第 18 辑·2007 秋），宗教文化出版社 2007 年版。

27. 周宪：《审美现代性批判》，商务印书馆 2005 年版。

28. 《朱光潜全集》第 1—20 卷，安徽教育出版社 1987 年版。

29. 宗白华：《艺境》，北京大学出版社 1999 年版。

30. 邹元江：《汤显祖的情与梦》，南京出版社 1998 年版。

31. 邹元江：《行走在审美与艺术之途》，山东友谊出版社 2008 年版。

32. 邹元江：《论意象与非对象化》，中国社会科学出版社 2014 年版。

33. ［奥］斯蒂芬·茨威格：《世界建筑师：三大师·与魔的搏斗·三作家》，高中甫等译，北京燕山出版社 2004 年版。

34. ［德］黑格尔：《美学》第 1—3 卷，朱光潜译，商务印书馆 1981 年版。

35. ［德］海德格尔：《海德格尔选集》，孙周兴选编，生活·读书·新知三联书店 1996 年版。

36. ［德］海德格尔：《荷尔德林诗的阐释》，孙周兴译，商务印书馆 2004 年版。

37. ［德］阿多诺：《美学理论》，王柯平译，四川人民出版社 1998 年版。

38. ［德］莫里茨·盖格尔：《艺术的意味》，艾彦译，华夏出版社 1999 年版。

39. ［联邦德国］H. R. 姚斯、［美］R. C. 霍拉勃：《接受美学与接受理论》，周宁、金元浦译，辽宁人民出版社 1987 年版。

40. ［丹］索伦·奥碧·克尔凯郭尔：《论反讽概念：以苏格拉底为主线》，汤晨溪译，中国社会科学出版社 2005 年版。

41. ［法］米盖尔·杜夫海纳：《美学与哲学》，孙非译，中国社会科学出版社 1987 年版。

42. ［法］米·杜夫海纳：《审美经验现象学》上、下册，韩树站译，文化艺术出版社 1996 年版。

43. ［法］让·贝西埃等主编：《诗学史》上、下册，史忠义译，百花文艺出版社 2002 年版。

44. ［法］达维德·方丹：《诗学：文学形式通论》，陈静译，天津人民出版社 2003 年版。

45. ［法］马克·弗罗芒-默里斯：《海德格尔诗学》，冯尚译，上海译文出版社 2005

年版。

46. 〔古希腊〕柏拉图：《柏拉图文艺对话集》，朱光潜译，安徽教育出版社 2007 年版。

47. 〔美〕苏珊·朗格：《艺术问题》，滕守尧、朱疆源译，中国社会科学出版社 1983 年版。

48. 〔美〕厄尔·迈纳：《比较诗学》，王宇根、宋伟杰等译，中央编译出版社 2004 年版。

49. 〔美〕哈罗德·布鲁姆：《西方正典》，江宁康译，译林出版社 2005 年版。

51. 〔美〕勒内·韦勒克、奥斯汀·沃伦：《文学理论》（修订版），刘象愚等译，江苏教育出版社 2005 年版。

52. 〔苏〕M. 巴赫金：《陀思妥耶夫斯基诗学问题》，白春仁、顾亚铃译，生活·读书·新知三联书店 1988 年版。

五、重要论文

1. 陈一放：《论当代中国的文化转型》，《社会科学研究》1998 年第 3 期。

2. 邓晓芒：《鲁迅精神与新批判主义》，《华中师范大学学报（哲学社会科学版）》1996 年第 5 期。

3. 邓晓芒：《什么是艺术作品的本源？——海德格尔与马克思美学思想的一个比较》，《哲学研究》2000 年第 8 期。

4. 邓晓芒：《艺术作品的永恒性——马克思、海德格尔和当代中国文学》，《浙江学刊》2004 年第 3 期。

5. 邓晓芒：《文学的现象学本体论》，《浙江大学学报（人文社会科学版）》2009 年第 1 期。

6. 邓晓芒、残雪：《现代主义文学中的审美活动》，《花城》2009 年第 3 期。

7. 邓晓芒、残雪：《文学创作与理性的关系——哲学与文学的对话》，《学术月刊》2010 年第 5 期。

8. 邓晓芒：《探索新经典主义文学的哲学视野》，《社会科学论坛》2014 年第 1 期。

9. 邓晓芒：《论文学批评的力量》，《湖北大学学报（哲学社会科学版）》2016 年第 6 期。

10. 邓晓芒：《现代艺术中的美》，《名作欣赏》2017 年第 10 期。

11. 傅谨：《二十世纪中国戏剧的现代性与本土化》，《中国社会科学》2003 年第 4 期。

12. 傅谨：《20 世纪中国戏剧的现代性追求》，《浙江社会科学》1998 年第 6 期。

13. 傅谨：《20 世纪中国戏剧发展论纲》（上、下），《学术界》2000 年第 2、3 期。

14. 高楠：《文学作品意义的关系属性》，《中国社会科学》2017 年第 5 期。

15. 何成洲：《新中国 60 年易卜生戏剧研究之考察与分析》，《艺术百家》2013 年第 1 期。

16. 何成洲：《易卜生与世界文学：〈玩偶之家〉在中国的传播、改编与接受研究》，《戏剧（中央戏剧学院学报）》2018 年第 3 期。

17. 何成洲：《易卜生与世界戏剧：〈培尔·金特〉的译介与跨文化改编》，《中国语言文学研究》2018 年第 2 期。

18. 李定清：《易卜生戏剧中"自我"观念的神秘性及其表现》，《外国文学研究》2000 年第 1 期。

19. 李建军：《作者形象与积极写作——论中国当代小说的主体性与文化自觉》，《中国社会科学》2017 年第 11 期。

20. 李鹏程：《论文化转型与人的自我意识》，《哲学研究》1994 年第 6 期。

21. 李银波、苏晖：《论易卜生宗教观的嬗变及其戏剧创作》，《戏剧艺术》2018 年第 2 期。

22. 刘明厚：《易卜生的象征主义戏剧》，《戏剧（中央戏剧学院学报）》1994 年第 1 期。

23. 刘明厚：《读易卜生的〈约翰·盖勃吕尔·博克曼〉》，《外国文学评论》1994 年第 2 期。

24. 南帆：《中国文学理论的重建：环境与资源》，《中国社会科学》2015 年第 4 期。

25. 宋宝珍：《易卜生与百年中国话剧》，《中国图书评论》2007 年第 1 期。

26. 宋剑华：《错位的对话：论"娜拉"现象的中国言说》，《文学评论》2011 年第 1 期。

27. 苏晖、李银波：《论德国文学对易卜生戏剧创作的影响》，《戏剧艺术》2013 年第 5 期。

28. 孙柏：《百年中国文化语境（1907—2006）中的易卜生》，《博览群书》2007 年第 2 期。

29. 孙建：《易卜生戏剧中的悲喜剧内涵》，《外国文学研究》2003 年第 6 期。

30. 孙绍振：《文论危机与文学文本的有效解读》，《中国社会科学》2012 年第 5 期。

31. 谭霈生：《消除误读，走进易卜生》，《剧院》2007 年第 3 期。

32. 谭霈生：《中国戏剧转型与学科建设思考》，《四川戏剧》2009 年第 5 期。

33. 田本相：《中国话剧百年的伟大成就》，《戏剧文学》2007 年第 1 期。

34. 王博：《〈诗〉学与心性学的开展》，《中国社会科学》2013 年第 2 期。

35. 王宁：《易卜生研究的后现代视角：〈野鸭〉的个案分析》，《文艺研究》1999 年第 2 期。

36. 王宁：《作为艺术家的易卜生：易卜生与中国重新思考》，《外国文学研究》2003 年第 2 期。

37. 王宁：《"被译介"和"被建构"的易卜生：易卜生在中国的变形》，《外国文学研究》2009 年第 6 期。

38. 王宁：《易卜生与世界主义：兼论易剧在中国的改编》，《外国文学研究》2015 年第 4 期。

39. 王宁：《世界诗学的构想》，《中国社会科学》2015 年第 4 期。

40. 王铁仙：《中国文学的现代转型及其意义》，《中国社会科学》2003 年第 3 期。

41. 王忠祥：《易卜生戏剧创作与 20 世纪中国文学》，《外国文学研究》1995 年第 4 期。

42. 王忠祥：《论〈罗斯莫庄〉的"悲剧精神"和象征意象》，《外国文学研究》2003 年第 2 期。

43. 王忠祥：《关于易卜生主义的再思考》，《外国文学研究》2005 年第 5 期。

44. 薛晓金：《"易卜生主义"及其对中国话剧的影响》，《戏剧（中央戏剧学院学报）》1997 年第 3 期。

45. 赵林：《"国学热"的文化反思》，《中国社会科学》2009 年第 3 期。

46. 赵毅衡：《反讽：表意形式的演化与新生》，《文艺研究》2011 年第 1 期。

47. 周宪：《易卜生和蒙克的中国镜像》，《中国比较文学》2012 年第 1 期。

48. 周宪：《审美论回归之路》，《文艺研究》2016 年第 1 期。

49. 周宪：《系统阐释中的意义格式塔》，《中国社会科学》2018 年第 7 期。

50. 朱立元：《关于古代文论现代转换的再思考》，《中国社会科学》2015 年第 4 期。

51. 朱立元：《略论文学作品的意义生成——一个诠释学视角的考察》，《中国社会科学》2017 年第 5 期。

52. 朱立元：《当代中国文艺理论的演进与思考》，《中国社会科学》2018 年第 11 期。

53. 邹建军：《三种向度与易卜生的诗学观念——对易卜生诗歌的整体观察与辩证评价》，《外国文学研究》2009 年第 2 期。

54. ［挪］克努特：《现代性之根源：易卜生戏剧面面观》，张国琳译，《世界文学评论》2007 年第 1 期。

55. ［英］马丁·艾思林：《易卜生与现代戏剧》，汪余礼译，《戏剧（中央戏剧学院学报）》2008 年第 1 期。

后　记

　　大约在我读研二的时候，我就产生过投入易卜生戏剧诗学研究的念头。当时主要是觉得，作为一名戏剧戏曲学专业的研究生，应该了解戏剧创作的某些奥秘与技巧。因为不知道个中奥秘，所以一直很想知道。但这个心愿后来因为种种原因（主要是畏难），暂时搁在了一边。一直到我参加工作，自由支配的时间相对多一些了，才决定好好啃一啃这颗硬核桃。

　　我深知，做这个课题，最忌过于主观。为此，我先后主持译出了《易卜生书信演讲集》和《易卜生的工作坊》，从中了解到易卜生自述其戏剧观、艺术观和创作过程的一些重要信息。此外，我反复细读了易卜生在不同时期的重要剧作，对易卜生的创作思维有了更深切的理解。再加上多年来对国内外易卜生研究成果的持续关注，使我对于做这个课题有了基本的信心。

　　研究易卜生戏剧诗学，既是一个反复细读易卜生戏剧、感悟易翁诗性智慧的过程，也是一个逐步拓展个体内在生命、重塑世界观和人生观的过程。目前看来，易卜生最有价值的思想，一是他的自审论，二是他的感通论。这两种思想，无论是对于当代人的人格建构，还是对于我国当代的戏剧创作与文化建设来说，都具有很重要的启示意义。毫无疑问，这两种思想已进入我大脑的"内存"之中，在以后若干年将持续发挥作用。而这一段研究经历，无论是充实、兴奋之日还是焦灼、忧伤之夜，都是我个人生命的有机组成部分，在我生命的河流中将永远"在那里（或化合或流淌或沉淀）"。

　　此刻，课题基本完成，心中虽无甚欣喜，但深觉做这件事离不开很多人的帮助。欧洲科学院院士、长江学者特聘教授王宁先生一直以来很关注我的这项课题，多年来提供了诸多宝贵的支持与帮助，在此表示深挚的感谢！他在百忙之中惠赐大序，尤其让我深为感动。我国著名易卜生研究专家王忠祥先生，以八十岁高龄多次给我启发与帮助，在此亦深致谢意！欧洲科学院院士、著名学者聂珍钊先生和欧洲科学院院士、长江学者特聘教授何成洲先生，多次给我细致的指导，在此表示衷心的感谢！此外，挪威易卜生研究中心的 Knut Brynhildsvoll 教授和 Frode Helland 教授，保加利亚的 Kalina Stefanova 教授，香港恒生大学的谭国根教授，华中科技大学的邓晓芒教授，中央戏剧学院的谭霈生教授、丁涛教授、彭涛教授与夏波教授，中国戏曲学院的傅谨教授，上海戏剧学院的宫宝荣教授、刘明厚教授、李伟教授与俞建村教授，南京大学的吕效平教授，东南大学的徐子方教授，华中师范大学的苏晖教授，湖北大学的刘川鄂教授，中南财经政法大学的胡德才教授，武汉大学的郑传寅教授、邹元江教授、涂险峰教授、方长安教授、彭万荣教授、黄献文教授、叶娟丽教授、何坤翁教授，以及武大社科院和艺术学院的领导，也对我的研究提供了种种帮助，在此一并致谢！

全国哲学社会科学工作办公室与相关评审专家对我的研究给予立项支持，在此深表谢意。《外国文学评论》《外国文学研究》《戏剧艺术》《戏剧》《华中学术》《长江学术》《艺术百家》《武汉大学学报》《中国文艺评论》等国内权威、核心期刊与 *Nordlit*、*DramArt*、*Confluent* 等国外重要期刊发表了我的部分研究成果，在此亦深致谢忱。人民出版社编辑为本书付出很多，在此也表示感谢！

最后特别要感谢的是我的家人。我的父母、岳父母和妻子为我完成课题创造了很好的条件。特别是我的妻子，她承担了几乎所有家务，让我得以安心伏案工作。我家小乖乖很多时候虽然很希望爸爸陪她玩，但在我忙于写作的时候，她也就安安静静地坐在旁边写写画画。至此不免产生一点感慨：一点童心连明月，共照古今几书生。焚膏继晷何所乐，眉前亮眸映心灯。

汪余礼
2018 年 12 月于珞珈雅苑

责任编辑：韦玉莲
封面设计：林芝玉

图书在版编目（CIP）数据

易卜生戏剧诗学研究／汪余礼 著. —北京：人民出版社，2020.12
ISBN 978－7－01－020273－0

Ⅰ.①易… Ⅱ.①汪… Ⅲ.①易卜生（Ibsen，Henrik Johan 1828－1906）-
戏剧文学-文学研究②易卜生（Ibsen，Henrik Johan 1828－1906）-诗学-
诗歌研究 Ⅳ.①I533.064

中国版本图书馆 CIP 数据核字（2018）第 299910 号

易卜生戏剧诗学研究
YIBUSHENG XIJU SHIXUE YANJIU

汪余礼 著

人民出版社 出版发行
（100706 北京市东城区隆福寺街 99 号）

环球东方（北京）印务有限公司印刷 新华书店经销

2020 年 12 月第 1 版 2020 年 12 月北京第 1 次印刷
开本：710 毫米×1000 毫米 1/16 印张：23.25
字数：382 千字

ISBN 978－7－01－020273－0 定价：69.80 元

邮购地址 100706 北京市东城区隆福寺街 99 号
人民东方图书销售中心 电话（010）65250042 65289539